U0529752

● 廖心一 著

# 天启皇帝全传

万岁身边有个九千岁

戊戌桂秋王之锌题

金城出版社·北京
GOLD WALL PRESS·BEIJING

## 图书在版编目（CIP）数据

天启皇帝全传 / 廖心一著 . —北京：金城出版社有限公司，2022.1
（明史纪实小说系列）
ISBN 978-7-5155-2265-4

Ⅰ. ①天… Ⅱ. ①廖… Ⅲ. ①长篇历史小说—中国—当代
Ⅳ. ① I247.5

中国版本图书馆 CIP 数据核字（2021）第 220605 号

### 天启皇帝全传
TIANQI HUANGDI QUANZHUAN

| | |
|---|---|
| 作　　者 | 廖心一 |
| 责任编辑 | 王媛媛 |
| 责任印制 | 李仕杰 |
| 责任校对 | 王秋月 |
| 开　　本 | 710 毫米 ×1000 毫米 1/16 |
| 印　　张 | 27.5 |
| 字　　数 | 490 千字 |
| 版　　次 | 2022 年 1 月第 1 版 |
| 印　　次 | 2022 年 1 月第 1 次印刷 |
| 印　　刷 | 天津旭丰源印刷有限公司 |
| 书　　号 | ISBN 978-7-5155-2265-4 |
| 定　　价 | 78.00 元 |

| | |
|---|---|
| 出版发行 | 金城出版社有限公司　北京市朝阳区利泽东二路 3 号　邮编：100102 |
| 发 行 部 | （010）84254364 |
| 编 辑 部 | （010）64399870 |
| 总 编 室 | （010）64228516 |
| 网　　址 | http://www.jccb.com.cn |
| 电子邮箱 | jinchengchuban@163.com |
| 法律顾问 | 北京市安理律师事务所 （电话）18911105819 |

## 明帝世系表

| 名讳 | | 庙号 | 谥号 | 陵寝 | 年号 | 在位公元纪年 |
|---|---|---|---|---|---|---|
| 朱元璋 | | 太祖 | 高皇帝 | 孝陵 | 洪武 | 1368—1398 |
| 朱允炆 | （太祖孙） | | 惠皇帝 | | 建文 | 1399—1402 |
| 朱 棣 | （太祖子） | 太宗 | 文皇帝 | 长陵 | 永乐 | 1403—1424 |
| | （嘉靖十七年改成祖） | | | | | |
| 朱高炽 | （太宗子） | 仁宗 | 昭皇帝 | 献陵 | 洪熙 | 1425 |
| 朱瞻基 | （仁宗子） | 宣宗 | 章皇帝 | 景陵 | 宣德 | 1426—1435 |
| 朱祁镇 | （宣宗子） | 英宗 | 睿皇帝 | 裕陵 | 正统 | 1436—1449 |
| 朱祁钰 | （宣宗子） | 代宗 | 景皇帝 | 景泰陵 | 景泰 | 1450—1456 |
| 朱祁镇 | | 英宗 | | | 天顺 | 1457—1464 |
| 朱见深 | （英宗子） | 宪宗 | 纯皇帝 | 茂陵 | 成化 | 1465—1487 |
| 朱祐樘 | （宪宗子） | 孝宗 | 敬皇帝 | 泰陵 | 弘治 | 1488—1505 |
| 朱厚照 | （孝宗子） | 武宗 | 毅皇帝 | 康陵 | 正德 | 1506—1521 |
| 朱厚熜 | （宪宗孙） | 世宗 | 肃皇帝 | 永陵 | 嘉靖 | 1522—1566 |
| 朱载垕 | （世宗子） | 穆宗 | 庄皇帝 | 昭陵 | 隆庆 | 1567—1572 |
| 朱翊钧 | （穆宗子） | 神宗 | 显皇帝 | 定陵 | 万历 | 1573—1620 |
| 朱常洛 | （神宗子） | 光宗 | 贞皇帝 | 庆陵 | 泰昌 | 1620 |
| 朱由校 | （光宗子） | 熹宗 | 哲皇帝 | 德陵 | 天启 | 1621—1627 |
| 朱由检 | （光宗子） | 思宗 | 烈皇帝 | 思陵 | 崇祯 | 1628—1644 |
| | （后改毅宗） | | | | | |

# 明朝文职简表

| 衙　门 | 职　官 | 职　掌 | 备　注 |
|---|---|---|---|
| 内阁 | 殿阁大学士，预机务，称阁臣或辅臣，初加低品职衔，后均加尚书职衔 | 票拟圣旨，批答奏章 | 史称阁臣有相权而无相名 |
| 六部（吏户礼兵刑工） | 长官尚书，佐官左、右侍郎，属官郎中、员外郎、主事等 | 分掌庶务 | 以上衙门长官合称七卿 |
| 都察院 | 长官左、右都御史，佐官左、右副都御史，左、右佥都御史；属官十三道监察御史等 | 纠劾百司，会审大狱重囚 | |
| 通政使司 | 长官通政使，佐官左、右通政，左、右参议等 | 进内外章疏 | |
| 大理寺 | 长官卿，佐官左、右少卿 | 审谳平反刑狱 | 与刑部、都察院合称三法司。以上衙门长官称大九卿 |
| 太常寺 | 长官卿，佐官少卿 | 掌祭祀礼乐等 | 以下至苑马寺，长官称小九卿 |
| 光禄寺 | 长官卿，佐官少卿 | 掌祭享宴劳等 | |
| 太仆寺 | 长官卿，佐官少卿 | 掌牧马政令 | |
| 詹事府 | 长官詹事，佐官少詹事 | 辅导太子 | |
| 翰林院 | 长官学士，佐官侍读学士、侍讲学士 | 掌文翰、备顾问 | |
| 鸿胪寺 | 长官卿，佐官左、右少卿 | 掌朝会等仪礼 | |
| 国子监 | 长官祭酒，佐官司业 | 掌国学训导 | |
| 尚宝司 | 长官卿，佐官少卿 | 掌宝玺等 | |
| 苑马寺 | 长官卿，佐官少卿 | 掌各监苑马政 | |

续表

| 衙　门 | 职　官 | 职　掌 | 备　注 |
|---|---|---|---|
| 六科（吏户礼兵刑工） | 都给事中，左、右给事中，给事中 | 侍从、规谏，稽察六部 | |
| 中书科 | 中书舍人 | 掌殿阁书写事 | |
| 行人司 | 司正，左、右司副，行人 | 掌颁诏、册封等 | |
| 督抚 | 总督、总制、总理、巡抚，加衔都御史至尚书、都御史衔 | 总督军务，巡抚地方 | 俗称封疆 |
| 顺天府 | 府尹、府丞等 | 掌京府政令 | |
| 应天府 | 同上 | 同上 | |
| 承宣布政使司 | 左、右布政使，左、右参政，左、右参议 | 掌一省之政 | 与都指挥使司合称三司 |
| 提刑按察使司 | 按察使、副使、佥事 | 掌一省刑名 | |
| 府衙 | 知府、同知、通判等 | 掌一府之政 | |
| 州衙 | 知州、同知、判官等 | 掌一州之政 | |
| 县衙 | 知县、同丞、主簿等 | 掌一县之政 | |

## 明朝武职简表

|  |  |  |  |  |
|---|---|---|---|---|
|  | 都指挥使司——— | 卫指挥使司——— | 千户所——— | 百户所 |
|  | **长官**都指挥使 | **长官**指挥使 | 正千户 | 百户 |
|  | **佐官**都指挥同知 | **佐官**指挥同知 | 副千户 |  |
|  | 都指挥佥事 | 指挥佥事 | 镇抚 |  |
|  |  | **属官**镇抚等 |  |  |
| **五 军 都 督 府** ——— | 京卫指挥使司 | 官制如卫指挥使司，南、北两京卫共计四十八，其中三十三卫隶属都督府，余十五卫与亲军卫不隶属都督府 |  |  |
| （中、左、右、前、后） |  |  |  |  |
| **长官**左、右都督 |  |  |  |  |
| **佐官**都督同知 | 总兵官——— | 副总兵官——— | 参将 |  |
| 都督佥事 |  |  | 游击将军 |  |
|  |  |  | 守备等 |  |

**亲军卫指挥使司**    司宿卫，设官同京卫，其中，锦衣卫又司缉捕、刑狱，下设南、北二镇抚司，北司专治钦定重案，即所谓诏狱。

# 明朝宦官简表

| 衙　门 | 职　官 | 职　掌 | 备　注 | |
|---|---|---|---|---|
| 司礼监 | 提督、掌印、秉笔等太监 | 掌内外章奏，御前勘合 | 有内相之喻 | 司礼监——司苑局合称二十四衙门 |
| 内官监 | 掌印、总理、管理等太监 | 掌宫室、陵墓等营造 | | |
| 御用监 | 掌印、把总、掌司等太监 | 掌御用物什 | | |
| 司设监 | 掌印、总理、管理等太监 | 掌仪仗、卤簿等 | | |
| 御马监 | 掌印、监督、提督等太监 | 掌御马房、象房等 | | |
| 神宫监 | 掌印、佥书、掌司等太监 | 掌太庙洒扫、香灯等 | | |
| 尚膳监 | 掌印、提督、总理等太监 | 掌御膳、宫内食用等 | | |
| 尚宝监 | 掌印、佥书、掌司等太监 | 掌宝玺、敕符、印信等 | | |
| 印绶监 | 掌印、佥书、掌司等太监 | 掌铁券、诰敕、勘合等 | | |
| 直殿监 | 掌印、佥书、掌司等太监 | 掌各殿、廊庑扫除 | | |
| 尚衣监 | 掌印、管理、佥书等太监 | 掌御用冠冕、袍服等 | | |
| 都知监 | 掌印、佥书、掌司等太监 | 随驾前导警跸 | 以上十二监 | |
| 惜薪司 | 掌印、总理、佥书等太监 | 掌薪碳之事 | | |
| 钟鼓司 | 掌印、佥书、司房等太监 | 掌出朝钟鼓及诸内戏 | | |
| 宝钞司 | 掌印、佥书、管理等太监 | 掌造粗细草纸 | | |
| 混堂司 | 掌印、佥书、监工等太监 | 掌沐浴之事 | 以上四司 | |
| 兵仗局 | 掌印、提督、管理等太监 | 掌制造军器、火药 | | |
| 银作局 | 掌印、管理、佥书等太监 | 掌打造金银器饰 | | |
| 浣衣局 | 掌印、佥书、监工等太监 | 安置老年及罢退宫女 | | |
| 巾帽局 | 掌印、管理、佥书等太监 | 掌内用帽靴 | | |

续表

| 衙　门 | 职　官 | 职　掌 | 备　注 |
|---|---|---|---|
| 内织染局 | 掌印、管理、佥书等太监 | 掌染造御用、内用缎匹 | |
| 针工局 | 掌印、管理、佥书等太监 | 掌造宫中衣服 | |
| 酒醋面局 | 掌印、管理、佥书等太监 | 掌造宫中食用酒醋糖酱 | |
| 司苑局 | 掌印、管理、佥书等太监 | 掌蔬菜瓜果 | 以上八局 |
| 东厂 | 掌印、掌班、领班等太监 | 掌刺缉刑狱之事 | 与锦衣卫合称厂卫 |
| 西厂 | 同东厂 | | 不常设 |
| 守　备 | 南京、天寿山守备太监嘉靖时设承天府守备太监 | 护卫留都及守陵 | |
| 镇　守 | 各省各镇镇守太监 | | 时人比之督抚 |
| 织　造 | 提督织造太监 | 掌织造御用龙衣 | 设于南京、苏州、杭州 |
| 市舶司 | 提督太监 | 掌海外朝贡、交易 | 设于广东、福建、浙江 |

# 目 录

| | | | |
|---|---|---|---|
| 第一章 | / 001 | 第十五章 | / 060 |
| 第二章 | / 003 | 第十六章 | / 064 |
| 第三章 | / 006 | 第十七章 | / 072 |
| 第四章 | / 010 | 第十八章 | / 077 |
| 第五章 | / 013 | 第十九章 | / 081 |
| 第六章 | / 017 | 第二十章 | / 085 |
| 第七章 | / 020 | 第二十一章 | / 089 |
| 第八章 | / 022 | 第二十二章 | / 092 |
| 第九章 | / 027 | 第二十三章 | / 095 |
| 第十章 | / 034 | 第二十四章 | / 101 |
| 第十一章 | / 040 | 第二十五章 | / 109 |
| 第十二章 | / 043 | 第二十六章 | / 114 |
| 第十三章 | / 048 | 第二十七章 | / 121 |
| 第十四章 | / 056 | 第二十八章 | / 126 |

| | | | |
|---|---|---|---|
| 第二十九章 | /131 | 第五十二章 | /248 |
| 第三十章 | /135 | 第五十三章 | /252 |
| 第三十一章 | /141 | 第五十四章 | /256 |
| 第三十二章 | /147 | 第五十五章 | /260 |
| 第三十三章 | /151 | 第五十六章 | /265 |
| 第三十四章 | /157 | 第五十七章 | /271 |
| 第三十五章 | /167 | 第五十八章 | /275 |
| 第三十六章 | /172 | 第五十九章 | /281 |
| 第三十七章 | /176 | 第六十章 | /286 |
| 第三十八章 | /180 | 第六十一章 | /291 |
| 第三十九章 | /186 | 第六十二章 | /296 |
| 第四十章 | /191 | 第六十三章 | /302 |
| 第四十一章 | /197 | 第六十四章 | /306 |
| 第四十二章 | /201 | 第六十五章 | /311 |
| 第四十三章 | /206 | 第六十六章 | /317 |
| 第四十四章 | /211 | 第六十七章 | /322 |
| 第四十五章 | /216 | 第六十八章 | /327 |
| 第四十六章 | /220 | 第六十九章 | /333 |
| 第四十七章 | /225 | 第七十章 | /338 |
| 第四十八章 | /229 | 第七十一章 | /342 |
| 第四十九章 | /235 | 第七十二章 | /350 |
| 第五十章 | /240 | 第七十三章 | /354 |
| 第五十一章 | /245 | 第七十四章 | /361 |

| | | | |
|---|---|---|---|
| 第七十五章 | / 367 | 第八十二章 | / 403 |
| 第七十六章 | / 373 | 第八十三章 | / 409 |
| 第七十七章 | / 377 | 第八十四章 | / 414 |
| 第七十八章 | / 383 | 第八十五章 | / 419 |
| 第七十九章 | / 388 | | |
| 第八十章 | / 392 | **人名索引** | / 425 |
| 第八十一章 | / 398 | | |

# 第一章

万历四十八年七月二十一日，大明自开国以来在位最久的皇帝宾天。举朝大臣，在适度地表达出他们哀痛的同时，也在极度关注着时局的变化。万历皇帝不仅在位最久，而且万历朝变故最多，此刻又会发生什么变故，难以预料。不过，现在最重要的是张罗新天子登极，储君既于万历二十九年已经册立，只要这一条不变，其他一切事务都可在以后去慢慢应对。因而，大臣们虽然极度关注，心情并不太紧张。

礼部右侍郎孙如游是少数例外者之一。礼部和众多衙门一样，将近二十年没推举正卿；和众多衙门一样，以佐卿署理部务。孙如游是第七任署理礼部事务的侍郎。

使他感到紧张的，当然不是拟定大行皇帝丧仪和新天子登极仪等常规性的事务。说句不恭敬的话，本朝已经为十余位皇帝送葬，并把十余位新天子送上龙廷，丧仪和庆典的条文几乎是一成不变的，随便交给礼部一个主事，就可以把仪注拟得天衣无缝。使孙如游紧张的，是大行皇帝临终前的一道遗诏。

遗诏命曰：进贵妃郑氏为皇后。这于理于情，都不可以照办。

于理，不用说立后以懿德不以私好的大道理，只说一点：万历皇帝因为宠爱郑贵妃而欲立之为后的心思，由来已久。然而，不但皇后王氏健在时，未能行废立之事；即今年四月王皇后病逝，也未能如愿以偿地册立郑氏为后。这是为什么？还不是因为此事冒天下之大不韪！总不能大行皇帝和郑贵妃都知道不能做的事情，在大行皇帝宾天后，凭着一道遗诏，让举朝大臣一起去背这个黑锅吧！

再说深一层，郑氏欲为皇后，大行皇帝欲立郑氏为后，暗藏的心机是子以母贵。皇长子常洛在储君之位将近二十年，郑氏所出皇三子常洵封福王将近二十年，兄君弟臣的格局早已形成，难道还能颠倒过来？

于情，万历朝围绕太子之位的争夺，早已不是宫闱秘事。皇太子所受的种种委屈，大家都听在耳里，看在眼里，记在心里。一切的根源皆在郑氏。为满足大行皇帝的心愿，而让即将登极的新天子一开始就违心地遵奉郑氏为母后，这不是臣子应持的立场。

所以，一定要在内阁拟旨以前公开表明反对的立场。

照理说，册立皇后，是天大的一件事；关注此事的，首先应该是内阁大臣们，特别是首辅。但首辅方先生性情懦弱，别说让他率先去争，让他跟在别人后面反对，他也未必肯。首辅如此，其他阁臣也难指望。

孙如游觉得，这副重担责无旁贷地落在自己的肩上；并且觉得，他的立场代表一切正派大臣的意愿。

略加思索，他写下这样几句话：臣详考累朝典礼，并无此例。其以配而后者，乃敌体之经；以妃而后者，则从子之义。历朝以来，岂其无抱裯之爱，而终引去席之嫌，此礼之所以不载也。先帝念皇贵妃之劳苦，当不在无名之位号；而殿下体先帝之心，亦不在非分之尊崇。夫善继善述，须酌于义。若义不可行，则遵命非孝，遵礼为孝。臣若不顺义礼，曲徇意旨，则又欺罔不忠。臣不敢以不忠事主，尤冀殿下以大孝自居。

# 第二章

郑贵妃一句话不说，往殿外就走，几名心腹宦者和宫女忙跟上。

她没吩咐备轿，看来只是在乾清宫里走动走动。以贵妃的身份，本来是没资格居住在乾清宫的。但大行皇帝在日，她一直陪伴在身边；大行皇帝宾天后，还无人顾及她留在此处是否妥当。

"选侍每天这时都要来给娘娘请安，是不是等等？"倒是一名细心的宫女提醒她。

"不等，我去看她。"郑贵妃说。

"娘娘，从今往后，都是咱们去给她请安吗？"一名年轻的宫女不知深浅地问。

"放肆！"一名资深的宫女呵斥。

"你责怪她不该问，其实你心里也在这么想，对不对？"郑贵妃冷笑道，并加上一句，"而且，她问，是无心的；你想，是有心的。"

年轻的宫女得意地一笑，资深的宫女尴尬地一笑，都不说话。

"走吧。"郑贵妃吩咐。

李选侍深感意外，道："娘娘这不是要侍婢的命吗！"

"怎么？"郑贵妃问。

"侍婢请安稍晚，娘娘差人来责备几句就是，何至于亲来兴师问罪！"李选侍说。

郑贵妃把方才问话的年轻的宫女叫到前面来，命道："你方才怎么说的，说给选侍听听。"

"奴婢问娘娘，从今往后，是不是改变章程，都是老娘娘来给小娘娘请安？"年轻的宫女先前得到主子的称许，再说时显得肆无忌惮。

"这是什么话！"李选侍听她称句小娘娘，好不受用，但表面上还要责备她说错话。

"她说得不对吗？我看她说得不错，"郑贵妃冷冷地说，"宫中尊卑之份，下人都懂，我难道不懂！"

"娘娘这话，折煞侍婢。"李选侍诚惶诚恐地说，她听出郑贵妃此举所为何事，想分辩几句，"原来娘娘还在怄气，侍婢可是有机会就在殿下耳边颂扬娘娘的贤德；殿下也想再谕内阁拟旨，无奈外廷赘言啧啧，殿下也为难。"

"一二臣子进言，也算得啧啧！恐怕不是为难，是正合汝意吧。"郑贵妃冷笑道。

"怎么会！"李选侍道，"殿下对娘娘，一直心怀母子之情，但进言的是礼卿呀！有一人开口，就不得不顾忌。"说着，偷偷地瞥郑贵妃一眼，看她的脸色，就知道自己的话她根本听不进去。于是，李选侍试探着问，"要不，侍婢找机会再对殿下说说？"

"那倒不必。"郑贵妃摇摇头，说道，"你怎的开口闭口地仍呼殿下，莫非忘记今日是什么日子！"

"哎呀，不是娘娘提醒，侍婢还真的忘记！"李选侍惊呼。

郑贵妃暗笑。这等谎言，有谁会信！记不住今日是八月初一，难道还记不住今日皇太子要举行登极大典？不，应该说新天子正在举行登极大典。但她随即想到，李选侍的谎言是善意的。挑明了说，今日新天子登极，那就是表示，郑贵妃封后一事完全无望。李选侍不想让令她失望的话从自己嘴里说出来。

"你也用不着忌讳。"郑贵妃说，"等几十年等不来的东西，我还会等吗？你那位皇上，就算曾想过遵照大行皇帝遗诏办事，而今大概也是一门心思选立自家的皇后。选侍，我今日是为你来的；我来，是想告诉你，想争到名分，定要趁早。"

"侍婢没那么大的造化，只怕争也争不到。"李选侍摇着头说，"娘娘不是争几十年，也没争到吗？娘娘以贵妃的身份，争几十年没争到，侍婢眼卜没任何一个正式的名分，难道就争得到？"

选侍在宫中待选，和民女不同，其实也是一种名分；只是究竟被册封为嫔，册封为妃，还是册封为贵妃，谁也说不准。至于由选侍而直接册立为皇后，是从来也没有过的。

"那可不一定。"郑贵妃道，"贵妃争皇后名分，有贵妃的争法；选侍争皇后名分，有选侍的争法。哪个容易争到，哪个不容易争到，难说得很。再者，我争那会儿，宫里有谁可恃为后援？"

李选侍听出话里的意思，又惊又喜。她问："娘娘是说——"

"你在枕边为自个儿争，我在宫里为你争，我兄弟在宫外为你争，不愁争不到。"郑贵妃说。

"娘娘把侍婢荐入乾清宫，是再造一次；为侍婢争到名分，又再造一次。侍婢当牛作马，难以回报。"李选侍感激涕零。

"你也别自轻自贱，开口闭口侍婢。一旦争到，一步登天，才是真正的娘娘呢！"郑贵妃说。

"侍婢即便册选正宫，也低娘娘一等。"李选侍道。

"怎会？"郑贵妃问。

"侍婢第一日册选正宫，娘娘第二日即被尊皇太后。"李选侍道。

皇后做不成，则做皇太后，正是郑贵妃追求的目标。她兴奋地说："皇后，你我击掌为约，各尽其力。"

"儿媳谨遵皇太后懿旨！"李选侍回应道。

二人伸出手掌，好像皇后、皇太后的尊荣，已在掌握之中。

# 第三章

司礼秉笔太监王安在回宫的路上，走得不能再慢，皇上交办的事没办成，皇上一定会震怒；当皇帝用目光询问结果时，他的回答不能再简练："回爷话，礼卿言，此事宜稍缓。"

"大伴说的礼卿是哪个呀？"皇帝问。

皇帝并没震怒，但比震怒还让王安不安——理当震怒时却不震怒，这不正常呀！

"署部侍郎孙如游。"他回答。

"朕要办的事，到礼部衙门，没一件能办成。这个孙侍郎，活脱是一个朕的对头！"皇帝的话够狠，但仍非震怒，"册封贵妃一事为何当缓，他又是怎么说的？"

"他说，先奉圣谕，上孝端皇后、孝靖皇太后尊谥；继奉圣谕，封郭元妃、王才人为皇后。礼皆未竣，贵妃之封宜在后。"王安一字不添一字不减地重复孙如游的话。

孝端皇后、孝靖皇太后都姓王。王皇后是大行皇帝皇后，去世后只确定孝端的谥号，没有具体谥文，新即位的皇帝照例是要拟上尊谥的。王太后是当今皇帝生母，万历年间封至贵妃，现在当然要追尊为皇太后。郭元妃是今上为储君时的皇太子妃，薨于万历四十一年，现在也应尊封为皇后。王才人是皇长子由校的生母，逝于万历四十七年，她是否追封皇后，在两可之间，大臣们希望她追封皇后，是希望子以母贵，早日将册立皇太子一事确定下来。不用说，追封、追谥皇后、皇太后，比册封皇贵妃更重要，更紧迫。

皇帝听罢，沉吟片刻，道："他的话不是全无道理，那就稍缓吧。"

"是。"王安应道。

皇帝通情达理的态度，平和的话语，本来应该打消他的顾虑，但他不安的心情并不能完全消除，这或是因为他觉得，皇帝的表现不正常，或是因为他进一步觉察到皇帝的疲态。皇帝一直歪靠在御榻上，现在看过去，几乎要躺倒；皇帝在和他说话时，一直睁一会儿眼，闭一会儿眼，现在睁开眼的工夫越来越短，闭上眼的工夫越来越长。

皇帝睁开眼时，说道："王大伴，朕好累呀！"

王安愈发不安。他说："奴才找院使来给爷诊诊脉，开副药吧。"

皇帝稍稍犹豫后，摇着头说："朕不想吃药，只想歇歇。"

"爷是在这里歇着，还是回去歇着？"王安忙问。

回去歇着，就是回乾清宫暖阁，彻底歇息。皇帝说："就在这里歇着吧。"又指指御案，吩咐，"司礼监送来的奏本，这两天朕都没看，你挑一两本，读给朕听。"

"奴才遵旨。"王安应道。皇帝虽说让他挑，他可不敢按照自己的兴趣挑选，看着最上边奏本的贴黄，他禀道，"这一本是孙如游上的——"

皇帝不等他说该奏本的要旨，就连连摆手："切莫读它！册封皇贵妃暂缓，朕已准，他还有什么话好说！"

王安翻到下一本，说："这一本是辽东经略熊廷弼上的。"

前一本皇帝没让他说要旨，这一本他也不敢擅作主张说要旨。

"他为何事？"不料，皇帝这次却想知道。

"以疾求去。"王安道。

"都说熊卿在辽东经略得不错，怎么也不安心？"皇帝不管熊廷弼到底患有何病，先得出他不安心在边的结论；当然，皇帝也并不关心他为何不安心。

"不准！"他断然拒绝熊廷弼的奏请。

"爷称他经略得不错，要不要褒奖几句，好让他安心？"王安请旨。

"那就赐给金、币，以示褒奖吧。"皇帝接受他的提议，"王大伴，这事你记着去办。对，还有辽东的督、抚，也一起褒奖。"

"奴才遵旨。"王安应道，此疏不必读，他又看下一疏，"这一本是户部右侍郎李长庚上的，奏乞库银，召买料豆，以备海运。"

"朕头疼。"皇帝按着额头说。

王安停下来，道："要不——"

"朕不想吃药，也不想回去歇着，只是为辽东筹饷的奏疏，朕读过好几本，不想再听。"皇帝说着，手指该疏下面的奏本，"不管谁写的，就读它！"

"是。"王安应道，他拿起皇帝指定的奏本，说，"这本是吏科给事中周朝瑞上的，应该与辽东筹饷无关。"

"看看所奏何事？"皇帝命道。

王安看一看贴黄，念出题目：慎初三要。

"慎初三要，这是何意？"皇帝问。

"他说，陛下新政，用人、发帑、撤税，可谓有初。故天下鼓舞、有若更生者，在此初也；而陛下朝乾夕惕、历百年如一日者，亦在此初也。"王安叙述该疏的引文。

"他这是在颂德吗？"皇帝问。

"奴才看，他这是在歌颂圣德。"王安说。

"不见得。"皇帝的感觉和王安的感觉不一样，他命道，"你读读看，慎初有哪三要。"

"一要，信任；二要，行仁；三要，斥佞。"王安看着贴黄说。

"王大伴别看贴黄，读他的奏本。"皇帝道。

"是。"王安应一声，读道，"何以慎之？明主求贤，必期得用。言责者，使尽其言；官守者，勿夺其守。辟门谓何？诚惕然于俊乂汇征非易，而思慎其初，则信任要矣。"

"王大伴，"皇帝打断他，"你说何谓辟门？"

"应是指捐弃门户之见吧。"王安说。

"朕听说，皇考之朝，有浙党、楚党、齐党等，如今安在！这还不算辟门吗？王大伴，你还品得出颂德的味道吗？"皇帝问。

"爷明鉴，奴才也觉着味道在变。"王安说。其实，他说周朝瑞在歌颂圣德，不过为着让皇帝开心。一个"慎"字足以道出该疏要旨在进谏，并非在称颂。不过，自己的掩饰之词这么快就被皇帝戳穿，他有点不甘心，于是说，"奴才想，周朝瑞是杞人忧天，以小人之心，揣度圣主，并非有的放矢。"

"是不是有的放矢，再听听就知道。"皇帝说。

王安又读："君之施泽，如水之沃物，一息不灌，遂成枯槁。况辽左索赋正急，宜留金花不尽之余，省内库无益之积；更有不足，佐以帑金。不然，散财谓何？国家货财，本无内外，而思慎其初，则行仁要矣。"

"你看！用人一事，不妨说泛泛而谈；散财一事，还能说是无的放矢吗？"皇帝道。

"小臣无知，敢妄言内库无益之积！奴才读时，心里也不舒服。"王安附和道。

"哼，只怕后面还有更让你不舒服的话呢！"皇帝说。

王安也估计得到。万历朝最遭非议的举措，是往各处差遣内臣充当税使、矿监，周朝瑞说的撤税，即朝廷根据大行皇帝遗诏，撤回税使、矿监。所谓斥佞，无非是说，税使、矿监多是奸佞之徒，皇上改弦更张，一定要远离内臣。

估计得到，也不能不读。周朝瑞写道：二十年来，海内之苦榷征，如在汤火。

陛下首撤税使，何异移炎热于清凉。俟其赴阙，即有随进金钱。并宜敕发助饷，而思慎其初，则斥远嬖佞，尤要之要矣。

"王大伴，朕所料如何？"皇帝道。

王安见皇帝的脸色由白而红，知道一腔怒火在皇帝胸中积聚，很快就会爆发。这反而使他安心。皇帝震怒时，会说错话，做错事，但总比疲惫到什么话也不愿说、什么事也不愿做要好。

"周朝瑞无礼，要不要严斥？"他请旨。

"不要你等写，朕自家写！"皇帝道。

王安忙向近侍们示意。他等该侍奉皇帝坐起的，侍奉皇帝坐起；该侍奉笔墨的，侍奉笔墨。

皇帝拿起笔，怔怔地盯着周朝瑞的奏本封页看了好一会儿，写道：周朝瑞以停止金花银渎扰，着谪外。

# 第四章

王安对聚集在左顺门朝房前的群臣宣示过今日免朝的圣谕后，不和任何人打招呼，转身就走。御体欠安，大家都辗转听到一些；见此状，更知皇帝身体不见好转。于是，性格内向的官员，愁眉不展；性格外向的官员，长叹口气。群臣逐渐散去。

孙如游满腹心思地走着，忽然发觉前面的路被人阻挡。他往边上挪挪，想把路让开，但那人仍挡在前面。定睛一看，原来是兵科右给事中杨涟。

"此等关头，文孺还有闲心来戏弄我。"他责备道。

"怎么是我戏弄，景文先生仔细看看，自个儿走到哪里来了！"杨涟笑着说。

孙如游比杨涟早四科，是万历二十三年的进士。听了杨涟的话，他四下里一望，才发现果然走错路，该转弯的地方没转；再走下去，就要走到午门内的六科值房。

"老马亦不识途矣！"他自嘲一句，转身要往回走。

"景文先生既来之，何不安之！"杨涟道。

"文孺有话对我说？"孙如游问。

"今日之事，谁没话要说？"杨涟反问。

"人人有话，却无人说；文孺，我看你也不必说。"孙如游劝他。

"他人有话可以不说，某身在谏垣，却不可不说；某的话对他人可以不说，景文先生掌礼部，某对景文先生却不可不说。"杨涟无意听从。

孙如游看出他不把心里的话说出来，是不会放自己走的，于是和他开句玩笑："况且，我是自投罗网。"

"这还在其次；既有罗网，景文先生若不来自投，我不会网将过去？"杨涟道。

"好，好，文孺只管说，我只管听。"孙如游不得不定下心来。

"朝中盛传，大行皇帝宾天，郑贵妃进八侍女于皇上身边。二人姓李，以东李、西李分之，其中，西李选侍最为得宠，皇上是因迷恋她而染疾。"杨涟叙述后，问道，"景文先生不会一无所闻吧？"

"有约在先，你说，我听。"孙如游避而不答。

"皇上染疾，郑贵妃使本宫太监崔文升进药，皇上服用后，不愈反重。"杨涟又叙述一事，然后问，"景文先生也不会一无所闻吧？"

"宫闱秘事，文孺听后会全信吗？"孙如游不知他接下来还会说些什么，希望他适可而止。

"景文先生不是让我只管说吗？"杨涟道。

"好，好，你说。"孙如游无奈。

"二事足矣，我也不用多说。"杨涟道，"宫闱秘事，出自他人之口，不妨斥曰口说无凭；而今王、郭二戚家遍谒朝士，称郑、李交固，包藏祸心。景文先生，你还能说是空穴来风吗？"

"皇上已有谕旨，促我礼部封贵妃为皇太后，我自然不以为是空穴来风。"孙如游说。

"既如此，景文先生为何不恪尽职守！"杨涟责备道。

"我不恪尽职守？"孙如游甚是委屈，"大行皇帝遗诏，立贵妃为皇后，被我进言阻止；皇上谕旨，封选侍为贵妃，被我进言阻止；今皇上谕旨，封贵妃为皇太后，我又进言阻止。文孺竟责我未恪尽职守！"

"景文先生是劝缓，并非阻止。"杨涟纠正道。

"文孺是责我措辞有误？"孙如游带着很大的情绪问。

"劝缓并没错。大行皇帝遗诏且不说；皇上谕旨，景文先生一味阻止，恐怕会适得其反。"杨涟说着，提出一个问题，"今既缓行，景文先生不妨想一想，郑封皇太后，李封皇后，最终阻止得了吗？"

"难料。"孙如游头疼的也是这件事。

"是啊，皇上再降谕旨，促封皇太后，促封贵妃，甚或促封皇后，看景文先生如何搪塞！"杨涟道。

"所以，文孺预先指责我未恪尽职守？"孙如游问。

"非也，我请景文先生恪尽职守，指的不是不可为而为之，而是可为而不为之。"杨涟说。

"可为而不为之？"孙如游一怔，问道，"却是何事？"

"贵妃安居乾清宫，景文先生不以为是件怪事？"杨涟道。

孙如游不是没想到，而是一直围绕着大行皇帝遗诏和皇帝谕旨打转，其他的事情还来不及考虑。杨涟把郑贵妃居住在乾清宫称作怪事，准确地说，这是不合制度。孙如游又想深一层：皇帝未必愿意封郑氏为皇太后，只因宠爱李选侍，而李选侍是郑贵妃所进。不管是李选侍被郑贵妃牵制，或是皇上爱屋及乌，这才有进封皇太后的谕旨。一旦郑贵妃离开乾清宫，此事说不定会自动终止。

"不错，当奏请贵妃移宫。"他说。

杨涟点点头，似乎在说：这一节你想到，我也想到，不必细说；还是说下一件事吧。

"再者，景文先生不以为册立储君是件急事吗？"他问。

"怎么不以为是急事！"孙如游道，"此事不仅礼部奏请过，许多廷臣也奏请过。文孺，你也曾上过奏本吧？"

"确曾上过。"杨涟承认。

"别的事是我等做臣子的以为当缓行，此事却是至尊以为当缓行；且圣谕非不据理。奈何？"孙如游道。

皇帝的原话是，皇长子幼弱，明年先开讲，待禫服后册立。禫服，即除去丧服。

"皇上缓立太子据理，礼部及廷臣奏请册立就不据理？"杨涟责问。

"我正想听听文孺所据之理。"孙如游道。

"一则，天子登极之典，不必除服后而行之；册立太子，为何须待除服？二则，若无万历朝宫闱之争，及眼下宫中之局面，太子不妨在除服后再册立；既有万历朝宫闱之争，及眼下宫中之局面，册立太子，一刻也不容缓。"杨涟说。

"一刻也不容缓，怎讲？"孙如游问。

"皇上将皇长子交与郑贵妃与西李养育，而皇长子非西李所爱，景文先生对此不会一无所闻吧？"杨涟道。

"此一情节文孺又是听谁人说的？"孙如游问。

"不必听说，前车之鉴，想也想得出来。"杨涟道。

"前车之鉴"四字很有分量。万历朝，郑贵妃欲立福王为储，闹得宫中和外朝几十年不得安生。今若不早立太子，有一日李选侍得子，也想夺得储位，等于把前朝的故事翻演一遍。

"储君是要早立。"孙如游沉吟着说。

"既然景文先生二事都认同，那就请吧。我也该回值房去。"杨涟一揖，准备分手。

"且慢！"孙如游叫住他，"我听文孺说许多，文孺，你也听我一言，好不好？"

"是不是两件事太多，不能全由礼部进言？"杨涟猜测。

"好个聪明过人的杨文孺！"孙如游指点着他，笑道，"不在事多事少，而是移宫、立储二事有所不同。奏请贵妃移宫，是参谬；参谬，在科、道。奏请册立皇太子，是行正；行正，在礼部。"

"好啊，我与景文先生约：贵妃一日不离乾清宫，我一日不辍笔；太子若不立，景文先生难辞其咎。"杨涟道。

## 第五章

自从郑贵妃移居慈宁宫，李选侍好像失去主心骨，不管遇到大事小事，都会差身边的亲信宦者往慈宁宫跑。

刘朝小时拜师，练过几天轻功，到现在，走起路来仍是又轻又快。他出乾清宫，比李进忠出乾清宫，至少晚一盏茶的工夫。二人都是去慈宁宫，没走到一半，他已在李进忠毫无知觉之下，追赶上来。他拍拍李进忠肩膀，李进忠一回头，他已一下窜到前面。

李进忠想，自己要再追赶，非累吐血不可。他心生一计，道："好好的金镯，怎么丢在路上！"边说边弯下腰去。

刘朝走得快，脑筋转得可不快。加上最近和慈宁宫里的一个宫女眉来眼去的，正愁拿不出定情之物，听说有金镯可捡，一个急转身，回到李进忠面前，也弯下腰去。

"我掉的镯子，李哥拾到，须还与我。"他说。

李进忠直起身子，手中拿着一物，道："眼花，是截枯枝。"

刘朝知道上当，也不生气，拉着李进忠一起往前走。

"刘哥何往？"李进忠问。

"李哥去哪里，我也去哪里。"刘朝说。

"放个屁的工夫，又出何事？"李进忠问。

"并无大事，娘娘不是差你去慈宁宫报信，说爷答应，再催内阁拟旨册封吗？你才出门，前面传来消息，说爷已当面向阁老和礼卿交代。娘娘让我再去报个信。"刘朝说。

"阁老们拟旨没有？"李进忠问。

"不知。"刘朝答道。

"爷命拟旨，是册立皇后，还是册立贵妃？"李进忠又问。

"贵妃。"刘朝答道。

"娘娘不就想知道,是先把贵妃争到手好,还是闹着让爷一定册立皇后好吗?犯得上稍有风吹草动,就去慈宁宫讨主意吗!刘哥,咱那位娘娘六神无主,我看有点儿不妙。"李进忠说。

"怎的不妙?"刘朝问。

"乾清宫恐怕住不下去。"李进忠说。

"怎的住不下去?"刘朝问。

"这得自个儿去想,怎说得出口!"李进忠道。

"有李哥想就成,我懒得想。"刘朝说。

懒得想是实话,但李进忠仍不放心。

"光懒得想不成。"他说。

"我还懒得说呢。"刘朝道。

"你发个毒誓。"李进忠提出要求。

"李哥的话,从我这个耳朵进去,不是烂在肚子里,就是从那个耳朵出去;若从我嘴里出去,天打雷劈。"刘朝咒道。

李进忠这才放心地说他想到的:"爷要封娘娘个贵妃,廷臣都在推三推四;册封皇后,我看想也不用想。不册封皇后,咱那位娘娘怎好在乾清宫里住下去?"

"那也不见得,慈宁宫里的娘娘,并未册立皇后,不也在乾清宫里住了那么多年?"刘朝并非什么都不想。

"咱那位娘娘能和慈宁宫里的娘娘比吗!人家给老皇爷生过皇子,咱那位娘娘是生得出皇子,还是生得出皇女?"李进忠问。

"依着爷的身子骨,没有盼头。"刘朝说。

"再者,慈宁宫里的娘娘住在乾清宫,老皇爷和廷臣们怄过多少气;依着爷的身子骨,怄得起这个气吗?"李进忠问。

"李哥说的是,咱那位娘娘和慈宁宫的娘娘不能比,咱那位爷和老皇爷不能比。"刘朝说。

"最要紧的就是咱这位爷不能和老皇爷比,一旦——"李进忠话到嘴边又缩回去。虽然人人都看出,皇帝病情一日重过一日,说句朝不保夕,一点儿不过分;但这是只可会意的。他所以说"怎说得出口",正是为此,"刘哥,一旦出乾清宫,咱那位娘娘会很惨,你我会很惨。"

"为何会很惨?"刘朝问。

"乾清宫里有金山银山,你我皆可锦衣玉食,转到别宫,还会这么自在吗!"李进忠道。

"那是肯定不会。"刘朝说。

"刘哥知道就好。"李进忠道。

"知道,也是不自在。李哥,你得想个主意。"刘朝央求。

"主意倒是有一个,却不知刘哥有没胆量。"李进忠激他。

"我多的只有胆量,李哥说!"刘朝道。

李进忠前后看看,确定没人后,伏在刘朝的耳边说:"趁着我等方便出入乾清宫,何不将其中的金山银山挖出一角,留着以后用?"

李选侍见二人同时进殿回话,想不起先差派的是哪一个。

"你二人哪一个先到的?"她问。

"奴才们一同到的。"李进忠、刘朝齐声回答。

"我是问,哪一个先到慈宁宫的。"李选侍道。

"奴才们一同到的慈宁宫。"二人说。

"那么,哪一个先离开的?"李选侍又问。

"奴才们一同离开慈宁宫的。"二人说。

"我是问,哪一个先离开本宫的。"李选侍道。

"是奴才先离开的。"李进忠说。

"好,那你先说,慈宁宫那边有什么回话?"李选侍道。

"慈宁宫的娘娘有点儿不耐烦。"李进忠说。

"我才不管她耐烦不耐烦;我是问,她怎么说的!"李选侍道。

"她的话,有点儿不中听。"李进忠说。

"不中听,你就可以不说!"李选侍也有点儿不耐烦。

"奴才的意思是,娘娘听后别不高兴。"李进忠解释过后,放心大胆地说下去,"慈宁宫的娘娘说,爷枕边的话,娘娘不可全信。"

"可这一回,万岁爷头天夜里允诺的事,第二天一大早就办,我能不信吗?"李选侍不再问李进忠,转问刘朝,"她既知爷已面谕阁老,说的话不会也不中听吧?"

"慈宁宫的娘娘似乎已料到爷会面谕阁老,她让奴才捎回的话,奴才也不知中听不中听。"刘朝说。

"她怎么说?"李选侍说。

"慈宁宫的娘娘说:万岁爷面谕阁老,不足以喜;阁臣未即刻拟旨,不足以愁。"

刘朝重复郑贵妃的话。

"以贵妃争皇后，未见得易；以选侍争皇后，未见得难。这话她也对我说过；可她还说过，她可以帮我争皇后。"李选侍边回忆郑贵妃以前说过的话，边念叨，"她已被迫离开乾清宫，还帮得上我忙吗？"

"娘娘担心的是。慈宁宫的娘娘自个儿也说，以后恐怕帮不上娘娘的忙。"刘朝嘴里又蹦出一句郑贵妃的话来。

"帮不上忙，还不足以喜、不足以愁地说什么！"李选侍恼道。

"她说，她帮不上娘娘的忙；但有一人，或许帮得上娘娘的忙。"刘朝这才把郑贵妃的话重复完整。

"是谁？"李选侍问。

"她没说。娘娘吩咐过奴才，只去报信，不准多话，故奴才也没敢问。"刘朝道。

"好一个没用的奴才！"李选侍简直要被气死。她手往外一指，命道，"再去慈宁宫，问个明白！"

她怎么也想不到，郑贵妃所说的能帮上她忙的人，竟是皇长子由校！再一琢磨，自打郑贵妃答应帮她以来，这大概是出的最有价值的主意。

## 第六章

二十二日，皇帝宣召内阁及部、院大臣，并命杨涟一同进宫。杨涟实在猜不透，这究竟是何缘故。反正他资历最浅，官职最低，走在最后面是不会错的。他看到，已升为礼部尚书的孙如游，和迎面而来的某个他叫不出名字的司礼太监低声交谈两句；看到，二人相互一揖，该司礼太监仍往外走，很快从自己身边过去，孙如游则往前赶两步，与方从哲交谈几句；看到，方从哲点点头，和几名大臣立定不走。

杨涟确定，他们在等自己；同时隐约感觉到，该司礼太监匆匆而去，与自己有关。

他走近方从哲等，揖了揖，问道："即将面圣，涵公是不是担心小子不知规矩，要叮嘱几句？"

"面圣并无特别规矩，我不担心文孺出差错；我要和文孺说一说的，是他，"方从哲说着，朝他们走过来的方向，亦即匆匆而去的太监走去的方向，努努嘴示意，并问，"文孺，你知他去做什么？"

"下官不知，涵公明示。"杨涟道。

"他奉圣谕，去宣锦衣卫官校。"方从哲说。

召见大臣时宣入锦衣卫官校，无非为两件事：一是逮拿某人，一是对某人行刑。众大臣本来就为杨涟被召困惑不解，听说宣入锦衣卫官校，自然会想到他身上。

"诸公皆为此事担心，嘱我为之解。所以，文孺，有几句话我想对你说说。"方从哲道。

杨涟已想到该太监去办的事与自己有关，听说他去宣入锦衣卫官校，自然意识到灾难将临。但杨涟并没惊慌失措，他向方从哲一揖，又向其他大臣环作一揖，然后说："涵公及各位大人关爱，下官感激不尽，愿敬聆涵公教诲。"

方从哲点点头，说道："今上宽仁，若非盛怒，绝不会对臣子们用刑。皇上传谕尊皇太妃为太后，非议者甚多，故内阁至今不曾拟旨。若道皇上为此而怒，那众多廷臣，包括内阁诸人，都有责任。不过，大臣们进言，都是据理而争；而文孺日前所进奏疏,言辞太过激切。否则,皇上绝不至于盛怒。我想,解铃还须系铃人,与其他人为文孺解之,不如文孺自解。"

"不错,文孺须得自解。"有人附和。

"如何自解,请涵公赐教。"杨涟道。

"文孺引罪,即可息皇上之怒。"方从哲说。

"但不知以何事引罪?"杨涟问。

"言辞不恭,确是臣子之罪过。"方从哲说。

有人想附和,但看到杨涟坚毅不屈的表情,说不出来。

"涵公此论,恕下官不能苟同。"杨涟道,"皇太妃封太后一事,言辞委婉,是出于一片忠君爱君之心;言辞激切,亦是出于一片忠君爱君之心。忠君爱君,即不能算作不恭。况且,言辞激切,方能振聋发聩,于事有补。下官不后悔上此疏;即杖死殿下,亦不后悔。"

"文孺如此执拗,我再没什么好说的。"方从哲道。

皇帝气色不好,但今日是他主动宣召大臣的,所以话比前些日子召见大臣时还多:"皇贵妃册封皇后,因礼部进言,未果;皇太妃进封皇太后,因内阁推诿,未果。朕一直不解:礼部明知是皇考遗诏,言辞间对皇贵妃也不乏尊重,为何就是不遵照执行;内阁明知是朕的谕旨,言辞间对皇太妃也不乏尊重,为何就是不遵照执行!今儿个朕总算懂得,你等是言不由衷呀!这里有一篇发自心声的文字,你等一起听听吧。"说着,命王安,"王人伴,读给众爱卿听听!"

"是。"王安应一声,读道,"外廷流言,谓陛下兴居无节,侍御蛊惑。臣以为,必是文升借口以掩其用药之奸,文升之党煽布以预堵外廷之口,既损圣躬,又亏圣德,罪不容死。至贵妃封号,尤乖典常。尊以嫡母,其若大行皇后何!尊以生母,其若本生太后何!"

他读罢,皇帝唤道:"杨涟!"

站在最后的杨涟走出行班,面对御榻跪倒,口称:"臣在。"

方从哲心想:好个不懂事的杨文孺,该称罪臣呀!但他只能这么想一想,却没办法纠正。

"平身!"皇帝命道。

"天颜咫尺,微臣不敢直立回话。"杨涟说。

"这不好。你不起来,朕有话问阁、部诸先生,难道也让他等跪着回话?"皇帝却非让他起来不可。

"是，臣谨遵圣谕！"杨涟应着，起身。

"皇后有元后，故不当再立皇后；朕有生母，故不当再立皇太后。杨涟，你是这么想的吧？"皇帝问。

"臣是这么想的；然臣以为，皇贵妃不当进为皇后，皇太妃不当进为皇太后，又不止于此。"杨涟说。

所谓不止于此，当然是他奏疏里写的另一件事：崔文升用药之奸，以及散布皇帝御侍无节等语，应是受命于郑贵妃。

"朕心里有数，你不必说出来。"皇帝不让他说，并转向大臣们，唤道，"方先生！孙尚书！"

方从哲、孙如游出班，躬身应道："臣在。"

"皇考有元后，故不当再册立皇后。孙尚书，你拒从皇考遗诏时，也是这么想的吗？"皇帝问孙如游。

"是，臣是这么想的。"孙如游回奏。

"朕有生母，故不当再进封皇太后。方先生，你拒从朕谕旨时，也是这么想的吗？"皇帝问方从哲。

"臣曾这么想过，但今日——"一瞬间，方从哲脑海里闪过许多说法，他一时不知该选择哪一种说法。

"今日怎样？"皇帝追问。

"臣今日以为，以前所想或过于拘泥。"方从哲说得很含糊。

"那么，你也以为又不止于此？"皇帝问。

方从哲想说的，其实正好相反，他急忙分辩："不，臣以为——"

"你怎么想的，朕心里亦有数。"皇帝也不让他说，"总之，卿等虽和杨涟想的一样，但不像他那样操之急切；卿等想给自家，也给朕，留下回旋的余地，是不是？"

"陛下圣明，道出臣的一点儿私心。"孙如游说。

"杨涟操之急切，违拂圣意，宜由科、道纠劾，或命法司议罪。陛下养和圣躬，切勿因此而动肝火。"方从哲则说。在他看来，为杨涟解之，只能到这一步。

"用不着纠劾、议罪，朕即刻做一了断。"皇帝的目光依次从大臣们身上扫过，最后落在杨涟身上，"杨涟以为，皇太妃不当进封皇太后，今后就不要再议论此事。"

众臣你看着我，我看着你，都不明白，怎么会是这样的结局。

在众臣愕然之际，皇帝又对王安说："今后宣召大臣，别忘把杨涟叫上。王大伴，你替朕记着此事。"

"奴才遵旨！"王安应道。

# 第七章

　　总理漕运兼巡抚凤阳等处都御史王纪奉召还朝，虽然不是实任的户部尚书，但既挂其名，总要到户部衙门去报个到。李汝华一见他，握住他的手不放，道："惟理先生回来就好，户部的事有办法了。"

　　王纪字惟理，山西芮城人，万历十七年进士。李汝华的热情是他事先没估计到的；但他明显地感觉，李汝华这份热情与其说缘自特别的交情，不如说更像绝望中的人捞到一根救命稻草。

　　王纪也像对待一个绝望的人一样，等各就其位坐下，才说："茂公大概忘记，朝廷召我回来总督仓场，而非接掌户部。"

　　"仓里有粮，库里有金，户部的事还有什么不好办的！今上下最愁的，就是仓里无粮，库里无金。都说山西人会当家，惟理先生来当这个家，大家都不用发愁。"李汝华说。

　　"茂公这是在抬举山西人，还是在骂山西人？"王纪问。

　　"由衷之言，惟理先生怎会以为我在骂山西人？"李汝华甚是奇怪。

　　"所谓山西人会当家，说好听些，是懂得节衣缩食；若说难听，就是从牙缝里抠食。我要是把山西人治家的本事使出来，就算茂公不骂我，四面八方还不得骂声鼎沸呀！"王纪道。李汝华要分辩，他把手一拦，表示自己还有话，"再者，茂公说上下最愁的，就是仓里无粮，库里无金；我看也不尽然。"

　　"除醉生梦死或全无心肝之徒，谁能不愁！"李汝华道。

　　"不以仓里无粮、库里无金为最愁，未必就是醉生梦死或全无心肝之徒。"王纪却说。

　　"惟理先生似乎并不为仓里无粮，库里无金而愁？"李汝华责怪道。

　　"不是不为仓里无粮、库里无金而愁；而是以为，除仓里无粮、库里无金之外，还有更可愁之事。"王纪说。

　　"这话绕来绕去，容易把人绕糊涂。"李汝华说。

　　王纪不从正面解释，却问："户部一位司官近日上疏言事，不知茂公留意否？"

"所言何事？"李汝华问。

"更可愁之事。"王纪道。

"他怎么写的？"李汝华问。

"正好我记住大概，复述与茂公听听吧。"王纪说是复述，实则背诵出该疏中的一段话，"一入镇江，斗米百钱；渐至苏、松，增至百三四十而犹未已。其有榜帖路约，堆柴封烧第宅，幸赖当事齐之以法，一时扑灭无余。然顾瞻闾左，民穷财尽。今日百姓尚知讨贼，尚可催科；只恐百姓自己作贼，谁为我皇上催科者！"

"惟理先生背诵的，是杨文弱的疏文吧？"李汝华听罢问道。杨嗣昌才由南京国子监博士转迁户部郎中。别的郎中上疏，李汝华可能没留意；而对杨嗣昌的奏疏，他不会不留意。但留意是留意，对该疏的内容却有些反感。他说，"看来，惟理先生对杨文弱的奏言颇有感慨。前些日子，户部亦有一疏，不知惟理先生听后，会不会也有感慨。"

"好，茂公请说。"王纪道。

该疏是亲拟，李汝华记得很清楚，他择要言道："查万历四十六年四月至今年七月，共饷辽八百余万。今据新饷司呈称：援辽兵十八万，除本色外，饷银二百二十七万，马十万匹，除青草月份外，银五十四万；辽、沈、开、铁额兵，除领旧额外，补新饷银三十万。以上岁纳三百二十一万。加之各衙门公费廪粮工食约一万，各道驼运约费百万，各道召买粮料六十万，共岁用银四百八十余万。"

一连串的数字，脱口而出，李汝华需要喘一口气；同时，不说让王纪记清这些数字，也要让他体会体会。

"入不敷出的情形，茂公若是不说，还真是不知其详。不过，"王纪说着，话锋一转，"茂公若以户部这一篇奏章还击杨文弱的奏章，我以为仍有些不妥。"

"有何不妥？"李汝华问罢，先抱怨一番，"民穷财尽，他杨文弱见得到，你惟理先生见得到，我就见不到？加派之不得已，我体会得到，惟理先生也体会得到，只怕杨文弱就没体会到。否则，他也不会只言百姓催科之苦，不言朝廷加派之不得已。"

"茂公见得到民穷财尽，但对杨文弱奏章里的一句话，只怕体会还不深切。"王纪道。

"惟理先生指的是哪句话？"李汝华问。

"百姓自己做贼！"王纪一字一顿地说。

李汝华不由一怔。万历末年辽事日棘，廷议加饷，最后是由李汝华落实执行的。从那以后，他不断遭受朝野批评。他觉得，所有口头的批评也好，笔墨的弹劾也好，都不如"百姓自己做贼"这六个字，带给他心灵的震动大。

# 第八章

内阁三臣紧跟在传宣的太监后面往宫里赶。按说，现在的内阁应该有八人：除方从哲外，大行皇帝临终前，召史继偕、沈㴶入阁，皇帝登极后，命何宗彦、刘一燝、韩爌入阁，紧接着，又召前首辅叶向高和朱国祚入阁。不过，叶向高、史继偕、沈㴶、何宗彦、朱国祚都起自家中，他们或是奉旨即行，正在赴京途中，或是辞不赴召，所以内阁其实只有方从哲、刘一燝、韩爌三人入值。

刘一燝记得，在前面走着的太监姓李。他唤道："李公公！"

李太监回头，见开口的是刘一燝，问道："刘先生有事吗？"

他脚上并未慢下来，刘一燝为和他说话，不得不快走两步。

"皇上曾发口谕，以后宣召大臣，别忘把杨涟叫上。李公公知此事否？"他问。

"知是知道，另有人去宣召，但怕来不及。"李太监说。

他的原意，或是指六科值房比内阁路远，等不及杨涟一同进宫。但刘一燝不会这么想。就算是六科值房比内阁远，也远不到哪儿去，有什么来不及的！在他听来，李太监的话大是不祥，他心头不觉一沉。方从哲、韩爌也是心头一沉，并快步赶上来。

"老李，是不是——"方从哲话到嘴边，说不出来。

李太监知道他想问什么，说句让阁老们更心慌的话："老先生就要见到爷，自个儿看吧。"

临近思善门时，有个人影一闪。韩爌眼神好，不但看清是谁，而且明显感觉到，这个人在躲闪他们。

"涵公，他怎么会来？"他问方从哲。

方从哲没看到人，反问他："谁来？"

"就是那个自称有仙丹在手的鸿胪寺官。"韩爌说。

"李可灼？"方从哲也不知这个人为什么会出现在这里，他转问李太监，"老李，他怎么会来？"

"还不是来和院使们切磋他那个仙丹。"李太监说。

李可灼欲进仙方，方从哲等曾将他唤至内阁反复盘问，都以为其言不可信。在问安揭中，方从哲特别加上"进药十分宜慎"。不想，通过外廷进药不成，李可灼又来宫里找门路。方从哲等心中暗道：此人太过无耻，太过可憎！

见皇帝斜卧在乾清宫东暖阁的御榻上，方从哲等都想，皇帝的病情果然加重。虽然登极后没两天就传出皇帝患病的消息，但以前几次召见大臣，他都是坐着的；看来，今天实在是撑不住了。

皇长子由校侍立一旁。方从哲等向皇帝行过礼后，又向由校行礼。见皇太子的礼仪，和见其他皇子的礼仪是不同的。方从哲等按照朝见皇太子的礼仪，四拜而止。

"由校，怎不还拜！"皇帝道。

由校向方从哲等二拜还礼。

"卿等既已视他为储君，还望辅佐他为尧、舜。"皇帝说。

皇帝一直不肯册立皇太子，让内阁、礼部及各衙门官员们焦虑不安。虽然方从哲和刘一燝、韩爌对此事的态度不尽相同，但皇帝在一次普通的行礼之后竟认可由校的储君地位，他等无不又惊又喜。不过，皇帝这么说，又像在交代后事，他们都不敢稍带喜色，也不知该如何回奏。

方从哲的应变能力较强，首先叩答一句不带什么感情色彩的话："臣等谨遵圣谕。"

"臣等谨遵圣谕。"刘一燝、韩爌随即叩道。

皇帝不知是因为对由校说句话，对阁臣们说句话，用去太多的气力，还是因为对自己轻率的允诺有点后悔，他闭上眼，不再出声。

方从哲用眼神询问离皇帝较近的王安：是不是该拜退？王安用眼神告诉他：别急，皇上还有话。

果然，稍等一会儿，皇帝微睁双眼，嘴里吐出几个字。

声音太轻，王安怕阁臣们听不清楚，重复一遍："皇上说，由校这孩儿是懂事的。"

皇帝颔首，又对由校说："方才恳请之事，你再对内阁诸先生说说。"

"是。"由校应一声，如背书一般地说道，"儿臣叩乞父皇，册封选侍阿娘为皇后。"

转到这个话题，皇帝一下子好像焕发精神。

"哪个选侍？"皇帝问。

"李选侍阿娘。"由校答。

"她非吾儿亲娘，吾儿为何代她奏请？"皇帝问。

"李选侍阿娘服侍父皇久，最为勤劳。"由校答。

"还有呢？"皇帝又问。

"李选侍阿娘抚育儿臣及臣弟由检，有如亲娘。"由校答。

"卿等听到吧？"皇帝转对方从哲说，"由校都说这话，可见册封选侍，非朕一己私念，卿等宜从速办理。"

"礼部已在拟定册封皇贵妃仪注。"方从哲奏道。

"册封贵妃仪注，朕再三催促，礼部就是不肯用心。"皇帝责怪道，又说，"册封贵妃仪注不必再拟，着礼部拟定册立皇后仪注吧。"

方从哲说礼部在拟定册封贵妃仪注，是想把这事含混遮掩过去。没想到，皇帝这时的头脑格外清醒。

方从哲愣了愣，奏道："册立皇后，乃国家大典，容臣等与礼部诸臣从容计议。"

"一定要速办，"皇帝说，"若是选侍自家奏乞，朕还可以回绝；今儿个可是皇长子奏乞。他乃储君，又说得头头是道，还容朕回绝吗？"

说到这里，皇帝又闭上眼睛喘息。

"臣等遵旨。"方从哲等应道。他等谁也不忍心再和皇帝争辩，好在皇帝不是逼着当即拟旨，总还有回旋余地。

一名近侍从由校那一侧的屏帏后出来，躬身走近皇帝，低声说句什么。皇帝往屏帏后看一眼，没马上回答。

方从哲等都猜到，屏帏后有人，但他们无论如何也想不到，从屏帏后忽然伸出一只手，抓住由校，往后拉过去。伸出的那手，指尖纤细，露出的还有鲜红的袖口，这都表明，站在屏帏后的是一妇人。

由校受惊，呼道："父皇！"

皇帝似乎也受惊吓，并且对外力忽施于由校有所不忍。但镇定下来后，他还是说："你选侍阿娘唤你，你且去。"

屏帏后传出细碎的脚步声，显然是李选侍拉由校离开。

暖阁里静下来。皇帝叹口气，道："寿宫事甚是要紧。"

"定陵收拾停当，即可恭奉大行皇帝及大行皇后移入。"方从哲说。定陵是内阁和礼部为大行皇帝陵寝拟的名号。

皇帝摇摇头，道："不是皇考寿宫，是朕的寿宫。"

方从哲大骇，朝御榻跪倒。刘一燝、韩爌同时跪倒。三阁臣同时言道："圣寿无疆，何念及此！"

"卿等心意，朕知道。起来吧。"皇帝命道，等三阁臣起身，他问，"朕闻得，近日有鸿胪寺官进药，可有此事？"

"确有此事。"方从哲答道，"鸿胪寺官李可灼称有仙丹，臣等未敢轻信，曾疏陈'进药十分宜慎'。"

"进药十分宜慎，朕已做到。卿等言不敢信，朕亦不信。不过，他既敢言仙丹，何不着他献进，朕与卿等一同辨识？"皇帝道。

皇帝的话很恳切，方从哲等不好再劝止。

"臣意，不但要辨识李可灼所进之药是否堪用，还要听他说说陛下的病源。"方从哲从积极方面提出建议。

"那是自然。"皇帝道。

东暖阁旁的小室骤然安静下来。太医院院使及被召来对李可灼所进丹丸做鉴定的御医们，方才还争论不休，这会儿一个个呆若木鸡；更确切地说，像是被主人手里的刀惊呆的公鸡。皇帝才服下药，他们的生死全凭皇帝的安危而定。

他们紧张惶恐的情绪压得刘一燝喘不过气来，他捅捅韩爌，邀道："象云先生，去外面走走，如何？"

韩爌才要点头同意，却被方从哲也听到。方从哲说："好，一起出去走走。"

说是走走，其实不过是从室内移到门外。宫禁重地，谁敢乱走；况且，他们和御医们一样急切地等待暖阁里的消息，没有心情散步。

"再也想不到，这个李可灼说起皇上的病情、病源，竟分毫不爽，看来，上天假此人之手，为吾皇祛病消灾。若因我等无知而延误皇上医治，后果真是不堪设想呀！"方从哲颇为后怕地说。

"涵公无须自责。分明是人世间寻常之药，偏要诩为仙丹，谁会不起疑心！"刘一燝道。

方从哲似已麻木，并未觉得宽慰，倒是韩爌听出名堂。

"季晦先生说李可灼所进是寻常之药？"他问。

"是。"刘一燝点头，"他和太医们说起混用的几味药，我忽记起，我乡里一村医，亦曾开过此方。"

"结果如何？"韩爌、方从哲齐问。

"某年归省时，听乡人说，有二人服过此药，结果，一人大好，一人——"刘一燝稍一迟疑，说，"病反加重。"

方从哲、韩知道,他这一迟疑大有文章。说不定另一人不是病反加重,而是一命归西。当然,刘一燝讳言,他二人也不会追问。

"皇上洪福齐天,或不止大好,而是愈发强健。"方从哲拣好听的说。

好像在印证他的话,不多时,一近侍面带喜气,匆匆走出暖阁。

方从哲等迎过去。屋里的御医们听到动静,也一拥而出。该近侍不等他们问,主动说:"万岁爷服药后,只觉暖润舒畅,想吃东西。万岁爷着我来问问李神医,可进食否。"

"我估摸着皇上该思饮食。但首次进食,须清淡些。公公快去传膳吧。"李可灼按捺不住心里的得意。

"看来,我等可回内阁歇歇。"方从哲说。

"再等等。"刘一燝道。他似乎仍不放心。

一个时辰后,有近侍出来,宣李可灼进殿。众人问是何事。近侍说,万岁爷欲再服一丸,着他速去调治。有御医小心翼翼地提出,此药不宜骤服。但圣意已决,谁能拦得住!

第三次有近侍出来,是为报信,说皇上服药后已就寝,睡得很安稳。

方从哲等这才安心而退,这次他们不用回内阁歇着,而是各自回家。太医院使安排两名御医当值,其他御医散去。

大家睡个安稳觉。但第二天三阁臣和其他官员一起赶去朝房时,才知皇帝已于凌晨宾天。这一天是九月初一日。

皇帝在位仅一月,谥契天崇道英睿恭纯宪文景武渊仁懿孝贞皇帝,庙号光宗,葬庆陵。

# 第九章

万历四十八年九月初一日,乾清门外,廷臣和手执长梃的侍卫相持不下。廷臣不仅越聚越多,而且,情绪也越来越激烈,对侍卫们的骂越来越难听。侍卫们开始极度紧张,主要是不知道如果廷臣们执意要冲进宫去该怎么办。他们逐渐发现,廷臣们不管情绪多么激烈,骂多么难听,却并不敢当真冲进宫去,因而不再那么紧张。

"狗奴才!今天子宴驾,皇长子尚幼,你等把住大门,连宰相也不准入,意欲何为!"杨涟边骂,边把方从哲等拉到前面。

侍卫们面无表情。或者说,他们的面无表情也是一种表情,其中含有更气人的成分:把守大门是我等职责,我等并没有不让你等进去;若有胆量,你等进去呀!

杨涟似乎看透他们的心思,往前推方从哲一把,道:"请出皇长子,受廷臣参拜,乃眼下第一要务。宫中既不放皇长子出来与廷臣见面,涵公,我等须得闯将进去!"

方从哲一个趔趄,险些跌倒。亏得杨涟及时抓住他后背,他摇晃两下,重新站稳。理理衣袍,他说:"文孺,不得莽撞,乾清宫也闯得吗!"

"我不是莽撞,是心急。"杨涟说。

"谁不心急!当大任者,越是心急,越要稳重。"方从哲说。

"好,好,涵公是当大任者,涵公够稳重!眼下局面,前所未有,在涵公看来,当如何应对?"杨涟问。

"部、院掌印差不多都在这里,正好议之,文孺不要追着我一人问。"方从哲说着,转向吏部尚书周嘉谟、户部尚书李汝华、礼部尚书孙如游、掌院都御史张问达等,把他们推到前沿,"闻得方才在朝房,诸公与文孺持议相左,何不说与众人听听?"

"相左云云,从何说起!看来,中涵先生但知其一,不知其二。"周嘉谟代表其他部、院大臣说。

"那就请明卿先生将其一、其二一起说说。"方从哲道。

周嘉谟在时下大臣中是资格最老的。他说:"其一者,不记得是哪一位仁兄起头,我等几个老家伙议起来。"

"是我。"李汝华插话。

"谁起头不打紧,明卿先生且说是如何议的?"方从哲道。

"哪个起的头,关系不小。"李汝华先加以纠正,然后说,"不过,中涵先生急于知道,还是先述其议。既然我起的头,我来复述。我以为,皇长子既无嫡母,又无生母,势孤力薄,托之于李选侍,未必是件坏事。先帝安置李选侍和皇长子同入乾清宫,或亦为此。"

"我等皆以为茂夫先生此议,大有道理。"周嘉谟等齐道。

"是啊,我也要为茂夫先生喝彩。"方从哲说。

"中涵先生不忙喝彩,还有其二没听呢。"李汝华却说。

"其二是文孺之议吧?"方从哲问。

"是文孺之议,又不仅是文孺之议。"周嘉谟道,并对杨涟说,"茂夫先生之议,茂夫先生自家已复述;你之议,也由你自家复述吧。"

"好,"杨涟在公卿大夫面前毫不推托,"天子一身而系天下安危,岂可托于妇人!且闻昨日先帝召对大臣,选侍将皇长子呼出呼入,如对匹夫下人。幼主托于她手,我等臣子,怎得安心!我以为,今日一定要见到储君,高呼万岁,行参拜礼,然后且护出乾清宫,暂居慈庆宫,择日登极后,诏令选侍移宫,再行返回。"

方从哲抚髯沉吟。刘一燝抢着说:"文孺,我先为你喝彩。"

"季晦先生也不忙喝彩,且听明卿先生等是怎么说。"方从哲说着,问周嘉谟,"明卿先生为何说,其二不仅是文孺之议?"

"因为我等听他议罢,都改变初衷。不然,我等也不会和他一同来乾清门前请命。"周嘉谟说。

方从哲这才明白,方才他说到哪个起头时,为什么会遮遮掩掩;也才明白,李汝华坦承是他起的头,意味着什么。

"文孺说,今日一定要见到皇长子?"他问。

"是。"杨涟应道。

"皇长子若不出宫,则闯宫?"方从哲又问。

"是。"杨涟应道。

"诸位之意呢?"方从哲问其他人。

"今日定要见到皇长子;皇长子不出宫,则闯宫!"大多数廷臣应道。当然,地位较低的官员声音高亢,公卿大夫则声音低沉。刚刚安静下来的乾清门外,眼看又要沸腾起来。

也有人问:"涵公却是何意?"

方从哲没正面回答。他转向地位最高的勋臣、英国公张唯贤,问道:"爵爷们看,当如何行事?"

"杨先生所议甚是;当如何行事,还须首辅决断。"张唯贤并非把问题完全推还给他,因为他又加上一句,"首辅一言九鼎,若请参拜皇储,谁也拦不住的。"

"群情激昂,我左右得了吗?我从众而已。"一向在重大问题上难得表明态度的方从哲不得不说。

李选侍是看着大行皇帝咽气的,从那以后,她一直没离开东暖阁。和她在一起的,除她的心腹李进忠、刘朝等,还有司礼秉笔王安。

喧嚷声不时传进殿里,李选侍心神不定,他命李进忠、刘朝:"你等哪个去看看外面的情势?"

"奴才去。"刘朝匆匆出殿。不多时,又匆匆返回。

"情势如何?"李选侍迫不及待地问。

"乾清门怕是守不住。"刘朝带回的是坏消息。

"守不住,不会关闭大门!"李选侍道。

"是有人想关闭大门,但被外廷数人扼住;他等还称:谁敢关闭大门,即乱臣贼子。"刘朝说。

"哼!"李选侍冷笑,"他等连乾清宫都敢闯,还说别人是乱臣贼子!"又把气撒到李进忠头上,"你平日话那么多,想让你闭嘴都闭不上,现在倒是说点儿什么呀!"

"外廷要把殿下接走,奴才思来想去,无论如何,不可让殿下离开娘娘身边。"李进忠说。

"这还用思来想去吗!皇爷要我照看由校,他当然不能离开我身边;可眼下要议的是,他如何才能不离开我身边。"李选侍道。

"奴才有个笨拙的法子,不知使得使不得。"李进忠说。

"你说!"李选侍命道。

"奴才把殿下藏起来。"李进忠说。

王安在一旁听得不住哂笑。

"王太监,你是笑我,还是笑他?"李选侍问。

"老奴不敢笑选侍娘娘，笑的是李二傻。"王安对李选侍怀有几分敬畏，对李进忠则毫不客气，乃至直呼他的绰号。

"外廷要见由校，把他藏起来，他等或即散去；我听不出这有什么好笑的呀！"李选侍说。

"咱先不说外廷；选侍娘娘和李二傻都以为，皇长子殿下不可离选侍娘娘身边，把殿下藏起来，选侍娘娘是不是也得藏起来？"王安道。

"我是乾清宫主人，为何要藏起来！"李选侍不愿听这个藏字。

"选侍娘娘不藏，殿下岂不离开选侍娘娘身边！老皇爷要选侍娘娘照看殿下，由得殿下离开身边，岂不有负老皇爷托付！"王安道。

"王叔，你这就有点强词夺理；皇爷要选侍娘娘照看殿下，并不是一刻也不离呀。譬如殿下去文华殿听课，选侍娘娘也跟去不成？"李进忠争辩道。

"一件是藏于密室，一件是就读文华殿，二傻，也就你会将二者相提并论。"王安更加哂笑不止。

"王叔道这个例子不好，我还能想个别的例子。"李进忠道。

"你要说的，我猜也猜得出来。"李选侍止住他，对王安说，"皇爷常夸你办事稳妥，外廷闹事，你看该如何平息？"

先帝宾天，王安本来要出去与外廷会合，商议后事；但被李选侍左央右求，只得留下来。现在看来，他答应留下来是对的。

"选侍娘娘说，把殿下藏起来，外廷或散去。老奴想，此乃一厢情愿。外廷群臣敢在乾清宫门外闹，就不敢在乾清宫里闹？且在乾清宫里闹起来，别说殿下，就是选侍娘娘，想藏也藏不住。"王安说。

"依着你呢？"李选侍问。

"外廷汹汹，不过要拜谒殿下，并非欲不利于殿下；等见过殿下，行过大礼，自然散去。"王安说。

听起来像是那么回事。李选侍奇怪，如此简单的道理，她怎么就琢磨不透，李进忠、刘朝等也琢磨不透。

"那就让由校出去露个面？"她不知自语，还是与什么人商量。

"娘娘，外廷若不放殿下回来，如何是好？"李进忠道。

"不放殿下回来，难道他等有天大的胆子，敢胁迫殿下出宫？"王安立即反驳。

胁迫出宫，等于谋逆，料外廷群臣不敢；至于会不会有别的变故，则难料。原来初听上去很简单的道理，并不简单。但不管怎么说，让皇长子出去安抚群臣，比藏起皇长子激怒群臣，要切实可行。李选侍下定决心，命道："唤由校来见我！"

一宦者从另一室把由校请过来。

"殿下有没有听到外面的呼喊声?"李选侍问。

"听到。"由校回答。

"你可知,他等为何呼喊?"李选侍问。

"不知。"由校回答。

"他等好不荒唐,吵闹着要见殿下。"话一出口,李选侍觉察,自己的话才有些荒唐。她于是解释说,"我不是说他等不该见殿下,不能见殿下。殿下是储君,早晚还不要登极,早晚还不要和他等见面!我是说,皇爷才刚上宾,宫里一大摊子事,殿下哪顾得上出去见他等!殿下,你说是不是这个道理?"

"是。"由校应道。

"那你见不见他等?"李选侍问。

"听阿娘的。阿娘说见,就见;说不见,就不见。"由校道。

他的语气,充满与他的年龄不相符的冷漠和无奈。但这就足够。李选侍说:"好,那你就出去见见他等,让他等散去,休得再叫嚣。王大伴你是熟悉的,他陪着出去,你用不着担惊受怕。不管外廷有怎样的议论,你回来与阿娘合计。能记住吗?"

"能记住。"由校道。

李选侍又嘱咐王安:"王安,我把殿下交与你,你须得全力维护,把殿下平平安安给我送回来!"

"选侍娘娘放心,殿下定会安然无恙。"王安说。

"你也跟去,小心护主。"李选侍又命李进忠。

"奴才心里有数。"李进忠应道。

群臣中已有人腿迈进乾清门,远远看到王安等扈从由校走过来,忙退回去。待由校渐渐走近,群臣在原地跪倒迎候。有人呼道:"臣等谒见殿下!"但更多的人则呼:"万岁万岁万万岁!"

后者有很强的感染力,连乾清门外的侍卫们也跪倒欢呼。

由校在庆典时听过廷臣向皇祖欢呼,听过廷臣向父皇欢呼。当这一欢呼骤然降临到他头上时,他没有丝毫准备,惊慌远远超过陶醉。他求助般地向王安看过去。

王安手掌向上,稍稍举起。由校会意,也把手掌向上,高高举起,道:"卿等平身。"

说罢,又看王安。王安低声对他说着什么,显然是在教他下面该说的话。由校微微点头,但张张嘴,没能学上来。

王安代他问："殿下问，卿等拥至宫禁重地，所为何事？"

"臣等请殿下临朝，行君臣之礼。"群臣道。

王安与由校交谈后，仍由他代言："殿下问：尚未登极，如何临朝？"

聚在乾清门外的廷臣，一是担心皇长子的安危，二是担心皇长子被李选侍掌控；至于皇长子露面后，下一步该怎么走，谁也不曾细想。

众人目光逐渐集中在两个人身上，一个是首辅方从哲，一个是资深尚书周嘉谟。但方从哲的本性，从来不肯拿主意。周嘉谟老迈，一时拿不出主意。二人皆默然。

刘一燝往前走一步，奏道："臣以为，殿下尚未登极，不宜遽临皇极殿，可先往文华殿，受群臣朝拜。"

文华殿是皇太子接受册封的地方，又是皇太子读书的地方，请由校先驾临文华殿，等于同时举行朝拜皇太子和朝拜新君的仪式，这个主意实在高明。不少廷臣呼道："请殿下速往文华殿受臣等朝拜。"

由校拿不准去得去不得，只顾看着王安。

李进忠也盯着王安看。见王安面带喜色，眼看就要点头，他想：坏了，老家伙原来就是想骗得小爷离开乾清宫的。

他冲上一步，想要把由校拉住。由校本来就有点怕他，见他来势甚凶，忙闪到王安身后。

"李公公，你这是作甚？"王安边安抚由校，边斥责李进忠。

"娘娘吩咐，小爷不得离宫，王叔不记得吗！"李进忠对王安说罢，又对由校说，"小爷出来已久，娘娘等得心焦，还是先回宫吧。"

"你休多虑。"王安这次边安抚他，边护在由校前面说，"刘先生请移驾文华殿行礼，并非要离宫。"

"此人是谁，敢在殿下面前吆三喝四？"刘一燝问。

"他是李选侍娘娘身边第一大要员李进忠。"王安讥道。

"大臣议事，他也有插嘴的份儿！"刘一燝沉着脸说。接下来，又指责王安，"选侍就是选侍，几时选侍也可称作娘娘？王公，你是几朝老人，怎的也这般不懂事！"

"在宫里叫惯，看来是得改一改。"王安笑着认错。

"殿下，既言及选侍，臣尚有一言：选侍服侍先帝有日，不可谓无功，然先帝既已上宾，选侍不宜再留居乾清宫。慈庆宫乃先帝潜邸，臣请殿下暂居该宫，待选侍移出后，再返正宫。"刘一燝奏道。

"殿下暂居慈庆宫，追思先帝，甚是。"孙如游附和。

此议正合由校心意，他打心眼里不愿在这时回到李选侍身边去。但暂居慈庆宫，是否"甚是"，他却不知道，等着王安给他拿主意。

王安点点头，要他答应下来。他示意王安替他说，王安做个手势，表示须得他亲口说。

"就依卿等。"由校轻声说道。

群臣再呼"万岁"，王安忙着吩咐为皇帝准备驾舆。

"王叔，娘娘可是要你把小爷平平安安送还给她。"李进忠对他说。

"轻声，别让老先生们听到你仍在称呼娘娘！她不是对我不放心，又差你来吗？那是要你把殿下平平安安送还给她。"王安调侃道。

李进忠见事已无可挽回，说句"小爷及早回宫"，自己赶回请命。

驾舆停在由校近旁，由校伸出左手。他是要侍从们搀扶。但王安陪伴他出来时，并没招呼其他侍从；这会儿王安又在安排驾舆，还没赶过来。离皇帝最近的是刘一燝，他忙伸出双手，捧起由校左手。在另一边，张唯贤捧起由校右手，二人服侍由校登舆。

往东走没多远，刘朝率领一群老老少少的宦者，高呼着"小爷慢走"，追将过来，拦在驾舆前。

驾舆停下，群臣围成半圈，准备护驾。

"你等好大胆，不怕惊驾吗！"王安喝道。

"王叔及大人们奉小爷何往？"刘朝问。

"已告明选侍，去文华殿行礼。"王安说。

"然后呢？"刘朝又问。

"内阁及廷臣公议，请殿下暂居慈庆宫。"王安说。

"这事也已禀明娘娘？"刘朝问。

"尚未禀明，正好请你代劳。"王安说。

"王叔，去不得呀！"刘朝道。

"为何去不得？"王安问。

"王叔是知道的，小爷年少畏人。这多陌生人跟在后面，吓出个好歹，谁担得起责任！"刘朝道。

王安被挤对住。因为他确实知道，由校胆子小。

杨涟上前一步，把刘朝推开，斥道："一派胡言！殿下是我等共主，我等是殿下臣子，四海九州之人皆是殿下之臣，殿下会畏何人！"

说着，一挥手，上来数臣，把挡道的宦者推开，让由校驾舆通过。

## 第十章

朝房里，廷臣们三三两两地议论着各自关心的话题。开始，大家还顾及礼貌，尽量压低声音；但随着气氛的热烈或争论的加剧，声音越来越嘈杂，不把耳朵贴过去，根本听不到对方在说什么。

周嘉谟、孙如游、张问达等几位大臣也在议论一个话题。他们不能像地位较低的官员那样，大喊大叫；或像市井老儿那样，交头接耳。到后来，只得无可奈何地停下来不说。

因为不说，他们才发现，李进忠不知什么时候也进朝房。显然，朝房里的混乱场面是他没料到的，他两只眼睛向一伙一伙的官员扫过，却拿不准该朝哪伙人走过去。看来，他在找人，又不认得要找的人。

他也有主意，眼珠转了转，忽然扯起嗓门叫道："左大人！"

朝房里顿时静下来。这倒不是因为他的嗓门比别人都高，而是因为宦官的声调和普通男人不同，在听到这种声音的时候，官员们会不约而同地想到，宫里来人，定有旨意。

一官员边往前走，边问："谁找左某？"

李进忠上下打量他一番，问道："阁下是监察御史左光斗大人？"

"普天之下，只有一个左光斗。"左光斗说。

"左大人认得在下吗？"李进忠问。

如果说以前不认得，那么，乾清宫前发生风波，李进忠和皇长子、王安同时露面，就没人不认得他。

"尊驾不是在乾清宫选侍身边当差的李进忠公公吗？"左光斗道。

"左大人既认得在下，就请随在下去吧。"李进忠说。

"随你去何处？"左光斗问。

"自然是乾清宫。"李进忠道。

"左某为何要随你去乾清宫？"左光斗问。

"娘娘命我宣左大人回话。"李进忠道。

"时下乾清宫没娘娘,只有选侍。"左光斗说。

"是选侍娘娘。"李进忠绝不肯舍弃娘娘二字,"选侍娘娘有一事不明,要请左大人进宫去说说。"

"选侍也罢,选侍娘娘也罢,左某乃天子法官,仅奉天子宣召,不奉他人宣召。"左光斗道。

听到他义正词严的答复,不少人叫好,也有人说:"不奉选侍宣召是对的;但选侍不明之事,遗直兄何不对李公公说说,由他转达?"

既称呼"遗直兄",一定是他的某位同年。

"这却不妨。"左光斗应着,问李进忠,"选侍有何事不明,差遣李公公前来垂询?"

李进忠也是这么想,即使不能把左光斗拉进宫去,让选侍娘娘当面辱骂,发泄怨愤;也得当着群臣的面,代选侍娘娘羞辱左光斗一番。他问:"左大人是不是曾上一疏?疏中是不是有'武氏之祸再见于今,将来有不忍言者'?"

"有此疏,有此言。"左光斗点着头,反问一句,"李公公是如何得知的?"

"左大人莫忘,这两日的奏章仍先送乾清宫。"有人提醒他。

"忘倒未忘,我只是以为,这个规矩该变一变;天子在哪里,奏章当送哪里。"左光斗道。他瞥李进忠一眼,又说,"也免得人家读后,不明其意;甚或读明其意,还要生一肚子闷气。"

"左大人好得意呀!"李进忠想从气势上压倒左光斗,恶狠狠地说,"武氏之祸再见于今,这话是臣子该说的吗?老皇爷把小爷托付于选侍娘娘,识见何等圣明,用心何等良苦!你却出此无君无父之言,诽谤老皇爷,离间娘娘与小爷母子,实是罪该万死!"

"李公公且息怒。"这几句恫吓只让左光斗觉得好笑,他问,"这些话是选侍说的,还是李公公说的?"

"是选侍娘娘的意思,话却是我说的。"李进忠道。

"你说我诽谤先帝,那是欲加之罪;若说我对选侍不恭,我却并不否认。不过,"左光斗语气一转,问,"你可知我为何对选侍不恭?"

"我不管你是何缘由,仅'武氏之祸再见于今'一言,就该兴师问罪。"李进忠说。

"你可以不管,但我得告诉你。"左光斗道,"内廷有乾清宫,犹外廷有皇极殿,唯天子御天得居之,唯皇后配天得共居之。其他妃嫔虽以次进御,不得恒居。此非但避嫌,亦有别尊卑也。选侍既非嫡母,又非生母,俨然尊居正宫,而殿下乃退处慈庆宫，不得守几筵，行大礼，名分谓何！选侍事先帝无脱簪戒旦之德，于殿下无拊摩养育之恩，其人岂可以托圣躬者？且殿下春秋十六龄矣，内辅以忠直老成，外辅以公孤卿贰，何虞乏人，尚须乳哺而襁负之哉！况圣哲初开，正宜不见可欲，何必托于妇人女子之手！及今不早断决，将借抚养之名，行专制之实。"

所谓嫡母，即指皇后，皇子无论哪个嫔妃所出，均以皇后为嫡母。左光斗才充满激情写就的奏章，自然可以朗朗上口。背诵之后，他说："下面才是'武氏之祸再见于今，将来有不忍言者'。李公公，选侍若将本臣之疏多读两遍，就不会有什么不明！"

"事先帝无脱簪戒旦之德，于殿下无拊摩养育之恩，这话写得痛快！"一年纪较轻的官员赞道。

"我看，殿下乃退处慈庆宫，不得守几筵，行大礼，这才是时下急需改变的情势。"一老成官员说。

李进忠本想着力批驳的句子，先被别人称赞；再妄加罪名，就不是加在左光斗一个人头上。他正想着怎样说得策略些，周嘉谟在一旁说话。

"朝房非李公公当至之处，更不宜久留。左大人奏章，言词不无过激。但选侍既非嫡母，又非生母，写的是不错的；选侍不宜恒居乾清宫，写的是不错的。李公公还是回去，劝选侍早作打算吧。"他说。

"是啊，李公公自个儿也得盘算搬家的事。"有人附和。

李进忠不但没能把左光斗拉去乾清宫，连当众羞辱他的目的也没达到，反而自取其辱。他只得灰溜溜地退出。

他一走，本来共同面对他的廷臣散开，眼看又要形成各个议论圈子。周嘉谟抓住他们尚未完全散开、尚未开始议论的机会，双臂举起，高声道："问一件事，方才可曾有人在议新天子登极的日期？"

"下官等在议。"有人回答。

"晚生等也在议。"又有人回答。

一路说下去，十伙人里倒有七八伙人在议论此事。

"既如此，何不一起议议！"周嘉谟道，见群臣逐渐围拢在他们几个尚书、都御史四周，他说，"礼部拟定仪注，欲奏请新天子于初六日举行登极大典，诸位意下如何？"

群臣多是泛泛而议。现在有具体的日期，大家都开始琢磨这个日期是否合适。当然，初六日是否吉日，用不着考虑，礼部绝不会选一个不吉的日子；他们要考虑的，是过早，还是过迟。最先表明看法的是杨涟、左光斗。开始，大家以为他二人说的是同一个意思，细细辨别，才发现二人的意思正好相反。

杨涟说的是：是否太急？

左光斗说的是：是否太迟？

"遗直兄难道不记得，今日已是初三日！"杨涟道。

他这话难听，左光斗的话也难听："怎不记得！我还记得，初三日之后，尚有初四日、初五日呢。"

"依着遗直兄，恨不得新天子初四日、初五日就登极？"杨涟问。

"今日午时后若有吉时，我恨不得新天子今日登极！"左光斗道。

"储君之位定否？既定；宫闱有嫡庶之嫌否？无有。真不知遗直兄为何这般性急！"杨涟道。

"乾清宫清静否？尚未；今日之政令出于新天子否？非也。我亦不知，文孺兄为何如此从容！"左光斗道。

"当从容时须得从容。今海内清晏，遗直兄并无疑义吧？先帝含敛未毕，新天子骤然衮冕临朝，非礼也。"杨涟道。

"当紧迫时须得紧迫。万历朝宫闱变故，文孺兄亦有所见吧？天子一日不立，天下一日不得安，那时却看文孺兄与谁去议礼！"左光斗道。

"天下安与不安，不在登极早晚；处置得宜，天子晚几日登极，又有何妨！"杨涟道。

群臣大部分都能理解，杨涟所谓处置得当，主要是指对李选侍移宫之事不可操之过急，因为她毕竟是先帝所钟爱的女子；先帝尸骨未寒，就逼迫她移宫，似乎太不近人情。

"何谓处置得当？是由得新天子返回乾清宫，为选侍掌控，还是由得新天子在慈庆宫住下去？我还是那句话：武氏之祸再见于今，将来恐有不忍言者。到那时，我和文孺兄之间，将有一人，成为遭人唾骂的千古罪人！"左光斗道。

朝房里只听他二人你一句我一句，别人很难插得上话，连周嘉谟、孙如游等大臣，也只有听的份儿。

好不容易左光斗说的"千古罪人"四个字使杨涟感到震撼，不得不重新审视目前的局面和自己的立场，有人乘机说句更严重的话。

说话的是太仆寺少卿徐养量。他说："文孺兄前日于乾清门外怒斥阉宦，令天下敬佩，但今日不可太自以为是。文孺兄称新天子晚几日登极不妨；若是这几日忽生变故，文孺兄即便一死，天下人将共啖你肉，你百十斤血肉之躯足食乎？"

徐养量不仅是杨涟和左光斗的同年，还是湖广应山人。他的一席话，惊出杨涟一身冷汗。

两天后，内阁及部、院大臣集于慈庆宫外。杨涟作为唯一一名受先帝顾命的小臣，也赶到。他向其他大臣行礼未毕，人已站在方从哲面前。

"闻得选侍于初九日之后方移宫，可有此事？"他问。

方从哲不愿气氛太紧张。他说："借用文孺一句话，选侍晚几日移宫，又有何妨？毕竟在乾清宫住过些日子，得容人收拾停当，从容迁出。"

"日前迟速之争，错在下官。下官愿在诸位老大人面前认个错。"杨涟郑重地说，"下官既错，涵公不能再错。殿下为皇长子，居于慈庆宫，犹可；明日即为天子，难道能仍居旁宫以避一宫人！即两宫圣母仍在，亦当夫死从子；选侍何人，胆敢欺蔑吾君至此！"

"文孺反戈一击真是了得，竟比遗直火气还要大。"方从哲说着，指着进进出出的宦者，示意他小点儿声，别让这些人听去。

但还是有人听到杨涟的话，一中年宦者走过来说："杨大人莫讲移宫。母子居于一宫有什么不好！大人们你一句移宫，我一句移宫，说得乾清宫里愁云密布，慈庆宫里不知所措。"

杨涟冷峻地看他一眼，问道："你是何人？"

"在下无名之辈，在小爷面前跑跑腿。"该宦者说。

"原来也是吃皇粮，我还以为是吃李家饭郑家饭的！"杨涟狠狠地刺他一句，又道，"我等议移宫，无非是速移宫缓移宫之争，尚未听人言及不必移宫。你在殿下面前行走，怎的以为选侍不必移宫？"

"老皇爷将小爷托付选侍娘娘，在下是亲耳听到的。大人们是顾命大臣，选侍娘娘亦是顾命娘娘，都是要紧人物。"该宦者说。

"殿下身边有你等糊涂的侍从，怪不得至今使选侍移宫的谕旨尚未颁下！"杨涟因他是慈庆宫的人，而不是乾清宫的人，颇为耐心地给他讲道理，"你说，这些大人们受先帝顾命，顾的是何事？"

"这个，在下没听到老皇爷遗训，不敢妄言。"该宦者说。

"用得着亲耳听到吗，据理也推断得出来。"杨涟道，"先帝命这些大臣顾命，自是要先顾其子，难道还会先顾其嬖媵不成？你若去乾清宫，可对选侍言之：选侍若不肯移宫，请她去九庙前讲个明白！你若回慈庆宫，可对殿下言之：移宫之事，臣言于今日，殿下行之于今日，诸大臣赞决之亦于今日。杨某仅一言官，不敢为诸位公卿大夫做主，但选侍今日不移出乾清宫，臣杨涟誓死不去！"

"惭愧，我等身居高位，反要一科臣来鼓舞号召！"刘一燝在一旁说道，"不过，文孺，我愿响应号召，与你一同在此等候选侍移宫。"

"我也算一个。"韩爌道。

方从哲把那名宦者拉到身边，问道："你既识得杨大人，此二位何人，你不会不识吧？"

"是，在下识得。"该宦者应道。

"那你速去禀奏殿下，内阁诸臣均在外候旨。"方从哲说。

当日，由校传谕，着李选侍移宫。李选侍在经过一番内心的挣扎后，终于放弃和新天子同居一宫的打算，移居哕鸾宫。

第二天，由校即皇帝位，年号天启。

# 第十一章

乾清宫西廊庑的一间小室里，王体乾把一个锦缎包裹放下，解开，把里面的工具一件一件取出来，展示给皇帝看。

"奴才拣的是把最锋利的斧子。他们说，再粗的铁棍，此斧砍下，立马断成两截。"王体乾说。

"要那么锋利何用！朕只断木料，不断铁棍。"皇帝说。

"爷用它断木料，不费吹灰之力。"王体乾说。

皇帝不理会他的吹嘘，拿起一把锯问："此锯又有什么好处？"

"此锯甚是轻快，再硬的木质，爷三两下齐刷刷锯开，保证汗都不会出。"王体乾说。

"朕要是正想出点汗，岂不被它耽误！"皇帝说着，又去看其他锛、凿等木工器具。

一近侍进室，禀奏："爷，老王太监在外候旨。"

"着他进来。"皇帝命道。

"爷，奴才先收拾起来吧。"王体乾指着地上一摊子东西说。

"为何要收拾起来？"皇帝问。

"免得王叔看见，又对奴才啰唆。"王体乾道。

"不碍事，朕不让他啰唆。"皇帝说。

王安走入室内，一见斧、锯等，果然皱起眉头。

"朕寝殿里坏把椅子，他们要撤去换新的。朕想，那把椅子是父皇用过的，不如自己动手修修。"皇帝解释说。

"睹物思人，是孝；不弃旧物，是俭。爷具此两样品德，实天下大幸。"王安不得不应付两句。

"爷亲手修理，还占个勤字。"王体乾说。

"天子之勤，不该在这上头。"王安摇着头说，王体乾既插嘴，他正好问道，"体乾，这些都是你找来的吧？"

"王叔说的是。"王体乾应道。

"我记得你才升太监,在尚膳监办差。怎么,把开膛破肚的斧子和锯大骨头的锯子拿来给爷用?"王安到底还是啰唆一句。

"不敢,在下是在别处找的。"王体乾红着脸说。

皇帝怕王安还有更让王体乾难堪,当然,多少也有点儿让自己难堪的话,于是问:"王大伴,怎找到这里来的?"

"老奴有个好消息要报与爷知。"王安说。

"是何好消息,王大伴急着告诉朕?"皇帝问。

"廷臣争执不下的那件事,已有新的说法。"王安道。

皇帝没反应过来,呆呆地看着他。倒不是好消息引不起他的兴致,而是廷臣争执不下的事情,不止一件,他不知王安说的是哪一件。

"是年号之争。"王安告诉皇帝。

"此事有新的说法?如何说的?"皇帝这才提起兴趣,急切地问。

年号之争,不在年号本身。先帝用泰昌年号,今上用天启年号,对于内阁和礼部所拟年号,廷臣中并无反对。现在的问题是,先帝的登极诏书曰:以明年为泰昌元年,今上的登极诏书该怎么写?对此,一种意见是:以明年为泰昌元年,以再明年为天启元年;另一种意见是:以今万历四十八年改为泰昌元年,以明年为天启元年;更有一种意见是:先帝在位仅一月,不如去泰昌年号。

最后一种意见,肯定是不会考虑的。别说先帝在位仅一月,就是在位仅数日,作为新天子,作为其臣子,也不能抹杀他曾君临天下的事实。去万历四十八年,改为泰昌元年,似乎也不妥当,要知道,皇祖今年做半年多的皇帝,去万历四十八年,岂不太委屈皇祖?但不委屈皇祖,不委屈父皇,就只能委屈今上。今上今年会做将近四个月皇帝,明年再做十二个月皇帝,合计十六个月,然后才使用天启年号,这恐怕也是前无古人。

王安说有新的说法,肯定是这些意见之外的说法。

"或议:以今年八月一日之前,为万历四十八年,八月一日之后,为泰昌元年,明年仍为天启元年。"他奏道。

"一年两个年号,既顾及皇祖,又顾及父皇,好是好,但不知父子同年,可有先例参照?"皇帝有点担心。

"有。"王安应道,"唐德宗先后使用三个年号,最后一个年号曰贞元。史称,贞元二十一年正月某日,德宗崩。顺宗即位,以明年为永贞元年。然至八月,顺宗亦崩。宪宗即位，遂以当年为永贞元年，以明年为元和元年。据史观之，该年既称贞元二十一年，又称永贞元年。"

"好，既有事例，不妨照搬。"皇帝说。

"也不完全是照搬。"王安道，"其时并未确定，以正月某日前为贞元二十一年，某日后为永贞元年，故有含混之虞。今确定以八月一日前为万历四十八年，八月一日后为泰昌元年，更觉圆满。"

"不错，朕亦有同感。"皇帝回应一句，赞道，"王大伴，你唐朝典故记得如此详尽，学问很好呀！"

"不是老奴学问好，是秀才学问好。"王安谦道。

"你是指倡此议者吧？他是何人？"皇帝问。

"监察御史左光斗。"王安回答。

"此人有智慧，日后倒要留意。"皇帝道。

## 第十二章

散朝后，吏科给事中周朝瑞见方从哲一人行走，甚是缓慢，他也放慢脚步。等方从哲走近，他回过身去，揖道："涵公，晚生有礼。"

方从哲见是他，心里一紧；但故作镇定，笑着问道："思永，不会也是来向老夫兴师问罪的吧？"

周朝瑞字思永，山东临清人，万历三十五年进士。他曾因上疏言事，被先帝贬秩调外；但才出城，先帝崩，今上即位，把他留下来。

方从哲问他是否兴师问罪，并非与他本人有什么过节。不久前，同是出自万历三十五年那一科的工科右给事中惠世扬，曾上疏弹劾，列举首辅的十大罪状，而皇帝却以惠世扬轻微诋毁略加责备。这让方从哲想起来心里就不痛快。

"言重言重，晚生不过欲向涵公借得一物。"周朝瑞说。

"向我借物？"方从哲抖抖身子，说笑道，"好啊，除这条玉带不得送人，思永看中其他物件，尽管取去。"

"此话当真？此物还就在涵公身上。"周朝瑞却很认真。

方从哲不敢再开玩笑，问道："思永欲借何物？"

"朝前，贾某呈与涵公一函，晚生欲借得一阅。"周朝瑞说。

方从哲知道，他说的贾某，是御史贾继春。上朝前，贾继春的确给过他一函，并嘱咐他千万要仔细阅读。因为是当众呈送，一定有许多人看到，但周朝瑞竟会来讨要，是方从哲没想到的。

"这不妥吧，人家说是私函。"方从哲想拒绝。

"写的也是私事吗？"周朝瑞这才有点儿兴师问罪的味道。

"思永怎知不是私事？"方从哲反问。

"他自家说的呀！"周朝瑞道，"贾某连日为所谓西李选侍者喊冤，今日又公开对众人说，他要促涵公出面主持公道；可见，该函写的一定是这件事。事关选侍，能说是私事吗！"

方从哲不由恼火：你要与我谈论什么事，谈论就是；要写书函，写书函就是，何必招摇过市！这不是给自己找麻烦，也给我找麻烦吗！既然你不欲遮掩，我何必替你遮掩！

他赌气从袖口里抽出贾继春的书函，递给周朝瑞。他说："思永要看，拿去看吧。"

说罢，抽身欲去。

周朝瑞请他稍等："说是借用，晚生读罢，即刻奉还。"

方从哲想，这样也好，免得再被别人拿去看。贾继春的确对他说过，此为私函，他不想得罪周朝瑞，也不想得罪贾继春。

周朝瑞手持书函阅读，读着读着，读出声来："新君御极之初，何得辄劝皇上以违忤先帝，逼逐庶母，表里交构，罗织不休！如李选侍事，其惨暗光景，传闻纷纷，职不忍言。昔敬皇帝之于昭德宫万贵妃也，人言啧啧，而付之不闻；我先帝之于郑贵妃也，三十余年，天下所共侧目，但笃念皇祖，涣然冰释。何不辅皇上取法，而乃作法于凉乎！"

万贵妃是宪宗皇帝宠妃，骄横肆虐，以至宪宗皇帝得皇子而宫中无人敢言。其事与万历年间的宫闱争斗异曲同工。贾继春用这两个事例，来佐证对李选侍的处置不当。

"哼，好一篇乞哀乞怜的文字！"周朝瑞冷笑。

"他无非担心皇上行差走错，并无恶意。"方从哲说。

"涵公也以为皇上行差走错？"周朝瑞立即问。

"我可没这么说。"方从哲否认。

"但涵公不以为此函讪谤皇上、蔑视群臣，是不是？"周朝瑞逼问。

"思永，我将私函拿给你看，已是不妥，不可再置评。你要争论，何不去与笔主争论？"方从哲只求脱身。

"没有此函，我也要去与他争辩，况他写下如此恶函！"周朝瑞道。

六科向来只与相应的各部衙门打交道，而且，六科值房距都察院衙门甚远，所以，聚在堂上的御史们见周朝瑞闯来，都很好奇。

左光斗迎过去，问道："思永兄怎来？"

"不是来看望遗直兄。"周朝瑞边说，边以目光左右搜寻。等发现贾继春，他撇下左光斗，走过去。人还没到贾继春面前，他大声说道："贾大人，问一事。"

贾继春是万历三十八年进士，比他晚一科，虽觉察他来者不善，还是很客气地说："思永先生有事，但问不妨。"

"好，"周朝瑞点点头，问道，"老太爷使用一婢侍寝，其子是不是就要以该婢为庶母？"

"周大人说的是哪家的老太爷？"贾继春不仅听出周朝瑞问的是什么事，而且听出周朝瑞是来寻衅的。

"譬如，贾府的。"周朝瑞一点面子也不留。

"只怕周大人说的老太爷不姓贾，而姓皇！"贾继春道。

"就算姓皇，于礼可合？"周朝瑞问。

"那要看侍寝到哪一步，还要看老太爷之意。"贾继春说，"老太爷若有遗命，为何不当为庶母？"

"老太爷有遗命，也只是纳妾吧？况且，仅据遗命，还不是妾呢。"周朝瑞道，"老太爷之子掌家，要她由正宅迁至偏室，难道是逼逐？"

"其子以德以礼治家，不会逼逐；恶仆逼逐却是有的。"贾继春试图变被动为主动，话说得更狠。

"不忍主人居偏室，婢子反占据正宅，众人一致呼吁该婢迁居。在贾大人看来，是恶仆；在我看来，却是大大的忠仆。倒是想帮婢子占据正宅者，无疑是为虎作伥。"周朝瑞毫不示弱。

堂上御史越聚越多，连掌院都御史张问达也出来。他当然知道二人争的何事，但还是说："二君莫打哑谜，要争辩，何不公然争辩！"

贾继春一见本院长官，叫屈道："不是我要打哑谜，他拦截下官，说贾家老太爷如何如何，这不分明是以长欺幼吗！"

"德公，晚生有礼。"周朝瑞向张问达揖道。

张问达是万历十一年进士，是前辈，所以，他恭敬有加。张问达指点着他说："思永打上门来，欺我御史，还道有礼！"

"礼数或欠缺，道理却是有的。"周朝瑞说。

"一开口，就说贾府老太爷如何如何，有何道理！"张问达责备。

"德公不让说老太爷，就不说老太爷，更不说贾府的老太爷。贾大人，你我当着德公的面，来说一说恶仆如何？"周朝瑞的目标还是贾继春。

"才要你等莫打哑谜，你又打起哑谜！"张问达说。

"晚生说的确是恶仆，并未打哑谜。譬如，"周朝瑞掰着手指数道，"李进忠、刘朝、刘逊、姚进忠、王承福、江升，"数到第六个，他不愿再数下去，"德公能说出一个不是恶仆的吗？"

"他等皆为本院参治，自然没一个不是恶仆。"张问达说。

"他等为何被参治？"周朝瑞问。

"人人皆知，思永何必问我！"张问达道。

"德公不欲答，晚生换个问法。"周朝瑞说着，换个张问达不得不回答的问题，"这一干恶仆皆因盗取乾清宫藏宝被参治；盗取乾清宫藏宝，可有确凿证据？"

"证人、证物，一样不少，思永说有没有确凿证据！"张问达道。

"既有确凿证据，是不是就算不得交构、罗织？"周朝瑞问。

听他这话，张问达不由沉下脸来："这等黑白分明之事，也拿来问我！思永是不是将我都察院视作交构、罗织的衙门！"

"晚生再糊涂，也不至于有此想法，但偏偏有人比晚生还要糊涂。"周朝瑞说着，瞥贾继春一眼。

张问达大致猜出他的来意，和这话的出处。他想想觉得好笑，人家是来找某人理论的，你夹在里面做什么！

"思永到底是来和谁争辩的？"他笑着问。

"晚生和谁也不争辩，只想提醒德公：都察院参治李进忠等，本衙门却有人以此为交构、罗织，这可是同室操戈呀！"周朝瑞道。

皇帝一颗心早就不在文华殿，但又不得不强迫自己坐在那里。因为王安抱来的一摞奏疏，还一本没动过呢。

"王大伴，有没有特别的奏本，先说与朕听。"他吩咐。

"是。"王安应着，挑出一本，"老奴先说左光斗的奏本吧。"

"为何先说他的奏本？"本来可以不问的，或者不应该问的；但皇帝对所有的奏本都没兴趣，问一问，有故意刁难的意思。

"爷不是说过，对他要留意吗？"王安道。

皇帝记得，这话确实说过。他不再刁难："好，朕就听听此疏。"

左光斗奏疏，谈论的是李选侍移宫事。王安概述其意：初一日，公疏肃清宫禁；初五日，选侍移宫；初六日，皇上登极，驾还乾清宫。皇上既已还宫，则选侍移宫之后，自当存以大体，捐其小过。若夫株连蔓引，使宫禁不安，此亦非臣等建言之初衷也。

皇帝听得直反胃口。他说："朕以为左光斗识得大体，怎也以为选侍移宫未存以大体！选侍身边的奴才胆大妄为，拿几个治罪，难道是宫禁不安，是株连蔓引！"

"据老奴所知，同僚中有人责备左御史、杨给谏等诱导朝廷逼逐选侍，罗织不休；必是左御史难以承受，不得不稍辩。"王安说。

"为朕受点委屈，有何难以承受的！"皇帝道，"再说，外廷不知其详，王大伴，你应该是知道的：李选侍所为，是小过吗？"

"是，爷受的委屈，老奴尽知。"王安应道。

"王大伴，你替朕写本手谕，送去内阁，晓谕廷臣。"皇帝命道。

"老奴遵旨。"王安毫不犹豫地应承下来。

先帝为皇太子时，身边一名选侍，姓王，万历三十二年因有身孕，进封才人，第二年诞皇长孙，即当今皇上。王才人薨于万历四十七年，王安亲见她是如何在李选侍的欺凌下染疾及去世的，因此觉得，皇帝无论怎样对待李选侍都不为过。

另一方面，左光斗奏疏里写的"存其大体，捐其小过"，给王安留下的印象很深。他还记得，杨涟也说过类似的话：选侍不移宫，非所以尊天子；既移宫，又当有以安选侍。杨、左官职虽低，但在李选侍移宫一事中，是起主导作用的。连他们也不希望皇帝对李选侍恩断义绝，更不要说其他官员。皇帝的手谕，一定要顾及这一方面。

王安写道：朕昔幼冲时，皇考选侍李氏恃宠，屡行气殴，圣母成疾崩逝，使朕有冤难伸。皇考疾笃，大臣问安，选侍威挟朕躬，使传封皇后。复用手推朕，至今尚含羞报。因逼毒恶，暂居慈庆宫。李氏又令李进忠、刘逊等传：每日章奏先送我，再与朕览，意在垂帘听政。朕思祖宗家法甚严，未有此制。朕今奉李氏哕鸾宫，仰遵皇考遗爱，无不体悉。其李进忠、田诏等，皆盗库明确，自干宪典，岂谓株连！

# 第十三章

乾清宫西侧的一间暖阁,皇帝喜欢在里面走动,有时还在里面用膳。宫里大小太监很少去那里窥伺。

皇帝尚未册立皇后,更没册立任何妃嫔,住在该室的,是他的乳母客氏。皇帝打小没离过客氏,所以迁入乾清宫后,也要为她安排住处。

天将黑时,客氏正对着镜子梳妆,见门口人影一闪。她喝道:"哪个大胆的奴才探头探脑!"

一太监进屋,赔着笑说:"兄弟给嫂嫂行礼。"

"谁人是你嫂嫂!"客氏沉下脸说一句,又噗嗤一声笑出声,"你多大年纪,我多大年纪,嫂嫂、兄弟地乱叫,羞也不羞!"

客氏三十多岁,进来的太监怎么也超过五十岁,看上去应是两代人。难怪客氏不愿听他唤自己嫂嫂。

"嫂嫂虽年少,乃二哥夫人,不唤嫂嫂,却如何呼唤!"该太监道。

"瞎说!我这夫人,是你那二哥封的吗?"客氏斥道。

"那却不是,嫂嫂的夫人,是爷钦封。"该太监说。客氏的奉圣夫人称号,皇帝登极不足一月即封。现在,宫里太监也好,宫女也好,见到客氏,无不尊一声夫人;但把她称为某人夫人的,只有这个太监。

"既知我是皇上钦封,怎的还称嫂嫂!"客氏责问的口吻,掩饰不住心中的窃喜,"进忠,你嘴上甜甜的,唤我嫂嫂,心里却是酸酸的吧?"

"嫂嫂最知我的心思。"该太监并不否认,"不过,你不让我叫嫂嫂,也千万别再叫我进忠。"

"怎么?"客氏问。

"王叔说,进忠这个名字须得改改。"该太监说。

"我知道,"客氏点头,"皇上对我说,李选侍身边有个叫李进忠的奴才,最是可恶。他不但和你同名,而且和你同姓,是不是因为这个缘故,老家伙要你改名?"

"也不完全是。"这个也叫李进忠的太监说,"王叔还说,有另一个李进忠,是我的造化。"

"本是祸,怎成福?我不懂!"客氏道。

"我不是为圣母娘娘办过膳吗?那时别说圣母娘娘,老皇爷的日子都不好过,缺油少盐是常事。我呢,为伺候好圣母娘娘,不得不越些轨。有个御史多事,曾弹劾我到处行骗。王叔说,御史弹劾之事,已设法加在李选侍身边那个李进忠头上。不过,我若不改个名字,一旦爷要重用,被御史发现又要翻出旧账。"李进忠说。

"我看他也是瞎操心。把圣母娘娘伺候好,是件天大的功劳,御史不领情,还怕皇上不领情!"客氏道。

"王叔说,要是别的御史,还不打紧;这个御史姓杨,把爷从李选侍手里抢出来,立的是头功,爷很领他的情。他要是揪住旧账不放,爷恐怕会为难。"李进忠说到这里,难为情地笑笑,"我一听王叔这话,心里有些发慌,所以——"

"原来如此!"客氏打断他的话,"你不是来诚心看望我的,是遇到难处,来找你二哥讨法子的。哼,你心里只有那老家伙和你二哥,却不想想,对你最好的是谁,每次帮你忙的是谁!就说这次吧,要不是那天我服侍皇上时提一句,你能升得上惜薪寺的太监?是不是惜薪寺那个衙门太小,你不知足呀?"

"我李进忠是那等没有良心的人吗!"李进忠说着,抽自己一个嘴吧,"该死!不让夫人叫这个名字,我自个儿倒叫上。夫人的好处,我一一都记在心里呢。惹夫人不高兴,这记耳光算是替夫人打的。"

"呦,真打呀!"客氏又心疼,"过来让我看看,打红没有。"

李进忠走过去,客氏一只手在他脸上抚摸两下,道:"我说嘛,你李进忠也不是没有情义的人。"说着,抓着李进忠的手,在自己脸上轻轻一拂,"该打,又忘这个名字是叫不得的。"

李进忠的手就势在她脸上多摸两下,喉头咽了咽,好像才吃进什么解馋的东西。

客氏发现,用力把他的手甩开,嗔道:"还好意思说有良心呢,也不想想,有多少日子没来看人家!"

"没多少日子,三天吧。"李进忠道。

"不对!"客氏摇头。

"那就五天吧?"李进忠道。

"八天!"客氏用手比画着,"自打去惜薪寺办差,整整八天,我连你的影子都没见到!早知如此,不如不帮你这个忙呢。"

"我不是不想来，是不知道二哥哪天在哪天不在。"李进忠辩道。

"他在又怎样，不在又怎样？皇上钦封的奉圣夫人，还做不了自家的主！"客氏两腮泛红，气恼地说。

"夫人要做自家的主，谁拦得住！只是和二哥多年的交情，我不好撕破脸皮。"李进忠半激半劝地说。

"那只好我来撕破脸皮！"客氏道。

她其实一直在想这件事。李进忠称呼的二哥，姓魏名朝，为乾清宫管事太监。他曾就读内书堂，比起一个字也不识的李进忠，多些儒雅之气。但在宫中寻找伴侣，儒雅之气顶什么用！倒是李进忠那结实的体格，有力的手掌，虽然都是被除势之人，但在接触之际，能带给她更多的刺激和快感。客氏结识魏朝在前，与魏朝定约在前，所以，尽管李进忠更合她意，她一直下不了决心割舍；和李进忠偶尔偷情，也一直瞒着魏朝。但自先帝登极以来的两三个月里，王安是内监第一大红人，第一大忙人，而魏朝出自王安门下，也不敢懈怠。这样一来，他对客氏越来越疏忽，客氏对他的不满也越来越强烈。

"也罢！"她下定决心，"为李郎，弃魏郎，值得！今晚你就不要走，和本夫人共度良宵！"

"娘子这话当真？"李进忠没想到自己的激将法立时见效，惊喜地问。客氏既然呼他李郎，他也呼客氏娘子。

"你试一试，不就知道是否当真！"客氏挑逗地说。

"那我伺候娘子卸妆吧。"李进忠说着，动手去扒客氏的衣服。

"哎呀，五十多岁的人，怎还这般毛手毛脚！你这哪里是卸我的妆，你分明是在扒我的皮！"客氏心满意足地呼道。

皇帝睡得正熟，忽被一阵激烈的喧闹声惊醒。侍寝的内官一面安抚皇帝，一面着人去打探。从回报得知，是两个公公在争闹。

皇帝被惊好梦，生气地说："打架打到御前来，还有没有王法！先砍头再作计较。"

"被打的是咱宫里的魏叔。"近侍说。他对魏朝有所回护，不仅因为魏朝是他的上司；更重要的是，他知道皇帝对魏朝十分信赖，甚至于御榻同起卧。皇帝要砍打架人的头，他不敢说砍不得，便拐着弯儿地说打架的有魏朝，而且是魏朝吃亏。

皇帝的口气果然改变。他问："打他的是谁？"

"惜薪寺管事的李叔。"近侍见危机过去，对李进忠也比较客气。

"那就砍姓李的头。"皇帝说着,眉头一皱,"不对呀,朕记得老魏说过,有个至好的兄弟,姓李,不会是此人吧?"

"爷说的是。"近侍应道,"这位李叔,爷也是熟知的,奉圣夫人多次在爷面前说起他的好处,爷才命他去惜薪司管事。"

"不错,朕想起来。老魏说过他好话,客嬷也说过他好话,道是朕幼时与圣母衣食无忧,多亏的他。"皇帝说,又好奇地问,"一对至好的兄弟怎会在夜里吵闹起来?"

"奴才听说,魏叔、李叔在奉圣夫人屋里饮酒,不知为何就打起来。"近侍或是当真不知,或是知道却不好说。

"走,过去看看。"皇帝道。

皇帝在近侍们的簇拥下走到客氏那间暖阁的门口时,室内的喧闹声还没停下来。而在乾清宫近旁就寝的司礼监掌印太监卢受,秉笔太监王安、李实、王体乾,东厂掌印太监邹义等一干人先后赶到。他们每人身后都跟了两三个人,一时间,外面也是乱哄哄的。

"正宫深夜不靖,奴才等之罪。"卢受等惶惶不安地自请处罚。

"敢于宫内喧哗者,罪不容诛!"王安厉声道。

"朕不是来杀人的,朕是来劝架的。"皇帝说,并命道,"你等哪个嗓门大,替朕喊一声。"

"奴才来!"邹义觉得这事应该他出面。他往前走两步,喝道,"万岁爷亲来劝架,里面的人不得再出声!"

东厂太监审案子审惯,语音中自有一种威严,不管喊话的内容怎样,都具有震慑力。里面顿时静下来。再体味他喊话的内容,原来是万岁爷驾到,里面一阵骚动。接着,门被打开,屋里跪着三人,当中一个是客氏,魏朝、李进忠各跪在一边。半夜里,居室里藏着两个男人,准确地说,是两个不是男人的男人,客氏再浪荡,也难以启齿;魏朝、李进忠二人喘着粗气,显得精疲力竭。所以,谁也不说话。

"客嬷,你起来。"皇帝招呼客氏。等客氏起身,他转向另外二人,却不急着让他们起来。"朕还没劝呢,就停下来?"皇帝先取笑一声,然后问魏朝,"老魏,夜深人静之际,你二人怎的闹起事来?"

"惊扰圣驾,奴才该死!"魏朝整个上身几乎匍匐于地,仍压抑不住内心的得意,因为皇帝先问的是他,而不是李进忠。至于打架的缘由,换成别人,或不好说,总不能说纠纷是因争女人而起吧!放在客氏身上,就好说;因为客氏特殊的身份,就有现成的说法,"奉圣夫人入居乾清宫后,爷命奴才为她管事。今日李进忠忽然来说，他要为奉圣夫人管事。爷想，奴才这差事是爷交代的，奴才怎能拱手让与他人？因而我一句，他一句，争执起来。"

"还动上手吧？"皇帝问。

"奴才是不想动手的。"魏朝硬撑着面子。

"你二人谁强谁弱，朕不问；朕要问的是：你二人动起手来，客嬷就没拉开吗？"皇帝道。

"奉圣夫人置身事外。"魏朝有些怨愤地说。

"这可麻烦。"皇帝道，"老魏，你说为客嬷管事的差事是朕交代的，错！是客嬷要你管，朕才着你去管的。客嬷既要你管事，你二人争起来，她不会不有所表示呀！她既无所表示，可见究竟让你管事，还是让他管事，她无所谓。这事朕也不好强行做主，还得看客嬷之意。"说着，问客氏，"客嬷，你自个儿说要哪个替你管事，朕好为你断之。"

"乾清宫里只有皇上一个主子，皇上说让哪个替臣妾管事，臣妾就让哪个管事。"客氏说是这么说，两眼却不时瞥向李进忠。

"朕懂你的心思。"皇帝笑笑，对魏朝说，"老魏，你宫里的事务缠身，原来只有朕心疼你，而今客嬷也心疼你。打今日起，就改由他替客嬷管事吧。"又转向李进忠，"替嬷嬷管事，是你天大的福分，你知道吗？"

"奴才知道，奴才谢爷恩典！"李进忠叩道。

"朕本是来劝架的，客嬷的公案既裁，这里没朕的事，朕回去接着睡大觉。"皇帝说着，问王安等，"王大伴，你等还有事吗？"

"老奴还有件事。"王安应道。

"好，你办你的事。"皇帝说。

王安走到魏朝面前，弯下腰去。魏朝以为他要拉自己起来，伸出一只手去。不料，王安用足力气，扇他一记耳光。

"王叔！"魏朝愈发委屈，只差落下几滴眼泪。

"王大伴，别动气！"皇帝反过来劝王安，这在宫里是少有的情形，"此事乃客嬷所欲，朕所裁，你不会连朕和客嬷的面子也不给吧？"

"奴才不敢！"王安忙退后，"老奴只是恨他不争气，这等龌龊之事也做得出来！"

所谓龌龊之事，指魏朝和李进忠为争一个女人大打出手。但皇帝一直"管事、管事"地说着，他也不好把事情挑明。

"替客嬷管事，他没争过人家；替朕管事，朕看他办得却是井井有条。说起来，他还是很争气的。"皇帝袒护地说，并招呼，"老魏，若是客嬷这里没有什么需要当即交代的，你随朕去吧。"

"奴才遵旨！"魏朝应着，疾速爬起。眼看已失欢于王安，他真担心皇帝一怒之下也不再用自己。

"皇上，臣妾有一事启奏。"客氏刚一说完，马上又改口，"臣妾有一事代李管事启奏。"

"代他启奏？是你的事，还是他的事？"皇帝问。

"是他的事。"客氏说。

"他的事，怎的你替他说？"皇帝问。

"他既替臣妾管事，他的事，自当由臣妾代为启奏。"客氏说。

"有道理，你替他说吧。"皇帝道。

"李管家恳乞皇上准他复姓归宗。"客氏简述事由。

"复姓归宗？难道他原本不姓李？"皇帝问。

"是，据李管事说，他出自北直隶肃宁，本家姓魏，年轻时为人所欺，这才改换姓名入宫。"客氏述道。

"外廷奏请复姓，朕听说过；内臣奏请复姓，朕还没遇到过。"皇帝转问王安，"王大伴，你看如何处置？"

"即便外廷奏请复姓，也是因其功劳，朝廷才准的。不过，李某曾为圣母娘娘效过力，老奴看，可以准他。"王安说。

"王大伴说可准，那就准吧。"皇帝道，并对魏朝说，"这事还真有点儿意思！方才是冤家，这会儿变本家，老魏，你多个兄弟。"

"皇上有所不知，他二人原本就是兄弟。"客氏说。

"怎么一回事？"皇帝问。

"臣妾的这个新管事，早就以魏姓自居，和臣妾的旧管事曾像模像样地结拜过。臣妾的新管事，年长两岁，称魏大，旧管事称魏二。只是此乃他二人间称呼，别人却不知，连臣妾也不习惯。"客氏述道。

"原来如此。"皇帝点点头，点评起来，"作兄弟的占得先机，又不得不让还兄长，老魏，此乃天意呀！"

"皇上既准他复姓，还乞好人做到底。"客氏趁机说。

"客嬷又有何事？"皇帝问。

"乞皇上再赐魏管事新名。"客氏说。

"是哪个魏管事呀？"皇帝打趣地问。

"新管事。"客氏道，复补充，"旧管事若要改名，亦乞皇上成全。"

"客嬷胸怀，真是不让须眉！但未免得陇望蜀，过于贪心。"皇帝说着，命王安，"王大伴，你的学问好，替朕给他想个名字吧。"

"老奴以为，他名字里那个忠字很好，我等为皇上家奴，就是时时刻刻不能忘记这个忠字。至于进忠，太过俗气，可改用贤字。"王安说。

"叫贤忠？"皇帝问。

"老奴以为，叫忠贤为好。"王安道。

"魏、忠、贤。"皇帝在每个字后顿顿，赞道，"果然是个好名字！"复问客氏，"客嬷，你叫得惯否？"

"进忠也罢，忠贤也罢，臣妾都不会叫的。"客氏说。

"管事嘛，客嬷对他自有别的叫法。"皇帝道，最后才问李进忠，"魏大，你喜不喜欢这个名字？"

"爷赐新名，奴才如获新生，心里喜欢得很。"李进忠说。

"别光顾着喜欢，还不快谢恩。"卢受提醒他。

"奴才谢爷赐名。"李进忠认真地磕三个响头。

"名字是王大伴起的。"皇帝说。

"卑职谢王叔起名。"李进忠又磕个头。

"这个贤字是有用意的，你要好生体会。"王安嘱咐。

"卑职牢牢记住。"李进忠应道。

这厢李进忠复旧姓，得新名，喜不胜收；那厢魏朝既沮丧，又气闷。等李进忠头磕完，恩谢过，他忽又跪倒在皇帝面前。

"魏二，你也要为魏大谢恩吗？"皇帝问。

"奴才也想复姓。"魏朝直截了当地说。

"老魏，你起的哪门子哄！"邹义责备他，"你父辈姓魏，祖辈姓魏，众人都是知道的呀！"

"可我娘家姓王。"魏朝说。

"你想复母氏之姓？"皇帝问。

"是，奴才愿姓王。"魏朝说。

皇帝知道，他这是和李进忠赌气。但李进忠要改姓，说改就改，要赐名，说赐就赐；到魏朝这里，却不准改，岂不偏心！

"王大伴,你看呢？"皇帝问王安。

"他这不是复姓,是改姓。"王安说。

"咱准不准他改呢？"皇帝问。

"既有心要改,不如准他。"王安道。

"好,打今日起,原来不姓魏的魏大仍在,原来姓魏的魏二再也不存在。"皇帝觉得这是件很有趣的事,故而引发他一个新的想法,"王大伴,要不要也赐他个新名？"

"爷有此心,是他的福分。"王安道。

"他的新名,也由你起吧。"皇帝命道。

"叫国臣吧。"王安道。到底出自门下,听似普通的名字,听似随意的取名,其实寄托着他对魏朝的厚望。

## 第十四章

　　左光斗、周朝瑞送杨涟离京，直送到广宁门外报国寺。前一日二人家仆在寺里留下定金，寺厨备下水酒一席。这是京师送别的习惯，情义再深，离别再苦，送到这里也就送到头。官员离京，多是举家而行，没有家眷，也有行李，要雇一辆两辆驴马车，或者牛车。送行的人、被送的人骑马先行，到报国寺饮几盏酒，叙一阵话，等乘坐家眷、装载行李的车子跟上来，正好揖别。

　　十二月中，寒风凛冽，酒、菜置于古松下的石案上，取其空旷，取其豪迈，已不可能。杨涟与左光斗、周朝瑞在临时搭建的棚中把盏话别，反而更能衬托出离别的苦涩。

　　左光斗率先举起酒盏。但杨涟、周朝瑞饮过酒，并将酒盏倒过来，示意酒已喝干，他仍没喝，却大发其感慨："细想想，真是造化弄人！初时逼迫李选侍移宫的是我，文孺兄是不欲操之过急的；到今日，为此事慨然而去的，却是文孺兄。"

　　"一句话错误频出，遗直兄当罚。"杨涟道。

　　"文孺兄且慢批驳，"周朝瑞止住他，"我与遗直兄同感，有句话想来也是错误频出；不如等我说完，再一起批驳。"

　　"思永兄请说。"杨涟让道。

　　"初时与贾某闹于朝堂的是我，文孺兄曾劝我毋得过激；到今日，为此事慨然而去的，却是文孺兄。"周朝瑞说。

　　"此二事倒是该合而批驳。"杨涟点着头，对左光斗说，"我以为不可操之过急，并非为李选侍移宫，而是为储君登极。与遗直兄等辩后，我已然醒悟，为防他变，储君登极不可不速。储君登极在即，李选侍自然不能留在乾清宫。此后逼迫其移宫，我更是不遗余力。我为移宫一事而去官，算不得造化弄人。此言批驳遗直兄也。"说到这里，转向周朝瑞，"所谓毋得过激，我是指言词毋得过激，至于移宫的是非，在我是毫无疑义的。我虽没与贾某闹于朝堂，但上疏言移宫始末，等于争辩于圣驾前。我为争辩一事而去官，也算不得造化弄人。此言批驳思永兄也。"最后，对二人道，

"二兄可心服口服。"

"不服。"二人同声道。

"心不服,"左光斗又说。

"口亦不服。"周朝瑞又说。

二人都有异议,是显而易见的;此外,二人似乎联手要刁难杨涟。他无奈地说:"不服不碍,尽管道来。"

"逼迫李选侍移宫,文孺兄与遗直兄共同倡言,故朝野无不以'杨、左'称之。但倡言移宫,难道有错?难道倡言移宫,就当去官?"周朝瑞质疑。

"是啊,管他与贾某闹于朝堂,或争于驾前,难道有错?难道一争,就当去官?"左光斗也质疑。

"二兄问得好!"杨涟道,"我前者所言,仅谓去官非造化弄人;非谓逼迫李选侍移宫有错,以及与贾某争辩有错。二兄须知,我去官既不是为的逼迫李选侍移宫,也不是为的与贾某争辩于圣驾前。"

"那是为的何事?"左光斗、周朝瑞问。

"为的皇上。"杨涟道。

"为的皇上?"左、周二人不解。

"是啊!"杨涟应道,"思永兄与贾某争辩于都察院后,贾某复上书方阁老,其中两句话,不知二兄还记得否?"

"是'伶仃之皇八妹,入井谁怜?孀寡之未亡人,雉经莫诉'吧?"周朝瑞抢着说,"他说的每一句话,我都记得,更不要说这两句。"

"思永兄看,此言够恶毒否?"杨涟问。

"岂止够恶毒,简直是恶毒至极!"周朝瑞愤道,并说,"不过,也亏得他传此蜚言,才促使文孺兄挺身而出,与他争辩于御前。"

皇八妹为当今皇帝御妹,在先帝女儿中排行第八,尚未册封公主,故称皇八妹。李选侍移宫后,皇八妹随她住在哕鸾宫。至于皇八妹是李选侍所出,或是先帝托付李选侍看管,外廷官员很少有人知情。但前些日子,哕鸾宫失火,李选侍生计无着,欲上吊而死,皇八妹惶惶不安,致坠井而亡的流言,不胫而走,传得沸沸扬扬。而贾继春把皇家选侍称作未亡人,在诸多传言中,可谓最为大胆别致。杨涟的敬述移宫始末奏疏,也是以这一传言开篇的:选侍自裁,皇八妹入井,蜚语何自,臣安敢无言!

"蜚语何自,文孺兄心里是有数的,廷臣心里是有数的。这姑且不论;我倒以为，贾某另一言，更是恶毒。"左光斗说。

"遗直兄指的是哪一句？"周朝瑞问。

"想想文孺兄为何请辞即知，思永兄何用问我！"左光斗道。

"可是诋毁文孺兄私结王安、以图封拜那句？"周朝瑞一点即明。自诩正派的官员，特别是在居于言路时，皆耻与内官有瓜葛，不管该内官是正是邪。贾继春反击杨涟，偏偏指他与内官有瓜葛，而且是为个人前程去巴结有权势的太监。周朝瑞点着头说，"不错，此言更是恶毒。分明是他自家私结内官，讨好选侍，却将恶名按在别人头上。"

"此事，我与二兄所见又不同。"杨涟却说。

"文孺兄以为，贾某并非私结内官？"周朝瑞问。

"不，"杨涟摇头，"他私结内官，再明显不过。我是说，他称我私结王安，以图封拜，在我是求之不得。"

"遭人诟骂，文孺兄还求之不得？岂不是，岂不是自轻自贱！"左光斗本想说"岂不是贱骨头"，但这话太难听，所以改个说法。

"文孺兄的意思，我已懂得。"左光斗插言道。

"你懂得？我尚未懂得，你却懂得？"周朝瑞道。

他这么说，只是自视甚高，绝无贬低左光斗的意思。左光斗微微一笑，说道："思永兄不是未懂得，是不曾想过。只要想想文孺兄的一句话，思永兄也就懂得。"

"哪句话？"周朝瑞问。

"他辞官，是为皇上。"左光斗道。

"辞官为皇上，是辞官为皇上；被诬而求之不得，是被诬而求之不得。二者有关系吗？"周朝瑞这次没被点通。

左光斗看他一眼，好像在琢磨：平日脑筋转得最快的人，今日怎么变得如此愚钝？从周朝瑞脸上没找到答案，他只得问："思永兄当真不懂？"

"当真不懂。"周朝瑞倒很坦然。

"文孺兄为何说去官是为皇上，思永兄懂不懂呢？"左光斗又问。

"不懂。"周朝瑞说。

"为皇上何事，思永兄懂不懂呢？"左光斗问。

"不懂。"周朝瑞说。

"那我只好一层一层为你剖析，"左光斗道，"文孺兄疏言移宫始末，是因为贾某上书阁老，传播蜚语，对吧？贾某若不诋毁文孺兄结王安，图封拜，势必仍在未亡人雊经、皇八妹入井的蜚语上做文章,或者再造其他蜚语,对吧?文孺兄虽斥以'蜚语何自',却知蜚语不会因一句'蜚语何自'而消除,对吧?蜚语不消除,或再出其他蜚语,终于圣德有碍,对吧?如此说来——"

"如此说来,"周朝瑞接过话头,继续推论,"与其使贾某仍在蜚语上做文章,或再造其他蜚语,不如使他诋毁文孺兄,对吧?文孺兄与其因其他缘故请辞,不如因被其诋毁而请辞,对吧?"

"苟得平息蜚语,杨某一人之去,何足道哉!"杨涟表明心迹。

"文孺兄此举,真可谓用心良苦呀!"周朝瑞叹道。

# 第十五章

改元意味着什么,皇帝没多想。他想的是,正旦节之后,天气该一天一天暖和,御花园池子里的冰该一天一天融化。但天启元年正月初一那天,池子里的冰没融化,天气没变暖和;上元节那天,池子里的冰还没融化,天气还没变暖和。等到月底,池子里的冰终于开始融化。但仅是开始融化;今年是闰年,且闰的是二月,再加上连着刮过几天北风,所以,天气仍然寒冷。

终于有一天,他差去御花园观望的小宦者回来说:"爷,已见底!"

"什么已见底?"皇帝问。

"池子,池里的冰块全融化,见得到池底。"小宦者说。

冰已融化,而且,在殿里也能感觉到,天气日渐暖和。皇帝兴奋起来,吩咐近侍:"走,随朕去御花园里转转。"

几名近侍相互推攮,不是争先向前,而是纷纷向后。

"该死的奴才,敢抗旨!"皇帝骂道。

"奴才等怎敢抗旨!"一近侍解释说,"王叔发话,这时辰爷要读书,奴才等哪个勾引爷去后园戏耍,就打断哪个的狗腿。"

"他那是吓唬你等,你等在朕身边,他还真能用刑不成?"皇帝道。

"在爷身边,王叔是断然不会用刑的;但万一哪一天,奴才等一个不小心不在爷庇护之下,如何是好?"该近侍道。

"你等勾引朕,打断你等的狗腿是应该的;若朕勾引你等,是不是也要打断朕的——"皇帝说到这里,顿住。

他犹豫,是因为"狗腿"二字似乎不宜用在自己身上。近侍们更怕这两个字说出来,他们就不止是保不住狗腿,因此拼命地想法子把皇帝的话圆上。一近侍较其他人机灵,说:"爷有定性,奴才等想勾引爷,也勾引不去;奴才等无定性,爷略加勾引,无不乐从。"

"既曰乐从,怎的还不动起来!"皇帝喝道。

近侍们这才簇拥着皇帝，往殿外走。

"爷，要不要把咱的宝船带上？"一近侍问。

"自然要带，不然去作甚！"皇帝道。

所谓宝船，有两条，小的那条一个人拿着即可，大的那条则要两个人抬。皇帝花费差不多两个月的工夫，和近侍们一起动手，把一块块大小不等的木头刨平，把一根根粗细不同的木轴镟圆，最后拼制成型。

船放在池边，一近侍道："爷，下水吧。"

"这冷的天，你敢勾引爷下水，还要不要狗腿！"另一近侍说着，推一把。前一近侍立足不稳，落下水去。还好，水只有半人深。

"一人伺候不了两只宝船，你也下来吧！"前一近侍话没说完，把后一近侍也拉下水去。

刚刚融化的池水，刺骨钻心的冰冷，两个近侍哇哇乱叫，招呼岸边的近侍快把他们拉上去。

岸边的近侍不动，等皇帝旨意。

"还不将船下水，难道你等也要下去？"皇帝道。

岸边的近侍谁也不愿下去，慌慌张张把船放到池子里。

池里的两个近侍只得在心里埋怨命苦。看到船停在水上，左倒右歪，他们各自把住一条，将其扶正。

"爷，开划吧。"扶着小船的近侍说。因为上下牙不住打颤，几个字勉强才说完整。

"你那不是划船，是推船。"皇帝说着，命道，"撒手！"

该近侍一撒手，船又歪过去。他忙伸手扶住。

"你试试看。"皇帝又命另一近侍。

扶着大船的近侍把手撒开，大船也摇摇欲倾。

"好没趣！"皇帝的兴致锐减，吩咐道，"你二人将就着推船，在池子里转上两圈。"说罢，率其他近侍回宫。


还好，王安在文华殿呆的工夫不久，没想打断谁的狗腿。

"王大伴，今日读疏，仍是先拣有关移宫的读。"皇帝主动说。

"奴才遵旨。"王安应过，取出一本，道，"此本御史张慎言所上。"

"他怎么说？"皇帝问。

"当鼎湖再泣，宗庙之鼎彝为重，则先帝之簪履为轻，所以有周嘉谟、杨涟、左光斗之疏也。于时，即神庙之郑贵妃，且先徙以为望矣。"王安述张慎言奏疏大略。

鼎湖，即黄帝的升天之处，后世泛指天子崩逝。张慎言说的天子嗣位为重，先帝嫔媵为轻，是皇帝最愿意听到的话。

"是啊，着李选侍移宫，不就是为此吗！"他发句议论，命道，"读下一本吧。"

"爷，张慎言的奏本还没读完。"王安说。

"意思已很清楚，怎的还有！"皇帝不耐烦地命道，"再读！"

"既而阊阖弘开，冕旒快睹，此时嵩呼而庆皇上之龙飞；遂亦不觉怆然，而痛几筵之羊枣。光景风闻，凄然动念，所以贾继春具揭于阁臣也。"王安把最后两句读完。

"他这是何意？"皇帝问。

"他是说，选侍移宫，皇上登极，本来皆大欢喜，但因为有选侍光景凄凉的传闻，贾继春才致函阁臣。"王安解释。

"知是传闻，还妄加议论，是何用心！况且，即便传闻并非全虚，难道就不是宗庙之鼎彝为重、先帝之簪履为轻！"皇帝质问，并得出结论，"听他奏章前一半，朕以为他一片忠忱；听后一半才知，原来他和贾继春同样用心，都欲分派朕的不是。"

"据老奴看来，张慎言写的还算公正。"王安说。

"你是说，还有比此疏更难容的？"皇帝问。

"这里还有御史高弘图一疏。"王安换一本奏疏，见皇帝示意，他读起来，"杨涟、贾继春同属耳目之臣。"

果然，皇帝听第一句就不高兴："同属耳目之臣又怎的？还不是有忠有奸，有正有邪！"

王安等他发泄完，接着读下去："安选侍之说，起于移宫之后。移而左右未免炎凉，传闻复有舛谬。继春所以有安选侍之说，即涟，亦未尝以继春为非也。乞赐继春履任，而召涟还朝，其进退亦光明磊落矣。"

此前，贾继春出按江西。还京途中，得知皇帝再次晓谕廷臣，有"明是威胁朕躬、垂帘听政之意"，遂驰呈一疏，申明以前致函阁臣之故，然后绕道返回河南新乡故里，听候处分。而皇帝日前已命王安拟旨，严加斥责，命他详加陈述。张慎言、高弘图疏论移宫，明显是在为贾继春辩解，而高弘图"乞赐继春履任"，更是把话说在前面，希望皇帝不要因为贾继春言移宫而罢他的官。

"大伴说得不错。"皇帝道，"张慎言说得还比较含蓄，这个高弘图则公然为贾继春张目。"复问，"高弘图与贾继春私交甚厚吧？"

"据老奴所查，张、高二人，皆与贾继春同科。"王安说。

"难怪，难怪！朕早就料到是这等情形。"皇帝似乎在炫耀自己的明智，"王大伴，朕记得你讲过一个春秋时的故事，是怎么说的？"

"庆父不死，鲁难未已。"王安道。

"对！"皇帝点头，"朕看，贾继春即是今日庆父。张慎言、高弘图不是都说杨涟、贾继春同属耳目之臣吗？同属耳目之臣，同议一件事，同召贾继春、杨涟是公道，同罢杨涟、贾继春也是公道。王大伴，代朕拟旨，以轻污朕躬，着贾继春削籍。"

"奴才遵旨！"王安应道。

闰二月下旬，贾继春被罢。随着前一年杨涟的离去，及这一次贾继春的离去，关于移宫一事的争论及蜚语渐息。

## 第十六章

辽东监军太监牛维曜，指挥一队官军，从兵营里拉出两名军官，往辽阳北门外而去。两名军官的衣着和其他军官没什么两样，但相貌和汉人军官大为不同，显然是降夷，即归降的辽东各部族人。

"牛公公，一大早拉我等去何处？"一军官用生硬的汉话问。

"送你等去个好去处。"牛维曜阴阳怪气地说。

"好去处，坏去处，都不敢劳牛公公大驾。"该军官按照汉人同僚的习惯，要抱拳行礼，才想起整个上身被麻绳一圈圈绑起。

"谢倒不必谢，你肯回答我几句问话就好。"牛维曜说。

"牛公公请问。"该军官道。

"沈阳不守，你等可知？"牛维曜问。

"末将已知。"该军官回答。

"可知是哪一日失陷的？"牛维曜问。

"本月十二日。"该军官回答。他说的本月是三月。

"不对，应是十三日。"另一军官纠正道，"十二日，贺、尤两位总帅出城力战，兵败；十三日，弃城。"

尤总帅名世功，贺世贤和他是驻守沈阳的正、副总兵官。

"非是二位将军弃城，是城陷，二将殉国。"前一军官又纠正。

"你二人知之甚详啊！我倒要问一句：沈阳城固兵众，怎的说失陷就失陷？"牛维曜道。

"据说，有内应。"前一军官说。

"可知何人为内应？"牛维曜问。

"据说——"前一军官稍稍犹豫，道，"——不知。"

"据说—不知，这个说法我还从未听过呢！"牛维曜不住冷笑，笑罢，又问后一军官，"你呢？"

"末将也没听说过。"后一军官道。

"我是问,你可知何人为内应?"牛维曜说。

"据说——"后一军官也稍稍犹豫,道,"——是降卒。"

"既知是降卒,就该知道我要送你二人去何处吧?"牛维曜道。

"末将仍不知。"后一军官说。

"咳!"牛维曜叹口气,"事关别人,无不清楚;事关自家,怎的就糊涂!沈阳城陷于降卒,我难道还能让辽阳城重蹈覆辙!"

两名军官这才知道,他们被押出城外,是要处死的。一路上,他们预感到将遭遇不测;但没想到,马上就要毙命。二人于是齐呼:"牛公公,冤枉呀,我等绝无异心!"

"一二人冤枉,却除去隐患,换你等,会不会这样做?"牛维曜道。

两名归顺的军官无话可说。

出城不足百步,有一土岗,牛维曜看看四周,说:"行了,就在这儿吧。让他二人面北受刑,也算照顾他等思乡之情。"

押解的官军遵命,按他二人跪倒,商量着谁来行刑。他们不是职业的刽子手,杀的又是军官,谁也不愿掌刀。

就在这时,三五骑从城里方向疾驰而来。当先一人,一边拼命抽打坐骑,一边高声喊道:"牛公公,刀下留人!"

若换别人,是不是刀下留人,或者争不争谁来掌刀,官军将士还会看看牛维曜的脸色;但辨认出来人,他们就不用看牛维曜的脸色。因为来者是辽东经略大臣袁应泰,辽东的最高长官。

牛维曜迎过去,为示殷勤,把袁应泰手里的马缰接过,边扶他下马,边问:"位公,缘何出城?"

袁应泰字大来,号位宇,陕西凤翔人,万历二十三年进士。他瞪牛维曜一眼,道:"老牛,我正要问你,缘何出城?"

"他二人阳寿已尽,我来送他二人归西。"牛维曜指着两个被捆绑且已被按得跪倒的军官说。

"他二人正当壮年,你怎说阳寿已尽?"袁应泰沉下脸问。

"我知位公一心盼望夷虏皆来归顺。但降者不可信,沈阳前车可鉴;不如杀之,以除后患。"牛维曜说。

"降将降卒甚众,老牛为何单要杀他二人?"袁应泰问。

"有人密告,他二人通建房,故先杀他二人。若密告他人通建房,再杀他人。"牛维曜说。

建州女真首领努尔哈赤在万历四十四年已建立后金国,但在大明官员的嘴里,仍称其为建房。

"若密告降将降卒皆通建房呢?"袁应泰问。

"那就一个也不留,概杀之!"牛维曜厉声道。

"其他降将降卒是否通建房,我不与老牛理论;但说此二人通建房,我不得不为之辩。"袁应泰说着,拉起一个被捆绑的军官,卷起他右裤腿,招呼牛维曜和官军将士,"你等都来看看!"

该军官的右大腿外侧,深深陷进,是被刀削去一大块肉所致。

"此乃某日与建房恶战时所伤,他瘸着一条腿还连斩数敌。你等哪个有这等勇气!"袁应泰道。

被牛维曜抓应今日差事的将士们面有愧色。

袁应泰又掀起另一名被捆绑军官的衣袍,让大家看他后背。他后背有五处箭伤,落下的伤疤有如梅花形状。

"若谓腿伤还可以自残,有谁能伤及自家后背?告诉你等,射入他后背的数箭里,有两支箭是本经略亲自为他拔出的。你等在辽东多历战事,哪个曾得此等殊荣!"袁应泰道。

谁也没得此等殊荣,将士们都低下头。

"还不快快松绑,送他二人回营!"袁应泰喝道。

官军将士在这一刻还得看牛维曜有什么表示。牛维曜知道拗不过袁应泰,一言不发。


辽东巡按御史张铨,闯进经略衙门的大堂上,没见到人;唤几声"大来先生",也无人答应。他转身往外走,正好撞到辽阳分守道副使何廷魁,于是问:"学长见到大来先生没有?"

"宇衡兄找他,我也在找他。"何廷魁说。

何廷魁是威远卫军籍,字汝谦,和张铨是山西老乡。论科第,张铨是万历三十二年进士,何廷魁是万历二十九年进士,所以,张铨尊何廷魁一声"学长"。

"建房前锋已到四里铺,学长可听说?"张铨问。

四里铺,顾名思义,离城不远。

"其昨日就到，宇衡兄怎么今日才知！"何廷魁道。

"当真？"张铨有点儿吃惊，"昨日草拟奏本，认真为朝廷筹措一番，谁知人家枪炮已顶到大门口！"

"宇衡兄怎么筹措的？"何廷魁问。

"请命辽东巡抚薛都堂率河西兵移海州，命蓟、辽总督文都堂率山海兵移广宁。"张铨说。

"如此调度好是好，但不切实际。古人诗云——"何廷魁欲引两句诗。

"我知道，医得眼前疮，剜却心头肉。"张铨替他引出，"山海关一线官军只好往关内调，以保障京畿；怎会往关外调，来壮辽东声势？况且，就算执政者忽然明白过来，准山海军调至关外，也难以救急。"

"听宇衡兄口气，我辽阳转瞬间将易手？"何廷魁话里不无嘲讽之义。

"转瞬间？学长说得太轻巧。"张铨说，"此疏至京，敕旨降下，官军调动，要不要一两个月？学长不妨回头看看沈阳易手，是以日计的，不是以月计的。"

"这也得怪老贺贪心，收容降卒过多。"何廷魁道。

"学长以为，老侯就不贪心？"张铨指的是守辽阳总兵官侯世禄，"大来先生下纳降令，老侯在他眼皮底下，不趁机扩充，那才怪呢！"

二人谈论之际，开原兵备佥事崔儒秀和牛维曜一边争论，一边走进。见堂上有人，他们停止争论。

"二位都在，大来先生呢？"二人问道。

几乎同时，张铨、何廷魁也问牛维曜："牛公公可曾见大来先生？"

"你等守着位公的，怎的反而问起来找位公的！"牛维曜道。

"谁说我等守着大来先生？"张铨不满地问。

"二位不是在衙门吗？经略大臣自当在经略衙门。"牛维曜说。

"我原以为，我等几人中，若有一人知大来先生去何处，一定是牛公公；看来，牛公公也浑然不知。"张铨道。

"非浑然不知，是浑然有知。"牛维曜说。

"这话怎讲？"张铨觉得他的话甚是滑稽。

"以前要找位公，倒是不难找到；自那日我要为辽阳除去隐患，他不准我为辽阳除去隐患，已有两三日没见他面。"牛维曜解释。他说的"浑然有知"，实际上是赌气。张铨、何廷魁都在，正好让他们评判评判，"汝谦先生，宇衡先生，或言沈城为降卒所卖，二位以为如何？"

"纳降令才一发布，宇衡先生就预言：祸始此矣；我也曾争于堂上。纳降愈众，兵败愈快，这事还有什么好说！"何廷魁道。

纳降令的发布，及关于纳降的争论，都是去冬至今春这几个月里的事情。原辽东经略大臣熊廷弼，去年九月被劾听勘，十月，以袁应泰代之。去秋，蒙古各部大饥，东移乞食，袁应泰下令纳降，辽东各部官军都收纳很多降人，而以沈阳总兵贺世贤收降最多。

"沈城既为降卒所卖，杀降卒以保辽城，有何错处！"牛维曜道。赌几天气，他今天不敢再赌气，但委屈总得与人倾诉。

"降卒再卖辽城，不得不防；不过——"张铨口气一转，有话要说。

"不过怎的？"牛维曜问。

"一二降将不同于一二降卒，不是牛公公想杀就能杀的。"张铨说。

"你是说，须知会位公？"牛维曜大摇其头，"宇衡先生不想想，当初发布纳降令，多少人反对，位公可曾听从？宇衡先生等的话，位公不听；难道我要尽杀降卒，他就会答应？"

"我等反对纳降，却有谁曾杀一个降卒？"一句话把他堵回去后，张铨又说，"当不当纳降，沈城是不是因为纳降而失，见仁见智。牛公公若敢担保，尽杀降卒，可确保辽城，我拼着巡按御史不做，项上人头不要，也陪着牛公公一起去杀！"

"我可不敢担保。"牛维曜说着，瞥崔儒秀一眼。

何廷魁看在眼里，问道："敬初先生来时，可是与牛公公争论此事？"

崔儒秀字敬初，河南陕州人，万历二十六年进士。他笑着说："谁道不是！我告诉他，宇衡先生不会赞成他擅杀降卒。他不相信，反说：我为宇衡先生杀降卒，他怎会不赞成。"

"是啊，张某就是这等不知好歹。"张铨说。

其他三人皆笑。牛维曜是讪笑，讪笑之际，难免会想：这些读书人真是奇怪，自己明明和他一致，怎么得不到他同情？

听到衙署外一阵杂乱的马蹄声，堂上的四个人估计是袁应泰回来。凑到门口一看，果然是。袁应泰显得疲惫不堪，要不是有人牵住马，两边搀扶，好似连马都下不来。四人均想：他难道出城去大战一回？

袁应泰本想直接去后院歇息，守署亲兵向他禀报一两句，他又转回前堂。入室后，他向四人点点头，就近找把椅子坐下。按照规矩，在衙署堂上，他应坐在当中，前来议事的官员分坐两侧。现在他懒得回到自己的座位上去；或者，他不想和来的几位官员正式议事。

自己坐得随意，他又用手在胸前一比画，让众人也随意坐下。然后他说："诸位来得正好，有二事须议。"

四人坐下后，张铨先问："大来先生，哪二事？"

袁应泰没有回答，却问："昨日侯帅出城迎战建虏，诸位可知？"

二人点头，二人摇头，表示一下即止，听他继续往下说。

"午后，侯帅与敌鏖战半日，互有斩杀。黄昏时收兵，侯帅即于城外东山驻营。"袁应泰略述后，问道，"诸位可知？"

这次是一人点头，三人摇头，知其事的不如不知其事的多。

"宇衡，"袁应泰这才招呼张铨，"侯帅兵力单薄，须得着人出城接应，此乃第一件要议的事。"

"下官愿往。"张铨请命。

"宇衡职在巡按，非监军，城里少不了你。"袁应泰不同意。

"下官职在兵备，出城接应如何？"崔儒秀马上说。

"你是客，怎好先打发你出战！"袁应泰道。

崔儒秀到任之日，开原已陷。他本可回朝复命的，但他宁愿助守辽阳。在袁应泰看来，他是"客卿"。

"下官职在巡守，又不是客，下官去吧。"何廷魁说。

袁应泰看他一眼，不即刻回应。

"我知道，位公是想我去接应。"牛维曜在一旁说。

袁应泰点点头，说道："老牛，今次还非得你去。侯部在外不溃，辽阳尚可守；侯部若溃，建虏合力攻城，则辽阳难支。别人出城，侯帅未必会觉得重任在肩。"

"位公不说，我还没看得这么重；位公既说，我拼着命也得出城去周旋。"牛维曜说着，问道，"位公，我几时出城？"

"愈快愈好。"袁应泰说。

"好，我即刻出城。本想位公有一杯薄酒相送，看来指望不上。"牛维曜对袁应泰说句笑话，又对其他人说句笑话，"各位此时不与我争功，感激不尽。"

虽是笑话，多少也有点儿悲壮。

等他走后，张铨说："大来先生不该差他去。"

"为何不该？"袁应泰问。

"他并非情愿而去，恐怕会影响侯部士气。"张铨说。

"他在城里，就不会影响守城官军的士气？"袁应泰问。

"这么说，大来先生着他出城，是怕他影响守城？"崔儒秀问。

"那倒不是，"袁应泰摇头，"侯部须得有人接应，须得有人鼓舞士气。我并非对三位不放心，但三位未必指挥得动侯帅。老牛与侯帅关系还不错，或许能稳住侯部，此为其一。"

"大来先生说的，是句实在话。"崔儒秀道。

"其二，"袁应泰又说，"在辽阳有守土之责的，是三人：一人是侯总兵，一人是牛公公，一人是我。"

"大来先生此言差矣，难道我等无守土之责？"张铨驳道。

"宇衡先听我说，"袁应泰且不从正面分辩，"昨日敌至，自然是侯帅先出城迎战。侯帅战之不胜，不是我亲自出城迎战，就是牛公公出城迎战。你等是希望我亲自出城迎战，还是牛公公出城迎战？我看，还是希望牛公公出城迎战吧？"

"大来先生将我等置于事外，却问我等希望大来先生出城迎战，还是希望牛公公出城迎战。这说服不了我等。"张铨道。

"宇衡兄，大来先生或许还有第三呢。"何廷魁让他少安毋躁。

"不错，确有其三，"袁应泰道，"我对老牛说，城外官军不溃，辽阳尚可守；城外官军若溃，辽阳难支。其实，这话只说一半。"

"另一半怎说？"张铨问。

"出战者无论溃否，尚有退路；守城者无论自家溃否，无论出战者溃否，绝无退路。"袁应泰说。

"大来先生是说，守城者，须与辽阳共存亡？"张铨听出他话里的意思，或者，自以为听出他话里的意思，"大来先生欲予牛公公一条生路，而留我等共守辽阳，实我等之幸。倒是下官错怪大来先生。"

"宇衡又错。"袁应泰道。

"怎么？"张铨问。

"按照我的说法，侯总兵、牛公公与我，是有守土之责的。我给他等都留条退路；君等并无守土之责，不如作退守河西计。"袁应泰说。

"大来先生开口守土之责，闭口守土之责，却不知有无守土之责，是怎么区分的？"张铨尽管听出袁应泰意在保全他等，还是觉得被侮辱。

"譬如本经略，奉命专征，与君等职守皆不同。恢复疆土，扫平建房，乃本经略之职。只有恢复疆土，扫平建房，才得上报朝廷，下安百姓。然天数至此，谋者不能决策，战者不能奏功，辽阳危在指顾之间，我若退守河西，不唯无颜面圣，抑且羞见众将士。唯一可以选择的，是缴还尚方剑，以身殉辽阳。君等或是按临一方，或是兵备一道，辽阳失守，尚可效力于他城。如敬初，开原丢失，尚可效力于辽阳。"袁应泰说一通理由后，特别提到纳降令，"纳降令是我下的，宇衡、汝谦，你二人都是反对的。我至今不以为广纳降卒有何不对，至今不以为沈城是失于降卒。但我宁愿对宇衡、汝谦说一句，纳降令或是错的，沈城或是失于降卒，一切恶果该由我一人承担。"

听这几句肺腑之言，张铨、何廷魁大为感动，一时不知该如何回应。

"大来先生既举我的事例，我不得不先说两句，"崔儒秀道，"大来先生称，我等与大来先生职守不同；但深受国恩，是相同的。同受国恩，即当同赴国难。"

"不错！"张铨附和道，"牛公公即便逸去，也是战之不利；我等难道连他都不如！"

"大来先生莫再多言，分派差事吧。"何廷魁道。

三月二十日，官军与后金军战于城外。牛维曜为乱箭所伤，落荒而去。侯世禄不支，亦溃去。

后金军旋即攻打辽阳。袁应泰命发火器，后金军死伤甚众，攻势稍缓。待城中火器用尽，后金军复全力攻城。天将晚，小西门火起。在东门指挥守城的袁应泰取剑自刎，同在东门楼的崔儒秀缢死。张铨守北门，城破被俘，伺机自杀。何廷魁在危机之际，返回衙门，携妻、女投井而亡。

## 第十七章

客氏拜辞过皇帝,出乾清宫,起轿回咸安宫。

大内以乾清宫、坤宁宫为中心,以东,有东六宫,以西,有西六宫。东、西六宫之外,还分布着一些零散的宫室。咸安宫位于西六宫以外,是最接近宫墙的一座宫室。自四月皇帝大婚以后,客氏不宜再住在乾清宫,皇帝把咸安宫赐予她用。

对她来说,这未必不是件好事。虽然他和魏忠贤的关系,是御准的,但在那么多大大小小的太监面前勾勾搭搭,总有点儿不好意思。现在,他们有自己的安乐窝,可以恣意享受、恣意取乐。

回到咸安宫,她被眼前的景象惊呆。她用作餐室的偏殿,被翻天覆地地折腾过,其他器具都不知被搬去哪里,只在殿中摆放一列桌子,桌上是大盘小碟的菜肴。粗粗一数,每桌上的菜不下十种,桌子不下十张,合起来菜肴在百种以上。

魏忠贤双臂环抱,站立桌旁,观看着忙碌一天所带给客氏的惊讶,自己则不动声色。

客氏走过去拍打他一下,道:"当家的,咱家的日子还过不过!"

"娘子忘记今是何日吧?"魏忠贤问。

"今是何日?"客氏绕着一长列桌子,边走边念叨,"五月初五过去好几天,六月初六还早呢。"忽问,"六月初六是何日子?"

"宫中晒銮驾,民间晒衣物。"魏忠贤说。

"不止于此吧?我记得还要热闹。"客氏说。

"锦衣卫官校牵象至响闸洗浴。"魏忠贤又说。

"着哇,"客氏道,"五月初五是为一个写诗的古人过的,用不着这么铺张呀;至于为象洗浴,又碍着我什么事!"

"娘子当真把今天这个日子忘记。"魏忠贤说着,指指她。

"我,"客氏也指指自己,然后又指指魏忠贤,"和你——"她以为今天这个日子和他二人定情有关,但又觉得不对。

"是娘子的好日子，与魏某无关。"魏忠贤说。

"我的好日子？"客氏重新去想，绕桌子走一圈，也没想起来。她指着桌上的菜肴说，"还不快告诉我，不怕菜凉吗！"

"今日是娘子生辰。"魏忠贤说。

"是吗？"客氏一想，可不是嘛！她不无感激地说，"亏你替我记着，要不，今年又浑浑噩噩地过去。"

"爷要我替娘子管事，若管不好，一对不住爷，二对不住娘子。"魏忠贤跟在她后边说。正好走到正当中，桌前有把椅子。他把椅子稍稍移动，道，"娘子请就座。"

客氏坐下，仰起头看他，问道："你呢？"

"我伺候娘子用酒用餐。"魏忠贤说。

"不可！你是当家的，今日又为我忙碌一天，无论如何得坐下来，踏踏实实和我共饮几杯酒。"客氏说。

"得夫人令也。"魏忠贤做个滑稽的动作，在客氏对面坐下。

"这多的菜，如何吃法？"客氏看着上百种菜肴发愁。

"我有法子。"魏忠贤说着，吩咐咸安宫当差的宫女和小宦者，只留下当中一二十种冷菜，把两旁的菜撤去，热过后再送上来。

"让厨房里慢点热，今日我要和你饮个通宵。"客氏说。

二人对饮。魏忠贤酒量不大，但食欲极佳。喝两杯后，他再举杯是虚应，而以吃菜为主。

"当家的不喝吗？"客氏问。

"在喝。"魏忠贤应付，并说，"娘子也慢饮，好菜都在后头。"

"好。"客氏应着，还是喝一大口，"你这个法子当真不错，先把菜摆一屋，看得我眼花缭乱，然后一样一样热过，让我品尝。"

"这在兵法上是有的，一则曰多多益善，一则曰按部就班。"魏忠贤胡乱解说。

"当家的，"客氏尝口刚端上来的热菜，说道，"自你我结成连理，遇事你总说'我有法子'。今日你也给我想个法子。"

"娘子遇到何事？"魏忠贤问。

"皇上纳的正宫，看着我不顺眼；我看她也不顺眼。打明日起，我不去乾清宫，你说好不好？"客氏道。

"是爷不让你去，还是张娘娘不让你去？"魏忠贤问。皇帝册立的皇后姓张，是河南祥符人。

"我才说，是我二人互相看着不顺眼，她没不让我去，皇上也没不让我去。"客氏说。

"那我倒要问你，你看着张娘娘不顺眼，是想让她开心呀，还是想让她心里别别扭扭的？"魏忠贤道。

"那还用说！"客氏从怀里抽出一方手帕，擦擦嘴，说道，"她也想我心里别别扭扭的，我也想让她心里别别扭扭的。"

"娘子从此不去乾清宫，不见张娘娘，心里不用别扭；却不知，张娘娘眼前没有娘子晃来晃去，更是开心得很。再者，娘子心里不别扭，张娘娘越来越开心，爷却会开始别扭，开始不开心。娘子得想好，是自家心里不别扭要紧，还是爷心里不别扭要紧；是让张娘娘开心好，还是让爷开心好！"魏忠贤说。

客氏哼一声，嗔道："说来说去，不就是我还得去乾清宫点点卯吗！我太知道你的心思！我若是不去乾清宫，爷想些什么，做些什么，你就不得而知；不知爷想些什么，做些什么，你更不知道自己该想些什么，该做些什么。"

"你我一家，何分彼此。"魏忠贤说。

"那我心里别扭，你就不管？"客氏质问。

"我有法子，"魏忠贤仍是那句口头禅，"娘子要想心里不别扭，容易得很。有三个字，你照着去做，保管心里从此不再别扭。"

"哪三个字，这等厉害？"客氏问。

"挑毛病。"魏忠贤说。

"挑毛病？"客氏重复道。

"对。"魏忠贤点头。

"我挑她的毛病？"客氏问。

"对。"魏忠贤又点头。

"当家的，说的醉话吧？"客氏取笑道，"她是娘娘千岁，我不过一民女，敢去挑她的毛病！"

"娘子乃奉圣夫人。"魏忠贤说。

"一百个奉圣夫人，也抵不上一个皇后娘娘。"客氏说。

"未见得，"魏忠贤说着，举个例子，"爷要张娘娘侍寝时，张娘娘才进得去乾清宫；爷不要张娘娘侍寝时，娘子却随时可进乾清宫。我问你，爷是要张娘娘侍寝的时候多，还是不要张娘娘侍寝的时候多？"

"皇上又不是每日都要她侍寝，又不是每日十二个时辰都在睡觉，自是不要她侍寝的时候多。"客氏说。

"那你怎的抵不上张娘娘！"魏忠贤道，"在爷的眼里，你比圣母还亲，张娘娘再尊贵，也是外人。只要爷视你仍亲，就不是你抵不上张娘娘，而是张娘娘抵不上你。"

"这么说，我当真可与她过过手？"客氏自言自语，喝杯酒后，她问，"当家的，你说，该如何挑她毛病？"

"不妨先看看，她身上有何毛病。"魏忠贤说。

"不瞒你说，我只是看她不顺眼；她身上有何毛病，还真没留意。"客氏很有些失落。

"那也不妨，"魏忠贤道，"没看到她有何毛病，总看到她有何喜好吧？喜好经人一说，就不单单是喜好，而往往变成毛病。"

"喜好她是有的，我看她最大的喜好是读书。到乾清宫，她也带着书；皇上不与她说话，她就自个儿读书。"客氏说。

"这就是毛病。"魏忠贤马上抓住这一点。

"读书最多把人读呆，怎成毛病？"客氏不懂。

"你想想，爷爱读书吗？"魏忠贤问。

"我奶大的皇上，要爱读书才怪！"客氏道，又说，"我还劝过皇上，该给她立个规矩：到乾清宫，不准读书。"

"千万别劝，"魏忠贤忙摆手，"一个爱读书，一个不爱读书，你说的我不懂，我说的你不懂，怎能做到长相厮守？要不了多久，爷就会厌烦张娘娘。"

"你这话有几分道理。"客氏总算听懂几分。

"还不止于此呢，"魏忠贤说，"爷不爱读书，张娘娘读的书，爷未必读过。你告诉他，张娘娘读的书，如何如何不好，他多半会信；你告诉他，张娘娘读的书，如何如何对他含沙射影，他多半也会信。"

"当家的，这就是你说的挑毛病？"客氏问。

"对。"魏忠贤应道，"除挑张娘娘的毛病，还可以挑嫔妃们的毛病。哪个嫔妃听张娘娘的话，你就挑哪个嫔妃的毛病。到最后，她们的毛病都成张娘娘的毛病。再有，可以挑国丈爷的毛病，挑国舅爷的毛病。他们的毛病，更是张娘娘的毛病。"

"她父兄我见也不曾见过，怎能挑他等毛病！"客氏道。

"那就更好挑毛病，"魏忠贤说，"你一无所知，爷亦一无所知，你就是说张娘娘并非张国丈亲女，爷也会信的。"

"这个说法不错,我得借来用用。"客氏道。魏忠贤随口说出的一句话,被她牢牢记在心里。

"魏叔,那人抓到!"长随刘荣兴奋地说。

"小声!"魏忠贤指着内室警告道。客氏正在屋里酣睡,他可不愿刘荣和自己说的这些话被她听到。

"是魏叔多心吧,夫人还会在意他吗?"刘荣笑着问。

"小心点儿好。"魏忠贤道,"老话说:一日夫妻百日恩。你知夫人跟他有多少日子?"又问,"在哪里找到他的?"

"蓟州北山寺。"刘荣回答时不忘奉承,"叔盼咐,他吃惯北方的粮,一定是往北边跑。果不其然,东厂的探子在蓟州山里找到他。"

"找到他的探子,与你交情可好?"魏忠贤问。

"他第一个告与小人知道。"刘荣说。

"他还会告诉别人吗?"魏忠贤又问。

"小人当时就叮嘱他,不可再对第二人说。"刘荣道。

"好,你差人去告诉他,"魏忠贤话说半句,又改主意,"不,你亲自去会他,让他把此人解回京师,但一定要走献县。"

"叔,那不是绕路吗?"刘荣道。蓟州在京城以东,献县属河间府,在京城以南,自蓟州还京,若走献县,绕的不是一星半点儿路。但看到魏忠贤铁青的脸色,他忽然领悟:魏叔一定要向此人下毒手。魏叔是肃宁人,肃宁亦隶河间,干这等机密之事,当然要找信得过的人。

"叔,我这就去迎东厂的人。"刘荣说。

他们不提姓名的那个人,即易名王国臣的魏朝。王安怒其与客氏勾搭,当众出丑,勒令他告病,离开乾清宫,去兵仗局挂个闲职调理。失怙于王安,又远离皇上,魏朝只能任人摆布,不久,他被找出个差错,发往凤阳。途中,魏朝逃逸,在京畿附近被逮拿。

在献县,魏朝被人刺杀。一名获罪的内臣被杀,不会引起朝廷关注。

## 第十八章

王化贞凭着少年意气，一口气登上医无闾山的山顶，把相约登山的薛国用远远地抛在后边。所谓少年，并不是指他的实际年纪，而是指他的官龄。他原官分守广宁参议。辽阳失手，袁应泰殉国，原辽东巡抚薛国用升经略大臣，在众多廷臣的举荐下，朝廷决定用王化贞接替薛国用。他是万历四十一年进士，至今不过八年，八年而巡抚一方，可以说是短之又短；而这一方，又是举朝关注、天下关注的辽东，更是极为难得的际遇。

薛国用好不容易也登到山顶。他喘着气说："早知肖乾老弟欲竞登，老汉还不如敬谢不敏。"

王化贞字肖乾，是山东诸城人。他呵呵大笑，道："早知薛公不良于登行，我就差一队健卒把薛公抬上来。"

"那倒不必。"薛国用摆摆手。家丁和官校在一棵大树下放两个软垫，搀扶他坐在一个软垫上，另一个软垫是留给王化贞的。薛国用坐一会儿，气喘得渐渐匀称。他说，"我只是走得慢一些，但量力而行，知道此山还登得上来。"

"好，改日请薛公登安平山，看是否也登得上。"王化贞说着，走过去。但他坐不住，绕着大树走来走去。

安平山在辽阳城外。薛国用一愣，道："肖乾先生欲驱我入虎口吗？"

"怎是驱薛公入虎口？我朝经略辽东大臣就该驻于辽阳呀！等我助薛公收复辽阳，不该相约而登安平山吗？"王化贞说着，拍拍脑门，"在下方才的话有误，怪不得薛公要驳之。薛公是主人，非我请薛公登安平山，乃薛公约我登安平山。"

薛国用确有驳他之意，但绝不是因为他颠倒主宾。

"你也知道，我这个经略大臣是暂代的。"他说。

朝廷早已决定起用熊廷弼，只因沈、辽之变突然，熊廷弼又在湖广，无法一步跨过来，才使薛国用暂代经略。而且，不仅薛国用自知暂代，朝廷也视他为暂代。所以，他以年老体衰，几次上疏乞休，朝廷都不加责备。看朝廷的意思，只要熊廷弼一到，就可放他走。

"但吾公任一天经略，得尽一天经略的职责呀！"王化贞说。

"你还不如说，做一天和尚，得撞一天钟呢！"薛国用道，"实话对你说，钟我一直在撞，经也一直在念，而且念出点儿味道。"

"薛公念出怎样的味道？"王化贞问。

"谨言慎行。"薛国用说。

"薛公是否以为，在下太不谨言慎行？"王化贞问。

"并无此意，我是在说自家。"薛国用当然不能承认是在教训他。

王化贞却不肯放过这句话。他在薛国用面前一站，不客气地问道："那我倒要请教薛公：贺世贤总兵够不够谨言慎行？"

"以武臣而言，他够谨言慎行。"薛国用说。

"袁大来经略够不够谨言慎行？"王化贞又问。

"以督、抚而言，他够谨言慎行。"薛国用说。

"贺世贤总兵谨言慎行，却丢失沈阳；袁大来经略谨言慎行，却丢失辽阳。不知怎的谨言慎行，可收复沈阳；又不知怎的谨言慎行，可收复辽阳！可见，"王化贞说到这里，加重语气，"仅以谨言慎行一本经，在辽东是不够用的。"

贺世贤、袁应泰都为守地而死，薛国用不忍心再说他们坏话。结果，却被王化贞好一通批驳，在他，不能不难堪。好在他二十余年的宦海生涯，练就好性情。而且，二十余年大半是在辽东度过的，辽东什么事可为，什么事不可为，他看得很透彻，所以并不动怒。

"肖乾有好经，何不坐下来念。"他邀道。

"好！"王化贞用脚尖把留给自己的软垫拨开，一屁股坐到地上。

"薛公所见，广宁仅孱卒千余，故不得不念谨言慎行之经。"

一句话，把对薛国用的轻视表露无余，薛国用反诘道："我知肖乾两个月来，招集沈、辽散兵游勇不少，但也不过万余。凭借万余散兵游勇，就可念别的经文？"

"万余散兵游勇，亦可调教成万余精锐。此外，我还有三本经，念来的就不是万余而已，薛公愿不愿听？"王化贞问。

"肖乾愿念，我自愿听。"薛国用说。他的态度是被动，而不是完全的消极，因为他说的是"自愿听"，不是"不得不听"。

"第一本经，为西虏而念。"王化贞道。西虏指蒙古虎墩、炒花等部。万历末年，该部等趁官军与后金对峙之际东来，欲取渔人之利。王化贞在参议任上，着意安抚蒙古各部，以致他等未敢轻举妄动。于是，朝廷皆知王化贞得西虏人心，并先后拿出上百万帑金，配合他的安抚，"我兵不必多，有西虏十万、百万在，无须再调西兵。"

他说的西兵，即辽东以西各镇的官军。

"此经肖乾念过些日子，且念下一本经吧。"薛国用说。

"第二本经，专为孙得功而念。"王化贞道。眼下，后金军虽攻陷沈阳、辽阳等城，有主宰河东之势；但金州、复州等卫官军，及各矿矿徒，各结寨自保。其中，以前不见经传的辽东人孙得功，联合数军，势力最大，自称有子弟兵数万，"我兵不必多，有布衣孙得功子弟兵在，渡河而东，可不战而胜。"

"此经肖乾念到，我未念到，肖乾实胜于我。"薛国用说。

"薛公也以为此经可念？"王化贞问。

"我未念到，故不知可不可念。"薛国用避而不答。

"那我再念第三本经吧。"王化贞道。

"让我猜猜看，"薛国用一手挡在前面，让王化贞先不要说，"肖乾近日对我言及，李永芳有密信来，称后悔当初，愿为内应。肖乾的第三本经，大概是为他念的吧。"

"薛公猜得不错，这本经念得否？"王化贞问。

"肖乾莫忘，李某已被建虏大酋招赘；破我沈、辽二城，他都是一马当先。"薛国用提醒他。

"正因被招赘，虏酋才不会疑。"王化贞说。

李永芳是辽东铁岭人，曾为官军游击，万历末年降后金，努尔哈赤以孙女嫁之，即后金人所称抚顺额驸。薛国用对此很不放心，担心他投密信有诈；王化贞则觉得，这不是问题，反而有利。

"我兵不必多，有李永芳内应在，可不劳而致敌于戏下矣！"王化贞又说。戏下即垓下，用的是韩信统兵与项羽战的典故。说到这里，王化贞的自命不凡已到极致。

薛国用不点头，也不摇头，只当没听到这句话。

"薛公仍以为这本经念不得？"王化贞不满地问。

"不。此人真心返正，乃我大明朝之福。"薛国用说句含糊的话后，转到另一话题上，"我只想问问，肖乾数称兵不必多，究竟几多？"

"三万足矣。"王化贞说。

"求三万人马，而非三十万人马，应该不难。"薛国用说。

"那么，薛公愿与我共念这几本经？"王化贞与其说在询问，不如说在劝诱。

"不，不，"薛国用否认，"肖乾老弟手里的经，还是自家去念吧。我说过，不过暂代经略之职，念得出的，还是我那本谨言慎行的经。待我飞百兄莅临，或朝廷任用其他正式的经略，肖乾不妨再对他念念这几本经，看他等愿不愿一起来念。"

王化贞本来也不指望眼前这个人有所作为。聊兴已尽，他说："薛公歇够没？一同观观山景吧。"

"好啊！"薛国用示意家丁和官校把他搀扶起来，跟在王化贞后面，走向崖边，翘首东望。

所谓观山景，亦是观城景。伫立医无闾山巅，广宁城一览无余。

辽东及辽东的一些重镇，如辽阳，皆得名于辽河。辽阳在辽河以东，沈阳也在辽河以东，而广宁在辽河以西。袁应泰让张铨等作退守河西计，就是让他等退守广宁。辽东巡抚衙门，数易治地，先是在辽阳，后移广宁，移山海关，最后又回到广宁。由此可知其地重要。

广宁城东面有两条河，一条在正东，名路河，一条偏北，名珠子河。二河南流，皆入辽河。三河交汇的一段，名三岔河。

薛国用向着广宁城东泛泛一指，问道："肖乾考察过三岔河吗？"

"考察未详。"王化贞说。

"三岔河阻隔河之东、西，易守而不易渡；然其中一段水浅，辽人俗称为黄泥洼。肖乾欲图河东，可由黄泥洼过河。"薛国用说。

"多谢薛公指点。"王化贞揖道。

"但我料建虏欲图河西，也必从该处过河。"薛国用又说。如果他今天对王化贞说了句告诫的话，应该是这一句。

# 第十九章

熊廷弼心情再急，到达大兴时，天色已暗，也不得不在馆驿住上一夜。他第二日一早进城，到午门外，正赶上早朝。

对熊廷弼的到来最关心的是兵部尚书王象乾。正因关心，散朝后，他不忙着与熊廷弼招呼。等别人三言两语招呼完，他才过去拉着熊廷弼的手说："飞百先生鞍马劳顿，是明日再去兵部叙话，还是今日回去歇一歇，再去兵部叙话？"

这并不是句客气话。朝廷虽在三月即召熊廷弼入朝，但那时还没得到沈阳、辽阳先后失陷的消息，他仅是以兵部侍郎见召。朝廷不急，熊廷弼本人当然也不急。五月上旬，朝廷再降敕书，则是以筹划辽东事务托付。使臣离京至江夏，熊廷弼自江夏赶到京师，其间仅一月，可见他一刻也没敢耽搁。

"我知老前辈有许多话要嘱咐，这就陪着去衙门吧。"熊廷弼说。

王象乾是隆庆五年进士。隆庆年间进士，这时已寥寥无几，所以熊廷弼唤他一声老前辈。

王象乾听这话甚是欣慰。他说："也好，叙过话，飞百先生再歇。"

二人边往外走，边说着话。

"廓翁，听说辽东局面已有转机？王肖乾甫上任，气象即为之一新？"熊廷弼问。

"新气象是有一些，是否转机，还不好说。"王象乾回答。

"廓翁能否试举一二新气象？"熊廷弼道。

"如举朝皆以辽东官军不足用，肖乾则称有三可恃。"王象乾说。

"是哪三可恃？"熊廷弼问。

"其一，西虏百万之众。"王象乾说。

"多少？"熊廷弼以为听错。

"百万之众。"王象乾重复。

熊廷弼关心的，还不是蒙古各部人数有多少，而是其能不能战。他说："虎墩、炒花各部，我等都是与之打过交道的、人虽众，怎能与后金敌！西虏实不足恃。"他与许多官员不同，打心里认为后金是我朝劲敌，所以称为后金，而不再称建虏。

"借虎墩、炒花各部之力，在我看来，也无异于驱羊群而入虎狼之阵。"王象乾附和道。

"此外所恃者为何？"熊廷弼问。

"其二，孙得功数万精锐；其三，李永芳允为内应。"王象乾说。

"孙得功属下，市侩群氓，去就难料，实不可用；李永芳受后金厚恩，图我不遗余力，实不敢信。"熊廷弼说。

"肖乾一番议论，使辽东士气大振，朝廷欢欣鼓舞，却被飞百先生全盘否定。我说不知是否转机，不虚吧？"王象乾道。

熊廷弼正想进一步阐明自己的想法，有内侍追赶过来宣旨，皇帝命熊廷弼即刻觐见。

熊廷弼耸耸肩，道："廓翁看——"

"自当先去面圣，我在衙门里恭候大驾。"王象乾说，又嘱咐，"朝廷要飞百先生筹划辽东事，尽可在圣上面前和盘托出自家想法。"

"理会得。"熊廷弼应道。

皇帝等熊廷弼行过叩拜礼后，先说句安慰的话："朕知爱卿受委屈，先前论劾爱卿之科、道，均已罪谴。"

熊廷弼自万历三十六年巡按辽东起，与科、道及辽东官员一直相处不好，但皇帝说的科、道，主要是御史冯三元、张修德，给事中魏应嘉、郭巩等。熊廷弼是在皇帝登极后辞官的，连篇上疏致使熊廷弼去官的，正是这几个人。朝廷在起用熊廷弼的同时，将冯三元等贬三秩调用。

熊廷弼绝非心胸开阔之人，但此事既由皇帝提及，他非得有所表示。

"臣有一事，恳乞陛下恩准。"他说。

"你说。"皇帝道。

"纠劾大臣，乃科、道职责。凡劾臣之科、道，乞陛下不再追究，仍以原官留用于朝廷。"熊廷弼说。

"这可不成，"皇帝一本正经地拒绝，"他等诬爱卿，致坏辽东事，朕仅贬其秩，未削其籍，未索其命，已是格外开恩。朕开恩，也是为的爱卿，唯恐治罪太重，人将归咎于爱卿。"

"陛下体恤入微，臣不胜惶恐，不胜感激！"熊廷弼道。皇帝话说到这种程度，他不好再说，也不想再说。

"敕旨写得明白，要爱卿疾速赴朝，筹划辽东事务。辽东颓势，爱卿有所闻乎？"皇帝问。

皇帝可直言不讳地使用"颓势"二字，臣子在皇帝面前却不能具体阐述"颓势"。熊廷弼道："臣闻得，巡抚辽东都御史、臣王化贞，于赴任之后，曾重新部署辽东军务。"

皇帝点头，表示他说得不错，并说："此事正好听听爱卿的评点。王卿议沿河设六营，每营置参将一人，守备二人，划地分守。另于西平、镇武、柳河、盘山等处，各置戍卒若干，以防建虏突入。这等布防，爱卿以为如何？"

对这样的部署，熊廷弼直欲嗤之以鼻。不过，他不想让皇帝以为他议事太草率，所以说："臣休致在家这八九个月里，辽东局势骤变。沿河分守，是否可行，臣不便妄下结论。"

"那就无话对朕说吗？"皇帝问。

"臣一路行来，想的都是辽东之事。臣以为，须定三方布置策，方可保得万全。"熊廷弼说。

皇帝没听清楚，问道："爱卿所谓三策，是上、中、下三策吗？"

"不，臣说的是三方布置策。"熊廷弼说。

"三方布置？"皇帝问，"爱卿欲于哪三方布置？"

"第一方，在辽东广宁；第二方，在直隶天津；第三方，在山东登州、莱州。"熊廷弼道。

"好，爱卿先说说广宁的布置。"皇帝命道，并说，"朕倒要看看，爱卿的布置，与王卿的设置，有何不同。"

"广宁临河，而不濒海，用马步兵而已。马步兵列阵河上，以形势格之，可消耗敌军全力。"熊廷弼说。

"爱卿以形势格之，不是沿河设六营吗？"皇帝问。

"以形势格之，乃为广宁而设，非若为河而设。为河而设，或当六营、四营，或二三营即可，或需七八营。"熊廷弼说到这里，特别强调，"不过，臣以为，设置不宜多，多分则力弱。"

"爱卿实话告朕，六营是不是多？"皇帝道。

"臣以为，有些多。"熊廷弼答道。

"朕知爱卿之意，若为河而设，二三营亦多。"皇帝说。

"陛下圣明，"熊廷弼不再否认，他说的列阵河上，其实就是针对王化贞的沿河设置六营的计划。

"爱卿再说天津的布置吧。"皇帝命道。

"天津临海，当布置舟师，伺敌不备渡河，直驱辽东南部，敌欲攻河西，则有后顾之忧。我于广宁取守势，而于渡海舟师取攻势，或可径取辽阳。"熊廷弼说。

"朕记得，天津曾设巡抚吧？"皇帝问。

"诚如圣谕，天津曾于万历二十五年设巡抚，并辖登、莱，二十七年以其事并于保定巡抚。臣意，天津巡抚宜复。"熊廷弼说。

"此事朕听爱卿的。"皇帝说着，转言第三方布置，"第三方布置在登州、莱州，用意和在天津的布置相同吧？那么，是仍听于天津巡抚呢，抑或另设巡抚？"

"臣既以登、莱为一方，自是奏请另设巡抚。"熊廷弼道。

"广宁一巡抚，天津一巡抚，登、莱一巡抚，各司其职，好是好，但都是为辽东而设，须一大臣提调，经略仍不可或缺。我辽东经略原治辽阳，今辽阳已失；爱卿也只说，舟师伺机渡海，或可径取辽阳。"皇帝说着，问道，"那么，在复辽阳之前，当治于何地？"

"臣以为，经略可驻山海关，节制三方。"熊廷弼说。

"好啊，爱卿既择定山海关，即请为朕一行。"皇帝道。

"陛下有命，臣万死不敢辞；然辽东经略大臣，今有其人呀！"熊廷弼说。

"爱卿是说薛国用吧？其人衰老，屡有辞章。"皇帝道。

"陛下或不知，臣与臣国用是同年的进士。"熊廷弼说。

"爱卿威仪，不减当年，也要以衰老辞吗！"皇帝不给他任何余地。

"臣不敢。臣领旨！"熊廷弼叩道。

# 第二十章

刑部门役靠墙打盹，被人碰醒，睁眼一看，面前站着个官人，看上去有点眼熟，又不能确认。

"绍夫先生在否？"官人轻声轻气地问。

门役揉着眼睛反问："大人是——"

"姓刘。"官人报自己姓氏，仍是轻声轻气。

这倒使门役产生轻慢之心，他双手在腰间一插，道："大人找我们大司寇呀，可是约过的？"

"并未约过，恰好得闲，特意来看看他。"官人说。

"大人得闲，我们大司寇未必得闲。"门役刁难道。

"不妨，烦你通报一声。绍夫先生有工夫，我进去与他说几句话；没有工夫，我改日再来看他。"官人说。

"我怎的通报呢？就说有位姓刘的大人来看他？"门役问。

"亦无不可。"官人道。

"若是这般通报，大人多半是见不到我们大司寇的。"门役说，还特意解释，"我这可是为大人好，并非多事。"

"多谢。你或可对他说，内阁刘某来看他。"官人说。

门役吓一跳。敢以内阁某某称的，一定是内阁大臣呀！大司寇在刑部坐第一把交椅，在六部排起来，就只能坐第五把交椅；而在六部排起来坐第一把交椅的吏部尚书，也要排在内阁大臣后面。怪不得看着眼熟，原来是刘阁老。其实，他不一定见过刘阁老，而是人家在他面前一站，就有一种超乎寻常的气质。

官人正是内阁首辅刘一燝。方从哲去年十二月致仕后，朝廷催促叶向高赴京。以他的资历，一复任，肯定是首辅。但他至今未奉旨，因此，刘一燝递升为首辅。

"我们老爷在，大人自个儿进去吧，不用通报。"门役讨好地说。

"行吗？"刘一燝有点儿为他担心。

"有何不可！"门役道，"我们大司寇想见哪个，不想见哪个，哪个可以不见，哪个不得不见，我心里都有数。"

刘一燝也不知自己是属于大司寇想见的，还是不得不见的，门役那么有把握地让他进去，他不再絮叨。

刑部大堂前有株海棠树，黄克缵一人站在树下发呆。

"绍夫先生好清闲呀！"刘一燝轻唤道。

黄克缵字绍夫，福建晋江人，万历八年进士。

"季晦先生？你怎的来此？"他问。

"绍夫先生的意思，我来不得？"刘一燝反问。

"不是来不得，只是始料不及。"黄克缵说。

"要的就是你始料不及，不然，怎能让你醍醐灌顶。"刘一燝道。

"是，是，"黄克缵应着，把他让到大堂旁的一间小室，"请进去坐，任凭季晦先生教诲。"

二人就座后，黄克缵要喊差役奉茶。

"别叫人来，我只两句话，说完就走。"刘一燝道。

黄克缵知道，这话一定非同小可，因为他二人说不上有什么特别的关系，因为刘一燝是自己找上门来的。若在以前，他心里一定会七上八下；眼下反正是众矢之的，还在乎多个人说上几句吗？

"季晦先生也是来劝我认错的？"他问。

"绍夫先生不该认个错吗！"刘一燝抬起一只脚，真想狠狠地跺下去。但黄克缵到底是前辈，所以，他的脚高高抬起，又慢慢放回去，"绍夫先生，你好糊涂呀！"

"糊涂"二字在加于黄克缵的责谴中是最轻的；为这两个字，他甚至应该感激刘一燝。

"我怎的糊涂？"他问。

"绍夫先生要说刘逊、姜升等，就说刘逊、姜升等；要说选侍，就说选侍。好端端的，为何又把淮抚一事搬出来！"刘一燝道。

总督漕运兼巡抚凤阳等处都御史，因巡抚地区在大江以北的淮河区域，又被称作淮抚。刘一燝所说的淮抚，特指万历中期的漕运总督李三才。他反对矿、税使，请朝廷悉数召回，在奏章里写道：陛下爱珠玉，民亦慕温饱；陛下爱子孙，民亦恋妻子。在所有反对矿、税使的文章里，这两句话堪称经典。因而，他在当时驰誉天下；被视为清流旗帜的东林派学者，又把他树为一面旗帜。而李三才也把自己与东林党连为一体，说：今奸党仇正之言，一曰东林，二曰淮抚。

黄克缵在东林党人与其他各党的争论中，向来保持中立；当一些官员欲推李三才入阁，或入掌都察院时，他也态度暧昧地不予支持。尽管对于矿、税使的危害民生，他也看得很清楚，且深恶痛绝。

今上即位后，追究李选侍身边内臣八人盗取乾清宫珠宝，李进忠、刘朝、刘逊、姜升等皆论死。黄克缵认为有二事不妥：一是量刑太重，一是论死太多。按照他的说法，李进忠、刘朝是罪魁祸首，盗宝有实据，要杀，杀他二人即可。其他如姜升、郑稳山、刘尚理，身上、家宅不曾查得一物；刘逊在地上拾得珍珠，立即进与选侍。他等与李进忠、刘朝一起论死，实在冤枉。

皇帝不准，命杀六人，二人减罪。黄克缵又进言说：礼者，父母并尊。事有出于念母之诚，迹或涉于彰父之过。必委曲周全，浑然无迹，斯为大孝。若谓党庇李氏，责备圣躬，臣万死不敢出。

这话激怒皇帝，皇帝责他轻肆无忌，不谙忠孝；这话也犯众怒，给事中毛士龙、御史潘云翼、南京御史王允成等，先后上疏，弹劾他不明是非，言多舛谬。

为摆脱困境，他把所受弹劾与当年不支持李三才入阁联系在一起。

"我倒是想只说李进忠、刘朝等，只说选侍；但那些给谏、御史们，哪个不是为当年之事嫉恨我的！"黄克缵道。

"你这话不对。"刘一燝说，"淮抚被推，在万历三十几年，拿毛伯高来说，是万历四十一年进士，且一直任的外官；今上即位后，才被召入。他与此事会有什么牵连？"伯高是毛士龙的字。

"与举荐淮抚无关，与东林党人也无关吗？"黄克缵道。

这真不好说。毛士龙是南直宜兴人。宜兴和东林书院所在的无锡，皆隶常州府。地域的接近，还在其次，毛士龙和以东林党人自居的前辈官员们来往甚频，是不少人都在议论的。刘一燝责备过黄克缵糊涂，又暗暗责备自己糊涂：举谁的例子不好，偏要举毛伯高。

"绍夫先生真的不懂我的用意，还是装着不懂我的用意？"他问。

"季晦先生是何用意，我真的不懂。"黄克缵说。

"万历朝党争，国无宁日。这会儿好不容易渐次平息，绍夫先生想再挑起风波吗？"刘一燝道。

"哎呀！"黄克缵惊呼一声，说，"此事我当真不曾想过。"

"所以我说你糊涂呀！"刘一燝道。

"事已至此，或是引咎辞官，或是被圣上罢免，不敢望季晦先生为我开脱；但有一事相求。"黄克缵说。

"你说。"刘一燝道。

"刘逊、姜升等人，请季晦先生保全他等性命。"黄克缵说。

"你呀！"刘一燝这一声叹息，是为他的固执，同时表示不能答应他。

"此辈小人，死不足惜，但罪不当诛而诛之，上干天和，下伤人心，有累圣德，亦非小事。"黄克缵阐明他的立场。

刘一燝有点儿被打动，但想了想，还是说："我仍不能答应你。此事当由法司议处，非我可决断。不过，你不要我为你开脱，我倒要在圣上面前为你说几句话。不当诛者不诛，不当免者不免，皆为正理。"

皇帝指责归指责，本来也没想罢免黄克缵，经刘一燝劝说，顺势了结此事。

# 第二十一章

工科给事中魏大中散衙回家，出长安左门时，碰到一个熟人。

"士光兄怎的在此？"他问。

他称为"士光兄"者，监生汪文言也。汪文言是南直隶歙县人，万历后期花钱捐的监生。但他不是在内府与外廷间行走，就是在京城与外地间奔波，一天也没在国子监读书。因曾用计，攻破楚、浙、齐三党对付东林党的联盟，他被清流者视为奇男子。

"孔时兄啊，弟欲一晤季晦先生。"汪文言说。

"噢。"魏大中应一声，揖手道别；但刚要迈步，又停下来，"士光兄要见季晦先生，何不到他家里去等，又不是不认识。亏得遇到我，若被别有用心之人得知你要见季晦先生，恐不太好。"

"正因怕被别有用心之人得知，才不去季晦先生家里，而选择在衙门外等。"汪文言说。不管魏大中说"别有用心之人"是泛泛而言，或有所指，在他心里，的确有一个具体的人。

"什么事呀，不可私下里议？"魏大中问。

"实不相瞒，是为王公事。"汪文言道。对别人，他不一定会告以实情；对魏大中，他是信得过的。

"早就闻得士光兄乃王公府上高参，他究竟为何被贬？"魏大中正想询问此事，汪文言主动提及，在他是求之不得。

"孔时兄不知吗？"汪文言反问。

"只知五月间，司礼掌印卢公公致仕，皇上欲以王公代之；后来不知怎的，用的却是另一个王公公，再后来，王公又被贬去南海子，做一名净军。"魏大中说。

"王公被贬是因为兵给霍某纠劾，此事孔时兄知道吧？"汪文言问。兵科给事中霍维华，正是他心目中那个别有用心之人。

"此事虽知，却没料到他一篇弹章竟能贬去王公。"魏大中说。

"哪是他一个人，他后面还有人呢！"汪文言道。

弹劾像王安这样一名司礼秉笔太监，和弹劾一名阁臣一样，甚至和弹劾首辅一样，多半身后有人撑腰。这一点，魏大中是想得出来的；他不清楚的是，给霍维华撑腰的会是谁。

"霍某身后之人为哪个？"他问。

汪文言指指他，没出声。

"士光兄说是我？"魏大中指着自己的鼻子问。

汪文言禁不住要笑。他道："孔时兄倒是想作他身后之人呢，他会听你的吗？我说的是和你同姓的那个内臣。"

"魏忠贤？"魏大中连连摇头，道，"不会吧，听说王安于他有恩，他怎的反唆人陷害？"

"孔时先生不信我的话？"汪文言有点儿不高兴。但不等魏大中回答，他又说，"孔时兄可以不信我的话，可以不信任何一个人的话；但有一个人的话，却不可不信。"

"士光兄的话我是信的；不过，士光兄不妨先说说，我该信哪个的话？"魏大中好像存心要气他。

"霍某并不讳言。"汪文言道。

"他亲口说的？"魏大中自语，"天下竟有这般不知羞耻的人！"

"不知羞耻的士人！"汪文言补充，"孔时兄入仕途晚，这些年来，不知羞耻的士人我见得太多。"

"士光兄说的是。不知羞耻的士人，我听士光兄说得也太多。"魏大中附和道，随即又问，"不过，王公被贬，有些日子，士光兄为何今日才想到要与季晦先生一议？内府人事，内阁恐怕也不好多管；士光兄即便与季晦先生一议，又有何用！"

"若王公仅是被贬，我不会来找季晦先生。"汪文言道。

"难道又生他事？"魏大中从他语气里听出，"他事"极是严重。

果然，汪文言很谨慎，前后看看无人，才俯在他耳边说："从内府熟人那里听说，王公有性命之虞！"

"皇上要杀他？"魏大中吃惊地问。

汪文言摇着头，又指指他。

第二次做这个手势，魏大中不会理解错。

"刑余之人，无忠义可言。"话才出口，他自己发觉说得太绝对。王安也是刑余之人，若无忠义可言，他的去留为什么会牵动那么多人的心？他的安危今日为什么会让汪文言如此不安？他分辩道，"我指的是和我同姓的内臣，他能使科道陷害于前，必能使人杀害于后。今上顺利登极，在外靠的是季晦先生等众多臣子，在内靠的则是王公一人。这一年多来，因王公而得起用的良臣不在少数，因王公而得救的诤臣不在少数，他本人若出意外，我等皆当于心有愧。"

"我亦这般想，所以要和季晦先生计议个对策。"汪文言说。

"此事须计议，但与季晦先生计议，恐怕没找对人。"魏大中道。

"孔时兄为何这么说？"汪文言忙问。

"士光兄说说，与我同姓的内臣欲杀王安，你怎得知？"魏大中问。

"我才说，是内府的熟人告知。"汪文言道。

"他又怎得知？"魏大中问。

"自然也是听人说的。"汪文言道。

"不会是和我同姓的内臣亲自告诉他的？"魏大中问。

"他是王公心腹，应该不会。"汪文言道。

"你看！"魏大中点点头，说，"士光兄应该晓得，朝廷大臣，特别是内阁大臣，和科、道不同，不可以风闻奏事的。"

"你是说，王公有性命之虞，是风闻？"汪文言本要反驳，但再一想，他是从某内臣那里听到的，某内臣又不知是听某人说的，可不是风闻吗！凭此风闻，不能指望刘一燝或其他大臣有什么作为。他若有所思地向魏大中看去，忽道，"孔时兄，你是名给谏！"

"士光兄的意思，让我奏闻此事？"魏大中问。

"孔时兄敢不敢？"汪文言亦知，劝将不如激将。

"那有什么不敢！"魏大中容易冲动，哪经得起他一激；但他又不是鲁莽之人，回应之后，马上说，"我朝准言官风闻奏事，有人就以为，凡风闻之事，皆可奏议；却不知，风闻奏事也要有所依据。士光兄所言之事，若有七成把握，我立即奏闻。"

"若有七成把握，我宁赴南海子，给王公做个保镖，哪有工夫在这里等季晦先生，在这里和孔时兄闲议！"汪文言却说。

# 第二十二章

四川永宁土司数万大军以援辽为名，驻于重庆，却既不北上，也不返回。这可不是件小事，巡抚徐可求星夜兼程，从成都赶往重庆。朝廷因四川各地不宁，万历年间，特别在四川巡抚的职事中加提督军务四个字。徐可求上任仅一年，就碰到这件极为棘手的事。

同行的总兵官黄守魁，一路都在念叨：怎成这等局面，怎成这等局面？徐可求只当他是自言自语，不予理会。说起来，这个问题还真不好回答。造成今日局面，很多人都有责任，他这个巡抚的责任似乎更大一些。直到黄守魁与他并辔而行，正儿八经地问他："都堂，怎成这等局面？"他不能再装聋作哑。

"成这等局面，还有什么好说的！"徐可求道，"奢崇明自请援辽，这没什么不寻常吧？我代为奏闻于朝，这也是我职分内的事吧？朝廷在辽东颇为狼狈，听说有土兵不辞路途遥远，自请赴援，还不以为求来天兵天将！这也可以理解吧？"说到这里，他撒开缰绳，双手在空中抖动。坐骑忽然不被控制，撒欢奔行，险些把他从马上颠下来。他忙把马缰抓回到手里，说一句，"谁知就成这等局面！"

永宁土司的最高长官是安抚使。奢崇明不是永宁安抚使的正传。在他堂兄、安抚使奢崇周死后，为应付西南各部族间的混乱局面，朝廷命他暂管安抚司。一年后，他糊里糊涂地成为安抚使。

"当是天兵天将，却不知此间已成尾大不掉之势。"黄守魁怨道。他不知在埋怨谁，反正碰到这种情形总是要埋怨的。

徐可求知道他沉不住气，本来不想和他深谈当前局面的；但他既提到尾大不掉，正好可以探探他的口风。

"若是真有不测，镇帅看，官军可能应付？"徐可求问。

"都堂知否，重庆有多少永宁土兵？"黄守魁反问。

"奢崇明的奏本称，可调土兵二至三万。"徐可求说。

"可据我所知，驻于重庆的永宁土兵不下五万。"黄守魁告诉他。

"有这多？"徐可求颇为吃惊，"那不是多一倍吗？比朝廷所准多一倍，就这么开赴重庆？"

"都堂想谁能拦得住？永宁安抚司附近倒是有个永宁卫。但安抚司辖于四川，永宁卫却辖于贵州；安抚司调兵，永宁卫想管也管不了呀！"黄守魁说完土兵的兵力，又说官军的兵力，"我在重庆只有一个重庆卫，别说人员不整，就算足额，也只有几千人。都堂想想，若是真有不测，应付得了还是应付不了！"

"是啊，以重庆一卫是应付不了数万土兵的。不过，奢崇明本人不在重庆，谅不致大乱。"徐可求道。不致大乱，不仅是他的愿望，也是他的估计；否则，他不会轻率地赶往重庆。

"今日终于可以进城。"樊龙对张彤说。

樊龙是奢崇明的女婿，张彤则是永宁土兵中的汉人谋主。永宁土兵抵达后，一直驻于城外。重庆知府章文炳除土兵到达的当天出城犒劳，象征性地送些酒、肉、米、菜，就再也没露面，也不请樊龙等进城去府衙说话。相反，倒是每日开城门推迟许多，关城门提前许多，城门的守卫严格许多。

"而且，进城就有酒喝，当为将军贺。"张彤说。

"老张，一起去！"樊龙邀道。

"不可，"张彤摇着头说，"奢爷叮嘱过，我二人不可皆离军中。"

"说的也是，皆离军中，心中皆不踏实。"樊龙说着，请教，"老张，你说说，都堂在城里摆酒，是不是鸿门宴呀？"

"我给将军讲过的故事，将军倒还记得。"张彤笑道，"鸿门宴，料他还不到摆的时候，我想，都堂摆宴，无非有两个意思，一是促你发兵北上，二是要你率部返回永宁。"

"都堂促我发兵，当如何回复？"樊龙问。

"再好回复不过，"张彤道，"你只要说，奢爷未至，不敢轻举妄动，他再急，也不好意思催促。"

"不错，永宁几万大军，哪是我这个姑爷做得了主的！"樊龙说，又问，"他要撵我回师永宁呢？"

"将军把这个'撵'字改一改。"张彤道。

"改成何字？"樊龙问。

"至少也得改成'请'字，要不，就改为'求'字。"张彤说。

"好，"樊龙放声大笑，"若是都堂请我回师永宁，或求我回师永宁，我当如何回复？"

"将军不必回复，把手一伸即可。"张彤说。

"伸手？"樊龙做出伸手的动作，问道，"去抓他吗？"

"都堂大人，怎可随便抓！"张彤嬉笑着说，"将军伸手向他要饷。"

"对，对，几万大军既来，索不足饷，就长驻不走。"樊龙道，但根据什么索饷，他不是很清楚，于是问，"老张，该怎样索饷？"

"将军就说，须得赏银二十两。"张彤道。

"二十两，少吧？"樊龙大摇其头。

"我是说，每人给赏银二十两。"张彤道。

"总计该多少？"樊龙最怕算数，也算不清楚。

"永宁兵超过五万。将军大方一点，零头不必计较，每人二十两，共该给赏银百万。"张彤说。

"这个数目可不少，都堂大人就是把成都的库银都搬过来，恐怕也凑不够。"樊龙道。

"成都库银，他未必敢动。"张彤说，"他要是叫穷，将军就让一步，每人十五两；再叫穷，再让一步，每人十两。"

"若是叫穷不止呢？"樊龙问。

"退让到每人十两，将军不可再退。就在将军与都堂大人相持不下时，江边会传来惊天动地的喧闹声。守城官军报与都堂大人，都堂大人登城楼观看，只见沿江燃起无数篝火，篝火前排列整齐的永宁兵，齐向都堂大人索饷。到那时，都堂大人恨不得给每人的赏银增至五十两；但囊中羞涩，只好给将军赔笑。"张彤说说。

"原来老张不进城，还有另一番用意。"樊龙被他生动的描绘逗得大笑，也被他描绘的前景深深吸引，"怪不得老爹吩咐，到重庆，要听你筹划。老张，你果有神机妙算！"

九月某天，奢崇明来到军中，率永宁兵攻入城中，杀徐可求、黄守魁、章文炳及聚集在城里的众多官员，据重庆反。数日后，叛军攻陷遵义。又数日后，叛军逼近成都。全蜀震动。

# 第二十三章

王体乾到咸安宫时，客氏已吃过饭，正抱着她豢养的一只猫解闷。那猫一身白色，没一根杂毛，肥肥大大，在她怀里，像个孩子一样。

王体乾走近到伸手可以摸到猫时，捋捋它的毛，然后又退后两步，投客氏所好地说："夫人是把它当千户养着呢，还是当魏哥养着呢？"

客氏之子侯国兴，在她封奉圣夫人后不久，授以锦衣卫千户。

"来的是你，就当你养着吧。"她嬉笑着说。

"我哪有这等福分！"王体乾道，"嫂嫂与我魏哥天造地设，珠联璧合，还养我等无用之人作甚！"

所谓无用之人，含义颇深。不知始于几时，宫里传出闲话，道魏忠贤去势未尽，这是客氏钟意于他的主要原因。但这只是传闻，谁也无法证实，更不能向客氏本人证实。王体乾这么说，有几分艳羡，也有几分心酸。他有他的女人，而且不止一个，却从未尝过未去势或去势未尽，在和女人亲热时是什么滋味。

"知道自家无用，就别和你魏哥较劲。"客氏警告说。

"我不是凡事都禀与魏哥知道吗，怎敢和他较劲！"王体乾道。

"今日来又有何事？"客氏问，并说，"你魏哥在忙陵工之事，尚未返回。你有事，先与我说，我再转告他。"

她说的陵工，是正在进行的先帝陵寝的工程。

"与嫂嫂说也是一样的。"王体乾说着，又向前跨一步，神态诡秘，"嫂嫂讨厌的那个老家伙，在南海子不安分。"

"不安分又怎的，还想翻出南海子不成！"客氏道。

"他那老胳膊老腿，别说翻出南海子，就想翻出区区晾鹰台也难。不过——"王体乾转折后，故意不说下去。

"不过怎的？"客氏问。

"朝中有人密谋，欲助他翻出南海子。"王体乾说。

"哪些人如此不知趣？你魏哥讨厌的人，本夫人讨厌的人，皇上讨厌的人，却要助他？"客氏问。

"有科、道，有阁、部，还有市井混混。"王体乾说。

听说有阁、部大臣，客氏不再当作儿戏。

"你说的阁、部，是刘阁老吧？"她问。

"主要是他。"王体乾应道，又说，"叶阁老奉召，尚未抵京，眼下这个刘阁老，仍然是一呼百应。而他与老家伙的交情，嫂嫂是知道的。"

"他想作甚？助老家伙翻回宫里吗？"客氏道。

"不仅翻回宫里，还要掌司礼监。"王体乾说。

"哼！"客氏发着狠说，"有我在，有你魏哥在，怕也不那么容易！"

"万一得逞呢？"王体乾道，"老家伙在宫里经营多年，可是有帮凶，有手段的。谁把他折腾到南海子，他翻将回来，先要找谁的晦气。嫂嫂，我着实替魏哥担惊受怕。"

"依你，该如何处置？"客氏问。

"与其在爷面前下工夫，阻止他翻回来，不如让他自个儿回不来。"王体乾说着，手掌在喉咙间一划。

"要他的老命？"客氏寻思，"这话我也对你魏哥说过；把老家伙折腾到南海子去，你魏哥就是听了我的话。不过，他念着老家伙旧好，狠不下心彻底了断。老三，你总说与你魏哥肝胆相照，何不替他除此祸患？"

王体乾在家里行三，多有人叫他王三。但客氏唤他"老三"，含有亲近的意思：魏忠贤、魏朝昔日结拜，称魏大、魏二，王体乾的老三，是顺着他们排下来的。

"我是动过这个心思，但想想不妥。"王体乾说。

"有何不妥？"客氏问。

"魏哥若要护着老家伙，我去取他老命，岂不是和魏哥结仇？魏哥与嫂嫂一体，和魏哥结仇，岂不是和嫂嫂也结仇？我再多几个胆子，也不敢和魏哥、嫂嫂结仇呀！故取老家伙老命，须得魏哥和嫂嫂都赞成方可。"王体乾得出结论后，又表示自己只是不宜动手，动动脑子则不在话下，"至于用什么法子取得老命，我倒是想过很多。"

"你魏哥若想开，还怕没法子！"客氏一句话把他堵回去。

魏忠贤、客氏纠缠在一起翻腾好一阵，终于分开。魏忠贤仰面躺倒，边喘息边说："老了，招架不住娘子。"

"谁说你老,片刻工夫,整得人半身酥麻。"客氏说。

"可不是老;若是不老,当使你全身酥麻。"魏忠贤说着,一翻身,拿背对着客氏,说道,"睡了啊。"

"睡以前,有件事先告诉你。"客氏说。

"今日累甚,明日再说。"魏忠贤道。

"随你,只要你别一觉醒来,怪我瞒你。"客氏有办法让他听。

魏忠贤不再急着睡。他转过身问:"何事要瞒我?"

客氏窃喜。她这个当家的虽不是完全的汉子,但对自己的女人,比完全的汉子还要在意。这是最难得的。

"你不在时,王三来过,和我说好一阵话。"她说。

"他敢打你的主意,我再净他一次身。"魏忠贤道。

客氏捂着嘴,半嗔半笑地说:"那是割肉,不是净身。当家的,我看你就对自家兄弟狠得起来。"

"你不知,最要防的正是自家兄弟。"魏忠贤对此感触颇深,但不愿再多发议论,他问,"他和你说些什么?"

"他说,南海子的老家伙一定不能再留着。"客氏说。

"我知他安的什么心!"魏忠贤不留情面地说,"他眼睛盯着司礼掌印那个位置呢,唯恐留着南海子那人,爷早晚有一天会把那人召回;只要召回,司礼监的大印还得交给那人。"

"王三掌印有什么不好!你又掌不得印,又不愿掌印,难道宁愿老家伙回来掌印,也不愿自家兄弟掌印!"客氏道。

她说魏忠贤掌不得印,是因为他识不得两个字,虽在司礼监挂名,但一天也没在司礼监办事;说他不愿掌印,是因为司礼监日常事务太繁杂,魏忠贤不愿把精力用在这上面。

"所以,我并不反对王三掌印呀!"魏忠贤说,"至于南海子那人,已是废人,留不留着,又碍他什么事!"

"说不定真碍着他的事,真碍着我等的事。"客氏道,她指指乾清宫的方向,问道,"当家的,你说你我比李选侍如何?"

"那怎好比!"魏忠贤含糊地说。

"怎的不好比?"客氏追问。

"她一个妇道人家,成得了什么事!"魏忠贤道。

"可她身边还有个李进忠呢。"客氏讥刺一句,意在提醒:千万别忘,在她身边,有成群像你魏忠贤一样的人。

换别人说这话,魏忠贤早就翻脸。但对客氏,他不但不会翻脸,反而要道歉:"方才累甚,言语间多有冒犯。娘子乃女人中的精粹,区区选侍,怎么好比!"

"我看也不好比。"客氏则从另一方面考虑,"当初李选侍和皇上朝夕相处,一个桌上吃饭,一张榻上睡觉,看似把皇上掌握在手心里,结果呢?被老家伙轻而易举地把皇上骗到手。选侍能做到的,你我未必做得到;一旦老家伙回到皇上身边,只怕你我连选侍也不如。"

"娘子为何长他人志气!"魏忠贤不快地说。

"当家的以为我愿意长他人志气?反正留得老家伙在,不管在南海子,还是在宫里,我就不踏实;不踏实,就得对当家的念叨。"客氏说。

"好吧,这个好人也不是非做不可,我遂娘子的愿就是。"魏忠贤道。接下来,他就要向客氏说说他的打算,但话到嘴边,又变成询问,"此事该当如何去办,王三有没有出个主意?"

"他要说,被我拦住。"客氏说。

"娘子怎么拦的?"魏忠贤问。

"我告诉他,我们当家的,有的是主意。"客氏道。

"哈,哈!"魏忠贤虚荣心得到满足,大笑两声,"知我者,娘子也。"

看着在自己面前站都不敢站直的落魄太监,刘荣不由大为感慨。当初,当家的叫他一声"刘哥",自己叫他一声"刘叔",他爱答不理,今天自己叫他一声"刘哥",却觉得在抬举他。

"伙计,知道吗,你才从阎王殿里走一遭?"他问。

刘朝的腰又往下弯,回答道:"小的知道。"

"知道谁把你捞回来吗?"刘荣问。

"知道,是魏叔,是刘哥。我做牛做马,也要报答。"刘朝说。

黄克缵及一些科道争辩的结果,不但刘逊、姜升等人没被杀,连刘朝这个被看作罪魁祸首的内臣,也保住性命。而刘朝不但不被追究罪过,还被释出,又胜过刘逊、姜升等。这得归功于魏忠贤的游说。刘朝受人救命之恩,自觉降低一辈。

"做牛做马,先搁一搁;做牛做马,也得保住命再说。"刘荣道。

"刘哥,小的这条命,还没保住呀?"刘朝一副可怜相。

"那得看怎么说。"刘荣道,"你要仍在宫里走动,哪怕只在哕鸾宫走动,被爷看到,恰逢爷心里不痛快,就会说,这个刘朝怎么还活着呢,怎么还在宫里走动呢?赶上我们当家的在爷身边,会为你乞告:爷皇恩浩荡,留下他条狗命,不如还让他在宫里蹦蹦跳跳。爷听我们当家的说得有趣,摆摆手,你的命算是又保住。赶上我们当家的不在爷身边,有人会说:是啊,爷一直恼他,怎么他还敢在爷面前现身呀?伙计,你不妨想,到那时,你这条命还保得住吗?"刘荣一番话说得活灵活现。

"我知道,从今往后,再不能离开魏叔。"刘朝忙说。

"这也不是法子,我们当家的不能到哪儿都带着你呀!再说,不定哪一天,爷会对我们当家的说:魏大伴,你说过几次还让他蹦蹦跳跳,今日还拿蹦蹦跳跳来搪塞朕!那我们当家的也保不住你。"刘荣说。

"哥,你总得给我指条活路呀!"刘朝哀求。

"活路有啊,你最怕的是遇到爷,何不离开宫里!"刘荣道。

"哥让我离开宫里,我就离开宫里。"刘朝说。

"不是我要你离开宫里。"刘荣道。

"魏叔让我离开宫里,我就离开宫里。"刘朝改口,又问,"哥,魏叔要打发我去何处?"

"南海子。"刘荣道。

离开宫里,性命可以保住,刘朝自然想要更多。他问:"哥,我这算发成,还是算迁职?"

"都不是。"刘荣一招手,刘朝把耳朵贴过去,他卖弄地说,"算是升职。魏叔让你去南海子做总管。"

"当真?"对这样的出路刘朝想也不敢想,"哥,我得去给魏叔磕头。"

"好说!"刘荣道,"等到南海子,当上总管,伙计呀,你不但自个儿的命保住,而且,想要谁的命,就可以要谁的命。"

"我只想保住自个儿的命,不想要谁的命。"刘朝忙说。

"胡说!"刘荣喝道,"虽则经历过挫折,难道有仇也不报!"

"哥禀告魏叔,就说我不敢公报私仇。"刘朝说。

"更是胡说!我们当家的仇家,也是私仇吗?"刘荣道。

刘朝顿悟。魏忠贤明明是要他去杀人,哪里是为保他!但和保住自己的命比起来,杀个把人又算得什么!

"魏叔仇家,即我仇家。凭我这一身功夫,到南海子后,先把他料理!"他拍着胸脯说。

"这话才对，我们当家的仇家，还真是你仇家。"刘荣道。

"此人是谁？"刘朝问。

"就是当初害苦选侍娘娘那人。他是不是你仇家，是不是选侍娘娘仇家？"刘荣说着，又一招手，让刘朝贴近，"此人现被贬为南海子净军，正是你管下，取他性命易如反掌。"

"是，哥静候喜讯吧！"刘朝向他保证。

九月下旬，王安在断绝饮食数日后，被杀于住所。随后，王体乾进为司礼监掌印太监，魏忠贤进为司礼监秉笔太监。

# 第二十四章

巡按御史和巡抚都御史,地位悬殊。不过,一方之事,唯巡按御史敢与巡抚都御史抗衡,是一个传统。而方震孺和王化贞是同年进士,说起话来更无顾忌。

"肖乾兄既推诚问计,弟直言。弟数月前曾上疏,言辽河有六不足恃,肖乾兄还记得吧?"方震孺也不管他记得不记得,把几个月前自己奏疏的主要内容复述一遍,"辽河广不过七十步,一苇可航,非有惊涛怒浪之险,不足恃者一。敌兵临河,斩木为排,以土实之,即为平地,不足恃者二。辽河去代子河不远,敌兵自代子河径渡,我守河之卒不满二万,无法遏之,不足恃者三。沿河凡百六十里,筑城不能,列栅无用,不足恃者四。黄泥洼、张叉站皆冲浅之处,然尚可以修守,今其地非我所有,不足恃者五。转眼冰合,遂成平地,间次置防,犹需五十万人,得之何处?不足恃者六。"

王化贞知道他的性情,要是打断他的议论,一定会惹他不高兴。因此,听他复述完才说:"孩未兄宏论,我怎会不记得!"

方震孺字孩未,南直隶桐城人。他不相信王化贞的话,问道:"肖乾兄所谓宏论,是反其意而用之吧?"

"孩未兄怎会这么想?"王化贞反问。

"我所言六不足恃,也包括肖乾兄的沿河设营不足恃,与经略大臣所议相合。"方震孺说。

熊廷弼就任辽东经略大臣之后,对王化贞沿河置六营的部署大加抨击,提出大兵悉聚广宁,相度城外形势,再立营盘,深垒高栅,以俟敌至。朝廷采纳他的建议,令王化贞大为懊恼,经、抚之间,顿成冰火。方震孺对此无所讳言,可以说是过于直率。

"是似合实不合。"王化贞说。

"此话怎讲?"方震孺问。

"虽是批驳我的奏议,但孩未兄的宏论在于以退为守,则守不足;以进为守,则守有余。对不对？"王化贞道。

"不错，我是以为我军须得以进为守。"方震孺应道。

"须得以进为守，也是我立意的根基。我与孩未兄之立意，小者有不同，大者则同。而那位经臣，一味蜷缩山海关求守，孩未兄与他不是似合实不合吗？我称一句孩未兄宏论，有何不妥！"王化贞道。

"肖乾兄嘴上说的是'孩未兄宏论'，怎么听着像是'我王肖乾宏论'呀！"方震孺开句玩笑。

"孩未兄这么说，我却不想分辩。"王化贞回敬一句玩笑话，随即回到正题，"孩未兄六不足恃中，有一句'转眼冰合'，用在今日正合适。故我邀孩未兄来议议。"

十月，在辽东已是冰雪世界，辽河等大的河流开始冰封。无论取攻势，或取守势，这都是个特别的时期。

"肖乾兄要我议，我还是个'攻'字；但不知此际议攻，合不合时宜。"方震孺这么说，是因为河道既封，城内城外盛传后金军将渡河西来，人心惶惶，将士中有弃城而去念头的不在少数。

"并非不合时宜；不过，议攻之前，须先议守。孩未兄六不足恃，皆言守之不易。故如何守之，更要听听孩未兄高见。"王化贞说。

"我能有什么高见！"方震孺道，"既然其他皆不足恃，我看，要守住河西，只有靠兵多将强。"

"以重兵驻于广宁？"王化贞问。

"对，以重兵驻于广宁。"方震孺应道。

"城外相度形势各立营盘？"王化贞问。

"对，城外相度形势各立营盘。"方震孺应道。

说到守，除熊廷弼着重提到的两点外，不但在内容上提不出什么新意，连语言似乎都难有新意。王化贞只想把熊廷弼的"相度形势"向自己的"沿河设营"的部署靠拢，他说："孩未兄自六月出关，巡遍河西之地。弟所列西平等处，在兄看来，可否称要害？"

方震孺很敏感，问道："肖乾兄仍在想着沿河设营？"

"不，我是想让孩未兄与我一起相度形势。"王化贞说。

"镇武、西平，扼守东北、东南方面，自是要害。"方震孺说。

"盘山、柳河呢？"王化贞问。

"盘山在广宁以西，柳河在广宁西南，于镇、西、盘、柳布兵，掎角之势看似形成,却不知盘、柳二处防的是谁。"方震孺说。

"孩未兄之意,此二处不必设防?"王化贞问。

"大主意须肖乾兄拿,我不过随便说说。"方震孺道。

"孩未兄所言,不无道理。"王化贞点点头,又问,"在孩未兄看来,另有哪些要害之处须布兵?"

"与镇武毗邻的镇宁关,与西平毗邻的闾阳关,似应各设一营,互成掎角,以阻敌军。"方震孺说。

"好,我就依孩未兄所议,调动官军。"王化贞说。

"肖乾兄是说,冬防大计就这么议定?"方震孺吃惊地问。

他吃惊是有缘故的。在他同年或相近那几科的进士中,王化贞以刚愎自用而闻名,想不到他能如此爽快地采纳不同的意见。

"孩未兄说得不错,冬防大计就这么议定。"王化贞笑道,同时很自然地转到下一个话题,"议攻之前,须先议守;议守之后,须再议攻。"

"肖乾兄已打算伺机过河东吗?"方震孺问。议论进取,总比议论防守,让他感到兴奋。

"那是后话。"王化贞道,"孩未兄不觉得,在我等过河东之前,有个人该进一进?"

方震孺马上明白他的意思:"肖乾兄是指经臣?"

"是啊!名为经略辽东大臣,只出关一步就不再动,岂不成笑柄!"王化贞道。他指的是,熊廷弼奉旨出关后,进至广宁右屯卫,就停滞不前。右屯卫在广宁城以西一百余里处,两处比较,自然是广宁正当敌锋,而右屯距前沿较远。

经略辽东大臣,应该开府于前沿,对这一点,方震孺是赞同的。他说:"飞百先生受命于朝,移前经略,义不容辞。"

"既然孩未兄又与我想到一起去,可否助我促一促他?"王化贞问。

"如何促他?与他辨析利害?"方震孺以为,王化贞是要自己劝说熊廷弼本人。

"不,移前不移前的利害,他看得很清楚,用不着孩未兄辨析。他不过怯懦而已,不得严旨,是不会再移前的。"王化贞说。

方震孺这才明白他的用意,也就明白这位刚愎自用的同年今日为何变得大度。以方震孺的为人,既以为熊廷弼合该移前,无论劝说熊廷弼本人,或奏言于朝廷,均无不可。但他不愿介入日益激烈的经、抚之争,尤其不愿因私人的关系支持某一方。

况且，使熊廷弼移前，还有具体的麻烦。

"辽阳未复，肖乾兄使经略大臣移前，却驻于何处？是和巡抚大人同驻一城办事吗？"方震孺问。

"不，"王化贞早有打算，"我守广宁时，他可就近择驻一城，相互呼应；我率大军东进时，他可移驻广宁。"

使熊廷弼围着王化贞打转，且不说他绝不会答应，这肯定也不符合朝廷设立经略辽东大臣的初衷呀！

"肖乾兄筹划好，尽可奏请。"方震孺敷衍道。

"抚、经不和，人皆言之，我不能再予人口实。"王化贞说。

"原来我可掩人耳目！"方震孺哂道，"肖乾兄知道弟之为人，弟再肤浅，这等事是不屑于做的！"

虽然广宁右屯卫卫衙，已腾出来作为经略辽东大臣临时的衙署，熊廷弼根本不去那里，而宁愿在军营里料理事务。说实在话，出关一个月来，除上疏言事，并没多少事务要他料理。

这就难怪洪敷教进来时，他会问："育民，可曾想过另谋出路？"

洪敷教字育民，辽东东宁卫人，万历四十一年进士。熊廷弼昔日在辽东任职时，对与辽东稍有渊源的人物都很留意；这次复出，特意举荐原临、洮推官洪敷教以兵部主事到他军中赞划军事。

"怎么，飞百先生才看出下官无用？"洪敷教笑着问。

"不是你无用，是我无用。"熊廷弼说。

"是飞百先生自觉无用？"洪敷教问。

"堂堂男儿，岂可自暴自弃！"熊廷弼慷慨言道。

"那么，是某人觉得飞百先生无用？"洪敷教问罢，陈述已见，"飞百先生是朝廷所用，非某人所用，管他是怎么想的！就算朝廷听得进他的话，对飞百先生有所不公，飞百先生不是也没挂印封金而去吗？下官乃飞百先生举用，飞百先生不觉下官无用而弃之，下官怎能自行离去！再者，飞百先生此番赴辽所举数人，有三人已被萤语所中，他等都在听朝廷处分，而未径去，我难道就不如他等！"

已被萤语所中的三个人，一是原赞划主事刘国缙，辽东复州卫人，熊廷弼举为登、莱招练副使；一是原夔州同知佟卜年，辽东辽阳中卫人，熊廷弼举为登、莱监军佥事；一是原御史胡嘉栋，虽不是辽东人，但曾多年于辽东监军，遭弹劾，戴罪办差,熊廷弼举复监军。

几天前,皇帝在讲官日讲时忽问:佟卜年出自叛人之族,怎擢为金事?刘国缙数遭科、道劾论,怎还得起用?胡嘉栋戴罪之人,怎留天津?这无异于劈头盖脸地泼熊廷弼一身冷水。

把佟卜年列为叛臣,是因为辽东沈阳中卫人佟养性、佟养真兄弟降努尔哈赤,成为后金军中最得力的汉人将领。至于佟卜年这个辽阳中卫人和佟养性、佟养真这两个沈阳中卫人是否同族,并没人认真考证过。

"我就是担心最终也要论劾到你,才说这话。"熊廷弼道。

"为何最终也要论劾到下官?"洪敷教问。

"当然是因为我。"熊廷弼道。

洪敷教不说他的话有没道理,只说:"被论劾也好,我正好可去广宁申辩一番。"

"分辩何事?"熊廷弼问。

"分辩是非。"洪敷教道。

"育民欲与你那位同年的都堂大人分辩是非?"好像此事很可笑,熊廷弼上下打量着洪敷教,连连摇头。

"怎么,同年就不能分辩是非!"洪敷教道。他知道,经、抚两位大人于辽事议论不和,但有一点,却是相同的,那就是,心胸都很偏狭。不过,对辽事的处置,他以为熊廷弼是对的,所以说要去与王化贞分辩。

"并非此意。我还以为,在人人眼里,经、抚意见相左,只是意气用事,并无是非;或者,抚臣是多一点儿,经臣非多一点儿;或者,抚臣皆是,经臣皆非。"熊廷弼说。听得出,他是满腹牢骚。

"我恰恰以为,经臣是多一点儿,抚臣非多一点儿。"洪敷教道。

"不是抚臣皆非,经臣皆是?"熊廷弼说句嘲笑洪敷教亦是自嘲的话。见洪敷教欲辩,他说,"不用多说,我这话当不得真。育民,你若说得出我与抚臣之争的三个是非,我就信你真要去广宁分辩。"

"那有何难!"洪敷教道,"数月之前,四方援辽官军抵达辽东,抚臣悉改为平辽之师;经臣以为,不可称平辽,请改为平东之师,或征东之师。平辽之师,平东之师,一字之差,却有是非。"

"是非何在?"熊廷弼问。

"诚如飞百先生所言,辽人未叛,何谓平辽!"洪敷教道。

"这么说,育民赞同经臣之议?"熊廷弼问。

"岂止我一人赞同！"洪敷教道，"抚臣用平辽之师，辽人多不悦；经臣改为平东之师，辽人之心大慰。"

"好，这一事列举得恰当。"熊廷弼说着，问道，"还有呢？"

"再如部署，抚臣请沿河分设六营，是为守河，非为守城，飞百先生称之为自弱之计，并不为过；经臣所议相度形势，掎角立营，堪称策之上者。抚臣今议守广宁，用的正是经臣之议。"洪敷教再举一事。

"守当守城，河不足守，非我一人之见；你另一位同年，不也称守河有六不足恃吗？"熊廷弼难得地把众议搬出来，或是因为朝廷对经、抚之争，拥戴抚臣的太多，而赞同经臣的太少。

洪敷教对这一情形知之甚详，笑了笑，以示对熊廷弼的同情。

"育民也可为我说说复地之是非吗？"熊廷弼问。

"那得从毛副帅袭取镇江说起。"洪敷教道。

他说的毛副帅，名文龙，浙江仁和人，原官都指挥使，万历年间，率一部援助朝鲜，朝鲜战事结束后，逗留于辽东。他说的镇江，非南直隶的镇江府，而是辽阳以南、濒临海湾的一个小镇。后金军取辽阳后，并没以重兵驻守，毛文龙趁其空虚，偷袭镇江得手，杀敌守将，迫使后金军撤出辽阳。这是后金建国以来，官军在辽东取得的一次罕见的胜仗，不仅在辽东的王化贞大为振奋，举朝亦为之振奋。毛文龙因而超擢副总兵官。

熊廷弼却不愿提及此事，他说："育民须得从那事说起吗？"

"须得，"洪敷教道，"抚臣渡河取海州，是因此事而起。"

"好，那你说吧。"熊廷弼只得由他。

"毛副帅袭取镇江之后，朝廷命登、莱、天津发水师二万接应，而以抚臣督广宁兵四万进驻河上，待蒙古各部至，共图河东。抚臣议曰：海州敌兵不足两千，河上敌军亦止三千，若潜师夜袭，势在必克。本兵力主其说，促抚臣进军，并促经臣进驻广宁，蓟、辽总督移镇山海关。"洪敷教叙述过程后，补充一句，"飞百先生是在那时出关的。"

"育民说到这里，我倒要问一句：朝廷着我进驻广宁，我怎么进至右屯就不再进？"熊廷弼道。

"抚臣进兵海州，无功而返，恰应经臣驰疏所言：其地取易守难，不宜轻举。"洪敷教说。

"另一事，不幸亦被我言中。"熊廷弼道。

"是，"洪敷教应道，"取海州不果，抚臣又言：西部虎墩率兵四十万且至，届时进军河东，夹击建虏，可不战而胜。经臣则奏言：西部与我，碍难同进。彼入北道，我入南道，其间相距二百余里。敌分兵来迎，我军只得独自支撑。此番又如飞百先生所料，西部兵迟迟未至，而抚臣亦按兵未动。"

"这一次，我可不是只与抚臣争。"熊廷弼插话。

"是，飞百先生还要与朝廷本兵争。"洪敷教道，"飞百先生说：臣初议三方布置，必使兵马、器械、舟车、粮草无一不备，而后克期齐举，进足战，退亦足以守。今临事中乱，虽枢臣主谋于中，抚臣决策于外，卜一举成功，而臣犹有万一不必然之虑也。这番话主要是批评本兵的。"

"唉！"熊廷弼叹口气，"大司马若不易人，何至于此！"

兵部尚书王象乾于六月出督蓟、辽军务，取代他掌兵部的张鹤鸣，对王化贞的豪言大加赞赏，而与熊廷弼失和。熊廷弼在此之前，已指责过他径发援师，不令臣知；抱怨说：臣有经略名，无其实，辽左事唯枢臣与抚臣共为之。

"本兵绕过经臣，径与抚臣商定进退大计，飞百先生这个经略大臣，确是有名无实。"洪敷教觉得熊廷弼的抱怨完全正当。

"还不止此，"熊廷弼摇着头问，"育民可知我麾下兵马若干？"

"我每日检点，还能不知吗？"洪敷教说着，伸出五指，"五千。"

"是凑足的吧？"熊廷弼道。

洪敷教笑笑，说："麾下有五千大军，管它是凑足的，还是实数。"

"育民可知，抚臣麾下大军是多少？"熊廷弼又问。

"听说在十万以上，具体数目不详。"洪敷教说。

"有十四万之多。"熊廷弼告诉他，"抚臣手里掌握十四万大军，经臣却不能调动一兵一卒，你道是不是徒有虚名！"

"而议名、议守、议攻，皆经臣是而抚臣非，尤为可叹。"洪敷教道。

"听你这么一说，还真是抚臣皆非，经臣皆是。"熊廷弼重提自己方才说过的一句玩笑话。

"这又不尽然。"洪敷教说。

"经臣亦有非处？可举例否？"熊廷弼问。

"如镇江之捷后，经臣议道：三方兵力未集，文龙发之太早，致敌恨辽人，屠戮四卫军民殆尽。灰东山之心，寒朝鲜之胆，夺河西之气，乱三方并进之谋，误属国联络之算。目为奇功，乃奇祸耳。"洪敷教重复熊廷弼奏疏里的一段话后，说，"下官以为，此番评论非出以公心。"

熊廷弼不由一愣。毛文龙收复镇江后，后金军确实对辽阳周围四卫进行报复性攻击，各卫军民伤亡惨重。但熊廷弼把镇江之役说得一无是处，主要却不是为此；而是因为镇江之役后，毛文龙只向王化贞报捷，没向他报捷。朝廷也只把镇江大捷算在王化贞头上。

"育民真是有一说一，有二说二。我倒希望有一天，育民能去朝廷为我申辩。"熊廷弼说句公道话。

# 第二十五章

十月，叶向高入朝，复为首辅。到他家里问候致意的官员，每日络绎不绝。御史马鸣起、王心一相约去拜谒，除是同官外，还有别的原因。马鸣起字伯龙，福建龙游人，万历三十八年进士，和叶向高是同乡；王心一字纯甫，南直吴县人，万历四十一年进士，叶向高是该科主考官。当然，相约拜谒，还有更主要的原因，有个共同的话题要对叶向高说。

叶向高送走一拨客人，把他二人让进书房。

"已听一晚上辽东之事，头都听大。伯龙，纯甫，可不可不再说辽东事？"因和二人关系不同，叶向高说话较为随便。

"台公不让说辽东之事，我等就不说。"马鸣起应道。

叶向高别号台山，比他晚一辈或晚更多辈的士人，都称他台公。

王心一仍保持以前的称呼："老师是仅不让说辽东之事，还是凡与辽东之事有牵连的人都不让说？"

叶向高听他的话古怪，问道："纯甫指的谁人？"

"是晚生同年。"马鸣起抢着回答。

"你同年有数百人之多，在京师的也不下一二十人，让我如何猜得出！"叶向高道。

"晚生不是要台公猜，是在代纯甫兄答话。"马鸣起说。

"好，那你告诉我他是谁。"叶向高道。

"得一兄。"马鸣起说。

"原来是侯给谏！伯龙可知，其先人还是我等父母官呢。"叶向高说。他们提到的侯给谏，名震旸，南直隶嘉定人。他的祖父侯尧封，曾官福建布政司参政，官声颇佳。叶向高问马鸣起，"伯龙，你不是因此而要说他的吧？"又问王心一，"纯甫，你说的是他吗？"

"是他。"王心一应道，"得一先生议及辽东事，请或专委经臣，或专委抚臣；称道：若迁延犹豫，必偾国事。"

"此议方才也有人对我言及。不过——"叶向高皱皱眉，话没说完。

"不过，纯甫先生，你的恩师吩咐过，不得谈论辽东之事，你怎的转眼间就忘！"马鸣起抢着说。

"我不是忘记老师的吩咐，我是想对老师说，得一先生议事，极有见地。"王心一分辩。

"好，你直说要说的事吧。"叶向高命道。

"是。"王心一应一声，说道，"得一先生议的是秽乱宫阙。"

"纯甫，此言好不刺耳。"叶向高说。

"此言着实刺耳，其事亦触目惊心。"王心一说。

"既言宫阙，定与内官有连吧？"叶向高问。

"内官其一也。"王心一说。

"其二呢？"叶向高问。

"却是奶子。"王心一说。

内府的奶子府，专为才出生的皇子、皇女挑选乳母，一被选中，不管是皇长子的乳母，或其他皇子、皇女的乳母，出入宫禁，和原来那个家的关系完全被割断。乳母和内臣勾搭成奸，是再自然不过的事。但叶向高料到，王心一说的是皇帝的乳母，不然，不会惊动两位监察御史，专门来和他谈论此事。

"皇上的乳母姓——"他问。

"姓客，现在是奉圣夫人。"马鸣起抢着说。

"那么，纯甫说的内官是谁，伯龙也知道？"叶向高问。

"姓魏，现在是司礼秉笔。"马鸣起又抢着说。

"老夫家居六年，想不到有个姓魏的内臣竟成气候。"叶向高感慨道，"台公在朝日，他还是无名之辈。"马鸣起说。

叶向高瞥他一眼，问道："此事你二人究竟哪一个对我说？"

"纯甫兄起的头，还是纯甫兄说。"马鸣起也发现自己嘴太快。

"学生与伯龙先生曾议过，哪个说都一样。"王心一却说。

趁着他二人谦让之际，叶向高说："那就都不要说。纯甫道，此事比辽东事还让人头大；但此事绝无辽东事大，与其听此事而头大，倒不如听辽东事而头大。"

王心一、马鸣起面面相觑。在他们看来，此事绝不比辽东事小，但叶向高既说此事绝无辽东事大，作为弟子，作为晚辈，他们又不好力辩。况且，叶向高入朝仅一两日，让他在这么短的日子里，理解他们几个月来甚至一年来所听到的、见到的，太不实际。

无奈之下，他们和叶向高说几句闲话后，辞出。

闷声闷气地走了一会儿，马鸣起再也憋不住。他埋怨王心一："纯甫兄，台公只想听你说，你为何告诉他，谁说都一样！"

王心一不理睬他，仍然低头走路。

"我也真是不懂事，人家开个头，你多的哪门子嘴！看，惹得老先生不悦！"马鸣起又埋怨自己。

王心一不忍心再听他怨这怨那，问道："伯龙先生以为老师不悦？"

"本来说得好好的、听得好好的一件事，台公忽然不让说，可不是不悦！"马鸣起道。

"伯龙先生，你当真不知我老师的心思呀！"王心一指着他说。

"你说我不知，那你说说，台公是什么心思？"马鸣起道。

"我老师心里正暗自开心，先说一句：这个马伯龙，多嘴的真是时候；再说一句：这个王纯甫，谦让的真是时候。"王心一学起叶向高说话来，倒有几分神似。

"纯甫兄，我怎么听不明白？"马鸣起道。

"你想啊，我等来意，没瞒着老师吧？秽乱宫阙四字，老师觉着刺耳吧？接下来，你我就该一人一句，详解这四个字吧？老师初入朝堂，听罢你我的解说，该如何回应？是跟着你我一起大骂秽乱宫阙呢，还是制止你我的叫骂？"王心一一连几问后，口气一转，"所以——"

"所以不如不听！"马鸣起抢话的习惯难改，"这我倒没想过；若是想过，今日就不同你来。"

"这又不然。"王心一道。

"台公不想听，难道你还非要说给他听？"马鸣起质问。

"伯龙先生这么说，是没想清楚你我的来意。"王心一道。

"怎的没想清楚？"马鸣起不服气地问。

"伯龙先生说说，你我究竟为何而来。"王心一让他先回答。

"请台公把持局面，与朝廷直臣、诤臣一起，逐客氏出宫，贬魏阉出监。"马鸣起答道。

"我说你没想清楚吧！"王心一道。

"你我拜谒台公,不是为请他把持局面?"马鸣起自己也疑惑。

"身为首辅,自当把持局面。但老师赴朝之前,首辅是季晦先生,你我可曾去他府上拜谒,请他把持局面?"王心一问。

"那倒没有。"马鸣起回答。

"未请季晦先生把持局面,为何要请老师把持局面,因为他是伯龙先生乡长?因为他是我老师?那么,把持局面岂不成私事!"王心一道。

马鸣起听他说的在理,问道:"不为台公把持局面,却成何事?"

"为使老师知道,宫阙客、魏之事,不容忽视;为使老师知道,你我准备劾论此事。眼下老师重视客、魏之事没有?已重视;我说句秽乱宫阙,老师觉得刺耳。老师知道你我准备劾论此事没有?已知道;不然,他不会阻止你我说下去。你我拜谒的目的达到,伯龙用不着抱怨在下,抱怨自家。"王心一说。

"我并非抱怨,只是为得一兄可惜。"马鸣起道。

"得一先生又有何事,要伯龙先生为他可惜?"王心一问。

"精彩而至绝伦的两句排比,却不曾当着台公的面说出来,岂不可惜!"马鸣起道。

王心一知道马鸣起说的是哪两句话,他自己也曾为这两句话喝彩,就像方才在叶向高面前为侯震旸对辽东事的议论喝彩一样。侯震旸在奏疏里写的是:王圣宠而煽江京、李闰之奸;赵娆宠而构曹节、王甫之变。

两句话用的都是东汉的典故。王圣是汉安帝乳母,与宦者江京、李闰勾结,诬陷太子,废之为济阴王。赵娆是汉灵帝乳母,与宦者曹节、王甫勾结,杀大将军窦武,开宦官专权先河。侯震旸举这两个典故,应该说恰如其分;他写的排句,也确是精彩。

"伯龙先生与其为得一先生可惜,不如为在下可惜。"王心一却说。

"纯甫兄又有何事,要我为你可惜?"马鸣起学他的问话。

"伯龙先生可记得,最先议及客、魏事的,是哪个?"王心一反问。

"难道不是得一兄?"马鸣起稍稍一想,不难想明白,"纯甫兄指的是上月的事吧?那自是纯甫兄。"

所谓上月的事,指皇帝因养育功,命赐客氏香火田二十顷,因督皇祖定陵功,命荫魏忠贤兄、侄官。王心一当即上疏论之。他在奏疏里写道:陛下眷念二人,加给土田,明示优录,恐东征将士闻而解体。况梓宫未殡,先念保姆之香火;陵工未成,强入阉侍之勤劳。于理为不顺,于情为失宜。"当初最先纠劾客、魏之人,再议时却落在得一先生后面,岂不可惜!"王心一道。

"既觉可惜,纯甫兄何不疾速追上!"马鸣起激道。

再议客、魏事,王心一不仅落后于侯震旸,还落后于另外两名给事中倪思辉、朱钦相。奇怪的是,皇帝对始作俑者侯震旸未加处置,却将倪思辉、朱钦相贬为外官。因此,王心一的奏疏,一开始就是为他二人申辩:科臣论客氏,不过谓家法不可不守,尚不如汉臣犯妃匹之嫌,有却坐之憨也,不意有干圣怒,即加诛调。然后举出唐朝更著名的典故:昔唐太宗欲立武氏,群臣苦谏。或曰:此陛下家事,何必更问外人。遂至流祸唐室。佞臣之言,往往类此。

更加奇怪的是,皇帝并没追究侯震旸所举的前朝乳母的典故,却不放过王心一所举的前朝非乳母的典故,责他引前代事悖谬,要把他也贬为外官。后阁臣刘一燝等力争,改为罚俸一年。

## 第二十六章

　　天启二年正月，年节假日未尽，紧急廷议辽东事。
　　廷臣三五一伙地陆续到达会极门朝房，谁也想不到，人数最众的一伙竟是叶向高、刘一燝、韩爌等七名阁臣，他们几乎是簇拥而入。
　　主持廷议的兵部尚书张鹤鸣一见，忙起身招呼："台公，季晦先生——"
　　七人都招呼遍，可要费些工夫。刘一燝打断他："元平先生招呼台公一人即可，不必一一招呼。"
　　坐在一旁的司礼掌印太监王体乾听他这话，怪笑一声，说道："季晦先生这么说，不会是私心作祟吧？"
　　"我怎的私心作祟？"刘一燝问。
　　"大司马招呼过你，你却要他不招呼别人，岂非私心！"王体乾道。
　　"嫌我拦得晚？王公公离元平先生近，为何不早拦？或者，王公公不怕耽搁，请元平先生再一一招呼；元平先生招呼过后，你再一一招呼？"刘一燝不留情面地回敬道。
　　"王公公也招呼一声台公吧，更不必一一招呼。"韩爌说。
　　"想和季晦先生开个玩笑，竟连象云先生也得罪。台公，内阁我是不敢再去。"王体乾用这种特殊的方式与叶向高招呼。
　　叶向高笑笑，没有作声。入朝两个月来，这是第一次参加廷臣集议，他既不愿引人瞩目，更不愿介入阁臣与内使的口角。
　　张鹤鸣并不了解他的心情，让道："台公，今日集议当由你来主持。""使不得，使不得！"叶向高连连摆手，"奉圣谕：事下兵部，会廷臣集议。末了附一句：内阁诸臣与会。不是这句附言，我和季晦先生等，来都不敢来的。"
　　"但台公既来，依惯例，便当由台公主持。"张鹤鸣说着，问王体乾："王公公，你说呢？"
　　"是啊，若是其他阁臣与会，究竟谁来主持，尚在两可；首辅既来，该当首辅主持。"王体乾附和道。

"那我也说一句：我赴朝时日尚短，对辽东之事，难以尽知。让我主持，怕有偏离。"叶向高说。

"台公若是担心偏离，更当主持集议。"科、道那边有人说。

叶向高认得说话的人是监察御史江秉谦。他问："兆豫为何这么说？"

江秉谦字兆豫，南直隶歙县人，万历三十八年进士。他说："大司马一味庇护抚臣，由他主持，岂不更要偏离！"

张鹤鸣下不来台，正要发作，却被叶向高抢在前面。

"兆豫，怕不该这么说。"叶向高一本正经地说。

"为何不该这么说？台公不是才说，入朝时日尚短，对辽东之事，难以尽知吗？对辽东之事难以尽知，对朝中之事就更难以尽知！"江秉谦对张鹤鸣不留情面，对叶向高也不假以颜色。

"我入朝时日虽短，却也知辽东之事，抚臣有抚臣之见，经臣有经臣之见，而枢臣有枢臣之见。"叶向高说。

"于枢臣所议，我只见抚臣之见，全不见其本人之见。"江秉谦说。

"抚臣主战，枢臣亦主战，此即他本人之见呀！"叶向高道。

"台公是说，今日之争在于一主战，一主守？"江秉谦问。

"经、抚之争难道不是战、守之争？"叶向高以为这绝无疑义。

"看来，台公对辽东之事当真知之不详！"江秉谦道，"经臣有句经典之言：守定而后可战也。台公，这是专言守吗？"

"是啊，此可谓守中有战。"叶向高被驳，难以自圆其说。

"八个月以来，抚臣屡进屡退，做得最多的，是部署广宁守卫。台公，这是专言战吗？"江秉谦又道。

"此可谓战中有守。"叶向高说。

"守中有战，战中有守，就不能说一主守，一主战吧？"江秉谦道，并问，"抚臣有抚臣之见，经臣有经臣之见，枢臣有枢臣之见；台公，阁臣有没有阁臣之见？"

"守中有战，我赞成；战中有守，我亦赞成。"叶向高说。

"台公此论，比大司马高明得多！"江秉谦不知在讥刺张鹤鸣，还是在讥刺叶向高。

"兆豫欲刺我，尽管刺，何必连及台公！"张鹤鸣道。

"若能辩出结果，连及我亦不妨。"叶向高说。

"台公大度，我还不想说他。"江秉谦的话里，仍有讥刺的味道，他转对张鹤鸣说，"元平先生，无论你大度不大度，我都要说说你。台公称你主战，在我看来，你也不是专主战。抚臣事战，你则言战；抚臣事守，你则言守。经臣言守，你则必言战；经臣言守定而后可战，你必言有战而已。元平先生宦海三十余年，任过分巡，任过分守，巡抚过贵州，总督过三边，难道至今不明战守之说？我看，不是不明，而是先存偏见。故一则无言不从，一则无策不弃。元平先生可知，持论如此，大误有二？"

"我倒要请教兆豫，是哪两大误？"张鹤鸣道。

"其一，圣上起用经臣，曾有明谕，道是'疆场事不从中制'。元平先生事事驳回经臣之议，事事俯从抚臣之议，是事事从中掣肘。其二，朝廷设辽东经略大臣，为使节制辽东军务，元平先生命抚臣自行其是，勿受经臣节制。抚臣欲进，则使经臣进之；抚臣欲退，则使经臣退之。是抚臣有节制经臣之权，经臣无节制抚臣之权。一是有违圣谕，一是有违朝廷设官初衷，元平先生自家说，是否大误？"江秉谦道。

"兆豫所言二误，都是该杀头的罪过，我一件也不能认领。"张鹤鸣说，"抚臣欲进，兵部准其进，且使经臣随之进；且无不禀明皇上，皇上照准，然后进。抚臣欲退，兵部准其退，且使经臣随之退；亦禀明皇上，皇上照准，然后退。兆豫若以为是大误，非唯言抚臣之误，非唯言本兵之误，亦是言皇上之误。"

江秉谦牵连上叶向高，他则把皇帝也牵连上。江秉谦并不畏缩，诘道："元平先生这么说，罪过就更大。"

"怎讲？"张鹤鸣问。

"元平先生不仅己误，且导圣上误！"江秉谦说。

二人都善辩，你攻一点，我驳一点，我再攻一点，你再驳一点，越说越激烈，越说越离谱。

"进卿先生，"周嘉谟唤着叶向高的字，低声说："须得拦一拦。"

"谁说不是，可我有难处呀！"叶向高一脸苦涩地说。

周嘉谟一想，明白叶向高难在哪里：作为王化贞座主，要是支持熊廷弼，怎么说都不要紧；要是支持王化贞，则很难启齿。他觉得，拦阻他们继续争吵的责任，必须自己担起来。

"今日廷议经、抚之争，枢臣是非，且放一边吧！"他说。

这一要求合情合理，众多官员无不响应，且目光都集中在江秉谦身上，看他是接受，还是拒绝。

江秉谦无法拒绝，但委婉地要求："明卿先生，容我再说一句否？"

"兆豫别问我，是元平先生在主持廷议。"周嘉谟说。

众人的目光又集中在张鹤鸣身上。他微微摇头，好像责怪周嘉谟不该把难题推给他。

"多少罪状都列出，多说一句何妨！"他说。

"今日事，非经、抚不和，乃好恶经、抚者不和；非战、守之议论不和，乃左右经、抚者之议论不和。"江秉谦道。往小处理解，这等于在说，仅廷议经、抚之争是不够的；望大处说，可以理解为廷议经、抚之争毫无意义。当然，这也等于在说，周嘉谟提出但议经、抚之争，先把枢臣是非搁置一边，是毫无意义的。周嘉谟才要分辩，他却若无其事地说，"好，我已畅言，诸公议吧。"

周嘉谟苦笑一声，无法分辩。

"得一呢？"叶向高忽问，并四处寻找。

"下官在这里。"侯震旸应道。

"听说，得一于辽东之事颇有见地，何不一抒己见？"叶向高道。他把侯震旸拉出来，是为岔开话题。

"台公误听人言，"侯震旸矢口否认，"于辽东之事，我的见解绝没有兆豫兄深切。"

"专委经臣，或专委抚臣，你难道不曾议过？"叶向高问。

"议是议过，但仅此而已。要我说究竟专委经臣，还是专委抚臣，我却说不上来；问兆豫兄，或说得上来。"侯震旸又把江秉谦推到前面。

"若问我，我说得上来；若问元平先生，元平先生也说得上来。我以为，宜专委经臣，元平先生则欲专委抚臣。"江秉谦非把张鹤鸣带上。

"兆豫先生不要每言必及本兵，可否？"刑部员外郎徐大化插言道。

徐大化是万历十一年进士，资历比张鹤鸣还要深。只因以京察贬官，数起数贬。按照惯例，是不应再被起用，他却走通吏部文选郎中陆卿荣的路子，万历末年得以再起，还在今年升为员外郎。徐大化是浙江会稽人，却落籍于京师羽林卫，因此和内府各衙门太监关系密切，最近又巴结上司礼秉笔太监魏忠贤，江秉谦很有点看不惯他，讥刺起他，比讥刺任何人都要厉害。

"兵部无人吗，要刑部员外代言？"他说。

"廷议中，人皆可言，兆豫，为何听不得他言！"周嘉谟道。

"好，好，在下敬闻老前辈说教。"江秉谦为示轻蔑，故意一揖。

徐大化看惯人的白眼，已经不在乎别人的话语和举动。他不紧不慢地说："兆豫欲专委经臣，他不说，众人也都看在眼里。元平先生是否专委抚臣，尚不得而知；至少我是不知。可我要先说一句，在我看来，以专委抚臣为宜。"

"请教老前辈，是何缘故？"江秉谦又是一揖。

"经臣前次经略辽东，就有人说他出关逾年，漫无定划。沈、辽虽非失在他手里，他却不可说无罪。"徐大化道。

"照你这么说，圣上再起用他，是选错人？"江秉谦问。

"他善出大言，令人难辨。"徐大化说。

"那么，是圣上被他所惑？"江秉谦又问。

"圣上是给他个改过的机会，他却仍漫无定划，不肯作为。"徐大化选择一个不会出大错的说法。

"在老前辈看来，抚臣就大有作为吗？"江秉谦不是一般的发问，而是质问。

"至少抚臣受辽东诸将拥戴。"徐大化说，"如毛文龙，现驻兵皮岛，比经臣所言天津、登、莱舟师，要实际得多。专委抚臣，毛某必唯抚臣之命是从。专委经臣，毛某不但不会听命于经臣，说不定还会率所部数万人弃岛而去；又有甚者，将降建房，而与我为敌。"

徐大化举的这个例子，引起众多廷臣的共鸣。虽然因为得不到河西官军接应，毛文龙孤军难守镇江，不得不退驻孤悬海外的皮岛；但一声号令，可以立刻登陆，比驻于他处的官军具有优势。而熊廷弼对镇江之捷没说过一句好话，却一味指责，毛文龙肯定不愿在他麾下作战。

"经臣大言欺世，嫉能妒功，再不去，必坏辽事。"徐大化总括一句。

"台公，你看呢？"获有力支持，张鹤鸣开始履行主持廷议的责任。

"元平先生何不问问众人？"叶向高道。

张鹤鸣泛泛询问，众官员也泛泛作答，赞成专委抚臣的居多。

"台公，七成以上赞成专委抚臣。"张鹤鸣对叶向高说。

"元平先生何不问问兆豫？"叶向高道。

"不赞成者尚有多人，为何专要问他？"张鹤鸣觉得多余。

"主张专委经臣的，却只有他一人。"叶向高说。

"不错，是要问他。"张鹤鸣应罢，转问江秉谦，"兆豫，七成以上者以为当专委抚臣，你仍坚持专委经臣吗？"

"是。"多数人的反对，不足以让江秉谦退缩。

"有没有具体的理由？"张鹤鸣将他一军。

"没有，但仍以为当专委经臣。"江秉谦说。

"这等市井浑话，廷议时也说得出口。"不知谁说一句。

有人开始哄笑，连叶向高脸上也挂起笑容。

"专委某臣，侯得一是写在奏章里的；专委经臣，江兆豫是在廷议时提出，怎可与市井浑话相提并论！"刘一燝板起面孔教训。

半为喝彩、半为起哄的声音这才渐次平息。

江秉谦也发觉自己的话欠妥。他改口道："纵不能专委经臣，亦不当撤去经臣，更不能专委抚臣。"

"兆豫，你的意思是不是分任责成呀？"张问达问。

"德允先生这么说，亦无不可；但不管任如何分，责如何成，以经臣节制抚臣，却不能改变。"江秉谦说。

"朝廷差去两名大臣，委一去一，似非良策；但朝廷宜拟严旨，着经臣、抚臣和衷共济。不然，分任责成是句空话。"周嘉谟说。

大、小七卿，及御史、给事中，响应此议的也不少，其中包括方才赞成专委抚臣者，算起来，也得有半数以上。

张鹤鸣心想：你这么说，也是空话。但得罪同僚大臣的话，他不会说。他对叶向高说："台公，明卿先生等驳回专委一说。"

"元平先生可再问问得一。"叶向高道。

"得一倡议专委，还要问他吗？"张鹤鸣问。

"不问，怎知他坚持专委，抑或分任责成！"叶向高道。

"对呀，得一，兆豫提出分任责成，你以为如何？"张鹤鸣问。

"兆豫兄原本是主张专委经臣的，不得已而改为分任责成。在下却以为，明卿先生所言和衷共济，怕是很难做到；若是做不到，仍以专委为好。"张鹤鸣憋在心里的话，被侯震旸说出来。

"我看，是否和衷共济尚在其次。"又有人提出新的见解。

张鹤鸣见是给事中李精白，问："纯一是说，还有要紧的事？"

李精白字纯一，南直颍州人，万历四十一年进士。他加个字，强调地说："还有更要紧的事。"

"那是何事？"张鹤鸣问。

"兆豫先生说，不管任如何分，责如何成；我也以为，任如何分，责如何成，可以不管。但兆豫先生说，经臣节制抚臣不能改变，我却不以为然。既曰分任责成，节制又从何说起！"李精白道。

江秉谦暗自道声：坏了！仔细想一想，分任责成，自然说不上节制。只因方才回应张问达时太随意，现在自己被置于被动的境地。但他不肯就此服输，强辩道："笑话！府、州、县官亦可分任责成。难道也不要督、抚节制？"

"府、州、县官可与抚臣、经臣并列吗？"李精白驳道。

"纯一，你且说更要紧的事。"张鹤鸣道。

"我没说清楚吗？我以为，若分任责成，抚臣、经臣应有对等之权。经臣就任时，圣上赐以尚方剑，今当补赐抚臣尚方剑一柄。"李精白说。

大多数官员还在考虑时，江秉谦冷笑道："一地一事，朝廷赐以两柄尚方剑，自古未闻。"

"纯一先生此议，似有蛇足之嫌。"侯震旸附和道。

"一地既设总督、巡抚，复设经略，我看，赐以两柄尚方剑，亦无不可。"给事中孙杰加入争论之中。他也是万历四十一年进士。

天色渐晚，没有辩出头绪，也没有可以达成共识的迹象，不得不草草收场。张鹤鸣归拢各种说法，大约有七八种之多，奏闻于上。内阁代拟的圣谕是十三个字：其经、抚协心并力，功罪一体同论。

# 第二十七章

正月二十二日，王化贞和往日一样，早晨起床后，先要看一会儿书。他顺手抽出，是一函宋末陆秀夫的《陆忠烈公遗集》。想一想，不是看它的时候，他放回去。再抽出一函，是《孙子兵法集注》。便随意拿出一本，随意翻到一页，读起来。

西部归顺、被他收在属下的将领江朝栋唤声"大人"，推门而入。见他在读书，江朝栋说："大人还有闲心读书！"

"出了何事？"王化贞问。他屡屡告诫众将，遇事须得镇定；这会儿他以身作则，坐在那里动也不动。

"振武、西平官军双双失利！"江朝栋说。

王化贞虽有些吃惊，但还坐得住。他问："刘、祁二帅呢？"

根据部署，总兵官刘渠以二万人守振武，总兵官祁秉忠以万人守闾阳，副总兵罗一贯以三千人守西平。前些日，后金军攻西平未下，王化贞差孙得功和中军游击祖大寿率广宁军，会同祁秉忠的闾阳军，前往助战。听说，熊廷弼也差人往振武，使刘渠率部援西平。在他看来，西平是守得住的，振武也不会有问题。

"据报，刘镇帅、祁镇帅皆已殉国。"江朝栋说。

王化贞再也坐不住。他猛地站起来，看上去比江朝栋还要急。

"兵败何处？"他问。

"据报，败于平阳。"江朝栋说。

平阳位于振武堡至西平堡的途中，是个开阔地带。与后金军战于该地，可能是最坏的选择。但王化贞顾不上仔细琢磨，急问："孙、祖二将不是也到平阳吗？他二人呢？"

他明明问的是两个人，江朝栋却只说一人："据报，平阳兵败，祖将军率部似往南去。"

"孙得功呢？"王化贞更急于知道另一人的下落。

"都堂大人不说他还罢，提起此人，真当千刀万剐！今次战事，全坏在他手上！"江朝栋愤愤地说。

"怎么？"王化贞问。

"平阳之战，官军本无必败之势。刘、祁二帅阵前力战，颇有杀伤。但孙某率部退走，致使刘、祁二帅陷入敌围。刘镇帅当即战死，祁镇帅身负重伤，突围而出，卒于归途。"江朝栋这次讲述得稍微具体。

王化贞颓然落座，脑际一时拥出无数的念头。孙得功虽是布衣起家，却最为他器重，几乎到言无不听、计无不从的程度。发广宁兵援西平，就是听从孙得功建议。有人曾提出异议，认为守西平不如守广宁重要，其他各营皆可发，广宁兵不可发。王化贞听不进去，觉得这番话颇似熊廷弼独守广宁的言论，他毅然采纳孙得功的建议，并命之为主将，率广宁兵出援。

当然，仅是兵败，哪怕是临阵脱逃导致兵败，也不至于千刀万剐。王化贞怀着一丝侥幸的心理问："孙得功现在何处？"

"已退回广宁。"江朝栋说。

"不幸中之万幸呀，广宁还可守。"王化贞说着，往后一仰，让自己坐得舒服一点儿。

"都堂是指望孙某守城？"江朝栋更加愤然。

"他如此怯战，是我没想到的，其中或有别的缘故；但我知道，守城他是把好手。况且，孙、祖二人率大部官军出援，广宁几有空城之叹；他能回城，不无小补。"王化贞说。

"都堂大人有个好处，信人信到底，任人任到底！"江朝栋恨不得骂王化贞两句，但又不敢。他只好竭尽所能地嘲讽一句，然后说，"大人或是不知，孙某一进城来，就聚集城中军民，疾呼宜早剃头归降，并命所部封守各库，待敌查收。他不回城，广宁还不是空城；他一回城，广宁当真成一座空城！"

"有这等事？"王化贞带着几分疑惑，但与其说为江朝栋所述疑惑，不如说为他的出现而疑惑，"既是空城，你怎不去？"

"末将感念都堂收用之恩，特来护送都堂出城。"江朝栋说。

王化贞忙呼唤，应声而来的随员寥寥无几。他在江朝栋和一二亲兵帮助下，收拾行囊，竟有四箱之多。亲兵牵来巡抚衙门豢养的两匹骆驼，正好放上四个箱子。但到马厩一看，他平日骑惯的马匹却不见，其他马匹当然也不见。

江朝栋把自己的马让给王化贞骑，自己和勉强集合起来的一队官军，随王化贞逃出广宁。

熊廷弼率一军抵达闾阳，见到的也差不多是座空城。前部官校来请示所向，他说："闾阳、振武等军都去西平，广宁军也去西平。听说抚臣仍在广宁，我不能比他先去西平吧？"

官校听不明白，洪敷教告诉他："都堂大人是说，先去广宁。"

官校去后，洪敷教对熊廷弼说："经臣终于到得前沿。"

"我不至前沿，朝廷容不得我，你等属员也容不得我！"熊廷弼顿了顿，若有所思地又说一句，"但愿抚臣还能在广宁尽地主之谊呀！"

洪敷教本来说得轻松，还带着笑容，听他这话，脸上的肌肉僵住。

"飞百先生担心，广宁未必仍在我手？"他问。

"世事难料，我不妄测。"熊廷弼道。

"但飞百先生既曰但愿，必有所思。"洪敷教坚持要问。

"我所思者，非但广宁，"熊廷弼道，"你看，闾阳几无守军，若有一支后金军突袭，谁来守城？振武城中的情形，估计与这里相差无几。抚臣并非不知广宁关系辽东存亡，我估计他不会以广宁军全部赴援西平。但仅出半数，广宁已危。"

"这是为何？"洪敷教问。

"后金军直攻广宁，定是西平不守。西平除本堡守军，还有三支援军，若都败在敌军之手，广宁还能守吗！"熊廷弼道。

"唉，但愿飞百先生果是妄测。"洪敷教在情急之下，也不管这话是不是好听。

去闾阳没多远，忽见前部在前面停下来。洪敷教顿觉不祥，请示道："飞百先生，我去看看。"

"你不必去。"熊廷弼指指前方说。

一名本军校尉纵马驰来，虽路途并不远，他手里的马鞭仍不停在空中舞动。快到熊廷弼面前时，他翻身下马，拜倒在地。

"禀都堂，广宁方向来一军，距前部仅一二百步。"他说。

熊廷弼、洪敷教相互看一眼。熊廷弼想的是：难道真被我言中？洪敷教想的是：来的是后金军，抑或我军？

他想到就问："打的是何旗号？"

"未见旗号。"校尉说。

"未见旗号，岂不是溃败之军？"洪敷教道。

"看上去，确似溃败之军。"校尉说。

洪敷教还要问下去。熊廷弼料多问无益，止住他，吩咐校尉："着前部列好阵势，若是广宁守军，引来见我。"

王化贞只身一人被引过来。见熊廷弼，他唤声"飞百先生"，见洪敷教，他唤声"育民兄"，然后像受多大委屈，放声痛哭。

洪敷教被他哭得有点儿心软，但有熊廷弼在，他不好先开口。

"王大人，这是怎的？"熊廷弼问。

"是啊，都堂怎不守在广宁？"洪敷教也忙问。

王化贞任凭他等发问，只是痛哭，直哭得浑身打颤。

熊廷弼估计广宁已失守。定一下神，他说："若能把广宁哭将回来，我与育民，还有数千官军，陪着肖乾先生同哭。"

王化贞哭声渐低渐息，但抽噎仍不止。他断断续续地说："果如、如飞百先生所言，广宁丢、丢失。"

"丢失？"洪敷教惊呼。他首先想到，广宁是不能丢的；继而想到，广宁既丢，当夺回。他仍是想到就说，"飞百先生，广宁须复呀！"

熊廷弼何尝不知，丢失广宁差不多等于丢失辽东，何尝不知广宁须复。但听到前方道路上越来越清晰、越来越杂乱的呼叫声，可以断定，来的不是后金军，而是逃出广宁城的军民。他把话岔开。

"是广宁军民吧？"他指着王化贞来的方向问。

"是。"王化贞应道。熊廷弼听到的，他也听到。唯恐熊廷弼误会，他解释说，"广宁军民先倾城而出，我离开时，广宁已空。"

"知道，肖乾先生有马嘛！"熊廷弼讥道。他这话的意思是：你即便不是最早逃出，也是跑得最快的。他又说，"我记得，肖乾先生曾扬言，有六万之众，可扫平河东。今十余万之众，未过河东，却在河西丧失殆尽。肖乾先生又怎说？"

王化贞有短处被人抓住，既无颜以辩，更不敢反唇相讥。

洪敷教也恨王化贞，但觉得这时不能再意气用事。他说："飞百先生，还是先定善后之计吧。"

"问问你肖乾兄，做何打算？"熊廷弼再不愿多说。

"是啊，都堂做何打算？"洪敷教问王化贞。

"育民兄才说，广宁须复，此乃第一要务。"王化贞说。

"飞百先生看呢？"洪敷教又问熊廷弼。

"育民，我这里有数千人马，你可悉数拿去收复广宁。"熊廷弼说。

洪敷教跟他这么长时间，知道此话当不得真，没有接话。

王化贞却不知。他立刻表示："我愿同往！"

"收复广宁，用一赞化主事足矣，不劳抚臣。"熊廷弼挖苦过后，问道，"肖乾先生麾下尚有几多人马？"

"千余。"王化贞回答。

"那就请肖乾先生助育民守广宁吧。"熊廷弼道。

洪敷教听出来，王化贞也听出来，熊廷弼是在警告他们：收复广宁不难，守住广宁才是难事。想想也是，王化贞手下曾有十余万大军，未能守住广宁；今仅数千人，却如何守！

"既以为复之无益，飞百先生做何打算？"洪敷教问。

"肖乾先生不是还有第二要务吗？"熊廷弼道。

"不复广宁，都堂又待如何？"洪敷教问王化贞。

"飞百先生有五六千人，我有千余人，不复广宁，或可分为两部，一部守宁远，一部守广宁前屯。"王化贞喃喃地说。

二卫都在广宁以西偏北，宁远距广宁约二百里，广宁前屯卫距广宁约三百里。如果对河西来说，广宁是第一道防线，宁远、前屯则是第二道防线，宁远的塔山，更是关内进入辽东的要道。

"晚矣！"这次没等洪敷教在中间穿插引话，熊廷弼主动地说，"广宁不失，抚臣想到在宁远、前屯部署二军，那是锦上添花；广宁既失，再来部署，无益于事。"

"广宁复不得，宁远守不得，飞百先生有何良策？"洪敷教问。

"眼下局面，哪里还有良策！"熊廷弼说着，往前方一指，"你看，广宁逃出的军民不下十万。沿河一线溃败，河东军民即将大举逃亡，或至百万。他等唯一的出路是逃入关内。护送他等入关，也算是做件功德无量的事。"

"飞百先生欲撤入关内，我来殿后吧。"王化贞说。

"育民，五千人马都交与抚臣。"熊廷弼说着，回身策马而去。

其实，后金军两天后才到广宁，两天里，广宁在孙得功及同伙的掌控之中，后金军一到，他即归降。

但也多亏熊廷弼护难民而行。不是他的交涉，驻于山海关的蓟、辽总督王象乾担心难民中夹杂奸细，可能一人也不放入。

## 第二十八章

皇帝带领一帮近侍往御花园去时,昨晚留宿在乾清宫的张皇后还没回本宫。皇帝说:"奴才们吹嘘,御花园里有花发芽。朕不信,要亲自去验看。皇后要不要同去?"

张皇后看到皇帝后面几名近侍面对着她,几名近侍背对着她,猜想他们还带着些玩物,怕她看到,于是问:"陛下仅是看花吗?"

"去冬,朕领着奴才们又造几条船,且下水试试。"皇帝说。

"陛下辛苦所造,臣妾未尽一丝之力,不敢领受赏看之恩。陛下自去观看,臣妾还是读一会儿书吧。"张皇后说。

皇帝听出,她这是在暗谏。以前,看到皇帝拉锯弄斧,她就曾言:贵为天子,不该把心思用在这些雕虫小技上。今天的话虽然没有以前的话直截了当,但仍是在劝皇帝放弃他的癖好。

"皇后近日读的什么书?"皇帝讪讪地问。

"无非高皇后所制《女戒》,献皇后所制《女训》。"张皇后说。

"好书,皇后慢慢读着。"皇帝说着,一挥手,率众近侍匆匆而去。

去御花园的路上,迎面过来一领轿子。前面抬轿子的宦者,看见皇帝,忙停下来;后面抬轿子的宦者看不到皇帝,只顾往前走,把前面抬轿子的宦者顶翻在地。前面的轿杆落地,后面的轿杆仍在宦者肩上,轿子一斜,坐在轿子里的人险些摔出来。

"这一点儿路,朕都不传銮舆,谁非要坐轿?"皇帝问。

"爷,是奉圣夫人。"眼尖的近侍说。

"她是该坐的。"皇帝说着,命道,"还不快去看看摔着没有!"

轿子已放平,随轿而来的一名宫女,跪在轿前,把客氏搀扶下来。

"呦,平日没这么大规矩,今儿个是怎么?"客氏道。一抬头,看皇帝已到面前。她不慌不忙地跪下，道，"民女叩见皇上。"

"平日没这么大规矩，今儿个是怎么？"皇帝用她的话，和她开个玩笑；接着又开个玩笑，"朕听说，京师习俗，二月二，龙抬头，客嬷怎的不抬头，却把尾巴抬起来？"

"皇上，民女就这么跪着吗？"客氏毫无顾忌地问。

"客嬷快起来。"皇帝边说，边示意近侍去搀她。

客氏起身后，还回皇帝一个玩笑："管它什么日子，只要遇到真龙，其他乌七八糟的龙只配摇摇尾巴。"

皇帝大为欢悦，邀道："朕要放船，客嬷一起去看看？"

"是皇上自制的宝船吗？这可得去饱饱眼福。"客氏说。

"客嬷还乘不乘轿？"皇帝问。

"皇上不乘銮舆，民女哪敢乘轿！正好民女有话要说。"客氏道。

"好，你说。"皇帝说着，往前走去。

"这话只可对皇上一人说。"客氏道。

不用皇帝示意，近侍们都落后一截。

"宫里传开的那件事，皇上有所耳闻吗？"客氏问。

"客嬷说的是哪件事？"皇帝问。

"就是民女一直想对皇上说而又不敢说的那事。"客氏道。

"你这么说，朕还是不知呀！"皇帝说。

"是。"客氏虽则应一声，仍不直说，"民女每日都在对自个儿说，此事一定要让皇上知道；但每次一见皇上，又不忍心让皇上知道。"

皇帝耐不住性子，道："客嬷，你再不说，朕就不要听了。"

"皇上，让他等再离远点儿。"客氏指着后面的近侍们说，等他们又落后一截，她低声说，"民女闻得，皇后并非太康伯亲生。"

太康伯，即张皇后之父张国纪，大婚后不久封爵。

"原来是这事。"皇帝道。

"皇上已知？"客氏料到这话一定早传入皇帝耳中。

"外廷流言，朕不愿听；宫里流言，朕亦不愿听。皇后由民女而母仪天下，嫉妒的人多，流言自然会多。客嬷，这话你也不要听，更不要说。不然，你说她如何如何，她说你如何如何，朕也难办。"皇帝道。

皇帝两不偏袒的态度，使客氏不能再拿此事做文章。不过，她仍有收获：至少

127

可以确定，张皇后在皇帝面前说过她的坏话，也许还说过魏忠贤的坏话。

"池边寒气太重，民女怕受不住，还是回宫里等皇上吧。"客氏使个小性子。

皇帝有点儿失望，但没太在意。

见大大小小十来条木舟稳稳漂荡在池水中，皇帝大悦。

"谁道去年白忙活，这叫有志者事竟成。"皇帝说。

"爷巧夺天工，无人可敌。"一近侍谀词一出，众近侍纷纷附和。不用站到冰冷的池水中把扶木舟，让他们松口气。他们都记得，去年下水的同伴，没一个不在腿上落下大毛病。

"爷，魏叔来了。"一近侍禀道。

"老魏来寻客嬷的吧？可惜她不在这里，让你白跑一趟。"皇帝开心，正好拿魏忠贤取笑。

"奴才不是为奉圣夫人的事来，是为司礼监的事来。"魏忠贤说。

"司礼监的事，等等再说。老魏，你看朕这支舟师如何？"皇帝问。

"雄壮无比，比熊经略停在天津的舟师强得太多。"魏忠贤讨好地说。

"朕做这些船只时，你就说要给每舟取个名字，今日朕的舟师下水，你的名字想好没有？"皇帝问。

"奴才想好几个名字，乞爷笑纳。"魏忠贤说着，一一指点池里的船模，"该舟可名清和，该舟可名惠康，该舟可名长宁，该舟可名清远。"直至最后一舟，他说，"该舟可名安济。"

名字都很中听，皇帝自己想不出来。魏忠贤说完，他问："还有吗？"

魏忠贤把池里的船模再清点一遍，说："似乎都有名。"

"朕是问，若再多一舟呢？"皇帝道。

"奴才想，爷一舟也不会多造。"魏忠贤说。

"这是为何？"皇帝问。

"永乐皇爷当初差三宝太监下西洋，在书中见到的，只有这几个船名。爷再多造一船，奴才大感为难。"魏忠贤说。

"我说嘛，这些名字不像是你老魏想出来的。"皇帝颇为得意，"朕若再建一支舟师，必让你为宝船总管。"

"奴才叩谢隆恩。"魏忠贤应付道。说应付，并不过分。他对总管舟师没多少兴趣，因为总管舟师，就得离开皇帝，离开客氏，离开大内；而离开哪一个，他都不情愿。

"老魏，你方才说，司礼监有一事要禀报？"皇帝忽问。

"是。"魏忠贤应道。

"那是何事？"皇帝问。

"据塘报，广宁丢失。"魏忠贤说。

"广宁？"皇帝对这个地名有印象，想一想，很快有头绪，"辽东经臣、抚臣皆言及广宁，它该是在辽东吧？"

"爷说的是。"魏忠贤应着，扫近侍们一眼，他们都懂事地退到一边去。他这才说，"广宁乃辽东重镇。"

"老魏，要不要紧？"皇帝问。

"说要紧也要紧，说不要紧也不要紧。"魏忠贤答道。

"怎讲？"皇帝没听懂。

"朝廷在辽东设二臣，经臣驻辽阳，抚臣驻广宁。经臣重于抚臣，即辽阳重于广宁。辽阳丢失，未危及京畿；广宁丢失，也不会危及京畿。此其不要紧也。辽阳丢失，经臣移驻山海关；广宁丢失，辽东再无重臣。此其要紧也。"魏忠贤说。

"要紧不要紧，老魏讲得再明白不过。"皇帝赞道，又说，"不过，据你所说，朕还是觉得不要紧多几分。"

"奴才煞费苦心，只是不想让爷为此事伤神。"魏忠贤说。

"朕知道。朕不伤神就是。"皇帝道，又愤然地问，"经臣、抚臣呢？他二人议起辽东之事，无论议战，或是议守，无不头头是道，怎的战尚未战，守也守不住？"

"二人皆退至山海关待罪。"魏忠贤说。

"经臣、抚臣失地，朝廷不能不追究吧？"皇帝道。

"爷圣明！"魏忠贤称颂过后，才说，"不过，奴才以为，追究经臣、抚臣罪状，爷亦无须伤神。"

"由你为朕伤神吗？"皇帝问。

"奴才也不为此事伤神。"魏忠贤说。

"那却要谁人伤神？"皇帝问。

"将熊、王二人下狱，交法司议罪即可。奴才想，他等奉旨出关，未奉旨入关，法司也不敢不秉公治罪。"魏忠贤说。

"朕只要差锦衣卫官校疾赴山海关缉拿，是否？"皇帝问。

"是，爷有道手谕就足够。"魏忠贤道。

"好，此事你去办吧。"皇帝说，见魏忠贤领旨后不动，他问，"老魏，是不是还有朕不得不伤神的事？"

"爷圣明！"魏忠贤再次称颂，"有件事，爷恐怕得稍稍伤神。"

"你说。"皇帝命道。

"奴才想，广宁丢失，虽未危及京畿，但京畿不可无备，大内不可无备。宜招募健勇，举行内操。若有一日，爷造成大船，也可将他等操练成一支水师。"魏忠贤说。

皇帝被哄高兴，道："这是好事呀！你去办就是，为何要朕伤神？"

"首先招募一事须禀爷。"魏忠贤说。

"朕准！"皇帝回答得很干脆。

"其次，招募之事不可经由兵部，不可经由外廷。"魏忠贤说。

"你说，经由谁人招募？"皇帝问。

"须得是爷亲信之人。"魏忠贤说。

"你是朕亲信之人，你去招募吧。"皇帝说。

"奴才要在驾前当值，还要在驾前伺候，恐无暇此事。奴才举荐一人：内阁大学士沈先生，对爷最忠心，可使他去。"魏忠贤说。

他说的沈先生，名㴶，眼下在八名内阁大臣中排在第五，若以和魏忠贤的关系论，则排在第一。

"你举荐的人，一定合适，朕才不伤神呢。"皇帝道。

"再次，募卒内操，一定会招致非议。"魏忠贤说。

"不妨，此事朕为你招架。"皇帝道。

"有爷这话，奴才可以放心去办事。"魏忠贤说着，叩退。离开池边时，他说句，"宝船若载以机关，得以自行游弋，岂不更佳？"

"好个老魏，和朕想到一起去！"皇帝高兴地说。

## 第二十九章

初时处分，王化贞逮下诏狱，熊廷弼夺官听勘。或贺他躲过一劫，他本人却很清醒：听勘亦即待罪，有罪无罪，由勘者定；自己得罪人多，未见得有好下场。即便勘者主持公道，勘他无罪，朝廷能不能通过，还得两说着。果然，勘者的结论是：王化贞弃广宁，熊廷弼弃右屯，其罪一。于是，熊廷弼亦下诏狱。

廷臣大都自重身份，或为避嫌，很少有人进诏狱探望。这样也好，他可以在脑海里把接触辽事以来的作为捋出头绪。他是万历三十六年巡按辽东，介入辽事的。那时的辽东官军，要兵有兵，要将有将，和今日大不相同。即便如此，他仍以为，防边以守为上。三朝事辽，守为上的信念从未改变，可以说，他没背叛自己，也对得起朝廷。

忽听人呼唤"飞百先生"，让他感到很是亲切。他原是二品大员，朝廷尚未议定他的罪名，狱卒们对他还算客气，不是呼他熊大人，就是呼他熊老爷，或者熊爷，但听起来，总觉得不舒服。

抬头一看，是监生汪文言。熊廷弼知道，在外廷，自公卿大夫至科、道，他都说得上话；在内廷，无论宫中还是司礼监，他都有熟人。因此，他进得来诏狱，不足为怪。

"汪公子来看我？"他问。

"不止看望，还来给飞百先生报个信。"汪文言说。

"可是朝廷议罪，已有结果？"熊廷弼问。他最想知道的是这件事，开口问的自然也是这件事。

"飞百先生一如往日，料事即中。"汪文言说。

"法司是如何议的？"熊廷弼问。

汪文言一耸肩，表示：刑部的招议，他有抄件，但不敢带进来。这是他细心处，因为一旦查出，对他，对别人，都不方便。另一层意思是他自信：虽未带来抄件，但招议的内容，他熟记在心。

"我能听个大概，足矣。"熊廷弼的要求不高。

汪文言背诵招议，尽量准确，尽量详细。前面是广宁溃败的过程，抚臣的过失是临阵指挥失当，经臣的过失是率军赴援过迟，抚臣之罪大过经臣；然后，未奉旨意，撤回关内，经臣前行，抚臣断后，经臣之罪大过抚臣。应该说，这一段比较公允，熊廷弼没什么表示。在最后的总结中，有两句关键的话，他听得不太真，才打断汪文言的叙述。

"这两句怎说？"他问。

汪文言似乎料到这两句话会吸引他，重复时既缓慢又口齿清楚："比之杨镐更多一逃，比之应泰反欠一命。"

杨镐是第一任辽东经略大臣。官军与后金军战于萨尔浒，大败，他应负主要责任。他被劾论死，至今关在诏狱。他是败，不是逃；如果逃比败罪加一等，王化贞、熊廷弼都逃不过一死。

"好！"熊廷弼手掌猛击墙壁，震得地似乎都在颤动。

"飞百先生为刑部叫好？"汪文言问。

"此二言加于王肖乾，再恰当不过，我为何不叫好！"熊廷弼道。

看他一脸真诚，绝非做作，汪文言哭笑不得。

"飞百先生难道不知，此二言并非加于抚臣一人，而是经臣、抚臣一并加之！"汪文言道。

"经臣、抚臣一并加之？"熊廷弼把前文联系起来，的确如此。一并加之，即一并论死。想到这里，他难免有些哀伤；但随即释然，"经臣、抚臣从去年盛暑争到今年开春，无事不争，无日不争；今一同做鬼，还可以再争下去，有何不好！"

"飞百先生只想一死了之？"汪文言问。

"事已至此，我不想一死了之，又当如何？"熊廷弼颓丧地说。

"只要飞百先生不想一死了之，仍有可为。"汪文言说。

熊廷弼一愣，复一振。他问："汪公子，此话怎讲？"

"法司论死而被朝廷驳回的事例，难道少吗？"汪文言道。

听他这么一说，熊廷弼又失望。他说："今日之事不同，皇上对我等亦是深恶痛绝，怎肯笔下放生！"

"皇上想不想飞百先生死，尚在其次；只要有人不想飞百先生死，飞百先生就可以不死。"汪文言说。

"汪公子说的这个人是谁？"熊廷弼问。

"绝非良辈，说出来没得玷污飞百先生耳朵。"汪文言不愿说，"自得刑部讯词，我就在想解救飞百先生的法子，最终想到这个人。打通这个人的关节，我是办得到的，我也约过他的手下见面；但行事之前，须得飞百先生允诺。不然，纵然救得飞百先生，反成飞百先生心病。"

"苟得残喘，不以罪臣论死，其他一切，任君为之。"熊廷弼说。他大约想得出，汪文言要找的是哪一类人。

他答应之后，汪文言才说相关之事："飞百先生，办此事是要银子的，以晚生的家当，恐难足其数。"

"公子估计，要用多少银子？"熊廷弼问。

"不少于二万。"汪文言说。

以他的侠义心肠，绝不会自己想从中得到好处；他说需要这个数，一定是对方提出的。熊廷弼咬咬牙，说："兆珪在来京途中，他到后，公子可去与他设法。"

兆珪是熊廷弼长子。

汪文言口渴难耐，但一壶好茶放在面前，他硬是不喝。

茶楼的东家亲领一宦者进来，道："这位称是公子爷等的人，我让人来伺候二位品茶吧。"

"不用，我亲自伺候这位公公。"汪文言说着起身，挥挥手，让东家出去。然后，他招呼宦者，"老刘，坐。"

来者是魏忠贤掌班刘荣，不等人让，早已坐下。

"汪哥，那老家伙方才说，让人来伺候咱哥儿俩作甚？"他问。

"品茶呀！"汪文言应着，斟茶，"老刘的架子可是越来越大，让我在这里等得口干舌燥。"

"你还说呢！"刘荣反过来责备他，"咱哥儿俩的交情，要饮，得请饮酒呀。早知汪哥请我饮茶，我就不来。"说着，接过茶盏，一口喝干，"好，茶已品过。兄弟还有别的事，告辞。"

汪文言也不拦他，但自语道："此乃牛饮，哪里是品茶！也难怪，有人不知道嘛，我们徽人习惯，大买卖都是从品茶开始。"

一听这话，刘荣又回来，重新坐下。

"老刘请便吧，你不喜爱品茶，自有人喜爱。"汪文言说。

"谁道我不喜爱，汪哥再给一盏。"刘荣伸手讨要。他一手接过后，端至鼻子下方，另一手轻轻拂动，把香气扇进鼻孔里。

汪文言忍住笑，说："这还只是闻香。"

刘荣小啜一口，赞道："好茶，好茶！"把茶盏往桌上一放，他急迫地问，"汪哥，有什么大买卖照顾？"

"就是日前与你说的那事。"汪文言道。

"救人？"刘荣问。

"对。"汪文言点点头。

"人家可答应？"刘荣问。

"答应。"汪文言应道。

"银子呢？"刘荣问。

"人家家里正在筹措。"汪文言说。

"那不是笔小数目，他家里可筹措得出？"刘荣问。

"人家说，但得不死，不惜倾家荡产。"汪文言说。

"好啊，你让他家准备四万两银子，我保他不死。"刘荣道。

"四万？"汪文言惊呼，"你日前不是说，二万两，可矣。"

"二万，只救得一个人，而今却要救两个人。"刘荣说。

"另一人是谁？"汪文言问。

"抚臣呀。"刘荣说。

"我要救的是经臣，与抚臣有何干系！"汪文言道。

"汪哥说无干系，我开始也以为没干系，可我们当家的说有干系。救人的不是你，不是我，是我们当家的；他只要认准一个理，谁也奈何他不得。"刘荣道。

"你们当家的，也忒不讲理！"汪文言说句气话。

"他可不是不讲理。"刘荣为主人分辩，"汪哥想呀，经臣、抚臣，是捆绑在一起的，生则俱生，死则俱死。若只救一人，不但外朝会说三道四，连万岁爷都会起疑心。我们当家的才不办这等蠢事，所以发下话来：要不一起救，要不一个也不救。"

"二人不和，老刘你是知道的，为救此人让他出银子，理所当然；为救彼人，也让他拿银子，说不过去。"汪文言道。

"这还不好办！救此人的银子，此人出；救彼人的银子，彼人出。这不就合乎情理！"刘荣说。

"你这是难为我呀！"汪文言仍然摇头，"我欲救此人，是觉得此人当救；既觉得此人当救，当然觉得彼人不当救。"

"汪哥什么都要顾到，兄弟实在没法子帮到。"刘荣也摇头。

汪文言想了又想，没有两全其美的办法。他只得说："好吧，四万两银子，我先应承下来，如何筹措，我再想想。"

# 第三十章

　　总督仓场户部尚书王纪，在刑部尚书黄克缵改戎政尚书后，接掌刑部。最让他头疼的一件事，是本部山东司官员都不安心本职，不是走门路调官，就是称病休养，有人干脆辞官而去。所以，当员外郎顾大章找上门来的时候，他忧心忡忡地问："伯钦想去哪个衙门高就呀？"

　　顾大章字伯钦，南直常熟人，万历三十五年进士。听了王纪的话，他大感不解："怎么，下官要调出刑部？"

　　"不出刑部，调他司亦可。"王纪好像站在他的立场，替他说话。

　　"惟理先生为何要将下官调往他司？"顾大章问。

　　"怎是我要将你调往他司！山东司无人不如坐针毡，无人不以离开该司为幸，难道你不曾动过心思？"王纪道。

　　"或许下官正是个例外。"顾大章说。

　　"你不曾想过迁调？"王纪问。

　　"从未想过。"顾大章说。

　　王纪大舒一口气。他说："不曾想过就好。伯钦，午时你再来，与我共食，我请你饮酒。"

　　"饮酒不必，下官有一事，请惟理先生示下。"顾大章说。

　　"你说。"王纪道。

　　"各衙门移送辽东奸细，要不要审谳？"顾大章问。

　　王纪绝没想到，他问的是这件事。自大量辽东难民入关、其中一部分流入京师以来，锦衣卫、东厂、五城兵马司及京营巡捕等，皆以访查、缉拿奸细为事。他们稍加讯问，有时甚至不加讯问，即移送刑部，现刑部狱中的疑囚有二百人之多。朝廷的旨意，凡是奸细，格杀勿论。京师狱案，由山东司代管。眼看着狱中疑犯一日多过一日，一概杀之，于心不忍；无罪释之，又恐得罪。最好的选择，无疑是远离这个是非之地。在人人唯恐躲避不及时，既非山东司郎中，又未受命署理司事的顾大章，却主动过问此事。

不求去，已经很让王纪感动，他不想一下子把过于沉重的担子压在顾大章肩上，因此说道："旧司官方去，新司官未任，等任用新司官后，再审谳不迟。"

"莫道司官，即便司属，人亦视为畏途；任用一人，不等到衙，又要设法他调。据下官所知，狱中二百人中，确有踪迹的，百无一二，稍有踪迹的，百无三四，然有罪者，无罪者，四人已死三人。再等几日，只怕那五十人也成冤死鬼。"顾大章说。

"伯钦意下如何？"王纪问。

"暂无司官，当以员外任其事，衙门的差事不能停。"顾大章说。

"伯钦愿去狱中审谳？"王纪问。

"是。"顾大章应道。

"伯钦，这可不是件易办的差事。"王纪觉得有必要提醒他，"各衙门都以为移送刑部的，确是奸细。今日你释一人，会得罪不止十官；释十人，会得罪不止百官。稍有差池，你的乌纱帽或保不住。"

"下官知道。"顾大章道，"以下官一命，换取五十无辜者之命，下官甘之若饴，一顶员外的乌纱帽何足道哉！"

"好个慷慨仁义的顾伯钦！"王纪一拍桌子，站起身来，"伯钦方才说：暂无司官，当以员外任其事；我其实在想：暂无司官，当以尚书任其事。伯钦既甘冒风险，可去如实审谳；若有得罪，我为你顶着。"


"好个慷慨仁义的顾伯钦！"顾大章没想到，这话很快传出刑部衙门，而在街上对他说这话的，是翰林院检讨缪昌期。

"尽职而已，怎当得这四个字！"顾大章说。

缪昌期一揖，问道："伯钦先生，狱中之事办理得如何？"

"审谳过半。"顾大章说。

"可审出奸细来？"缪昌期又问。

"有二人，确来自建房。"顾大章说。

"如此说来，五十人谳毕，奸细者也不过三四人。"缪昌期道。

"这得谳毕方知；不过我想，应是如此。"顾大章说着，顿起疑心，"当时兄，怎的挂念起刑部的事务？"

缪昌期字当时，南直隶江阴人，万历四十一年进士。他说句笑话："我不也盼着，一日有人会说，好个慷慨仁义的缪当时嘛！"

二人既非同年，又非同衙，说同乡，也是各在一府的小同乡；但彼此敬重，交情颇深。顾大章摇着头说："不对，当时兄一定有事！"

"确有一事，但伯钦先生审谳未毕，我不便说。"缪昌期道。

"是件大事？"顾大章问。

"是件大事。"缪昌期点头。

"既是大事，怎可不说！"顾大章道，"这两日忙于审囚，朝廷出何大事，竟一无所知。当时兄再不告我，真成井底之蛙。"

"我是怕伯钦先生分心。"缪昌期解释。

"该不该分心，我自会把持。"顾大章道。

缪昌期本来就是要与他商议此事的，见他坚持要问，不会再不说："好，我告与伯钦先生知，朝廷要放归刘阁老。"

"放归季晦先生？这如何使得！"顾大章的反应果然很激烈。

"伯钦先生也这么说，我就放心。"缪昌期道。

缪昌期是个是非分明的人，听他这话，顾大章感到奇怪，不由得要问他："清流无不视季晦先生为朝廷柱石，当时兄有何不放心？"

"季晦先生于我有恩，你是知道的呀！"缪昌期道。

"当时兄是怕被人误以为怀有私情？"顾大章顿悟。万历末年，廷争"梃击"案，缪昌期遭敌对一派诋毁，告病还乡。在随后的京察中，敌对一派仍揪住他不放。要不是刘一燝持正，他一定会受到严厉的处分。顾大章正色言道，"当时兄想得太多。内举不避亲，外举不避仇，古已有之。难道今日我等还做不到内辩不避亲吗？"

"伯钦先生教导的是。为季晦先生说句公道话，我辈义不容辞！我这就回去拟疏。"缪昌期一揖，欲辞去。

"当时兄，稍候。"顾大章唤住他，问道，"当时兄欲自家上疏？"

"是啊，既曰不避亲，我不上疏，却让哪个上疏！"缪昌期道。

"当时兄自家上疏言此事，恐怕作用不大。"顾大章说。

"伯钦兄是否要我等你一起上疏言之？"缪昌期问。

"我上疏言此事，作用也不大。"顾大章说。

"伯钦先生的意思，是约科、道言之？"提及此事，缪昌期有一肚子气，"科、道多意气用事，要不是一二不良科、道妄加之罪，周天官不至于去官，刘阁老也不会连上四疏求去！"

所谓一二不良科、道，一个是霍维华，一个是孙杰。

去年定陵完工，魏忠贤兄、侄荫官，招致许多反对之声。刘一燝说：内臣非司礼掌印及提督陵工，不得滥荫；并仅拟加恩三等。等言官促客氏出宫被贬谪，他又出面为言官说话。这自然招致一些人的不满。从去年四月开始，就一直有科、道官上疏对他加以弹劾，其中包括霍维华。霍维华由给谏外转陕西佥事，孙杰怀疑是刘一燝与周嘉谟合谋陷害，上疏力攻，周嘉谟于去冬致仕，刘一燝也不安于任。

弹劾刘一燝的，还有其他给事中、御史，还有一些并非科、道的官员，但由于霍维华、孙杰都是缪昌期同科的进士，而且，这两个人和魏忠贤有着不同寻常的关系，所以，他对这两个人特别憎恶。

"有不良科、道，亦有清流科、道。于季晦先生之去，不良科、道拍手称快；清流科、道若想到疏留，早就上疏，用不着当时兄特意去约。"顾大章说到这里，话题一转，"我并非寄望于科、道，我是说，季晦先生此一亲者不避，另一亲者当时兄亦可不避。"

"另一亲者，伯钦先生说的是谁？"缪昌期问。

"当时兄自家想得出，我不说。"顾大章道。

果然，缪昌期自己能想出来。他向顾大章一揖，道："多谢指点。"

当晚，缪昌期吃过饭后，心不在焉地读着书。他在估算时间。等时间差不多时，他匆匆离家，赶往叶向高府上。顾大章对他说的另一亲者，正是他的这位恩师。

叶向高刚好吃过饭，边剔牙边问："当时，为何不早一刻来？"

"怕搅扰老师一餐美食。"缪昌期说。

"我这等年纪，还有何美食可言！"叶向高不领他情，反而说，"你这晚来，就不怕搅扰我一夜酣觉吗？"

"老师既嫌我来得晚，明晚我就早来一刻，在老师嘴里讨点儿美食。"缪昌期说。

"不对吧，你哪里是讨我美食，分明是要夺我美食。"叶向高笑着说，并招呼道，"当时，坐吧。"等缪昌期坐好，家人送上茶来，他才说，"当时今晚找我，必有要事。说吧！"

"弟子是来向老师请罪的。"缪昌期说。

叶向高一愣，问道："请罪？为的何事？"

"弟子未尽本分。"缪昌期说。

"未尽本分，你该向朝廷请罪，不必向我请罪。"叶向高道。

"弟子若是未尽做臣子的职责，自当向朝廷请罪；弟子今日未尽做弟子的本分，故向老师请罪。"缪昌期说。

"你这话有意思，"叶向高道，"当时，说说看，你有何事未尽做弟子的本分？"

"老师还朝，弟子未将朝中情势禀明。"缪昌期说。

"朝中情势一目了然，还有什么需要特别禀明的吗？"叶向高问。

"弟子指的是老师未赴朝时的情势。"缪昌期说。

"当时以为须禀明，这会儿禀明也不晚。"叶向高道。

"是。"既得老师准允，缪昌期说起来则无顾虑，"先帝宾天之际，今圣为李选侍掌控，情势万分危急。当时依二人之力，方得转危为安。"

"我知道，人称杨、左的杨文孺、左遗直便是。今左在杨去，或以为憾事。我和德允先生计议过，起用杨文孺也就是这一两天的事。"叶向高说。张问达是在周嘉谟致仕后被推为吏部尚书的。

"弟子指的不是此二公。"缪昌期却说。

"不是他二人？"叶向高有点儿茫然。

"是。"缪昌期应道，并解释说，"危急之际，杨、左二公倡迎今圣，功不可没；然今上得以出宫，得以平安登极，主要却是另二公的功绩。"

"当时说的是谁人？"叶向高问。

"一个是司礼王太监，一个是内阁刘阁老。"缪昌期道。

叶向高听懂他的来意，脸色顿变，冷冷地问道："当时是为季晦先生之去，来向老夫问罪的吧？"

"不敢，弟子是来禀明老师赴朝前情势的。"缪昌期坚持原说。

"你是为季晦先生游说而来也罢，是为我讲述前时朝廷情势也罢，我只问一句：你是否以为，季晦先生致仕与我有关？"叶向高问。

"季晦先生因科道论劾而去，弟子不以为与老师有关。"缪昌期说。

"当时，我实话告与你知，准季晦先生去官，是内廷忽传出的旨意，内阁不敢不奉旨行事。"叶向高说。

缪昌期不理会他的解释，忽然说道："但论劾季晦先生最力的两员科、道，却和弟子一样，同是老师的弟子。"

"哪里来的谬论！"叶向高斥道，"我的弟子劾季晦先生，账要记在我的头上；当时，你要为季晦先生申辩，账难道也要记在我头上！"

"这句话有两个要点，弟子愿为老师详议之。"缪昌期道。

"你说！"叶向高知道，想堵住他的嘴，根本不可能。

"一则，"缪昌期说，"这两笔账不可等同视之。一笔账将为老师赢得美誉，一笔账将为老师带来诽谤。"

"是不是我不奏留季晦先生，亦将带来诽谤？"叶向高很敏感。

"是，"缪昌期并不讳言，"廷臣间纷纷传言，老师与季晦先生心存芥蒂，二科、道力攻季晦先生或是为此。老师于此时奏留季晦先生，蜚语不攻自破；老师若不出一言，难免有人信以为真。"

叶向高与刘一燝不和，其实不是蜚语。叶向高还朝后，有人对他说，朝廷早想召他，只是由于刘一燝阻挠，才拖到今天。在宦海风波中翻滚大半生的叶向高，不屑于质问刘一燝或向他求证，但心里已存有成见。霍维华、孙杰辈对刘一燝发难，绝不是受叶向高指使；不过，他对刘一燝的不满时有流露，对他们无疑是个鼓励。

缪昌期的话触到叶向高痛处，他不愿再谈论这个话题。

"当时的第二个要点呢？"他问。

"学生是想留季晦先生于朝，并一定会疏言其事。但以一区区翰林，即便写得成篇累牍，喊得声嘶力竭，亦于事无补。老师则不然，以三朝老臣及首相的身份，一言九鼎。老师以去留相争，圣上不会不动心。故季晦先生留不留得住，在老师，不在学生。"缪昌期说。

"当时，你还有话要说吗？"叶向高这一问也有两层意思：一是缪昌期前面的话，他都听清楚；二是关于这件事，他还得想一想。

"学生还有一言。"缪昌期道，见叶向高点头准允，他说，"季晦先生质朴坦荡，学生敢担保，他对老师绝无恶意。"

叶向高听得出这句话的弦外之音，没有马上回应。沉吟片刻，他说："当时且去，我真有些劳累。"

第二天，顾大章谒见，说的也是刘一燝去留之事，叶向高不能再无动于衷。他奏请皇帝收回放归刘一燝的旨意，皇帝虽没答应，但把一个阁臣荣归应得的一切都赐予刘一燝。

## 第三十一章

有人问徐鸿儒,是否因仰慕宋时梁山好汉,才从钜野迁居郓城的?他总不正面回答,只是指指宅门的匾额。匾额上"梁家楼"三个字,说明问话人听到的传闻不假。

他是郓城县白莲教的头目、济宁州白莲教的头目、兖州府白莲教的头目;在全山东的白莲教中,也是个响当当的人物。

四月末的一天,他和结拜兄弟张世佩在屋前喝酒闲聊。酒兴大发时,张世佩操起一根棍棒舞弄起来,由慢至快,直到密不透风。徐鸿儒把一碗酒泼过去,竟没一滴落在他身上。

"兄弟这一套棍术可以独步曹县。"徐鸿儒赞道。

张世佩是曹县人。曹县隶曹州。曹州亦隶兖州府。

"独步曹州!"张世佩边舞棍边说。

"独步兖州!"徐鸿儒说。

恰好一套棍法舞完,张世佩收式后说:"独步山东!"

二人大笑,引得在后院场地练习枪棍的教众拥到前院,探头探脑。

徐鸿儒对他们招招手,大声说:"你等谁能把棍棒使到张兄弟的地步,也可过来喝酒。"

"师傅拿别人比,好说;拿张师傅比,没指望。"有人说。

"那还不快去练起来!"徐鸿儒喝退众人。

"大哥可知,姓余的盯上咱梁家楼?"张世佩问。

他说的姓余的,是郓城知县余子翼。徐鸿儒道:"他身边就有我白莲教的人,我怎会不知!"

"大哥曾言,朝廷失去辽东之际,即我等动手之时。朝廷失去辽东已两个月,大哥为何还不动手?"张世佩问。

"你急于起事,只记得我这句话;我还曾对你说,起事的日子,要和直隶的兄弟议定,你怎就不记得!"徐鸿儒道。

"大哥是说老于、老王？此二人说话不爽快，办事也不爽快。先说去年冬至前后必来，结果正旦节后仍未到；又说清明前后必来，今儿个都快到端午节，仍未见其踪影。"张世佩抱怨。

老于名弘志，真定府武邑人，后迁居河间府景州；老王名好贤，顺天府蓟州人，随父迁永平府滦州。王好贤的父亲，即闻名数省的闻香教教主王森，两度下狱，死在狱中。闻香教是白莲教的一支。据传，王森曾救一仙狐，或曰妖狐，狐截尾相赠。其尾有异香，人闻过后，无不欲再闻。王森因而创闻香教，自称教主，教众遍布北直及山东、河南、山西、陕西、四川。

"王兄弟、于兄弟逾期未至，必有缘故。"徐鸿儒说。

"有什么缘故，我看是心不诚。"张世佩道，"冬至前后不来，是因为要和家人过冬至；正旦前后不来，是因为要和家人过正旦；清明前后不来，是因为要为祖宗祭扫。到端午节，还要和家人一起吃粽子、耍龙舟呢，一定也不会来。"

"耍龙舟是南人习俗，景州、滦州俱近京畿，无大江大河，他等却去哪里耍龙舟！"徐鸿儒道。

"总之，是离不开家人，又怕旅途劳顿。这等人，成不了大事！"张世佩视徐鸿儒如神，不好正面与他争辩，改为旁敲侧击。

"世佩兄弟，你的心思可不像你的棍术精湛。"徐鸿儒道。

"大哥别拿我的心思和我的棍术比，只拿我的心思和大哥的心思比；我的心思绝没有大哥精湛。"张世佩说。

徐鸿儒被他逗笑，心平气和地开导他说："要成大事，须得容人。譬如他二人说正旦前后到，却未到，我也等得焦急。但我又想：老王兄弟在滦州，老于兄弟在景州，都有一干子兄弟呢，众人盼望一年，盼在正旦聚一聚，他二人确是不宜离开。再譬如他二人说清明前后到，却至今未到，我心里也不悦。但我又想，景州教众，全是冲着王老教主入的教，就不必说。北直隶及北方诸省，包括我山东，又有多少人是冲着王老教主入的教！清明时节，王兄弟若是连个头都不在王老教主的坟前磕，会令多少人寒心！这么一想，他二人屡屡爽约，就都是有情可原的，我再等等何妨！世佩兄弟若是不放心曹州家里，也不妨回去住上几日，料理料理。"

"我为大哥着想，大哥怎以为我是思乡恋家！我家小都搬来郓城，曹州还有什么值得留恋的！"张世佩不高兴时，就大口喝酒。喝到半醉，他说，"在大哥这里，每日有酒喝，有肉吃，我哪儿也不去！"

张世佩不住在梁家楼，每日早来晚去。第二天他到梁家楼时，守门的除自家弟子外，还有两三个陌生人。他知道有客人来。

"客人是谁？"张世佩问自家弟子。

自家弟子指指陌生人，没有回答。

"他是客人？我看不像。"张世佩道。

"不是他，是他家教主。"自家弟子说。

"他家教主？我大哥都不称教主，他敢称教主！"张世佩道。

"徒儿也这么说他。他告诉徒儿，他家教主不是白莲教教主，是闻香教教主。"自家弟子回答。

"闻香教教主？可是姓王？"张世佩问。

陌生人中，一个点头，两个摇头。

"有的点头，有的摇头，究竟是或不是？"张世佩不耐烦地问。

"徒儿曾问过他等，他等也不是一处的。说他主人是闻香教教主的这一位，从滦州来，他家主人姓王；另两位，从景州来，他家主人姓于。"又是自家弟子代为回答。

"咱白莲教只有兄弟，至多是师傅、徒儿，哪儿来的主人、仆人？北直的规矩和我山东的规矩真是不同！"张世佩道。

"主人是徒儿说的，不是他等说的。"自家弟子忙解释，"他称教主，徒儿想，闻香教教主又不是白莲教教主，徒儿却不可以称教主，故而使用主人的称呼。这位客人既称主人，另一位客人只好也称主人。"

"你知道教主不可以乱称呼，这很好；但将客人改称为主人，这很不好。"张世佩指出。

"那徒儿该如何称呼客人？"自家弟子问。

张世佩也想不出更好的称呼，道："等我见过再说。"

正房里，一主二客已寒暄过，张世佩进去，又是一阵寒暄。徐鸿儒才要向客人介绍他，他抢着说："大哥先别引见我，等我见过王教主再说。"说着，走到两个客人中身体强壮的那个汉子面前，问道，"这位大哥就是王教主吗？"

另一个客人朝他抱抱拳，说："兄弟是王好贤。"

张世佩大感失望：王好贤不仅身体看上去不如另一客人强壮，容貌也不如另一客人冷峻。他对王好贤说："他若是王教主，我还有心与他争教主当当；是你，算了吧。"

"张大哥愿去滦州主持局面，再好不过。"王好贤说着，笑笑，"不过，自今日起，世上再无闻香教的名头，再无教主的名头。"

"这话不实吧？"张世佩指指外面，说道，"你门外的那个兄弟，还口口声声称你教主呢！"

"兄弟来时，是闻香教的第二任教主；但见过徐大哥后，好生敬仰，已决心取消闻香教名头。"王好贤说。

"有这话，你我二人不必再争教主，可以一团和气。"张世佩说着，复转向另一客人，问道，"这位好汉，也愿意取消闻香教名头？"

"于弘志于大哥是从景州来的，他与我闻香教是有过渊源，但他走在我前头，前两年已取消闻香教名头。"王好贤说。

"这么说，于大哥是来争作白莲教教主的？"张世佩问。

"教主天授，岂是争得来的！"于弘志不仅强壮，还很有见识。

"谁说争不来？我偏要争争！"张世佩卷起袖子，握紧双拳，似乎不仅要用嘴争，还要用拳脚争。

"世佩兄弟，昨日的酒还没醒吗！"徐鸿儒喝住他。

张世佩不理睬他，径自说道："王大哥说，一见我大哥，好生敬仰。就此而言，我也走在你前头。我原先还有心争做教主，一见大哥，心想：今生今世，只有他做得教主，别个谁也别争！王大哥，请我大哥做教主，你不会反对吧？"不等王好贤有所表示，他又对于弘志说，"于大哥，我知你还不服我大哥，这不打紧。你也是条好汉，器械也罢，拳脚也罢，我等比试比试，你若输与我，也别再争。"

"张大哥已输，用不着再比。"于弘志说。

"我怎的就已输？"张世佩一脸茫然。

"你说我不服徐大哥，其实我未见徐大哥时，已佩服得五体投地，你可不是已输！"于弘志道。

"我服输，我服输！"张世佩连声说，又转向徐鸿儒说，"以前我请大哥当教主，大哥总说，哪有一个人拥戴起来的教主！今日不止我一人，王大哥、于大哥也都拥戴大哥当教主；王大哥还曾做过教主。大哥不能再拒绝吧？"

"你呀！"徐鸿儒叹口气，好像嫌张世佩让他很为难，"若是王、于二位兄推举我做教主，我有心回绝，却不好意思回绝；你抢着让我当这个教主，我就不必客气。世佩兄弟，送还你三个字：我不当！"

"糟糕，我一多嘴，怎的就把大哥的教主说没！"张世佩嘟囔着。

王好贤、于弘志都被逗笑，二人一齐说："徐大哥切莫多心，我等是诚心推举徐大哥为教主的。"

"我知王、于二位兄弟都不会说违心话。但今次约见，为的是议定起事的日子；推举教主，以后再议吧。"徐鸿儒说。

张世佩仍不甘心，但他大哥敲定的事，他不好再多说，只有指望王好贤、于弘志再劝劝。却不知二人是客，更不好多说。于是，他眼珠子一转，有了主意。

"大哥不做教主，仍是我大哥，却不知王大哥、于大哥视我大哥为何人？"他问。

"我等也视徐大哥为大哥。"王好贤、于弘志说。

"既如此，就好办。"张世佩道。他亲切地拍拍王好贤，拍拍于弘志，问他们，"二位大哥可知，我大哥最喜爱的是水泊梁山的英雄好汉？"

"有所耳闻。"王好贤、于弘志说。

"但二位大哥可知，我大哥最敬佩的是哪一个？"张世佩又问。

"这却不知。"王好贤、于弘志道。

"你等或以为，是及时雨宋公明吧？"张世佩替他二人假设，为的是反驳，"那就大错。我大哥说，宋公明太软弱，仅凭祖上的产业接济落难之人，还算不得英雄；像晁盖那样，不把朝廷放在眼里，连生辰纲都敢劫，才是真豪杰！"说罢，问道，"我大哥说得对吧？"

"大哥说得在理！"王好贤、于弘志说。

"我倒有个计较。"张世佩把二人招到近旁，像是不让徐鸿儒知道他的计较，"咱大哥最敬佩晁盖，晁盖号称托塔天王，大哥既然不愿仓促做教主，我等不如推他为天王吧。"

"只要大哥愿意，亦无不可。"王好贤、于弘志道。

"大哥，"张世佩转过去，对徐鸿儒说，"两位大哥欲推你为天王。"

"世佩兄弟，你别在我面前装神弄鬼。"徐鸿儒笑道，并对两位客人说，"我最敬佩托塔天王晁盖，这不假。我知道，推我为天王，是世佩兄弟的意思。这次呢，我给他个面子，答应下来。不过，不是我一人做天王，而是我四人一起做天王。"

王好贤、于弘志心里很乐意，却说："这如何使得！托塔天王只有一个，天王是张大哥为大哥想好的名头，我二人怎可掠美！"

"二位说这话，就不是我驳世佩兄弟的面子，是你二位驳他的面子；世佩兄弟若翻脸，我也奈何他不得。"徐鸿儒道。

张世佩压根没想到翻脸，也不知该和谁翻脸。他原来的想法：徐鸿儒既不做教主,就做个天王,比别人都高一等,谁知徐鸿儒不体恤他的苦心,让大家一起做天王。他眼珠子一转,又有主意。

"大哥让我等一起做天王,我等就一起做天王;哪个不答应,我就和哪个翻脸。"他轮番指点着王好贤、于弘志说。然后口气一变,说道,"不过,天王也有大小之分,咱们得先推出一个大天王来。要我看——"话到嘴边,他又咽了回去,"这次我不多嘴,免得又多出事来。"

"这话须得我说,我等皆奉大哥为大天王。"于弘志道。

"大哥若不为大天王,大天王只好虚席以待。"王好贤也说。

"多谢二位兄弟推戴!"徐鸿儒向二人抱抱拳,却对张世佩说,"不过,世佩兄弟不开口,这个大天王我是做不成的。"

"说早不成,说晚也不成,让人好不为难!"张世佩抱怨道,"大天王我是不会争的,原想争做二天王;但于大哥未见大哥,已佩服得五体投地,又胜我一等。这个二天王,我情愿奉与他做。"

"张大哥是要与我争三天王吗?"王好贤说,"那也不必争。张大哥一直追随大天王,我才取消闻香教名头,自当排在张大哥后面。"

"此话当真?"张世佩对他竖起大拇指,"王大哥不争大天王,可谓明智;但以教主身份,不争二天王,更让人起敬;若连三天王也让出去,我倒真想再叫你一声教主。"

徐鸿儒等皆笑。四人依排序就座,正式议事。

按照四人约定,于中秋之夜,山东、北直两地同时起事。但消息泄露,县里报到州里,州里报到府里,府里报到布政司,官府准备动手抓捕。五月,徐鸿儒、张世佩在郓城提前起事,随后,北直白莲教在景州举义,与之呼应。

## 第三十二章

朝廷每日的奏疏送到司礼监，分派给各员阅读，然后，汇总到掌印太监处，由他处分。所谓处分，即区别哪些奏疏须急报，哪些奏疏可缓报，哪些奏疏须详报，哪些奏疏可简报。但王体乾每次该处分时，总是说一句：待魏哥来再处分。

魏忠贤一来，王体乾忙把自己的座位让给他，自己坐到一旁。各太监分述自己所阅奏疏，除去其他内容，有两篇奏疏，一篇是论劾内阁大学士沈㴶的，一篇是论劾司礼秉笔魏忠贤的。

在李朝钦看来，论劾沈㴶并非了不得的大事，所以轻松地对阅读该疏的李永贞说："七哥，你那篇好说，你先说。"

"四哥说笑吧？"李永贞道。他二人都是被魏忠贤招入司礼监办事的，魏忠贤按照他们在各自家里的排序，以李四、李七唤之。"沈先生募兵，是魏叔指定的，该疏明着棒打沈先生，实则在掌魏叔的嘴。"

"那也比明着棒打魏叔的好说些吧？"魏忠贤的另一个心腹涂文辅也不愿先说，故站在李朝钦一边。

"你等真是辜负魏哥的疼爱，棒打、掌嘴之类的浑话，在魏哥面前也说得出来！"王体乾斥道。

"我等是痛恨上疏之人嘛！"李永贞等辩解。

"近日上疏者，有几个不是明着、暗着要棒打我的！"魏忠贤冷笑着说，并问李永贞，"棒打老沈的是某给谏，还是某御史？"

"都不是，是刑部正堂王大人。"李永贞说。

"王司寇手里的棒子一向很重，这棒打下去一定不轻！"魏忠贤说着，命道，"李七，他等推你先说，你就先说。"

"是。"李永贞应罢，叙述王纪的奏疏，"宋奸臣蔡京，天资凶谲，兴同文馆，立奸党碑，遗祸宗社。辅臣沈㴶，公论不齿，以宵人拥戴而玷揆席。内结奥援，外连金壬，招权纳贿，非一日矣。尤可讶者，贿交妇寺，窃弄威福，中旨频传而上不悟，朝柄阴握而下不知。此又蔡京百世合符者也。"

"以大司寇劾阁老而言，此疏太空洞。"魏忠贤说。

"具体的例子是有的，如：其结交魏忠贤，与蔡京之契合童贯同。"李永贞说。除该例，王纪的奏疏里还举其他例子：乞哀董羽宸，与蔡京之恳款陈瓘同；邀盟邵辅忠、孙杰，与蔡京之固结吴处厚同；顾命元臣刘一燝、周嘉谟罢逐，与蔡京之安置吕大防、苏辙同；持正言官江秉谦、侯震旸摈斥，与蔡京之贬谪常安民、任伯雨同。若把这些具体内容都说出来，只怕魏忠贤追问起典故，谁也说不清楚。李永贞只举其一，为的是证实该疏实则在掌魏叔的嘴。

"王某好不恶毒，他不仅在掌魏叔的嘴，也在掌奉圣夫人的嘴。魏叔，咱得想法掌掌他的嘴。"涂文辅说。

魏忠贤一脸怒气，但没出声。

"魏哥在想如何处置沈阁老吧？"王体乾问。

"老沈太不经事！一两个月前，才有科道言及募兵一事，他就坐不住，匆匆辞官；若见王司寇这篇奏疏，他还不得吓个半死！"魏忠贤道，又说，"王司寇言及妇寺，不仅掌我的嘴，你等的嘴也无不掌到，是一定要回掌与他的。但老沈要不要挽留，我还拿不准。"

"他在内阁，也管不了事；若再辞官，不如由他去。"王体乾说。

"看看再说吧。"魏忠贤一语带过，显然仍未拿定主意，他问涂文辅，"你读的那篇奏章，是直接掌我嘴的吧？"

"那也毋庸讳言。"涂文辅知道，魏忠贤不会迁怒于自己，所以敢用这样的语气说话。当然，他也知道，接下来就该中规中矩地回答，"该疏是御史周宗建所上，说四件事，其中，第四事是直接掌魏叔嘴的。"

"他掌嘴的力道，有没有大司寇那么重？"魏忠贤问。

"很是不轻，特别有五个字，可谓恶毒之极。"涂文辅说。

"你但读疏文，这五个字，看看大家能否挑出。"魏忠贤吩咐。

"是。"涂文辅应罢，读起周宗建奏疏的第四部分，"近日政事，外廷啧啧。或谓奥窔之中，莫可测识；谕旨之下，有物凭焉。如魏进忠者，目不识一丁，而陛下假之颦笑，日与相亲。一切用人行政，堕于其说，东西易向而不知，邪正颠倒而不觉。况内廷之借端，与外廷之投合，互相扶同。离间之渐，将起于蝇迎；逞阴之衅，必生于长舌。其为隐祸，可胜言哉！"

"王哥看，他所谓恶毒之极的是哪几个字呀？"魏忠贤问王体乾。

涂文辅指的显然是"目不识一丁"。但这句话，别人说都不碍，王体乾却不便说。因为在司礼监办事者，几乎都曾读书内书堂。他就在内书堂读过书，并因此而得掌印；魏忠贤对此未必没有想法。所以他说："岂止五字恶毒，我看此疏字字恶毒。"

"那也毋庸讳言。"魏忠贤学着涂文辅的腔调重复一句，说，"一字我不识吗？丁字我不识吗？不字我不识吗？目字我不识吗？另一字虽然难写，但放在这里，我猜也猜得出来。五字识得四字，猜得一字，可见他这句话——"

"如同放屁！"李朝钦抢着说。

魏忠贤笑着责备他："李四，你也是读过书的，怎得如此粗俗！"

"四哥的话不对，其言不是如同放屁，而是不如放屁。"李永贞说。

"其言为何不如放屁？"魏忠贤问。

"放屁还能听一声响，闻一阵臭。"李永贞说。

大家都听出他的话有毛病：其言无声无味，岂不是大事化小，小事化无，替周宗建遮掩？

李永贞也觉出自己的话有毛病，好在他应变能力强，马上改口："属下以为，这五个字虽然恶毒，但还有五字更为恶毒。"

"又是哪五个字？"魏忠贤问。

"必生于长舌。"李永贞道，"魏叔想，世人皆以长舌妇喻恶毒妇人，他这不是明明把魏叔当成妇人骂吗？"

长舌也可以理解为饶舌，那是一句轻度骂人的话。李永贞把它引申成长舌妇，而且，从该疏对宦官轻蔑的程度来看，他的引申也没什么不对；对辱骂阉者来说，可以说恶毒到家。

"不错，七哥挑出的五个字，比我挑出的五个字更为恶毒。"连涂文辅也承认。

只有李朝钦不服气。他说："七哥一向眼毒，这回却看走眼。"

"难道还有更恶毒的？"魏忠贤问他。

"魏叔琢磨琢磨这五个字：如魏进忠者。"李朝钦道，"魏叔早已更名，他会不知道？既知魏叔早已更名，却仍书旧名，是何用意？那是要咱万岁爷把和魏叔同名的那个人，把为魏叔更名的那个人，把移宫前后的事情都想起来。他这是暗藏杀机呀！"

外廷官员论及内官时，还不时提及魏进忠这个名字，究竟是他们一直把魏忠贤和魏进忠当成两个人，还是因为有别的原因，谁也说不清楚；但被李朝钦一敷演，谁也不怀疑其用心险恶。

"倒被王哥言中，该疏当真字字恶毒！"魏忠贤说。

他的脸色很难看，王体乾等不敢提出对周宗建奏疏的具体处置；因为他只是脸色难看，并没多说什么。

周宗建所议的另外三件事，一是讥讽大学士沈㴶；二是请宽赦因建言而被废黜各官；三议熊廷弼已有定案，不当罗织朝士。其中，第一事、第二事可以看作间接掌魏忠贤的嘴，第三事写的虽然有点儿含糊，却不难看出，主要是针对兵部尚书张鹤鸣的，与魏忠贤没多大关系。魏忠贤最关注的，却是第三事。

"熊廷弼下狱已有些日子。"他对刘荣说。

"叔说的是。"刘荣应道。

他肯定知道魏忠贤要问什么而不主动去说，可想而知，事情办得不顺利。魏忠贤顿了顿，又说："姓汪的应承你，也有些日子。"

"叔说的是。"刘荣仍是那句话。

"怎么，他还在拖延？"魏忠贤问。

"叔说的是。"刘荣更加闷声闷气地应着。

"始曰熊子尚未到京，我说，好，容他到京再议。继曰其子未见其父，不知从何处筹措，我说，好，让他父子见上一面再议。"魏忠贤替刘荣把经过回忆一遍，然后问，"今次又是什么借口？"

"他说，实在筹不出那么一大笔银子，乞叔量减。"刘荣道。

"四万两银子确不是个小数。"魏忠贤的反应很通情达理，"再者，天下皆知经、抚不合，让经臣出钱为抚臣赎命，也难怪他想不通。刘荣，你去对熊廷弼的儿子说，我不是量减，而是准备减他一大笔，他拿两万两银子来，我先保住他爹爹性命。"

"叔，可他要减的不是两万两。"刘荣愁眉苦脸地说。

"他要减多少？"魏忠贤问。

"他说，他眼下只筹得四千两。"刘荣说。

"多少？"魏忠贤不相信自己听到的数字。

"四千两。"刘荣重复一遍。

"不会是黄的吧？"魏忠贤问。

"他说得清楚，是白的。"刘荣道，"他一口咬定，变卖京城的、老家的宅子，及老家的田亩，只凑得出这个数来。"

"好，好！"魏忠贤不由得冷笑，"原来他要我量减的数目，比我准备大减一笔的数目，要大得多！而且，还一口咬定，连商量的余地都没有。刘荣，难怪你提不起精神。我看，你用不着再见那个姓汪的监生，用不着再往诏狱里跑，用不着再往熊家跑，咱等着看，最后是他一口咬定，还是咱一口咬定！"

## 第三十三章

山海关的七月初，相当于京城的七月中，甚至七月下旬，已经可以明显感受到暑褪秋凉。张鹤鸣是冬、春之际出巡山海关的，算一算刚好过去半年。大司马巡边，半年应该是很长的期限，朝廷不是很快召回，就是要把巡边的名义改为镇边。他想象不出，回朝后将面临怎样的局面。广宁失守后，尽管不少廷臣把罪责归之于熊廷弼，但也有不少廷臣把罪责归之于王化贞。而归之于王化贞的罪责，有一半是要他来承担的。用词尖刻的给事中、御史，甚至奏请以世宗皇帝诛兵部尚书丁汝夔的事例，来处置张鹤鸣。真到这一步，他的命运将比丁汝夔还要悲惨：丁汝夔被杀，多少还能获得人们的同情，因为他调度失当，是被首辅严嵩所摆弄；而张鹤鸣根本找不出一个这样的关联人物来，只能说，他自己就是罪魁祸首。

一名心腹幕僚兴冲冲地赶来，人未进屋，就"元公、元公"地叫个不停，叫得张鹤鸣心里发慌。

"兄台雀跃不已，似有喜事？"他问。

"不错，学生是来报喜的。"该幕僚说。

"你以用计见长，不以报喜见长；所报喜者，未必真喜。"张鹤鸣说。

"然学生今日报者，确是喜讯。"幕僚道。

"是何喜讯？"张鹤鸣问。

"官校们在城外捕得一东谍。"幕僚说。

"如何？"张鹤鸣不仅简单地表示此喜非喜，还要对他说明理由："一则，捕得之人是谍否，尚在两可之间；二则，山海关内外，三五日即捕得东谍，于我，于朝廷，甚至于兄台，都说不上是喜讯。"

"捕得之人是否东谍，学生也不能担保；但捕得该人，与捕得其他东谍不同，学生却是敢说的。"幕僚道。

"有何不同之处？"张鹤鸣问。

"捕得其他东谍，与经、抚狱案都不相干；捕得此人，则可重一人之罪，轻一人之罪。"幕僚说。

此言一出，张鹤鸣为之一振。他命道："兄台具体说说！"

"该名男子姓杜名茂。"幕僚说。

张鹤鸣本来也不敢寄予太大的希望，听这话更不抱希望。他说："姓杜，无非证明他是汉人；前此所捕东谍，七八成都是汉人。"

"他不仅姓杜，且与佟家有渊源。"幕僚说。

张鹤鸣心一动，问道："你是说，他受佟氏差遣？"

"做此推断，有何不对？"幕僚反问。

没什么不对。张鹤鸣做进一步的推断："佟养真已死于镇江，这个杜茂，一定是受佟养性差遣。"

后金军夺得镇江后，以佟养真守之，在毛文龙军收复镇江时，佟养真被城中军民缚送毛文龙，处死。

"不，不！"幕僚推翻他的结论，"学生宁愿他受另一个姓佟的差遣。"

"你是说——"张鹤鸣终于理解他的意思。杜茂受佟养真差遣也罢，受佟养性差遣也罢，和经、抚之争都没关系。他只有受佟卜年差遣，才可证明佟卜年是后金的内应；证实佟卜年是后金的内应，荐用他的熊廷弼才对广宁的失守和官军在整个辽东的失利负更大的责任。张鸣鹤要摆脱困境，捕得杜茂真是个不小的喜讯。

散朝后，王纪被本部侍郎杨东明拦在朝房外说几句话。回到衙门，他立刻把顾大章找来，忧心忡忡地问："依着启修先生，佟卜年论死，亦不为过。伯钦，你怎么看？"

"惟理先生有没想过，佟案还牵连另一案？"顾大章其实并非反问，而是把这句话当作一个转折。问罢，他说，"下官问得莽撞，惟理先生身为刑部尚书，怎可能想不到这一层！借杜案牵连出佟案，不过是小小的伎俩，将佟案牵连到熊案，才是其大图谋。"

"我不管小伎俩，抑或大图谋，伯钦，我只问你，佟卜年当不当论死？"王纪道。

"但佟案如何议处，与小伎俩、大图谋是有关联的呀！"顾大章道。

"此话怎讲？"王纪问。

"以小伎俩而言，佟卜年当不当论死，要看二事。"说到这里，顾大章伸出一指，说道，"其一，杜茂是否确为东谍。"又伸出一指，说道，"其二，杜茂是否确由佟卜年差遣。"

"在你看来，二事有几成实？"王纪问。

"第一事，实与不实为五五；第二事，纯系子虚乌有！"顾大章说。

"伯钦是怎么判断的？"王纪问。

"杜茂原为千总，曾携登、莱巡抚千金，在山东及辽东募兵，千金散尽而兵未募到，故不敢返回复命，他沦为建虏细作是可能的。所以我以为，坐实其事有五成把握。再者，无论他是否细作，耗公帑而未尽其职，罪亦大焉，死不冤屈。"顾大章说。

"伯钦之意，杜茂如何论罪，刑部不必争？"王纪问。

"是。"顾大章应道。

"但杜案牵连出佟案，杜案坐实，不会连及佟案吗？"王纪问。

"不会。"顾大章道，"据杜茂供，佟卜年官河间知府时，他曾在河间署衙做客三个月。二人在那些日子里谋定叛逆，杜茂携佟卜年二仆往辽东，联络上李永芳。河间、辽东间，一来一往三千里，杜茂与佟氏二仆朝夕相处，然问起二仆姓名，他却一个也说不出来。惟理先生想想，这合不合情理？显然，他是在大刑下胡乱招供的。"

"人是大司马在山海关抓的，却是镇抚司在京城里审的。伯钦若以为，大司马在千里外指挥得动镇抚司，我却不信。"王纪说。

"镇抚司用大刑，何须大司马指挥！"顾大章道。

"你是说，京师里，还有人欲置佟卜年于死地？"王纪问。

"我说过，借杜案牵连出佟案，是小伎俩；置佟卜年于死地，何须京师里的人指挥！"顾大章道。

"这么说，京师里的人看中的是大图谋？"王纪问。

"不错，以小伎俩言之，佟卜年可死可不死；今巡边之大司马有大图谋，与京师里的人不谋而合，佟卜年就非死不可。"顾大章说。

"在京师，指挥得动镇抚司的，也不过一二人。"王纪说。

"不如说，仅一人。"顾大章道。

"仅一人"指的是谁，王纪心里有数，用不着顾大章点出名来。但他对顾大章的说法还有疑惑，不得不问："经、抚之争起，并未见他嫉恨一人，偏袒一人呀！亦未见他对大司马有私情呀！"

"人情易变，岂是惟理先生可料！"顾大章道。

他越是这么说，王纪越是确信，他一定知道"仅一人"的这个人欲置熊廷弼于死地的缘故，至少听到一些传闻。但他为人谨慎，不愿把传闻当作事实来说，别人也不好勉强。

"伯钦的意思我已懂得。"王纪说,"佟卜年谋逆,乃是被诬;若论死,乃是冤屈。刑部不能杀屈死鬼,对佟案,须得尽心竭力去争。"

"那也要看怎的去争。"顾大章说。

"争与争,还有不同?"王纪不解其意。

"不错。"顾大章点点头,举例,"譬如,惟理先生若以无罪争之,不唯不易,恐怕还要促其就死。"

"这是何道理?"王纪问。

"佟卜年为佟养真族人之子,八成是实,无论他与哪一案有牵连,朝廷都不会轻易放过他。与其争他无罪而促之死,不如争以流刑,或是一条生路。"顾大章说。

"流以若干?"王纪这么问,显见是被说服。

"河间、辽东往返三千里,也流三千里吧。"顾大章说。

沈㴶家里来个不速之客。认出是司礼监的李永贞后,他摒去家人,关闭屋门,边揖边问:"李公公,有何见教?"

"我家魏公对老先生真是青睐有加,每出件事,必说:此事当使沈阁老知晓。"李永贞说。

"是,是,多承魏公眷顾。"沈㴶忙回应,并问,"今次魏公着李公公示下的,却是何事?"

"镇抚司狱又解到一名建房奸细。"李永贞说。

沈㴶好不气闷:抓获一名奸细,别管是谁抓获的,和他这个堂堂阁臣有什么关系,何必专门差人来告知!但他还不得不拣好听的话说:"又是件功劳,当为魏公贺,为朝廷贺。"

"魏公却说,当为沈阁老贺。"李永贞说。

"为某贺?"一句好话,在沈㴶听来,像是一剂毒药。

"是啊,该奸细姓刘,叫刘一巘。"李永贞一点一点补充细节。

"李公公——"沈㴶仍弄不懂魏忠贤使人告诉他此事的用意;想问,又不知该怎样问。

李永贞直摇头,好像在说:读一辈子书,怎么还不开窍!

"有两件事,我一说,老先生就明白。"他说,"第一件事:刘一巘这个名字,老先生听起来是不是有点儿熟悉?"

"是有点儿熟悉。"沈㴶道。

"老先生会不会联想到另一个名字？"李永贞又问。

"会联想到另一个名字。"沈㴶道。

"是哪个名字？"李永贞问。

"刘公一燝。"沈㴶道。

"不错。"李永贞点点头，转换话题，"第二件事：抓获建虏奸细，朝廷当如何处置？"

"诛之。"沈㴶道。

"法司若不肯论死呢？"李永贞问。

"或以为并未坐实？"沈㴶道。

"若证据确凿呢？"李永贞问。

"那定是法司有私。"沈㴶道。

"不错。"李永贞又点点头，说道，"魏叔为何为老先生贺，老先生不会再不明白吧？"

这还用说！法司有私，主要是刑部有私；刑部有私，主要是尚书有私。王纪以宋朝巨奸蔡京喻沈㴶，羞辱莫大焉，沈㴶一直耿耿于怀。以法司有私论王纪，是最有力的还击。

不过，这一还击能否击垮王纪，沈㴶没把握。

"魏公料事精准，此一时机千载难逢；不过，诏狱移送刑部的奸细，多有被平反者。"他说。

"魏公料到老先生会有此顾虑。他说，一个刘一巘，还有一个杜茂，与别的奸细区别甚大。"李永贞道。

"有何区别，请李公公赐告。"沈㴶道。

"杜茂一案必牵连佟卜年，佟卜年一案必牵连熊廷弼，老先生不会想不到吧？"李永贞问。

沈㴶点头。他知道，这是魏忠贤认可的。

"刘一巘一案必牵连刘一燝，老先生可曾想到？"李永贞问。

这也不难想到。当他问到刘一巘这个名字会不会联想到另一个名字时，沈㴶就想到，魏忠贤是要借这个案子报复一下刘一燝。

"杜茂一案若不牵连佟卜年，佟卜年一案若不牵连熊廷弼，单看大司寇不欲佟卜年论死，不算大事；三案既相互牵连，大司寇不欲佟卜年论死，是卖私于熊廷弼。

刘一爞一案若不牵连刘一燝,单看大司寇不欲刘一爞论死,不算大事;二案既相互牵连,大司寇不欲刘一爞论死,是卖私于刘一燝。佟卜年一案,刘一爞一案,大司寇皆枉法,除贪赃,老先生还想得出别的解释吗?"

"不错,必是贪赃枉法无疑。"沈㴶想不出别的解释,也不希望有别的解释。

李永贞不再多说,站起身来,甩甩袖子,揖道:"在下幸而将魏叔之意转达清楚,就此辞过。"

沈㴶上疏,留个心眼,只说王纪缓佟卜年狱、刘一爞狱,为的是庇护熊廷弼,而略过刘一燝。皇帝第一道旨意,命王纪自陈。但不等王纪自陈,紧接着降下第二道旨意,将王纪罢官为民。

半个月后,沈㴶亦致仕。

## 第三十四章

　　内阁凑齐议事，共计阁臣六人。其中，叶向高、韩爌、史继偕、何宗彦、朱国祚五人都是前年入阁的；只有孙承宗是今年二月以兵部尚书、东阁大学士入阁办事。不过，他这个兵部尚书不是普通的兼衔，而是实实在在掌管部务的。本日内阁议的是辽东事务，所以，首辅叶向高在复述辽东边臣们的争执时，目光在众人身上扫来扫去，最后却总要落在孙承宗身上。孙承宗本是翰林官，广宁失守后，加兵部侍郎衔，主持辽东事务，旋即入阁。所以，他完全能理解叶向高目光的含义，等叶向高的复述告一段落，他问："两位王大人空前一致，福耶，祸耶？"

　　他说的两位王大人，一是以兵部尚书经略辽东的王在晋；一是督师蓟、辽的前兵部尚书王象乾。

　　"稚绳先生是问呢，还是已有定见？"朱国祚问。

　　孙承宗向他一揖，说："自是向兆隆先生和各位先生请教。"

　　"还是我先向稚绳先生请教吧：前者，经臣、抚臣不合，终酿大祸；今者，经臣、督臣空前一致，也会酿祸吗？"朱国祚问。

　　"所议非策，虽协力同心，其祸不亚于经、抚不合。"孙承宗说。

　　"那么，稚绳先生不该问福耶祸耶，而该问是耶非耶。"朱国祚道。

　　"是。"孙承宗应道，"大臣不合，内阁不得不议论，不得不奏请处分；大臣一致，又有什么好议论的？我等当议者，正是其是耶非耶。"

　　"好啊，就请稚绳先生说说是耶非耶吧。"叶向高道。

　　"台公要听实在话吗？"孙承宗问。

　　"那是自然。"叶向高道。

　　"只有四字：把握不定。"孙承宗说。

　　"果然是句实在话，"叶向高点头道，"不过，说这四个字，在别人足矣，在稚绳先生却略嫌不足。"

　　"同为阁臣，同是一语，为何有足与不足之别？"朱国祚好奇地问。

"兆隆兄想啊！皇上询问对此事如何处分，我呢，答以把握不定，兆隆兄答以把握不定，稚绳先生答以把握不定，其他各位亦答以把握不定，皇上必谕曰：既然阁臣皆把握不定，下兵部议吧。到那时，稚绳先生总不能再说把握不定吧！"叶向高道。

"照台公这么说，把握不定四字，在稚绳先生不仅略嫌不足，而且不能说。"何宗彦道。

"不然，"史继偕反驳说，"台公的意思是，这四个字，稚绳先生在内阁说是不妨的，到兵部却不可说。"

"到兵部不可说，让稚绳先生说什么？他若回到兵部有别的话说，何不先在内阁说一说！"何宗彦道。

"台公假定，我等都说把握不定，故稚绳先生想不起别的话说；回到兵部，侍郎们，司官们，你一句，我一句，说什么的都有，稚绳先生受到启发，或会想起别的话。"史继偕道。

朱国祚见韩爌坐在那里，一言不发，只是笑。他说："二位与其争论不休，何不请象云先生评判之？"

"当事之人都在，我怎好评判！"韩爌道。

"不好评判，却知哂笑！"朱国祚逼着他说。

"并非哂笑，我只是在想，稚绳先生所谓'把握不定'，台公所谓'略嫌不足'，都是话里有话的，我等为何替他二人争！"韩爌道。

"话里有话？"何宗彦、史继偕齐声问。

韩爌点点头，说道："先看稚绳先生，他说的是把握不定，而不是无从把握，对不对？"

"那又如何？"何宗彦、史继偕问。

"可见他不是心里一点儿数没有。"韩爌道。

何宗彦、史继偕，还有朱国祚，稍加琢磨，都觉得他的分析不错。

孙承宗见众人目光都转向自己，笑了笑，既不承认，也不反驳。

"台公话里又有什么话？"朱国祚代何、史二人问。

"台公说的是略嫌不足，而不是全然不对，可见如何弥补稚绳先生话里的不足，他已想好。"韩爌道。

叶向高见众人目光又转向自己，笑道："稚绳先生想出的四字，恰应由我等来说；我也想出四字，或适合稚绳先生来说。"

"是吗？请台公赐教！"孙承宗揖道。

"未可臆度。"叶向高道。

当别人还在琢磨这两句究竟有多少不同、为什么这句话适合孙承宗说那句话不适合孙承宗说时,他已深作一揖,连声道:"承教,承教!"说吧,抽身要走。

"稚绳先生,你话里有什么话?"朱国祚在后面问。

"我话里的话,还是去兵部说为好。"孙承宗头也不回地说。

"把握不定,未可臆度。"何宗彦本来在心里琢磨,孙承宗一走,他念叨出来,"此二言,当真差别很大吗?"

"不可谓大,亦不可谓不大。"韩爌道,"把握不定,但言拿不定主意,未言怎样才能拿定主意;未可臆度,却是说不可凭空猜测,欲度之,须得知之。"

"台公,然否?"史继偕问叶向高。

"不然。"叶向高道。

众人都觉愕然。当面让人难堪,可不是此公的作风。

"欲度之,须得知之,象云先生想的,比我又深一层。"叶向高又说。

"台公何必自谦,'未可臆度'四字里,若没有欲度之,须得知之的意思,稚绳先生怎会匆匆而去?"韩爌道。

"对!"朱国祚被提醒,问道,"稚绳先生话里究竟有什么话?"

"一定要去兵部衙门说而不好在内阁说的,一定是自请行边,为朝廷决断此事。"叶向高说。

众人一想,都觉得不会错。大司马行边,或以大司马衔镇边,本朝并不罕见,而阁臣行边,则未曾有过。

果然,孙承宗上疏,自请行边。皇帝大喜,给以殊荣。

内阁的谈论,及孙承宗自请巡边,是由宁、前兵备佥事袁崇焕的一篇半似私函、半似奏议的文字引起的。边臣讨论守辽事宜,以两个大人物王在晋和王象乾为首。多数官员主张守山海关,王在晋奏请,于山海关外八里铺修筑一座重关;而袁崇焕和另外几人则主张守关外,认为筑重关非策。袁崇焕行事果断,知道以自己的身份,和经臣、督臣力争是不会有结果的,于是将该篇文字直接送达首辅叶向高。

孙承宗在山海关下与王在晋相见,马不卸鞍就提出,要去八里铺实地勘察。王在晋沉吟好一会儿。

"明初先生不是力主在该地筑重关吗?怎么,出关仅八里,竟也成危途?"孙承宗问。

王在晋字明初，南直隶太仓人，万历二十年进士。他回答说："孙阁老去八里铺不妨，不过，须得亦步亦趋。"

"此话怎讲？"孙承宗问。

"为防房寇偷袭，出关两三里外，我着人挖掘坑壕，埋设地雷。稚绳先生一不小心，跌进坑壕，伤及腿脚，还不要紧；若是踩上地雷，可是要命的事。"王在晋说。

"不怕，"孙承宗道，"防房而设的地雷，不该炸在我身上。明初先生差派一两个路熟的军士与我同行即可。"

往返十六里路程，一个时辰足够，但孙承宗直到天已大黑才回到山海关。他与王在晋第二次见面，是在衙署内。

"稚绳先生传檄，所到之处，不得举宴。所以，除稚绳先生携带的一瓶宫酿，我只让厨房准备些粥饼菜蔬。"王在晋说。

"甚好，多谢！"孙承宗揖道。甚好，是说王在晋的安排甚好；多谢，是感谢王在晋所起的表率作用。他问，"明初先生也没吃晚饭吧？"

"阁老辛苦巡边，我这个守关经略怎咽得下食！"王在晋道。

"那我二人一同进食，边吃边谈。"孙承宗说，又说，"那瓶宫酿是特意送与明初先生的，不必开启。"

饭菜送上来，当然不会只有菜蔬，也有一碟腊肉，一碟野味。孙承宗一天没正经吃饭，早饿得发慌。闻到腊肉香味，他按捺不住，一筷子接一筷子地把腊肉夹到饼上，把饼卷起，说声"我不客气了"，就大口大口地吃起来。吃一张饼不够，又卷一张饼吃。两张卷着腊肉的饼吃完，才发现盛腊肉的碟子空空如也，而王在晋还没动筷子。

"明初先生不饿吗？"他不好意思地问。

"饿是饿，却不敢吃。"王在晋说。

"是怕饭菜不够？"孙承宗问。

"不，我怕吃饱就想睡觉，岂不得罪稚绳先生？"王在晋道。

"能吃能睡，是好事呀，怎会得罪我？"孙承宗不解。

"稚绳先生示下，是要边吃边谈的。"王在晋道。

"原来是为这句话。"孙承宗笑道，"我去八里铺转一圈，回来不做个交代，明初先生寝食不安呀。"停顿一会儿，又说，"在我，方才想的是边吃边谈，不吃，则没气力谈；现在可以改作边谈边吃。在明初先生，不谈，则没心情吃，现在亦可稍稍进食吧？"

"好。"王在晋指着那碟野味说,"獐肉、狍肉、野彘、野兔,稚绳先生应该都吃过的,但合在一起煮,却未必吃过。它本是今日主菜,稚绳先生却认准腊肉,而忽略它。"

"是吗?"孙承宗夹起一块肉,尝了尝,不由连声称赞,"好味道,好味道!明初先生,你也用呀。"当王在晋终于动筷子时,他说,"明初先生以食喻事,是担心我先入为主吧?放心,关乎朝廷大政,皇上瞩目,举朝瞩目,我是不敢有一丝马虎的。"

所谓先入为主,当然不是指王在晋在八里铺筑重城的提议,虽然他提出此议在前;而是指反对在八里铺筑重城的声音。

"那就好。"王在晋觉得,可以转到以谈为主,他问,"稚绳先生看八里铺地势如何?"

"山海关若不置于此地,而置于彼地,亦是佳选。"孙承宗说。

"那么,稚绳先生赞同筑重城?"王在晋问。

"这个嘛,"孙承宗决定转守为攻,"我先问明初先生数事,如何?"

"好,你问。"王在晋不能不答应。

"在八里铺新筑一城,需守军若干?"孙承宗问。

"我粗略计算过,需四万左右。"王在晋说。

"今山海关有守军若干?"孙承宗问。

"我初至关时查核,恰好四万。"王在晋说。

"明初先生打算将山海关四万守军悉数调去守新城吗?"孙承宗问。

"不然。"王在晋道,"山海关四万守军不能动,重关守军当另调。"

"那么,在山海关旧城与八里铺新城的八里之内,将有八万官军,对不对?"孙承宗这么问,是不需要回答的;需要回答的,是下面一问,"明初先生看,一片石是否要隘?"

一片石又名九门水口,位于山海关西北,在永平府抚宁县境内。

"自是要隘。"王在晋不知他为什么有此一问,随意答道。他和孙承宗当然都不会料到,二十年后决定天下命运之战,正是在一片石进行的。

"一片石守军之精、之众,与山海关不可同日而语。八里铺重关需要更设守军,一片石西北就不需要再设守军吗?"孙承宗问。

"朝廷命我经略辽东,我只管八里铺重关要不要更设守军;至于一片石西北要不要更设守军,当由督臣斟酌。若以为该处亦须更设守军,督臣自会奏请。"王在晋说。

这话似是而非:如果说,经臣的责任仅在关外,那么,守山海关也是蓟、辽总督的责任；如果说，严防后金军入犯都是经臣的责任，那么，就不能只考虑山海关的防务，也应该考虑一片石的防务。

好在孙承宗只想让王在晋明白自己的态度，所以，未深入批驳即转入另一个话题。

"再者，关城与八里铺间，遍挖坑壕，遍布地雷，诚如明初先生所言。一旦修筑重城，坑壕是为虏贼而挖，抑或为重城守军而挖；地雷是为虏贼而布，抑或为重城守军而布？且新城可守，又何必屯重兵于旧城？新城若不可守，四万守军倒戈旧城下，明初先生是开关延入，抑或闭关而听任其降于虏贼？"他一连几问。

"关外尚有三道关可入。"王在晋不知该答哪一问，含糊地说一句。

"明初先生是说，八里铺重关守军另有退路？我问的却是守军溃时如何处置。"孙承宗指出他答非所问。

"拟于关外山上建三寨，以待溃卒。"王在晋说。

"兵未溃而筑寨以待之，是诱之溃也，谁还会恋战！再说，我溃卒可入，虏贼亦可尾随而入，明初先生为守军安排的退路，岂不成虏贼进军之路！"孙承宗道。

"断绝退路不可，安排退路亦不可，我无计可施。"王在晋说。

"怎会无计可施！"孙承宗把话挑明，"明初先生不妨想想，种种质疑，皆是缘何而起？一味守关，无疑尽撤藩篱，虽筑重关，怕也是守不住的。在我看来，与其将重关置于八里铺，不如将重关置于关外，置于前屯卫，置于宁远。这样，进可以作恢复计，退亦可与山海关、一片石等关隘遥相呼应。明初先生以为如何？"

王在晋知道，他已有定见，再怎么说也没用。

驻守于关外几个据点的官员，陆续回到山海关，孙承宗召集众人又议一次。他们知道，孙承宗与王在晋已谈论两三天，都希望他能表明自己的态度，他却一指袁崇焕，把话引开。

"元素，你好大的胆！"孙承宗说。

袁崇焕字元素，广东东莞人，万历四十七年进士。他以边才自许，也得一些廷臣赏识。今年初，他以知县朝觐，被留在朝中，升兵部职方主事。时逢广宁失守，满朝官员纷纷议论之际，他却单人匹马出城，在关内外转个遍。从此，他又以大胆见称，升佥事，监军关外，是为此；王在晋举他为宁、前兵备，也是为此。

袁崇焕明知孙承宗说他大胆，不是指这件事，还是开个玩笑："下官大胆，在兵部时，稚绳先生已经赞过。"

果然，孙承宗摇着头说："不是部中失袁主事之事。"

"下官在关外的故事，稚绳先生也有所耳闻？"袁崇焕故作惊讶。

"是啊，都说你能与豺狼虎豹同行，有这么一回事吗？"孙承宗问。

"并非下官与豺狼虎豹同行，乃豺狼虎豹与下官同行。"袁崇焕说，并发句议论，"数者无一吉物，谁愿与它同行！"

"总之同行过，究竟是怎么一回事呀？"孙承宗问。

"那是蒙明初先生所赐！"袁崇焕说着，向王在晋一揖，"明初先生提下官为宁、前兵备，原拟驻扎中前所，不久又命下官往前屯卫安置失业辽人。下官奉命即行，不敢有片刻耽搁。行至半路，天色就晚；后一半路程，都是摸黑走下来的。不知几时，走到岔路上，走进荆棘中；虎啸狼嚎，都是有的。"

本朝在关外以广宁称呼的军事设施，除广宁卫外，还有中、左、右三卫，中屯、前屯、后屯、左屯、右屯五卫，及中前、中后等千户所。其中，中前所距山海关最近。王在晋以宁、前兵备置于该地，体现出他收缩防守的总的意图；而袁崇焕以为，宁、前兵备的前，应该指前屯卫，不应该指中前所，因而他经常逗留在前屯卫。这使得王在晋很恼火。

孙承宗对此有所耳闻，有心改善一下他们的关系。他对王在晋说："明初先生，元素对你的提携之恩念念不忘呀！"

王在晋不愿承认，又不便否认，只好不出声。

"元素，"孙承宗又转向袁崇焕，问道，"中前所去前屯卫，途中有豺狼虎豹，前屯卫至宁远途中，大虫猛兽一定更多吧？"

"有或有之，下官却未曾见过。"袁崇焕说。

"既有之，怎会未曾见过？"孙承宗不信。

"下官第一次由中前所去前屯卫，走的是夜路；由前屯卫去宁远，下官不曾走过夜路。"袁崇焕说。

"这可有点儿怪，"孙承宗道，"你不是主张守宁远吗？怎的去宁远反不如去前屯卫急切？"

"下官主张守宁远，不在于心情急切，而在于宁远实有当守之处。这一点，下官在巡视宁远之前，即已了然。"袁崇焕说。

"是吗？"孙承宗指指自己，指指王在晋，又环指堂上各官，"我却不了然，我看，明初先生亦不了然，在座各位多不了然，元素既称了然，何不说与我众人听听？"

"是。"袁崇焕应声而起，对众人言道，"宁远城以西、以北，山峦环抱，俗称十三山，距城约二百里。自辽、沈失落，复以广宁失事，各处难民聚于十三山者，不下十余万。此皆朝廷赤子，不可轻弃于虏。守宁远，一则，联络十三山难民，互为声援，互壮声势；二则，由宁远进可取锦州而守，以图恢复。"

"听起来令人鼓舞，元素，若以你守宁远，需军若干？"孙承宗问。

"朝廷予我五千人马，我可使宁远固若金汤。"袁崇焕道。

"明初先生，你看呢？"孙承宗明知王在晋是反对的，偏要问他。

"稚绳先生要我调五千官军给元素？未奉朝旨，我不敢擅作主张。稚绳先生或是携旨而来？"王在晋也是明知其未携旨而问之。

"不错，此事还须从长计议。"孙承宗适可而止，他转问坐在另一侧的阎鸣泰，"守宁远，阎佥宪似不以为然？"

和袁崇焕骤得大用不同，阎鸣泰是个老资格的官员，曾官辽东参政，被劾罢官，后起为分巡辽海道佥事。另一个不同是，宁、前道辖地还在官军掌控之中，而阎鸣泰这个分巡佥事，已经无地可巡。

"是。"他应一声，说道，"下官以为，守宁远不如守觉华岛。"

"陆上要隘甚多，你怎会想到守岛？"孙承宗问。

"并非完全守岛，"阎鸣泰道，"觉华岛名为一岛，实则为濒海而筑的一座城池，且在宁远东南，相距不远。"

"宁远、觉华皆在关外，守觉华与守宁远，有何不同？"孙承宗问。

"守关外，为的是恢复河东失地。无论海路，抑或陆路，觉华岛更便于东进。"阎鸣泰说。

"这又是一说。"孙承宗点点头，对王在晋说，"觉华岛在宁远东南，距山海关更近；守觉华岛，倒是利于固守山海关。"

"他图的是东进，哪里是固守山海关！"王在晋道。

再议下去，也议不出更多名堂。辽东大计，一主守关，一主守关外；守关外，一主守宁远，一主守觉华岛。这些争论足够孙承宗梳理。

夜已深，王在晋正准备睡觉，忽听外面有动静。他重新把灯点燃，外面的人问："明初先生已睡否？"

听出是孙承宗的声音，他叹口气：今晚恐怕真睡不成。

他快速穿好衣服，开门把孙承宗迎进来。

"明日将离关还朝，这么晚，稚绳先生还没歇息？"他问。

"是啊，正因为明日要离去，总觉着意犹未尽，所以才来和明初先生再说会儿话。"孙承宗道。

王在晋知道他要说什么。他不是第六次就是第五次来和自己谈论这件事，其坚韧，由此可见一斑。也许，真应该给他一个明确的回复，让他安心而去，或者死心而去？但给他一个含糊的回复容易，这些天，自己也一直以含糊的话在敷衍；给他一个明确的回复，谈何容易！明确地应承，违背自己的心意；明确地拒绝，情面上过不去。

与其继续敷衍，不如给他一个震撼，王在晋想。在请孙承宗就座的同时，他说："稚绳先生明日离去，不须多日，我也要离去。"

孙承宗屁股几乎要挨到椅子，一听这话，又站起来。他惊问道："明初先生何出此言？"

"稚绳先生主守关外，一锤定音。朝廷一定也主守关外。我持异议，不是主动请辞，就是被罢。"王在晋说。

这话听起来不入耳，却是王在晋说的最发自内心的一句话。孙承宗有些感动，说道："若持异议就不得任职，我也早被罢去。明初先生，这些天我反复与你谈论宁远可守，正是不欲你动请辞的心思。"

"稚绳先生的好意，我心领；然一句'宁远可守'，怕没那么大的作用。"王在晋道。几天来，孙承宗与他谈论，主动说的第一句话都是"宁远可守"；今天被他占先，但孙承宗一开口，仍是这句话。

"为何不起作用？难道不可以撇开守关与守关外之争，单论守宁远？"孙承宗问。

"宁远可守，在稚绳先生，为正论，在我，则为异议。别的不说，我若奏议守宁远，朝廷必命分山海关守军前往。稚绳先生想，我是遵旨而行，还是抗旨力争？"王在晋道。

"这的确是个难题，日前，我与子廓先生也议过。"孙承宗说。

处置辽东事务，当然离不开总督蓟、辽军务的王象乾，他是两天前赶来山海关与孙承宗面晤的。

"子廓先生怎说？"王在晋说。

"他也以为，不可抽调山海关守军去守宁远。"孙承宗说。见王在晋要插话，他做个手势，表示王象乾还有别的话，"不过，他并不反对守宁远。他以为，可从助守山海关的西部军中，调拨三千人往宁远。"

对这个新的思路，王在晋稍想一想，也予否定。

"我倒要请教稚绳先生，自打西部发来辽东，与我共抗建房以来，其可用不可用，朝廷可曾有过定论？"他问。

　　这是熊廷弼、王化贞争论的焦点之一，朝廷并无定论，孙承宗也不好随便做个结论。关于守关与守关外的争论，他赞成守关外；关于守宁远与守觉华的争论，他赞成守宁远。他希望王在晋向朝廷提出守宁远，不是怕担责任，而是觉得，这样做对维护大局更为有利，对王在晋本人也有利。但王在晋执意不从，他没有办法。

## 第三十五章

九月下旬的一天，咸安宫里一片混乱。侍奉客氏的宫女们，仔细地把她的衣物和其他用品一件一件往箱子里装，碰到特别贵重的，还得请示她如何装法。她心不在焉，有时看上一眼，挥挥手，有时连看也不看，就挥挥手。宫女们得不到指示，只好更加仔细地装箱，因此，装箱的速度慢下来。在咸安宫当差的宦者，两个人一拨，把箱子一件一件抬出宫门，装上停在宫门外的马车上。装满一辆，车夫赶走一辆。宦者记不清一共抬出多少箱子，赶走多少马车。

客氏估摸时刻差不多时，乘轿前往乾清宫。

魏忠贤等候在凤彩门外。见轿子过来，他迎上去，把客氏搀扶下轿。客氏的眼神在问：里面情形如何？他冲宫里一努嘴，低声告诉她："里面正在等你。"又问，"那件东西带没带？"

"自打你昨晚嘱咐过，我一直揣在怀里，你怎仍不放心！"客氏说着，一甩手，进凤彩门，走向皇帝通常歇憩的一间暖阁。

皇帝斜靠在御榻上，闭上双眼。近侍判断他只是假寐，并未睡着，上前禀道："爷，奉圣夫人到。"

皇帝睁开眼，道："怎不进来？"

客氏在外听得此言，抢进暖阁，跪倒在御榻前，口称："民女奉旨出宫，特来向皇上辞行。"

"客嬷，起来吧！"皇帝命道，等近侍搀扶客氏站起来，他问，"客嬷在责怪朕吧？"

"民女不敢。"客氏说。

"你说'奉旨出宫'，不是责怪朕又是什么！"皇帝道，"客嬷休要责怪，外廷，及宫里，都有人不断对朕絮聒，道是客嬷久居宫中，不合祖宗制度。朕一拖再拖，不得不对他等许诺，客嬷定于某月某日出宫。天子一诺，重于泰山，定的日子既到，朕不得不使客嬷出宫。"

"皇上的难处，民女都知道；民女只是想到，从今后，与陛下一个宫里，一个宫外，难得再见，不由心中凄然。"客氏说。

"难得再见，这话言重。朕想念客嬷，会令人宣召，自不必说；就是客嬷想见朕，让老魏等说一声，朕也会宣召的。"皇帝道。

"皇上，此亦一诺。"客氏马上说。

"不错，此亦一诺，更重于前诺。"皇帝开始没明白她的意思，等明白过来，不由得笑起来，且童心大发。他说，"客嬷，要不要朕教你个尽快回宫的法子？"

"皇上是什么法子？"客氏问。

"你正在收拾家当，准备出宫吧？"皇帝边问边向客氏挤眉弄眼。

"是。"客氏自小抚育皇帝，很容易琢磨出他的心思，"皇上是说，可以在家当上做做文章？"

"是啊！"皇帝点头，"客嬷把东西落在宫里，回来搬取，谁能拦你！不过，你别拿一个碗、一副筷子做借口，免得外廷、宫里又多喷言，朕也不好准你。你得落下些能堵住别人嘴的东西。"

"皇上看，民女落下什么好？"客氏问。

"譬如，眼下还不太凉，你带一床薄被子回家；过两天，天一凉，你可以装腔作势地叫苦：怎么一下就冷，我的厚棉被还留在咸安宫呢！自有人会禀奏于朕：奉圣夫人被薄，不足以御寒，眼看要冻出病来。朕会问：皇后不是赐予她一床厚被吗，为何不用？那人会说：因是皇后娘娘所赐，她不敢随意带出宫去。朕会说：皇后赐予她，为的是让她使用；放在宫里，岂不辜负皇后的美意！让她回宫来取吧。等客嬷去咸安宫时，朕又会说：客嬷既回宫，何不顺便来看看朕？于是有人把客嬷从咸安宫接到乾清宫去。"皇帝道。他自己说话，用的是一种腔调，替不知是谁的那人说话，是另一种腔调，像是在演杂戏，甚是生动。

"好法子，好法子，厚被乃皇后娘娘所赐，尤其绝妙！"客氏说着，要往外走，"民女这就招呼他等，把厚棉被、厚棉衣、厚靴子、皮帽子等，都留下来。然后，隔一两日回宫取去一样。"

"客嬷，再等等！"皇帝叫住她，等她站定，皇帝问道，"朕听说，你的外宅，与老魏的外宅相邻，是否？"

"是，但不是比邻，是斜对着门。"客氏回答。

"朕给你想个回宫的好法子，可见是惦念你的吧？客嬷，朕倒是担心，你这一出宫，就不把朕放在心上。"皇帝说。

皇帝大婚之后，对男欢女爱越来体会越深，平日没少拿客氏与魏忠贤打趣，但今天这话说得有点重。客氏先是脸一红，随即眼圈一红，道："他与民女再亲，能亲过皇上吗？"说着，从怀里取出一块折叠起来的锦缎。锦缎深黄，是宫中使用的，至于锦缎里包裹着什么，除她自己和魏忠贤，恐怕再没第三人知道。客氏双手把锦缎举起，送至皇帝面前，说，"民女一直把它贴身收藏，皇上既担心民女忘情，不如把它还与皇上吧。"

"里面是何物？"皇帝问。

"皇上自个儿看。"客氏说罢，忽转身，掩面而去。

皇帝好奇，伸手去揭锦缎，但才一触摸，好像被烫一下，手又缩回来。他问近侍："客嬷说，把它还与朕？"

"奉圣夫人是这么说的。"近侍道。

"此物是朕所赐吗？"皇帝问。

"爷赐予奉圣夫人物件甚多，此锦或其中之一。"近侍道。

"朕问的不是锦缎，是锦缎包裹之物。"皇帝问。

"奴才不知。"近侍不敢乱说。

"打开看看。"皇帝命道。

近侍上前，小心翼翼地揭开一个角，看不到什么，再揭开一个角，还是看不到什么，最后把对折的一面揭开，里面包着的东西顿时暴露无遗。他不由惊呼："爷看！"

皇帝已经看到。里面有头发，不是成年人的，因为又细又软，还带有些许黄色；有指甲，也不是成年人的，它们虽然有些干枯，但看上去仍显得稚嫩，连手指甲、脚指甲也分得出来；有两颗牙齿，也不是成年人的，因为它们太小，小得像是人工造出来的。

"这些都是朕幼时的？怪不得客嬷要还与朕！"皇帝不可能做他想。

当天晚上，皇帝没进膳，夜里睡得也不踏实。到后半夜，他干脆起身，亲写手书，谕内阁：客氏朝夕侍朕，今日出宫。午膳至晚未进，暮思至晚，痛心不已。着其时进内奉慰，外廷不得烦激。

礼部侍郎周道登，字文岸，南直隶吴江人，万历二十六年进士。他遇事喜欢争辩，本部原尚书孙慎行知道他的脾气，多不计较。八月，顾秉谦接掌礼部，既无孙慎行的品行，又无孙慎行的胸怀，正、贰卿间，形同水火，周道登一怒之下，以病告归。

吏科给事中侯震旸，视周道登为同乡前辈，周道登还乡，他一定要去看望、送行。一见面，他不无诧异地说："文岸先生满面红光，哪像有病的模样！"

"满面红光因肝火旺，肝火旺不是病吗？"周道登道。

"文岸先生因何而肝火旺？"侯震旸问。

"还不是因为宫里的事。"周道登不愿或不便直言其事。

"可是客氏出宫复入？"侯震旸没那么多顾虑。

"得一，你这话有语病。"周道登指出，"圣谕只是说，让她时进内奉慰，没让她和以前一样住进大内。"

"不是晚生的话有语病，是她行事有毛病。"侯震旸道，"皇上让她时入内奉慰，被她改成时出宫探家。文岸先生若为此事而肝火旺，晚生不会同情。与其以肝火旺而求退，何不争于朝！"

"争于朝？我连礼部都争不出去，怎么争于朝！"周道登道。

对他和顾秉谦的不合，侯震旸不便置评，但说："不错，争于朝，本该是我等科、道官的职责。"

"得一又准备疏论之？"周道登加个"又"字，无疑是想起今春科、道论客氏出宫事引起的风波。他警告说，"得一千万别忘，当初疏论此事，要不是阁、部大臣们维护，你不可能安然无恙，王纯甫等也不可能仅罚俸了事。"

"无论结果如何，文岸先生肝火总不至于再旺吧？"侯震旸说句笑话，起身告辞，"文岸先生一路慢行，说不定一两日内朝廷对晚生便有处分。若是罢官，晚生追将上去，正好与文岸先生结伴同行。"

周道登送客时，讲述一件自己亲身经历的事。

"昔者，我自庆陵奉先帝神主回城，由德胜门入，见一老妪长跪路旁，望尘号恸。"他说着一顿，问道，"得一，你道此妪是谁？"

"晚生不知。"侯震旸说。

"我初时亦颇惊诧，后问同行锦衣卫官才知，她竟是先帝阿姆！"周道登说到这里，不由感慨，"同乳圣主，境况却如此不同：薄者使路人犹怜，厚者却盈满招忌，女德无极。"

侯震旸想，这段故事倒可以写在奏疏里。

回到家中，他连夜拟疏，转论客氏。疏中写道：忆臣等匍匐送丧之日，万姓角崩，千官云拥；独一乘轩在后，巍然居中。道路指目，咸曰奉圣夫人客氏。靡不舌挢眼张者。

下面，他记述先帝乳母的情形，并及两句评论，用的几乎是周道登的原话。然后写道：皇上即为客氏一身富贵计，亦宜早加裁抑，曲示保全；不宜格外隆恩，以宠而益之毒。况中涓群小，内外锁连，借丛炀灶，有不忍言者。

炀灶，指在灶前烤火。典出《韩非子》：一侏儒入见卫灵公，说他来之前，曾做个梦。卫灵公问他何梦。他说：梦灶，此入见之兆。卫灵公怒道：吾闻入见人主者梦日，你见寡人怎的梦灶？侏儒说：日兼照天下，一物不能当也；人君兼照一国，一人不能壅也。故将见人主而梦日也。夫灶，一人炀焉，则后人无从见矣，或者一人炀灶耶？臣虽梦灶，不亦可乎！卫灵公知道他借此事讽寓自己亲信奸佞，称善。

侯震旸借这一典故，论劾的已经不是客氏一人。

随后，马鸣起上疏，论客氏出宫复入，不便有六。

这时的朝廷，和前次疏论客氏时大不相同，阁臣刘一燝已去，吏部尚书周嘉谟已去，刑部尚书王纪已去，掌院都御史邹元标也在琢磨自己的离任之事。虽然叶向高一如既往，为得罪的科、道官讲情，侯震旸还是被一降再降，降到无官可降，放回家中。马鸣起，还有前次论劾客氏的王心一，一并贬官。

## 第三十六章

邹元标和左副都御史冯从吾正在堂上说话，周宗建兴冲冲闯进来。他先唤声"尔瞻先生"，待见到冯从吾，又补声"仲好先生"，然后说："二公都在，甚好甚好。"

邹元标是江西吉水人，冯从吾是陕西长安人。二人都不是无锡籍，却都被视为东林党人；对东林党魁顾宪成极为仰慕的周宗建，也把他二人视为榜样。

"季侯连声叫好的，究是何意？"邹元标问冯从吾。

"想是见我二人都在，季侯赞我等尽职。"冯从吾说。

"不对吧，他是看你我二人太自在，心里不自在。"邹元标说。

"我不懂，我等都自在，季侯为何不自在？"冯从吾问。

"因为眼下不是自在的时候呀！"邹元标说。

说罢，二人拊掌而笑。

周宗建字季侯，南直隶吴江人，万历四十一年进士。他知道两位堂官在调侃自己，并不理会；等二人收住笑，他才说："我是看尔瞻先生、仲好先生不自在，故欲使二位自在自在；二位既然已经自在，那份自在还不如在下独享。"

冯从吾见他做出转身的动作，忙叫住："季侯，何事自在？"

"两位老大人可否不问，只随我走一遭？"周宗建道。

"为何问不得？"冯从吾做事认真，不会轻易答应。

"两位老大人若问，下官不得不说；下官说出真相，两位老大人将得不到意外的自在。"周宗建说得很俏皮；同时，自以为说得很隐秘。

但还是被邹元标猜出来。他说："不用他说出真相，也不必随他走一遭，仲好先生，我给你带路。"

说着，拉起冯从吾往外走。急得冯从吾直叫："季侯还没说要带我二人去何处，尔瞻先生别带错路！"

"不会错的。"邹元标十分自信。

周宗建愣了愣，跟出来。起初，见邹元标带着冯从吾穿街走巷，绕来绕去，似无明确目的地,他还抱着一线希望;等发现邹元标无论怎么绕,始终是向东偏南,他相信邹元标的确知道,他要带他们去哪里。

他没留意,是从西往东到的西单牌楼,还是从北往南到的西单牌楼,只见邹元标在前面带着冯从吾径向南去,直到宣武门城下。

"季侯,我带路只能带到此处,具体的院落我指不出来。"邹元标说。

"我带两位老先生去。"周宗建道。

他带领邹、冯二人走没几步,在一个院落前停下来。推开院门,他让道:"请二位老大人自在地入内游览。"

进到院内,靠墙背立着一块漆好的木匾。冯从吾喜爱书法,顾不上看屋舍,先去看它。走到近前,弯下腰去看另一面,却是空的。

"看上去,屋舍拾掇整齐,怎的匾额还没写?"他问。

"正要请仲好先生挥笔泼墨。"周宗建道。

"那好,你准备好纸笔,我即刻就写。"冯从吾说。

"仲好先生知道他要写哪几个字,就应承?"邹元标问。

"自然是御史居三字。"冯从吾说。

"仲好先生是把我看成富家翁,以为我买得下这等大宅!"周宗建道,"与其写御史宅,不如加两个字,写作御史大夫宅。"

"如何,错了不是!"邹元标道。

"不是季侯新宅,却是何处?"冯从吾问。

"两位老先生看过宅院,再说。"周宗建道。

前院坐北朝南的正房,三楹,里面全部打通,又因为屋里没有一件家具,更显得宽敞。

"这么大的房屋,怎不置一物?"冯从吾问。

"已订做,即将搬来。"周宗建说。

"订做哪些家具?"冯从吾又问。

"仅两样:一是桌子,一是凳子;桌子一张,凳子无数。"周宗建说。

"这倒简单。"冯从吾道。

院子肯定不止一重,西北角有座小门通到后院。冯从吾不等周宗建带引,自己穿门而过。一看后堂的摆设,他心里方才有数。后堂亦是三楹,正中供奉先圣孔子的木像。

"季侯,此即你张罗的书院呀!"冯从吾道。

"仲好先生看，还过得去吗？"周宗建问。

筹办一座书院，是邹元标首先提出的，冯从吾极力赞成。而从选址到修缮的一应事务，是周宗建一手操办的。

"岂止过得去，我简直没料到，京师还能办成这等模样的书院！"冯从吾一边向孔子像躬身行礼，一边说。

"首善之区嘛，书院自然也要像样。"周宗建说。

"说得好，有季侯这句话，书院的名目已有。"邹元标在一旁说。

"首善书院？"冯从吾琢磨着这个名目。书院的名目早有，在外埠也早建不少书院，但京城还没人用过书院的名目；即便嘉靖中期，京师讲学甚盛，也没见有过什么什么书院。他说，"首善之区创立的第一座书院，这个名字当之无愧。"

"匾额三字不对，五字亦不对，合用四字，仲好先生，你可是答应写的。"周宗建说。

"我写是可以写，不过，另一人比我更合适。"冯从吾道。

"仲好先生不会是推给尔瞻先生吧？尔瞻先生发话：此一匾额，仲好先生写最合适。二位推来推去，未免令晚辈们失望。"周宗建说。

"我早知尔瞻先生会推与我，所以，我不推还给他。我的意思，请台公来写，不更合适吗！"冯从吾道。

"尔瞻先生，我看使得。"周宗建对邹元标说。

"请台公题额，我亦曾想过，但后来改变主意。"邹元标道。

"尔瞻先生为何改变主意？"周宗建问。

"黄真长请假，回乡拜谒祖墓。他临行前看我，说过一句话，令我感触颇深。"邹元标道。

真长是黄尊素的字。他是浙江余姚人，万历四十四年进士。他的一句话，让邹元标改变请首辅题写匾额的主意，不仅周宗建感到意外，冯从吾也感到意外。二人几乎同时问："他怎说的？"

"都门非讲学地，徐文贞已被议于前矣。"邹元标重复道。

这是指徐阶在嘉靖年间倡导讲学，有一大批拥戴者。当然，也遭致众多批评；有一般官员的批评，也有科、道官的批评。

周宗建首先想到的，是批评之外的事。

"黄真长入台，得力于尔瞻先生的举荐；对尔瞻先生此举，他竟完全不能理解？"他问。

黄尊素是由宁国推官升为御史的，看重他的不止邹元标一人，但邹元标的确是看重他的人之一。

"真长所顾虑者，并非全无道理。"邹元标说。

"尔瞻先生是担心办此书院，会再起风波？"冯从吾问。

"天下治乱，系于人心；人心邪正，系于学术。于京师倡导讲学，我绝不后悔。"邹元标慷慨激昂地说两句后，语气一转，"不过，台公眼下已沾惹太多麻烦，何必让他再因书院一事惹上新麻烦，又何必书院因他而太过招摇！"

叶向高不断遮庇敢于直言的官员，魏忠贤及其同伙大为不满，不断在皇帝耳边说他坏话。这一情形，冯从吾、周宗建亦有所耳闻，所以都不再坚持请他为书院题写匾额。

"我还想在书院立一碑，以资纪念。题写匾额太招摇，撰写碑文不致太招摇吧？那时再央告台公吧。"周宗建说。

## 第三十七章

京师又一次掀起的讲学浪潮，果然引来不少非议；同时，也激起许多人的热情。

文震孟是嘉靖朝名士文徵明曾孙。其祖、其父，成就虽不如其曾祖，亦有文名。他屡赴春闱，屡次落第。今年，不是第十次，就是第十一次参加会试，终于时来运转；他不仅中第，还在殿试中点状元。半年之中，他眼里人品好、学问好、才干好的大臣，一个个辞官而去，倡导讲学的邹元标，也在一些科、道官的论劾下去官，他心里大为激愤。他想，讲学是个好题目，为不负祖上的名望，也不负自己十赴春闱，这篇文章一定要做好。

十月中，他上《劝政讲学疏》，略曰：

> 陛下昧爽临朝，寒暑靡辍，政非不勤。然鸿胪引奏，跪拜起立，如傀儡登场已耳。若仅揭帖一纸，长跪一诺，北面一揖，安取此鸳行豸绣、横玉腰金者为！经筵日讲，临御有期，学非不讲。然侍臣进读，铺叙文辞，如蒙师诵说已耳。祖宗之朝，君臣相对，如家人父子。若仅尊严如神，上下拱手，经传典谟，徒循故事，安取此正笏垂绅、展书簪笔者为！今日举动，尤可异者。邹元标去位，冯从吾杜门，首揆、冢宰亦相率求退。空人国以营私窟，晋道学以逐名贤，唐、宋末季，可为前鉴。

皇长女诞，宫中演傀儡戏为庆。皇帝对傀儡戏的喜爱，仅次于木工漆工，加上以十八冲龄，初为人父，龙心大悦。在皇后、嫔妃及宦者、宫女们的簇拥下，傀儡戏演出一段又一段，大有消磨终日之势。

看得正入迷，近侍奏道："爷，魏叔来了。"

皇帝转过身，见宦者、宫女俱已散开，身后只有魏忠贤。他问："魏太监，有事吗？若无事，与朕一同看戏。"

要在往日，遇到皇帝这么高的兴致，魏忠贤一定会把别的事都放下，陪皇帝看戏。但今日借着台上的傀儡戏，正好做文章，所以他说："司礼掌印差奴才来送疏，奴才推辞不得。"

皇帝叹口气，道："这么说，朕也看不成戏。"

"奴才倒有个两全其美的法子：爷仍看戏，奴才在后面为爷读疏；爷有谕旨，奴才记下来。"魏忠贤说。

"也好。"皇帝应后，不放心地问，"老魏，今日奏疏多不多？"

"奏疏有几份，但值得一读的，只有一份。"魏忠贤说。

"该疏长不长？"皇帝问。

"不长。"魏忠贤说。

皇帝放下心来，命道："那你就读吧。"

魏忠贤读文震孟的奏疏，前面读的都很平淡，读到"然鸿胪引奏，跪拜起立，如傀儡登场已耳"一句，声音忽然变得高亢。

皇帝注意到他声调的变化，但没听清楚内容，于是命道："他怎么写的？老魏，你再读一遍。"

不吩咐，魏忠贤也很想读第二遍。

"傀儡登场已耳，那不是——"皇帝说着，朝前面一指，"他等吗！"

"文震孟指的，可不是他等。"魏忠贤说。

"不是他等，却是谁？"皇帝问。

"奴才不敢说。"魏忠贤故意推诿。

"至多是说内阁诸臣，吏、兵等尚书而已，有什么不敢说的。再者，骂他等傀儡的，是那个——"皇帝没有记住上疏官员的名字。

"文震孟。"魏忠贤道。

"对，骂他等傀儡的，是那个——"皇帝忽然想起一件事，"咦，他不是新科状元吗？"

"爷说的是。"魏忠贤应道。

"状元是阁老们选的，朕不过画个押。"觉得画押的说法有趣，皇帝先笑，"阁老选的状元骂阁老两句，还不该吗！"

"阁老们果然该骂。"魏忠贤把皇帝话里的意思改得似是而非，然后说，"不过，奴才以为，文震孟骂的也不是他等。"

"骂的也不是阁老？还会是谁，令得你不敢说？除非——"皇帝猛然醒悟，"你是说，他骂朕傀儡？"

"爷恕罪。"话到此，魏忠贤用不着多说。

"不对吧？"皇帝念叨着前面的话，"鸿胪引奏，跪拜起立，这明明是在说臣子们呀！"

魏忠贤没想到，皇帝竟会如此认真地琢磨奏疏里的话，但他并不慌张，很快想出说词。

"这正是文震孟恶毒之处。"他说，"他前面虽写的是鸿胪引奏，跪拜起立等话，但前后联络，并非说他等傀儡登场，而是说他等跪拜起立后，傀儡才登场。爷想他说的是谁？"

"怎见得即是说朕？"皇帝问。

"爷身材略显短小，每日上朝退朝，上下金台，须得侍者扶持。奴才闻得，文臣中颇有以此讥讪者。"魏忠贤说。

"这个文震孟，恁不知好歹！难道朕画个押，也要被他骂！"皇帝说到这里，心思又不在奏疏上，"老魏，你看当如何处置？"

"以臣骂君，当论死。不过，毕竟是阁老们选的状元，爷不妨网开一面，廷杖八十。"魏忠贤说。

"依你，传旨下去。"皇帝道。

日讲不像经筵开讲那么隆重，除从翰林官中选出的当日讲官外，只有内阁大学士侍班，尚书、都御史等都不在场，也不设展书、序班、侍仪、侍卫等官。进讲的场所在文华殿偏殿。

次日日讲，正好该文震孟主讲。他和内阁大学士们行过一拜三叩首礼后，依惯例，行至御座前，面北而立，向上一揖。然后回到讲案前，展开书稿，准备诵读。

皇帝立刻想到"揭帖一纸，长跪一诺，北面一揖"等语，心想，他这几句话写得倒很传神，为何偏要因身短而讥讪朕！

文震孟不知皇帝的心思。他声音爽朗、顿挫有致、语速适中、寓情于声地读完自己的讲稿；又行至御座前，面对而立，向上一揖；再退到内阁大学士们后面，与他等一起叩头，退出。接下来，在文华殿赐茶，在文华门赐酒饭，这一次日讲即大功告成。

就在文震孟与韩爌等阁臣饮茶时，殿外有人喝道："有旨！"众臣忙放下茶盅，拥将出来。

宣旨的是魏忠贤，他面无表情地说："奉圣谕：翰林修撰文震孟出位妄言，藐视朕躬，着杖八十，以儆效尤。"

语毕，上来几个年轻力壮的宦者，要把文震孟拖出。

"等等！"韩爌急忙爬起来，走到魏忠贤面前理论。首辅叶向高近日以病告假，他知道，这个面非他出不可，"魏公公，文震孟乃今科状元，随意加刑，有失朝廷体统呀！"

"象云先生没听清楚吗，我传的是圣谕。天子要杖他，也可以称作随意加刑吗？"魏忠贤冷冷地说。

"天子加刑，也要使臣子宾服。"韩爌说。

"象云先生今日确实有些耳背，皇上的话，一句也没听清。"魏忠贤讥道，"出位妄言，藐视朕躬，有这两句，还不该加刑吗！"

韩爌本来要说，文震孟的奏疏，批评的是臣子尸位素餐，揭帖一纸，长跪一诺，北面一揖；上下拱手，经传典谟，徒循故事；以及空人国以营私窟，晋道学以逐名贤，哪一句不是针对臣下弊端而言！又一想，批评臣子，必然会牵连天子，这事是辩不出个眉目的；不如懵懂带过，或可帮文震孟躲过一劫。于是，他说："书生不晓事，或以敢直言为尽忠。"

"象云先生敢担保他不是讥讪？"魏忠贤厉声问道，想把韩爌吓退。

没想到韩爌毫不犹豫地说："臣爌愿担保。"

魏忠贤没收到想要的效果，又问别的阁臣："其他老先生呢？"

除韩爌外，在场的四名阁臣，有三人表示愿担保。

魏忠贤既问，就不能不有所表示。他说："也罢，象云先生愿为书生担保，我就不愿承担？我把象云先生等所言，奏于圣上，乞圣上免却文状元今次刑罚。不过，我得把话说在前面：今次之事若能遮掩过去，再有妄言之事，象云先生等就不必开口。"

文震孟免除一次皮肉之苦。但两天后，和文震孟同科的翰林官郑鄤疏言政事，宫中传旨，二人一并罢官。

## 第三十八章

挑选一块合适的木料，雕琢成人物或动物，对皇帝来说，已经不是太难的事。他现在琢磨的是，怎样使人的胳膊、腿脚，或动物的前肢、后肢，活动起来。为此，天启三年的正旦节，他在作为木工场所的一间西暖阁里把自己关上大半天，直到两名近侍在外面的窃窃私语不断飘进他的耳朵里，才引起他的注意。

"兄弟的老家在河南禹州吧？"一近侍问。

"我只听老人说过钧州，不知什么禹州。我几世定居畿内，钧州即便曾是老家，也早无干系。"另一近侍说。

禹州即钧州，为避神宗皇帝名讳中的钧字，而更今名。前一近侍说："幸亏无干系，要是成天挂在嘴上，我早和你摆脱干系。"

"我和老家无干系，是我和老家无干系，与你有什么相干！"后一近侍道。

"怎不相干，你把老家的旧名总挂在嘴边，那是大不敬。第一次挂在嘴边，杖二十；第二次挂在嘴边，杖三十；第三次挂在嘴边，杖五十。要不了几次，你那屁股就被打烂，我当然得摆脱干系。"前一近侍说。

"那也只是摆脱我的屁股，用不着摆脱我这张脸。"后一近侍道。

皇帝直想笑，但唯恐打断这么有趣的对话，他紧紧把嘴捂住。

只听得前一近侍又说："兄弟那个老家，我看还是再认回来吧。"

"虽则改名禹州，说起来，难道比京畿还要神气，我凭什么要认回来！"后一近侍道。

"有真凤现身于禹州，你没听说？"前一近侍问。

"无稽之谈，你也信！"后一近侍道。

"兄弟，此事确凿，你别信口乱说，得罪神灵。"前一近侍劝道。

"你在大内，禹州远在千里之外，你怎知确凿？"后一近侍质问。

"我是听司礼监王叔说的。"前一近侍道。

"王叔至多去去司礼监值房，也没离开大内，怎知禹州的事真与不真？"后一近侍继续质问。

"是河南巡抚上的奏本里写的。他身在千里之外，说的是千里之外的事，所言应不虚。"前一近侍道。

"身在其境，所言不实，还不是屡见不鲜。"后一近侍说。

"你不仅不认老家，连老家的父母官也不认。"前一近侍道，"告诉你吧，你那父母官奏本里写得栩栩如生，由不得你不信。"

"他是怎么写的？"后一近侍问。

"高可七尺，是其规模也。"前一近侍顿了顿，可能是在打量后一近侍，然后问，"兄弟，你身高也是七尺吧？"

"六尺九寸。"后一近侍回答。

"可惜，你比真凤仅矮一寸。"前一近侍挖苦道，又说，"羽分五彩，是其色彩也；鸣唱三日，是其动静也；群鸟绕之，是其声势也。"

高可七尺，羽分五彩，鸣唱三日，群鸟绕之。这是河南巡抚奏表里的四句话。该近侍不仅能说下来，还分别加以注释，可见是在内书堂读过书的，或者在入宫前读过书的。

好像怕后一近侍不信，他又说："其实，真凤于去岁十月九日午时，率群鸟集于禹州大隗山，十月十二日申时飞去，比三日还多两个时辰。"

"这也是我那父母官写的？"后一近侍问。

"当然，他不写，我能编得出来？"前一近侍道。

"别以为你说出具体日子，我就会信。"后一近侍说着，问道，"哥哥可知，河南巡抚驻于何地？"

"我知道，在开封。"前一近侍道。

"哥哥可知，禹州距开封有多远？"后一近侍又问。

"这却不知。"前一近侍道。

"三百多里呢。"后一近侍说，"三百多里，比京城到昌平远三倍。大隗山距禹州城又不知有几远，大隗山出的事，河南巡抚怎知？"

"兄弟也太小看一方父母，三百里，只要一匹快马。转瞬即到。"前一近侍说。

"河南巡抚写的，他亲去的大隗山吗？"后一近侍问。

"他未亲去，却差官前去。无论差的是开封府的官，还是禹州的官，也都是你父母官，你仍不信？"前一近侍道。

"终归是耳闻，祖上告诫我，眼见为实。"后一近侍说。

两名近侍争执的焦点是，凤现身大隗山可信不可信。对此，皇帝一点儿也不关心，他在想：如何寻得一块上好的木料，能雕刻出一尊七尺高的凤凰，那一定是传世之作。

年、节期间，都察院于衙门公会，先到的御史们谈论的也是禹州有凤来集的传闻。

"冯中丞的奏本，兄台见到的是节本，还是原本？"一御史问。冯中丞指的是河南巡抚冯嘉会。

"我连节本都没见到，遑论原本！"另一御史道。

"读冯中丞奏本，大鸟之状、之色、之音，历历在目，我真想亲见其形，亲聆其声。"第一个御史说。

"冯中丞说的是大鸟，而不是凤？"第二个御史问。

"冯中丞等仔细，怎会断言为凤！"第一个御史道。

"既未断言为凤，我对其形、其声漠不关心。"第二个御史说。

"兄台欲亲见其形，亲聆其声，并不难。"第三个御史对第一个御史说，又对第二个御史说，"兄台漠不关心，也对。"

"怎讲？"前两个御史齐问。

"禹州那边又有新的传闻，二位都不知吗？"第三个御史反问。

"确是不知。"前两个御史道。

"大隗山所集诸鸟，飞至太和王田庄，遭雨雹，无不坠亡。"第三个御史说。太和王是徽王府名下郡王，徽府藩国在禹州。

这个最新的消息，不仅吸引住前两个御史，也吸引过来其他御史。有的御史想：传闻可靠吗？有的御史想：凤之出，应是吉兆；但其暴死，是吉兆，还是凶兆？有的御史想：亏得无不坠亡，若是其凤复鸣于太和王庄，皇上还不猜忌之，举朝还不思虑之，天下还不妄议之？

"兄台此言，可曾证实？"第一个御史问。

"禹州、汝州守令共言之，应是不假。"第三个御史说。

"如此说来，冯中丞与二守所言相悖。"第二个御史说。

"怎的相悖？"第一个御史问。

"冯中丞言其生，二守言其死，可不是相悖！"第二个御史道。

"冯中丞奏本在前，二守所见在后；若言相悖，也是二守与冯中丞所言相悖。"第一个御史纠正。

"二兄莫争谁与谁相悖,以弟观之,生者一鸟耳,死者一鸟耳,绝非凤类。"第四个御史说。

"冯中丞仔细,故未断言大鸟为凤;兄台却断言大鸟非凤,是不是太不仔细?"第一个御史道。

"我非不仔细,实有所依据。"第四个御史说。

"兄台有何依据?"第一个御史问。

"现于大隗山之麓者,若是真凤;现于北花房之河者,也该是真龙。"第四个御史说。

事去不远,他一提醒,许多御史都想起来。

北花房临大内北护城河,一侧为掌东厂司礼太监宋晋居所。某日,宋晋沿护城河行走,见一物在河中翻滚,命随从打捞起来,却是一尾细龙。宋晋将细龙装于盒中,加铺棉絮,并以龙奏闻于上。皇帝看过之后,命放生于京郊黑龙潭。

"该物之现,亦在十月,倒是可与大隗山之鸟相呼应。"有御史自语。

"我看呼应不得。"第一个御史驳道。

"为何呼应不得?"自语的御史问。

"大隗山大鸟,高七尺;北花房之物,装于盒中,能有多大!"第一个御史说。

"兄台之言差矣,龙之为龙,凤之为凤,不在大小。"第二个御史驳他,并问第四个御史,"听兄台所言,北花房之物非龙?"

"断无可疑。"第四个御史道。

"兄台怎能断定?"第一个御史问。

"因我亲眼见过。"第四个御史说。

他的话又引起轰动。关于北花房有龙现身,其他御史只是听说,至多是从宋晋之口听说,并未见到。

"兄台如何得见?"有御史问。

"十月某日,我巡城至北安门一带,遇宋太监,率数人骑马往城外去。我问他何往,他说,奉圣谕,往黑龙潭放龙。我问他龙何在,他顺手从马鞍上取下一盒,指着它说,奉养在此中。我请一观,他打开盒子,我得以看清其物。"第四个御史述道。

"其物形状如何?"有御史问。

"有首有尾有爪有鳞,与画里的龙有几分相似。"第四个御史说。

"既如此,兄台为何断定非龙?"有御史问。

"该物仅数寸，兄台可曾听说过，或于书中读到过，有数寸大小的真龙？"第四个御史道。

谁也没听说过，或读到过，所以，难再质疑。

"以七尺大鸟为凤，以数寸细物为龙，大小迥异，令人难辩。其实，非常类者，又不止此二端。年前，一乡人自凤县来京，曾与我讲，该处生长一鼠，称得上是硕鼠。"一陕西籍御史说。

"兄台所言硕鼠，能有多大？"有御史问。

"村人比量过，自首至尾，一尺八寸，横阔一尺。"陕西籍御史说。

"尺八之鼠，"有御史比画着，"有这么大，那不比猫要大数倍！"

"不错，普通的猫，制服不了该鼠。"陕西籍御史说。

"宫里养的猫呢？"有御史问。

"恐怕也制服不了。"陕西籍御史说。

"兄台直接说猫也制服不了不好吗，还分什么普通的猫、宫养的猫！"不少御史笑着责备。

"这样说得清楚。"陕西籍御史道。

"兄台所言之鼠大而已，不可辄称异类。"有御史持异议。

"不然，该鼠并非大而已。"陕西籍御史道。

"还有何异处？"有御史问。

"其食谷、豆，肚量极大。"陕西籍御史说。

"仍不离个大字。"有御史笑道，并问，"其肚量有几大？"

"有人逮之而破其腹，存各类杂粮，几有一升。"陕西籍御史说。

御史们听罢，无不愕然。

"可否还有其他异处？"又有御史问。

"两肋生肉翅，可低飞；翅之四角生足，前爪四趾，后爪五趾，奔跑甚速；其毛细软深长，色泽黝黑；其尾丰大，可击人。"陕西籍御史一连说出几个特征。

他以为其他御史会有反应，结果连一声叹息都没有。往一边瞥一眼，见这一边的御史眼睛都看着另一边；往另一边又瞥一眼，心里不由得一紧。原来掌院都御史赵南星不知什么时候进来，也在听他述说。

大家都在等他停下来，才好一齐呼叫"梦白先生"。赵南星和邹元标名气相当，再加上创建东林书院的顾宪成，被海内士人并称为"三君"。不过，由于邹元标在京师倡建首善书院，与许多御史在书院切磋学术，御史们对他的敬畏中，敬更多一些；

而对赵南星的敬畏中,畏更多一些。

"我等在恭候梦白先生,说几句闲话。"陕西籍官员解释道。

"闲话可说,祖宗的教诲却不可忘。"赵南星严正地说。

虽是泛泛地说,但显然更多是针对陕西籍御史的。他讪讪地问:"梦白先生所言祖宗教诲,不知是指哪一句?"

"子不语怪、力、乱、神。"赵南星道。

不少御史回过头去,偷偷地吐舌头。

# 第三十九章

早朝后,廷臣散去。皇极门外,分别而行,衙门在西的官员出归极门,衙门在东的官员出会极门。吏部尚书张问达本该出会极门,但犹豫一下,又折向归极门,正好赶上要出门的赵南星。

"梦白先生!"他唤一声。

赵南星回头,见是张问达,停下来。他问:"德允先生唤我?"

"是,"张问达点点头,道,"有几句话,要与梦白先生说。"

"去吏部吗?"赵南星问。

"不必,去会极门外朝房亦可,于此处亦可。"张问达说。

"如此甚好。"赵南星往边上走几步,表示他说的甚好是在此处,"大计已近尾声,都察院事繁,吏部想必也事繁。"

张问达随他走过去。他们不必担心被陆续往外走的官员们打扰。今年是大计之年,主持大计的吏部、都察院正堂谈话,一定关乎大计,说不定关乎他们自己,谁也不便凑近。

"我正要与梦白先生说说大计。"张问达道,"听说梦白先生欲将王给谏置于劣等,可有此事?"

赵南星不正面答复,却反问一句:"哪个王给谏?"

"怎么,梦白先生还要将许多王给谏置于劣等?"张问达不是真的问,而是在调侃。六科给事中不止一个姓王,但也不至于很多,无论如何,也不会有许多王给谏在考察中被置于劣等。

赵南星自觉难为情,红着脸说:"问得果然多余。"

"梦白先生,这不妥吧?"张问达道。

"德允先生是说,王仰之不该置于劣等?"这句话,赵南星却是一定要问的。他们谈到的王给谏,名志道,字仰之,是福建彰浦人,万历四十一年进士。

"他若有贪、酷等劣迹,置于劣等,自不待言;若仅为日前所上之疏,则须斟酌。"张问达说。

"我正为他日前所上之疏。"赵南星并不隐讳自己的立场,"但不知因他所上之疏而置他于劣等,有何不妥?"

"翻红丸等案,肯定是错的;不过——"说到具体理由,张问达不由得沉吟。他感到为难的是:朝廷处分万历朝的梃击案、先帝朝的红丸案、今朝的移宫案,都是经他之手。他为人稳健,主张是非要分辩清楚,结论要明确;但不能因为见解不同,而随意定罪。现在,他总不好说,赵南星这次把王志道列在劣等,太随意、太不稳重吧!

"该疏之错,并非一般之错呀!"赵南星说着,问道,"疏中有两句要紧的话,德允先生可曾留意?"

"梦白先生指的是哪两句?"张问达问。

"争此于神庙之朝,则为国本;争此于神器再传之后,何为乎?争此于光庙顾命之际,则为预防;争此于大宝久定之日,何为乎?"赵南星重复疏中的两句话后,说,"梃击一案,关乎储君安危,在神庙时为国本之争;今日论之,就不是国本之争吗?红丸一案,关乎天子存亡,于光庙顾命之际为预防;今日论之,就不是预防吗?以神庙时不立储为人情,以先帝重托李选侍为人情;怎就不想想,今日以争国本定梃击一案,以预防不测定红丸一案,亦是人情!"

以神宗皇帝久不立储为人情,即以郑贵妃谋立己子为人情;以光宗皇帝眷顾李选侍为人情,即以李选侍欲垂帘听政为人情。这等于把天下第一等的大是大非完全抹杀。王志道的奏疏写得明明白白,张问达当然不能说赵南星误解这一层意思。但他仍固执地问:"言论再荒谬,梦白先生置他于劣等,可有依据?"

"有,"赵南星道,"德允先生只想到贪、酷方置劣等;却忘还有一则浮躁。官风浮躁,其害不亚于贪、酷。王仰之妄言已有定论之案,难道还当不得浮躁二字?"

其实,以浮躁置于劣等,仍有所不足,但张问达不能说浮躁之风危害不大。稍稍迟疑,他说:"总之,持议谬误,须得以正论批驳之。"

"德允先生此言在理,即便不关考察,是非也要辩明。"赵南星道。

内外官大计,王志道没被置于劣等,而是置于中等。他一肚子怨气,想找张问达理论;后来听说,是赵南星要把他置于劣等,在张问达坚持下,才勉强被置于中等,他又想找赵南星理论。多年在各科垣办事,他对尚书、都御史等是不惧怕的。

没等他去找,有人已找上门来,却是他一向忌惮的光禄寺少卿高攀龙。他知道，他那篇论红丸等案的奏疏，即便得罪尚书、都御史，他们也奈何他不得；而高攀龙是东林书院的创立者之一，东林党人为维护他们的主张，是绝不会与自己善罢甘休的。

但时在散衙之后，行走在长安街上，有心躲避，也无从躲避。

"存之先生回家吗？"王志道勉强招呼道。

高攀龙微微一笑，道："回家？仰之老弟是想，我若回家，走到前面路口，你往北走，我往南走，须得分手。但我今日愿陪你多走一段，不忙于回家。"

王志道心头一沉，大有小鬼被钟馗缠上的感觉。

"存之先生有话说？"他苦笑着问，并说，"存之先生有话说，也该在下陪存之先生，岂敢有劳存之先生陪在下。"

"不管谁陪谁走，先走到前面路口再说。走到路口，我的话若说完，彼此一揖分手。"高攀龙道。

只怕走过去，再走回来，走几个来回，你的话也说不完！王志道心里这样想，口里说的却是："若说不完，我随存之先生走。"

从他们相遇的地方，到前面路口，并不太远，高攀龙却只顾走路，并不开口，直到接近路口时，才说一句："你好走运！"

王志道一直在猜他要说的第一句话，可能是"你好不晓事"，这大约是最客气的；可能是"你好糊涂"，这也是比较客气的；可能是"你好龌龊""你好卑劣"等，那就是要立即撕破脸面。就是没想到高攀龙会说"你好走运"，他不由问道："在下怎的走运？"

说话间到路口，高攀龙指指自己家的方向，说道："仰之，你随我走，是想知道答案，并非我要占你的便宜。"

"早已说定，无所谓占不占便宜。"王志道说着，率先转身，等高攀龙也转身，他又问一遍，"在下怎的走运？"

"今日之大冢宰是张德允先生呀！"高攀龙道，"德允先生为官端正，办事公允；但有一不足：不能疾恶如仇。今日之都堂是赵梦白先生呀！梦白先生道德文章，皆臻化境；但有一不足，不能持之以恒。"

"存之先生的意思，自家能够疾恶如仇、持之以恒？"王志道问。

"不错。"高攀龙道。

"换存之先生是大冢宰，是都堂，会如何处置在下？"王志道问。

"必效圣人诛少正卯，以示公论，以正士风。"高攀龙道。

"圣人诛少正卯，可说以示公论，以正士风；存之先生杀在下，恐怕只可说是诛杀无辜，或曰诛杀异己。"王志道说。

"我为正，异己即邪；诛之，怎算得无辜！"高攀龙道。

"这我实在不懂。我并未得罪存之先生及存之先生同道之意，存之先生为何一定要置我于死地？"王志道肯这样问，可谓委屈至极。

"得罪我不怕，得罪朝野正论，得罪圣人，人人得而诛之。"高攀龙道，"于神庙以来各案，清流、奸邪，泾渭分明。争国本者为正，为郑氏辩者必为邪；争红丸者为正，为可灼辩者必为邪；争移宫者为正，为李氏辩者必为邪。你诸案皆反正论，自忖正耶邪耶！况今邪说已为天下人摈弃，你重又拾起，蛊惑人心，这还不该杀吗！"

一口一个该杀，王志道对高攀龙再忌惮，也无法忍受。

"左一个当诛，右一个该杀，存之先生以清流自许，清流难道就是如此服人的吗？"他反击道。

高攀龙遇到这样的挑衅，一般都会慷慨陈词，迎头痛击；但他今天不怒反笑，说道："左一个当诛，乃口诛笔伐之诛。仰之竖耳听之即可，不会有快刀噬血之痛。右一个该杀，却是实实在在地该杀，实实在在地欲杀你而后快。仰之，你可知其中的道理？"

"不知。"王志道说。

"仅争红丸等案，口诛笔伐可也；甚至连口诛笔伐，我也懒得去做。但你今者上疏，并非仅为争红丸等案。"高攀龙道。

"不为争红丸等案，却为何事？"王志道问。

"疏里不是写得明明白白：则曰为两朝实录也！仰之自家难道忘记？"高攀龙道。

在提出争红丸等案于神器再传之后、于大宝久定之日何为的问题后，王志道给出一个答案：为的是修神庙、光庙两朝实录。他解释说："在下指的是前宗伯，非谓自身。"

"你说得不错，闻斯先生争红丸等案，确是为两朝实录；但仰之，你于此际争红丸等案，敢说不是为两朝实录？"高攀龙针锋相对地质问。

他们说的闻斯先生，即孙慎行，天启元年末被召任礼部尚书，去年七月致仕。他掌礼部期间，关于红丸等案的争论已平息；但他抓住这些积案不放，主要原因是两朝实录正在编修之中，修两朝实录一定要涉及这些积案，必须要有明确的说法。

"实录是要传之后世的，我为实录而争，总不能算错。"王志道说。

"对！我说你该杀，正是因为实录是要传世的。"高攀龙道，"你王仰之如何说梃击案，如何说红丸案，后人不当一回事；实录里如何写梃击案，如何写红丸案，人人皆信以为实。你此际争红丸等案，是想将你所谓人情，你所谓真相，写在实录里，使后世之人，以假为真，以奸为忠，其用心何等险恶！"

"在下何等人物，想实录怎么写，就可以怎么写吗！"王志道知道这个理由是驳不倒高攀龙的，但还是忍不住嘟囔。

"有此用心足矣！此心正少正卯之心也，我欲杀你，清流欲杀你，与圣人诛少正卯，并无不同吧！"高攀龙道。王志道还要分辩，却没机会。高攀龙紧接着说，"再者，我说你不仅争红丸等案，还有个缘故：你欲借争红丸等案，为前首辅辩之。"

王志道不否认这一点。他说："前宗伯争红丸案，是冲着涵公去的；他可攻涵公，我为何不可为涵公辩？"

孙慎行论红丸案疏，称：阅邸报，知李可灼红丸乃首辅方从哲所进。夫可灼官非太医，红丸不知何药，乃敢突然以进。昔许悼公饮世子药而卒，世子即自杀，《春秋》犹书之为弑。然则从哲宜何居？速引剑自裁以谢先帝，义之上也。他的这一番议论令众多官员叫好。

"好，你为前辅辩，我为闻斯先生辩，看谁辩得过谁！"高攀龙道，"进药非途，致令先帝遽崩，天下痛心疾首。身为首辅，罪同弑君，闻斯先生攻他，有什么不对？且前辅之罪不止'红丸'，其最大者在交结郑皇亲。郑氏父子所以谋危先帝者不一，始以张差之梃，继以美姝之进，终以文升之药，而前辅实左右之。又力扶其为郑氏者，力锄其不为郑氏者，一时人心若狂，但知郑氏，不知东宫。此贼臣也，不唯攻之可也，杀之亦无不可！仰之为此等大奸巨蠹辩，该不该杀？"

开始，不离王志道一人该杀；说来说去，又引申出方从哲该杀。王志道在气势上早被压倒，辩既辩不过，不得不考虑自己的退路。他知道，最好的退路是自己谢罪辞官。

# 第四十章

总督四川及湖广荆、岳、郧、襄及陕西汉中五府军务，兼四川巡抚朱燮元，传檄各部赶来叙州长宁会合。

叙州城在成都以南，相距约一千二百里，是进攻永宁的最前沿。集兵于此的目的，用不着多想也料得到。所以，川东兵备副使徐如珂一到就问："懋和先生，哪一日发兵？"

朱燮元字懋和，浙江山阴人，万历二十年进士。他拿腔拿调地反问："季鸣先生欲发兵何处呀？"

徐如珂和朱燮元中第虽只差一科，现在的地位却相差甚远。他说："发兵何处，自然是听都堂的。"

朱燮元笑笑，道："刘佥宪尚未到，别让他以为你我等甲科之士轻乙科，等他到后再议。"

监军佥事刘可训，举人出身。隔日，刘可训赶到长宁，又问："懋和先生，哪一日发兵？"

"杨帅离得远，虽先发，亦必后至。等他到后，再议。"朱燮元说。

"杨帅也要来？"刘可训、徐如珂齐问。四川总兵官杨愈懋被招来，更可见是一次大的行动。

杨愈懋一到，问的也是："都堂，哪一日发兵？"

"尚有位要员未到，再等等吧。"朱燮元说。

他不仅是四川一省的最高官员，还兼督他省，被他称为要员的会是谁，让其他人琢磨不透。而且，其他人到时，都是前往大营谒见；此人到时，朱燮元亲自迎出大营。

来人一身戎装，看不清面目。但从其随员来看，是土目、土兵无疑。那么，此人应是土司。

对土司的礼遇，超过自己，让许多官员心里不舒服。杨愈懋粗犷，上前准备给他难堪。等走近，发现认得此人，不由一惊。

"秦夫人！"他呼道。

原来是石砫女宣抚使秦良玉。奢崇明反，她率本司兵讨之，于收复成都附近各县及收复重庆之役中，均建立功勋，被朝廷册封为夫人。

秦良玉见杨总兵，要行属下之礼，朱燮元拦在前面说："杨帅还不知道吧，朝廷已加夫人都督佥事，充总兵官。从今往后，她可要与杨帅平起平坐。"

"都堂待之如上宾，我岂敢望平起平坐！"杨愈懋道。

"本朝立国以来，加都督衔的土司不少，但有几人用作总兵官？况且是位女子。杨帅，不是我对她格外礼遇，是朝廷对她格外礼遇。"朱燮元说着，转向秦良玉，让道，"秦帅，请入营。"

长宁县衙后堂稍加布置，即成议事场所。朱燮元坐在正中，他的下首，一边坐着杨愈懋，一边坐着秦良玉。再下徐如珂、刘可训。参将、守备等武官，依次坐定。

朱燮两眼向众官扫去，先停留在徐如珂身上。他说道："我曾对你说，等刘佥事到后，再议发兵。其实，等刘佥宪还在其次；我那时还没想好，究竟哪一日发兵。"目光又停留在刘可训身上，说道，"我又对你说，等杨帅到后，再议发兵。其实，等杨帅还在其次；我那时仍没想好，究竟哪一日发兵。"

他的目光停留在杨愈懋身上时，杨愈懋道："不用说，都堂对我说，等要员来后，再议发兵。等要员也在其次，主要的是没想好哪一日发兵。"

"错，等要员不在其次。"朱燮元道。

"这是为何？"杨愈懋问。

"要员一到，我就想好哪一日发兵。"朱燮元道。

"都堂这么说，可要让我等无地自容。"杨愈懋说。

"杨帅休要懊恼，我有事正要问你。"朱燮元顿了顿，问道，"今统而计之，蜀中有兵若干？"

"十六万有余。"杨愈懋答道。

"其中，官军若干？"朱燮元又问。

"约八万。"杨愈懋说。

"其他的呢？"朱燮元问。

"为各土司兵。"杨愈懋说。

"以十六万大兵剿叛贼，兵力足否？"朱燮元问。

"足矣。"杨愈懋说。

"八万呢？"朱燮元问。

"略显不足。"杨愈懋说。

"略显二字，杨帅用得好！"朱燮元称赞一句，又说，"自剿叛以来，官军不敢不用力。这不用说。然土兵剿叛，多不得力。这也不难理解。奢氏大散金银，拿到赂银的土司自然逗留不进。唯秦帅不遗余力，闻令即行，甚至未得将令而行。今次，又是她率先统兵而来。杨帅，你所谓略显的不足，秦帅一来，石砫兵一来，可以补足，我也才好下决心发兵。我说，她一到，我就想好哪一日发兵，有何不对？"

"都堂所言极是，就请定下发兵的日子吧。"杨愈懋道。

"是啊，请都堂大人定下日子发兵。"其他各官附和道。

"日子不忙定，我还有事与各位计议。"朱燮元说着，环顾众官，问道，"谁能告诉我，与叛贼交兵以来，胜负如何？"

"据我看，可谓胜负相当。"监军御史毛羽健说。

"不，应该说胜多负少。"徐如珂道。

"季鸣先生为何称胜多负少？"朱燮元问他。

"都堂固守成都，以火器破贼弩阵，决都江堰冲贼营盘，复以敢死之士出战，斩贼酋三人。此其一也。野战中，贼出吕公车，巨大如舟，长五十丈，高丈许，楼数重，以百牛牵引，车中可藏数百人，以机弩毒矢攻我；都堂命以大炮击牛，以巨木为机关，发千钧巨石击车，车毁牛散，此其二也。秦帅与下官等奉檄，出佛图关，一举收复重庆，杀贼万余，贼酋樊龙、张彤亦重创身死，此其三也。三者中有一，即可谓大胜。"徐如珂举出三个事例。

"芝田，你看呢？"朱燮元又问毛羽健。

毛羽健字芝田，湖广公安人，天启二年进士。他也举出三个事例："重镇遵义得而复失，此其一也。奢氏未平，安氏又叛，此其二也。奢氏老巢永宁，至今似仍遥不可及，此其三也。"

安氏，具体地说，是贵州宣慰使司同知安邦彦。他与奢崇明早有勾结，天启二年六月，亦起兵反叛，与奢崇明相呼应。

"安氏在贵州，与四川叛贼是二事。难道官军在辽东吃败仗，也要算到四川官军的头上？"徐如珂驳道。

"于季鸣先生，可以说二事；于懋和先生，却是一事。"毛羽健又驳。

他的话不错。四川叛逆，朱燮元要管；贵州叛逆，朱燮元也要管。于是，徐如珂换个题目:"永宁并非遥不可及,懋和先生集我川军于此,难道不是为的攻永宁?"

这倒不好反驳,毛羽健没出声。

"杨帅,你看呢?"朱燮元问杨愈懋。

"似乎都有道理。"杨愈懋说。

"这么说,就是我没道理?"朱燮元道。

"都堂要我评判的是他二人,为何却称自家没道理?"杨愈懋问。

众官都关切地等着听朱燮元的回答,只有刘可训微笑。

朱燮元看在眼里,问道:"刘大人有何高见?"

"懋和先生自称没道理;我看,的确没道理。"刘可训说。

"来,来,给大家说说。"朱燮元道。

"懋和先生问的是胜负如何,其实,所要的答案并不是胜负相当,或胜多负少。但问的既是胜负如何,答以胜负相当或胜多负少,都不能算没道理。既然不能说他二位没道理,只好说懋和先生没道理。"刘可训的话含含糊糊,把这件事变得更加玄妙。

"老刘啊,你这么说,我可是一句也听不懂,你能不能说得实际点儿?"杨愈懋责问。

"那还是请都堂大人说吧。"刘可训道。

"好。"朱燮元点头应允,"我问的是胜负如何,答案有三个:其一,胜负相当;其二,胜多负少;其三,胜少负多。胜负相当、胜多负少不是我要的答案,刘金宪说得对。那么,胜少负多呢?那更不是我要的答案。胜负相当的答案不能说错,胜多负少的答案也不能说错,唯有胜少负多的答案的确是错的。既如此,我要的答案为何不是胜负相当,为何不是胜多负少呢?因为这两个答案改一改,或许更恰当。我的答案是:我屡胜敌,却未灭敌。屡胜敌,则不能说胜负相当;未能灭敌,则一多一少并无意义。此一说,诸位以为如何?"

"比之徐、毛之争,都堂更深入一层;比之老刘之言,所论则明白许多。"杨愈懋说。

"杨帅怎的也做起秀才?"守备金富廉道。

"杨帅出口成章,比较得既全面,排比得又工整,非一般秀才可及。"另一个监军佥事戴君恩却说。

"老戴小看人,我若读书,只考得上秀才?"杨愈懋不满意他的说法。

"杨帅别误会,我所谓秀才,书生也。考上秀才的是书生,考上举人的是书生,考上进士的也是书生。"戴君恩说。

"那我也可说你非将军可及。游击可称将军，守备可称将军，总兵也可称将军，不知你要和哪个将军比较？"杨愈懋问。

"以胆量相较，我哪一位将军也比不上。"戴君恩说。

众官说笑一会儿，目光又集中到朱燮元身上。

"诸位何不议议，为何我屡胜敌，却未灭敌。"朱燮元又出新题目。

"我看，是因为叛贼跑得快。"杨愈懋率先给出一个答案。

"杨帅的意思，叛军马多？"朱燮元问。

"那倒未必，蜀中地势多变，马匹未必适用。"杨愈懋说。

"还不如说，叛军善走，或曰敌健我疲。"朱燮元更正他的说法，同时也表明，并不赞成这个答案。

"杨帅说地势多变，或因此官军不易于寻敌。"徐如珂说。

"我不易于寻敌，贼倒易于隐蔽？诸位须知，前者与贼战，是在成都，在重庆，非在永宁。"朱燮元把这个答案也否定。

"贼未见得易于隐蔽，然洞知官军所向，却是有的。"刘可训说。

"这是为何？"朱燮元问。

"都堂曾言，奢氏大散金银，金银不仅可散于土司，亦可散于汉卒汉官。"刘可训说。

"不如说，贼善用间，我不善用间。"朱燮元对这个答案也不很满意。

再没人提出新的见解。徐如珂道："我等想到的，都已说过；懋和先生，请说说你的想法吧！"

"我的想法是四个字。"朱燮元说。

"不会是秘不可言吧？"徐如珂说句笑话。

"秘不可言，为何把你等请将过来！"朱燮元笑道。

"老徐休得打岔，且听都堂说。"杨愈懋道。

"这四个字是：贼众我寡。"朱燮元说。

"贼众我寡？这不又回到十六万抑或八万的话题？"杨愈懋道。

"和八万、十六万之数无关。"朱燮元说，"所谓贼众，其实乃贼合；所谓我寡，其实乃我分。我蜀中大军数倍于贼，甚至十倍于贼；然守城都须军，守重庆须军，守各城无不须军。故每与贼战，未必众于贼。临战，贼众我寡，我或落败。胜负相当也罢，胜多负少也罢，那个负字便是为此。即便获胜，我也不敢穷追，穷追亦无益。"

"原来懋和先生集兵于长宁,是想穷追!"徐如珂道。

"不错,与贼决战,此其时矣!"朱燮元说。

"大兵已集,都堂欲哪一日发兵?"杨愈懋又问一遍众官不断提出的问题。

"近日。"朱燮元仍不说具体的日期。

金富廉站起来,躬身道:"末将等皆在,听候都堂大人分派。"

"好!"朱燮元应一声,向秦良玉转过身去,问道,"他等皆喷喷不休,秦帅为何不出一言?"

"大人命末将与会,已是分外眷顾,末将怎敢妄言。"秦良玉说。

"若是我请你说呢?"朱燮元道。

"末将也只有四个字。"秦良玉说。

"说来听听。"朱燮元道。

"愿为前部。"秦良玉道。

四月,官军攻永宁,于老军营、凉扇铺等处,尽焚其营寨。奢崇明、奢寅父子率部奔入蔺州城。五月,蔺州城亦为官军攻克,官军并于龙场擒获奢崇明妻安氏。

# 第四十一章

东华门外，东安门内，是皇城，虽不如大内静穆，但也不是个可以随便喧闹的地方。六月的一天，成百上千的宦者出宫，呼叫着，拥向各部衙门所在，堪称一道奇特的景象。

宦者停在工部衙外，层层围住，向衙内詈骂。然后，他们冲入衙内，继续叫骂。守在门外的衙役和军士，惊恐万状，没一人敢劝阻。

一名吏部主事，绕到工部门前，向里探头。

"哪一衙门的？"有宦者问。

"吏部。"该主事说。

"来工部何事？"宦者问。

"无事，找个老乡，说说闲话。"该主事说。

"去，去，此刻尚未散衙，敢来说闲话！"宦者把他撵走。

又来个兵部的司官，欲入内看个究竟。

"哪一衙门的？"有宦者问。

"兵部。"该郎中说。

"来工部何事？"宦者问。

"有公事要议。"该郎中说。

"去，去，今日工部放假，不议事。"宦者又把他撵走。

户部尚书陈大道来工部，不可能自己往衙门里闯，他带来的一个户部衙门的差役上前与宦者交涉。

"哪一衙门的？"有宦者问。

"户部。"该差役说。

"来工部何事？"宦者问。

"我部大老爷与工部大老爷有约。"该差役说。

"与工部哪位大老爷有约？"宦者问。

"正堂。"该差役说。

"去，去，工部正堂大老爷今日约来我等，其他一切约会均已取消。"宦者也想把陈大道撵走。

"兄弟，这一位户部的大老爷可不能去。"另一宦者说。

"为何不能去？"前一宦者不服气。

"你没看到吗？他是户部正堂。"后一宦者道。

"那又怎样！"前一宦者不服气，"不是说好，工部官员一个不放出去，别部官员一个不放进去吗？"

"你是真糊涂，还是和我装糊涂？户部尚书掌天下会计呀！"后一宦者道，"你想，工部尚书能下金蛋吗？工部衙门有聚宝盆吗？工部用度，还不得户部给。"

"有道理，是我糊涂。"前一宦者说着，对户部的差役说，"既然你家大老爷与工部大老爷有约，快快请他老人家进来。"

工部衙门前院一个人也没有，陈大道想，工部官员一个不放出去，这话不知从何说起。或是前面一个也不放出，工部官员都躲到后院？

后院也是空的。后侧小门大开，工部官员想来都是从此门溜出。只有工部尚书钟羽正沉着脸，端坐在后堂，大有死守衙门的架势。

"都已撤出，叔濂先生也去吧。"陈大道说。

钟羽正是山东益都人，他以山东人特有的直率，斩钉截铁地吐出两个字："不去！"

"叔濂先生这是在和谁人赌气呢？为此辈宵小气坏身子，值不值得？"陈大道仍想劝说。

"该当有此一劫，躲是躲不过去的。"钟羽正说。

"好，叔濂先生不躲，我来陪你。"陈大道说着，拣把椅子坐下。

钟羽正看他一眼，本不想说什么的；但闷坐一会儿，忍不住叹口气。他说："我是在劫难逃，行之先生，你又何必自投罗网！"

陈大道字行之，湖广光化人，万历十四年进士。

"罗网？工部是一张罗网吗？"他问。

"有此辈在，任何衙门都可能成为罗网。"钟羽正说着，反问道，"行之先生可知，他等喧闹工部，为的何事？"

"是啊，到底为的何事？"陈大道问。

"他等是来索钱。"钟羽正说。

"索钱？他等年俸又不该工部出，为何来工部索钱？"陈大道问。

"年俸虽不该工部出，有一样东西，却是该工部出的。"钟羽正说。

"何物？"陈大道问。

"冬衣。"钟羽正说。

"时值六月，却索冬衣？"陈大道忽然想起一事，说道，"我记得内臣冬衣，隔岁一给，今年似乎不是给冬衣的年份呀。"

"谁说不是，他等是要预支明年的冬衣！"钟羽正说。

"荒唐，实在荒唐！"陈大道呼道，"别说今年不该给冬衣，即便今年该给，叔濂先生这会儿恐怕也拿不出来。"

"他等允许工部变通呀，冬衣没有，可以每套二十两银子的价码，支给银两。"钟羽正说。

"我以为叔濂先生随口一说，谁知真是来索钱的！"陈大道由劝说钟羽正别赌气，改为激励他别妥协，"此银不能支给！他等拿到银子，不会置冬衣，多半会沽酒喝。到明年，浑若无事，又要支领冬衣。就算他等肯用银子去置冬衣，一人一个样式，在宫里进进出出，成何体统！"

"我还不知不能支给！"钟羽正道，"方才有人告诉我，来者有千余人。即以千人计，每人支二十两，共计两万两。而且，今日千人支去银两，明日会有两千人来，须以四万两银子打发。即便我想息事宁人，行之先生肯拿出这笔银子吗？"

"即便我想助叔濂先生一臂之力，朝廷答应吗！"陈大道回应一句，又说，"难怪叔濂先生说我自投罗网，说到底，网是为我设置的。不过，来了也好，免得他日此辈去户部闹事。我陪叔濂先生在此坐等，要杀要剐，也算我一个！"

还好，宦者虽嚣张，对朝廷大臣却不敢杀不敢剐，甚至连后院也没闯入。他们只是在前院詈骂，詈骂得不耐烦，又动手摔东西，由茶杯、饭碗到笔墨纸砚，最后把大堂上尚书的公座也给砸烂。由日在当头，直闹到日将西落，他们才渐渐离去。

皇帝听王体乾讲述发生在工部衙门的詈骂事件，大笑不已。他身后几名近侍，不敢笑出声来，但每人脸上无不洋溢着欢快，好像那些宦者敢在工部闹事，也有他们一份荣耀。

"你是说，工部官员空衙而出？"皇帝问。

"奴才听那日去过的人讲，一个工部衙门的人也没遇到。"王体乾说。

"工部尚书称大司空，我看自那时起才名副其实。大司空者，司一座空衙也。"皇帝说。

王体乾见皇帝并不责怪宦者闹事，正好顺着皇帝的意思说："爷说的是。奴才吩咐下去，以后见工部尚书，一律称名副其实大司空，见工部侍郎，一律称名副其实少司空。"

"不可！"皇帝不让，"大司空、少司空皆朝廷重臣。该唤大司空的，仍唤大司空，该唤少司空的，仍唤少司空，不可稍加蔑视。不过，他等若在心里加上名副其实四个字，朕也不想管。"

"是。奴才吩咐他等只可在心里称名副其实大司空、名副其实少司空，不可呼之出口。"王体乾应道。

"对了，你不是说千余内臣把工部衙门堵得严严实实吗，怎么工部官员得以走脱？"皇帝问。

"工部和其他各衙门一样，有个后门。"王体乾说。

"有人亲见工部官员一个个从后门溜出吗？"皇帝问。

"并无人亲见。"王体乾道，"但他等狼狈逃窜的情景，奴才想也想得出。此等情景，有一句古诗正可形容。"

"哪句古诗？"皇帝问。

"唐诗有'老翁逾墙走'句，今可改作'百官逾墙走'。"王体乾说。

"老王啊，你没有文才，就不要乱改古人的诗。"皇帝不等他有所表示，已转话题，"千余奴才在外寻衅，朕虽然开心，但其中利害朕心里还是有数的。朕听说，他等去工部闹事，为的是索取冬衣。老王，这事是有的吧？"

王体乾不敢撒谎，答道："奴才也是这么听说。"

"朕还听说，内臣冬衣两年一给，是否如此？"皇帝接着问。

"这不会错。"王体乾说。

"老王，今年可是给冬衣之年？"皇帝问。

"这个，奴才说不好。"王体乾道。他总是偏向宦者的，听出皇帝要处置闹事者，不愿轻易道出实情；但又不得不请旨，"爷，要不奴才去问问？"

"此事不必问，钟尚书在奏疏里是这么写的。人人皆知的事，他还敢瞒天过海不成！"皇帝顿了顿，接着说，"倒是另有一事，你去问一问。问清楚，也不必告朕，你自己处置。"

"爷要奴才去问何事？"王体乾问。

"谁是主谋，谁是从犯，谁只是詈骂，谁砸坏人家工部的家什。"皇帝道，"动口者，杖十；动手者，杖二十；主谋者，贬去凤阳司香。"

"奴才遵旨！"王体乾应道。

# 第四十二章

陈大道见工科给事中方有度的名刺，不由得不琢磨：方有度是南直隶歙县人，万历四十四年进士，和自己并没有特别的关系呀！会不会是因为自己在阉宦大闹工部的事件中选择共患难，他来表示敬意的？那就更不对。谁不知道工科和工部是一对冤家，就像户科和户部是一对冤家一样。

等方有度一开口，他又往相反的方面琢磨。方有度说的是：晚生唐突，特来向行之先生请教一事。请教的另一层意思，就是理论。他想，自己做错什么，户科不来理论，工科却来理论？难道自己当时出于义愤，和叔濂先生站在一起，反而引起工科的不满？

他呼着方有度的字问："中和要问户部的事，抑或要问工科的事？"

"是户部的事。"方有度说。

不牵涉工科与工部的纠纷，看来与前次事件亦无关。

"中和不会愿意听到一堆乏味的数字吧？除这些数字，我没别的可告与你。"陈大道说。

"晚生要问的，正是一堆数字。"方有度说。

"当真？"陈大道挠挠头，道，"那就请问吧。"

"自辽左事发，民间增派新饷，晚生只记得是四百多万两，实数则懵然，行之先生可否告知？"方有度道。

"是四百八十五万两。"陈大道告诉他。

"据称，此数仍不足分派，是吗？"方有度问。

"是，亏空不在少数。"陈大道说。

"不应该呀！"方有度道，"朝廷年赋有多少，一下子骤增四百八十万，怎么还会有亏空！"

"中和以为里面有冒领滥支？"陈大道笑笑，说道，"你不是要听数字吗？正好，可以帮我算一算。"

"请行之先生先说大数。"方有度道。

"那是自然,不劳嘱咐。"陈大道说着,握紧拳头,说,"我先告诉中和个大数:山海关内外骑步兵十一万有奇,草料、饷银及文武将吏、军匠、役人等俸给共四百余万。"说到这里,他问,"中和要不要我把余数也说出来?虽曰繁杂,我还是说得出来的。"

"不必,不必,有个整数可矣。"方有度忙说。

"年增新饷四百八十五万,仅此一项,就耗费四百万两,能够支应其他用度的,实在是很有限。"陈大道说。

"所谓其他用度,再也没这么一大笔,对吧?"方有度问。

"但都是不能不支给的。"陈大道说着,一笔一笔叙述,"结好西虏一项,朝廷能不支给吗?"

"不能,所须若干?"方有度问。

"视天启二年例,该七万两。"陈大道说。

"好,这七万两,朝廷如数支给。"方有度说着,做个请他继续往下说的手势。

"我还不知道,中和是如此爽快的一个人呀!"陈大道笑道。他话里的意思是:看你还能爽快到几时!"万历三十九年,京师建振武营,增新兵三千三百,四十年,通州增骑步兵九千八百,四十一年,密云增车兵一万,张加湾增新兵六千,京师十六门增新兵八千,毛文龙海上兵二万。四十七年,登、莱增水陆兵二万,天津增水陆兵一万四千。"说到这里,喘了口气,道,"抱歉,我说得太快,中和大概没记住。"

"不计有奇,可否?"方有度问。

"有奇总是有的,但我亦未计,你也可不计。"陈大道说。

"那么,不难算出,行之先生说的,总计是九万一千。"方有度道。其实,他只要再加上一百,就和陈大道所说的数目相符,但他偏不加上,以示删除"有奇"。

"对,是这个数目。"陈大道点头称是。

"山海关内外十一万骑步兵,所需四百万,该等地方增兵竟达九万余,所需饷银也不少吧?"方有度问。

"中和想呢!"陈大道不是真让方有度想,让想也是想不出来的,他说,"好在有几笔账目不由新饷里支给。"

"是哪几笔账目?"方有度问。

"一项,登、莱增兵,其饷半数由本省支给。"陈大道说。

"二万变为一万,可减不少。"方有度道,又问,"还有呢?"

"一项，振武营所增新兵，京师十六门所增新兵，其饷由京师仓米支给。"陈大道说。

方有度稍等一会儿。见陈大道不再说，他问："余者岁费若干？"

"粗略计之，当在一百二十万。"陈大道说。

"我还以为，须得二百七八十万呢。"方有度道，"山海关内外骑步兵须得四百万，各地新增兵须得一百二十万，总计五百二十万，亦即，行之先生所言亏空在三十五万。"

"若亏空在三十五万，户部好歹也能补上。"陈大道摇着头说。

"怎么，我计算得不对？"方有度问。

"对是对，但有些意外情形，未计算在内。"陈大道说。

"哪些意外情形？"方有度问。

陈大道不答，却反问："不知我说清楚否？新饷全额四百八十五万。"

"这有什么不清楚的！难道行之先生不告诉我全额，却告诉我半额，或大半额？"方有度说罢，自己醒悟，"行之先生是说，既是全额，则有不能照额征收的情形？"

"天灾人祸，旧赋多有蠲免，新饷也不例外。"陈大道点头。

"那么，北直隶大灾，新饷肯定要免一部分。"方有度道。

"不是免一部分，北直加派新饷四十三万，全免。"陈大道说。

"那可要减额不少，"方有道说，并开始计算，"四百八十五万，除去四十三万，尚有——"

"中和不忙计算，等我说完，一并计算。"陈大道拦住他，"登、莱新兵，其饷一半不该由新饷支给；另外，山东市米运往天津，其银本该出在山东。但抚臣奏言，山东亦有灾情，请支自新饷，朝廷竟准。"

"新饷代山东出的银两，共计若干？"方有道问。

"四十四万八千两。"陈大道说。

"动辄四十余万，怎生得了！"方有度惊呼。

"四十余万，中和就嫌多？"陈大道讥道。

"还有多的？"方有度更加吃惊。

"湖广一省，新饷本该七十一万九千。"陈大道说个更大的数目。

"难道升斗未征到？"方有度问。

"征是升斗无遗地征到，却一粒未解往辽东。"陈大道说。

"这是为何？"方有度问。

"中和莫忘，西南战事亦频。"陈大道说。

"不错，不错！"方有度连声道，"川、黔用兵，也是短不得粮饷的。湖饷支给该役，比起运往辽东，或由他省支给川、黔所需粮饷，还少许多运送的费用。"

"支给川、黔之役的，又不止湖广一省之新饷。"陈大道说。

"怎么，七十余万，仍不足用？"方有道问。

"转战两省，自然不足用。"陈大道说，"除湖广新饷，广西加派新饷六万，四川加派新饷二十二万，云南加派新饷一万六千，皆留作黔饷。"

"合而计之，该有一百万吧？"方有道问。

"一百一十一万有余。"陈大道心里早有数。

"平乱一年有余，应该不会少于这个数目。"方有度评论。

"另有水旱之灾而征之不至者，有虽征之而数额不齐者，因无定数，尚未计入其内。"陈大道说。

"不必再说。辽东新饷缺额如此之多，其他不计也罢。"方有度道。

"中和计算，辽东指望不上的粮饷究竟有多少？"陈大道问。

"一百九十九万余。"方有度很快算出结果，"行之先生，不如简单算成二百万，如何？"

"不好。这等数字，宁愿言少，切莫言多，免贻人口实。"陈大道说。

"既如此，仍记作一百九十九万有奇。"方有度重复该数字。

"新饷全额是四百八十五万。"陈大道提醒。

"晚生并未忘。"方有度说，"全额四百八十五万，不能用于辽东者一百九十九万。此乃第二种亏空，与行之先生所言第一种亏空合而计之，为二百三十四万有奇。"

陈大道正要点头，忽然又想到一件事。他说："不，应略少一些。"

"少在哪里？"方有度问。

"旧额辽饷五十二万，已发往辽东，可补部分亏空。"陈大道说。

"有减，亦有增，多少令人感到欣慰。"方有度用挖苦的语气说，但不知是在挖苦自己，是在挖苦陈大道，还是在挖苦别的什么人，"把这一项减除，朝廷尚欠辽东军饷一百八十二万。"

"中和，你说这一百八十二万，如何筹措？"陈大道问。

方有度一愣。工科给事中审核工部奏章，会接触到一些数字，但从未接触这么大的一笔银两。让他处置这笔银两，都不知从何下手，更不要说让他去筹措。

"行之先生是说，这笔欠饷还要筹措？"他问。

"当初确定新饷加派数额，是依据需要计算出来的；数额不足，焉得不设法筹措！中和为朝廷筹措之。"陈大道说。

"筹措钱粮，非方某所长，行之先生还是找别人吧。"方有度说着，连连揖手，"告辞，告辞！"

方有度核实各项数字是为写疏。他上疏，原想阐述两个问题：一是加饷数额太大，民间难以承受；二是所征加饷，使用是否合理，要严加核查，杜绝贪贿。和陈大道交谈之后，一方面他大有收获，对使用加饷不再担心；但另一方面，他原来的思路也完全被打乱。除奏明各项数字，他只能在结尾含糊地写道：计天下正供九边饷额，岁入太仓银库约三百四十余万。今辽事加派至四百八十五万，视正供数则倍且余四。此外，缺饷一百八十二万，则于加派现额又溢十之三。由今之道而无变计，即令东师长伏穴中，不西向遗一矢，而天下已坐敝矣。乞敕户、兵部总计之，养兵补饷，不病国，不厉民，毋待其变而后图之也。

# 第四十三章

魏忠贤私宅里，张灯结彩，一片欢腾。刘荣一会儿在前堂、一会儿在厨房忙活着。在前堂，是为宴会场面布置得更喜庆；在厨房，是为饭菜做得更精致可口。

魏忠贤、客氏闹中取静，躲在后堂说闲话。

魏良卿进来，给魏忠贤叩头，口称："老爹，孩儿得朝廷荫庇，官升一级，全靠老爹。孩儿给叔叩头。"

奉圣旨，魏忠贤侄儿魏良卿、客氏之子侯国兴，以及司礼太监王体乾、宋晋、梁栋、王朝忠等侄、甥，共十二人，荫锦衣卫指挥使，并且世袭。这是一件特殊的恩典，也是今日魏宅欢宴的名目。

"第一，由千户到指挥使，可不止一级，中间隔着三四级呢；第二，你今次升官，不仅靠我，还要靠她。"魏忠贤说着，指指客氏，"该给她叩的头，你不能欠着。"

"是。"魏良卿应一声，给客氏叩头，并说，"孩儿给老爹叩一个头，给干娘叩两个头。"

"叩二十个头也不多，实惠点，我看你不如省个字吧。"魏忠贤说。

"叔让孩儿省哪个字？"魏良卿问。

"多个干字，你就不觉得拗口！"魏忠贤道。

魏良卿马上领悟，说道："孩儿早就觉着拗口。但未得老爹准允，又不知干娘是不是愿意，故不敢擅自省去。"

"多个亲儿子，我有什么不愿意的！你和国兴不是早就称兄道弟。"客氏说。

魏良卿出去不久，侯国兴又进来。他给客氏叩头，道："孩儿得朝廷荫庇，官升一级，靠的是娘。孩儿给娘叩头。"

"第一，由千户到指挥使，中间隔着三四级呢。"客氏说着，指指魏忠贤，"这是他说的，不信，你去问他。第二，你今次升官，不仅靠我，还要靠他。"又一指魏忠贤，"你别光给我叩头，也得给他叩头。"

"是。"侯国兴应一声,给魏忠贤叩头,"孩儿给娘叩一个头,给干爹叩三个头。"

"叩头多,未必讨好,你不如在话里下点儿功夫。"客氏说。

"孩儿怎生在话里下点儿功夫?"侯国兴问。

"干爹、干爹地叫着,你不嫌累赘吗?你不如把干字去掉。"客氏说。

"省个字,又可以少叩头,有什么不好?但不知娘答应不答应,干爹答应不答应。"侯国兴说。

"今天是个好日子,你怎叫,我都高兴。"魏忠贤说。

酒席上,众司礼太监听说魏良卿改称客氏娘,侯国兴改称魏忠贤爹,无不取笑几句,多喝几口酒。

御史汪泗论利用巡城之便,在长安左门外等候吏科给事中程注。他知道,程注散衙后回家,一定会经过这里。别人出来时,他都抬臂掩面,不愿被人看到;好在别人都忙着回家,没人注意他。程注一出来,被他一把抓住胳膊。程注受惊,欲待挣扎,却挣扎不脱。

看清是汪泗论,程注嗔道:"自鲁兄揪住不放,把我当成人犯吗!"

"休得多问,随我走就是!"听汪泗论的语气,还真像对待人犯。

"你要拉我去哪里?我为何要随你走?"程注问。

"尔雅兄做官一直是向前走,这次何不往回走一次!"汪泗论道。

汪泗论字自鲁,南直休宁人。程注字尔雅,湖广孝感人。二人都是万历三十八年进士,程注最初任礼科给事中,后改户科,后改吏科。按照六科的排序,确是由后往前。而礼科往后是兵科,所以,一听汪泗论说往回走,程注明白他截住自己的意思。

"自鲁兄以为荫锦衣卫官是兵部的事,却不知这正是吏科的本职。自鲁兄以为我不敢论此事,或不愿论此事?"程注问。

"疏论此事是一回事,面斥大司马是另一回事,尔雅兄敢面斥大司马吗?"汪泗论反问。

"有何不敢!兄欲于朝中面斥,或家中面斥,我无不陪同。"程注说。

"朝中面斥,须待明日,我等不及;不如打上门去。"汪泗论道。

二人一路向兵部尚书董汉儒家走去。到了董宅,既不叩门,也不投刺,竟是推门而入,慌得董汉儒几个家人前阻后拉。

董汉儒正在书房写疏,听外面吵嚷,皱起眉头,出屋观看。

汪泗论推开阻挡在前面的董仆，大声道："学舒先生，这就是大司马府上待客的规矩吗！"

董汉儒字学舒，北直隶开州人，万历十七年进士。他朝家人们挥挥手，让他们退下；然后对汪泗论、程注说："谁家的规矩也大不过朝廷的规矩。科、道上朝，禁卫也不敢推推攘攘，我董家也真该好好立个规矩。"说罢，让道，"自鲁，尔雅，请进来坐。"

三人分宾主就座，家人给汪泗论、程注送上茶水。董汉儒问："二位同来，有何事指教？"

"特来与学舒先生分辩规矩。"汪泗论说。

"并非董府规矩，乃是朝廷规矩。"程注补充。

出言不善。董汉儒问："自鲁说的是分辩？"

"不错。"汪泗论应道。

"那么，我也可以说话？"董汉儒又问。

"既曰分辩，自然都可说话。"汪泗论道。

"那好，请二位先说。"董汉儒让道。

"请教大司马，太监后人荫官，是本朝制度吗？"汪泗论直奔主题。

"太监无后，自鲁应该知道的呀！"董汉儒说。

"学舒先生莫离题，我问的是荫其兄弟侄甥。"汪泗论道。

"何谓制度？律、例均可为制度。"董汉儒说。

"学舒先生是不是说，太监荫后，我大明律中虽无此制度，却有前例可循？"程注问。

"尔雅，你今在吏垣办事，太监立功，荫及后人，不是这一两年才有的。你不会一无所知吧！"董汉儒想调侃一下他，同时也调侃一下汪泗论，所以又加上一句，"对，是荫及其兄弟侄甥。"

"那么，荫为锦衣卫指挥使呢？"程注不理会他的调侃，继续问道。

"这个嘛，并非绝无仅有，但应该说，并不是立功的太监都可以获此恩典。"董汉儒实话实说。

"那么，同时荫十二人为锦衣卫指挥使呢？"程注进一步问。

汪泗论觉出这一问的尖刻，喝彩道："尔雅兄问得好！"

"果然问得好。"董汉儒不得不承认，但并不觉得这一问有什么难回答的，他答道，"那恐怕就得说，绝无仅有。"

"学舒先生既知此事并无前例，为何仍为之奏乞？"汪泗论质问。

"自鲁且等等！"董汉儒好像没听清楚，反问一句，"你是说，此十二人荫为锦衣卫指挥使，乃我奏乞？"

"我不是说学舒先生，难道是说别个？"汪泗论道。

"自鲁怎知，是我为他等奏乞的？"董汉儒问。

"武臣晋级，须得通过兵部，加锦衣卫指挥使更是如此；学舒先生若不奏乞，怎会有今日之旨！"汪泗论道。

"本朝准许科、道风闻奏事，本是一大善政；可我没想到，二位前来兴师问罪，连风闻都没有，只是凭空推测。"董汉儒说。

"理由自鲁兄已说过，并非凭空推测。"程注辩道。

"对，理由是武臣晋级，须得通过兵部。然则，武臣晋级，须得通过兵部，乃是制度。二位不妨想一想，武臣不通过兵部而晋级的前例，难道还少吗！"董汉儒道。

"学舒先生是说，该员等荫官，并非兵部奏乞？"程注问。

"我一味称兵部并未奏乞，听者难免以为在强辩。二位来前，我正在草拟一疏；不如拿去一读，便知兵部是否始作俑者。"董汉儒说着，去书案取来一篇疏稿，交给二人。

汪泗论、程注把头凑在一起阅读。开始是默读，读到一处，汪泗论叫道："尔雅兄，这一段写得真好，我读与你听。"

他特别称赏的一段，亦即该疏议论的中心，写的是：武职非军功不世袭，外戚奉命世袭，止许袭一世，载于《会典》。今皇上第见诸人勤劳可嘉，或未考祖制。先年黄锦等例，册籍亡考。黄锦等后人，今亦无列锦衣者，此可以解诸内臣之惑矣。

内旨称：魏良卿、侯国兴等荫官，视先年黄锦、冯保例世袭。黄锦是世庙朝司礼太监，冯保是神庙朝司礼太监，皆被宠信。但他们的家人荫官，一则不载于册籍，一则今亦废黜。而播州、宁夏、松山等役，都是神庙朝的重大战事，李化龙等世荫，是根据《会典》所载的制度。

"尔雅兄斥今次世荫之荒诞，会用一正一反二例吗？"汪泗论问。

"多半不会想得这么周全。"程注道。

"你看，有此二例，能令人信服吗？"汪泗论问。

"至少我是信服的。"程注道。

"能否令圣上信服？"汪泗论问。

"圣上耳边只有此言，是一定会信服的；但荫官者十有二，等待荫官者又不知有几，一人一言，就很难说。"程注道。

"荫官者十二，等待荫官者不知有几；那么，反对荫官者呢？难道仅你我二人！难道就不能人人言之！"汪泗论道。

程注觉得他这话太没道理，提醒道："自鲁兄切莫忘记，你我这是在大司马府上。"

"那又怎样？"汪泗论道。

"你方才读的那一段话，是学舒先生写的。"程注说。

"那又怎样？"汪泗论道。

"自鲁兄真忘，你我来大司马府上为的何事？"程注问。

"为的何事？"汪泗论猛然想起，他们是来兴师问罪的。他拍拍脑门，说道，"若非尔雅兄一问，人家还以为，你我自恃言官，不仅以为可以风闻奏事，还可以凭空推测呢！"说着，向董汉儒深作一揖，道，"错怪学舒先生，望乞恕罪。"

"错怪我，好说；但有一事，自鲁不可言而无信。"董汉儒说。

"学舒先生指的是哪一件事？"汪泗论问。

"人人言之。"董汉儒道。

"此事不须嘱咐，在下是一定要上疏的。"汪泗论说。

"我也算一个。"程注道。

董汉儒的奏疏没起作用，汪泗论、程注的奏疏也没起作用，该荫官的仍荫官，该世袭的仍世袭，程注还为此丢官，董汉儒不久也因母亲病故，回乡守制。

## 第四十四章

福建巡抚南居益忽到泉州。当泉州城里各官闻讯，欲出城恭迎时，他已从城外的西北角绕到东南角，径往海滨。根据他心腹官校传命，只着小校陈仕瑛出城见他，其他官员一概不见。

陈仕瑛骑一匹快马，沿官道向海滨奔驰而去。远远的，见南居益一人站在沙滩上，手搭额前，向大海眺望；亲随们在他身后环绕半周，像是护卫，又像是怕打扰他的思绪。陈仕瑛在更远处跳下马，准备先和南居益的亲随们打招呼。但不管他的目光碰到哪个，那人都会向他摆摆手，让他直接去见南居益。于是，他走到南居益身后跪倒，口称："小人陈仕瑛参见都堂。"

"起来吧。"南居益头也不回地说。

"谢都堂。"陈仕瑛叩罢，起身。因见其他人都在南居益身后不动，他也不敢往前面走。

"你在后面，我怎么与你说话！"南居益道。

"是。"陈仕瑛往前走几步，在南居益刚好看得到他的地方站住。

"哪个士？"南居益问。

"什么？"陈仕瑛没听懂他的问题。

"我是问，你名字里的士，是哪个士？"南居益道。

"回都堂的话，是学而优则仕的仕。"陈仕瑛说。

"这么说，你原来是想走另一条路。"南居益道。

"小人的父亲或曾妄想过，让小人读书仕进；但以小人的资质，只好在卒伍中混日子。"陈仕瑛说。

"此言不实，你若是混日子，商都堂怎会委你以重任。"南居益道。

商都堂指前福建巡抚商周祚。陈仕瑛说："商都堂不过知道小人曾出海，去过咬留吧国，故差遣小人再去一趟，并非看中小人有什么长处。"

"出海即是阅历，阅历即是长处。"南居益鼓励他一句，忽问，"仕瑛，你说的是哪一国?"

"咬留吧。"陈仕瑛重复一遍。

南居益是陕西渭南人,第一次到福建来做官,知道福建的地名多很古怪,离京前曾找过一些文档,熟悉一下当地的地名及海外的国名。他不记得见过这样一个国名。

"没有别的叫法吗?"他问。

"小人不知,大家都这么叫,连衙门的文书也这么写。"陈仕瑛说。

"既如此,我也只好这么叫。"南居益道,复问,"你奉商都堂之命往咬留吧宣谕,途中与红毛番的船只相遇,是吧?"

"是,小人和红毛的船只在三角屿相遇。"陈仕瑛应道,他觉得有必要提醒一句,又说,"都堂,红毛番国是有别的叫法的。"

"我知道,叫和兰,对不对?但红毛番叫惯,连朝廷上都这么叫,用不着改。"南居益说。

"是。"陈仕瑛又应一声。

"然后呢?"南居益问。

"红毛番得知小人使命,倒也不敢无礼。他对小人说,咬留吧王已往阿南国,去其国无用,不如随他且去大泥。"陈仕瑛说。

"且住!"南居益道。陈仕瑛对各国熟得不能再熟,随口说得出来;而在南居益听来,有如一团浆糊,"怎又出来个阿南国?"

"阿南即和兰,红毛番吐字不清,往往自称其国阿南。小人这是在复述他的话。"陈仕瑛解释说。

"这么说,咬留吧王已被红毛番掳去,其国不存?"南居益问。

"想来是如此。"陈仕瑛说。

"大泥国呢?"南居益又问。

"大泥国即浡泥国。该国前附爪哇国,叫浡泥;后附暹罗国,改叫大泥。"陈仕瑛说。

"原来如此。"南居益点点头,表示明白。浡泥国名他有印象。

陈仕瑛不等他问,又接着说:"小人在大泥逗留数日,亦曾谒见其王。其王听小人说是从大明国去的,甚是礼敬。"

"你先莫说他待你如何,且说他待红毛番如何。"南居益道。

"甚是——"陈仕瑛琢磨该怎样形容,最后用两个字,"——亲热。"

"也就是说，视你为宾客，视他为家人。"南居益换个说法。

"都堂所言，更为贴切。"陈仕瑛道。

"这就可虑呀！"南居益自语。

陈仕瑛见他低着头，皱着眉，在海滩上来来回回地踱步，以为他想知道的事情已问遍，于是也闭上嘴。

其实没有。南居益走几个来回，停下来时，又恢复平静。

"仕瑛，你是改乘红毛番的船去的大泥吗？"他问。

"不，小人是乘我官船去的。不过，红毛番的首领曾邀小人去他船上吃饭饮酒。"陈仕瑛说。

"你观其船如何？"南居益问。

"比我官船大数倍，甚是宏伟。"陈仕瑛答道。

"看来，你是遇到其国巨舰。"南居益推测。

"还算不得巨舰。"陈仕瑛说，"红毛番首领告诉我，其国巨舰，长三十余丈，阔六丈，树五根巨桅，建三层楼舱。"

"若只是庞大，倒没什么。"南居益道，"当年三宝太监下西洋，宝船长有四十多丈者，阔有十七八丈者。"

"小人不知。要不，也说出来，吓一下红毛番？"陈仕瑛请示。

"不说也罢，后来本朝少造巨舰，犯不上虚张声势。"南居益说。

"都堂说的是。"陈仕瑛附和道，又说，"船大还在其次，小人见红毛番安在船上的巨炮，实在有些厉害。"

"巨炮？"南居益很是关切。

"是，炮身长两丈，炮口有偌大。"陈仕瑛两手比画个圆，想了想，又放大一圈，"不，应该有偌大。"

"两侧都安装炮吗？"南居益问。

"两侧也安装炮，但没这么大。巨炮安装在桅杆下，每桅下一门；两侧安装的炮要小一些。红毛番的首领对我说，巨炮攻城时才用，石头修筑的城墙，一炮可洞穿。"陈仕瑛道。

"这又可虑呀！"南居益第二次说这句话，不过，这一次他没来回踱步，而是直接问，"仕瑛，你知我说何事可虑？"

"小人想，都堂前次说可虑，是指大泥、咬留吧等国皆为红毛番附庸；此次说可虑，是指红毛番不可小觑。"陈仕瑛道。

"你很有见识嘛!"南居益夸奖一句,然后指着海问,"你能指出咬留吧、大泥等国,在大洋何处吗?"

陈仕瑛观望之后,指着一个方向说:"应在那边,看是看不到的。"

"台湾呢?近得多吧?"南居益问。

"是。"陈仕瑛应道,"比咬留吧、大泥等近得多。"

"可见否?"南居益问。

"隔海也有三四百里,亦不可见。"陈仕瑛说着,又往前方指指,"距此地最近者为澎湖屿,天色极清朗时,或可——"

"见得到?"南居益问。

"感觉得到。"陈仕瑛说。

南居益不禁一笑。他说:"在朝廷时,常听福建籍同僚称台湾、澎湖等如何如何,谁知站在八闽之地,也只能感觉。"说到这里,语气转为严肃,"仕瑛,我问你件事,你一定要如实相告。"

"是,小人不敢欺瞒。"陈仕瑛毕恭毕敬地说。

"红毛番曾于澎湖屿筑城,对吧?"南居益问。

"筑城之事,是有的。"陈仕瑛说。

"后又毁城远徙?"南居益问。

"毁城之事,也是有的;远徙则不然。原居澎湖屿之红毛番,在毁城后,不过迁居台湾而已。小人途中遭遇的红毛番说过,他等在台湾与咬留吧、大泥间来往自若。"陈仕瑛道。

"亦即,仍盘踞我疆域。"南居益道。

陈仕瑛点点头,说道:"诚如都堂所言。不过,小人还要禀报都堂,澎湖屿前者所毁之城,近日又修复如新。"

"我也听说。这究竟是怎么一回事?"南居益问。

"当初,红毛番在澎湖屿筑城后,为的是与我互市。守臣得知此一情形,差人谕红毛番,只要他等毁城远徙,即准互市。当时这么一说而已,没想到今年初,红毛番还真把城拆毁。"陈仕瑛说。

"往澎湖宣谕红毛番的,不是你吗?"南居益问。

"商都堂在福州,并不知此事。不然,或会命我前去。"陈仕瑛说。

"是啊,商都堂识大体,我想他也不会随随便便以准市相许;但他奏陈红毛番毁城远徙,却有点儿随便。"南居益道。

陈仕瑛知道,前后巡抚是同年的进士,南居益可以对商周祚有褒有贬,自己最好不要随便搭腔。

"红毛番再筑城，是因为未准其互市？"南居益又问。

"除此而外，小人想不出别的缘故。"陈仕瑛道。

南居益又踱起步；并且，边踱步边自语："红毛番如盗。现有大海阻隔，他只能在海上为盗；准其登陆互市，则如开门揖盗。我若主持朝政，也不会出此下策。然不准互市，他又盘踞澎湖不去，危及我海疆。其事两难，真不知如何处置方好。"他停下来，问道，"仕瑛，你说呢？"

"朝廷大计，小人不敢妄言。"陈仕瑛道。

"我意须得用兵，你以为如何？"南居益问。

"朝廷准允，方得用兵。"陈仕瑛说。

"此事归我，不是你要想的。"南居益道。

"用兵，先得请饷。"陈仕瑛说。

这虽是句最普通的话，南居益却说："你提醒得好。如何筹集粮饷，我还真得好好为朝廷计之。"他低头沉思片刻，显然是在想筹粮之策，然后说，"此事亦归我，你有何破敌良策，却可教我。"

"都堂既要追问，小人斗胆说一句：别事犹可计较，唯与红毛番决胜于海上，断然不可。"陈仕瑛说。

"这我也曾想到。"南居益道，"以己之长，攻敌之短，乃用兵常识。我会避其海上锋芒，诱其于陆上交战；而且，诱敌之策，我也有八成把握。"说到这里，命道，"仕瑛，再说。"

"有一件事，看来小人不说不行。"陈仕瑛笑道。

南居益也笑，并命道："既知不说不行，不如早说。"

"红毛番人少势单，战于陆上，不堪一击。所虑者，其羽翼已略丰满。其羽翼中，咬留吧、大泥等不在话下，所虑者，海盗也。若使海盗不为其所用，其羽翼自翦。"陈仕瑛说。

"此事不仅非要你说，恐怕还非要你做。"南居益道。

"小人愿效犬马之劳。"陈仕瑛并非贸然应承，而是心里多少有点儿把握，"与红毛贼最密切之海盗，其酋李旦，是我闽人。说得他不助红毛番，其他海盗多半也不会助红毛番；海盗不助红毛番，咬留吧、大泥等国也不会助之。小人虽非李旦旧识，但听说他颇重乡谊，故可以一试。"

"好，你我这就回去，各干各的事。"南居益道。

南居益上疏，请对红毛番用兵，部议从之。

# 第四十五章

　　皇后怀着九个月的身孕，活动越来越觉得困难。同时，在坤宁宫当差的宫女，越来越多地换成新面孔；而且，越来越多的新面孔占据贴身服侍她的位置。她不是一个任性的人，但她越来越明显地感觉到，不是她要刁难别人，而是这些新面孔时时在刁难她。

　　她实在口渴得厉害，命贴身服侍的宫女取一盏茶来，该宫女像没听见，一动不动地站在那里。

　　"为何不去？"皇后问。

　　"再有一个时辰，娘娘就要服药。"宫女道。

　　"不过饮口茶，有何妨碍！"皇后道。

　　"药与茶忌，娘娘用药前两个时辰之内，不得饮茶。"宫女道。

　　"那我就不用药！"皇后赌气地说。

　　"是保胎的药。"宫女道。

　　"我为何要服保胎的药？"皇后问。

　　"院使说，娘娘胎位不稳，若不用药，怕出意外。"宫女道。

　　皇后不能再说不服药。她问："眼下离服药还有多少工夫？"

　　"一个时辰。"宫女说。

　　"既如此，不饮茶，饮水吧。"皇后让步。

　　"院使嘱咐：用药前一个时辰，不得饮水。"宫女说。

　　"你这不是要渴死我吗！"皇后怒道。

　　"奴婢不敢！贱婢不服侍好娘娘，这条贱命早晚被人取去。"宫女说。

　　皇后知道这话多半是真的。她挥挥手，命道："好了，你去吧，让我歇一会儿。"

　　"娘娘歇一会儿不碍，却不能睡。"宫女说。

　　"怎么，水不让我喝，觉也不让我睡？"皇后斥道。

　　"贱婢有天大的胆子，也不敢阻拦娘娘做这做那；但上面命做的事，贱婢有天大的胆子，也不敢不做。"宫女说。

"你所谓上面，是某局女官吗？"皇后问。

"不是。"宫女道。

"是某宫太监吗？"皇后问。

"不是。"宫女道。

"是司礼监的狗奴才吗？"皇后问。

"不是。"宫女道。

"难道是皇上不成？"皇后问。

"贱婢万死，也不能说。娘娘别问了成不成？"宫女道。

"好，好，我不问你！我也不饮茶，也不睡觉。"皇后又挥挥手，命道，"你走吧，让我清清静静地歇一会儿。"

"贱婢还不能离开。"宫女说。

"我让你离开，你竟说不能离开，我看你真有天大的胆子！"皇后气不打一处来，举起胳膊欲殴之。

"娘娘，留神肚里的小皇爷。"宫女躲闪是不敢的，但有法子不挨打。

皇后叹口气，把胳膊又放下。

"说说看，为何不能离开？"她问。

"贱婢的职责是服侍娘娘用药。娘娘未曾用药，贱婢离开，是旷职；旷职，是死罪。"宫女说。

"你服侍我吃药，吃不吃，在我。我未吃，你就是旷职？这是哪家的规矩！即便旷职，就是死罪？这又是哪家的规矩！"皇后质问。

"以前宫里或不是这等规矩，而今却是这等规矩。"宫女说。

"我不是一国主母吗？我不该主宫里的事吗？谁改的规矩，我怎的一丁点儿也不知？"皇后问。

"该娘娘管的事，有人替娘娘管，这是多大的福分；娘娘管是谁改的规矩作甚！"宫女肆无忌惮地说。

"若是我偏要问呢，是不是你也不能说？"皇后问。

"娘娘圣明。"宫女道。

"是不是你若说，就是死罪？"皇后问。

"娘娘圣明。"宫女道。

"是不是这个规矩，是有人替我改的？"皇后问。

"娘娘圣明。"宫女道。

"好吧,我不问,你也不用告诉我。你这会儿看着我歇息,防着我睡着;停会儿看着我服药,防着我拒服。这总成吧?"皇后甚是倦怠,闭目养神,不愿再与她饶舌。

十月十二日,皇子诞生。因是皇长子,又是中宫所出,可谓喜上加喜。不幸的是,一两个时辰后,皇子即殇逝。传至宫外,又有另一种说法:皇后诞下的即是死胎。

皇后好几天伤心欲绝,夜不能寐。白日精力不支,她靠在床边打盹。在她身边服侍的女官和宫女们,对她的饮食起居已经不加干涉。皇后睡觉,她们正好偷闲。

"娘娘,躺下睡吧。"耳边忽有人轻声说。

皇后一惊,睁眼看去,是一个她进宫以后就在身边使用的老宫女。记不清多少日子没见到她,想来有两三个月吧。皇后如同见到亲人,泪水一下子涌出来。

"你好狠心,这多日子也不来看我!"皇后哽咽地说。

该宫女慌忙跪倒,说道:"奴婢没一日不挂念娘娘,没一刻不挂念娘娘。可是,可是——"

"可是不得进宫。"皇后替她说。

"娘娘说的是。"宫女应道。

"这我想得到。"皇后说,又问,"今日怎进的宫来?"

"奴婢观察几天,见那些人皆已懈怠,不似前一阵警觉,故冒死闯入。不想,竟顺利进来。"宫女说。

"这我也想得到,你自个儿不来,我也正要差人找你来。"皇后道。

"娘娘,奴婢有重大消息禀报。"宫女说。

"好,你站起来说。"皇后命道。

"谢娘娘。"宫女道。她也真得站起来才说,因为跪在那里,离皇后远,话音不能太低,"禀娘娘,太医院有一名私下里常为娘娘诊治的太医,私下里对奴婢说,小皇子罹难,是娘娘用错药。"

"他开错方子?"皇后似乎并不惊讶。

"方子不是他开的。"宫女说。

"也不是太医院任何一人开的?"皇后问。

"是,根本没有方子。"宫女说。

"我想得到。"皇后哀道。

"娘娘想得到？"宫女却很惊讶，她问，"药是直接从咸安宫送过来的，娘娘也想得到吗？"

"也想得到。"皇后道。

"既想得到，为何不奏明万岁？"宫女问。

"没有证据，我怎的对皇上说！"皇后道，"再者，皇上是吃她的奶长大的，我对皇上说，岂不让皇上为难？"

"杀子之恨，娘娘就忍了不成？"宫女问。

"一个管着司礼监的事，一个管着宫里的事，不忍又能怎样！吃这么大一个亏，以后只有加倍小心。"皇后说。

# 第四十六章

孙承宗对永平副总兵官马世龙格外器重。去年八月，他自请督师，得赐蟒玉金币，进太子太保，经略辽东军务。他到任后，辽东更换过两名大臣。文臣以遵化兵备副使张凤翼取代阎鸣泰，任辽东巡抚。阎鸣泰曾是孙承宗看中的人，他原想荐其为辽东经略大臣，后因自请督师，朝廷改用阎鸣泰为辽东巡抚。让孙承宗失望也让朝廷失望的是：阎鸣泰不像他发的议论那么精明，在巡抚任上并无作为。今年五月，阎鸣泰以疾请辞，朝廷用张凤翼巡抚辽东。

更换的武臣则是以马世龙升任辽东总兵官。

孙承宗巡视宁远还关，邀马世龙来吃便饭。一见面，马世龙揖道："让恺公一人辛苦，在下心里甚是不安。"孙承宗的别号是恺阳。

"哪里话！"孙承宗边还礼边说，"马帅职在守关，我若请与同行，这边出事，谁担得起责任！"

二人坐定，厨役送上饭菜。关上条件有限，说是便饭，果然是便饭。

马世龙吃一口馍，吃一口淡而无味的菜蔬，把筷子放下。他问："恺公此次关外之行，去过哪些地方？"

孙承宗不忙于回答，却指着桌上的菜问："不合马帅的口味？"

"很好，很好。"马世龙心口不一地说。

"那就别放下筷子。"孙承宗道，"我在关外，连野菜都吃过，你和我在一起吃饭，要是客气的话，只好饿肚子。"

马世龙又拿起筷子，边吃边听。

"此次关外之行，第一站是中前所，第二站是前屯卫，第三站是中后所，第四站是中右所，第五站是宁远，第六站是觉华岛。"孙承宗一一数道，并说，"可去之处，基本上都去过。"

"观感如何？"马世龙问。

"一言以蔽之：守关外，大有可为。"孙承宗说。

"此一观感,于朝政可是大有干系。"马世龙道。

"不错。前者是闻袁、阎等所言,我奏请朝廷,守于关外;此次亲眼所见,我更下定守关外的决心。"孙承宗说。

"中前所我是到过的,该处守兵大约一千五百,士堪称精锐,马堪称健壮;此外尚有居人三千,亦可用。"马世龙说着,问道,"其他各处是否也和中前所一样?"

"有的地方,更胜于中前所。"孙承宗道,"我且与你说说前屯卫。该处城墙巍然,虽不能比山海关,亦非中前所等可比。守将告我,前屯卫共计兵、民六万,我登城望之,但见操练卫卒,人人勇于公战。适逢建虏来扰,我将士出迎,瞬间击斩酋首三人,夺胡骑四十有二,建虏溃败。加之军民屯种,稼禾已收获入仓,鹅鸭之群,百千欲来,使人误以为置身畿内农家。"

"听恺公这么一说,当真令人欢欣鼓舞。"马世龙说。

"马帅还记得,前屯卫守将为谁?"孙承宗问。

"是赵将军率教。"马世龙道。

"他与你同为陕西人,你对他知之可多?"孙承宗又问。

"我是宁夏人,武举出身,只守过宣府,未再往西。"马世龙说。宁夏卫隶陕西行都司,这和某府隶某布政司不完全一样,所以需要略加说明。他接着说,"我只记得,赵将军是率所畜家丁来辽东军前立功的,其他知之不详。"

"真是置之死地而后生呀!"孙承宗大为感慨,"昔日袁大人经略辽东,赵将军为中军副总兵。因辽阳兵败,他弃城而去,曾被论死,后侥幸脱罪。或因这一番经历,到得王中丞弃广宁时,他没随之退往关内,而是请于经臣明初先生,率家丁三十八人,收复前屯卫。谁知一年之间,竟经营出这等局面来。"

"恺公对他一定是大加褒奖吧?"马世龙问。

"不止是口头上的褒奖,我把自家用的乘舆都赠与他。"孙承宗说。

"这么说,以后的行程只得骑马?"马世龙问。

"实在累时,也坐一坐拉粮的牛车。那滋味,既不舒服,也不如督臣的乘舆威风呀!"孙承宗笑着说。

"恺公这等爱惜,属下焉得不出死力!"马世龙叹道,"可惜督臣乘舆只有一辆,赠与赵将军,其他各将难免眼红。"

"只要肯为国家出死力,一乘舆何足惜哉!没了乘舆,尚有他物,一身之外,皆可相赠。"孙承宗说。

"那么,有无他人值得恺公解物相赠?"马世龙问。

"让你问中要害!其他几处,缺的不是兵马,亦非赠物,而是守将。"孙承宗说,

"如中后所，兵民不下万余，城池虽较前屯卫略逊，然炮火之精，器具之坚，绝不亚于前屯卫。中右所之地，更饶于中后所；所虑者，城池尚未完备，三面筑城，一面裸然。至于宁远，原有兵、民，及所纳河东兵、民，合计数万。我本以为，该城距关甚远，距虏甚近，一定是一片荒凉。殊料登城四望，竟是生气郁然。而觉华岛，距岸不过十余里，濒海地肥，正适于屯兵。"

"恺公是想选将去守这几处地方？"马世龙掰着手指数道，"在下一个，王帅一个，尤帅一个，都愿听恺公调用。"

王帅、尤帅，即总兵官王世钦、尤世禄。孙承宗在推举马世龙的同时，又召来二将，以王世钦守关南沿海，以尤世禄守关北山前。

"守关外并非不守关，你三位一位也不能动。"孙承宗道。

"既如此，恺公要不要我推举一二良将？"马世龙问。

"我这里的饭菜就那么好吃！不为从你处挖一两个人，为何请你来消受！"孙承宗道。

"好，先让恺公剜一块肉去。尤帅属下猛将李承先，恺公看可否？"马世龙举荐第一位将军。

"马帅这是在剜人家的肉，还是在剜自家的肉！"孙承宗笑道。

"当中守关、南面守海、北面守山，本是一体，此乃恺公教诲。故剜尤帅的肉，即剜我的肉。"马世龙说。

"那也是剜的股肉，绝非心头之肉。"孙承宗道。

"我再剜却心头肉，参将孙谏，如何？"马世龙推举第二位将军。

"那也不过是臂肉。"孙承宗道，又换种口气说，"不过，马帅能够先剜股肉，再剜臂肉，很识大体。我不再难为你，只要你说说，孙、李二位将军，哪位可用在中后所，哪位可用在中右所？"

"不能用在宁远吗？"马世龙问。

"宁远之重，马帅还有疑义吗？"孙承宗道，"我对马帅言过，对张中丞言过，对朝廷亦言过：若失辽左，必不能守关；若失宁远，必不能守辽左。宁远一城，我不敢随便托付与人呀！"

"二参将中选一，以守宁远，资历是稍差；但辽东用兵以来，先委以重任，再升以官阶，不是常事吗？"马世龙道。

"官阶不够只是其一，其二是他二人力道不够。"孙承宗说。

"这么说，恺公已找到官阶够、力道也够的人选？"马世龙问。

"人选有一个，不过，这次要剜心头肉的是我本人。"孙承宗说。

"恺公身边的人？谁呀？"马世龙问。

"领中军事副总兵满桂，马帅看可使得？"孙承宗道。

"恺公是说，让他驻守宁远？"马世龙问。

"是啊，若让他去宁远送个信，或者游击一番，一二月即回，能算是剜却心头肉吗！"孙承宗道，见马世龙蹙额不语，他问，"马帅也担心我离不开此人？"

"不是担心恺公离不开此人，是担心此人离不开恺公。"马世龙说。

"此话怎讲？"孙承宗问。

"孙谏、李承先等官阶不够，力道不够，我都不争。其实，在我看来，若放得开，让二人为宁远主将，亦无不可；放不开，让二人为中后所、中右所主将，也有点儿勉强。但不管怎么说，让他二人独当一面，我放心，恺公也应该放心。"马世龙先说一通似乎不切题的话。

"亦即，让满将军独当一面，马帅不放心，我也应该不放心？"孙承宗从他话里引申出另一层意思，然后问，"马帅为何不放心？"

"恺公是知道的。"马世龙说。

"第一，我没不放心；第二，我并不知道。"孙承宗说。

"满将军非我族类，莫非恺公不知？"马世龙道。

满桂是蒙古人，孙承宗怎会不知！不过，有一事孙承宗确实不知。满桂自幼入居宣府，稍长从军，究竟属于蒙古哪一部，连他自己也说不清楚，更不要说孙承宗。

"此事我没什么不放心的。"孙承宗说，"自我大明立国以来，至少从成祖皇帝继统以来，蒙古族出的勇将义士还少吗？非我族类，其心必异，偏见耳。我中华包容万族，凡仰慕向化者，皆视为一体。满将军既占个义字，又占个忠字，用在我身边尚可，用守宁远，有何不可！"

"恺公的话不错；但用其人守宁远，我心里还是不踏实。"马世龙说。

"那就看结果如何吧。"孙承宗道。如果说，在征询马世龙的意见之前，他还在犹豫；那么，马世龙的反对，反而坚定他的决心。

两日后，孙承宗在经略大臣衙门里为满桂举宴。这次是真正的举宴，不仅菜肴尽可能丰盛，荤素兼备，而且有好酒。

孙承宗指着桌上的酒坛对满桂说："日前邀马帅来吃饭，马帅抱怨，在我这里从没酒喝。我告诉他，当日仍无酒喝；我带的酒有限，要留给更有资格的人喝。"

"阁部大人还是把酒收拾起来吧，这酒，末将是断然不敢喝的。"满桂惶惶不安地说。

"酒是我的,别事我或不能做主,谁个更有资格喝,却是我说了算。"孙承宗边斟酒,边说,"满将军,请吧!"

"心存困惑,滴酒难咽,末将可否问个问题?"满桂道。

"好吧,你问。"孙承宗道。

"阁部大人为何说末将更有资格喝这酒?"满桂问。

"自我督师,你在我身边有一年吧?我若说为这一年的朝夕相处,这个理由如何?"孙承宗反问。

"尚不足以解惑。"满桂说。

"若为一年朝夕相处之后却要相别呢?"孙承宗问。

"阁部大人要我离开中军大营?"满桂很是意外。

"对。"孙承宗应道。

"是末将不尽职吗?"满桂问缘故。

"不是。"孙承宗道,"你掌中军以来,办的每一件事我都满意。所以,今日有一件更要紧的事,我想让你去办。"

"那是何事?"满桂问。

"驻守宁远。"孙承宗道,并问,"话已说明白,这酒可以喝吗?"

"喝是该喝,但末将还有件心事。"满桂说。

"那就说了再喝。"孙承宗道,"总得了无牵挂,酒才喝得舒心。"

"宁远在阁部大人心目中的分量,末将是知道的。举荐末将担此重任,阁部大人放心吗?"满桂问。

"首先,我得更正一点:举荐满将军守宁远的,不是我。"孙承宗道。

"不是阁部大人?"满桂才要不困惑,听他这话,又困惑起来。

"对,不是我。"孙承宗道。

"那是何人?"满桂问。

"有二人。"孙承宗伸出二指说,"一是宁前道兵备佥事袁崇焕,一是守备茅元仪。议及宁远守将,他二人异口同声对我说:守宁远,满将军可;但其为吾公中军大将,不敢请耳。我当即表态:君等言可即可,管他是否中军。"

"没想到,除阁部大人,还有知满某者。"满桂不无感激地说。

"第二,与将军一年间朝夕相处,详加考察,以将军守宁远,我没什么不放心的。况且,袁元素亦将移驻宁远。你二人文韬武略,正相匹配,定能保宁远无恙。"孙承宗又说。

"有阁部大人这话,今日的酒,末将愿喝!"满桂道。

## 第四十七章

乾清宫暖阁里，皇帝脸向里躺着，正在午歇。御榻前当值的近侍，见皇帝一动不动，以为睡着，站在那里，也忍不住打起盹来。忽有人拍他肩膀一下，他一惊，身子晃了晃，险些跌到。回头看去，站在他身后的是客氏。他才要招呼，客氏摇头，又向身后一指，示意他退下；然后，她自己弯下腰，一手把被子往上拉拉，一手轻轻拍打着皇帝，就像当年哄着皇帝睡觉一样。

"闻得一阵异香扑鼻，朕料定来的是客嬷。"皇帝猛一转身，说道，"回头一看，果然不差！"

客氏吓一跳，嗔道："皇上还像小时一样淘气。"

"客嬷可是有些年头没这么哄着朕睡觉，许客嬷再哄着朕睡觉，就不许朕再淘一淘气！"皇帝调皮地说道，然后问，"客嬷怎么这会儿想着来看朕？"

"不是快要过年吗？民女想，趁着还没过年，来给皇上说几句吉祥话；要不，真到年关，皇上就没工夫听民女念叨。"客氏说。

"又要过年？朕说这几日，怎么上疏的人越来越少。"皇帝自语道，又对客氏说，"你也不用对我说吉祥话。你前次还给朕的物件，朕又交还给你；你让朕看一眼，比什么吉祥话都强。但不知你是否带在身上？"

"民女带着呢。"客氏说着，从怀里掏出小黄锦包裹，在皇帝面前打开，任皇帝观看。当皇帝目光停留在一缕毛发，或一片指甲上时，她甚至能讲出，那是什么时候剪下来的。

看一会儿，皇帝说："好，客嬷收起来吧。"等客氏毕恭毕敬把锦布折好，放进怀里，皇帝说，"朕一看到这些旧物，总能想起往事，总想给客嬷一些好处。正好今次又要过年，客嬷，你告诉朕，想要朕给你什么好处？"

"皇上给民女的好处，民女这辈子已享用不尽。"客氏说。

"给别人讨个好处，朕一样会给。"皇帝道。

"那就乞皇上把好处给那人吧。"客氏说。

"给那人?"皇帝明知她说的是谁,却戏弄道,"是侯叔吗?"

"天下哪里还有这个人!民女入宫以后,连他的死活都不知,还会给他讨什么好处!"客氏眼圈发红,也许是想到丈夫的好处。

"是朕不好,不该提起这个人。"皇帝安慰她,并说,"朕知道,你是要给老魏讨个好处。说吧,要朕给他什么好处?"

客氏来见皇帝前,并没考虑,要为魏忠贤争取什么好处。这会儿她不得不边说边想:"民女为他讨什么好处,皇上都肯给吗?"

"客嬷想讨的,朕一定给。"皇帝答应她。

"皇上能不能对他改个称呼?"客氏临时想起一个。

"唤老魏有什么不好吗?朕觉着,唤他老魏甚是亲切。"皇帝说。

"皇上一会儿唤老王,一会儿唤老宋,连那个险些问死的刘朝,有时也唤一声老刘。唤老魏,和他等没区别。"客氏说。

"原来客嬷是想有所区别,这好办呀!"皇帝再一多想,却发现也不那么好办,"不唤老魏,唤他魏叔如何?除皇叔,朕曾私下里唤过侯叔,再加个魏叔,亦无不可。"说到这里,摇起头来,"不好,宫里的奴才们说起他,都魏叔魏叔地叫着,朕若也叫魏叔,他和老王他们倒是有区别,朕和宫里的奴才们却无区别。"

"就算皇上要唤他魏叔,他也不敢应。"客氏说。

"为何不敢应?"皇帝问。

"他消受不起。"客氏道,"皇上曾唤过侯叔,民女想,那个侯叔如果不在人世,一定是皇上那几声侯叔折他的阳寿。"

"如何?果真唤不得!"这个理由,皇帝好像早就想到,"客嬷要是只为有所区别,朕还有个法子:天子敬爱太监,则称为大伴。朕登极以来,只唤过王安一人大伴;今可唤他大伴,而且只唤他一人大伴。"

"好是好,但皇上终归是叫过大伴的。"客氏还不满足。

"客嬷想让朕用一个不曾用过的称呼?这可难住朕。"皇帝道。

"皇上想不出来,民女也想不出来,不如——"客氏本想说"改日再向皇上讨这个好处",忽然想到一个新的主意,"民女若是再向皇上讨个好处,皇上肯不肯给?"

"朕今日惹你伤心,多给个好处也是应该的。"皇帝答应了。

"民女想为他再讨个官。"客氏说。

"好说。向朕要官,比向朕要别的东西都容易。"皇帝一想,也不是没有难处,"他而今已是司礼秉笔,朕再给他官,只能是司礼掌印。他没读过书,让他掌印,其实是难为他。不过,他要是愿意掌印,就让他和老王合计合计。朕知道,他二人一向兄弟相称,别为争掌印的位置扭打起来才好。"

"他不愿掌印。"客氏说。

"如何?"皇帝好像得着理,"幸亏朕没降谕,着他去掌印;不然,君无戏言,他不愿掌印,也得去掌印。"又问,"既不欲掌印,客嬷,你为他讨个什么官?"

"乞皇上降谕,着他提督东厂。"客氏说。

"提督东厂?"皇帝不能不考虑一下。司礼监有秉笔太监多人,其中任何一人都可以兼提督东厂。论尊贵,提督东厂太监不如掌印太监,但那是个要紧的差事,皇帝对提督东厂太监的信赖,更超过对司礼掌印太监的信赖。眼下的提督东厂太监宋晋,就是皇帝特别信赖的一个太监。他问,"客嬷,是他自个儿想提督东厂,还是你想让他提督东厂?"

"他自个儿想提督东厂,民女也想让他提督东厂。"客氏说。

"他为何想提督东厂?"皇帝问。

"他说,给皇上读读奏章,是件要紧的差事;肃清天下奸贼,尤其是肃清畿内奸贼、肃清京师奸贼,更是件要紧的差事。给皇上读奏章,凡识几个字的内臣都可以做得很好;肃清奸贼,非对皇上怀抱一片赤诚之心,不能胜任。"客氏说。

"他自以为对朕怀抱赤诚之心?"皇帝问。

"民女也可以担保,他对皇上怀抱赤诚之心。"客氏道。

"你想他提督东厂,也是为此吗?"皇帝问。

"此外,民女还有点儿私心。"客氏道,"皇上命他除奸贼,不日可见成效,民女脸上也觉着光彩。"

"这是句实在的话。为客嬷脸上的光彩,朕也该准。不过,老宋也是对朕怀抱赤诚之心,朕若为怀抱赤诚之心,任一个,免一个,老宋脸上就没什么光彩。"皇帝说。

"这事好办。"客氏道,"宋太监喜的是静,让他回司礼监,专心为皇上读奏章,在他是求之不得的。把他二人的官职调换过来,在他二人是各得其所,在皇上是各取所长,正可见皇上英明。"

"老宋愿将提督东厂的位置拱手相让,朕再没什么要说的。客嬷,这个好处朕给你。"皇帝说。

"民女叩谢皇上恩典!"客氏说着,就要叩头。

"客嬷先别忙着谢恩。"皇帝拦住她,"第二个好处朕给你,第一个好处朕还不知道该怎么给你呢。"

"有第二个好处,第一个好处就有着落。"客氏说。

"怎讲?"皇帝问。

"民女记得,皇上曾提及经臣、抚臣。民女问:何谓经臣,何谓抚臣?皇上告诉民女,经臣即经略辽东大臣,抚臣即巡抚辽东都御史。既然经略辽东大臣可称经臣,巡抚辽东都御史可称抚臣,提督东厂太监不也可称督臣,或厂臣吗?"客氏说。

"这个法子绝妙,客嬷是怎么想到的!"皇帝赞道,"督臣、厂臣的称呼,朕从未用过,祖宗列圣也从未用过,自今日起用,算是创一先例。"

十二月二十五日,魏忠贤提督东厂。

天启四年正旦节之后,在京的官员及京城百姓,都明显地感觉到,东厂的逻卒大增。

## 第四十八章

年节期间,缪昌期总要去拜望恩师的。正旦一过,拜谒叶向高的人多,他就尽量往后推,白日都忙,他就选在晚间。

向老师行过礼,缪昌期看着叶向高那张不仅苍老而且苍凉的脸,心疼地说:"一年过去,不知老师头上白发又增几根,额上纹路又增几道。"

"唉!"叶向高叹口气道:"那时我若听你的话就好。"

"学生的话?"缪昌期不解。

"来,坐。"叶向高要他坐下,"季晦先生去官之日,当时不是要我以去就争之?我若真下决心以去就争之,或可留下季晦先生,我在内阁也多个可以呼应的人;或是与季晦先生一同去官,此刻我也该在闽山闽水之间颐养晚年。"

"老师说的是这句话呀!"缪昌期想起旧话,又有一番新解,"学生的意思,不过是想把季晦先生留在朝廷,至于老师亦去官,绝非学生本意。现在看来,以去就争之,学生说得太草率。季晦先生去官,固然令我辈失望,但幸亏老师还在;若老师亦去官,我辈更无主心骨。"

"这话恐怕言过其实,今者我自家都无主心骨,怎么还能成为别人的主心骨!"叶向高道。

"老师何出此言?"缪昌期惊道,"老师扶植善类,数有匡救,是有口皆碑的。老师若心灰意冷,我辈将何所从?"

叶向高苦笑一声,问道:"当时,有句俗语听过没有?"

缪昌期急于知道的,是他的情绪为何这般低落,而不是谈论什么俗语。但叶向高既问,他又不能不回应:"老师说的是哪句俗语?"

"两姑之间难为妇。"叶向高道。

缪昌期隐约记得,这不是俗语,而是某朝某个大臣的感慨。但也说不定,该朝该大臣用的就是句俗语。于是,他没有纠正,而是说:"一姑一妇,尚且难以相处,何况处于两姑之间。"

"当时，你说所谓两姑的姑，何所指？"叶向高问。

"自是指婆。"缪昌期想也不想就说。

"不会是姑吗？"叶向高问。

缪昌期不能断然而言。姑、妇二者，可以指婆媳，也可以指姑嫂，自古以来是通用的；而且，婆媳之间难处，姑嫂之间就不难处？所以，他只能以商榷的语气说："学生体会，这句话里的姑，还是指其夫之母，意思更加明确。"并加上一句，"或许学生体会得不对。"

"你没体会错，只是我情愿该姑指的是其夫之姐。"叶向高说。

"这是为何？"缪昌期问。

"因为我想说：以今观之，两妇之间亦难为姑。"叶向高说。

缪昌期恍然大悟，叶向高是要借用这句俗语解释自己的情绪为何低落。他也理解叶向高的谨慎：把这句话说成俗语，而不说成典故，可以大大减少它的影射色彩。

去年正月里，补充四名阁臣：礼部尚书顾秉谦，兼东阁大学士入，前国子监祭酒朱国祯、礼部侍郎朱延禧、南京礼部侍郎魏广微，拜礼部尚书兼东阁大学士入。这样，内阁激增至十人。

缪昌期很难想象，阁房面积不大，十个人挤在一起，如何办事？后朱国祚在四月致仕，史继偕在七月致仕，孙承宗则一直督师在外，内阁又恢复七人。使得叶向高心烦，人多或是一个原因。

但缪昌期知道，这不是主要原因。新入阁的四人，朱国祯是叶向高极力引荐的，朱延禧虽非叶向高所荐，叶向高对他还不是太反感，关键是顾秉谦、魏广微。入阁之前他二人就和司礼监各太监走得很近，特别是和魏忠贤走得很近；入阁之后，他二人所言所行，无不秉魏忠贤意旨。叶向高越来越觉得，内阁的事情难办。

两妇之间亦难为姑，叶向高无疑是以妇喻顾秉谦、魏广微，以姑喻己。用婆媳形容他和顾、魏二人的关系，当然不合适，所以，他要把这句话里的姑、妇诠释为姑嫂。

缪昌期却有另一种诠释，他要给叶向高打打气。

"老师，两妇之间难为姑，这个姑，解为婆，亦无不可。"他说。

"当时有何说法？"叶向高自然要听。

"所谓难以相处，以婆媳论，在乱上下尊卑之序；以姑嫂论，在无平辈互敬之心。老师看，然否？"缪昌期问。

"然。"叶向高应道。

"那么，老师不妨看看，今日内阁之中难处，当以婆媳论，抑或当以姑嫂论？"缪昌期问。

"咦，正在谈论持家之事，怎么一下转到内阁！"叶向高道。

"老师姑、妇之论，难道喻的不是内阁？"缪昌期问。

"好，好，就算我喻的是内阁。"叶向高的比喻其实再明确不过，没必要否认。他说，"内阁诸人，同衙为臣，自当以姑嫂论。"

"老师差矣！"缪昌期道，"于内阁初建之际，三杨之间，言姑嫂之争可矣；于弘、正之朝，刘文靖、李文正、谢文正之间，言姑嫂之争可矣；待降至嘉、隆、万以来，夏贵溪出矣，严分宜出矣，徐华亭出矣，高新郑出矣，张江陵出矣，内阁之间，仍可言姑嫂之争乎？夏贵溪、严分宜、徐华亭、高新郑、张江陵者，人无不以首辅称之，且无不以首相视之。内阁拟旨、批复，无不出自其手；朝廷大政，无不待其言而定。首辅与他辅之间，乃婆媳也，非姑嫂也。"

他所举阁臣们，分属不同的年代。杨士奇、杨荣、杨溥，属于一个年代；杨士奇为首辅时，杨荣、杨溥与他的地位相差无几。刘健、李东阳、谢迁，属于一个年代；刘健为首辅时，李东阳、谢迁与他的地位相差无几。夏言、严嵩、徐阶、高拱、张居正，虽不属于一个年代，但他们都曾为首辅；从他们身上可以看出，首辅与内阁其他阁臣的地位越来越悬殊。有人甚至说，他们视其他阁臣为属吏。

"当时所言数公，无一人我敢与之并列。"叶向高说。

"没人拿老师与此数公相比，老师也不必以此数公为鉴；但老师已在其位，乃不争之事。若一味与其他阁臣以姑嫂相处，恐怕没人会说老师谦让，而只会说老师旷职。"缪昌期道。

"我欲诉诉难处之苦，倒让当时编派出我的不是。"叶向高话似抱怨，实则已被缪昌期说动心，"当时，你是不是劝我，宁可在内阁被人说成是恶婆婆，也不可不办事？"

"老师须得有所作为。"缪昌期点头称是。

"但当时想过没有，我称两妇之间亦难为姑，并非只指内阁之中事事掣肘？"叶向高忽问。

"难道老师还有别的蕴意？"缪昌期想不到，他说那么多的话，却并没说到叶向高的内心深处。

叶向高点点头，说道："我举个例子吧。梦白先生告我，吏部欲起尔瞻先生为南吏部尚书，当时以为如何？"

去年十月，朝廷二品大臣有所变动：吏部尚书张问达致仕，掌院都御史赵南星改吏部尚书，刑部尚书孙玮加吏部尚书衔掌院。

"这是天大的好事呀！"缪昌期道，"梦白先生掌北吏部，尔瞻先生掌南吏部，遥相呼应，何愁不正士盈朝！"

"你以为，内阁之姑将如何？"叶向高问。

"欣欣然，提笔拟旨。"缪昌期说。

"你所谓的内阁之妇呢？"叶向高问。

"正邪难以并立。"缪昌期道，"此二妇不仅不愿南吏部掌于尔瞻先生，恐怕也不愿北吏部掌于梦白先生。"

"那么，内阁拟的成旨吗？"叶向高问。

"难。"缪昌期不得不承认这个现实，但又不甘心地说，"老师若与吏部合力争之，二妇未必阻止得了。"

"当时只知内阁里有二妇，却不知内阁外之妇又有几多！"也向高道。

"老师指内阁外也有人不中意尔瞻先生？这我想得到。"缪昌期说。

"不仅不中意，还有堂而皇之的理由。"叶向高道。

"有理由学生信，有堂而皇之的理由——"缪昌期话只说到一半，但意思很明显：不信。

"当时不信，那就来看看。"叶向高说着，问道，"当时可知，尔瞻先生为何执意要去？"

"不是因办书院讲学为科、道论劾吗？"缪昌期道。

"科、道弹章中有什么厉害的话语，当时还记得吗？"叶向高问。

"给谏某将尔瞻先生与山东妖贼相提并论。"缪昌期记得一条。

"中旨批复有什么厉害的话语，当时还记得吗？"叶向高又问。

"宋室之亡，由于讲学。"缪昌期也记得一条。

"当时看，仅此二句，是否堂而皇之的理由？"叶向高道。

"恶语中伤，也算得理由！"缪昌期不服气。

"虽是恶语中伤，此等文字却是在朝廷备过案的。"叶向高说，缪昌期还要分辩，被他拦住，"当时让我再举一例，如何？"

"老师请说。"缪昌期只得住口。

"梦白先生又曾与我议，建言得罪诸臣，当吁请朝廷召还。当时以为如何？"叶向高问。

"这是伸张正气、激励诤臣的大好之事呀！"缪昌期说。

"当时说说看，有哪些人理当召还？"叶向高道。

"如给谏毛伯高、侯得一，如御史江兆豫，如翰林文文起、郑谦止。"缪昌期一一数着。谦止是郑鄤的字。

"给谏、翰林皆二人，御史仅一人，我再给你加一人吧。"叶向高说。

"老师欲加何人？"缪昌期问。

"贾某。"叶向高说。

缪昌期知道他说的是贾继春，摇着头说："此人还是不加的好。"

"为何不加的好？"叶向高问。

"此人非我类。"缪昌期道。

"在当时眼里，贾某非我类，在其他人眼里呢？"叶向高对这个问题加以说明，"内阁有些人怎么看，不必说；我是问：在贾某眼里呢？在引贾某为同志的科、道们的眼里呢？"

"我亦非他类。"缪昌期承认。

"所以，我以为吁请召还建言诸臣，加上贾御史比较好。不然，难免有人要责备我树立私党。"叶向高道。

"老师所言，不无道理。"缪昌期这次让步。召还五个他希望召还的人，附带一个他不愿召还的人，不管怎么说，都是合算的。

"当时看看，欲办这件事，面对的只是内阁二妇吗？"叶向高问。

"老师的苦衷，学生已懂得。"缪昌期道，这件事没必要再谈论，他问，"老师还有第三个例子吗？"

"有啊！"叶向高只答两个字，两眼便盯住他不放，看得他心里发毛。

"第三个例子，不会出在学生身上吧？"缪昌期问。

"我正要说，办第三件事，第一个反对旳，或是你。"叶向高道。

"老师是说，学生亦为一妇？"缪昌期不住摇头，道，"怎会！"

"我来问你，皇考及皇上登极之初，皆以添注名目，召还耆宿旧官，你怎么看？"叶向高道。

"神庙朝迁谪过多，先帝及今上怜惜人才，欲尽行收召；以至于人浮于官。加以添注名目。这有其不得已者。"缪昌期说。

"后科、道屡请遽停添注，朝廷停之，你怎么看？"叶向高问。

"名目不正，只可暂行，非长久之计。"缪昌期说。

"好个名目不正！"叶向高意味深长地瞥他一眼，忽问，"我欲奏请恢复添注，当时，你怎么看！"

"老师欲恢复添注？"缪昌期眼睛瞪圆，一方面是因为吃惊，一方面是因为难堪：他才说添注官名目不正，叶向高就表示要恢复这项名目不正的措施。他喃喃问道，"老师，总得有个缘故吧？"

"缘故嘛，你才说一半。"叶向高道。

"神庙朝迁谪过多？"见叶向高点头，缪昌期问，"另一半缘故呢？"

"增添注官既有其不得已者，停添注官，则京堂壅滞愈甚。三品京堂人满，则四品京堂当升迁者不得升迁；部、院佐卿人满，则三品京堂当转入者不得转入。于是，不得升迁者，无不欲上官之去；科、道中亦有为之呼吁上官请假、引疾。人皆作此想，政事尚可为乎？政体尚可平乎？尔瞻先生等去官，虽由科、道论劾其讲学，然京堂壅滞之势，亦促其去。反之，今欲尔瞻先生再起，说不定，仍须借用添注的名目。"叶向高把另一半缘故说得很透彻，并问，"当时想想，是不是这个道理？"

缪昌期无法争辩，只得说："学生所谓名目不正，但言其非常制而已；并非言其路数不正，不可权宜行事。"

师弟二人推心置腹地谈到半夜，叶向高一直在倾诉办事之难，但在天启四年正月中旬到二月初，他还是连上三疏：第一疏，请复添注官；第二疏，请召还文震孟等因建言而被贬黜的官员；第三疏，在吏部两次推用邹元标不果后，力言邹元标堪任南京吏部尚书。对一名首辅而言，这是少有的。

## 第四十九章

二月二，龙抬头。东直门外春场热闹一天，日落时分，人渐散去。两个邻居，无非张三、李四之流，就回家还是去酒铺喝酒争起来。

"还早呢，回家有什么意思？老四，喝酒去！"张三说。

"天眼看就黑，还早？"李四不愿去。

"眼看就黑是黑吗？我这鼻子，这嘴，哪样你瞧不见！"张三道。

"就算没黑，但两个人喝酒，有什么意思？"李四仍推辞。

"嫌人少？这好办呀！"张三四处瞧瞧，见不远处有一人，也是邻人，似乎也没拿定主意回不回家。他手一指，道，"胡老五不在那里吗？"

说着，拉起李四朝胡五走去。

听说去喝酒，胡五说："对不住二位，今日去不成。"

"四哥要喝酒，嫌人少，这点面子你也不给！"张三责怪道。

"别说四哥，三哥的面子也不能不给呀。可今日确实不成，家里等着我回去吃饭呢。"胡五说。

"你当真不去？"张三撸起衣袖，像要打架。

胡五知道他不会真动手，指着屁股，嬉笑着说："三哥要打，往这儿打，别打在脸上。让你兄弟媳妇看见，又该骂我无用。"

"我有句话，你别不爱听。"张三双手叉腰，只是动口，"你不去喝酒，家里那一锅粥，准有人下毒。你信不信？"

胡五，包括李四，不愿和张三一起在外面喝酒，就是因为他口无遮拦，信口开河。听他念起这般毒咒，李四说："老五，去吧。挺好的日子，干吗让一家老小都惹上不痛快。"

"去，去，我宁愿今日酒里被人下毒。"胡五也说句狠话。

到一间小酒铺门口，迎面过来一人，又被张三拉住。

"老六，早说好斗酒，你怎么一个劲儿地躲！"他喝道。

被他唤作老六的人姓马，他挣脱掉张三的双手，说道："要斗酒，改日再斗，今日不成。"

"都说择日不如撞日，怎么到你这里，非得择日？"张三不答应。

"不是我非得择日，小儿患病，我要回去给他煎药。"马六说。

"原来是为给贤侄煎药。"张三点点头。关乎人命之事，都以为他要放一马，他却说，"我看，药就不用煎。"

"好不容易向王仙医讨来的药，怎不用煎？"马六问。

"不等你到家门口，手里这包药会被人抢去。"张三说。

"多谢三哥提醒，我定加倍小心。"马六道。

"其实，被人抢去还是好的；贤侄当真喝下这汤药，不是头上生疮，就是五脏烧坏。"张三又说。

"不就是喝酒吗，不就是斗酒吗，三哥为何发这等恶咒！"马六一想，再不应他，张三还不定有什么难听的话，干脆自己先进酒铺。

酒铺生意清淡，并无他客，四人挑张桌子，各占一边坐下。

在等小二上酒的工夫，李四说："三哥，你一号召，我等都来。你看，今日只喝酒，不斗酒，如何？"

"是啊，你老大的个子，若醉倒，谁搬得动你。"马六说。

"你看，是我愿意斗酒吗？老五总说我酒量不行，谁能忍得下这口气！"张三道。

"谁说三哥酒量不行？和三哥斗酒，我甘拜下风。不过，我赞成四哥的话，今日谁也不斗酒。"胡五说。

"那就你二人斗酒，哪个赢，我再和哪个斗。"张三说。

胡五、马六要反对，李四抢在前面说："只要三哥不斗酒，我看使得。"

二人心领神会，知道他是怕张三喝多酒胡说。

酒、菜送上来，胡五、马六猜拳，吆喝声挺大；该喝的时候，却杯子举得高，酒喝下去的少。张三在旁监赌，看着不过瘾，自己端起酒杯，输家喝一口，他喝两口。很快，他就管不住自己的嘴。

"老四打的光棍，我不问他。老六，你那儿子有几岁？"他问。

"四岁多，眼看要到五岁，三哥不是知道的吗？"马六道。

"此其时矣。"张三说。

"什么此其时矣？送私塾吗？哪家私塾的先生肯收这么小的娃儿？就算有人收，我还没盘算出那笔钱呢。"马六说。

"读书又费钱，又无用，谁要你送他去私塾！"张三道。

"那三哥说的何事？"马六问。

"我是说，老六可以送他去牛二那里。"张三道。

众人都知道牛二住在城厢，是阉猪的。马六问："把娃儿送去他那里作甚，难道我娃就只能从此等贱业？"

"哪怕要饭，我也不会让贤侄做那勾当！我是想，让牛二一刀把他净身，此其时矣！"张三说。

李四先听不下去，喝道："三哥酒没喝多，怎的说起浑话！"

"我给老六指一条最便捷的富贵之路，你眼红吗？"张三道。

一句话把李四噎回去，只是张嘴，出不得声。

"四哥称浑话，是好听的；换我，还得加个字。"胡五说。

"不用说，加的是个账字。"张三骂惯人，也被人骂惯，浑不在意，"就算这话不中听，又关你何事！"

"怎不关我事？街坊们谁不知道，我家浑人与五嫂同时有孕，我二人曾指腹为婚！你让六哥之子挨那一刀，我女儿怎办！"胡五道。

"你不提，我倒忘记，你家女娃也有个地方好去。"张三说。

"你要她去哪里？"胡五问。

"奶子房。"张三说。

奶子房是把生育不久的女子集中起来，为初生的皇子、皇女挑选乳母的地方，在灯市口附近，与东厂外值房仅隔一个胡同。张三先说把男孩净身，又说把女孩送去奶子房，真是耐人寻味。

"三哥说的是人话吗！"胡五只说一句话，别的不知该说什么。

"五哥，喝酒！"李四劝住他。接着，又想堵住张三的口。他斟一满杯酒，递到他面前，"三哥，话说多，喝酒吧。"

"喝什么酒！"张三一推，酒洒满地。他的拳头重重擂在桌上，葱蒜酱豆等佐酒的小菜洒一桌，"世道混沌，妖魔横行，你等看不到吗！一个舍弃亲夫、舍弃亲子的女人，只因喂过当今万岁几口奶，就在宫里作威作福，连皇后、皇太后都敢欺凌！你等世世代代居住京城，可曾听说过有这样的乳娘？一个身体残缺不全、注定要断子绝孙的男人，只因与这个女人结为菜户，就掌控东厂，横行于京城，横行于天下。锦衣卫大小职官，如狼似虎，东厂档头以百计，番子以千计，为其爪牙，人人皆以这个男人之命是从！你等世世代代居住京城，可曾听说过这样的宦者？这个男人姓魏，这个女人姓客，别人不敢说，我却不怕！"

这一大段话他一气说出，不容别人打断。其实，李四、胡五、马六三人早就魂飞魄散，谁还张得开嘴！即便有人想堵住他的嘴，谁还伸得出胳膊；即便有人想起身离开，谁能迈得动腿！

张三想喝酒。端起自己的酒杯一看，剩下的已不多。他在别人的酒杯里挑一杯酒最多的，端起来，一口喝干。他抹抹嘴，又要说话。

酒铺的门忽地被踢开，十几个彪形大汉一窝蜂似的拥入，两三个人对付一个，蒙头的蒙头，扭臂的扭臂，架起四人，腾云驾雾般离去。

外东厂一间专门用作刑讯的屋子里，灯光昏暗，几步外就看不清人的嘴脸。倒是一大盆烧得通红的炭火，一闪一闪，把枷、镣、梃、挦、夹棍等刑具映照得时隐时现，更让人觉得恐怖。

魏忠贤面无表情地坐在一把椅子上，其他人或近或远地站立两侧。

"叔要不要看看乐子？"理刑官崔应元问。

"你要我看什么乐子？"魏忠贤反问。

"卑职着人一样一样用刑，看他等在满地翻滚，哀号不已，亦是一大乐趣。"崔应元说。

"你等不是问过话吗？"魏忠贤道。

"是，卑职单独问过每一个人。"崔应元说。

"没用刑？"魏忠贤问。

"不等用刑，他等已如实招来。"崔应元说。

"既招，何必再问！难道非要众人再听听他是怎么骂我的，让我也听听他是怎么骂我的！"魏忠贤道。

"是，卑职考虑不周。"崔应元说。

"把人都带上来，让我瞧瞧。"魏忠贤吩咐。

张三、李四、胡五、马六四人被押解进屋。他们衣服完整，看来真没用过刑；但人人神情委顿，全身瘫痪，要不是被人架着，早成一摊烂泥。而曾经自称不怕的张三，早已神智不清。

魏忠贤指指马六，眼神在问：是他吗？崔应元摇头。他又依此指指胡五、李四，崔应元仍摇头。最后指到张三，崔应元点头。魏忠贤一挥手，架着张三的番子，拖着他往外走。

李四、胡五、马六凭借感觉，知道有人被拖出去。他们不知道被拖出去的人是谁，更不知道被拖出去的人会是什么结果，于是，都闭上眼睛，等着轮到自己。

　　不多时，一名理刑捧着个大圆盘进来，圆盘上是颗血淋淋的人头。

　　"你等看看。"魏忠贤命李四等睁开眼。

　　三人睁开了眼，盯住人头看，居然没一人的表情有变化。显然，他们不是见惯这一景象，而是根本没看见他们面前的东西。

　　"人没杀错吧？"魏忠贤问。

　　有人想点头，有人想摇头，但最后都整齐划一地点头。

　　"你等都是他邻人？"魏忠贤又问。

　　这次有人点头，有人摇头。

　　"不是邻人，却凑在一起喝酒，其心叵测。"魏忠贤说。

　　方才摇头的，连忙改成点头。

　　"谁肯去他家报个信，让他家人来给他收尸？"魏忠贤问。

　　三人开始都摇头。

　　"没一人愿去？这厮人缘好差。"魏忠贤道。

　　忽有人想到，去张三家报信，这不是一条生路吗？他不等头回到自然的位置，就点起来。别人大概也想到这一层，争着点头。

　　"又都愿去？"魏忠贤一招手，道，"看赏！"

　　一名长随捧另一圆盘进屋，圆盘里放着三块银锭，每块不下五十两。

　　"他骂我，你等没骂还，这是美中不足；若是骂还，骂还一句，我赏银一百两。不过，你等没跟着他骂，足见敬我畏我，这也不错。每人赏银一锭，拿回去好好过日子吧。"魏忠贤说。

## 第五十章

皇帝正在构思一件木制玩具,见王体乾捧疏进殿,先发制人地说:"若是叶先生的奏章,不必读给朕听。"

"不是叶阁老的奏章,是孙阁老的奏章。"王体乾回奏。

"孙先生的奏章?本月以来,这是第三本吧?"皇帝问。

"是第三本。爷吩咐过,孙阁老支撑辽东局面不易,他的奏章,不得延误。故奴才把这一本先送过来。"王体乾说。

皇帝对孙承宗的奏疏,比对别的奏疏看重。他暂除杂念,打起精神,命道:"既送来,读与朕听。"

"孙阁老此疏,是言用人的。"王体乾按照惯例,先给该疏加个题目。

"不会是写朝廷用人吧?"皇帝问。

"果如圣谕,是写边镇用人的。"王体乾说。见皇帝没别的问题,他开始读疏文,"臣以天启二年抵关门,独赵率教以二千余人,拮据前屯。及马世龙来,分立五部三十营,雅有条次。其后尤世禄、王世钦相继,边人顿有生色。今谓世龙纳贿贪淫,臣百口必辩其无。"

皇帝打断他,问:"孙先生为何要为马世龙分辩?"

"据奴才所知,马总兵乃孙阁老推用。"王体乾说。

"据朕所知,马总兵乃朝廷所用。"皇帝调侃他一句,"朕还不知马世龙是孙先生着力举荐的吗!朕在问你,好端端的,孙先生为何要拿马世龙来做这篇文章?"

"奴才糊涂!"王体乾道,他解释说,"日前,刑科给事中解学龙上疏,劾马总兵等克扣军用。奴才想,孙阁老的奏章多半是冲他来的。"

"解学龙劾马世龙等,朕怎不知?"皇帝问。

王体乾不能说皇帝忘性大,只能说:"该疏下兵部、都察院等衙门议,大臣们也没当作一回事。"

"但今日官司打到朕这里,朕不能不当作一回事。"皇帝反而得着理,"老王,去把解学龙的奏疏取来，朕要亲阅。"

王体乾防着皇帝忽然关心此事，奏道："解学龙奏疏的贴黄，奴才这里抄一份。奴才的字迹杂乱，不堪入爷法眼，还是奴才读吧。"

"好，你读吧。"皇帝同意。

贴黄即奏疏的大意，内容简略。王体乾读道："建房去冬之来非真来，今春不来非真不来。今三农告匮，束手莫支，乃三帅各以一万二千金为治第之资，令人骇愕。营房每间价六金，镇将侵克，费不五六钱；马料刍豆，十扣其半。"

"要说备边，就说备边；要说贪淫，就说贪淫。把贪淫放在备边里说，难怪谁也不当一回事！"皇帝评论一句。

"爷圣明！"王体乾奉承道。

"他劾的是三帅，孙先生怎的只为马世龙一人分辩？"皇帝问。

"爷谕曰：马世龙是孙先生着力举荐的。奴才想，孙阁老特别要为马世龙辩，或是为此。后面言及用人，倒是三帅一起说的。"王体乾道。

"那你接着读吧。"皇帝命道。

"是。"王体乾应一声，读道，"臣愿用袁崇焕、刘诏之殚力瘁心以急公，不愿用腰缠十万之逋臣、闭门诵经之孱弱；臣愿用博大强毅之马世龙，少年英锐之尤世禄、王世钦，不愿用通脱疲弱之奸猾。臣尝概论诸臣，如王在晋、阎鸣泰，志尚有为；即熊廷弼矫矫有略，王化贞勤勤在衷，倘御得其道，皆更有为。乃若才鄙而怯，识谬而狡，工于投机，巧于避患，曾不知天下有忠义之肝胆，此廷弼辈所唾，而在晋等所羞。乞皇上俯听臣言，立为分剖，毋以臣庸贻累。"

"孙先生牢骚很大呀！"皇帝听出来，并进一步发问，"解学龙，一给谏耳；孙先生，阁部大臣也。解学龙劾马世龙等，孙先生欲辩之，以事论事即可，怎么把前几任经臣、抚臣都牵连上？"

"爷圣明，奴才也觉着，孙阁老似乎不是和解学龙争。"王体乾说。

"不是和解学龙争，那是和谁争？和兵部争吗？兵部又没罢用马世龙等；和都御史争吗？都察院又没纠劾马世龙等。"皇帝道。

"爷说的是，孙阁老肯定不是在和解给谏争，但似乎也不在和赵尚书争，和孙都堂争。"王体乾附和道。

"既然都不是，难道是在和朕争？"皇帝道。

"爷待他宠信有加，他若再和爷争，岂不太没良心！"王体乾说。

"那是在和谁争？"皇帝嘴上念叨时，忽然有悟，"老王，你说孙先生会不会仍和张凤翼在争？"

"奴才也是这么想的。"王体乾道，"奴才听说，张中丞和孙阁老持议不同。孙先生或是猜测，解给谏疏劾马总兵等，乃张中丞唆使，故而言词之间，颇为激烈。"

"持议不同？不同在哪里？"皇帝问。

"孙阁老主守关外，张中丞主守关门，此其最大不同。"王体乾说。

"张凤翼主守关门？朕怎不记得他上疏言之？"皇帝道。

"爷真是好记性，他确实不曾上疏。"王体乾这次可以先颂扬皇帝两句，"奴才听说，张中丞初得任命，即欲上疏，主张专守山海关。后来被叶阁老、韩阁老二位劝阻。"

"叶先生、韩先生为何不让他上疏？"皇帝问。

"叶阁老是张中丞座主，韩阁老与张中丞同乡。据奴才想，他二人或是不欲张中丞一到任，就和孙阁老剑拔弩张。"王体乾说。

"这么说，两位先生希望经臣、抚臣和衷共济，亦是一片好心？"皇帝虽明确这一点，又有新的疑问，"张凤翼终归没上疏，此事你也只是听说，孙先生从何得知？"

"张中丞虽未上疏，乞专守关门，私下里却和不少人议论过。奴才听说，孙阁老奏疏里写的一句话：近且曰国家失河套，不失为全盛，何必复辽东？此即张中丞的原话。"

这句话是皇帝说的，本月以来孙承宗已上三疏的第一本奏疏里写的。此句之前写的是：今边方大计，曰守，曰款，曰恢复。皇上敕臣曰：宁远、广宁及河东土宇，渐图恢复。乃观天下大议，似专守关以内。这句话之后写的是：然而辽东不复，关不可守；欲复辽以守关，则关以外必不可不屯兵。联系起来看，孙承宗是要就守关外与专守关一事展开辩论，但没明确对立面究竟是谁。

"朕一直在想，朝廷都主张守关以外，朕都主张守关以外，孙先生为何还要大谈而特谈？原来主张专守关门的大臣还很多；而且，专治辽事的大臣就持此议。"皇帝也很感慨。他忽然想起另一件事，又问，"孙先生在第二本奏章里曾提到过，他与抚臣持议不同吧？"

"爷说的是，经臣与抚臣一直争执不下。"王体乾说。

他担心皇帝会问他，孙承宗是怎么写的。那是二十天前的奏疏，意思他还记得，原话却忘记六七成；而回皇帝话，又不能估摸着说。没想到，这两句话，皇帝却还记得。

"关抚明而有略，可谓有才。其议守与臣同，而所以议守，似与臣异。"皇帝背诵之后，问道，"老王，孙先生是这么写的吧？"

"爷记得一字不差！"王体乾又惊又喜地说。其实，是否一字不差，他根本拿不准，但这不妨碍他的奉承很虔诚。

"朕原以为，孙先生所言抚臣与他的异，只是小异，谁知却异到根子上。"皇帝又发通感慨，然后问，"老王，你说，解学龙上疏劾论三帅，是不是张凤翼授意？"

"奴才说不好。"王体乾不会正面回答。

"五句话里有三句是听说，你不是很能听说吗？怎么到这件事上，你就没听说！"皇帝调侃道。

"奴才回爷的话，是听说的就说听说的，是推测的就说推测的。孙阁老以为解学龙受张中丞唆使上疏，是奴才推测的。"王体乾道。

"那你不妨再推测推测，解学龙上疏，是否张凤翼授意？"皇帝说。

"解给谏是否经张中丞授意而上疏，奴才仍不好说；不过，据奴才推测，张中丞授意科、道上疏的心是有的。"王体乾说。

"何以见得？"皇帝问。

"除私下说过：国家即弃辽左，犹不失全盛，如大宁、河套，弃之何害；张中丞私下还对人说过：枢辅欲以宁前荒塞居我，是杀我也。"王体乾举个很具体的例子。

"这话不是推测的吧？"皇帝戏问。

"不是，是听说的。"王体乾道。

"仅由这句话，推测张凤翼授意解学龙上疏，似不足。"皇帝说。

"奴才还听说一事，"王体乾道，"前宁前道兵备佥事万有孚，被岳中丞所劾，张中丞疑是孙阁老授意，故亦授意科、道劾论马总兵。"

他说的岳中丞，即顺天巡抚岳和声。

"这是你听说的？朕怎么觉着是推测的。"皇帝说。

"确是奴才听说的；至于说者是否推测，又推测者为谁人，奴才一时半会儿说不清楚。"王体乾道。

"朕不要你说清楚这些，倒是万有孚被岳有声所劾，干张凤翼何事？这事你能不能给朕说清楚？"皇帝问。

"奴才听说，万有孚和张中丞一样，以为宁前为死地，故帮着张中丞，全力弹劾马总兵等。"王体乾说。

"万有孚弹劾马世龙在前，抑或岳和声弹劾万有孚在前？"皇帝问。

"这个，奴才没听说，亦无从推测。"王体乾道。

又是孙承宗怀疑张凤翼授意解学龙论劾马世龙,又是张凤翼授意岳和声论劾万有孚,也不知万有孚因岳和声弹劾他,报复性地弹劾马世龙,还是岳和声因万有孚弹劾马世龙,故而弹劾他,皇帝听得、想得脑袋都大。他懒得再想下去,再问下去。

"老王,你给朕读孙先生今月第一本奏章时,朕曾赞他有两句话写得精彩,你还记得是哪两句吗?"皇帝问。

"奴才记得,"王体乾应道,"一句是:以辽人守辽土,以辽土养辽人。另一句是:拒敌门庭之中,与拒敌门庭之外,势既辨;我促敌二百里外,与敌促我二百里中,其势又辨。"

"看来,孙先生在本疏里写的工于投机,巧于避患,指的也是他。"皇帝说着,问道,"一个欲以辽人守辽土,以辽土养辽人;一个以辽左为死地。老王,你说辽左之事该交与哪个办?"

"爷的意思,奴才懂得。"王体乾应道。

不出二月,张凤翼以内艰去官。

## 第五十一章

镇海城完工，南居益相信，将和兰人逐出澎湖，只是早晚的事。

去冬，官府招降海盗首领李旦；今年正月，发兵澎湖。由于先行确定陆战的原则，居岛者剿之，出海者任其去，所以，战事进行得很顺利。和兰人很快退缩到他们最大的一个据点风柜仔。和兰人在这里经营多年，粮食、火药等都很充足，城也修建得比较坚固，南居益为长期攻守计，择地筑城，选中镇海港。

攻城两个月，尚未攻克风柜仔。这有两个原因：一是镇海港一带的官军数量有限，二是打打停停，和兰人三番两次差使求款。现在，濒海各卫、所奉调前来参战，官军人数上已占绝对优势。南居益决定，红毛番再来人谈判，就要下最后通牒。

虽然从风柜城到镇海城来的人能听能说汉话，南居益还是把陈仕瑛约来做通事。当然，不仅是翻译，有些事还得和他商量。

和兰使者面熟，南居益问："你是第几次来？"

"第三次。"和兰使者伸出三指回答。

"还想再来吗？"南居益问。

"大明朝官军攻城，我等守不住，我还要来。"和兰使者说。

"这么说，你来见我，只是为我缓攻？"南居益问。

"大人缓攻，才好谈别的。"和兰使者说。

"你倒是很直率。"南居益笑着说，"我喜欢直率的人；不过，下一次你恐怕不能来。"

"我为何不能来？"和兰使者问。

"因为你只能谈缓攻，却不能谈别的。前两次来，你都说你等准备离岛远去；到今天，你等可有一人离岛远去？"南居益道。

"前两次来，我皆禀白大人，我等在城里存有谷米，容我等将谷米装船运走，我等亦将离去。"和兰使者辩道。

"我是怎么对你说的？"南居益问。

"大人答应。"和兰使者道。

"我只是答应吗?"南居益问。

"大人只是答应。"和兰使者说。

"我没说过,以半月为限吗?"南居益道。

"对,大人说过,以半月为限。"和兰使者承认,但又辩解,"无奈城中谷米极多,半月之内难以运尽。"

"后来呢?"南居益问。

"后来,大明军队又攻城,在下又出城。"和兰使者说。

"结果呢?"南居益问。

"大人又答应。"和兰使者说。

"这次以几日为限?"南居益问。

"十日。"和兰使者说。

"再加十日谷米仍难运尽,是不是?"南居益问。

"诚如大人所言,那次我一回去,首领就责备我不会办事:半月不能运尽,十日怎能运得尽!"和兰使者道。

这简直是胡搅蛮缠,南居益冷笑道:"你那个首领真会算账!我是给你增加十日,让他一说,好似半月期限被减少至十日。"

"我也不知他的账是怎么算的,反正,几时能将谷米运尽,只有他说了才算数。"和兰使者道。

"所以本堂说,下一次你不能来;要来,让你首领来。"南居益说。

"大人去请,首领也不会来。他常说:中华之人不讲信义,他若来,定成阶下囚。"和兰使者道。

"你等占我疆域,掠我人民、财物,倒成我中华之人不讲信义!"南居益斥道,"回去告知你首领,我再多给他五日,五日之后,不管谷米是否运尽,他都须离去。五日若不离去,我不是请他来做阶下囚,我要抓他来做阶下囚!中华之人是否言而有信,五日之后他就知道,尔等且拭目以待!"

风柜城里的和兰人争先恐后登船,扬帆而去,只有包括首领高文律在内的十二人据城自守。五天后,官军大举攻城,城下,献俘于朝。

南居益巡视过风柜城之后,对陈仕瑛说:"今次逐番复地,仕瑛居功甚伟,我要为你请功。"

"澎湖成一方净土，全靠都堂大人运筹帷幄，用兵得当，卑职何功之有！请功之事，万万不可。"陈仕瑛说。

南居益听出他不是一般的客气，问道："仕瑛不愿我为你请功？"

"是。"陈仕瑛应道。

"这是为何？"南居益问。

"一则，卑职的心愿是在澎湖盖一间草房，开一片荒田，归农，或归渔；二则，收复澎湖，算不得居功甚伟。"陈仕瑛说。

"你是说，台湾仍为红毛番盘踞？"南居益也在考虑这件事，他说，"台湾是个大岛，距陆又远，驱逐红毛番出岛，怕是没这么容易。"

## 第五十二章

魏忠贤奉旨,往京南巨马桥祀龙王庙。头一日晚上,先是与他兄弟相称的一干大太监来他宅邸,看看他有没有什么嘱托;继而隶于他名下的一干低一级的太监或少监、监丞等来他宅邸,看看他有没有什么吩咐;最后是一干亲属来宅邸,送行话别。

外甥傅继教来得最晚,来时,魏忠贤已准备睡觉。

"衙门里的事多吗?这晚才来!"魏忠贤颇有责备之意。

他给傅继教安插的是东厂理刑官的差事,但仅是个名义上的职位,没人敢把他当作正经的理刑官使用。

"衙门里无事,是一位朋友约我饮酒,故来得晚。"傅继教说。

"什么朋友,与他饮酒,比送你舅舅还要紧!"魏忠贤当真责备起来。

"与他饮酒不要紧,但他的话要紧,甥儿一定要听他说完,才好来见舅舅。"傅继教说。别人对他这个舅舅怕得要死,他却不怕。

"什么话,这等要紧?"魏忠贤问。

"还是舅舅先告诉甥儿,此次办差,几时可回?"傅继教道。

"还不是看我心情。"魏忠贤道,"两三日也是它,四五日也是它。高兴的话,回一趟肃宁也说不定,那就得十日八日。"

"舅舅还是早去早回的好。"傅继教说。

魏忠贤一愣。他的第一个想法是把这话和傅继教前面说的话联系起来,于是问:"是你那个朋友让你来对我说的?"

"他确让甥儿嘱咐舅舅早去早回;但听完他的话,即便他不嘱咐,甥儿也会对舅舅说的。"傅继教道。

"他究竟对你说些什么?"魏忠贤又回到原来的问题。

"他说,不日间朝中或有大变。"傅继教说。

这话没头没尾,不由得魏忠贤不惊。他问:"是针对我的大变?"

"是。"傅继教应道,"是对舅舅只有好处没有坏处的大变;不过,大变一旦发生,须得舅舅来把持局面。"

魏忠贤定下心来。他问:"你这个朋友是什么人?"

"刑科给事中傅櫆。"傅继教说。

"原来是你的本家。"魏忠贤道。

"是。"傅继教应道,"他是江西临川人,万历四十一年进士。听我爹爹说,他家与我祖上或许有点儿渊源。"

魏忠贤没心思听他唠叨,但问:"他怎知朝中不日将有大变?"

"他说的是或有大变。"傅继教道。

"他怎知朝中不日或有大变?"魏忠贤不耐烦地重问一遍。

"因为要兴风作浪的正是他本人。"傅继教说。

魏忠贤本要发作,骂一句傅櫆不知天高地厚,骂一声傅继教糊涂。但忽然悟出什么,他和颜悦色地吩咐:"继教,约你这个朋友明日一大早来,我要和他说几句话。"

"不必明日一大早,他这会儿就在门外。"傅继教说。

傅櫆从没进过魏忠贤的外宅,从没单独面对魏忠贤,因此,开始很是拘谨,连跪拜行礼都不记得。但魏忠贤的第一句话,使他放松下来。

魏忠贤上下打量他一番,道:"像个办事的样子。"

傅櫆这才想起行礼。他跪倒在地,规规矩矩叩几个头,口称:"卑职参见厂公。"

自从皇帝改唤魏忠贤厂臣,内使各衙门上下,无不尊称他厂公。而外廷称厂公者,傅櫆是第一人。魏忠贤内心喜悦,对他的称赞也进一步:"不错,像个办大事的样子。"

"厂公谬赞,卑职愧不敢当!"傅櫆道。

"起来吧。"魏忠贤道,并转过身问傅继教,"他是——"

"卑职刑科给事中傅櫆。"傅櫆抢着回答。

"在家里不必行大礼,傅给谏起来吧。"魏忠贤道,等傅櫆起身,他问,"傅给谏,知道我为何说你是个办大事的人吗?"

"卑职不知。"傅櫆道。

"因为你敢在朝中兴风作浪呀!"魏忠贤说,"这话我敢说,却未曾说过;没想到被你说出来。"

"厂公误解卑职的意思。"傅櫆说。

"你是说,这四个字你不曾说过?"魏忠贤问。

"卑职说是说过，却不是说卑职敢兴风作浪。卑职说的是，为厂公，在朝中兴风作浪，在所不辞。"傅櫆道。

"那么，你并不能兴风作浪？"魏忠贤问。

"卑职本人是无力兴风作浪的；但有句话说得好：一石激起千层浪。卑职往朝廷这个大海里投一石子，厂公再因势利导，不愁朝中兴不起风，作不成浪。"傅櫆说。

"我要不要你兴风作浪呢，咱们待会儿再说；傅给谏，我问问你，你要投下怎样的一颗石子？"魏忠贤道。

"卑职每日留意，发觉以笔代刀、磨之霍霍、将不利于厂公者，以二人最甚：一为都察院左佥都御史左光斗，一为吏科都给事中魏大中。卑职愿做厂公门庭一恶犬，先去咬他二人一口。"傅櫆说。

"想法不错，为何要我速去速回？"魏忠贤问。

"左、魏同党甚多，以卑职一身之力，斗不过他等；弄不好，没咬到他等，反会被他等咬上一口。"傅櫆说。

"何不等几日，我回来再作计较？"魏忠贤问。

"我与大哥过从甚密，若不早劾他，反被他先劾我，于卑职于大哥，都将不利。"傅櫆说。

"你想说，于我也不利吧？"魏忠贤道。

"卑职说句实在的话，他等弹击厂公之心，早就有之；但审时度势，眼见厂公一日比一日坐得稳，故不敢轻举妄动。拿几个厂公的心腹开刀，则无所顾忌。"傅櫆说。

"这么说，你也以我的心腹自居？"魏忠贤道。

"卑职哪有这份殊荣，卑职指的是大哥。"傅櫆说。

"说到殊荣，我只赞过你像个办事的样子，却不曾赞过他。"魏忠贤指着傅继教说。这是在暗示：他已经拿傅櫆当作心腹。

傅櫆是个聪明人，怎会听不出来？他感激地说："卑职若不办成几件事，对不住这份殊荣。"

"傅给谏，你的表字是什么？"魏忠贤忽问。

傅櫆知道他要改唤称呼，趁机把关系拉近："卑职已与大哥结拜，厂公唤卑职櫆儿即可。"

"有这事？"魏忠贤问傅继教。

"是。"傅继教应道，并说，"甥儿擅自做主，尚未禀明舅舅。"

"我看，你就这件事办得还算聪明。"魏忠贤也夸他一句，随即唤道，"槐儿。"

"卑职在。"傅槐应道。

"我改称呼，你自家也该改一改。"魏忠贤说。

"是，孩儿在。"傅槐说改就改。

"继教唤我舅，你也可唤我舅。"魏忠贤进一步说。

"阿舅。"傅槐立刻改口，比傅继教叫得还要亲切。

"我不让你白叫一声，投石之事，我给你出个主意。"魏忠贤说着，向他招招手。

"请阿舅教诲。"傅槐把耳朵凑过去。

"先咬左光斗、魏大中一口，你目标选得不错。不过，左光斗是都察院堂上官，官职较高，魏大中掌吏垣，地位较重，你凭空恐怕咬不动他等。我们老家有句俗语：柿子要拣软的捏。你须得找个一打即倒的人作陪衬，才好治他二人的罪。"魏忠贤说。

"阿舅说的软柿子是谁？"傅槐问。

"中书汪文言，"魏忠贤道，"此人上蹿下跳，活动频频，要找他几处过错、罪行，再方便不过。"

"是，孩儿也听说，他与前阁臣刘某关系密切。"傅槐说。

"还有前司礼太监王安。"魏忠贤道，"一个前阁臣，一个前太监，都是朝中重要人物。他一个监生，一个中书，却出入他等府第如外家。凭这一条，就足以把他下狱。"

"多谢阿舅点拨，孩儿这就照阿舅说的去办。"傅槐道。

他第二天上一道奏疏，略曰：宪臣左光斗，科臣魏大中，色取行违，臣久知其非德类也。如内阁中书舍人汪文言，本歙县库吏，因窃拟戍，逃至京师，父事王安，改名营纳。左光斗不能追论，且引为腹心；魏大中助其资斧。借权珰为名，群奸实收其利；借权衡为市，而端人反除其名。招摇都市，世道陵夷，害且贻国。

## 第五十三章

吏部考功司郎中邹维琏离衙后不回家，却径往左光斗家去。

左光斗也才回到家里。他招呼道："来得正好，内人才焖好一锅烂烂的肉，最合德辉兄口味。"

邹维琏字德辉，江西新昌人，和左光斗是同年进士。他摆摆手说："今日有山珍海馐也咽不下去，有凉水乞赏一杯。"

"德辉兄为何要喝凉水？"左光斗问。

"憋一肚子邪火，不喝凉水怎消得去！"邹维琏说。

"德辉兄是堂堂正正的人，哪来的邪火？"左光斗道。

一句话，把邹维琏逗笑。不过，不是因喜而笑，是冷笑。

"遗直兄肚子里没邪火吗？"他问。

"好似没有哇！"左光斗和他开玩笑。

"人家宰相肚里能撑船；没想到，遗直兄只作到佐贰，肚里也能撑船，岂不远胜过宰相！"邹维琏反唇相讥。

左光斗笑笑，问道："不再说笑，德辉兄究竟为的何事？"

"还不是为你的事！"邹维琏说。

"为我的事？"左光斗两眼盯住他看，要他说个明白。

"刑垣傅某，难道不是向你叫阵？"邹维琏道。

"德辉兄说的是他呀！"左光斗连连摇头，道，"真正可笑！"

"遗直兄说我可笑？"邹维琏问。

"德辉兄可笑，他更可笑！"左光斗道。

"遗直兄且说我怎的可笑？"邹维琏当然要先听他说自己。

"他一篇奏疏，点我的名，点魏孔时的名，却没点你的名。我有没邪火，你看得出来；我问孔时先生感觉如何，他连一句完整的话都懒得说，只说'可笑'二字。当事之人还沉得住气，却有人按捺不住。德辉兄，你道可笑不可笑！"左光斗道。

"岂止可笑，而且可恶！"邹维琏说。

"可以说声可笑，怎说得上可恶？"左光斗道。

"你原本沉得住气，肚子里原本没邪火，让我说得沉不住气，肚子里有了邪火，不得不有所动作，怎不可恶！"邹维琏道。

"没有邪火，未必没动作，这倒不干德辉兄事。"左光斗说。

邹维琏听他这话，颇是兴奋，问道："怎么，魏孔时告诉遗直兄，要反击傅某？"

"他没告诉我。"左光斗说。

"是遗直兄约魏孔时反击？"邹维琏又问。

"我亦未约他。"左光斗说。

"那么，岂不是还要我来说一说，你二人才会有动作！"邹维琏道。

"用不着，魏孔时一个眼神，我知他必反击矣！"左光斗说。

"遗直兄本人呢？"邹维琏问。

"那还用说，自然也要反击。"左光斗道。

"我说嘛，这才是遗直兄，这才是魏孔时！"邹维琏称赞不已，"遗直兄可知，弹魏弹左，傅某写在奏疏里；弹我，虽未写在奏疏里，但我自兵部调吏部，仅数日，他就上门叫骂？"

"此事我也有所耳闻，德辉兄怎么得罪的他？"左光斗问。

"我不曾得罪过他，但在兵部时得罪过司礼监的那个人。"邹维琏说着，叙述其事，"不知从何地冒出个妖人，叫宋明时。刑部某主事竟向朝廷举荐，称他能役神兵收复辽东。神兵者，本不该兵部管，也是我多事，力言其人妖妄，其事荒诞。后来才知，这个宋明时是司礼监那人的座上宾。我斥宋明时，即斥司礼监那人。"

"斥司礼监那人，即遭人叫骂。"左光斗补充一句，复问，"但傅某上门叫骂，不会是公然为宋明时张目吧？"

"他要是那样上门叫骂，还不让人笑掉大牙！再者，那是我在兵部的事；他上门叫骂，是我调吏部的事。"邹维琏道，"不知起于何时，有一条不成文规则，吏部用司官，须咨于其在言路之同乡。梦白先生调用我，没经过这一程序，于是，傅某约另外几个江西籍的给谏、御史，往吏部衙门寻衅。当时调用的吏部郎中，还有文选吴长卿。他亦被纠缠不已，不得不辞官。我不能和他一样，窝窝囊囊地弃官而去；遗直兄，不管你和魏孔时是否反击，我总是要反击的！"

他说的文选司郎中，名羽文，是江西南昌人。

"那是德辉兄的事，德辉兄不必告诉我。"左光斗说。

"不错，是否反击，如何反击，是各人的事，用不着商榷，免得让人家抓住把柄，告我等党同伐异。不过，"邹维琏把话岔开，"魏孔时称傅某可笑，遗直兄亦称他可笑，他可笑在哪里，总可以告诉我吧？"

"我不是告诉德辉兄，孔时先生只说'可笑'二字；至于我觉得他可笑，是因为他奏疏里的一句话：借铨衡为市，而端人反除其名。他居然以端人自居，这还不可笑吗！"左光斗道。

"不错，比我要可笑得多。我看，魏孔时称他可笑，多半也是为这两个字。"邹维琏说。

首先上疏反纠傅櫆的是魏大中。他写道：宵小之志，最不便于铨、院、吏垣有秉正疾邪之臣。冢宰治平，求贤若渴，得邹维琏、程国祥，用之于铨，而傅櫆且自危。大中参吏垣，而櫆又自危。故择人而食，既诋君子为小人，必以真小人之尤号为君子，奉于坛上。

左光斗的辩疏写道：汪文言之昭雪，前司寇、前总宪也；题授中书舍人，今阁臣也。于臣何预！傅櫆结东厂理刑傅继教为兄弟，联络机锋，长安冷觑久矣。

赵南星总觉得这天会出事，一到衙门，就差衙役把邹维琏找来。衙役出去转一圈，没找来人，却带来一纸公笺。

"回老大人话，邹大人今日未到衙门。"衙役禀道。

"那就等他到时，着他即来。"赵南星吩咐。

"小人想，他未必会来。"衙役说。

"你怎知他未必会来？"赵南星问。

衙役本来两手把纸笺举在胸前，赵南星一问，他又把纸笺举过头顶。

赵南星顿有所悟，问道："是德辉留下的？"

衙役没答话，把纸笺递上去。

赵南星接过纸笺，果是邹维琏写的，只有一句话：今日之势，有若章惇之攻苏轼，蔡京之锢司马光。不及面陈，书呈鹤翁。

赵南星的别号是侪鹤，吏部的属官多尊称他鹤翁。

"有人寻衅，就可以连衙门也不来！"赵南星道。吏部被逼走一个吴羽文，他已经很恼火，今日他更为看重的邹维琏也不供职，让他愈发恼火。当然，他的怨气，多一半冲着傅櫆等，但也有少一半是冲着邹维琏，"这等话，怎就不能面陈！我看，他不仅该向我面陈，而且该向皇上陈奏！"说着，命衙役，"你去他家里，把他唤来，我要他当着我的面写疏，说说章惇是谁，蔡京又是谁！"

"老大人，邹大人家不必去。"衙役说。

"怎么，你怕请不动他？"赵南星问。

"不是，小人是怕邹大人早就不在家里。"衙役说。

"不在家里，会在哪里？"赵南星问。

"小人方才找邹大人时听说，他一大早就出城。"衙役说。

"出城？他去哪里？"赵南星问。

"他去哪里，小人不知道；小人听说过挂印封金的故事，邹大人出城，或是这个意思。"衙役生拉硬扯地说。

"吏部的印我掌着呢，没听说考功司有什么印，他有什么可挂的！也没听说皇帝赐过他金币，是你赐他的吗？简直一派胡言！"赵南星道。

"小人给他的，那叫贿金。"衙役小声说。

"你说什么？"赵南星喝问。

"小人用典不当，还敢说什么！"衙役不敢真的顶嘴。

"既知用典不当，罚你去把他追回来。"赵南星道。

"老大人，邹大人一早就出城。"衙役说。

"你不会骑马吗？"赵南星道。

"小人不知邹大人出的哪一门。"衙役说。

"你不会问吗？"赵南星道。

衙役很容易问出邹维琏出的哪一门，很容易把他拦回。邹维琏弃官而去，不过是个姿态，不过要让赵南星重视这件事。他的目的可说达到。

他的辩疏写道：臣初调稽勋司，科臣傅櫆草疏欲劾臣，奉旨到任后三日，彼逢人谩骂。及转考功，忌刻弥甚。臣引章惇、蔡京，岂以轼、光自喻，且臣乡即有惇、京哉！

四五月间，以左光斗、邹维琏、魏大中为一方，以傅櫆、陈良训、章允儒为一方，频繁互纠自辩，并且有越来越多的人加入某一方。和魏忠贤估计的一样，皇帝对争辩的双方都不处置，只把汪文言一人下狱。

## 第五十四章

左光斗在奏疏里写道：长安冷觑久矣。真正做到"冷觑久矣"的，应该是杨涟。他官至左副都御史，和左光斗在同一衙门，且官高一级。但他一直没上疏，既不是因为官高一级，更不是在作壁上观。如果说，这时的他和任给事中时的他有什么区别，那就是变得稳重，看问题更深刻。他一直在关注朝廷上的纷争，在思考纷争背后的人和事。

傅櫆等一直与正派官员为敌，这是毋庸置疑的。时下吏部则赵南星、吴羽文、邹维琏，都察院则孙玮、左光斗，还有自己，都让他们嫉恨。因为这些人决定着他们的命运，这些人一次小小的考察就会断送他们的前程。傅櫆率先发难，即便不能将这些人搬倒，也可以在自己的劣迹被考察出来时，给他们加上一个挟私报复的罪名。

这是可以理解的。让杨涟困惑、也让杨涟警觉的是，傅櫆这次纠劾左光斗、魏大中时，为什么牵扯出汪文言。不错，汪文言和左、魏二人有来往，和自己也有来往。但正如左光斗所说，汪文言为之申辩的，是王纪，是邹元标；用他为中书的，是叶向高呀！而王纪、邹元标不管和傅櫆有什么恩怨，此际也不会影响他的前程；叶向高虽然身为首辅，应该说，对他的前程也不会有直接的影响。所以，他把汪文言牵扯出来，一定不是简单的自我保护。

杨涟分析，傅櫆牵扯出汪文言，至少有两个好处：其一，治他罪太容易。他不仅身份低微，而且十分活跃。王纪是被罢官的，邹元标虽不是罢官，却遭过严谴，汪文言不是言官，欲翻朝廷已定之旧案，罪过不小。其实，还有王安，是被治罪的，汪文言为他鸣冤，更是众所周知。其二，正因为他的活跃，一旦他被治罪，牵连的人会极多。首先，傅櫆把汪文言和左光斗、魏大中联系在一起；然后，都察院可联系到孙玮，联系到自己，吏部可联系到赵南星；再其次，内阁可联系到叶向高。也就是说，傅櫆牵扯出一个汪文言，朝中可由着他的性子兴起风波。

不，这话不对。兴不兴得起风波，并非由着他的性子，他没有那么大的能力。

再者，如果这是一个处心积虑的计划，杨涟相信，他连设计这个计划的能力也没有。在他后面，一定还有更奸诈、更邪恶的人物。这个人物无疑是魏忠贤。傅櫆与傅继教关系密切，早已引起正派大臣们的关注；而傅櫆今次上疏，更显示出他甘心作魏忠贤的走卒。

　　一个多月来，纠劾傅櫆的奏疏，都集中在本人身上；间或有指向他背后那人的，也是一笔带过。杨涟觉得，这远远不够。今日魏忠贤，非先帝登极时的魏忠贤，非皇帝登极时的魏忠贤，甚至不是去年的魏忠贤。他掌控着司礼监，掌控着东厂，掌控着锦衣卫，掌控着内臣各衙门，已成尾大不掉之势。再隔靴搔痒地说他几句，丝毫不起作用。好比朝廷长毒瘤，不能仅服性情温和的药，一定要借刀刃之力将其割除。

　　魏忠贤的过恶，比比皆是，不必费心收集；倒是如何将他的过恶排列成序，须得下些功夫。

　　内臣最大的罪状，莫过于揽权。魏忠贤揽权，又集中表现在把票拟之权揽为己有。票拟即拟旨，本朝制度，票拟一事托付阁臣。魏忠贤通过两个手段把它夺过来：一是传奉，二是内批。传奉即口传圣谕。即便传奉而真，一字抑扬之间，意思就会全变；传奉若假，外廷又如何分辨？内批即中旨。譬如深夜，宫中忽有片纸传出，称奉旨诛杀某人某人。深夜，皇上难道不眠？阁臣如何过问？

　　揽权票拟，可归之于坏祖宗二百年政体。此其大罪一也。

　　排斥所忌大臣，如内阁大臣刘一燝、吏部尚书周嘉谟，此其大罪二也。此事过去几年，现在可以断言，指使给事中孙杰弹劾二人的，是魏忠贤。这也是他与科、道中的败类相勾结的开始。

　　亲于乱贼，仇于忠义，此其大罪三也。这里应该提一提前礼部尚书孙慎行、前掌院都御史邹元标。先帝登极一月即因服药有误而宾天，执春秋讨贼之义者，正是这两个人。他们一被魏忠贤逼得告病去，一被魏忠贤指使言官劾去。而所谓亲于乱贼者，包括李选侍的心腹刘朝等。

　　不容正色立朝之大臣，此其大罪四也。王纪执法如山，被魏忠贤与沈㴶交构，削籍去；钟羽正清修如鹤，被魏忠贤使宦者喧嚷于堂，迫之去。

　　握定枚卜，力阻廷推，此其大罪五也。枚卜原本泛指选官，本朝则特指推举阁臣。如孙慎行，如前礼部尚书盛以弘，廷推阁臣时，都曾列在首位，却被魏忠贤设法阻止。他的目的很明显，是要阁臣由他而出，成为他的私党。用一句书面的话来质问：岂真欲门生宰相乎！

颠倒铨政，掉弄机权，此其大罪六也。去岁廷推吏部侍郎及南京吏部尚书，皆舍弃首推，而用次席，按照铨选的术语，称作点陪，致使一时名贤争相辞官。

抗论稍忤，传奉降斥，此其大罪七也。所谓稍忤，非指不合皇帝意，而指不合魏忠贤意，如文震孟、郑鄤、江秉谦、毛士龙等。故京师人称：皇上之怒易解，魏忠贤之罪难饶。

对中贵人，魏忠贤一样排斥异己。传闻去年郊祀，宫中一中贵人，德性贞静，得皇上宠注。魏忠贤恐己骄横状败露，托言急病，立刻掩杀。致使皇上不能保其贵幸，这可以说是魏忠贤的第八条大罪。

中贵人叫不出名字，姑且称之为无名封。裕妃有喜传封，乃有名封也。魏忠贤厌其不附己，使私党捏倡无喜，矫旨勒令裕妃自尽，不让她见皇上一面。这是魏忠贤的第九条大罪。

中宫有庆，已经成男。转眼之间，绕电流虹之祥，忽化为飞星堕月之惨。传闻魏忠贤与奉圣夫人客氏实有谋于此，致使皇上不能自保其元子，这是魏忠贤的第十条大罪。

皇上仓促受命，拥卫防护，王安不可谓无功。魏忠贤以私忿矫旨，掩杀于南海子，身首异处，肉饱狗彘。此其大罪十一也。

欲广愿奢，奏讨不已，不止于茔地擅用朝臣规制，且僭拟陵寝而已。此其大罪十二也。

无军功相业，袭朝廷名器。其侄甥辈，五侯七贵，遍布中书、金吾之堂；目不识丁，置于诰敕之馆。此其大罪十三也。

陷害皇亲，动摇三宫。以立枷之法，枷死皇亲家人数命。若非阁臣力为护持，言路极为纠正，椒房之戚久兴大狱矣。此其大罪十四也。

托言开矿，草菅人命。古有赵高，以鹿为马；今有魏忠贤，以煤为矿。此其大罪十五也。

越俎代庖，私设黑狱，此其大罪十六也。王思敬、胡遵道为争牧地而起纠纷，本该付之有司，魏忠贤设狱用刑，使之身无完肤。

明悬禁谤之令于台省，是使吏部不得守其铨除，言官不敢司其封驳。此其大罪十七也。

无视大明律令，启开罗织之毒，是明示大明之律令可以不守，而魏氏之意旨不可不遵。此其大罪十八也。

皇皇天语，提起放倒，此其大罪十九也。科臣魏大中到吏科都谏任已奉明旨，鸿胪报单忽传诘责，不仅置言官于股掌之上，且令天下后世视我皇上为何主！

驾帖滥逮，东厂滥刑，此其大罪二十也。今中书汪文言下狱，不从阁票，不会阁知，不理阁救，而傅应星等造谋告密，犹日夜未已。

以缉奸细为名，行通奸细之实。京师戒严之际，东酋奸细韩宗功，潜入京师打点，实往来魏忠贤司房及私宅间，其事败露，始令避去。此其大罪二十一也。

擅立内操，其心叵测，此其大罪之二十二也。魏忠贤伙同奸相沈㴶，创立内操。使东虏西夷之人，寄名内相家丁，倘或伺隙谋乱，发于肘腋，智者不及谋，勇者不及拒，识者每为寒心。

进香涿州，铁骑拥簇如云，蟒玉追随耀日，警跸传呼，清尘垫道，人人以为驾幸涿州。此其大罪二十三也。

走马大内，肆无忌惮，此其大罪二十四也。闻今春魏忠贤走马驾前，皇上曾射杀其马，贷以不死，魏忠贤退有怨言。从来乱臣贼子只争一念放肆，遂至收拾不住。

杨涟也没想到，随便一罗列，就有二十四罪之多。

在抄录二十四大罪之前，他写道：太祖高皇帝首定律令，内臣不得干预时事，违者法无赦。故在内官，惟以循谨奉法为贤。圣子神孙相守，未敢有改。虽有骄横纵恣，如王振、刘瑾其人，旋即诛戮。故国祚灵长至今。岂意圣明在上，乃敢有肆无忌惮，浊乱朝常，罔上行私，倾害善类，如东厂太监魏忠贤其人者，臣实痛之。谨录其大罪之著者二十四款，为我皇上陈之。

在抄录二十四大罪之后，杨涟写道：伏乞皇上大奋雷霆，将魏忠贤面缚至九庙之前，集大小文武勋戚，敕法司逐款严讯，正法以快，神人共愤。其奉圣夫人客氏，亦并勒令居外，以全恩宠，无复令其厚毒宫中。臣知此言一出，忠贤之党断不能容臣。然臣弗惧也。但得去一忠贤，以不误皇上尧、舜之令名，臣于愿少酬，死且不憾。

六月初一日，杨涟上疏。

## 第五十五章

内阁一片沉寂,各位阁臣都在做自己的事。一名小宦者进来后,东张西望地找人。韩爌先看到他,冲着叶向高咳嗽一声。叶向高抬头,也看到小宦者,随即站起来。小宦者来自司礼监,韩爌咳嗽,他站起来,都以为小宦者是来找他的。这很合乎情理,司礼监差人来内阁,总是为的公事,总该先对首辅说。

不料,小宦者朝他摆摆手,又指指魏广微,意即找的是他。这使得叶向高煞是难堪,连韩爌脸上都有点儿挂不住。

"小公公,寻我何事?"魏广微问。

"魏阁老,可否出去说句话?"小宦者道。

魏广微随小宦者走到阁外。如果说,入阁之初,碰到这种情形,他还有些难为情,现在已经完全不在乎其他阁臣异样的目光。

等在外面的是李永贞。见魏广微出来,他又往远处走几步。等魏广微跟过来,他问:"显伯先生,知否?"

魏广微字显伯,北直隶南乐人,万历三十二年进士。他反问一句:"李公公问的是杨文孺那篇奏疏?"不等回答,他说,"已听说。正想抽空去见内相,没想到李公公就找来。"

"魏叔等不及,让我来找你拿个主意。"李永贞道。

"内相慌否?"魏广微问。

"好家伙,那么一大篇文章压下来,大罪有二十四款之多,能不慌吗!"李永贞道。

"李公公,回去请转达我的一句话。"魏广微说。

"请讲。"李永贞道。

"各做各的。"魏广微的话极其简单。

李永贞自然听不明白。他问:"此言何意?"

"该我做的,我自会做;该内相做的,须得内相做。"魏广微说得具体一些,但还是很难听懂。

"显伯先生该做何事？"李永贞问。

"内批若由我拟，一定合内相之意。"魏广微说。

"只此一件？"李永贞不满意。

"只此一件。"魏广微话一出口，马上更正，"不，应该是只此半件；因为皇上不命我写批复，此事我也做不成。"

"魏叔该做何事？"李永贞又问。

"我想到几件事，请李公公记好。"魏广微顿了顿，说道，"把拟复的差事交给我办，或交给顾相办亦可。"

"这是第一件事？"李永贞问。

"是。"魏广微应一声，接着说道，"最可虑者，杨文孺当朝面奏。今日凑巧，皇上没上朝。若使得皇上三日不上朝，便无大碍，正所谓事缓则圜。这是第二件事。拖延三日，皇上终须上朝，又须设法再拖几日。内相若无其他法子，我这里倒有个法子可以试一试。早朝前，只要降一道敕旨，今日上朝，左班不得奏事，则杨文孺不得面奏矣。这是第三件事。杨文孺奏疏，是不能瞒着皇上的，也不怕皇上知道。但有一事，依照惯例，内相不得不做。这是第四件事。再有一事，本可不做，但为安全计，还是做好。这是第五件事。"

"等等吧，显伯先生，"李永贞止住他，"前三件事我都听得明明白白，第四、第五件事，我怎么听不明白？"

"哪个字听不明白？"魏广微问。

"哪个字都听得明白，合在一起，却听不明白。"李永贞说。

"第四件事，不得不做，那就是请辞呀。内相请辞，一般而言，皇上是不会准的，但万一皇上一时疏忽，准了怎么办？第五件事，是要提醒提醒皇上，万不可准。"魏广微说。

"五件事里的四件，我都好对魏叔说，唯独——"李永贞把后面的话留给魏广微去猜。

"唯独请辞一事不好说，是不是？"魏广微耐心地给他解释，"无论外廷大臣被劾，抑或内臣大太监被劾，一定先要请辞，然后再分辩，这是本朝的规矩。我称厂公为内相，举朝皆视厂公为内相，更不可坏此规矩。你或会说，人家一劾，你就请辞，岂不是心虚？其实不然，人家一劾，你就请辞，正可见坦然。李公公，你回去，但说不妨，内相不会怪罪你，也不会怪罪我的。"

客氏一进殿，就跪在皇帝面前，称道："皇上开恩！"

"客嬷，有话起来说。"皇帝边说，边示意近侍过去搀扶。

客氏不像往常那样，皇帝一发话，不等上前搀扶的近侍碰到自己，马上站起来；这次，近侍的胳膊都要架到她，她仍不起来。

"皇上答应民女，民女再起来。"她说。

皇帝走过去要亲自搀扶，并说："客嬷所请之事，朕哪一件没答应！"

"皇上这还不算答应。"客氏固执地说。

"好，这次朕也答应你。"皇帝说。

"谢皇上！"客氏这才起身，又说，"皇上坐好，民女再陈奏。"

"你陈奏过，朕再坐下。"皇帝笑着说。

"民女奏请皇上，放归厂臣。"客氏说。

皇帝什么都能想到，连她来为魏忠贤求情都想到，就是没想到她会要求自己准魏忠贤辞职之请。

"客嬷，是老魏得罪你吗？"皇帝问。

"皇上还没免去他提督东厂之职呢。"客氏说。

"不错，人还没走呢，怎就先改称呼！"皇帝说着，重问一遍，"客嬷，是厂臣得罪你吗？"

"不是。"客氏道。

"那么，是你厌倦他？"皇帝问。

"不是。"客氏道。

"既如此，客嬷为何要朕罢免他？"皇帝甚是不解，"厂臣遭人弹劾，上疏请辞，是合乎规矩的；客嬷要朕罢免他，却是为的何事？"

"厂臣为皇上办事，尽心尽力；为民女办事，也是尽心尽力。却不知因而得罪哪方神圣，把一盆污浊泼到他身上。民女想，还不如向皇上求个情，让他回老家享几年清福。"客氏说。

"听这话倒也真诚。"皇帝说着，又问，"客嬷，厂臣老家在河间吧？"

"皇上说的是。"客氏应道。

"朕若放厂臣归河间，你呢？不用说，也要随他去？"皇帝问。

"民女别无他法。"客氏道，"自打皇上命厂臣为民女管事，民女习惯于依赖他；他不在身边，民女还真不知日子该怎么过。"

"你呀，心里只有你那个厂臣，全没有朕！"皇帝责备道。

"民女奏请放归厂臣，也是为皇上减少麻烦。"客氏稍辩。

"厂臣一走，朕的身边还不知有几多麻烦呢！"皇帝道，"客嬷，你别只想着让厂臣享清福，也想想怎的让朕享清福。"

缪昌期走进书房，向叶向高作一深揖，连声道："大快人心事，老师，大快人心事呀！"

"当时指的何事？"叶向高问。

"人人皆知，老师主政朝中，怎的反而不知？文孺先生一篇檄文，酣畅淋漓，老师就不觉得心里痛快吗？"缪昌期道。

"此时痛快，尚早。"叶向高这么说，显得很沉重。

"尚早？"缪昌期不解其意，"老师是说学生痛快得尚早，还是说文孺先生弹章上得尚早？"

"我是说你痛快得尚早。至于文孺先生的弹章，"叶向高字斟句酌地说，"与其说早，不如说过。"

"说过？"缪昌期又问，"老师是说文孺先生某一罪言之过，还是说某几罪言之过？"

"立意有些过，则全篇都有些过。"叶向高说。

"立意有些过？老师这么说，是不是也有些过！"缪昌期顶撞道。

"我怎的有些过？"叶向高颇为不快。

"文孺先生此疏，专劾朝中巨奸大蠹，立意怎过！"缪昌期道。

"若非巨奸大蠹，而列为巨奸大蠹，岂不是过！"叶向高反驳。

"魏忠贤若不是巨奸大蠹，真不知世上还有无巨奸大蠹。"缪昌期道，"老师曾与我抱怨，两妇之间亦难为姑。内阁之妇也好，科、道之妇也好，哪一个不是他私人！哪一个不为他所用！怎的追究此妇彼妇所依附之人，老师反而不以为然！"

"我只是抱怨事情难办，并未以内阁之妇或科、道之妇为奸蠹，亦不曾以他等所依附之人为巨奸大蠹。"叶向高分辩。

"但文孺先生罗列罪状，有哪一款不实？"缪昌期问。

"有无不实，我说不好；然而，此人善举，我亦有所闻。"叶向高说。

"此人善举？"缪昌期不知该怒该笑，"文孺先生以此人为巨奸大蠹，列举二十四大罪；老师曰此人有善举，可列举一二否？"

"譬如，有鸟入宫，栖于树。皇上命驾梯，欲登树获之。魏某拉住皇上衣角，使不得上，其事遂寝。"叶向高讲述一件宫里的小故事，评论道，"事虽小，不亦时有匡正乎！"

缪昌期本想批驳，想了想，改变主意。他问："不知有无别事？"

"有小宦者为皇上宠爱，赐以绯衣，小宦者衣之炫耀。魏某斥之曰：此衣非你分内当有，虽天子所赐，不得衣之！"叶向高又讲述一件宫里的小故事，评论道，"事虽小，不亦见其强直乎！"

"老师还能列举吗？"缪昌期问。

叶向高也许还听过其他故事，但不想再说："当时若要我列举其二十四善，我是列举不出来的。"

"老师也不必再多列举，我只问一句：所谓时有匡正，所谓见其强直，是老师的评语，还是他人评语？"缪昌期问。

"是他人评语，我亦赞同。"叶向高道。

"谁以此语误老师，可斩也。"缪昌期说。

"当时，动辄可斩，也有些过吧！"叶向高道，"其人不过就事论事，哪里就犯下死罪！"

"简单一句善举，还可以不计较。"缪昌期不是不想计较，而是不能与叶向高计较；下面他开始要计较，"而左一句时有匡正，右一句见其强直，歌功颂德者，有逾此乎？魏忠贤颠覆朝纲，祸乱天下，已露痕迹，此时尚为其歌功颂德，岂不是欺天下之人，以国祚为儿戏！用心险恶如此，犯的不是死罪又是什么！"说到这里，他又向叶向高深作一揖，道，"老师，告辞。"

叶向高对"告辞"二字，似乎听而不闻；对缪昌期匆匆离去，似也视而不见。他的心思完全在缪昌期一番措辞严厉的话上打转。

杨涟与魏忠贤，孰正孰邪，他心里是有数的。他对缪昌期说"过"，当然包含着杨涟奏疏有言过其实之处，但这不是主要的。他知道，当内臣操持权柄时，外廷攻之过猛，往往会酿成大祸。最突出的事例，是武庙登极之初外廷与刘瑾之争。他不希望再发生这样的大祸，故而不希望外廷弹劾魏忠贤的奏疏写得太激烈，太尖锐，太意气用事。

但杨疏既已呈进，再怎么抱怨他，也于事无补。反之，若能借这个机会，把魏忠贤这个最有权势、最有能力的太监请出庙堂，倒不失为利国利民的一大举措。当然，这件事怎样进行，是需要潜心筹划的。

叶向高上疏，称道：皇上诚念魏忠贤，当思所以保全之。不如听其所请，且归私第，远势避嫌，以安中外之心。中外之心安，则忠贤亦安。

他自以为撰写得体，却没想到，他这篇措辞极其温和的奏疏，和杨涟那篇措辞辛辣的奏疏，招致的结果相同，魏忠贤和他之间原本尚可维持的关系，骤然紧张。

## 第五十六章

工部员外郎万燝回家的路上，见一宦者把一名官员拦在道中，肆意辱骂。他识得该官员，是巡城御史林汝翥；林汝翥骑在马上，身后有一队逻卒，显然正在城中巡视。

宦者身着青布褂子，连块衣补都没有，是个无官无职的火者。他居然不把巡城御史放在眼里，万燝实在看不下去，欲上前干预。这时，林汝翥开始发威，大喝一声："与我拿下！"逻卒们上前，把那个宦者双手反鞘，头按得低到腰间。

"带回兵马司去！"林汝翥吩咐过逻卒，策马欲去。

"大葳先生。"万燝上前一步，招呼道。

林汝翥字大葳，福建福清人，举人出身。有人说，乡举出身而选为御史，得益于其姨父叶向高；但从今天这件事上，万燝看出并非如此。

"哎呀！"林汝翥与万燝相识，忙跳下马来，"没想到遭遇怪事，把谙夫先生也阻在路上。"

万燝字谙夫，江西南昌人，万历四十四年进士。

"一匹夫而已，怎的对大葳先生恶语相向？"他问。

"我说这是件怪事，还真是件怪事。"林汝翥说着，讲述起事情原委，"前两日京师民曹大妻与他家奴仆发生口角，曹大妻服毒身亡。本来遇到这样的事，应该报官，官府加以勘问，判以是非。不想，当晚一伙人拥进主家，大肆抢掠。也不知他等是曹大朋党，要为他出气，还是趁火打劫。我后来探听到，入室抢劫，以两个宦者为首，一个叫曹进，一个叫傅国兴。曹进先被捕，认罪，愿受杖，我打他五十大板。接下来，就该缉拿傅国兴。"

听到这里，被扭住的宦者强抬起头，道："傅国兴，某家是也！"

"谙夫先生看，我要找他，没找到，他却送上门来。"林汝翥说。

万燝往傅国兴面前走几步，让按住他的逻卒松一松手，他们没得到林汝翥的指令，反而手上更加一分力。

"大葳先生，我可否问两句话？"万燝转向林汝翥。

"谙夫先生尽管问。"林汝翥说着，示意逻卒们松手。

"你叫傅国兴？"万燝问宦者。

"立不更名，坐不改姓。"宦者仍想充好汉。

"曹进与曹大，可是本家？"万燝问。

"不是本家，何必为他打家劫舍！"傅国兴道。

"你与傅应星、傅继教可是本家？"万燝问。

"不是本家，谁有——"傅国兴可能是想说：不是本家，谁有那么大的胆子，敢在京城打家劫舍！但瞥万燝一眼，话又更改，"你管呢！"

"好，我不管。"万燝笑笑，换个问题，"林大人正在缉拿你，你为何不知躲避，反而找到他马前叫骂？"

"曹哥被打五十大板，这会儿还躺在床上不能动弹。我与他一起做的事，他一人挨打，我过意不去。"傅国兴说。

"你还真是条仗义争打的好汉。"万燝取笑一句，然后对林汝翥说，"大葳先生一视同仁，他这五十大板也不会寄下，对不对？"

"就依谙夫先生。"林汝翥笑道。他命逻卒将傅国兴先带回去，把马也牵走，他要陪万燝走一会儿。

"大葳先生听出来没有？"万燝问。

"谙夫先生指的何事？"林汝翥问。

"这个傅国兴，是傅应星、傅继教本家呀！"万燝说。

"谙夫先生问的明白，他说的明白，我能听不明白！"林汝翥道。

"亦即，与提督东厂的那人沾亲带故。"万燝说。

"这也想得出来。"林汝翥道。

"那还打吗？"万燝问。

"打！"林汝翥断然言道，"不但要打，而且一下也不能少。他与曹进罪同，既打曹进，若不打他，何以服人！"

"好！"万燝竖起大拇指，赞道，"我该说，大葳先生是条不惧邪、敢承担的汉子！"

"惭愧，惭愧！"林汝翥连连揖道，"若论不惧邪，敢承担，谙夫先生才当之无愧。我棒打的，不过是一两个卒子，谙夫先生却敢和提督东厂的那人公然抗争。"

万燝与魏忠贤抗争，是件实实在在的事。工部虞衡司，掌铸造。当庆陵工程进行之际,耗资巨大。万燝听说大内废铜堆积如山,与内官监商量,可否将其铸造铜钱,以助陵工?魏忠贤怪他不通过自己,指示内官监,一钱一两也不准他用。万燝不肯罢休,又上疏奏请。魏忠贤更怒,假传旨意,斥万燝多事。

"虽抗争,可惜并无结果。"万燝叹道。

"既无结果,谙夫先生还抗争否?"林汝翥问。

"为何不抗争!"万燝道,"大葳先生用棍子,打的是他的脸面;我为何不能用纸笔,刺刺他的心肺!"

回到家中,他即拟疏,略曰:臣目击铜斤匮乏。人言内官监废铜不下数百万,臣因移文请发,数月不报。三月二十八日,具疏特请,魏忠贤益怒。旋出中旨,责臣何得再请。臣犹记过香山碧云寺,见忠贤所营葬,仿佛陵寝。忠贤固供事先帝者也,陛下之宠忠贤,亦以忠贤曾供事先帝也,奈何不以营坟墓之急,而为先帝营陵寝耶!

"有没交代好?"魏忠贤问刘荣。

"已交代好,厂公放心。"刘荣道,

"我不是对你说过,厂公的称呼是给外廷预备的,你照旧称呼即可?这才过几日,怎的就忘!"魏忠贤道。

"小人非忘,是不敢照旧称呼。"刘荣说。

"前几天还敢,今日怎就不敢?"魏忠贤问。

"前几日王叔等还魏哥、魏哥地唤着,这一两日谁还唤魏哥?小人仍唤叔,岂不是太托大!"刘荣说。

"我许你照旧称呼,不是要你托大,而是因为听旧日称呼听惯,耳边没个人这般称呼,觉着挺寂寞的。"魏忠贤道。

"厂公既这么说——"刘荣一开口,发觉称呼仍不对。

"算了,你爱怎么称呼,就怎么称呼吧。"魏忠贤道。

"叔。"不要求刘荣照旧称呼,他反而能照旧称呼,"小人知会锦衣卫许大人,明日行杖,叔只要死尸,不要活人。他说不成问题,明日行刑选四名壮汉轮流执杖,不信他姓万的能挺过去。"

万燝奏言狂悖,杖一百,是魏忠贤才讨到的旨意,准备明日一早当众宣示,当众行刑,他差刘荣去锦衣卫,为的是交代此事。

刘荣看上去极有把握,他却摇着头说:"恐怕仍不能保证。你可知,历来杖一百者，是杖死的多，还是留下活口的多？"

"杖一百，是极重之刑。小人想，定是死于杖下者多。"刘荣说。

"错！"魏忠贤道，"以十人为率，活者居六七，死者仅得三四。"

刘荣不知这个数据的来源，但明显地不相信。他问："宫里做过交代的案子，也在其中？"

"也在其中。"魏忠贤道。

"居然如此抗打，小人真没想到。要不，小人再去锦衣卫交代一次？"刘荣向魏忠贤请示。

"那倒不必。"魏忠贤道。想了想，他交代，"这样，你找几个胆大健壮的小儿，今晚到万某家里去，先给他点儿颜色看。想骂的骂他几句，想啐的啐他几口，想推的推他一把，想打的打他两下。但有一点，脸上别让他带彩。明日刑后，他若不死，再找几个胆大健壮的小儿，把他就地推倒，拳打脚踢，让他只剩一口气，爬回家去。"

"是，这事小人来安排。"刘荣应道。

第二天一早，万燝挣扎着到会极门外。官员们都看出他身上有伤，纷纷过来询问。他不住摇头，并非不欲告诉他们原委，而是胸中只存一口气，实在说不出话。旋即，宫里传旨行刑，几名壮汉把他拖至午门外，举棍就打。监刑的内臣有一下没一下地数着，在他看来，根本打不到一百，万燝就会一命呜呼。谁知，越打他越清醒，打到一百下，他完全苏醒过来，摇摇晃晃地跪起来，向北叩头谢恩。当他摇摇晃晃要站起来时，一群宦者拥过来，一人把他推倒，其他人拳脚相加，不知是谁，还用锥子在他身上狠狠地扎几下。

他是被抬回家的，三天后死在家中。

顺天巡抚邓渼听说衙门外有人指名道姓要见自己，问道："是个什么模样的人？"

"其穿戴非官非民，狼狈之极。"门役回答。

"可曾投刺？"邓渼问。

"不曾。"门役回答。

"可曾报过姓名？"邓渼问。

"不曾。"门役回答。

"你为何不问？"邓渼责道。

"小的问过，他说：性命攸关，姓名只可告与大人知道。"门役道。

"性命攸关？"邓渼脸色顿变。他不知道来的是谁；但可以料到，一件大事将临。他吩咐门役，"你把他领到后衙见我。"

来人果然狼狈：衣袍是官服，衣补却被扯掉，衣袖撕开一条长长的口子；头上戴的不是品官戴的官帽，而是秀才戴的方巾。

"大葳，怎的是你？"邓渼惊问。

"远游先生，是我。"林汝翥应时，看领他进来的门役一眼。

邓渼字远游，江西新城人，万历二十六年进士。

他会意地一挥手，命门役离去。关好门后，他问："大葳，出了何事？"

"远游先生，晚生来逃命的。"林汝翥说。

"逃命？哪个要讨你的命？"邓渼问。

"天下第一恶贼。"林汝翥道。

"好。"邓渼忙阻拦，生怕他说出名字来，"大葳只说其事吧。"

"晚生巡城，逮捕、责打一二不法之徒，其中一人，乃是，乃是——"邓渼不让说姓名，林汝翥不知该怎样说下去。

"我知道，与某权势沾亲。"邓渼这么说，也不知是真知还是假知。

"是。"林汝翥权当他真知，"他因晚生责打其亲，要打还与晚生。"

"他欲打还，就能打还？"邓渼似乎觉得好笑。

"自然，是假朝廷之手打还。"林汝翥觉得他更好笑，"与京城近在咫尺，京城的情形，远游先生竟会不知？"

"既是假朝廷打还，大葳，岂是躲得过的！"邓渼道。

"是啊，朝廷要打晚生，晚生是躲不过，也不该躲的。不过，"林汝翥语气一转，说道，"晚生怕的并非公杖，而是私刑。"

"朝中居然有人敢用私刑？"邓渼似乎不信。

"京门之下，今日还有人疑之！"林汝翥愈发觉得他好笑，"万员外谙夫先生之祸，远游先生可有所闻？"

"听说他一篇奏疏，激怒圣上，被杖死于宫门。"邓渼道。

"远游先生所知，只有一半是实。"林汝翥指出。

"我知道，激怒圣上，或是不实。"邓渼道。

"算上这句，则三分里有两分不实。"林汝翥说，"实话告诉远游先生，他并非死于杖下。行刑前，他被一群宦者谩骂殴打；行刑后，他被一群宦者谩骂殴打，终至于死。这不是死于私刑，又该怎说！"

"有这等事？"邓渼也开始吃惊，大概真不知道万燝被刑前后之事，他问，"此事是大葳亲眼所见吗？"

"行刑前的谩骂殴打，是在谙夫先生家中，晚生只是听说；远游先生若欲求证，可问其左邻右舍。至于行刑后谩骂殴打，聚于宫门外的官员都看到，又岂止我一人亲眼所见！"林汝翥道。

"宫门之外，即见私刑，是何——"邓渼要说"是何世道"，但世道二字没敢说出来。而且，他的心思开始转到林汝翥为避私刑而逃出京城这件事上，"大葳不甘心死于私刑，其情可悯；但大葳此番出京，终非奉旨。是不是？"

"若能讨到圣旨，我何必逃之夭夭！"林汝翥赌气道。

"既非奉旨，我不能置之不理。"邓渼说。

"远游先生要将我解回京师，我亦无怨言。"林汝翥道。

"不是解回京师，是送回京师。"邓渼改一字，并详为筹划，"即刻送大葳回京师，未免太速。这样，我先上一道奏疏，告知朝廷，你在我这里；当然，你所虑者，我也会写上一二。奏疏上于朝廷，需要三五日光景。朝廷批下该疏，或命法司议，或不命法司议，又得三五日光景。到那时，事或有变。大葳，你看如何？"

"远游先生庇护之意，晚生理会得。只怕此疏一上，又要连累远游先生。"林汝翥道。

"我能为大葳做的，只有这些。大葳体谅我的处境，我甚是欣慰；至于本人祸福，顾不得多想。"邓渼说。

林汝翥到底没有躲过一顿杖打；而且，和万燝受刑相同，杖一百，这也和他打曹进、傅国兴板数之合相当。不过，他比万燝幸运，刑前刑后没有受到别的折磨，因而保住一条命。

不多日，邓渼被勒令致仕。

# 第五十七章

八月上旬，掌院都御史孙玮病逝，下旬，以刑部侍郎高攀龙掌院。一个月之内，高攀龙除公会，未单独晤见过赵南星；一个月后，他第一次跨进吏部大门。

二人亦师亦友。以友相待，自是二人同道同志。高攀龙师视赵南星，不仅因为赵南星年岁比他大，科第比他早，更因为赵南星曾与顾宪成同衙，相互亦引为同道同志；高攀龙是把顾宪成奉为本郡前贤的。

"存之先生怎的来此？"赵南星很感意外。

"无事不敢搅扰，有事不得不来。"高攀龙说。

"不会是为纠劾崔御史的事吧？"赵南星问。他说的崔御史，名呈秀，才解巡按淮、扬的外差回院。

"鹤翁怎知？"这下轮到高攀龙意外。

"存之先生掌院伊始纠劾的第一人，自然是件大事。"赵南星道。

"被鹤翁料中。我一月不曾纠劾，第一次纠劾，不得不关注结果。"高攀龙说。都察院掌院可任意纠劾本院御史，但如何处置，却由吏部定。

"存之先生欲吏部如何拟定处分？"赵南星问。

"如何拟定处分，我不敢置一言；但记得鹤翁曾经说过，御史，宪职也，不能自律，如何律人！故鹤翁掌院之日，数次申明宪职。我今次纠劾崔某，也是为申明宪职。"高攀龙道。

"亦即，对其处分当重当严。"赵南星先诠释高攀龙话里的意思，然后再说自己的意思，"御史有罪，罪加一等，我一向这么主张。不过，存之先生所劾崔某在任上贪赃枉法之事，不知是否皆坐实？"

"他在淮、扬，声名狼藉，有口皆碑；使贿之事，不下数十起。我在劾疏中只言数事，都是经得住推敲的。"高攀龙说。

"记得前些年，他曾力荐淮抚复起，那是怎么一回事？"赵南星问。李三才在神庙时敢于进言，被清流视为一面旗帜，往往从一个人对他的态度，即可定其人正邪。

"崔某力荐淮抚，鹤翁以为他是何居心？"高攀龙反问。

"我没想过。"赵南星道。

"他是见那时东林势盛，欲投身其中。"高攀龙说。

"有这等事？"赵南星问。

"他的心思逢人就讲，又不闷在心里。"高攀龙道。

赵南星愣了愣神，忽然说出两个字："好险！"

"鹤翁指的是何事？"高攀龙问。

"幸亏他未能如愿！不然，所谓东林党者，就有一个大大的把柄被人握在手里。"赵南星说。

"他不会如愿的！他的人品操行，众人早看在眼里。由此亦可见，我今次纠劾他，是不会错的。"高攀龙说。

"存之先生既有十分的把握，又何必急于一时！难道怕吏部不给你个令人满意的交代？"赵南星道。

"我不是怕吏部不给交代，是怕夜长梦多。"高攀龙说。

魏忠贤外宅，大门外通宵挂着几盏大灯笼，映照得半条街如白昼一样。一中年男子，在附近走了几个来回，终于鼓足勇气上前叩门。因他身着便装，守在门外的小宦者没把他当成什么大人物。

"去，去，什么地方，你也敢来！"他边吆喝，边作驱赶状。

"在下欲谒见厂公，烦小公公通报一声。"该男子揖道。

他称一声厂公，多半是官场上的人。小宦者客气几分，道："要见我家厂公，请先报上姓名。"

"监察御史崔呈秀。"男子道。

听说是御史，小宦者又客气几分："谒见我家厂公，所为何事？"

"烦小公公禀于厂公，在下有一件不便在门外言明之事，须向厂公面陈。"男子一句话，让小宦者不好再问下去。

被科、道纷至沓来的奏疏搞得心烦意乱的魏忠贤，听说外面有御史求见，马上让人带到后堂。崔呈秀跪倒叩头，称道："下官呈秀得拜谒厂公，如润甘露，如沐春风。"

"崔御史，起身说话。"魏忠贤道。

崔呈秀不肯起来。他说："下官有一肚子委屈，诉说无门，愿跪拜于厂公前，一吐为快。"

这话很对魏忠贤胃口，他也有一肚子委屈要找人倾诉。

"好，你跪着说，我立着听，等你立着时，我再坐着。"魏忠贤说着，让身边服侍的小宦者把自己搀起来。

"厂公操劳一天，下官还是站起来说吧。"崔呈秀道，他起身后，躬身述道，"下官回朝不过几日，掌院堂官即无端上疏纠劾，吏部堂官无端拟成。下官无路可走，只得告乞厂公做主。"

说罢，复又跪倒，涕泣乞怜。

"纠劾的是高先生？"魏忠贤问。

"是。"崔呈秀应道。

"拟成的是赵先生？"魏忠贤问。

"是。"崔呈秀应道。

"此二人为何纠劾、严惩崔御史？"魏忠贤问。

"他等以下官为异类。"崔呈秀说。

"这是你的推测，对吧？我是问，他等纠劾你、处分你的实际缘由。"魏忠贤说。

崔呈秀稍一迟疑，道："他等指下官贪赃。"

"你告我实话，是否贪赃？"魏忠贤问。

"下官是否贪赃，厂公在意否？"崔呈秀以问作答。

魏忠贤被他这句毫不隐晦的话引得笑出声来。

"我不妨告你实话，此事我不在意。但有一件事，我却在意。"他说着，身子往前倾了倾，问，"我为你做主，自个儿得什么好处？"

"下官情愿父事厂公。"崔呈秀道。

"情愿？似乎有点儿勉强呀！"魏忠贤挑他的语病。

"绝无半点儿勉强，若不嫌弃，下官愿拜厂公为义父。"崔呈秀道。

"若说为义子援手，在我倒也是情愿的。"魏忠贤且不说嫌弃不嫌弃。

崔呈秀正好跪在那里，就势道："孩儿给义父大人叩头。"

"磕头不忙，"魏忠贤制止他，"眼下我还不能断定，把你收为义子，究竟算不算得好处呢。"

"收别官为义子算不算得好处，在两可之间；收个御史为义子，一定算得好处。收其他御史为义子算不算得好处，又在两可之间；收孩儿这个御史为义子，一定算得好处。"崔呈秀说。

"这是为何？"魏忠贤问。

"孩儿最善咬人。"崔呈秀道。

"咬人?"魏忠贤明白他的意思,笑着问,"你将咬谁?"

"义父要孩儿咬谁,孩儿就咬谁。"崔呈秀道。

"这还不够。"魏忠贤摇着头说。

"谁将不利于义父,孩儿就咬谁。"崔呈秀补充一句。

"譬如眼下?"魏忠贤问。

"杨涟、赵南星、高攀龙辈,皆将不利于义父,孩儿将一一咬去,不咬得他等遍体鳞伤,绝不罢休!"崔呈秀说。

"思不利于我的,恐怕不止这几个人吧?"魏忠贤道。

"容孩儿悉心体察,改日禀报。"崔呈秀说。

"好啊!以此儿赐我,真乃上苍眷顾!"魏忠贤不由得放声大笑。笑罢,说道,"呈秀,不于此时行礼,更待何时!"

崔呈秀叩头,拜认义父。二人皆喜。

## 第五十八章

冬日，一只人数不明的军队出现在山海关通往京师的官道上。各处守臣得到探报，无不惊恐。探马报过这个消息不久，又有军校来通报，督师孙大人有重大事情将赴朝面奏。守臣们当然要问，督师大人到时如何迎候，如何接待；军校转达督师大人的话：任何人不见。

在蓟州与通州之间，一直匆匆赶路的孙承宗命队伍停下来，等候差往京师的幕僚和官校带回的消息。

傍晚时分，一名幕僚、两名官校赶到督师驻扎的营地。

"朝中情形如何？"孙承宗急不可耐地问。

"稚公是先听可证实的旧闻，还是先听新得的消息？"该幕僚请示。

"可证实哪一件事？"孙承宗要先听旧闻。

"叶阁老确是被迫辞官的。"幕僚先简单交代一句。

叶向高是七月致仕的，算起来已过去三个多月。

"台公被迫辞官，想也想的出来。你说具体点儿！"孙承宗命道。

"朝廷传旨，或言厂臣矫旨，杖林御史大葳先生，如杖万员外谙夫先生之数，因寻大葳先生不得，东厂逻卒及大小宦者每日哄闹至内阁要人，不管叶阁老怎样分辩，他们就是不听。直到邓中丞奏疏送达朝中，证实大葳先生逃遁与叶阁老无关，他等才不去内阁。他等闹时，叶阁老不好一走了之；他等不再闹，叶阁老立即坚请放归。"

"皇上准其所请？"孙承宗画龙点睛般问一句。

"是。"幕僚应道，"听说叶阁老在此之前已上二三十疏辞官，皇上都难下决心；这次一上疏，皇上即准。"

"可叹！"孙承宗道。其实，关键是叶向高已不在朝中，至于他是被迫辞官，或主动辞官，并不重要。证实他是被迫辞官，孙承宗也只有"可叹"二字好说。他问，"还有别的旧闻可证实吗？"

"很多，如御史刘廷佐、李应升为谙夫先生鸣冤，皆实。"幕僚道。

"此事不必多说,人既死,再鸣冤又有何用!"孙承宗不想再听旧闻,命道,"说说新的消息吧。"

"据闻,朝中曾拟起用冯仲好先生。"幕僚提及冯从吾。

"你说曾拟,让人想高兴而高兴不起来。不过我还是想知道,这是几月的事?"孙承宗说。

"九月。"幕僚告诉他。

"那时,朝中局面正在此消彼长之际,仲好先生若能回朝,不无小补。可惜呀!"孙承宗感叹着,问道,"可是仲好先生自家辞不赴命?"

"是。"幕僚应道。

"那也不必再说。"孙承宗道。

"至十月,朝中变故最多。"幕僚又往近期来说。

"先是准梦白先生休致吧?"孙承宗问。

"不,此前有吏垣魏都谏孔时先生、李御史仲达先生,因劾魏阁老,降旨罪之。"幕僚说。朔日常朝,较之普通的朝会要隆重。十月初一日的常朝,因为要颁来年的历书,较之其他月份的常朝又要隆重。偏偏在这一日,魏广微迟到,魏大中、李应升等抓住机会,狠狠参他一本。

"对,参外魏相之前,二人皆参过内魏相,孔时贬秩放外,仲达罚俸,都是早晚的事。"此事孙承宗是清楚的,他说,"这亦是旧闻。"

"晚生抄到他二人奏章的节本。"幕僚报功似的说。

"这却是新消息,与我看看。"孙承宗说着,伸手讨要。

魏大中的奏疏是前时参劾魏忠贤的。他写道:今魏忠贤擅威福,结党羽,近以毙三戚眷家人以树威于三宫。陛下贵为天子,致三宫列嫔尽寄性命于忠贤、客氏,能不寒心!若忠贤、客氏一日不去,恐禁廷左右悉忠贤、客氏之人,陛下真孤立于上耳。

李应升的奏疏则是今时参劾魏广微的。他写道:广微父允贞为言官,得罪辅臣以去,声誉施至今。广微奈何出言不逊,动辄斥为"此辈"!夫不与此辈为伍者,必别与一辈结缘。乞陛下诚谕广微,保其家声,他日庶可见乃父地下!

"忠贤一日不去,恐禁廷左右悉忠贤、客氏之人,陛下真孤立于上耳。"孙承宗重复魏大中疏里最后一句,赞道,"此真精辟之言。"

"他日庶可见乃父地下,仲达先生也写得好!"幕僚却很赞赏李应升的奏章,"晚生听说,外魏相几次欲谒大冢宰鹤翁,鹤翁拒不肯纳,说的也是相同的一句话:见泉无子！"魏允贞别号见泉，和赵南星是同年进士。所以，魏广微才以晚辈拜谒；所以，赵南星才有愤愤之言。

"那么，梦白先生仍在否？"既提到赵南星，孙承宗自然要问。

"秩公想想，大冢宰还会滞留京师吗！"幕僚道。

赵南星疏乞免官，及皇帝准其所请，在十月上旬，时至今日，过去一个月，他没有理由仍不离京。

"可叹！"孙承宗把这两个字又说一遍。然后说道，"时事艰难，梦白先生掌吏部，延揽众正，本指望有所作为的，孰料他竟比别人先去。"又问，"存之先生与梦白先生先后辞官，大概也是先后离京的吧？"

"晚生听说，总宪大人比大冢宰走得还要狼狈。"幕僚说，"大冢宰是致仕，尚得与同僚从容话别；总宪大人削籍，几乎是被逐出京师的。"

"台公去矣，梦白先生去矣，存之先生去矣，挽救杨文孺、左遗直等辈，只好靠内阁韩公。"孙承宗判断着形势。

幕僚看他一眼，说道："秩公，还有个不好的消息。"

"不会是象云先生也要辞官吧？"孙承宗问。

"据闻，不仅韩公去意已决，朱公也在上疏请去。"幕僚说。

"看来，我此番擅离职所，赴京面奏，很及时呀！"孙承宗总结道。

皇帝正与客氏说闲话，见魏忠贤进来，笑着说："客嬷快去吧，不见人家找上门来要人。"

"他不来找，我本来想去的；他一来，我倒不好走。"客氏说。

"奴才有要事向爷禀奏，不是来向奉圣夫人禀报的。"魏忠贤说。

"他有要事禀奏，民女不敢不走。民女告辞。"客氏道。

"朕要你走，你不走；厂臣没要你走呢，你倒急着走。"皇帝强留，"客嬷别走，和朕一起听听厂臣禀奏些什么。"

"爷，阁部大臣孙承宗一行到通州。"魏忠贤奏道。

"朕昨日听说他到蓟州，一直在想，他今日该到通州。"皇帝说着，问道，"是不是明日他就该进京？"

"或许今晚就会到达京师。"魏忠贤说。

"那就让他来吧。反正他没提出今晚要进宫见驾，朕也没想今晚见他。就让他今晚在家里好好歇着，明日再从容陈奏。"皇帝说。

"爷圣明。今晚不召入他，再好不过；不过，奴才以为，不让他进京，更加稳妥。"魏忠贤说。

"这是为何？你昨日并未说要把他拦在城外呀。"皇帝道。

"回爷话，今日消息和昨日略有不同。"魏忠贤说。

"有何不同？"皇帝问。

"昨日孙承宗进疏，言有事面奏；镇、抚等奏言，亦只道孙承宗赴京面奏。今日才知，他是率一军入京。"魏忠贤说。

"率军入京？有多少人马？"皇帝问。

"奴才以为，此事不在人马多少。"魏忠贤道，"一则，边镇率军赴京，本朝绝无事例；二则，官军精锐皆在关上，此一军若有异动，朝廷将难以应付。"

"你觉得孙先生会有异动？"皇帝警觉地问。

"外间传说阁部大人欲行兵谏，故奴才放心不下。"魏忠贤说。

"兵谏？何谓兵谏？"皇帝问。翰林讲史，讳言兵谏故事，皇帝不相信大臣可以武力逼迫至尊就范，即使听过这个词，也理解不深。

"就好比有人拿刀枪对着爷，要爷做这做那。"魏忠贤喻道。

"有人敢以刀枪对着天子？"皇帝问。

"忠臣顺民是不会的，乱臣贼子却难说。"魏忠贤道。

"孙先生欲行兵谏，岂不也是乱臣贼子？"皇帝问。

"他欲行兵谏，是外间传闻，奴才不敢担保必有其事。"魏忠贤说。

"他若谋乱，厂臣会保驾吗？"皇帝问。

"若真有事，奴才愿率内操之军拼死保驾。"魏忠贤说。

"客嬷，你会保驾吗？"皇帝又问客氏。

"民女不掌一兵一卒，手无缚鸡之力；但有恶人不利于皇上，民女将遮挡在皇上面前。"客氏说。

"有你二人之言，朕略感心安。不过——"皇帝沉吟着，没有马上说出他的顾虑。

"当务之急，是防止孙阁部兵谏成真。"魏忠贤说。

"对，"皇帝道，"既然厂臣与朕想的一样，就替朕拿个主意吧。"

"第一步，请爷降旨，着他回镇。"魏忠贤说。

"这事好办，但他若不奉旨呢？"皇帝问。

"第二步，差东厂逻头及锦衣卫官校出城拿人。"魏忠贤说。

"他若不肯奉旨回镇，恐怕也不会束手就擒。"皇帝道。

"第三步，调集京营，准备讨之。"魏忠贤说。

"你不是说，官军精锐皆在关上吗？"皇帝道。

"奴才以为，只要不让他入朝，其他尚不足虑。"魏忠贤说。

"你筹划得很周密，就按这三步去办吧。"皇帝不再多伤脑筋。

朱国祯进到韩爌的书房时，他正在收拾书卷；听得出，其眷属及家仆正在后院收拾行囊。韩爌要命家仆奉茶，朱国祯摇头说"不用"。说罢，似乎没其他话说。韩爌一时也想不出什么话来。

默默站立一会儿，等出朱国祯一句实在不像话的话："今日恩准休致，看来象云先生明日就打算出京，我不耽搁你。"

"好。"韩爌回应的也是不像话的一个字。

二人一前一后往外走，走到院子当中，朱国祯似乎这才把要说的话都想出来，他停下脚步，说道："象云先生，何必出此下策！"

"文宁先生是指我坚请辞官吗？"韩爌摇着头道，"圣上忽然降旨，责次辅毋得伴食，这岂不是在指首辅专权！文宁先生若为首辅，能安于位否？"

叶向高去官后，韩爌为首辅，次辅则朱国祯。对韩爌的解释，他颇不以为然："我可以辩曰，次辅并未伴食呀。"

"我知道，所谓次辅伴食，非文宁先生的意思，而是他打着文宁先生的旗号争权。"韩爌边说，边用手指在空中写个顾字，"文宁先生疏辩非伴食，说不定又会降旨，三辅、四辅毋得伴食。"

"其实，伴食有什么不好！"朱国祯笑着说，"象云先生既去，他若争，就让他来作首辅。"

"文宁先生这么想，却是辜负台公一片苦心。"韩爌说。

"怎讲？"朱国祯问。

"文宁先生尚记自家是几时入阁办事否？"韩爌反问。

"去年六月。"朱国祯说。

"他呢？"韩爌又在空中写个顾字。

"似乎在正月吧。"朱国祯似乎记不太清楚。

"那么，文宁先生几时晋的少保兼太子太保？"韩爌又问。

"去年十月。"朱国祯记得。

"他呢？"韩爌问。

"似乎在十一月吧。"朱国祯也记不太清楚。

"不错,是十一月。"韩爌道,"礼部尚书兼东阁大学士,你和他都得于去年正月,而你在六月方返朝。加太子太保、文渊阁大学士,你二人都在去年七月;但晋少保兼太子太保,你却比他早一月。名分早定,只有老谋深算如台公者,才能预埋这一个月的伏笔。"

"台公那时就算出,他要去官、象云先生也要去官?"朱国祯问。

"不见得算出,但总是有备无患。"韩爌道。

"就算台公有此意,也差不多是两年前的事。象云先生可知,台公几个月前是怎么想的?"朱国祯问。

"这却不知。"韩爌摇头。

"台公离京前说过一句话,前半部分应该是说给你听的。"朱国祯道。

"是吗?"韩爌很有兴致地听着。

"台公原话:我去,蒲州更非其敌。"朱国祯道。

"台公真是看得透彻!"韩爌感慨地说,并问,"此话文宁先生为何不早告与我知?"

"我也在后悔,为何不早遵台公之嘱。"朱国祯道。

"他是如何叮嘱文宁先生的?"韩爌问。

"公亦当早归。"朱国祯复述叶向高的话。

韩爌想,真是旁观者清。叶向高对朱国祯这么说,站在旁观者的立场,会觉得他对朝政、对国运太不负责任。可自己呢?不也是在关键的时刻,毅然决然而去!这是因为心已死呀!

## 第五十九章

高攀龙斥罢，以户部尚书李宗延加吏部尚书衔掌都察院，以前宁夏副使乔应甲为左副都御史。天启五年的元宵节一过，乔应甲即上路，途中一连上十三道奏本。每一奏本抵京，崔呈秀都如获至宝，跑去魏忠贤外宅，议论一通。

一天，他进内堂就问："老爹处有乔都堂奏议的抄本吗？"

"正本在我手边，何必问抄本！"魏忠贤道。

"该疏条分缕析，老爹真该好生一读。"崔呈秀说。

"我不耐烦读，你讲与我听。"魏忠贤道。

"好，孩儿来读。"崔呈秀应道。他省却乔应甲奏疏的前文，找出一句，开始读道，"吏部职司用人，赵南星年老昏蔽，为群小所欺。"

"年老昏蔽，说得太轻。"魏忠贤道。他因赵南星是北直隶人，曾多次下功夫交结，但没得到回应，因而积怨甚深。

"年老昏蔽，是乔都堂论劾的第一层意思，后面第二层意思，就严重得多。"崔呈秀说。

"第二层意思怎么写的？"魏忠贤问。

"岂非欺皇上乎？"崔呈秀道。

"以欺君论之，才算有些分量。"魏忠贤评论一句，问道，"论他欺君，该疏举哪些事例？"

"以会推李三才一案贯穿之。"崔呈秀先概括而言。然后，又读奏疏里的一句话，"旧淮抚李三才，君子中其魔术，小人利其重赂，世界三十年，不使一日宁静。"

"秀儿，你先等等。"魏忠贤打断他，问道，"劾赵南星年老昏蔽或欺君，都和李三才案牵连在一起吗？"

"老爹说的是。"崔呈秀应道。

"你举个例子。"魏忠贤道。

"如汪文言，原系罪人，为赵南星开释，叶向高题授内阁中书，而汪文言极力代李三才营升。"崔呈秀举一例。

"此例甚妙,不仅把赵南星、李三才串到一起,而且把叶向高也串进去。"魏忠贤赞道。

"佥都御史王德完,忠臣也。魏大中因其会推不举李三才,参劾之。高攀龙、邹维琏矢口称魏大中'品高如山',真不知冰山乎,泰山乎?而高攀龙为赵南星弟子,邹维琏为赵南星部属。"崔呈秀又举一例。

称王德完为忠臣,倒非乔应甲一己之见。王德完在万历朝官给事中,屡次上疏,坦言军国大计,并涉及皇祖独宠郑贵妃、疏远皇后及皇长子等宫闱秘事,因而被下狱廷杖。但他复出后,特别是升都察院堂上官后,持议有很大变化,和掌院都御史邹元标成死对头。乔应甲在奏疏里举他的例子,是针对东林党;崔呈秀强调他的例子,也是针对东林党。

"李三才例,乃举同类;王德完例,乃斥异己。东林门户,盘根错节,着实令人嗟嗟!"魏忠贤道。

"乔都堂的奏本,正是以嗟嗟二字结尾的。"崔呈秀说。他知道,对魏忠贤讲述这两个事例足够,应该马上结束。他把奏疏的最后一句话,读得很有味道,"嗟嗟,南星昏耄,臣敢纠正如此!"


隔日,崔呈秀又兴冲冲来到魏忠贤外宅。这次他没带抄本,边行礼边叫好:"好文章,真个是篇好文章!"

"秀儿又读到哪个的好文章?"魏忠贤问。

"仍是乔都堂的。"崔呈秀说。

"连着几日来,你可是多次提及他的文章;而且,皆是溢美之词。"魏忠贤道。

"孩儿宁愿将前几次的溢美之词收回,加在这篇文章上。"崔呈秀说。

"他写的什么,有这等好?"魏忠贤问。

"乔都堂写的是门户由来。"崔呈秀说。

"我虽不记奏疏,却知道写门户由来的不少。"魏忠贤说。

"但乔都堂此疏专论东林门户之由来,且又归结于前淮抚,且又牵连到前几任太宰。这等奏疏却是不多。"崔呈秀说。

"是吗?那你读与我听听。"魏忠贤命道。

"是。"崔呈秀应着,伸出手去。

"我要你读乔都堂奏疏,你伸手作甚?"魏忠贤问。

"孩儿知奏疏正本在老爹这里。"崔呈秀说。

魏忠贤一愣,道:"不巧,我才着人送回司礼监。"

崔呈秀暗叹失算。但仗着记忆超群,他说:"无妨,该疏所议,孩儿记个八九不离十,既不能读,就说与老爹听吧。"

"能边述边议,更佳。"魏忠贤道。

"据孩儿想,东林门户源于李三才欲入阁拜相。"崔呈秀开口议道。

魏忠贤被这句话吸引,问他:"乔都堂是怎么写的?"

"大意是:历年枚卜,传自宫詹,外廷不与焉。李三才任淮抚十三年,加总督尚书,谋大拜。遂授意南道御史段然,上疏称:祖制废弛已极,内外登庸宜均。"崔呈秀述道。

魏忠贤没听过"登庸"这个词,换是别人,他绝不会问,但对崔呈秀,没有面子问题。他问:"登庸即拜相吗?"

"登庸泛指大用,亦可指拜相;段然之意,阁臣当均用内臣外臣。另外,登庸还有一层意思,指天子登极。"崔呈秀解释道。

"那岂不是说,李三才授意段然在奏疏里使用这两个字,足以见其狼子野心!"魏忠贤道。

"老爹说的是。"崔呈秀觉得他引申得有点勉强,但不会公开反驳,"可惜李三才死于前两年,不然,循此二字,真可以做一篇大文章。"

"乔都堂把段然的奏疏引出来,只是做一篇小文章?"魏忠贤问。

"不,乔都堂虽未追究'登庸'二字,但做的仍是一篇大文章。"崔呈秀说着,叙述下一段文字,"嗣是议论蜂起,有保三才者,有参三才者,有始保而复参三才者,有始参而复保三才者。此门户所由分也。"

"怎的还有始保而复参者?"在几种情形中,魏忠贤感觉到,这一种情形可能最有用处。

果然,崔呈秀说:"如北道御史周宗建,曾誉李三才;后论列万历朝小人,又诋之。此事最可见李三才人品,甚至不为其同类所容。"

"周宗建?他定在东林门户之中。"魏忠贤道。如果说,他和李三才还没有直接的冲突,现在只不过想借李三才之案整治别人;那么,对周宗建,则有切齿之恨,"此人曾上疏骂我,呈秀可知?"

"老爹说的是他去年追随杨某上疏吗?"崔呈秀问。

"不是,去年那么多人上疏,他不过是其中一个,我未必记得住他。杨某上疏,列出我二十四条大罪,我连眉头都没皱一皱;他人之疏,更不在话下。"魏忠贤说。

"老爹久经风雨,又惧过谁!"崔呈秀道。

"不,周宗建上疏骂我那次,我确实怕得很。"魏忠贤却说,"那是在前年春时,我至今记得,他疏本里有这样两句话:今权珰报复,反借言官以伸;言官声势,反借权珰以重。秀儿,你那时不在朝中,若在朝中,未必敢唤我一声老爹。"

"老爹这可是冤枉孩儿。"崔呈秀叫屈,他极善于表白,说道,"老爹此际朝野一人,孩儿不愿被人看作趋炎附势,才唤老爹;若是那时在朝,就不唤老爹,而径呼亲爹。"

"好,就算我委屈你!"魏忠贤被他说得笑出声,"但周宗建一疏,几乎把我辈骂遍。他写道:内有魏忠贤为之指挥,旁有客氏为之羽翼,外有刘朝辈为之典兵示威,而又有科、道郭巩辈蚁附蝇集。凡被他点到名的,都像是被他刺上一刀。秀儿,你知道我是如何转危为安的?"

"孩儿不知道老爹是如何转危为安的;但孩儿想,凭着老爹的胆魄与机智,不难转危为安。"崔呈秀说。

"机智嘛,或有一些,至于胆魄——"魏忠贤说着,连连摇头,这足以让崔呈秀感觉到,他当时采取的办法是不光彩的,"我担心皇上为周宗建奏疏所动,率刘朝等环跪于万岁爷周围,诉说委屈;我当着皇上的面,把头发一根根拔下来,哭道:爷让我把头发都拔光吧,我愿出宫为僧,为爷祈福。皇上这才动怒,重谴周宗建。"

崔呈秀没太把精力耗费在学史上,但他也知道,太监被纠劾后,环泣于皇帝面前,在本朝发生过不止一次。

"是老爹率他人向皇上讨公道,非他人率老爹向皇上讨公道,此举怎就不需胆魄!"他说。

"你非要这么说,未尝不可。"魏忠贤听这话,不管怎么说,心里也很舒坦。他发现话已扯远,又拉回来,"乔都堂的奏疏写门户之分由段然一疏而起,这却不是东林门户所由起。"

"下面即写到。"崔呈秀说,"后三才赃私难掩,乃借势于顾宪成,具三书分投内阁、吏部、都察院,由宣、大巡按吴亮封入。吴亮并上疏称:臣东林党人也,保三才,一言以蔽之,曰'不贪'。此东林之名所自来,今几二十年。顾宪成、吴亮以私人推戴,力排公论。有东林则有羽翼,后张问达以门户以翻局,赵南星以门户以固局。"

把张问达、赵南星牵连出来,特别是把赵南星牵连出来,才是魏忠贤需要的。

他插一句话，算是对乔应甲今次奏疏做个总结："段然、吴亮两篇奏疏，倒是该付之史局，可为时局、门户之的证。"

"老爹明鉴，坐实东林有党，正该由其党人言之。"崔呈秀附和道。

魏忠贤见崔呈秀进来，不等他开口就问："秀儿又来解说乔疏吧？"

崔呈秀两手张开给他看。并问："孩儿没拿着乔都堂奏疏，又不知老爹是否留下他的奏疏，老爹怎知孩儿是来说他奏疏？"

魏忠贤看也不看，问道："你袖里掖着何物？"

敢在魏府玩弄小把戏，足以让崔呈秀得意。他嬉笑着说："不知该不该带上抄本，总还是带上为好。"

"又是写的谁人，李三才，抑或赵南星？"魏忠贤问。

崔呈秀觉察出魏忠贤有点儿不耐烦；但话已说出，又不能不接着说下去："仍写李三才。乔都堂今次专述科臣傅櫆去官时所上之疏。傅给谏奏疏提及二事：一者，李三才托汪文言行贿谋升；二者，房可壮荐李三才疏称，人言三才奸雄，臣特患三才不奸雄。孩儿以为，此二事亦可为时局、门户之的证。"

"乔都宪的奏疏，我不想再听。"魏忠贤一句话，把他堵回去，"秀儿，我劝你也不用再把心思用在他的奏疏上。一个死人，说来说去，有多大意思！我现在想知道的是，东林党的靶子既有，我朝这块靶子发箭，究竟能把多少人射下马来。"

"老爹的心思，孩儿懂得。此事该是孩儿为老爹办的。"崔呈秀道。

## 第六十章

后府右都督李承恩没在战场或操场带过一天兵,没去后府办过一次差,官至极品,完全是因为身为皇亲。他的母亲宁安公主,是世宗皇帝第三女,如果活到今天,当今皇帝真不知该怎样称呼她。正是由于这样的身世,对不待通报、径自闯入的刘荣,他才能保持不卑不亢的态度。

"刘公公能不能容我说个请字,再进来呀!"他坐着不动地说。

"好说。"刘荣应一声,要往外走。

李承恩当然不能往外撵人。他说:"开个玩笑,刘公公别当真。"又吩咐家人,"还不赶紧巴结着把御赐的六安瓜片送上一盏来。"

"不用,我从不饮茶。"刘荣说,"李爷让我别当真,我也没敢当真。奉厂公之命,传一句话给李爷,我若是进来又出去,那不是跌我的面子,是给李爷找不自在。"

"是,是,多谢刘公公为我着想。"李承恩抱了抱拳,但没有盘算好,是立刻请他就座呢,还是再说几句闲话。

刘荣似乎看出他的心思,说道:"传厂公的话,我从来不敢坐着;李爷坐着听,料想是不碍事的。"

"不,不,刘公公站着说,我站着听。"李承恩说着,站起来。在自己家里,却遭人戏弄,他心中愤愤不平,话里也带些酸酸的味道,"厂公着本府管事来传话,可是够给我面子的。"

刘荣不会听不出他的情绪,不软不硬地回他一句:"我当然知道,自个儿是没资格来传话的;要不,我回去,请厂公他老人家亲自来?"

"别,别!"李承恩不敢再闹下去,他赔着笑脸说,"厂公有何吩咐,请刘公公示下。"

"李爷当真想听?"刘荣问。

"是。"李承恩应道。

"那我说。"刘荣道,他直接复述魏忠贤的话,"李都督见多识广,去问问他:京城里有王皇亲胡同、陈皇亲胡同，有没有个李皇亲胡同？"

"厂公抬举。在下不过是个闲人，怎称得上见多识广！"李承恩嘴上这么说，心里却在想：这哪里是抬举呀，这分明是奚落嘛！但问题还不能不回答，"我不曾听说京城有李皇亲胡同。"

"京城有王皇亲，则有王皇亲胡同；有陈皇亲，则有陈皇亲胡同；怎的有李皇亲，却无李皇亲胡同？厂公很为李爷不平。"刘荣说。

李承恩不由得心惊，让魏忠贤惦记上，绝非好事！但他嘴上还不得不说些感激的话："多谢厂公惦记。"

"厂公让我问问李爷，想不想京城里有个李皇亲胡同。"刘荣道。

"想是想，但叫不叫得起来，却由不得我。"李承恩说。

"那你看，由不由得厂公？"刘荣问。

"刘公公是说，厂公肯帮这个忙？"李承恩更加心惊。

"当然，否则为何差我来？"刘荣道。

"受宠若惊，受宠若惊！"李承恩连说两遍，额上已滴下汗珠，"刘公公，我该做些什么？"

"李爷是说，为李皇亲胡同叫起来，自个儿该做些什么？"刘荣问。

"不，我是说，厂公帮此大忙，我该如何报答？"李承恩道。

"厂公交代，他看重李爷，才帮这个忙；若言报答，可就见外。不过——"刘荣拖个长音，让李承恩自个儿体会。

"厂公不见外，也请刘公公莫见外才好。"李承恩忙说。

"为李皇亲胡同叫起来，李爷还真得做点儿事。"刘荣说。

"要我做何事？"李承恩问。

"说起来很简单，择地而已。"刘荣道。

"择地？"李承恩实在不懂这两个字的含义。

刘荣点点头，说道："厂公在五城找出几条胡同，只要李爷认准，马上可以改成李皇亲胡同。"

"可我的宅子在这条胡同里呀！"李承恩道。

"唯独这条胡同，是绝不能改名的。所以，李爷得好好琢磨琢磨，是仍住在这里，京城永远也不可能有一条叫李皇亲胡同的街巷好；还是搬一次家，使得人人皆知京城有个李皇亲胡同好？"刘荣说。

李承恩终于明白刘荣来访的目的。早就听说魏忠贤盯上自己的宅院，他没当回事,现在看来不是谬传。他恨不得把刘荣撵出去,但是不敢;恨不得骂魏忠贤几句,更是不敢。他唯一能做的,是应付。

"不用琢磨,谁不知道搬一次家,使得人人皆知京城有个李皇亲胡同好!不过,我也有个难处。"他说。

"厂公正要为你排忧解难,但说不妨。"刘荣道。

"这个宅子是世宗皇帝赐予家父母的,家父母又传给我。若弃之而去,恐怕——"李承恩也留下半句话,让刘荣自个儿体会。

"恐怕辜负公主与驸马爷?"刘荣问。

"也辜负世宗皇帝。"李承恩说。

"把世宗老皇爷都搬出来,看来,这个家肯定搬不成。"刘荣冷笑道。

李承恩一揖,说:"碍难舍弃。"

"也不打算琢磨?"刘荣问。

李承恩又是一揖,说:"还望刘公公体谅。"

"好说!"刘荣的最后一句话和第一句话相同。

陈才难得来一次闹市,两眼盯着路旁的店铺看个不够。忽然身后有人用胳膊肘撞他一下,他才要发作,幸亏先回头看一眼。那人是个中年男子,个头不高,却很精壮;脸白白净净,显然是个宦官,却着一身民装。别说动起手来,绝讨不到便宜;在京城,随便一个宦官,谁知他什么来头,谁惹得起!于是,他没吭声。

"老兄,借一步说话。"精壮男子道。

"我不认得你呀!"陈才说。

"萍水相逢,一起喝杯酒,又有何妨!"精壮男子道。

一提喝酒,陈才馋得直咽涎水。但他知道,丑话得说在前面。

"我身上可没带着喝酒的钱。"他说。

"我邀老兄,自是我做东。"精壮男子豪爽地说。

"好,你请我喝一壶酒,什么话都可说。"陈才也想表露豪爽气概。

精壮男子不是请他喝一壶酒,而是要来三壶酒,都放在他面前。

"你不喝吗?"陈才问。

"你喝酒,我问话。"精壮男子道。

"倒是公平交易。"陈才笑着,自斟自饮。

"老兄,你家主人待你如何?"精壮男子问。

不问别的，开口就问主人，陈才觉得奇怪。他反问一句："你知我家主人是谁？"

"老兄，这不公平吧？"精壮男子道。

"不错，是我违约。"陈才想起来，二人是有约定的，"主人待我，说不上好，也说不上不好。"

"那你想不想换个更好的人家？"精壮男子问。

"谁不愿攀高枝呀！但从我爷爷起，就卖入主人家为仆，到我是第三代。主人要我死，我就得死；要我活，我才能活。换个人家，想都不用想。"陈才说。

"说不定，你让主人死，主人也得死。"精壮男子冷笑道。

这不是普通人说得出来的话，陈才不由得警觉起来。他才要问，一眼看到面前的酒壶，把话又咽回去。

"我不怪你，想问就问吧。"精壮男子宽容地说。

"你老在宫里当差吧？"陈才问。

"你看呢？"精壮男子反问。

"我看着像。"陈才说。

"皇亲家仆，就是有眼光。"精壮男子没直接回答，但也算承认。

"你老要给我换的，是哪一家人呀？"陈才又问。

"灯市口，去过吗？"精壮男子划出个区域。

"平日去过一两次，但灯节时，主人不许我等出门。"陈才不无委屈。

"灯市口往北一拐，路西，有条胡同。"精壮男子把地址说得具体。

陈才不知是哪条胡同，更不知胡同里有什么官宦人家。

"那条胡同叫东厂胡同。"精壮男子说。

"那条胡同我知道，那条胡同里的衙门人人皆知。却不知，你老让我去的人家在衙门的哪一边？"陈才问。

"你不知道，我却也不便说。"精壮男子道。

陈才猛然惊醒。眼前此人，一定是个公公，而且是在东厂当差的公公。如果说，刚才他只答话，不问话，是因为二人有约定；这会儿，他却是再也不敢问话。

"你老问吧，小的绝不再违约。"他说。

"说不定，你让主人死，主人也得死。"精壮男子重复一遍这句话，然后说，"我知道老兄的主人家里，宝物不少。"

"主人家中，旧物是有些；是否宝物，我说不好。"陈才道。

"皇亲家中的旧物，多是宝物。此乃常识呀！"精壮男子说。

"你老说有,就算有吧。"陈才附和着。

"不是我说,得你说。"精壮男子道。

"是,得我说。"陈才应虽应,仍是不明就里,"你老说说看,我家主人的哪件旧物,堪称宝物?"

"譬如我听说,你家主人常穿一件赭黄衮龙袍。"精壮男子说。

"是有一件旧袍,是公主老主母传给主人的,主人不时会穿穿。但袍上只绣两只龙爪,我不知算不算衮龙袍。"陈才说。

精壮男子不理会他的疑惑,让道:"老哥,喝酒。"

陈才小心地回话,有一会儿没喝酒。人家一让,他喝一大口。

"老哥想想,你家主人穿的是不是衮龙袍呀?"精壮男子道。

"绣的是龙爪,不是猫爪、狗爪,应该算是衮龙袍吧。"陈才说。

"赭黄颜色,也不错吧?"精壮男子问。

"这个,"陈才稍一犹豫,决定实话实说,"你老是听说,我却是眼见。那袍颜色黯淡,似无黄锦光泽。"

"老哥,喝酒。"精壮男子又让。

陈才提起第一个壶,是空的,提起第二个壶,也是空的。原来不知不觉,他已经喝光两壶酒。他提起第三只壶斟酒。

精壮男子等他喝过后,问:"老哥想想,那袍子是不是赭黄色?"

"颜色虽褪,但淡红淡黄痕迹,还是有的。"陈才说。

"这话老哥去别处敢说吗?"精壮男子问。

"只要你老在,我就敢说。"陈才把他当成靠山。

"那好,你随我去说吧。"精壮男子说着,指指第三只酒壶,示意他可以把酒喝干再走。

二月的一天,李承恩应邀赴宴,刚进友人家,被几个东厂逻卒和锦衣卫官校捆绑,直接送去诏狱。法司断狱,以擅穿赭黄衮龙袍论死。

## 第六十一章

狱卒将汪文言拖进镇抚司狱后院为特别的狱囚准备的刑讯小屋里，一撒手，汪文言瘫倒在地。初入狱时，狱吏、狱卒对他还算客气，也没动用大刑；自打掌狱锦衣卫使刘侨被罢免、而以锦衣卫都指挥佥事许显纯代之，他的灾难随之而来。许显纯对他几乎无日不讯，无日不用大刑，打到后来，行刑的狱卒麻木，汪文言也被打得麻木。

这天，不是许显纯一人鞫讯，他身旁还坐着一名文职官员。

"汪文言，识得这位大人吗？"许显纯问。

汪文言懒得抬头看一眼，或者根本抬不起头来，只是嘴里嘟囔一句，但谁也听不清他嘟囔的是什么。

"大声说！"许显纯喝道。

"许大人，"他身旁的文职官员唤一声，说道，"汪先生伏在下面，回话吃力，你我听起来也吃力，不如搬把椅子，让他坐着说。"

"徐大人也忒好心。"许显纯虽不情愿，还是吩咐狱卒搬来把椅子，把汪文言拽起来，按坐椅上，"你不总说我私刑鞫讯吗？这位是大理寺少卿徐大化徐大人，朝廷数得着的法司官，你还能说我私刑鞫讯吗？"

汪文言仍不抬头，但说话的声音略微升高。

"刑不上大夫的道理，看来法司是懂的。"他说。

"你是说，给你把椅子坐？既知好歹，你就好生回答他的讯问吧。"许显纯说着，朝徐大化一抱拳，"徐大人，请。"

"有僭。"徐大化也朝他一揖，然后转向汪文言，"我知道，这些日子许大人问得多的，汪先生说得多的，是与前首揆如何如何，与前太宰如何如何。今日我问些别的。"他简单地问问汪文言和左光斗的交往，和魏大中的交往，和外放陕西按察司副使顾大章的交往，和太仆寺少卿周朝瑞的交往，和掌道御史袁化中的交往，最后问到杨涟，"汪先生与前副都御史杨文孺有交情吗？"

"有。"汪文言坦然答道。

"何等交情？"徐大化问。

"君子之交。"汪文言说。

"汪先生携酒一瓮、蹄数枚，而入杨宅，此事也有吧？"徐大化问。

"也有。"汪文言答道。

许显纯在一旁暗想：诏狱里几时问过这样芝麻大的事！魏公怪我问案不力，让他帮着问；照这样问下去，几时才能问成大狱！

想到这里，他盼咐录供的狱吏："这一句不必录。"

"不，要录。"徐大化却说。

狱吏不知该听谁的，看看许显纯，看看徐大化，笔提不起，也放不下。当然，许显纯是上司，狱吏的目光停留在他脸上的时间多一些。他挥挥手，亦即：随他吧。

"我只听说，君子之交，其淡如水。汪先生携酒、蹄造访，这也算是君子之交啊？"徐大化道。

"携酒、蹄造访，非为馈赠，而为自食，岂不正是领略君子之交的真谛？"汪文言驳道。

"好，是否君子之交，我不与你辩。"徐大化说着，把这个话题加以延伸，"既可携酒、蹄造访，亦可携银两造访，对不对？"

"携酒、蹄造访，为的自食；携银两造访，却为何事？"汪文言问。

"为自用呀！"徐大化道。

"自用？我只知银两可以易物，不知还有他用。"汪文言说。

"这是汪先生把银两的用处看小。"徐大化道，"以银易物，不过其用之小者；其用之大者，可以买人性命。"

"买人性命？"汪文言不知他是何意。

"汪先生帮我想一想，辽东前经臣丧地误国，以我大明律议之，该不该死罪。"徐大化抛开杨涟等人，又问起熊廷弼。

"外有经、抚之争，内有大司马等掣肘，天下无不知之。辽东败绩，罪不在前经臣。"汪文言说。

"这话不对！"徐大化道，"朝廷掣肘，难道能把前经臣的手脚全缚住？经、抚不和，究竟谁的权柄更大？你能说，前经臣的罪责就比前抚臣小？"

"纵然不是责任较小，至多不过是责任相当。"汪文言不得不退一步。

"好吧，就算责任相当。"徐大化也退一步，"辽东重镇丧失殆尽，前经臣、抚臣不该论死吗?"

"这该由法司论定。"汪文言回避正面回答。

"我即为法司官,"徐大化道,"我可以告诉你,罪不容赦。但就是这个罪不容赦的前经臣,至今仍未加诛,汪先生知道这是为什么吗?"

"大僚生死,非我所知。"汪文言说。

"其实汪先生是知道的,他的性命就是用银两买下来的。"徐大化道。

"我为何知道?"汪文言问的时候,有点儿心虚,因为他确曾想用银子保住熊廷弼的性命。后来没有付诸实施,一来是对方索要的数额太大,熊家难以凑足;二来一段日子以后,对方再也不找他商谈。他在想,徐大化再问下去,要不要把这件事如实招供。

徐大化没给他时间细想,马上切入实质。

"是你携银两造访杨家的呀,"他说,"你不但携银两造访杨家,还携银两造访左家、魏家、顾家、袁家、周家。"

汪文言终于明白他抓住这些小事不厌其烦地问下去的目的。

"徐大人是说,我携银两——贿赂诸公,为的是让他等出面,为前经臣请命?"他把徐大化的话变得更直白。

"除去前缀,这句话要一字不差地录下。"徐大化对狱吏说。

"徐大人说我贿赂诸公,数额是多少?"汪文言问。

"这得汪先生自家说呀!"徐大化道。

"每家至少数千至万余吧。"汪文言估摸出一个数字。

"这句话也要一字不差地录下。"徐大化命道。

"可我哪里来的这么一大笔银两?"汪文言问。

"银两不是你的。"徐大化说。

"那是谁人的?"汪文言问。

"是前经臣的。"徐大化说。

"徐大人是说,前经臣以银两付我,我携至杨、左等诸公府上,为他买命?"汪文言问。

徐大话目光又转向狱吏。狱吏说:"无须大人叮嘱,这句话除去前缀,小人肯定一字不差地录下。"

"勾画此事来龙去脉,妙则妙矣,可惜有两个漏洞。"汪文言说。

"哪两个漏洞?"徐大化问。

"其一，我从未供认，曾携银两造访文孺先生等。"汪文言说。

"这句话无须录下。"徐大化对狱吏说，复问汪文言，"其二呢。"

"世间岂有贪赃之杨大洪哉！"汪文言说罢，居然能把头高高昂起，放声大笑。大洪是杨涟的别号。

"这句话也无须录下。"徐大化对狱吏说。

魏忠贤把出入自己私宅的官员分成三类：一是地位高的，如阁臣顾秉谦、魏广微，都察院左佥都御史王绍徽等；二是关系亲的，如崔呈秀、许显纯等；三是地位既不太高、关系也不太亲的。徐大化应属于第三类。不过，他也有特别之处：他是万历十一年进士，资历最深。故魏忠贤对他，比对其他第三类的官员要客气；埋怨起来，也有分寸。

"徐先生，我让你过问一下汪文言的案子，你怎么净拣无关紧要的事问呀！"魏忠贤道。

徐大化知道，"无关紧要"四字，一定是许显纯说的。他不慌不忙地分辩："厂公可别小看无关紧要的事情。在某些人看来是天大的事，未必要得了杨、左等人的性命；这些无关紧要的事却足以要他等之性命。"

"是吗？你说与我听听。"魏忠贤虽被他的话打动，却难以置信。

"依厂公看来，杨、左最显著的是何事？"徐大化问。

"难道不是移宫一案？"魏忠贤道。

"不错，杨涟、左光斗等确因移宫一案而名动天下。"徐大化赞同。

"那么，于移宫一案，徐先生为何一句也不问？"魏忠贤责备道。

"一则，不必问，杨、左于移宫一案中的作为，谁人不知！二则，移宫是为使皇上登极，即便可以加罪，譬如，称他等形同劫驾，皇上亲历其事，未必通得过。"徐大化有两个理由。

"你是说，汪文言与杨、左等合伙解救熊廷弼，皇上并非亲历其事，就容易通过？"魏忠贤模模糊糊地觉察到，徐大化追问看似无关紧要的事情，确有好处。

"不止于此。"徐大化说。

"还有什么？"魏忠贤问。

"杨、左等为熊廷弼开脱，举朝皆知其事。杨、左为东林党，熊廷弼非东林党；杨、左为其开脱，是因为得其好处，这是合乎情理的推论。汪文言用来贿赂杨、左等的银子，不是汪氏的，而是熊廷弼给他的；熊廷弼给他的银子，也不是熊家的，而是朝廷的。怎会是朝廷的呢？拨与辽东的军饷，被他克扣下来，难道不是朝廷的？"徐大化一层一层剖析，最后总结道，"封疆事重，熊廷弼、汪文言，以及杨、左等，和辽东战局拉扯到一起，下官断定，无一人可以逃生。"

"徐先生妙计，是显纯小儿等想不出来的。"魏忠贤大为赞叹。

## 第六十二章

皇帝自打去年病一场之后,对朝政的兴趣越来越小,对阅读奏章的兴趣越来越小,除非是特别吸引人的文字,往往侍驾的太监读到一半,就被他叫停。

李永贞这天讲与皇帝听的,全部是特别吸引人的文字。魏忠贤本来要亲自来与皇帝谈论这些文字,后来考虑,这些文字的出处不能说得太明确,为维护自己的体面,也为日后有转圜的余地,故让李永贞来。

"老李给朕送来的,是些什么?"皇帝问。

"回爷的话,是民间广为传阅的帖子。"李永贞说。

"帖子?谁发的?"皇帝问。

"尚未查出。"李永贞说。

"厂臣可曾阅过?"皇帝问。

"已阅过。"李永贞说。

"那就让他处分吧。朕不阅。"皇帝道。

"厂臣之意,这些帖子颇为有趣,请爷一阅。"李永贞说。

"是吗?"魏忠贤让读,皇帝不再拒绝,但仍不想自己读,他命道,"老李,你把这些帖子读给朕听吧。"

"奴才遵旨。"李永贞应着,拿起一份帖子,先说标题,"爷,这一篇有个名目,叫作《缙绅便览》。"

"《缙绅便览》?那是写给大臣们读的?"皇帝道。

"该帖列出六七十名在职的不在职的官员,奴才以为,它是在提醒天下之人,这些人皆为邪党。"李永贞说。

"提醒天下之人?"皇帝问。

"诚然,也在提醒朝廷;不过,发帖子的人一定知道皇上圣明,用不着他来提醒。"李永贞说。

"哼,你倒挺会揣摩他的心思!"皇帝道。

"奴才哪里会揣摩,这是厂臣的判断。"李永贞说。

一提魏忠贤,皇帝不再考虑其说正确与否。

"你给朕念念,被他列为邪党的,都有哪些人。"皇帝命道。

"是。"李永贞应一声,却没马上念人名。

"为何不念?"皇帝问。

"回爷的话,这份帖子还有个奇特之处,有人名字上点一点,有人名字上点两点,有人名字上点三点。"李永贞说。

"这是何意?"皇帝问。

"或是极重者三点,次者两点,又次者一点。"李永贞说。

"有点儿意思。不过,老李,你的说法不确切,应是极邪者三点,次邪者两点,又次邪者一点。"皇帝道。

"爷纠正的是。"李永贞应道。

"这也是厂臣判断的吧?"皇帝问。

"爷圣明。"李永贞颂道。

"你想问,是按照帖子上排列的名字念,还是按照一点、两点、三点的排列念吧?"皇帝问。

"爷圣明!"李永贞颂道。

"还是按照点数吧,听得清楚。"皇帝说。

"是。"李永贞又应一声,开始念名字,"一点者,前首辅叶向高,前吏部尚书赵南星,前礼部左侍郎何如宠。"

"就三人吗?"皇帝问。

"是。"李永贞应道。

"着啊,可与前首揆、前吏书并列者,也找不到别人!"皇帝说着,命道,"再念两点的吧。"

李永贞念道:"两点者:前阁臣韩爌,前掌院都御史高攀龙——"

"职衔无关紧要,不必念。"皇帝吩咐。

李永贞应着,继续念人名:"钱谦益、姚希孟、黄尊素——"

才念三人姓名,又被皇帝打断:"住!朕对两点的,没多大兴趣;你念念被点三点的官员吧。"

李永贞想让皇帝记住的,也是这一部分人,因此念起来既缓慢又响亮:"缪昌期、杨涟、左光斗、魏大中、周宗建、顾大章、袁化中——"

趁他喘气的工夫，皇帝问："还有？"

"还多呢。"李永贞回答。

"你数数，加三点者有多少人？"皇帝命道。

"二十余人。"李永贞不用数也知道。

"你说，帖子上列出六七十名官员，一点者三人，三点者二十余人，那么，四五十人都是两点者？"皇帝算计着。

"爷说的是，两点者四十余人。"李永贞说。

"一点者你念三人，两点者你念五人，三点者你念七人。这些人朕都知道，所以你一念，朕就记住。其他人朕或不知道，你念，朕也记不住，不如不念。"

"是。"李永贞应道。其他人名，本来也是可念可不念。他说，"下面两份帖子，名目都颇为有趣，奴才念给爷听听？"

"你等等。"皇帝显然在想一件事，想出头绪，他说，"老李，朕看这份帖子不似出于市井之徒。"

李永贞和魏忠贤等事前商量，估计皇帝会产生这个疑问。别的不说，能叫出这么多阁臣、部院官、各衙门官、科道官的名字，就不是一般人做得到的。应对之策，他们也设计好。

"爷圣明，厂臣也判断，文臣所撰的可能性较大。"李永贞先顺着皇帝的话说。如果过不了关，他将告诉皇帝，可能是出自翰林；再过不了关，他将告诉皇帝，可能是出自内阁。这篇《缙绅便览》是阁臣魏广微编纂，为的是对敌对的官员逐一打击。

皇帝没再进一步询问，而是把注意力转到其他的帖子。

"你道另两篇帖子名目有趣，怎的有趣？"皇帝问。

"有一篇名为《天鉴录》。"李永贞说。

"《天鉴录》？那是专门写给朕看的！"皇帝道。

《天鉴录》其实是崔呈秀为魏忠贤编的，也有六十余人。但李永贞不能照直说，不管皇帝怎样信赖魏忠贤，恐怕也不能容忍他以天自居。

"奴才也这么想。"李永贞说。

"那他为何不径自呈进？"皇帝问。

"或是担心邪党势大，不敢公然呈进；或是正要呈进，却先流传出来，被东厂获悉。"李永贞随便就能找出两个理由。

"写给朕看的，也是邪党名帖？"皇帝问。

"是。"李永贞应道。

"是不是也分为一点、两点、三点？"皇帝的兴趣在这上面。

"没分为一点、两点、三点，却分为两部分。第一部分近三十人，第二部分三十余人。"李永贞说。

"这是何意？"皇帝问。

"据厂臣判断，被列在第一部分的官员，是邪党中的东林党人，被列在第二部分的官员，是邪党中的非东林党人。"李永贞说。

"是吗？东林邪党以谁人为首？"皇帝问。

"亦以前首辅为首。"李永贞说。

"再加上一名前阁臣？"皇帝问。

"不止一人。"李永贞说。

"还有别个阁臣？"皇帝问。

"还有前阁臣刘一燝及今督师阁部大臣孙承宗。"李永贞说。

"孙先生也成东林邪党？"皇帝不太相信，"朕知道，东林书院在南直隶，孙先生可是北直隶人。"

"前吏书赵南星，也是北直隶人，也被列在东林邪党。"李永贞说。

"看来，是否东林，不由乡贯而定。"皇帝自语道。

"爷圣明；奴才想，写帖子的人，或也是这么想的。"李永贞说。

"厂臣如何判断？"皇帝问。

"厂公命东厂，此事要好生查查。"李永贞留个活话。

"是该好生查查。查出结果，让他即刻告与朕知。"皇帝命道，又说，"朕记得高攀龙就是无锡人，一定也是东林邪党吧？"

"爷说的是，他排名在赵南星之后；此外，杨涟、左光斗等多人，也被列为东林邪党。"李永贞说。

"非东林邪党呢，又以谁人为首？"皇帝问。

"前礼部尚书孙慎行，前掌院都御史邹元标。"李永贞回答。

"奇怪，似乎有人称京师首善书院即东林所创建，邹元标乃建院首恶，他反倒不是东林邪党！"皇帝道。他开始称东林邪党，只是因为帖子上是这么写的，顺着说而已。但说着说着，似乎东林真成邪党，所以首恶之类的话也说出来。

李永贞当然不会放过这个机会。他说："是啊，奴才等也觉着奇怪。如此显见之事，写帖子的人怎会没有留意？或是对朝廷处置首善书院一事，他知之不详吧。"

这个悬念留得恰到好处，即便以后不得不说出崔呈秀来，仍没漏洞。朝廷查封首善书院时，他正好被派外差。

皇帝点点头，认可此说。他问："不是两篇名目有趣吗？另一篇呢？"

"另一篇名为《点将录》。"李永贞说。

"点将录？是专写武臣的？"这是皇帝的第一个判断。

"不，写的仍是文臣，奴才以为，写的仍是东林邪党。"李永贞说。

"那怎算得上点将？"皇帝不理解。

"里面借用一个宋朝的故事，称点将，也算得上贴切。"李永贞说。

"有故事？是哪一段故事？"皇帝问。

"水泊梁山的故事。"李永贞说。

"一干反贼？"皇帝只朦胧记得这一点。

"爷说的是。"李永贞应道。

"拿给朕看看。"皇帝大感兴趣，伸出手要。

这一篇比起前两篇更加有趣。仿照《水浒》故事里的英雄排座次，它给每个被点到的官员冠以相应的天罡星或地煞星。

"天罡星：托塔天王李三才、及时雨叶向高。"皇帝读个开头就忍不住笑，"老李，既曰前首辅、前淮抚为反贼，怎么还让他这般威风？"

李永贞知道皇帝问的是托搭天王等名号，他解释说："那都是江湖上送给的绰号。水浒故事里，托塔天王叫晁盖，及时雨叫宋江。水泊梁山，原以晁盖为首领；晁盖死后，众反贼推宋江为首领。"

"以东林邪党而言，前首领是李三才；李三才死，众推前首辅。是不是？两相比较，倒也恰当。"皇帝道。

"爷圣明！"李永贞发觉，不用他多说什么。

皇帝往下看，列在天罡星的三十六人有：智多星缪昌期、圣手书生文震孟、白面郎君郑鄤、霹雳火惠世扬、鼓上蚤汪文言、大刀杨涟等。列在地煞星的七十二人有：神机军师顾大章、青面兽左光斗、金眼彪魏大中、旱地忽律游士任等。

"朕听一两耳朵水浒故事，原以为，天罡星位在地煞星之上，怎的显如神机军师，武如青面兽，都是地煞星，而小如鼓上蚤，反成天罡星？"皇帝听出破绽。

为应付皇帝的提问，李永贞临时抱佛脚，找本《忠义水浒传》，匆匆翻阅。鼓上蚤时迁在不在三十六天罡星之列，青面兽杨志在不在七十二地煞星之列，他记不清；但神机军师朱武在七十二地煞星中排在很前边，他是记得的。他说："同一名次的天罡星一定在地煞星之上，诚如圣谕，譬如第一号天罡星一定在第一号地煞星之上；

但排名靠后的天罡星是不是在排名靠前的地煞星之上,则难说。在水浒故事里,神机军师是个挺重要的人物,据奴才所知,他确为地煞星。"

"或如你所言吧。"有一点解释,皇帝就满足,他指着另外两个人道,"天罡星中的大刀杨涟,地煞星中的青面兽左光斗,以二人名号,应该是冲锋陷阵的人物吧?"

"奴才愚笨,初读此帖,分不出轻重。厂臣曾点拨奴才,不可小觑此二人;今陛下又加点拨,令奴才茅塞顿开。"李永贞趁机说。

"不可小觑,就该速治。"皇帝道,这是一个非常有利的话头,李永贞才要接过去,皇帝忽问,"《点将录》谁人所撰,不会也没着落吧?"

正是这一篇帖子,李永贞还真说不上作者是谁。有人说是左佥都御史王绍徽呈与魏忠贤的,有人说是去年补工科都给事中的阮大铖呈与魏忠贤的,而他却不曾向魏忠贤求证。他想,不能告诉皇帝仍没着落,那会让皇帝失望的;"不可小觑,就该速治"说不定也会没着落。

"奴才听说,初步查明,是工科都给事中阮大铖所撰;厂臣已交代东厂,从速查明。"他没把话说死,而选择阮大铖也是考虑到,此人官品较低,与魏忠贤的关系似乎也不如王绍徽密切。

不想,皇帝却说:"这个阮卿,大有才情。"说罢,如李永贞所愿地回到"不可小觑,就该速治"的话题,"老李,厂臣有没交代,好生查查杨、左二人的劣迹?"

"厂臣已留意到,近日弹劾他二人的章奏甚多。"李永贞说。

"有哪些人上疏?弹劾何事?"皇帝问。

"如大理寺少卿徐大化,劾杨、左党同伐异。"李永贞特别举出一例。

"党同伐异于朝,和聚众作乱于野,罪过是一样的。既有此罪过,可下狱勘治?"皇帝道。

三月下旬,传旨,逮杨涟、左光斗、袁化中、魏大中、周朝瑞、顾大章六人。四月初,汪文言死于狱中。

## 第六十三章

皇帝精神略有好转，命人把魏忠贤叫来，吩咐道："朕在宫里呆得发闷，厂臣给朕想个解闷的法子。"

"既在宫里呆得发闷，不如出宫一游。"魏忠贤说。

"你说说，去哪一处游？"皇帝问。

"值此春、夏之际，寒气全无，暑气未降，宜游南海子。"魏忠贤说。

"正合朕意，你去安排吧。"皇帝命道。

南海子虽非真正大海，但一片一片海子相接，方圆也有百里。海中有陆，陆上有殿。殿无正式名称，一般人称之为幄殿。殿旁有台，称晾鹰台。南海子是皇家狩猎的场所，喂养有众多猎犬和猎鹰。

大内观赏不到的景象入眼，大内享受不到的清风徐来，使得皇帝游兴大增。在幄殿用午膳之际，乐工吹箫击鼓，舞女搔首弄姿，间中还有宦者表演的百技。皇帝时而击案叫好，时而捧腹大笑。

就在这时，一件出乎皇帝意料的事情发生。他原以为今日是私下里游乐，谁知，朝中文武大臣陆续赶来。先到者先跪倒，恭请圣安。很快殿外跪倒一大片，看得皇帝心惊，听得皇帝心惊。

"厂臣，这是怎么回事？"皇帝询问。

"爷龙体康泰，方有巡游之命，此天下之幸。他等皆爷亲近之臣，奴才让他等赶来，为爷助兴。"魏忠贤说。

"好是好，但厂臣不怕他等进谏吗？"皇帝隐隐觉得不妥。

"赶来南海子时，或有人想着进谏；赶回京师时，奴才敢担保，再无人言爷出游的不是。"魏忠贤说。

"为何有此变化？"皇帝问。

"一则因备受鼓舞，一则因自觉羞愧。"魏忠贤说。

"备受鼓舞？自觉羞愧？"皇帝不知该怎样理解，吩咐道，"你给朕说说，谁个备受鼓舞，谁个自觉羞愧。"

"今日到南海子的官员，都会备受鼓舞。今天下所虑者，无非是辽东；今内外言战者，无不言我官军孱弱。今日，我将让他等看到一支威武雄健之师。"魏忠贤先解其一。

"该师来自何处？"皇帝问。

"来自内操。"魏忠贤道。

"你是说，要将内操移至南海子举行？"皇帝问。

"是，今日于南海子内操，乞爷亲阅。"魏忠贤道。

"好，朕常听人言及内操，正要看看内操究竟有无成效。"皇帝应允，并说，"厂臣所言自觉羞愧者是谁，朕也猜到，定是那些说内操坏话的官员。"

"爷圣明！"魏忠贤不屑与其他宦官一样，用这样的话来奉承皇帝，但今天忍不住也说一句，"他等人人自诩有富国强兵之道，但没一人能为朝廷办一件实事；奴才议举内操，却着实操练出一支可保大内无虞、可保京师无虞的内军。"

"快开始吧，朕已等不及！"皇帝说着，指指殿外，"众卿跪得太久，让他等平身吧。"

"传旨，赐众臣平身。"魏忠贤命靠近自己的近侍。

近侍出殿传旨，殿外一片官员们的谢恩声。

等外面静下来，皇帝问魏忠贤："御座设在何处？"

"操练之声如雷鸣，奴才唯恐惊驾，特为爷备好龙舟。"魏忠贤说。

"那你就陪同朕登舟吧。"皇帝说着起身。

"奴才要向爷讨个差事。"魏忠贤却说。

"你要讨何差事？"皇帝问。

"奴才想为爷亲自提督今日操练。"魏忠贤说。

"这本来就是你的差事，用不着向朕讨。"皇帝道。

"那奴才就不能随爷登舟。"魏忠贤说。

"你不在身边，朕如何看得明白！"皇帝道。

"有王体乾、李永贞等伺候着，一样能讲解明白。"魏忠贤说。

"既如此，你去办你的差吧。待操练完毕，再来见朕。"皇帝命道。

"奴才遵旨！"魏忠贤应道。

水边有停泊龙舟的码头，文武群臣躬身，目送皇帝登舟；然后转过身来，目睹魏忠贤昂首登上晾鹰台。

魏忠贤感受到众官员目光中的畏惧和崇敬，这几乎和他们恭送皇帝登舟的目光包含着同样的内容，他的心情不是芒刺在背，而是极其怡然自得。他站立台上，扫着肃立在台下的官员们，喝声"开操"，语调中饱含着傲慢和踌躇满志。

喝声刚落，周围数十门火炮齐鸣，震耳欲聋。官员们的队列一阵骚乱：有人帽子被震掉，不得不弯腰去拾；有人下意识地抬手捂住耳朵，随即发觉失态，又把手放下；有人四处张望，想看看火炮埋伏在哪里。

他们看到的，是渐以消散在空中的青烟，以及在炮响时由四面拥出的将士。这不是普通的将士，而是身着戎装的宦者。从队形上看，和普通的官军没什么两样，但他们的衣着要鲜亮得多，步调要齐整得多，声音要响亮得多，士气要高昂得多。

皇帝也受到惊吓。他这才明白，魏忠贤为什么要让登舟。身处龙舟，比身在陆地，感觉上安全得多；而且，即使表现出惊慌失措，也不会被臣子们看到。

镇定下来后，他问："大内操练时，也发炮吗？"

"偶发一炮两炮，数十门炮齐发，则没有过。"李永贞说。

"是啊，若有这么大的动静，朕是不会忘的。"皇帝说。

"厂臣早就想看看，数十门炮齐发有多大动静，但唯恐惊到爷和娘娘们，故不敢轻易安排。"李永贞说。

"如此说来，今日是朕成全他？"皇帝笑道。

"爷说的是。"李永贞应道，"操练之后，厂臣谢恩多半是为此。"

"爷看，队形要变化。"王体乾在一旁提示。

果然，站在魏忠贤身旁的宦者，举旗比画几下。

只见整齐排列的将士们穿梭行进，在行进中转换成四个方阵。四阵各据一方，每阵前一骑突出，马上将领一手紧握缰绳，一手或持刀或持枪，衣着比其他人更鲜亮，人也颇为威风。鼓声起，四阵齐进；锣声响，四阵齐退。阵进时，各将领在前；阵退时，各将领在后。进退井然，有如信步于闲庭。

"爷，这是天门阵。"李永贞讲解道。其实，在变阵之际，一宦者纵马跃出，已喊出"天门阵"，他怕皇帝没听清楚，又说一遍。

"天兵中有四大天王，就是这四将吧？"皇帝道。

这不过是句笑话，李永贞却两手在嘴边合成喇叭状，高声叫道："众将听好，奉圣谕：此四将堪称四大天王！"

四阵前的将领跪于马鞍，叩谢天恩。

又有一骑自林木草丛中飞出，报曰：梅花阵！

四阵将士彼此穿插，看似混乱，但很快转化成五队。每队核心，站立一将，一层士卒，如一层花蕾，全队合起来，似一朵梅花。五队的每一队，又如一个花瓣，合起来，似更大的梅花。随着一名名军士起伏，似一朵小梅花时而绽开，时而闭合；随着一队队军士起伏，似一朵大梅花时而绽开，时而闭合。

龙舟离演示的场地较远，皇帝还没来得及叫好，陆上惊叹声、喝彩声已哄然而起。

"朕不再滥封，但为此阵浮一大白。"皇帝说着，举觞而饮。

复见一骑飞出，骑者绯衣，马匹纯白，交相辉映，甚是醒目。骑者大声报曰：长蛇阵。

五队军士，迅速移动，彼此交错。走成一字长蛇。魏忠贤身旁的宦者，高举令旗，指向蛇头。

"爷，此乃敌军攻我阵首。"李永贞讲解。

"朕看出。"皇帝道。

说话之间，长蛇阵的阵尾，如集中全身力量，扫向阵首。待阵势复原，台上宦者又高举令旗，指向阵尾。阵首如张开大口，咬向阵尾。如此反复数次，阵形丝毫不乱。

一骑突出，高呼：乌鸦阵。这次骑者衣皂，马匹乌黑。

"乌鸦也能列阵？"皇帝怪道。

"爷看他等各自为战。"李永贞说。

果然，各队将士参差散开，似无阵势可言。但横看纵看，各人间距离完全相等，人人举臂踢腿，似在啄虫。

先后演练八九个阵势，皇帝看得大悦。操练结束之后，龙舟由海子中心划向岸边。皇帝不等停稳，一个箭步跃上岸去，把在岸上迎驾的魏忠贤和群臣吓一大跳。

"演练得好，真不愧厂臣一腔心血。"皇帝赞道。

"臣犬马之躯，叩谢陛下委任之重！"魏忠贤说着，带头呼道，"吾皇万岁万岁万万岁！"

"吾皇万岁万岁万万岁！"群臣随之山呼。

忽然，不知谁呼道："厂公千岁千岁千千岁！"

在迟疑片刻之后，响应的呼声零乱响起，参差不齐。

最后，汇成了整齐的呼声："厂公千岁千岁千千岁！"

## 第六十四章

五月十八日，天气燥热。皇帝亲往安定门外祭方泽坛，即地坛。好不容易熬到结束，皇帝回到宫里，既不去乾清宫、坤宁宫，也不去文华殿，而是命銮驾径往西华门。

近侍服侍皇帝下銮驾，换乘肩舆。奉旨在这里等候的皇后上前行礼，道："臣妾恭迎皇上回宫。"

"奴才们没讲清楚吗？朕不是要皇后接朕回宫，是要皇后随朕出宫。"皇帝觉得这话皇后不太容易听懂，解释道，"宫中闷热，故朕邀皇后出宫走走。"

听这话，皇后大吃一惊。因为皇上很少产生过出宫的念头，更不要说邀她一起出宫。她问："皇上要去哪里？"

"西苑。"皇帝说。

皇后不再担心。严格地说，西苑并非宫外。只有生活在紫禁城内的人，才把去西苑称作出宫。它如同宫墙以外的御花园，皇帝要去那里走走，皇后陪同皇帝去那里走走，都是很正常的。

"仅臣妾一人侍驾吗？"皇后问。

"只皇后陪朕去。"皇帝的意思，不再命其他的嫔妃同去。他随即又说，"客嬷和厂臣知道朕今日辛苦，一早就去西苑安顿。"

这两个人在，皇后一万个不愿意去。她坚信，元子之薨，及她自己从此不孕，都是魏忠贤和客氏造成的，说她对他们怀有刻骨之恨，一点儿也不过分。但苦于没有确凿的证据，她不能明着对皇帝说；而且，她也深知圣意难违的道理。

"臣妾遵旨。"她应道。

龙舆凤辇出西华门，进西苑门，径往钓鱼台而去。太液池被金海桥分割成南北两大块，北太液池以嵌于池中的琼华岛为中心，南太液池无大岛，只是在东岸的中部修一段短堤，深入池中，堤的里端连着的一个平台，就是钓鱼台。

钓鱼台边泊靠一条龙舟，比南海子中的龙舟小一点儿，但已是太液池里可以容纳的最大的船。上船用的宽大的船板已架好，木板边肃立着几名宦者，准备服侍皇帝和皇后登舟。

"先服侍皇后娘娘上船。"皇帝命道。

皇后见到，魏忠贤、客氏都在龙舟上。并已现出半个身子，准备迎驾，但看到皇后，他们退至船舱后，用这样的小举动，来表示他们的冷淡。皇后本来不想登舟的，这时却想：你等不愿见我，不愿向我行礼，我偏要上船，偏要让你等在我面前跪拜叩头。

"皇上先上，臣妾不敢有僭。"她说。

一名宦者搀扶皇帝，另一名宦者搀扶皇后，先后踏上船板。魏忠贤、客氏不能再不露面。二人迎至舱门外，各跪在一旁。

"奴才恭迎圣驾。"魏忠贤道。

"民女给皇上叩头。"客氏道。

"不必多礼。"皇帝抬抬手，让二人起来，并指着皇后说，"你等没想到吧，朕把皇后娘娘也请来，快去见过。"

魏忠贤、客氏都盼着皇后说一声"免礼"，就可以不用再弯膝跪倒。但皇后偏不说。二人不得不重新跪下。

"奴才恭迎皇后千岁。"魏忠贤道。

"民女给皇后娘娘叩头。"客氏道。

皇后没像皇帝那样，马上让他们起来，而是对皇帝说："皇上，容臣妾告退。"

"才上船，怎的就要下船？"皇帝问。

"臣妾自幼畏水，上船后更觉不适。"皇后道。

"自幼畏水？"皇帝从未与皇后乘船，不知道皇后有这种奇怪的习性，"怎么会呢？古训不是说智者乐水吗？"

"臣妾不是智者。"皇后不仅回应很快，还有一番道理，"臣妾见书上写着：水生万物。故臣妾以为，智者所乐者，可滋生万物之水也，非可游戏其中之水也。"

皇帝本想卖弄学问，不想引出皇后的这些话，使得自己难堪。他很是后悔，说道："皇后既畏水，不必勉强，可先回宫。"等皇后在宦者的搀扶下落船，他才发现，魏忠贤、客氏仍跪在那里，"起来，起来，今日游船，谁定下那么多的礼仪！"

"民女等在给皇后娘娘行礼呢。"客氏说。她恨不得让皇帝把皇后唤回来，让皇后为她慢待自己和魏忠贤道歉。

魏忠贤知道，现在不是追究的时候。他自己先爬起来，又把客氏搀扶起来，然后对皇上说："爷，起航吧。"

"好，起航。"皇帝应道。

龙舟在太液池中由南向北缓慢行去，行过金海桥，绕过琼华岛，皇帝一直站立船头，凭微风吹拂，将美景尽收，把燥热和烦恼全丢到脑后。

龙舟在琼华岛南岸靠泊，尚膳监太监把膳食送上船。

"爷，请用膳。"魏忠贤在皇帝身后催道。

要在往常，皇帝一定会开心地问：又有什么新式的菜肴让朕品尝吗？今日他却说："膳且慢用，朕也要下船。"

"爷要下船？"魏忠贤不由得愣住。

"不错。"皇帝说着，又踏上船板。

魏忠贤追随皇帝踏上船板，想把他拦住。

"厂臣免送。"皇帝说。

魏忠贤不得不停在原处。他说："奴才还为爷准备一出歌舞。"

"听歌观舞，也迟些再说；那桌酒席，赐予你和客嬷享用。"皇帝说。

"爷要去哪里？"魏忠贤问。

"朕今日想把舵摇橹，但此舟巨大，恐怕难以对付。你看，"皇帝说着，手指不远处，"那里有只小舟，朕侍弄它去。"

在魏忠贤看来，这算不得大事，他谢过皇帝赐酒、馔之恩后，回过身去，在一群随行的小宦者中寻找着。

"厂公要找谁人，在下去找。"李永贞悄声说。

"刘思源呢？"魏忠贤问。

刘思源只有十七八岁，个头矮小，又站在后面，难怪魏忠贤看不到。他隶于魏忠贤名下，听到唤他，忙挤到前面，应道："奴才在。"

"你又无别的长处，终于等到个可以胜任的差事，却躲起来。"魏忠贤先埋怨两句，然后吩咐，"我知你是个水耗子，就由你服侍爷使船。若有一点儿闪失，小心我剥你的皮！"

"是，奴才不敢有丝毫马虎。"刘思源应道。

"王哥，还得向你借个人。"魏忠贤又对王体乾说。

"我的人还不是魏哥的人，魏哥用哪个，是他福分。"王体乾说。

"你名下有个叫高永寿的，在不在？我听说他水性最好，让他和小刘子一起去，我才放心。"魏忠贤说。

话音刚落，扑通一声响，把众人吓一跳，原来是高永寿跃入水中。只见水中一条直线，从龙舟渐渐向小船方向延伸。到小船边，直线围绕小船划个圈，高永寿才浮出水面，翻身上船，把小船使将过来。

王体乾心想：好个不懂事的小厮！老魏是看重你的本事吗？他是要我替他担一半的干系呢！嘴上却说："魏公派他个差事，看把他乐的。"

刘思源服侍皇帝下龙舟，在岸边等着小船划过来。

"爷赏一桌御撰，大家一起吃吧。"魏忠贤对几个有身份的太监说。

"谢过厂公。"太监们道。

竹篙插进水里，皇帝往下撑时，用力过猛，险些被回力弹开，刘思源忙上前扶稳皇帝，高永寿帮皇帝把稳竹篙。在二人扶助下，一篙一篙撑下去，小船缓缓移开。

"朕每一篙下去，好似都触到石头上，水里哪儿来的这多石头？"皇帝奇怪地问。

"不是触到石头上，爷是触到池底。"高永寿说。

"不会吧，水如此之浅，怎行得船！"皇帝道。

"爷说的是，此处是太液池里水最浅的地方。"刘思源说。

"你怎知道它是最浅的地方？"皇帝问。

"两边太液池的深浅，奴才都测量过。"刘思源说。

"这么说，你也知道太液池里最深的地方？"皇帝问。

"奴才知道。"刘思源应道。

"不但他知道，奴才没测量过，也知道。"高永寿抢着说。

"那你说说，哪一处最深？"皇帝命道。

"池边水浅，自然是越到池中水越深。"高永寿说。

"小刘子，是吗？"皇帝问刘思源。

"也不尽然，"刘思源道，"太液池的中心在琼华岛以北，而太液池最深的地方，在琼华岛以西。"

"就是方才龙舟行过之处？朕并无觉察。"皇帝说。

"龙舟平稳，故难觉察；小船经过，感觉会不一样。"刘思源说。

"既如此，速行过去，朕也好感受感受。"皇帝命道。

说话间，船离岸边渐远，池水渐深，竹篙在水里随便一撑，船速就好像加快一截。皇帝大乐。两个小宦者还要帮着撑篙，皇帝斥道："去，去，朕一人可以应付！"

但到转弯时，还得有人帮着。因为皇帝想转弯时，船偏偏直行；想右转时，船偏偏左转。高永寿果是个行船的好手，三两下，使船调整好方向。皇帝干脆松手，看他撑篙。

"此处水最深，爷是否觉出？"刘思源问。

"朕觉出水深，却未觉出水最深。"皇帝说着，命道，"小高子，把船停下来，朕看看船在最深的水里是何感受。"

"奴才领旨。"高永寿应一声，从船的右侧把竹篙竖直插进水里，小船左摇右晃几下，不再前行，而在原处打起转来。

"小高子，朕要船停下，你怎的让它转个不停！"皇帝道。

"爷，不是奴才让他转的。"高永寿分辩道。

皇帝一看，可不是！竹篙仍插在水里，正歪着倒下来，而方才小船晃动最厉害的时候，高永寿已被迫撒手。再一看，更不得了！不知什么时候，大风骤起，小船不是在有规则地打转，而是被浪头打得乱转。

皇帝惊慌失措，命道："快，快，行去水浅之处！"

刘思源、高永寿面面相觑，别说竹篙已不在他们手里，就是有，恐怕也对付不了偌大的风浪。

"喊厂臣，喊老王，让他等速来救驾！"皇帝又命道。

刘思源、高永寿扯着嗓子喊起来，但龙舟稳稳地停在原处，船上乐声大作，压过了船舱外风吹浪打的声音和他二人的喊声。

一阵大风刮过，把皇帝和两个小宦者刮到船的一侧，小船失衡，不断倾斜，终致翻转。皇帝等三人都跌落水中。

开始，三人各自挣扎。但刘思源、高永寿很快清醒，知道要保住自己的命，首先得保住皇帝的命。于是二人成皇帝的救命稻草，不管皇帝怎么拼命拉扯，怎么用力把他们往水里按下，都不敢挣脱。饶是这样，皇帝仍喝进一肚子池水。

这时，龙舟上的人也听到动静。魏忠贤抢到舱外，见状大惊，一张脸吓得惨白。他叫声"快去救驾"，第一个跳进水里。船上的其他人，以及岸边的人，纷纷跳进水里。几个游水好手，很快游到皇帝身边，把皇帝救上岸去。而刘思源、高永寿这两个善水的小宦者已咽气。

从此以后，皇帝落下畏水的毛病。

## 第六十五章

杨涟、左光斗、魏大中、袁化中、顾大章、周朝瑞先后解送到京，都是先在别狱关押一两天，然后转入诏狱。从入诏狱的第一天起，就没停止对他们用刑。六月二十八日，六人第一次同时被鞫讯。

诏狱厅前，摆设成公堂。案后正中，坐的是许显纯，他的副手崔应元坐在他身旁。六人被押上，在对面屋檐下站成一排。杨涟年岁最长，须发皆白，在中间。其右，依此是魏大中、顾大章；其左，依此是左光斗、周朝瑞、袁化中。六人身体带伤，挟持的狱卒一放开，皆俯伏在地。

"都道这几位性格刚强，老崔，你看，怎么一到这里，却站也站不稳！"许显纯道。

"大人神威，他等望而生畏。"崔应元说。

"不是打的吗？"许显纯问。

"大人尚未过堂，谁敢私下里用刑？但他等自家有没磕磕碰碰，或彼此厮打，下官说不好。"崔应元道。

"自家磕磕碰碰，或彼此厮打，那不算数；咱们还得按照规矩，从头来过。"许显纯说。

"大人说的是什么规矩？"崔应元问。

"你说是什么规矩！不分青红皂白，先打一百杀威棒。"许显纯道。

"这似乎是水浒故事里的规矩。"崔应元说。

"本官看，这个规矩很好。"许显纯道，并问，"你说呢？"

"下官也很赞同。不过，下官记得，水浒故事里还有例外，患病者可免打。"崔应元说。

"你说，他等都有病？"许显纯问。

"不会都有病，但我看这位袁大人，似乎患病。"崔应元说。

"是吗？"许显纯看着站在最左边的袁化中，道，"袁大人，他说你患病，你身患何病呀？"

袁化中病得不轻，浑身发冷，昏昏沉沉。但听得许显纯问，他挣扎着抬起头，说道："休听他胡言，罪官无病。"

"应元呀，你为他好，他却不领你情。"许显纯说。

"他是说给那几位大人听的，不是说给大人你听的。"崔应元道，"依下官之见，他确是面有病容，一百杀威棒打下去，恐怕性命难保。不但他心中不服，大人该问的话也问不成。"

"你是说，头一顿打暂且寄下？"许显纯问。

"大人裁定。"崔应元道。

"好吧。"许显纯点点头，好像真的定下一件难以裁定的事情，"今日先不打他，让他看着别人挨打，一样可以立威。应元呀，你做次好人，我也想做次好人。你说，一百杀威棒，是不是有点儿多？"

"大人说的是。一次一百杀威棒，没有几个壮汉经受得住，何况他等皆是养尊处优的文弱书生。"崔应元说。

"那就减一点儿？"许显纯做认真思考状，"应元，你说减多少？"

"减一棒两棒，也是大人慈悲。"崔应元说。

"太少，太少，对不住慈悲二字。"许显纯连连摇头，"一百杀威棒改为九十杀威棒，如何？"

"下官断言，五人中总有一人可活下来。"崔应元说。

"五人中仅可活下一人？"许显纯好像不满足，"若再减一十呢？"

"改成八十杀威棒，五人中至少可活下二人。"崔应元说。

"你是说，每减一十，可保住一条性命？"许显纯问。

"差不多吧。"崔应元道。

"为保住他五个人性命，刚好减过一半。应元，你说你我有这么大的权限吗？"许显纯问。

"下官没有，大人却是有的。"崔应元说。

"这得容我想想。"许显纯埋头沉思，好像这个重大决定很难做出，等做出，他显得愈发爽快，"那就定下来，先打四十杀威棒！"

"大人为何多减一十？"崔应元问。

"为多加一分保险呀。"许显纯道。

"上苍有好生之德。大人一减再减，以不死人为宗旨，定将造福于子孙后代。"

崔应元说。

他二人你一句我一句地说着，每说一句，都在嘲弄杨涟等人；每说一句，都觉得开心无比。等到说够，许显纯抓起惊堂木，重重地拍下去，喝道："来人，拖下去用刑！"

一干凶恶的狱卒拥上去，就地把杨涟等五人按倒，就地用刑。有人抡起木杖就打，有人在旁边一五一十地数着。有时，用刑的人和在一旁数着的人还因对打过的数目有异议，争吵起来。

"别争！你数的是二十五，他数的是二十，取个中间的数目吧。"许显纯说。

"大人，若取中间，是二十二棒半，半棒怎打？"一人问。

"你数得快，算得也快，半棒归你。"许显纯道，"听我号令，已打二十三棒，现在从第二十四棒往下打。"

杨涟等人确是刚强，许显纯戏弄也好，狱卒用刑也好，从头到尾，没人说一句话，没人哼一声。


两天以后，许显纯单独讯问杨涟。

"杨涟，今次我耐住性子问你话，你别逼着我用刑。"许显纯说。

"朝廷将我下狱，你问的话，该说的我自会说。"杨涟道。

许显纯想起，徐大化曾嘲笑自己鞫讯汪文言时，从移宫一案问起。他不认为自己的问法不妥当，所以，鞫讯杨涟仍从移宫一案问起。

"逼选侍娘娘移宫，是你倡言的吧？"他问道。

"是我与左先生共同倡言的。"杨涟说。

"他亦罪臣，你直呼其名即可。"许显纯说，又问，"你二人中，如果只定一人倡言，该是你呀，还该是他？"

"据实而言，该是我。"杨涟说。

"你难道不知皇上与选侍娘娘本来处得相安无事，为何定要逼李选侍娘娘移往他宫？"许显纯问。

"处得相安无事，许大人如何得知？"杨涟不答反问。

"宫里都这么说，厂公也这么说。别人的话你可以不信，厂公的话，你也可以不信吗！"许显纯道。

"皇上与选侍是否相安无事，我实不知；我只知，乾清宫中当静，皇上当尊，旧宫人当避新天子。皇上与选侍处得不好，当移宫；处得相安无事，亦当移宫。"

杨涟道。

"你就不怕逼选侍娘娘移宫,将导皇上于不孝?"许显纯道。

"保社稷,为大孝;遵祖训,为大孝。选侍是何人物,可居于乾清宫!着她移宫,有利社稷,合乎祖训,怎可谓不孝!"杨涟说。

"你的嘴还挺硬,看来,不搬来刑具,你不会改口。"许显纯道。

"搬来刑具,我也不会改口。倒是要请大人看一看,"杨涟指着堂上的匾额说,"此处名曰明心堂,大人不要改作昧心堂才好。"

一句话,把许显纯堵回去。他总算明白,徐大化为什么不让问移宫事。于是,他自己找台阶下:"若为移宫一案打你,谅你不服。但我要问你的,不止移宫一案。你终会被我问得无言以对。"说着,问道,"杨涟,你身为佐掌院事副都御史,纠劾官吏,有无私心?"

"大人问的是哪件事?"杨涟反问。

"在这里问的,自是大事。"许显纯道。

"纠劾官吏,以大计为最大之事。"杨涟说。

"我就问你在大计中,有无私心?"许显纯道。

"大计分为京察和外察,大人知否?"杨涟问。

"分京察、外察又怎样?"许显纯反问。

"京察六年一举,于己、亥年举行;外察三年一举,于辰、戌、丑、未年举行。天启二年,为壬戌年,举行外察,天启三年,为癸亥年,举行京察。这两次,我不但未任副都御史,根本是休致在家。吏部存有底单,一查便知。所谓纠劾有私,不知从何说起!"杨涟道。

许显纯恨得直咬牙根:既不在朝,你说他作甚!他强词夺理地说:"那么,有人劾你党同伐异,你是死不承认?"

"党同者,罪臣不知所指;伐异,却是有的。"杨涟道。

承认一半,也是好的。许显纯不无欣喜地命道:"说说看!"

"于正人而言,奸党为异类;于奸党而言,正人为异类。罪臣为副都御史时,以及为科臣时,所劾者无一不是奸党。"杨涟说。

"好啊,人家说你东林,你就说人奸党。此事你与人家当面辩吧,本官没工夫陪着!"许显纯发现,再问下去,也没可以写在供状里的内容,马上换个话题,"现在我问你,受熊廷弼赃银,为熊廷弼脱罪,你又怎说?"见杨涟不语,他得意地说,"我看,你是百口莫辩。"

"此事无须辩。"杨涟说。

"听口气,是你受委屈?是不是因为定你赃银两万,他人或是万余,或是八千,你不服气呀?你若是在他人中找出一个曾受赃银两万者,为你量减,也未尝不可。"许显纯讥道。

"若谓赃银,一两也是冤枉。"杨涟说。

"这话说过头吧!我不信,你和熊某人连一两银子的过往也没有。"许显纯道。

"过往归过往,赃银归赃银,二事不得混淆。"杨涟说。

"怎么,你也含糊?是不是心里有鬼?"许显纯问。

"说到过往,我心地坦然,和前经臣,我确实一两银子的过往也没有。而且,许大人或许还不知道,辽阳未败时,我即劾前经臣贲事误国;怎可能广宁既失、辽东一败涂地,我反而为他脱罪!"杨涟道。

"这有什么好奇怪的!你前者劾他,或是掩人耳目,或是逼他就范。"许显纯觉得这个说法不错,可以进一步发挥,"对,你明里向他索要贿赂,不好开口;于是口诛笔伐,让他拿银子来疏通。科、道等官,不都懂得这一手段吗?"

"好啊,你既作此推论,何不上奏朝廷,让皇上看看,让厂臣看看,也让天下之人看看,究竟合不合情理!"杨涟道。

许显纯被噎得再无心调侃。他露出凶恶嘴脸,说道:"我说过,别逼着我用刑;但看来,不用大刑,你不会招供的。"说着,喝道,"来呀,把你等的宝贝都搬将上来!"

狱卒们一阵忙乱,有的抬上木梃,比平日行刑用的棍子粗上一倍;有的手举钢刷,刷子的柄是木制的,刷子面上布满钢刺;有的挥动铜锤,锤头有人头大小,是实心的。

"杨涟,朝廷准我对你等刑讯。我念你曾居高官,手下留情,这些日子用刑有所节制。自今日起,我手下不再留情。这里有几件家什,我说给你听听。"许显纯说着,向抬着巨梃的两个壮汉一招手,二人上前一步,"你知道这根木梃有多重?你说不出来,我也说不出来。我只知道,用他的人事先不吃三斤牛肉,举不起十下,不吃五斤牛肉,举不起二十下。每一梃下去,绝不止皮开肉绽。"又把举着钢刷的壮汉招上前来,"有人喜欢用它打人,一刷打下去,多半会有几个血洞。我只喜欢用他在人身上揉搓,眼看着把皮搅烂,把肉搅烂,真是过瘾得很呀!"又把举着铜锤的壮汉招上前,"钢刷可用于全身任何一处,此锤却只打一处。每击在胸前一次,必断一肋。故我嘱咐他等,每次一击即可,至多不超过三击。"说罢,问杨涟,"怎么样,我说得够清楚吧？"

"够清楚。"杨涟说。

"好，我给你开个明码实价。"许显纯道，"今日你把两万赃银认下来，我把这些刑具都收起来；你若认下一万五千，每五百折一梃，杖十；你若认下一万，每一千折一刷，揉搓你十处；若认下五千，每五千折一锤，断你三肋。"

"若一两也不认下呢？"杨涟问。

一般人见到这些刑具，再听人讲解这些刑具，早就吓破胆。许显纯再也想不到杨涟会这么问，他稍一愣神，恼怒地说："那就只好三刑并用。"并说，"无论认下不认下，二万赃银总要着落在你身上，你今日不应承，以后五日一追赃，限缴赃银五百；每次用刑，都如今例。"

杨涟眉头都不皱一皱，道："尔等请便。"

## 第六十六章

巡夜的狱卒经过一排关押着钦犯的牢室时,听到里面有轻微的呻吟,吓个半死。里面的钦犯几乎每日有受刑者,照理说,发出呻吟再正常不过。但这些天来,里面没有任何声响。狱卒知道,不是用刑不重,而是每次用刑后,被毒打的人都昏死过去。像今次这样,被毒打后当晚就苏醒过来,是很少有的。

"是哪位大老爷?"狱卒小心地问。

"是我。"牢室里的人应道。

狱卒辨认着声音从哪一间牢室发出,然后问:"是顾大老爷吗?"

"是常熟顾大章。"牢室里的人说。

狱卒还真有话想对关在这里的人说。他向那间牢室稍稍靠近,朝里面拱拱手,道:"顾大老爷大喜。"

里面的人凄然一笑,愈发证明是顾大章。他说:"生死悬于一线,哪里来的喜事!对了,今日打过,没有打死,有两三日不会再打,此事或许值得庆贺。"

"小人说的不是这件事。"狱卒道。

"那是何事?"顾大章问。

"小人孤陋寡闻,听人说过,灵芝中以黄芝最为贵重,也不知是不是确实。"狱卒道。

"这话我倒也听过。"顾大章说。

"咱狱里生出黄芝,顾大老爷没听人说过吧?"狱卒问。

"诏狱竟生出黄芝?此事我不但未曾听过,读过的书里似乎亦无记载。"顾大章说。

"好叫顾大老爷得知,五月初时,有人见到,就在此舍后的大树下,生出一株黄芝。"狱卒说。

"五月初?那和我有关吗?"顾大章问。

"和顾大老爷或无关,但和别的大老爷却有关。"狱卒说。

"怎讲？"顾大章问。

"那时，黄芝开两瓣，而周大老爷、袁大老爷被收进诏狱。"狱卒说。

顾大章心里一算，狱卒说得不错，诏逮杨涟等六人时，周朝瑞、袁化中未去官，故最先下狱。

"黄芝之生，或应在二公身上。"顾大章说。这也是他由衷的希望。

"小人知道，黄芝之生，并非只应在他两位大老爷身上。"狱卒却说。

"你怎的知道？"顾大章问。

"因为五月下旬，黄芝又生出一瓣。"狱卒说。

顾大章当然不会忘记，自己是在陕西副使任上被逮的，于五月二十六日解至南镇抚司狱，二十八日，转北镇抚司狱。他说："照你的意思，黄芝也应在我身上？"

"若是这一瓣黄芝之生，仍不应在顾大老爷身上；其他三瓣之生，就大不可解。"狱卒说。

"你是说，黄芝又生出三瓣？"顾大章惊问。

"不错，一个月后，即六月下旬，具体日子谁也不曾留意，但应该在二十五日左右，黄芝又生出三瓣。"狱卒说。

如果他不是有意附会，那么，六月二十五日，是在魏大中、杨涟、左光斗三人入狱前后。顾大章不得不承认，这不会是巧合。

"或许黄芝日后还要生出新瓣。"他说。

"不会。"狱卒断然否定。

"你老哥怎知不会？"顾大章问。

"该黄芝下部已枯萎。"狱卒说。

如果说，黄芝应在他等六人身上，且是瑞兆，并没让顾大章有丝毫得意；那么，黄芝下部的枯萎，着实让他感叹。

"黄芝，瑞物也，而受辱于此，我辈得幸免乎！"他说。

熊廷弼在狱里三年多，和任何一名狱卒都混熟。眼下他是诏狱里地位最高的官员，又见多识广，狱卒们闲着时，都愿来和他说说话。他可以随便提出问题，狱卒们也会把实在的不实在的消息告诉他。

"那边怎样？"熊廷弼指着更里面的一层院子问。

"还在问着。"狱卒道。

"他等苦还没受到尽头呢。"熊廷弼叹道。

"对你老来说，未必不是件好事。"狱卒道。

"怎见得是好事？"熊廷弼问。

"我们大老爷翻来覆去问的，是他等受你赃银事；还在问着，就是说，他等还没供认。对你老来说，岂不是件好事？"狱卒道。

"翻来覆去问的，是受我赃银事，亦即，翻来覆去问的，是加罪于我事。这岂不是说，我无法脱罪！"熊廷弼却从另一个角度考虑。

"你老只知其一，不知其二。"狱卒当然不承认自己的理解不对。

"何谓其二？"熊廷弼问。

"而今追查东林党，可比追查辽东失事凶猛得多。"狱卒道。

"这我倒是略闻一二。"熊廷弼说。

"但有个新帖子，你老未必晓得。"狱卒炫耀自己消息灵通。

"新帖子？不是天罡星、地煞星之类的？"熊廷弼问。《点将录》的帖子，他正是听这个狱卒说的。

"虽大同小异，但死人活人又扯出许多。"狱卒道，"今次帖子，以顾宪成、李三才、赵南星为罪魁，以王图、孙慎行、高攀龙为副帅，以曹于汴、汤兆京、史记事、魏大中、袁化中为先锋，以李朴、贺烺、沈正宗、丁元荐为敢死军，以孙丕扬、邹元标为土木魔神。"

新牵扯出来的官员，有前部、院大臣，如孙丕扬曾任吏部尚书，王图曾任吏部侍郎；其他官员，仍以科、道居多。

"还有土木魔神？"熊廷弼好奇的是这个从未听过的名谓。

"是啊，想必孙大老爷是土魔神，邹大老爷是木魔神。"狱卒擅自对上号，然后说，"听出来吗？对你老而言这是好事。"

"一个是土魔神，一个是木魔神，于我是好事？"熊廷弼没听明白。

"不，小人的意思是，这份帖子里没你老的名字；既然没你老的名字，追查东林党，你老可躲过这一劫。"狱卒说。

"你老哥只知其一，不知其二。"熊廷弼学他的话说。

"这也有其二？"狱卒问。

"怎会没有！"熊廷弼道，"杀我，未必用得着追查我是否东林；治东林诸君之罪，离开我，恐怕还不成呢。"

"放心，朝廷不会杀你老的，有人已在为你老鸣冤。"狱卒宽慰他。

"为我鸣冤？"熊廷弼听到这话，比听到有人仍在劾论他还要紧张，"老哥，是怎么一回事？"

"京城近日出现一个帖子，一本书。帖子，就是方才我对你老说的；书呢，叫作《辽阳传》，专辩丧失辽阳之责。"

"老哥可知，此书何人所撰？"熊廷弼忙问。

"不是你老亲撰吗？外面皆传言，你老撰写此书，并使人刊印，为的是向朝廷表明功过是非。"狱卒说。

"一派胡言！我在狱里关押这么些日子，何尝动笔写过一个字，又哪里有心思向朝廷表明功过是非！"熊廷弼道。

"这会儿你老说不是自家写的，怕是太晚。"狱卒说。

"又出何事？"熊廷弼问。

"前一日，逻卒在狱外发现一人，形迹可疑。一问，原来曾是辽东将领。问他为何在狱外逗留？他说，欲见你老一面。问他见你作甚？他说书印好，要送给你过目。问他书里写的什么？他说是老爷自辩之词。人证、物证都在，还会错？"狱卒道。

"辽东将领？叫什么名字？"熊廷弼问。

"好像姓蒋，叫蒋应阳。"狱卒道。

"是他！"熊廷弼长吁一声。

"辽东将领中，有此人吗？"狱卒问。

"有，曾官守备。"熊廷弼说。

"看你老模样，与此人有仇？他携书而来，为加害你老？"狱卒问。

"不，此人忠义。此书若是他刊印，他一定是为我辩白。殊不知，他这一辩白，是促我速死呀！"熊廷弼说。

掌锦衣卫事的左都督田尔耕回到衙门，立刻差人去找许显纯。许显纯进屋后，他顾不上寒暄，径言道："我才从厂公处来。"

"厂公有何意旨？"许显纯问。

"厂公只问我两个字。"田尔耕道。

"哪两个字？"许显纯明知田尔耕自己会说，仍迫不及待地问。

"壁挺。"田尔耕道。

"壁挺？"许显纯不停地眨着眼睛，大惑不解。令他不解的，不是这两个字，在狱中，特别是在诏狱，壁挺二字经常被挂在嘴边，指的是囚犯死亡；令他不解的是，魏忠贤此时问起这两个字，是什么用意？"督帅，厂公没再说别的？"

"不错，厂公再没说别的。"田尔耕道。

"厂公是什么意思呀!"许显纯问。

"是什么意思,还用他老人家说明吗?"田尔耕不无抱怨地说,"老许,杨涟等下狱有多少日子?少则半个多月,多则快两个月,至今无一壁挺者,厂公再好的性子,也会耐不住。"

"这不能怪我呀,"许显纯委屈地说,"我怕厂公要活口,一再叮嘱手下,用刑时要有分寸。"

"现在知道你的想法是错的吧?"田尔耕道。

"是,我知道以前想错。"许显纯说,稍一犹豫,他又说,"不过,还有一事,在下不知道。"

"何事?"田尔耕问。

"厂公是要其中一人壁挺,还是要六人皆壁挺?"许显纯问。

这一点田尔耕也不知道;不过,他比许显纯脑子转得快。

"先一人壁挺,厂公若有别的想法,一定会告诉你我。"他说。

"也就是说,如果厂公没别的话对你我说,则让他等一一壁挺?"许显纯说得更加明确。

"就这么着。"田尔耕道,并说,"老许,这事一定要办得干净漂亮,别折了我等'五彪'的名头。"

"五彪"是最近才被人叫起来的,除他二人之外,还有崔应元和东厂理刑杨寰、孙云鹤。五人无不以此为荣。

"督帅放心,我手里有张王牌,打出去万无一失。"许显纯说。

他说的王牌即诏狱牢头叶文仲。此人心狠手辣,只要许显纯命他行刑,几乎无人能够生还。


七月十四日,杨涟卒于狱中。

八月初五日,魏大中卒于狱中。

八月初八日,左光斗卒于狱中。

八月十九日,袁化中卒于狱中。

八月二十六日,熊廷弼弃市。

九月初二日,周朝瑞卒于狱中。

九月十九日,顾大章卒于狱中。七人中,他是唯一一个没有死在酷刑下的。他曾让孪生兄弟顾大韶设法把剧毒之物送进诏狱,合药而饮,不死,乃于其夜投环自缢。

## 第六十七章

当杨涟惨死的消息传到关外时，孙承宗着实伤感一通。他会不由自主地想起那一次欲赴京面陈的情形，杨涟以及赵南星、高攀龙等相继被逐，也许已在预示着今天的这个局面。

其实，熊廷弼的死更应该引起他的伤感。虽然，杨涟被逮及死于狱中，和辽事不无关系，但那是间接的，而且凿附的痕迹太重；而熊廷弼是他的前任，是直接因辽事下狱的。熊廷弼处置辽事的方针，和他不尽相同。他多少还有进取之心，而熊廷弼过于稳健，稳健得趋于保守。但不管怎么说，熊廷弼是个难得的人才，他的主"守"，比起现在朝中某些大员的一味主"款"，要强得多。

但当熊廷弼被朝廷正式处死的消息传到关外，孙承宗已完全顾不上伤感。他与辽东的文臣武将们筹划的一次军事行动正在实施，他每天都在焦急地等待三岔河、柳河、二沟等地报来的军情。

让人充满希望的消息一个一个报来：总兵马世龙率领的官军已出关，开赴右屯；副总兵鲁之甲、参将李承先、左辅等率领的官军已离右屯，开赴三岔河；水师将领金冠、姚与贤等率领的官军已开赴柳河。按照计划，几只官军应该在二沟会合，进攻位于三岔河以南的盐场堡。

盐场堡在辽东算不得重镇，孙承宗决定攻打它有两个原因：第一，有内应。盐场堡，顾名思义，是盐场。后金军占领该地后，让没有撤回关内的居民继续煮盐。后金人管理严苛，为防止居民外逃，把整个盐场圈起。居民无法忍受，暗中与官军联络，愿为内应。鲁之甲建议，趁巡河之机，袭取盐场堡。第二，攻打盐场堡，体现进取的态势，不管战果大小，都能够鼓舞辽东官军的士气。

在这次军事行动中，主力是马世龙率领的守关官军和金冠、左辅率领的水师。因此，孙承宗特别关注这两部官军的行进。

"马帅是否到右屯？"他记不清，一天里这是第几次询问。

"还没到。"一名心腹将校说。

"他怎的如此逡巡不前！"孙承宗大为不满。

"前两日，尚可说逡巡不前；今日才获探报，马帅所部，驻于原处，一日夜未进一步。"心腹将校说。

"这是为何？"孙承宗惊问。

"听说马帅得朝廷密檄，故不复进。"心腹将领说。

"朝廷密檄？"孙承宗两眼死盯住他，让他再说下去。

"或言，是大司马的密檄。"心腹将领又说。

虽在意料之外，却在情理之中，一定不会假！现任兵部尚书高第，在处置辽东事务上，与孙承宗意见相左；主要一点，是他不让官军采取主动进攻。辽东官军筹划每一次军事行动，能公开反对，他一定会公开反对；不便于公开反对，他暗中也会有些小动作。

"此公处处掣肘，究竟是何居心！"孙承宗气愤地说。

次日，心腹将领又来报告水师的动向。

"金、姚二人已抵达柳河？"孙承宗问。这总算是个好消息。

"已抵达，但并未渡河。"心腹将领说。

"怎么，也是得朝廷密檄，得大——大司马密檄？"孙承宗除气愤，更多的还是无奈。

"未得确报，卑职不敢臆度。不过卑职想，大司马欲止他二人，根本不用传密檄。"心腹将领说。

"为什么？"孙承宗问。

"马帅不进，他二人自然不会冒进。"心腹将领说。

"不错，以一石落二鸟，屡见不鲜。"孙承宗道。他的怒气有一半转到马世龙身上，说道，"我以良将视马帅，多少人纠劾他，都是我在替他遮挡。谁知是我看错人，他居然连'将在外君命有所不受'的道理都不懂，兵部的一纸密檄就能让他驻足不前！"

心腹将领欲安慰他，说："大人，金冠、姚与贤本人虽未渡河，却遣其部属一支先行渡河。"

"有一军已渡河？"孙承宗果然大感宽慰。

"此为确报。"心腹将领说。

"渡河官军若干？"孙承宗问。

"这却没确报，只说以渔艇七只渡。"心腹将领说。

323

孙承宗满腔的希望一下又变成失望:"七只渔艇能渡过多少人马!你说,超得过二三百人吗?"

"与鲁将军等会合,或可一战。"心腹将领答非所问,意在安慰。

"但愿如此。"孙承宗道。

两天以后,渡过三岔河的官军在围场外与后金军遭遇。官军营于河畔泥洼中,根本发动不起攻势,后金军全身铠甲,忽从苇草间涌出,乱箭齐发。李承先等为乱箭射死,鲁之甲等溺水而亡,官军将士伤亡过半。唯有左辅一军,自上流而下,杀后金军固山一,甲士数十,并救出被后金军所俘居民数百。这才得以免受全军溃败之辱。

高第往司礼监值房谒见魏忠贤,进入内室,行跪拜礼。

"登之先生,起来说话。"魏忠贤道。

高第字登之,北直隶滦州人,万历十七年进士。他没马上起身,而是全身伏地,放声大哭。

魏忠贤眉头深皱。当初环泣于皇帝面前,他和他的同伴也曾哭天号地。但对于因痛心而哭,或因怯懦而哭,他分辨得清楚。他听出,高第是因怯懦而哭,这使得他大为反感。

"登之先生为何事而泣?"他问。

"获辽东败讯,惨不忍言。"高第说。

"我军损失如何?"魏忠贤问。

"据报,我十万辽师,丧失殆尽。"高第说。

三岔河败绩,魏忠贤通过其他渠道已然得知。但与高第的说法比较,出入极大。他确信,此役官军损失八百,而不可能是十万。但他有他的考虑,决定不予道破。

"身为大司马,出这么大的事,岂可一哭了之!官军为何溃败,你总得给朝廷一个交代,给皇上一个交代吧!"他说。

"是。"高第应着,慢慢站起来。

"登之先生,在你看来,我师今次因何而败?"魏忠贤问。

高第来见魏忠贤之前,已经想好应答之词。他胸有成算地说:"一则强弱之势悬殊,二则临阵用兵失当。"

"你这个说法,我看有问题。"魏忠贤摇着头说。

高第被驳,心里打鼓。魏忠贤称他的说法有问题,而没有指出他说的第一个原因有问题，还是他说的第二个原因有问题，让他摸不着头脑。若是第一个原因有问题，追究起来，他难脱干系。正是他示意马世龙不可妄进，三岔河之战中，官军才处在绝对的劣势。皇帝一直对孙承宗颇为信赖，若知此事，肯定不会怪罪孙承宗，而要怪罪他。

"初闻败讯，六神无主；判断有误，在所难免。乞厂公赐教。"他说。

"临阵用兵失当，指的谁人？是总兵官用兵失当，抑或参将用兵失当？你不说出来，让朝廷怎的处置！"魏忠贤道。

高第心想：他指自己说的第二个原因有问题，实在是万幸。大致揣摩到魏忠贤的心意，他迎合着说："厂公教诲极是，下官以为，是阁部大臣临阵用兵失当。下官屡次提醒辽东用事大臣，不可轻敌，不可轻敌；无奈阁臣大臣全然不放在心上，轻率决策，导致惨败。"

"不是你屡次提醒，是朝廷屡有谕旨。"魏忠贤道。

把高第以兵部尚书的身份对外镇的告诫，提升至谕旨的高度，不能算错；而经过这一提升，孙承宗的罪名就严重得多。

"不错，是朝廷谕旨。"高第附和道。

"另外，一则强弱之势悬殊，二则临阵用兵失当，次序也有问题。应是临阵用兵失当为主，强弱之势悬殊为次；而且，所谓强弱之势悬殊，也适用于三岔河一战。"魏忠贤对他的说法又做纠正。

"厂公英明，若把强弱之势悬殊放在其一，反倒减轻某些人的责任。"高第心领神会地说。

"三岔河兵败消息，朝廷一定发下兵部议处，该如何处置，尤其该如何处置经略辽东军务大臣，登之先生心里要有数。"魏忠贤说。

高第也正要请教此事。他问："先将其召回，厂公看可使得？"

"与其召回朝中，再治其罪，不如任上就把事了结。"魏忠贤说。

"厂公的意思，是直接论罪？可否依前经臣之例？"高第问。

前经臣，指熊廷弼。依前经臣之例，即先下狱，再由法司论定当流当戍，当刑当杀；当然，也就是由魏忠贤论定。

"他以阁部大臣名分督师，和熊廷弼仅带尚书衔，有所不同，还得顾及体面。我看，只要罢官即可。"魏忠贤说。

"厂公宽仁，下官就按照这一宗旨议罪吧。"高第道。

"好。"魏忠贤点点头，表示他可以去办理。高第行过礼，刚要退下，又被他叫住,"登之先生,辽东军务,一日不可无人经略,这位阁部大臣既罢,谁人堪用?"

高第心目中并无确定人选,应付道:"容下官回衙与佐卿合计。"

魏忠贤缓缓摇头,表示不妥。

"此事重大,下官回去约吏部、都察院堂官共同合计。"高第改口说。

魏忠贤仍是摇头,摇得他心里发慌。

"厂公之意如何,乞示下。"他说。

"登之先生与其回去合计,不如我与你这在这里议定。辽东之事,交到别人手里,我不放心;你也学一学阁部大臣,自请巡边吧。"魏忠贤道。

高第脸色大变。他视辽东经略为危途。说回去合计,是想回去好好想一想,让谁担这份差事为好。没想到,魏忠贤让他担起这份差事。

魏忠贤不理会他的苦涩,命道:"登之先生回去准备吧,旨意不日即下。"

十月二十五日降旨,罢免孙承宗。二十七日降旨,以兵部尚书高第经略辽东,并罢巡抚不设。

## 第六十八章

田尔耕从大隆福寺烧完香出来，浑身都觉得轻松。他没有立刻上马，而是一步一摇地沿着大隆福寺街往西边走去。他的后面，紧跟着两名校尉；再后面，是几名军士。

"大人，你看！"他后面的一名校尉忽然开口。

田尔耕不知要他看什么，回过头去。该校尉却冲前方努嘴。

再往前看，这才明白。几十步开外，一个中年和尚正迎面走过来。虽相距还较远，但看得出来，或者感觉得出来，他风尘仆仆，一身袈裟又旧又脏，可能还有一两处补丁。

"有疑处？"田尔耕问。

"似是外来的和尚。"该校尉说。

"外来的和尚，多为建房细作，这话我是说过的。"田尔耕道。

"卑职去盘问盘问？"该校尉请示。

"闲人太多，别在街上盘问。"田尔耕嘱咐。

"是，卑职带他回衙盘问。"该校尉说。

"那也不必，前面不远不就有咱们的地界吗？"田尔耕道。他说的地界，指前面翠花胡同里有所锦衣卫的牢狱。

"大人才烧完香，出门就抓和尚，不好吧？"另一名校尉说。

"谁说抓！请他过去，不成吗！"田尔耕道。

至于和尚是被抓到牢狱去的，还是被请到牢狱去的，他才不管。

到锦衣卫狱，找间空屋子。里面只有一把椅子，喜欢盘问的校尉站着盘问，和尚站着回答，田尔耕饶有兴趣地坐在一旁听着。

"大和尚好自在呀！"校尉说。

"走在街上，原本很自在；随大人到这里，变得不自在。"和尚说。

一开口，就可以断定，他不会是后金奸细，因为他一口南方腔调。

校尉兴致顿减，用眼神向田尔耕请示，要不要继续盘问。田尔耕示意他，再问一问。

"大和尚自何处来？"校尉问。

"涿州。"和尚说。

"涿州？不对吧。"校尉听出破绽，又兴奋起来，"那你说说，落脚在涿州的哪座寺院。"

"涿州没有小僧落脚的寺院。"和尚说。

"这可怪啊！你说从涿州来，又说涿州没你落脚的寺院，我到底该信你哪一句话呀？"校尉道。

"小僧是说，昨日从涿州赶来，小僧落脚的寺院却在吉安。"和尚说。

校尉知道，吉安在江西。他说："怎么，你倒怪我没问清楚？那我就清清楚楚地问一句：你一个江西的和尚，来京师作甚？"

"小僧一直以为，天下第一丛林在我赣省；后来听说，京师大隆福寺才是天下第一丛林。小僧一是仰慕，二是且信且疑，所以发个宏愿，要到京师瞻仰大隆福寺。"和尚说。

"当真是为瞻仰，或是为争第一？"校尉问。

"第一是不敢争，但住持大师若留小僧辩论佛法，小僧自信不会输与他。"和尚说。

"与大师辩论佛法？你配吗！告诉你，这大隆福寺，就好比是皇家寺院；这住持大师，就好比是皇家大师。我们大人进寺院后，都要收敛；见住持时，都要敬他三分。你别说与大师辩论佛法，就是让你进寺念一句'阿弥陀佛'，已是你的造化。"校尉道。

和尚心想：佛讲的是众生平等，怎么到京城，却不讲这一条？但见校尉的架势，特别是见到现在为止一言不发的田尔耕的架势，知道说也没用，干脆不说。

"大和尚，你从哪里来，还回哪里去吧。"校尉也没更多的话要说。

和尚合十告别，转身要走。

"和尚慢走。"田尔耕终于开口。

"小僧四平八稳，从来也走不快。"和尚说。

"我是要你先莫走。"田尔耕道。

和尚后脊生出一股凉气，迅速传遍全身。他回过头，勉强还说得出话来："大人还有话问？"

"你手里所持何物？"田尔耕问。

"一柄折扇。"和尚说。

"拿给我看看。"田尔耕命道。

和尚把扇子亮出来,但不知该站在原处等田尔耕去取,还是走上两步把扇子送到田尔耕手里。校尉一把将扇子夺下,呈与田尔耕。

田尔耕把折扇打开,一面是画,一面是字。他对画不感兴趣,扫一眼就反转过来看写字的一面。在印象里,扇上多会题诗,而诗多是七字,他念道:"髻棹禾边祟山前,鸟欲飞各人头戴——"

第一句或许还勉强可以解释,第二句实在无法解释。和尚听不下去,小声说:"是五言。"

"他说什么?"田尔耕没听清楚。

"大人,他说是五言。"校尉道。他既不懂田尔耕念的是什么,也不懂和尚说的是什么。

田尔耕却懂。他嘟囔一句:"我又没说不是五言。"又重新念道,"髻棹禾边祟,山前鸟欲飞。各人头戴笠,百执项流绯。阳至君恩重,阴来国事非。崇祯明圣出,大木好垂衣。"读罢,问,"此诗谁人所作?"

"大人不见下面写着吗!"和尚说。

诗后写着:刘铎书赠本福大师。田尔耕道:"这大的字,我怎看不到!我是问你,这个刘铎,是什么人。"

"大人不知他?"听和尚的口气,似乎人人都该知道这个人。

"写在你扇上的名字,怎的我该知!"田尔耕道。

"刘大人是扬州太守呀!"和尚说。

"扬州知府?现任的?"田尔耕问。

"是。"和尚应道。

"扬州离你吉安,也有不少路程呢!"田尔耕说。

"大人既不知刘太守其人,也就不会知道他原是庐陵人。"和尚说。

庐陵县隶于吉安府,府、县同城。

"你是说,你与他从小相识,从小交好?这就难怪。"田尔耕频频点头。和尚才要称是,他却脸一沉,"若非从小相识,从小交好,他怎会将讥讪朝政之诗赠与你!"

"讥讪朝政?"和尚再不通晓世事,也知道这句话的厉害:讥讪朝政的诗,只比反诗差一点点呀!他分辩道,"刘太守与小僧只谈禅,从未议政。此诗亦谈禅机。"

"阴来国事非,也是禅机吗?"田尔耕冷笑。他喝声"来人",立刻进来两名官校，把和尚拖出去。

开始盘问和尚的校尉又是敬佩，又是不安，想着法子地奉承："大人一出马，即为朝廷建立奇功，真乃治狱奇才。"

"奸人皆有奸相，但瞪大眼睛，他就溜不过去。"田尔耕得意地说。

"不知这个和尚露何奸相？"校尉仍未悟出来。

"今时是几月？"田尔耕心里高兴，愿意点拨他。

"十一月。"校尉说。

"十一月，人人恨不得抱个火炉出门，他却手里握把折扇。你不觉得奇怪吗？"田尔耕道。

"哎呀！"校尉一拍自己脑门，说道，"大人一眼就看出来，卑职却只顾问些没用的话。今日伺候大人，卑职也算烧炷高香。"

别人要进诏狱看个人，难之又难，魏良卿要进诏狱看个人，自许显纯、崔应元以下，人人都恨不得陪他一起去。魏良卿派的是佥书锦衣卫、掌南镇抚司的差事，北司的事，他从来不曾插手。

"老大人要见谁，发个话来，我派人送到府上即可，何劳老大人移步！"许显纯说。

"许哥，你我兄弟相称多年，何必改口。"魏良卿道。

"是，是，贤弟不恃己贵，愚兄唯有遵命。"许显纯不由得满面生辉。他巴结地说，"贤弟要见哪个，愚兄在前面带路。"

"不敢当，小弟有个不情之请。"魏良卿揖道。

"贤弟吩咐，无敢不从。"许显纯说。

"小弟有话，要单独对新入狱的扬州知府说。"魏良卿道。

田尔耕曾吩咐，这个人要好生看管，不准探望。但和魏良卿比起来，田尔耕又差一大截。许显纯说："贤弟既不准愚兄去，那就让老崔带你去关他的牢室。到那里，贤弟进去说话，让老崔在外伺候着。"

"许哥如此费心，多谢！"魏良卿又是一揖。

刘铎曾在刑部任官，和锦衣卫、东厂少不了打交道。那时，魏良卿品秩尚低，刘铎自己也说不清楚，为什么在众多锦衣卫、东厂的人员中，唯独对他特别看重，二人结下一段很特别的情缘。因此，魏良卿赶来诏狱相见，刘铎并不感到意外。

"大公子好！"他招呼道。

"忽闻以我先生下狱，且下的是诏狱。我唯恐来晚，以我先生要受皮肉之苦，没来得及向老爹讨个赦旨，就赶过来。不过，以我先生放宽心，这道赦旨，我早晚要去讨的。"魏良卿说。

刘铎字以我，万历四十四年进士。他笑着说："大公子也不问问我犯的何事，就要去讨赦旨，不怕被牵连吗？"

"为以我先生担再大的干系，我也心甘情愿。至于以我先生犯的什么事，我也没来得及问清楚，只听说是受诗文之累。"魏良卿道。

"确是受诗文之累。下狱当日，有人讯问过，说我写与本福和尚的诗，乃讥讪朝政。其实，和尚要我题写，我如此胡乱写几句；道士要我题写，我如此胡乱写几句；就算大公子要我题写，我也是如此胡乱写几句。人家要的是我的字，而不是我的诗，这我还不懂吗！"刘铎道。

"以我先生为和尚题写的是什么诗，我不问，以我先生也不必说。我只想问：锦衣卫田帅，以我先生有否得罪过？"魏良卿道。

"这很难说。"刘铎道，"锦衣卫是逮人的，刑部是判人的，锦衣卫逮的人，刑部判为无罪放出，一定是有的。至于是否得罪过田大都督，我自家也记不住。"

"那么，有否得罪过科、道？"魏良卿又问。

"科、道？哪一位？"刘铎反问。

"譬如，此人。"魏良卿说着，在刘铎手心写了个"倪"字。

"他呀，不但得罪过，且多有得罪。"刘铎道。当今六科给事中和十三道御史中，只有一个姓倪的，叫倪文焕，是江都人，亦即扬州人。"此人家眷在乡里恃势欺人，称霸一方，被我治罪。他两次三番致函，向我讨情，都被我峻拒。他亦曾扬言，要给我好看。"

"难怪！"魏良卿点头道，"田帅对老爹说，查出讥讪朝政的诗，老爹不甚信；因为他知道，田帅根本不懂得诗。倪御史对老爹说，以我先生的诗的确是讥讪朝政，就由不得老爹不信；倪御史是吟诗的行家呀！"说着，忽问，"以我先生入狱几日？"

"算上今日，三日。"刘铎说。

"以我先生在这里再歇上三日，三日后，我让锦衣卫的人恭恭敬敬把以我先生送出去。"魏良卿保证。

"拜托，拜托！"刘铎连连揖手。

"你我之间还用得着客气吗！我这就去与老爹分说。"魏良卿揖手作别，但走到牢门口，想起一事，他又折回来，"据我所知，锦衣卫官校去逮人，没有空手而归的，他等向以我先生索取几多?"

刘铎伸出三指,在他面前晃了晃。

魏良卿知道,绝不会是三十两,他问:"是三百两?"

"那不是知府的价码。"刘铎说。

"三千两?好,我让他等加倍奉还。"魏良卿道。

"加倍不必,那三千两纹银,一千两是我的私房,另外二千两却取自公廨,能将二千两还与我,已是万幸。"刘铎说。

三天之后,刘铎获释。锦衣卫官校向他索取的三千两纹银也如数归还。但无论是他,还是魏良卿,都不曾想到,这会给他带来更大的灾难。

## 第六十九章

天启六年的正旦节，顾秉谦更想魏广微，也更恨魏广微。魏广微是去年八月致仕的，离朝已经四个月。开始，顾秉谦并不知道魏广微为什么辞官，只是感觉魏忠贤对他越来越不满、越来越冷淡，有时会当众给他脸色看，当众甩给他一句难听的话。后来，顾秉谦才知道，魏忠贤对魏广微不满、冷淡，是因为他上的那道奏本。那道奏本实在有些过分，说什么"杨涟等在今日，诚为有罪之人；在前日，实为卿寺之佐。纵使赃私果真，亦当转付法司，据律论罪，岂可逐日严刑，令镇抚追赃乎"；却不知道，他为什么要上么一道明摆着会惹恼魏忠贤的奏本。再后来，顾秉谦知道，魏广微是在吏部尚书崔景荣的极力劝说下上那道奏本的，并导致崔景荣七月致仕，魏广微八月致仕。他不得不把本来可以由魏广微办的事承揽下来，而且，一定要办得让魏忠贤满意。

这有多难，只有他体会得到。须知，魏广微和魏忠贤的关系，要比他和魏忠贤的关系，密切得多，亲近得多。

顾秉谦约内阁同僚黄立极、丁绍轼、冯铨等一同去给魏忠贤拜年。黄、丁、冯等都是魏忠贤亲自挑选的，无不亲附于他。顾秉谦想，大家一起去魏府，有事的话，也可以由各人分担。

不想，魏忠贤对他们只点点头，说句"你等且坐"，就把顾秉谦一人带到后堂，与等在后堂的崔呈秀议起事来。

"呈秀对我说，开馆编书的事，不能再挨。顾先生，你以为如何呀？"魏忠贤开门见山。

顾秉谦心知他指的是哪本书，但为确保无误，他还是问一句："可是关于万历以来诸案的？"

"对，朝廷勘治那么多人的罪，宣布那么多人为奸党，总得给天下一个明白的交代。"魏忠贤说。

"厂公所言极是，近十年来，各案众说纷纭，人心散乱，是该有定论的。"顾秉谦小心地迎合。

"那好，就麻烦顾先生拟旨开馆吧。"魏忠贤说着，一指崔呈秀，"正好呈秀也在，我等议议，谕旨怎么个拟法。"

"那再好不过。"顾秉谦道。

"下官以为，先要确定谕旨是写与内阁，还是写与礼部。"崔呈秀说。顾秉谦在场，他不好意思再以"孩儿自称"。

"此事不用议，顾先生主持内阁，当然是写与内阁为好。"魏忠贤很给顾秉谦面子。

"万历以来诸案，是否从梃击一案说起？"顾秉谦问。

"从梃击一案说起，是不错的；不过，顾先生，你先得给所编之书取一个响亮的名目，才好落笔。"魏忠贤说。

"这事我想过。"顾秉谦道。编书的事，他不但早在考虑，而且，在魏广微去官前，二人还曾议过，"魏阁老昔日曾对我说，该编一本《三案汇录》，我以为这个名目太实，不如仿照当年世宗皇帝编纂《明伦大典》，名之曰"三朝要典"。"

"《三朝要典》？"魏忠贤琢磨着这个名字，说道，"既点明时在万历、泰昌、天启三朝以来，又点明其事重大，又点明此一定论可为典则，我看使得。"说罢，问崔呈秀，"呈秀，你说呢？"

"阁老取名，自然不同凡响。"崔呈秀说。

这话说酸不酸，说辣不辣，顾秉谦听罢，心里很不是滋味。

"少司空以为不妥，可另取一名。"他说。崔呈秀这时已升任工部右侍郎兼右佥都御史，侪身卿佐之列。

"呈秀就是争强好胜，顾先生休要在意。"三朝要典"的名目很好，就用它。"魏忠贤这么说，是要压一压崔呈秀。但接下来，又要压一压顾秉谦，"不过，论起对此事的关注，无人比呈秀想得更多；论起对该书的想法，无人比呈秀想得更细。顾先生还要多听听他的。"

"理当如此。"顾秉谦面无表情地说。

"厂公，下官以为，所谓'梃击案'，先要定其为挑拨。"崔呈秀说。

"具体说说。"魏忠贤命道。

"我神宗皇帝与我光宗皇帝，原本和谐无猜，编造梃击之案，为的是使二圣猜疑，恰可暴露奸人本性。"崔呈秀说。

"意思不错，但如何行文呢？"魏忠贤问。

"行文之事，得问阁老。"崔呈秀不让顾秉谦闲着。

"是啊，顾先生想想。"魏忠贤道。

堂堂首辅被别人指挥，顾秉谦真不愿想，但又不得不想。

"皇祖早定元良，式端国本，父慈子孝，原无间然；而奸人以梃击以邀首功。"他用书面的语言，把崔呈秀的意思概括起来，然后问，"这几句，厂公看用得用不得？"

"不但要用，而且一定要用。"使用书面语言，魏忠贤是信得过他的，"不过，不能空泛地称作奸人，得点出若干人来。"

"王之寀、何士晋借该案兴风作浪，皆为元凶。"顾秉谦说。王之寀曾官刑部主事，何士晋曾官刑科给事中，审理梃击案涉及的案犯张差等时，他们都坚持该案为国舅郑国泰主使，并连及郑贵妃。

"两个人太少。"魏忠贤说。

"翟凤翀、魏光绪、魏大中、张鹏云等于梃击一案，皆持奸党之立场。"崔呈秀补充数人。

"这就充实得多。"魏忠贤道，他把这些名字安插到顾秉谦说的书面语言里，细细品味，"奸人王之寀、何士晋等，乃以梃击以邀首功。不错，听起来像是那么回事。"又问，"接下来该哪一案？"

"回厂公话，该是红丸案。"崔呈秀道。

"你既为梃击一事立意，也为红丸一事立意吧。"魏忠贤命道。

"下官想，红丸一事出在先帝登极之后，与梃击一案出在先帝尚为储君时，区别很大；但神宗皇帝与光宗皇帝原无间然的意思，当一以贯之。"崔呈秀指出，叙述该案时，当避重就轻，或避实就虚。

"顾先生，能不能言简意赅地把这个意思写出来？"魏忠贤在出题时特别着重在"言简"二字上。

"我皇考因哀而得疾，纯孝弥彰，而奸人——"顾秉谦想到，奸人反正是要点名的，便问崔呈秀，"少司空看，谁堪为元凶？"

"兴起红丸一案中，孙慎行、张问达为元凶，薛文周、张慎言、周希令、沈唯炳等皆党附。"崔呈秀说。红丸案在今上登极之初闹得沸沸扬扬，礼部尚书孙慎行、掌院都御史张问达是主张彻查该案的高官。

顾秉谦才要接着方才的话说，魏忠贤却先开口："我皇考因哀而得疾，纯孝弥彰，而奸人孙慎行、张问达——"下面的名字不重复，他问顾秉谦，"梃击一事，奸人为邀功，红丸一事，奸人却为何而作奸？"

"以快私怨。"顾秉谦仍没忘言简意赅的要求，只用四个字。

"以快私怨，听似罪轻，实则其事之非，昭然若揭。"魏忠贤的话表明，这一节也通过。

"厂公，下官以为，移宫一案，须得多写几句。"崔呈秀道。

"这是为何？"魏忠贤问。

"奸人之尤者，都要列在这一节。"崔呈秀说。

魏忠贤被提醒，道："你是指杨、左？"

"是。"崔呈秀应道。

"呈秀之言不无道理。"魏忠贤说着，转向顾秉谦，"顾先生，这一节说不透彻，只怕杨、左等人死不瞑目。"

"是不是仍请崔大人先立意？"顾秉谦道。

"是啊，呈秀，你脑子活泛，须得你来立意。"魏忠贤道。

"先帝宾天，我皇帝承继大统，本是天经地义；杨、左等倡言移宫，是将天经地义之事，揽为己功。这不但有违先帝遗诏，且置我皇上于不义，罪不容诛。"崔呈秀说。

"除杨、左，同罪者亦不在少数。"魏忠贤道。

高攀龙当初几乎置崔呈秀于绝境，是他最痛恨的人。他说："移宫一事中，高攀龙甚是活跃。再者，惠世扬、周朝瑞、周嘉谟等亦不可恕。"

"顾先生，我看可以照呈秀所言拟上几句。"魏忠贤对顾秉谦说。

"须得多写上几句，是不错的；但不知是否也要遵从言简意赅之宗旨？"顾秉谦不是给魏忠贤出难题，而是要警告一下崔呈秀。

"前者言简意赅，此处亦当言简意赅。"魏忠贤说。至于言简意赅和多写几句如何兼顾，他说不出来，干脆不说。

"我意，前面仍是两句话，后面述杨、左等险恶用心，再多写两句。"顾秉谦说。

"对，王之寀、何士晋等作奸，为的邀功；孙慎行、张问达等作奸，为的私怨；杨涟、左光斗等作奸，又为的何事？"魏忠贤问。

"贪功。"顾秉谦说。

"好，你说来听听。"魏忠贤命道。

"迨朕缵绪，乃正统相传，而奸人杨涟、左光斗、高攀龙等，又借移宫以贪定策之勋，而希非望之福。将凭几之遗言，委诸草莽；以待封之宫眷，视若寇仇。臣子之分谓何？敬忠之义安在！"顾秉谦果然在后面多拟几句。

"臣子之分谓何，敬忠之义安在，问得好！"魏忠贤赞道。

"就这样终结？"崔呈秀却阴不阴阳不阳地问。

"呈秀还有所补充吗？"魏忠贤问。

"下官以为，还应该加上几句：幸天体朕衷，仰承先志。康妃、皇妹，恩礼有加。凡三案被诬者，皆次第赐环，布列有位，嘉言罔伏，朝政肃清。"崔呈秀说。

"你加的几句，也还差强人意；不过，煞尾之句，我却信不过你，还须顾先生来做。"魏忠贤说。

"特允部、院、科、道之请，命史臣仿《明伦大典》故事，编辑成书。"顾秉谦收尾。并说，"至于总裁、副总裁、纂修、誊录等官，尚容徐议。"

一篇谕旨顺利拟出，但顾秉谦并不开心，而是求去之意愈发强烈。

# 第七十章

袁崇焕以右参政守宁远，在该城是最高官员。得到后金军西渡辽河，欲犯宁远，他把总兵官满桂，副总兵官左辅、朱梅，参将祖大寿，守备何可刚及文官同知程维瑛、通判金启宗都找来，商谈应付之计。

"建房两日后可到宁远城下，各位有何高见？"他的开场白很简单。

"若在半年之前，只四字可说。"满桂道。

"大帅要说哪四个字？"朱梅问。

"兵来将挡。"满桂道。

"后面还有水来土屯四个字呢。"朱梅说。

"那是虚的，兵来将挡才是实的。"满桂道。

"半年前可说四个字，今日是不是要多说几个字？"左辅问。

"错，今日我一个字也不说！"满桂道。

"怪哉！兵临城下，大帅怎么反而一个字也不说？"左辅问。

满桂铁青着脸，不再回答。

"满帅的心思我懂。"朱梅道，"半年之前，满帅在宁远说兵来将挡，关上有人回应：就该兵来将挡；今日兵来将挡四个字，却说与谁听！"

不但满桂的情绪很大，朱梅的情绪也很大，他们的情绪都是因高第而生。高第代孙承宗经略辽东军务以后，认为关外各镇不可守，欲尽撤各镇官军入关。

"此言差矣，不能说与关上的人听，还不能说与宁远城里的人听听吗？"金启宗说着，朝袁崇焕撇撇嘴。

"元素先生的心思我也懂。"朱梅道，"元素先生一向主张守宁远，但他而今连抚臣的名义都没有，怎敌得过经臣！"

"这话也得两说着。"金启宗道，"若朝廷连下金牌，元素先生是奈何不得；现在不是朝廷还没下召回金牌吗？元素先生不是一直在向朝廷进言吗！"

"幸亏主守宁远的不止我一人，你不也在进言！"袁崇焕道。

"我只恨自家人微言轻,只能向元素先生进言。"金启宗说。

金启宗以通判提督辽东屯田,去年十月得知高第的盘算,上书袁崇焕道:锦州、右屯、大凌三城,皆前锋要地。倘守兵退,既安之民复迁徙,已得之封疆再沦没,关内外能再作几次退守!

袁崇焕上疏争其事,道:兵法有进无退,三城已复,安可轻撤!锦、右动摇,则宁、前震惊,关门失去保障。今但择良将守之,必无他虑。

他还对左右之人说:我宁前道也。官此,当死此,我必不去!

金启宗把这些情形说给众人听,满桂、朱梅的情绪才稳定下来。

"既如此,兵来将挡那句话,我说给元素先生;至于如何阻挡,我等听元素先生调度。"满桂说。

"对,我等听元素先生调度!"众人皆响应。

"那好,我就借用满帅的四个字:兵来将挡;我再把朱将军的四个字改成六个字:水未来土先屯。"袁崇焕说。

"仅一二日,来得及屯土吗?"朱梅疑道。

"来得及。"袁崇焕道,"须先屯土以防的,我看有这样几件事:一则,城外居民,皆虎口之羊,一定要焚其居第,携其财物,撤到城中。"

"此乃文职之事,就由程、金二位大人中选一个去办吧。"满桂说。

"金大人要督粮,迁入城外居民之事,我去。"程维瑛说。他站起身来,向袁崇焕一揖,道,"元素先生,时间紧迫,我这就出城去。"

"也不急于一时。"袁崇焕把他稳住,"我知你办事稳妥,但有件事还得嘱咐嘱咐。于迁入郭外之民时,此事须你留意。"

"元素先生所言之事,下官理会得。"程维瑛道。

袁崇焕盯住他看一会儿,点点头,说:"这我就放心。"

"二位打的什么哑谜,可否让我等也明白?"左辅道。

"这有什么不明白的!元素先生是担心迁入城外居民,后金奸细也随之混入。"金启宗说。

"原来是嘱咐程大人诘奸!程大人,诘出奸细,你交与我,我有法子,让他变为我的奸细。"左辅说。

"左将军有什么妙招,不会是三拳两脚吧?"金启宗取笑。

"对付个细作,三拳两脚还不够吗!"左辅道。

众人哄笑声中,程维瑛又想告退。

"同知大人先不要走,有件事,最后是要大家一起做的。"袁崇焕说着,转向金启宗,"人不可一日不食,军不可一日无粮,督粮之事就仰仗你老兄。"

"职责所在,敢不尽心!不过,元素先生得给下官交代个期限。"金启宗一面表示决心,一面不无担忧地说。

"你是担心建虏长期围城吧?不会的。"袁崇焕宽他的心,也是宽众人的心,"长期围城,我缺粮,彼亦缺粮,耗下去,先支撑不住的一定是彼。我估计,短则三五日,长则半月一月,彼定撤军。"

"若是如此,我可担保守军足食。"金启宗道。

两名文职的责任分派既定,袁崇焕对满桂说,"满帅,与敌面对面地交手,可是将军们的事。"

"元素先生所谓面对面地交手,可是指出城迎战?"满桂问。

"不,敌攻城,我守城,亦是面对面地交手。"袁崇焕说。

"元素先生这么说,我才放心。"满桂道。

"满帅,此言何意?"袁崇焕问。

"敌大兵压境,我不宜于直撄其锋。"满桂说。

"原来满帅担心我要以卵击石。"袁崇焕指指自己的脑袋,说道,"要去击石,也先得拿我这个卵去击呀。"

众人都笑。满桂道:"元素先生知兵,自不会出此下策。"

"那么,满帅有何高招?"袁崇焕问。

"我若说,欲守城池,须备矢石,元素先生或会嗤之以鼻。"满桂道。

守城,矢石是少不了的,所以袁崇焕不会嗤之以鼻。他刚想如实道来,忽然想到,满桂既然这么说,一定有比准备矢石更有效的法子,于是说:"准备矢石之事,交与朱将军、左将军等去办即可;但不知满帅给自家安排的是何等差事?"

"我只向元素先生举荐一人。"满桂道。

"举荐一人?"袁崇焕把所有叫得出名字的人想一遍,也想不出满桂要举荐的是谁,他问,"难道满帅军中另有将帅之才?"

"无有。"满桂道。

"难道城中另有隐居高士?"袁崇焕又问。

"无有。"满桂道。

"那满帅欲举荐谁人?"袁崇焕问。

"一无名小卒。"满桂道,"元素先生大概不记得,昔日刘太监押送火器到辽东,因军中无人见过西洋巨炮,曾留下一名解送该炮赴京的闽卒,名叫罗立。"

他说的刘太监,即刘朝。刘朝奉旨,把一批火器送到山海关。当时的经臣孙承宗,又把两门西洋巨炮,交与宁远守军使用。

袁崇焕双手一击,道:"满帅提醒得好,西洋巨炮尘封已久,合该派上用场!此事重大,满帅,你与我都去过问一下,如何?"

"好,议事之后,我即将罗立唤来。"满桂说。

"不是唤来,是请来。"袁崇焕说着,神色变得肃然,"还有件事,不要你等去做,但须得你等知晓。我将传檄前屯守将赵率教,山海守将杨麒,宁远将士逃至其地者,格杀勿论!"

"正当如此,以定固守之心。"众人应道。

"各位可愿与我刺血为书?"袁崇焕问。

程维瑛这才知道,袁崇焕把他留下,所为何事。他说:"下官要去城外办事,愿先为元素先生刺血。"

说着,从卫卒腰间取刀,割破手指,将血滴在一只碗里。

其他人也学他的样子,一个一个把血滴在同一只碗里。

最后轮到袁崇焕,他手指上的口子割得最深,滴血最多,直到估摸着血够用,才设法止住。他着人取来一大块白色绢布,大笔蘸血,在绢布上写下"誓死守城"四个大字,命人张挂在衙门之外。

两天后,后金军攻至城下,在盾牌掩护下,挖掘城墙。城上矢石如雨而下,都不能将其击退。就在这时,两门西洋巨炮在城上发射。城外后金军伤亡甚众,不得不停止掘城,匆匆退去。

# 第七十一章

距苏州府衙不远，有一个空场。市民们忙一天或闲一天之后，黄昏时分都喜欢聚到空场上，谈天话地、家长里短地说上一通。所谓市民，有诸生，有差役，有商贾，有织工，反正都是居住在城里的人。在别的地方，大家还注意身份高低，家境贫富；但往这里一坐，都是老张、老李、王二哥、赵六哥地呼喊，真有点佛家众生平等的意味。

杨念如、周文元等正在说着闲话，颜佩韦朝他们走过去。颜佩韦在他们一伙人中颇有威望，杨念如等把当中的位置让出来，请他就座。他不客气，一屁股坐下去，然后问："马老弟呢，还没来吗？"

"方才还在这里，说要回家取件东西。"杨念如说。

"去取何物，如此急迫！"颜佩韦道。

"小弟想，是取梆子，今晚该他值更。"周文元说。

"值更算什么大事，他还认起真来！"颜佩韦道。

正说着，沈扬匆匆走来。他站在颜佩韦面前，面带惊恐和焦虑，长长地出一口气，才开口说话。众人以为他有什么重大的事情要说，不想，他问的却是："大哥，吃饭没有？"

"吃饭之事，有这等要紧？"颜佩韦嗔道。

"我还没吃饭呢。"沈扬说。

"你回家去吃就是，何必告与我等！"颜佩韦说。

"今晚的饭恐怕吃不成。"沈扬说。

"怎么？"颜佩韦问。

沈扬又长出一口气，反问："有一支缇骑进县衙，大哥没听说吗？"

"不但我听说，这几位也都听说。"颜佩韦道。

"大哥可知，缇骑进城来，是要抓人的？"沈扬又问。

所谓缇骑，特指锦衣卫官校，一般要逮拿有罪官员才差出。颜佩韦说："缇骑自京师来，不为抓人，何须长途驰驱！"

"大哥可知他等要抓谁人？"沈扬问。

"正因不知，故而饭吃到一半，出来打听。"颜佩韦说着，多看沈扬一眼，"这么说，你已打听到？"

"是。"沈扬应道，"这一支缇骑来我姑苏，是要逮走周大人。"

"哪一位周大人？"这回，是众人齐问。

"自是曾任文选郎的周大人，还能是哪位周大人！"沈扬道。

吴县致仕官员周顺昌，字景文，万历四十一年进士。他曾任吏部文选司员外郎，并非郎中；但他曾以员外郎掌司事，所以，称他文选郎，不能算大错。

周顺昌曾任福州推官，后一直在吏部任职。他为官的业绩，乡人只是听说；而他告假后在乡的为人，大家都是眼见，无人不敬佩。譬如，乡亲们若有冤情，他一定至有司分辩；郡中有大利大害，他一定至有司陈说。再如，应天巡抚周起元得罪魏忠贤，因而罢官，周顺昌赠以书函，对他大加赞赏，而对魏忠贤痛加指斥。再如，魏大中被逮入京，途径苏州，周顺昌留他小住，一连三日，酒馔招待，并以女许嫁魏大中孙。缇骑每日催行，周顺昌怒睁双目，斥道："尔等不知世间有不畏死之奇男子？回去告诉魏某人，我故吏部周顺昌也！"

这些事情，苏州人津津乐道，皆以为荣；同时，他们也知道，魏忠贤是不会放过周顺昌的。今日，果然来抓他！

"这位周大人，可不能被缇骑带走。"颜佩韦似在自语。

"缇骑要抓人，大哥还有什么计较？"沈扬问。

"世间有不畏死之奇男子，亦有不畏死之民，我若能以苏州十万之众阻止缇骑把人带走，其奈我何！"颜佩韦满怀豪情地说。

"对，我等都不准缇骑将周大人带走！"众人响应。

马杰气喘吁吁地跑来。他没听到前面的话，只听到众人最后的呼声，急切地问："大哥，缇骑要把哪个周大人带走？"

颜佩韦见到他手里拿的木梆，心一动，顾不上回答他的问题，却反问道："马老弟，今晚是你巡夜？"

"是。"马杰应道，又说，"除我之外，另有两三人。"

"你等不巡他处，只守在吴县衙门外，行不行？"颜佩韦问。

"都是相好的兄弟，有什么不行！"马杰道。

"那好。"颜佩韦点点头，把才听到的消息，简单向他复述一遍，然后说，"马老弟，你等守在县衙外，若见缇骑出衙，便将梆子缓敲三下；若见缇骑进周大人府里，再把梆子急敲三下；若见缇骑将周大人带出家门，便把梆子不中断地敲起。"

"只要我敲梆子？"马杰问。

"对，你只管照我说的敲梆子即可。"颜佩韦道。

"那我现在就去县衙外守着。"马杰说着，转身就走。

"沈老弟，"颜佩韦转问沈扬，"我等相好的兄弟有数百，这里却仅得数十，我要你连夜把周大人被逮的消息告与其他兄弟，来不来得及？"

"大哥没听过一传十、十传百这句话吗？一来被逮的是周大人，二来是大哥发话，大伙儿还不奔走相告？大哥只要数百人，我看天明之时，聚集起数千人也不止。"沈扬说。

"你去吧，告诉众人以梆声为号。"颜佩韦道。

"大哥，我等做什么？"杨念如、周文元问。

"留在这里，来的人一个也别让走。缇骑不会夜晚出城，明日天微亮，你等带人聚在周大人院宅之外，把路堵死。"颜佩韦说。


吴县知县陈文瑞是福建同安人，是周顺昌官福建时所拔之士，二人有师弟之谊。吴县虽称繁差，也有闲着的时候，闲下来时，他常到周顺昌家走动走动。但半夜闯来，却不寻常。

守门的家仆睡意正浓，被叫醒，一肚子不高兴。只不过人家是父母官，自己家老爷平常也要称一声父母大人，他不敢发作。

"是父母大老爷呀！"他嘟囔着说。

陈文瑞才不管他高兴不高兴，但问："先生睡否？"

"我家老爷是闲人，不像父母大老爷是忙人。"周仆道。

陈文瑞不理会他的讥刺，又问："先生仍独自歇在书房吗？"

"是，老爷读书读累，一般都在书房睡。"周仆说。

陈文瑞不再理他，径直往院里走去。

"父母大老爷去哪里？"周仆问。

"去见先生。"陈文瑞道。

"那也得容我先去禀报呀！"周仆说。

"等不及。"陈文瑞说着，走得更快，把周仆甩在身后。

周顺昌被惊醒，心知出事。他爬下床，要更衣时，陈文瑞已进屋。

"是县尊大人？县里出何事？"周顺昌问。

"是县里的事，更是先生的事。"陈文瑞说着，跪在他面前泣道，"缇骑到县，欲逮先生赴朝。这一去，凶多吉少。"

周顺昌却很镇定。他说："诏使必至，早已料到。黄昏时听说缇骑入城，我更知在劫难逃。县尊该做什么，还做什么，无须效楚囚对泣。"

"弟子能做的唯有一事，就是早一刻告知先生此事，让先生安顿好家里。"陈文瑞说。

"县尊如此通融，多谢！"周顺昌说着，一揖，"家中并无特别的事安顿，倒是龙树庵的大和尚托我题个匾额，我想等两日再写，看来无法再等。"说着，走到桌旁，把人家送来的素牓铺平，在正中写下"小云栖"三个大字。写罢，放下笔，唯恐自己心里有事，字写得不好，但审视一会儿，觉得还说得过去，也就是说，自己的心境还算平和。他重新拿起笔来，在下首写上"周顺昌题"四字，再后面写天启丙寅三月。他本来要写当天的日子，但看了看窗外，问，"已是次日吧？"

"先生说的是。"陈文瑞应道。

周顺昌写好第二天的日子，把笔放好。他搓搓手，说道："县尊也请回去吧，让诏使看到你在这里，大为不便。"

天微明，锦衣卫官校出动。马杰和他的几个伙伴，一直尾随在后。锦衣卫官校们出县衙，梆子缓敲三下；锦衣卫官校进周顺昌家，梆子急敲三下；锦衣卫官校把周顺昌从家里带出，梆子急促地敲个不停。

他们没想到，颜佩韦也没估计到，随着梆子的声响，聚集、移动的市民不是数百，不是数千，而是数万。驻于苏州的应天巡抚毛一鹭也不曾料到，市民们会形成这么大的声势。他担心周顺昌被劫出，一日间数次更换关押的场所，但每更换一次场所，聚集的人只会更多。

转移至巡抚衙门，再无更隐秘更安全的地方可以转移。毛一鹭和巡按御史徐吉不得不出来与市民们见面。

衙门外的多名诸生迎上前，跪成两排，颜佩韦、马杰、沈扬等则立于其后不远处，一手叉腰，怒目而视。

徐吉认出，跪在前排的诸生中，有个名叫王节的，还有个叫刘羽仪的。他问："王生，刘生，你等不在府学读书，来这里作甚？"

"人心浮动，读不下书。"王节说。

"他人之心可浮动，读书人之心怎可浮动？难道功名前程都不要吗！"毛一鹭呵斥道。

"都堂既是我等前辈，又是朝廷重臣，学生倒要请教：是个人功名要紧，还是天下安危要紧？"刘羽仪质问。

"问的是尔等后生功名，怎又说到天下安危！"毛一鹭道。

"周铨部清忠端亮，舆望久归，只因触忤权珰，遂下诏狱。政局如此，我等日后即便博得功名，又怎得清清白白做人！都堂休得为虎作伥，还是想想，何以慰汹汹之众吧！"刘羽仪呼道。

诸生纷纷响应，有人说，有人哭，更有人边说边哭。

毛一鹭无言以对，面对数万之众，不敢再出一言。

逮人的锦衣卫官校被毛一鹭安抚在衙门里。其中一人，甚是狂妄，冲出衙门喝道："东厂严旨逮人，鼠辈焉得置喙！"

市民们正不知把怒气发泄到谁的身上，他捏腔拿调地一喊，顿成众矢之的。有人高声呐喊，有人向他挥动拳头，更有人弯腰拾起地面上的土块、石块。颜佩韦使出浑身解数，才使大家安静下来。

颜佩韦往前走两步，问道："你说东厂逮人，那不是旨出魏阉吗？"

"我当一刀剜下你的舌头，魏阉你也叫得！"该官校喝道。

"对，魏阉我叫不得，只有你叫得。"颜佩韦戏弄道。

成千上万的市民欢呼的欢呼，嬉笑的嬉笑。

"尔等笑吧，尔等叫吧，有什么用！逮人之旨就是出自东厂，尔等又将如何！"该官校挑衅地说。

颜佩韦挥臂向下，压住众人的怒吼。他说："我等以为是天子诏书，原来却是东厂传命。逮拿官人，东厂哪里来的权柄！"

说罢，他冲上前，挥拳向该官校击去。该官校急往后退。

这成为一个信号。杨念如、周文元等一干人，皆越过跪在前面请命的诸生，殴击前者出头的锦衣卫官校及其他锦衣卫官校。毛一鹭、徐吉等官员难以自保，只想着逃命，顾不上锦衣卫官校是奉旨前来拿人的钦差。锦衣卫官校多是纨绔子弟，没几个有真本事；即便真有本事，在潮水般涌来的市民面前，也无力遮挡，只有四处躲闪藏匿。出头的锦衣卫官校侥幸逃脱，另一个锦衣卫官校却在逃奔时被打死。

前一个锦衣卫官校叫文之炳，被打死的锦衣卫官校叫李国柱。

高攀龙祭谒过宋朝大儒杨龟山的祠堂后，回到家里，在房后的小院里摆一桌简单的酒菜，邀两名弟子一起吃饭。

"老师何不招世儒世兄也来小酌？"一弟子问。

"怕只怕他来，反而酒难下咽。"高攀龙说。

高世儒是高攀龙之子。弟子不解其意，又不便再问。好在知道高氏父子感情甚笃，估计不会是反目；再看高攀龙神色自若，也不像要出什么意外。他们就一心陪着饮酒，不时还说几句笑话，以资酒兴。

一名家人走进后院，见一师二弟相饮正欢，拿不定主意是该过去，还是不该过去。

高攀龙看到他，远远地说道："你只告我，实与不实。"

"实。"高仆实在，只以一字答之。

"好，你去吧。"高攀龙挥挥手，让他去忙自己的。

"老师问何事实与不实？"一弟子问。

"不关尔等之事，来，再饮一盅。"高攀龙与其说劝他再饮一盅，不如说自己想再饮一盅。饮过后，他放下酒盅，用极为平静的语调说，"周铨部果然被缇骑解之北去。"

弟子这才知道，他差家人去打探这件事。其实，无锡距苏州仅二百多里路，苏州城里出什么事，快的话，次日可传到无锡，慢的话，三五日也会传到无锡。高攀龙的两名弟子对周顺昌被逮一事，早就听到不少传闻，也早就想告与老师知道。

"苏州城里闹翻天，老师一无所闻吗？"一弟子问。

"你又不是不知，老师非礼勿闻；传闻之事，老师是不会听的。"另一弟子想到，对高攀龙来说，这绝不是好消息，故而想阻止他说。

"你是担心我非礼而不闻呀，还是担心我吓破胆？"高攀龙笑着问。

"老师固然无所担心，是学生有杞人之忧，"该弟子说。为表明这是由衷之言，他抢着告以传闻，"弟子听说，苏州市人于巡抚衙门哄闹，把缇骑们打得四下里逃散，城里的逻卒及差役们倒有一半在看热闹，景文先生亦不知去向。景文先生是刚烈丈夫，他后来自去官府投案，并随缇骑北去。"

"苏州城里的风波平息否？"高攀龙问。

"弟子闻得，太守寇大人，县令陈大人，素得民心，他等曲为劝谕，众人始散。巡抚毛都堂、巡按徐大人已将诸生王节、刘羽仪、王景皋、殷献臣、沙舜臣等五人黜退，有市井颜佩韦、马杰、沈扬、杨念如、周文元等五人，赴官府自首，称聚众请命者，他五人为首犯，与他人不相干。毛都堂已疏奏苏州事端，并将他五人下狱。"另一弟子说。

"难得姑苏有景文先生这等刚烈的士夫,有王节这等明白事理的儒生,有颜佩韦这等敢出头的市井之徒!"高攀龙大是感慨。

"老师,这等事若出在无锡城,我等也会义无反顾。"一弟子说。

"说什么呢?这等事怎会出在我无锡!"另一弟子斥责道。

"这也用不着避讳。"高攀龙笑着说,并问,"朝廷怎会遣缇骑往苏州逮拿景文先生,你等又知道多少?"

"闻得苏州织造李实纠劾前巡抚都御史周大人,顺带着将景文先生也参一本。"一弟子说。

"弟子还听说,李实递送参本时,还送去一打苏州织造专用纸笺,让朝中同党想参哪人,就将哪人名字填写。景文先生就是由李实在朝同党所填写增入的。"另一弟子补充。

"你等可知是何人填写增入?"高攀龙问。

"听说是姓崔的御史。"一弟子回答。

"难怪!"高攀龙道,"这个姓崔的御史,痛恨景文先生不假;但他最痛恨的,却不是景文先生。"

"那又是谁人?"一弟子问。

"正是区区斯人。"高攀龙说着,指指自己,"故逮拿官人之事,出在姑苏城,不足为怪;出在无锡城,亦不足为怪。唯一可怪异的是,逮拿景文先生在逮拿区区高某之先。"

"老师无须过虑,姓崔的御史知老师道德文章为世人所重,或不敢轻易下手。"一弟子说。

"崔某若只是倚仗身为御史,未必敢向景文先生下手,未必敢向我下手,这我是信的;但他并非只是倚仗身为御史。"高攀龙道。

其实,两个弟子都听说,另一支锦衣卫已进无锡城。既然高攀龙有思想准备,他们干脆也把这层窗户纸挑破。

"若是缇骑果真要解送老师赴京,老师做何打算?"另一弟子问。

"我欲效景文先生,却不见得能效景文先生。"高攀龙道。

"老师这话,弟子听不大懂。"一弟子坦诚地说。

"一则,我官至公卿,似更应自爱;二则,有苏州城里风波在先,我不欲更累我乡民。"高攀龙道。

周顺昌是被缇骑逮走的。不欲效周顺昌，有两种方式：一是潜逃，二是自裁。对高攀龙来说，其实只有一种方式，潜逃他是绝不会选择的。两名弟子心中一阵酸楚，同时叫声"老师"，有话要说。

"酒兴已尽，谈兴亦已尽，你二人去吧。"高攀龙不让他二人再说。

弟子挥泪而别。高攀龙把自己在书房里关上一会儿，然后把两个孙子唤来，拿出两张折叠好的纸笺，向他们交代：一纸付与锦衣卫官校，一纸付与弟子华允诚。

待夜深人静，灯火皆熄，高攀龙穿戴整齐，沉溺于家中池塘。

他交代付与锦衣卫官校的，是呈上朝廷的遗表，只有简单一句话：臣虽削夺，久为大臣；大臣受辱则国辱，谨北向叩头，从屈平之遗则。

交代付与华允诚的也是一句话，更简单：一生学问，至此亦少得力。

不久，颜佩韦、马杰、沈扬、杨念如、周文元被处以极刑。乡人敬仰他们敢作敢为，把他们合葬于虎丘之侧，立碑曰：五人之墓。

而缇骑的胆气受到重创，此后再有外出逮人的差事，多相互推诿。

# 第七十二章

正阳门外皮条胡同里,有几个明娼。其中当红的一个叫李凤儿,算得上色艺两全。每天晚上,不但新老嫖客盈门,连其他几个明娼都差人到她门上,好把没机会受李凤儿接待的嫖客拉走。

嫖客盈门,不仅把嫖资哄抬上去,而且,看着嫖客们为争一杯茶、一盏酒而彼此谩骂,甚至大打出手,对李凤儿来说,也是一大乐事。

但有时,门前也不能太热闹,那定是有豪客来访。豪客不仅出手阔绰,而且也是万万得罪不起的。李凤儿处常来的豪客有那么三五人,有一人来时,她就把养着的乌龟王八全差出去,把络绎而来的嫖客挡在外面,免得搅豪客的兴致。

有的嫖客,虽不能算是豪客,但是老主顾,出手也很阔绰。要把这样的嫖客堵在外面,是件很难的事情。

武长春就属于这一等嫖客。他出手比豪客还要阔绰。至于出处,大家只知道他来自辽东,来京师,必来皮条胡同,别的一概不知。

"武爷,我家姑娘算准你今日要来,特意让我来迎迎。"一王八说。

"熟门熟路的,何须你迎!"武长春道。不过,他还是拿出一小块银子塞给王八。

"小的叩谢!"王八接过银子,但该办的事还要办,他试探地问,"武爷,想不想尝尝鲜?"

"尝鲜?你家姑娘又想出新鲜样式?"武长春问。

"不关我家姑娘的事,是这条胡同里新出的雏,煞是惹人怜爱。前晚有人愿出三十两纹银替她开苞,昨晚有人愿出五十两纹银替她开苞,她娘都没答应,真好像是老天特意留给武爷的。"王八说。

"我今晚若去,须得纹银若干?"武长春问。

"再加一点儿,有八十两纹银,我琢磨着差不多。"王八说。

"八十两银子,我倒是舍得出。"武长春边走边说。

"武爷,这边走。"王八想给他引路。

"为何这边走？"武长春问。

"去雏儿家，不往那边走。"王八说。

"我去雏儿家作甚！我宁愿出一百两纹银在凤儿姑娘家品一盏茶，也不出八十两银子在雏儿炕上睡一宿。"武长春说。

王八见事要坏，忙去拉他："武爷，今晚我家姑娘不方便。"

"是身上不方便，还是家里不方便？"武长春问。

"别多问，我为武爷好，才劝你改日再来。"王八道。

"我就想看看她怎么不方便，于我又能有什么不好！"武长春道。

说话间，到李凤儿宅门外。有人拼命在后面拉，有人拼命在前面挡，合力劝说，武长春就是不听。他昂首要往院里闯，两下里闹得不可开交。等他忽然发觉前面没人挡、后面没人拉时，已被一左一右两个彪形大汉挤在当中。

"这里没什么好玩的，老兄随我们去别的地方玩吧。"一彪形大汉说。

不等武长春还嘴，另一彪形大汉已把一条铁链套在他脖子上。他这才相信，劝阻他的王八真是为他好。

散朝后，王绍徽把兵部尚书王永光拦下来，指着刑部尚书徐兆魁的背影说："大司马，法司之事已了，余下的事，该你我来办。"

"何等之事，我敢与太宰公平分秋色！"王永光道，又说，"且刑部已了之事，我兵部为其揩腚，间或有之，却怎敢脏太宰公的手！"

说的既形象，又龌龊，王绍徽忍不住笑出声来。但随即醒悟，身边行走的都是各回衙门的廷臣。他忙说："大司马，你我一同回衙。"

王永光知道他有事要商量，应道："是，遵命。"

他们放慢脚步，让其他官员都超过他们，渐渐去远。

"大司马真不知我所言何事？"王绍徽问。

"知道是知道，但觉得事不关己。"王永光说。

"怎会事不关己？"王绍徽问。

"大冢宰想啊，查获奸细的是东厂，讯问得实的是刑部。查获奸细，归功于厂公，自有东厂歌功颂德；讯问得实，归功于厂公，自有刑部歌功颂德。此外，似无需要善后之事。"王永光说。

"兄台是真糊涂，还是假作糊涂？查获奸细，讯问得实，归功于厂公；皇恩浩荡，难道不该加于厂公！"王绍徽道。

"不错，加官晋秩，是必有的善后，但那是吏部的事。"王永光说到这里，想起自己方才的话，不由叫出声来。"哎呀，苦也，大错！"

"何事大错？"王绍徽问。

"刑部已了之事，往往是吏部为之揩腚，而非我兵部为之揩腚，其错一也；刑部已了之事，往往不是揩腚，而是洗面加彩。"王永光说。

"兄台这话够难听的。"王绍徽笑着说。

"故望太宰公遮掩。"王永光揖道。

"与其求人遮掩，大司马不如把彩加得重一点儿。"王绍徽说。

"我才说，加官晋秩是吏部的事。"王永光道。

"普通加官晋秩，吏部请之即可；若非普通之类呢？"王绍徽问。

"非普通之类的加官晋秩？"王永光细细琢磨这几个字。

"是啊！"王绍徽应一声，开始点拨他，"大司马不妨想想，魏氏一门，与厂公最近最亲者，当属哪一位？"

"自是大公子。"王永光说。

"魏氏一门，最尊最贵者，又属哪一位？"王绍徽问。

"亦是大公子。"王永光说。魏良卿已加封至左都督。

"仅大公子一人？"王绍徽问。

"不然，厂公长甥傅氏应星者亦至左都督。"王永光说。

"最近最亲者，与次近次亲者并尊，合适吗？"王绍徽道。

这一次叙功荫官，要用在魏良卿身上，这一层意思，王永光自然听得明白；现在他要弄明白另一层意思。

"大冢宰，是厂公明示吗？"他问。

"大司马别管厂公是否明示，只说是不是这个道理？"王绍徽这是在告诉王永光，若非魏忠贤明示，他犯得上在其家人中重此轻彼吗？

"大公子以左都督衔，再要荫官，即是公、孤之类。难怪大冢宰说不是普通的加官晋秩。"王永光自以为品出王绍徽话里的意思。

谁知，王绍徽摇着头说："左都督加以公、孤，仍是普通。"

"大冢宰的意思呢？"王永光忙问。

"不是我的意思，厂公于此是有明示的。"王绍徽道，"厂公说，大公子这次不是要加官晋秩，而是要加官晋爵。"

王永光彻底弄明白，王绍徽为什么要拉住他说话。魏忠贤欲魏良卿封爵，魏良卿就一定能封爵。但按照程序，应该由他和王绍徽二人中的一个向朝廷奏请。

"多谢大冢宰与我打过招呼。"他揖道。

"我可不只是与你打招呼，我是要与你计议，由你向朝廷奏请好呢，还是由我向朝廷奏请好。"王绍徽说。

"厂公交代与你的，自然该你向朝廷奏请。"王永光说。

"但以军功请爵，是兵部的事呀！"王绍徽说。

"厂公要大冢宰奏请，或有他的想法。"王永光不答应兵部奏请，但退让一步，"不如这样，兵部奏闻缉获虏酋细作一事，大为张扬；大冢宰代大公子奏请封爵，即顺理成章。"

王绍徽再不好推托。但两人心里都很别扭：一个吏部尚书，一个兵部尚书，怎么像是魏府的两名家丁！

像家丁一样为魏忠贤办事的，又何止他二人！顾秉谦在草拟圣旨时写道：厂臣魏忠贤预发不轨之深谋，大挫积年之强虏。特封忠贤侄太子太保、左都督魏良卿为肃宁伯，世袭官衔，照旧岁加禄米一千一百石。锡之诰券，与国同休，誓以河山，永世无斁。

最后几句话，在国初赐予开国元勋的铁券上，都不曾用过。

## 第七十三章

魏忠贤生日，府上大摆酒宴。拜寿的官员以千计，被招呼到酒宴上就座的不过百人。他们无不备下重礼，无不想好精妙绝伦的祝寿词，无不想当着魏忠贤的面把祝寿词说出来。魏忠贤却没给他们机会。他举起酒盅，在嘴唇上略微一沾，示意大家多喝，然后起身去后面。后面也摆一桌酒席，是专门为他和客氏准备的。

崔呈秀最善于揣摩义父的心思，知道他离席而去，并不是因为不想听宾客们的谀词，而是为让他们更便于献谀，至于他们如何献谀，他还是很在乎的。因此，宾客们的祝寿词说得差不多时，崔呈秀向太仆寺卿霍维华使个颜色，两个人一前一后也去后面。

"你二人不在前面替我陪着客人，来后面作甚！你二人一走，人家岂不要怪我怠慢！"魏忠贤道。

"老爹多虑，他等巴不得孩儿等早些到后面来呢。"崔呈秀说。

"有这等事？"魏忠贤问。

"是啊！"崔呈秀应道，"他等不知想多少日子，想出两句话来；又不知想多少日子，想出一个称号。谁不急于知道老爹听来是否顺耳！"

"不仅他等急于知道，你老爹也急于知道呢。"客氏嘲弄地说。

"他等的贺寿之词概免，你只说说有哪些称号吧。"魏忠贤命道。

"是。"崔呈秀应一声，先举一例，"有人恭祝元臣诞日，孩儿觉着这个称号比较新颖。"

"是大冢宰吧？"魏忠贤问。

"老爹怎知？"崔呈秀的惊诧多半是装出来的。他心里有数，魏忠贤一定猜得出这个称号出现在谁人的祝寿词里。

果然，魏忠贤说："前者为良卿请爵，老王上一疏，写的是：皇穹烈宗，显佑阴隙，笃生元臣魏，荩诚映日，谋划规天。"

"哎呀，老爹真是好记性！"崔呈秀道，"这几句话是我读与老爹听的，我没记住，老爹却记得一字不差。"

"元臣者，首席之臣也。朝廷首席之臣本该是大冢宰，他却让与我，我能不好好记住吗！"魏忠贤半认真半开玩笑地说。

"吏部尚书，那是读书人堆里的尖子。我想，元臣二字，他不会乱用的吧？"客氏在一旁搭腔，显然是把这个称号肯定下来。

"奉圣夫人说的是。"崔呈秀应道。

"呈秀，还有哪些称号是新的？"魏忠贤问。

"大冢宰将厂臣改一个字，有人又把厂公改一个字。"崔呈秀说。

"改的也是前一个字？"魏忠贤问。

"是，有人在贺寿之词里称老爹为上公。"崔呈秀说。

"元臣、尚公，确是天然之对。"霍维华接着说。

"既曰天然之对，你怎还与我争？"崔呈秀道。

"天然之对，未必你说得对。"霍维华道。

"你二人所争何事？"魏忠贤问。

"争的是个上字。"崔呈秀说，"孩儿以为，上公之上，当是上下之上；霍兄却以为，上公之上，当是尚书之尚。"

"上下之上，有什么讲头？"魏忠贤问他。

"元臣者，首席之臣；上公者，首席之爵。"崔呈秀说。

"尚书之尚，有什么讲头？"魏忠贤问霍维华。

"尚公，方是首席之爵。所谓尚者，乃尚书之尚，非上下之上。再者，昔周武王尊姜子牙为尚父。今者称尚公，乃续其典。"霍维华说。

"这两个字，我看都可以用，但以尚书之尚尤佳。"魏忠贤评判道。

"本以为不易取舍，听千岁一言，竟迎刃而解。"霍维华说。

"少司马，你所称为何？"魏忠贤问。

霍维华窃喜，但还要更正："下官是太仆寺卿。"

"明日即为少司马。"魏忠贤道。正三品的兵部侍郎与从三品的太仆寺卿，地位相差一大截；当然，对魏忠贤来说，这是件再小不过的事。他急于证实的，是方才那一声称呼，"维华，你所称为何？"

"下官一向在心里呼厂公为千岁。"霍维华说。

"仅在心里？"魏忠贤问。

"是，百官贺寿之时，下官也未敢造次。"霍维华说。

这么一个现成的又不落俗套的称呼被别人抢先说出，崔呈秀大感懊恼。但一时的落后，是有办法挽回的。他说："千岁在众官面前有什么说不出口的，下次百官聚齐，听我呼一声三千岁！"

　　"三千岁，有什么讲头？"魏忠贤问。

　　"千岁，一千岁也；元臣，又一千岁；上公，又一千岁。合而计之，三千岁。"崔呈秀说。

　　"这也可以合而计之吗？"魏忠贤问。

　　"在他人，不可；在老爹，有何不可！"崔呈秀道。

　　"少司空用的是哪个上？"霍维华瞅准一个空子。

　　"自是上下之上。"崔呈秀说。

　　"厂公言道，以尚书之尚尤佳。上下之上公为一千岁，尚书之尚公当抵两千岁，合而计之，五千岁也。"霍维华说。

　　"肃宁伯之叔，又一千岁，左都督之舅，又一千岁，合而计之，该呼七千岁。"崔呈秀说。

　　"宋时有个八贤王，举朝称作八千岁，可用于今日。"霍维华再想不出什么可以抵一千岁，干脆引用前朝故事。

　　"此处又无他人，你二人何不径呼九千岁！"客氏道。

　　一语出，如石破天惊，屋里顿时静下来。崔呈秀、霍维华相互看一眼，彼此会意，崔呈秀自称"孩儿"，霍维华自称"下官"，齐道："恭贺九千岁福如东海，寿比南山！"

　　他二人，包括客氏，都以为，这个称呼会给魏忠贤带来惊喜。不想，魏忠贤连动都没动一下，只是说："这个称号是夫人的，不是你二人的。且只好在无人之处用一用，当不得寿礼。"

　　崔呈秀、霍维华又相互看一眼，彼此都有点儿难堪。还是霍维华应变能力更强，脑筋一转，想出主意。

　　他先唤声"厂公"，马上又转称"九千岁"，好像出门后这个称呼不能用，不多叫一声会吃亏。然后他说："适逢贺诞盛会，下官不由想起一个人来。"

　　"你想起谁？"魏忠贤问。

　　"前淮抚。"霍维华道。

　　"李三才？为何会想起他？"魏忠贤问。

　　"前两月，有人曾奏请拆毁李三才生祠。"霍维华说。

奏请毁李三才生祠的，是左副都御史徐大化。李三才人已死，其生祠也就不应该存在。但徐大化请毁李三才生祠，是作为已经进行并正在进行的肃清东林党行动的一个步骤。

"这事我记得，不知与我过生日，有何干系？"魏忠贤问。

"是啊，毁李三才生祠，人心大快；但用以为九千岁贺寿，也太不用花本钱吧！"崔呈秀道。

霍维华摇摇头，表示他没领会自己的本意。

"建李三才生祠，是愚氓所为。他未能制止，合该成为大罪之一；但并非生祠都不该建呀！"他说。

"不错，不错！"崔呈秀首先开窍，"普天之下，都应建老爹生祠，使老爹受天下之人奉养，使天下之人为老爹祈福。"

活着成神仙，受人祭拜，比起所有能想出来的称号，都要受用得多。魏忠贤大为开怀，问道："此事谁可为我去办？"

崔呈秀自称"孩儿"，霍维华自称"下官"，齐道："愿促成此事。"

"名山大川若建起你的生祠，我去向皇上请额。"客氏在一旁凑热闹。


浙江巡抚潘汝桢一向看不上杭州通判唐登儁，能不直接面对，则不直接面对；一向与织造太监李实各司其职，能不打交道，则不打交道。这两个人同时找到巡抚衙门来，让他很是意外。

"二位怎走到一起的？"他问。

"以后呀，不仅我二人会经常走到一起，镇璞先生恐怕有时也不得不和我二人走到一起。"李实阴阳怪气地说。

潘汝桢字镇璞，南直隶桐城人，万历二十九年进士。他听李实这两句话很别扭，转问唐登儁："日后织造、制币二事，合在一处办理吗？"

唐登儁专司制币，所以他这么问。

"二事合办、分办，都是小事，不敢搅扰都堂大人。"唐登儁说。

"既如此，不知二位又有什么新差事？"潘汝桢问。

"是件天大的好事，须得镇璞先生领衔来办。"唐登儁说。

潘汝桢根本不相信二人会办什么天大的好事，更不相信他们会把天大的好事让给自己领衔。他说："二位得道，二位升天，我可不敢攀附。"

"镇璞先生当真要推辞？"李实问。

潘汝桢听他问得怪异，不得不留个心眼。他说："也不是当真要推辞，只是二位要办何事，我一无所知呀！"

"老唐说是天大的好事，让他先说。"李实把唐登儁推到前面。

"镇璞先生，是这么回事。"唐登儁不慌不忙地说，"我家堂上，张挂厂公画像，我与家人日夜拜谒。此事，镇璞先生知否？"

"听你一说，我自然知道。"潘汝桢不冷不热地说。

"不想，李公公更胜我一筹，不仅住处张挂厂公画像，衙门也张挂厂公画像，两处都是日夜拜谒。"唐登儁又说。

"我那画像，与你那画像不同，是老祖爷审视过的。"李实插话。不管宫里的太监，宫外的太监，私下里多称魏忠贤为"老祖爷"。

"二位若要我评定哪一画像更为神似，我只能敬谢不敏。我虽见过厂公本人，但拜谒之际，连头都不曾抬起。"潘汝桢道。

"李公公请到的画像，远胜下官请到的画像，下官深信不疑，不用镇璞先生评定。"唐登儁说。

"那么，你是要我为你向李公公讨要他请到的画像？"潘汝桢问。

"镇璞先生说对一半。"唐登儁道。

"可是讨要画像一事说对？"潘汝桢问。

"是。"唐登儁应道。

"我也不管不对的一半是什么，李公公请到的画像，何其珍贵，我能讨要得到！"潘汝桢想就此打住。

"要紧的恰是那一半，因那一半，李公公定然应允。"唐登儁说。

潘汝桢见打不住，叹口气，问道："我说错的是何事？"

"我是请镇璞先生向李公公讨要他请到的画像，却并非请镇璞先生为我讨要他请到的画像。"唐登儁说。

"这话听起来很别扭，不为你讨要，却为哪个讨要？"潘汝桢问。

"为全杭州的人讨要，为全浙省的人讨要。"唐登儁说。

"唐大人这话可不容易听懂。"潘汝桢难解其意。

"我都听懂，镇璞先生还没听懂？"李实觉得，与其让唐登儁由头说到尾，不如自己也说一半，"老唐的意思，在杭州为老祖爷建一座生祠，把我请到的画像供奉于其中。幸亏他和我议过此事，幸亏他不是为自家讨要画像，不然的话，我非参他一本不可！"

这么一说，再没什么听不懂的。潘汝桢问："唐大人，此即你所言的天大的好事？"

"是啊，镇璞先生能说此非天大的好事？"唐登儁刁钻地反问一句。

潘汝桢不愿回答，又问李实："李公公愿与唐大人同办此事？"

出乎二人预料，李实摇头。潘汝桢才要接着问，他说："一则，是唐大人愿与我同办此事；二则，镇璞先生就不愿同办此事？因此，应是我与唐大人同镇璞先生同办此事。"

讨论这事是不是天大的好事，讨论愿不愿同办此事，没有任何意思；而且，潘汝桢可以断定，在杭州建生祠，绝不是他二人心血来潮想出来的，而是他二人受朝廷某人之命，来与自己商量的。也就是说，不管愿不愿意，事情都不能不办。既如此，还不如讨论一些具体问题。

"二位想把生祠建于何处？"他问。

"清波门外有府衙一块不大不小的地皮，我让人看过，风水很好，建在那里如何？"唐登儁道。

"不好，不好。"李实反对，"北山是织造衙门地盘，建老祖爷生祠，当然是建在该处为宜。"

"京里的意思，此事得镇璞先生领衔，建在何处，还是由镇璞先生定吧。"唐登儁不留神，把实话说出来。

"杭州景致，全在西湖，不过——"潘汝桢沉吟着，不往下说。

李实才不管他的意思，接过来就说："甚好，一边是老祖爷生祠，一边是岳王爷庙，一行可以两拜。"

"镇璞先生肯将主祠建在湖畔，清波门外及北山所建者，均可作为副祠。"唐登儁也说。

潘汝桢暗自叫苦，怕他二人争来争去，把魏忠贤生祠争到西湖边上，他才主动提及西湖，试图排除。谁知一说西湖，二人热烈响应。他只有再提出别的问题讨论。

"皆曰同办，有哪几件事要筹备，二位想过没有？"他问。

"下官与李公公小议过，工程之事，一要筹备银两，二要筹备物料，三要筹备工役。"唐登儁说。

"织造衙门，富甲天下，银两该李公公出吧？"潘汝桢道。

"李公公应允，三万以内，由他一力张罗。"唐登儁说。

"这话当真？"潘汝桢问李实。

"反正分摊于织户，三万出头，我也认下。"李实道。

"唐大人，你认哪一样？"潘汝桢又问唐登儁。

"下官考察过，郊外云雾山，佳木甚多，可伐来作建祠之用。其他物料，在我杭城内不难筹到。"唐登儁说。

"这么说，你二人是把最难的一件事留与我办。"潘汝桢道。

"你让我二人先挑，留下最难的一件事，却怪不得我二人。"李实说。

"你是说筹备工役？"潘汝桢说，"我交代与杭州太守操办即可。"

"镇璞先生才说最难办的一件事，又说交代知府操办即可，难道最难办的一件事就是交代？"李实取笑道。

"你是说三件事中最难办的一件事，我却是说三件事外最难办的一件事。"潘汝桢道。

"三件事外最难办的一件事，那又是何事？"李实问。

"生祠建成，总要题匾额，是你题呀，还是唐大人题？"潘汝桢道。

李实、唐登儁你看看我，我看看你，点着头说："不错，不错，匾额须得镇璞先生题写。"

"厂公的生祠，区区在下，怎敢亵渎！我是说，生祠建成，须得向朝廷请额，是李公公奏请呀，还是唐大人奏请？"潘汝桢道。

"不错，这件最难办的事只有镇璞先生办得了。"李、唐二人又说。

## 第七十四章

五月初六日，巳时已过，各衙门的人员都在准备吃午饭。京城宣武门以西的王恭厂里，几个匠头在一只木桶里洗手，因为上午打造的盔甲比预定的多，大家的心情都比较轻松。

"各位老哥，今日可以早收工，都去我家喝酒。"一匠头邀道。

"王兄弟盛情我等心领。你邀我等去喝酒，新娶的媳妇乐意吗？她那张嘴忒厉害，别酒没喝呢，却被她几句话噎倒。"另一匠头说。

"张哥不让我等去，是想一个人去吧？"一个年纪较小的匠头说。

"小顺子，你说清楚，我为何想一个人去？"姓张的匠头问。

"帮着王哥调理新媳妇呀！"叫小顺子的匠头说。

众匠头哄笑。姓张的匠头打他一巴掌，说道："好你个小顺子，是骂我为老不尊，还是想让王兄弟排在老八？还是等你娶媳妇时，我等一起上门，帮你调理调理吧。"

众匠头又是一阵哄笑。笑声中，没开过口的一个匠头说："去王哥家喝酒，得早收工才成；收工若晚，连饭都没心思吃，更别说喝酒。"

"李哥，喝酒不喝酒，另说；若今日都不得早收工，就再没日子能早收工。"被人取笑的小顺子又和他理论。

"是啊，我原来也以为今日午前活儿干得顺，谁知忽然发现，不是活儿干得顺，而是饭开得晚。"姓李的匠头说。

"如时开饭，怎会晚？在说胡话吧！"小顺子道。

"我说胡话？你自家看！"姓李的匠头说着，往西南方向一指。

不但小顺子，其他匠头也都抬起头，朝他指的方向看去。这一看不得了，无不惊叫起来。他们看到，西南方向灰气涌起，充斥天地之间，使得那一处昏黑如夜。他们想：真让李头说着，平日收工再晚，也到不了伸手不见五指的时辰呀！

不容他们多想，在看到西南方向房屋摇动的同时，灰气已移至他们头顶，随即感到周围的房屋在摇摆，他们自己也被推来搡去，立脚不稳。随着天崩地裂的一声巨响，地面裂开一条大缝，他们有的跌进无底深渊，有的被狂风吹得不知去向。

崇文门附近的火神庙一日只供早晚二餐，午饭是没有的。将近正午时分，大家的肚子里都在打鼓，庙祝制饿的办法是到供奉着火神爷的殿里转上一圈，把注意力分散。

进殿后，他觉得有些异样。火神爷一直是立着的，立得笔直；今日看上去，怎么右腿有点弯曲？

"火神爷爷站累，是吧？这也是没法子的事，各庙里的火神爷爷都是站着的，不能单单让你老人家坐着呀！"庙祝一面念叨，一面绕到后面，看看神像究竟出什么差错。

从后面看上去，神像的背似乎也有点儿前屈。

"看来，火神爷爷是要下殿呀！你老人家要下殿，我从后面是拉不住的，只能到前面挡一挡。"庙祝开玩笑地说着，又绕回前边。

在前面一看，他不敢再开玩笑：神像不但右腿仍弯曲，而且左臂也抬高不少，"哎呀，火神爷爷真要下殿呀！"他忙从香炉里取出几支燃着的香，跪在神像前祷告，"火神爷爷，外面天旱，切莫走动。"

不祷告还好，他一祷告，神像的右腿已抬起到半空中，眼看要落下来。庙祝顾不得敬畏，上前拦腰抱住神像。他觉得有一股巨大的力量在把他推开，但他下定决心，无论如何不能松手。他一边哭号，一边呼叫庙里其他人来相助。

人没赶来，轰轰隆隆的鸣叫声，从天边，从地底，从四面八方，一起凑过来。

接近玄武门的火神庙由内臣管理，两个守门内臣须轮流吃饭。为前后次序，两人争论起来。

"你胖我瘦，我先你后。"瘦的内臣说。

"我胖，怎就该后？"胖的内臣不服。

"天下胖子都耐得住饿呀！"瘦的内臣说。

"好，好，你先我后。"胖的内臣自认晦气。

瘦的内臣哼着小调而去。走没几步，他觉得身后有人。但脸从右面转过来，没见着人；从左面转过去，还是没见着人。猛地转过身去，却见胖的内臣正要躲避，却无法躲避。瘦的内臣一把将他揪住，胖的内臣也不挣扎，想笑，但脸上的肌肉僵硬，笑不出来。

"说好的事，你怎么又反悔！"瘦的内臣斥道。

"哥，我不是反悔，是害怕。"胖的内臣说。

"害怕？大白天的，有什么好害怕！"瘦的内臣道。

"哥听听，庙里有动静。"胖的内臣说。

瘦的内臣竖起耳朵仔细听，什么也没听见。他嘲弄地说："到进食的时辰，是你肚子在响吧。"

"哥往后退两步。"胖的内臣说。

瘦的内臣往后退两步，又竖起耳朵听，还是没听到。

"哥再多退两步。"胖的内臣说。

再退两步，几乎回到原处，果然，有一阵音乐声飘进瘦的内臣耳朵里。他往前走一步，音乐声仍有，但变得模糊。再看胖内臣，站得较远，反而像是没听到。

"兄弟，你听到的是何乐声？"瘦的内臣问。

"打击之乐，甚是粗犷。"胖的内臣说。

"不对，分明是丝弦之乐，甚是悠扬。"瘦的内臣道，话音才落，听出乐声有变，"原来果有打击之乐。"

胖内臣正好往前走到合适的位置，听得到音乐声。他说："哥还说呢，难道打击之乐、丝弦之乐也分辨不出吗？"

但忽然，打击之乐又变成丝弦之乐。

"兄弟，这才真叫音乐呢。"瘦的内臣得意地说。

当丝弦之乐再度转换成打击之乐时，极为高亢激烈；而当打击之乐再度转换成丝弦之乐时，又极为婉凄悲凉。无论瘦的内臣，还是胖的内臣，都感到要出大事。

他们来不及把自己的想法说出来，一起上前推开庙门。一团火球，状如红毯，从殿里滚动而出，从他二人之间穿越而过，忽的腾空而起，向东飞去。所过之处，哄然有声。


皇帝在乾清宫准备用膳。听到轰隆的响声，感到脚下在震动，他问："是皇极殿的大工吗？传旨停下，让朕安心用膳。"

"爷，似不是大工的动静。"一近侍说。

"那是放炮？"皇帝又问。

"好似也不是放炮。"另一近侍说。

"爷，别是地震吧？"前一近侍惊慌地说。

"地震？"皇帝想问，他怎知是地震。但不等皇帝问，整个大殿都在晃动。他刚刚来得及站起来，御座就因地面的晃动而掀倒。皇帝很幸运，因为御座很重很牢靠，他没坐在上面会被掀倒，他坐在上面一样也会掀倒。他若是和御座一样倒下，不但狼狈，而且说不定就要伤到哪里。更让他后怕、也让近侍们后怕的是，御座倒后，摆放在前边的御案也哄然而被掀翻，皇帝若与御座一起倒下，正好被重重砸上，那就不是摔成轻伤或碰成轻伤。

发现是地震的近侍二话不说，拉起皇帝就往殿外跑，边跑，边四下里张望。西边，还没什么；东边，暖阁的两扇窗格在房屋摇晃中掉落。在那里当值的几个近侍左躲右闪，还是有二人眼看着被砸伤。

近侍选择一条向西向北的路线，扶掖着皇帝，直跑到交泰殿。交泰殿位于乾清宫和坤宁宫之间，是世宗皇帝时增建的。近侍的想法很简单：第一，交泰殿比乾清宫、坤宁宫矮，地震时相对安全一些；第二，再发生大震，外面有大臣们张罗，大内只有皇上做主。

他选择得对。前面的乾清宫和后面的坤宁宫都比这里震得厉害，其他各处亦不时有响声传来，想来不是大殿上有物掉落，就是屋室里有重物被震倒。皇帝呆立在交泰殿外，动都难动。

动静稍微小一点时，有侍者来报，任娘娘宫里，殿顶有物跌落。

"任娘娘？"皇帝脑袋发木，不知为谁。

"是容妃任娘娘。"侍者又说。

"糟，糟！"皇帝连声叫苦，"去岁诞下小皇子的，是她吧？"

"爷说的是。"侍者应道。

"速传旨，着人看护好小皇子。"皇帝发话。

容妃任氏去年十月生育皇子一名。时过较久，皇后未诞即殇的太子已不被计在皇子的数目里，而一个不知名的宫人诞下的一子，被认定为皇一子，慧妃范氏诞下的一子，被认定为皇二子。皇一子、皇二子出生不久皆夭逝，难怪皇帝自己还处在危险之中时，不忘保护好皇三子。但天若不予，谁奈其何！皇三子在激烈的地震中，惊吓而薨。

傍晚时分，有侍者来报，皇极殿安然无恙；连身在皇极殿高处修补施工的工匠，也未伤一人。对皇帝来说，这多少是个安慰。

几天以后，两个住在顺城街的男子，一个从南往北走，一个从北往南走，到离王恭厂不远的地方，走个面对面。一人说句"惨不忍睹"，一个说句"苦不堪言"，错过身子，还要继续往前走。

往北走的男子，忽然回过头，唤声"五哥"，往南走的男子唤声"老项"，二人转过身，各伸出双臂欲拥抱，被唤作老项的男子忽然发出痛苦的呻吟。原来他伤条腿，拄根手杖在走路。见到被称作五哥的男子，激动之下，他把手杖一扔，扑将过去，却忘残腿已支撑不住身体。

"老项，身上有伤？"五哥问。

"虽伤腿，却大饱眼福。"老项说着，问道，"五哥去的哪里？"

"去东城某寺烧炷香，或因此捡回条命。"五哥说。

"东城似乎也震。"老项道。

"也震，但不如顺城街厉害。"五哥看着周围的断壁残垣，满地的瓦砾砖粉，估算起来，"我看，房屋坍塌不下两三千间。"

"两三千间？兵马司才估算出来，损毁者不下万间！"老项道。

"人呢，死多少？"五哥问。

"不下两万，似我这般，断腿断臂的，不计其数。"老项道。

"难怪老项说惨不忍睹呢。"五哥说罢，忽然想起，老项还说过另一句话。他问，"老项，满目疮痍，怎还说大饱眼福？"

"五哥，我知你不好女色；不过，若有裸身女子，摩肩接踵，从你眼前走过，你做得到非礼勿视吗？"老项反过来向他提出一个问题。

"我的心无时不在告诉我的眼睛，非礼勿视；至于我的眼睛肯不肯听，我却拿不准。"五哥说。

"五哥说得太生动，就像当时和我在一起一样。"老项道，"我逃命之际，一堵墙坍塌，砸伤我腿，压住我身子，无法动弹。听到有人走过来，我想唤救，嘴张开，却没有响声。五哥道是为何？原来是数十名妇人跑过，年岁不等，高矮不齐，却有一样相同，那就是浑身上下一丝不挂。她等也看见我。有的绝无羞耻之心，大摇大摆从我身边走过；有的从路边捡一片瓦，遮住阴户。对了，我说她等都是一丝不挂，不太准确。她们中，有几个不知怎的，居然是抱着被褥跑出来的。只可惜被褥也遮不住丑，有的把褥子披在身后，只顾遮腚，有的把被单斜披在前面，仍露出半乳半阴。总之，这几十妇人被我看得真真切切。"

"你呀，只顾看，却忘想。"五哥说。

"想什么？拉过一个来行其好事吗？"老项指着自己的腿说，"我就是有其心，也无其力呀！"

"谁让你想到歪处！"五哥道，"不瞒你说，在东城，我也看到一样不该看的：当街倒着一顶女轿，轿底被掀；轿里的女子，仰面而坐，看上去并未被伤，只是衣饰全无。"

"五哥想什么呢？"老项不怀好意地问。

"你说，有一丝不挂坐轿出门的女子吗？"五哥道。

"原来如此。"老项明白了他的疑惑，并联想起自己看到的，"我被砸伤在白日，那几名妇人是一丝不挂地跑出来，还是跑出来衣物被人剥去，我可不曾问过她等。"

"此事不蹊跷吗？"五哥问。

"蹊跷，蹊跷！"老项连连点头。他忽发奇想地问，"五哥，你说会不会是冤死鬼太少，阎王使人到阳间来勾？"

"我看是冤死鬼太多，阎王供应不及，到阳间来抢。"五哥说。

因为初六日的变故首先发难于王恭厂，又因王恭厂附近灾情最重，故朝野以王恭厂灾称之。实际上，根据钦天监一名周司历的奏疏所言，灾变是从东北方向开始的：五月初六日巳时，地鸣，声如霹雳，从东北艮位上来，行至西南方，有云气障天，良久未散。

在同一奏疏里，周司历写道：占曰：地鸣者天下起兵相攻，妇寺大乱。又曰：地中汹汹有声，是谓凶象，其地有殃；地中有声混混，其邑必亡。

魏忠贤责其妖言惑众，命杖一百。

## 第七十五章

锦衣卫官校马三在诏狱管点儿事。他和别人不同，喜欢诗词，文职官员下狱，只要有机会，他总要向人家讨要一两首诗。

他算了算，从前御史李应升那里得到的诗作应该是最多的。

李应升和周顺昌等相继被逮下狱。那时，一支缇骑到常州，要逮拿三人：一在无锡，即高攀龙；二在江阴，即李应升和前翰林缪昌期。高攀龙溺水自尽，逮入京的只有李应升、缪昌期二人。

李应升喜欢吟诗，也喜欢当着马三的面吟诗，让他把自己的诗作抄写下来。不过，当着马三的面吟诗，有个条件，马三得告诉他一些别人不可能告诉他的消息。

"缪大人离开了。"有一天，马三告诉李应升。

在狱里关押两个月，脑筋变得迟钝。李应升问："离开诏狱？"

"离开人世。"马三说。

既是同邑，又是同时被逮，得知缪昌期死讯，李应升大感悲伤，流出泪来。他是率性之人，想流泪，任其流，并不强忍。

过一会儿，他忽然问："马三爷，今日是何日？"

"五月初三日。"马三说。

"天启丙寅年五月初三日，江阴缪公昌期毙于诏狱。"李应升嘴里念念有词，好像在为缪昌期的祭文起篇。

"缪大人是昨夜毙命的。"马三说。

"丙寅五月初二日夜，江阴缪公昌期毙于诏狱。"李应升改道。

马三希望他吟挽诗，但他没吟，只吟首昔日之作。

一个多月后，马三告诉李应升："周大人离开了。"

周是比较常见的姓。李应升问："哪位周大人？"

"自吴县逮入的周大人。"马三说。

二人不是同日被逮的，下狱后也不曾见面，这也引起李应升许多伤感。伤感过后，他问："眼下是六月吧？"

"今日是六月十八。"马三告诉他。

"周大人是今日过世的？"李应升还记得上次的疏忽。

"是。"马三应道。

"天启丙寅年六月十八日，吴县周公顺昌毙于诏狱。"李应升念叨一句后，又吟一首昔日之作。

根据李应升的记忆，大约在半个月之后，天下着雨，马三再来。一看他的脸色，就知道又有人死。

"今日是谁人？"李应升问。

"浙江来的黄大人。"马三说。

"真长兄吗？"李应升惊呼。他和黄尊素是同科进士，并且知道，今日羁绊于诏狱的浙省籍的官员远没有南直隶籍的官员多。

"就是曾陈言十失的黄大人。"马三说。

李应升点点头，表示他们说的是同一个人；然后哀叹："真长兄下诏狱晚于我，谁知下地狱却早过我！"并问，"今为何日？"

"闰六月初二日。"马三答罢，等着李应升念叨几乎是千篇一律的挽词。但他没念，而问起别的。

"马爷，狱里对我是不是分外留情呀？"李应升问。

"李大人怎会这么想？"马三反问。

"你看啊，早我几日下狱的周大人，已毙命；和我同日下狱的缪大人，已毙命；晚于我入狱的黄大人，已毙命。我却活得好好的，不是分外留情，怎会如此？"李应升道。

"李大人是活得好好的吗？"马三问。

对他，也是三五日一鞫，也是每鞫必用刑，他也遍体是伤，绝说不上活得好好的。和缪昌期、周顺昌、黄尊素等死于诏狱的人比起来，他只是多口气而已。七天以后，李应升死在狱中。

马三把抄写下来的李应升的诗整理出来，希望有一天能交给他的家人或好友；如果李应升有文集刊印，这些诗可收集在其中。

依照李应升吟诵的次序，第一组诗为两首七绝，标题是《郡中别徐元修》。

其一曰：

相逢脉脉共凄伤，讶我无情似木肠。
有客冲冠歌楚词，不将儿女泪沾裳。

其二曰：

南州高士久知闻，如水交情义拂云。
他日清明好秉笔，党人碑后勒遗文。

后面一组为两首五律，标题是《丹阳道中》。
其一曰：

已作冥鸿计，谁知是罪民。雷霆惊下士，风雨泣孤臣。
忧患思贤圣，艰难累老亲。生还何敢望，解网颂汤仁。

其二曰：

圣德方虚己，愚忠敢沥丹。惭无一字补，空复数行弹。
臣罪应难赦，君恩本自宽。凄凄杨柳色，谁为问南冠。

再后是一首七绝，名曰《润州别贡悦兹妹丈》：

莫说苍苍非正色，也应直道在斯民。
怜君别泪浓于酒，错认黄粱梦里人。

再后是一首七律，名曰《大兄同行因忆五弟》：

劳劳车马日追随，一发余生不可期。回首转嗟鸿雁影，断肠初信鹡鸰诗。
白云渺渺迷归梦，春草萋萋泣路歧。寄语儿曹焚笔砚，好将犁犊听黄鹂。

然后又是一首七律，名曰《述怀》：

便成囚伍向长安，满目尘埃道路难。父老惊心呼日月，儿童洗眼认衣冠。
文章十载虚名误，封事千言罪业殚。寄语高堂愁苦忆，朝来清泪饱供餐。

再后是一首七绝，标题极长，叫作《邹县道中闻有问予名而下泪者，口占一首》，诗曰：

身名带此卑张俭，时势于今笑孔融。
却怪登车揽辔者，为予洒泪问苍穹。

再后仍在邹县，名曰《邹县道中有感》：

春申好士只虚名，势利遗风古道轻。
不见弹冠旧胶漆，驱车相避隔林行。

再后仍是七绝，名曰《书驿亭壁方寿州诗后》：

君怜幼子呱呱泣，我为高堂步步思。
最苦临风凄切处，壁间俱是断肠诗。

再后是一首五律，名曰《景州道中感怀》：

细数知交在，逍遥各一方。魏齐方睥睨，阮籍一猖狂。
形影悲相吊，音书梦已荒。古人不可作，搔首问苍苍。

再后又是七绝，名曰《宿村店》：

日暮停车尘满衣，喧哗土语是还非。
只怜归梦三千里，不及呢喃燕子飞。

然后是三首七绝，标题是《良乡呈大兄》。其一曰：

长途连袂若为欢,咫尺京华不忍看。
　　此去幽囚肠百转,总余清泪对谁弹?

其二曰:

　　北地风沙到始知,那堪病骨苦支持?
　　从今用晦艰难甚,莫遣离忧减客肌。

其三曰:

　　兄自料生聊暖眼,我唯料死总灰心。
　　双亲但有平安字,传得些儿抵万金。

再后是一首七绝,名曰《狱中遥寄蒋泽墨》:

　　与君异姓为兄弟,意气宁论杯酒间。
　　他日蒙恩弛党禁,老亲稚子待君看。

再后又是一首七绝,名曰《六月三日别兄》:

　　病余憔悴一孤身,归去宽心慰两亲。
　　长愿生生为手足,鹡鸰原上了前因。

然后是两首七绝,原无标题,因是李应升在死的前一日吟的,马三为其定名为《亡前一日》。

其一曰:

　　十年未敢负朝廷,一片丹心许独醒。
　　只有亲恩无可报,生生愿诵法华经。

其二曰：

丝丝修省业因微，假息余魂有梦归。
灯火满堂明月夜，佛前合掌着缁衣。

马三数了数，共计一十九首，他后悔没再请李应升多吟一首，凑个整数。诗里牵涉的人物，如徐元修为谁，方寿州为谁，蒋泽墨为谁，他一无所知；但诗里提到的地名，包括润州即镇江，他却是知道的。他可以断定，这些诗都是李应升在解来京师的途中及下狱之后所吟，因此，把它们抄录整理出来，做的是一件大有功德的事。

## 第七十六章

因为闰的是六月，今年暑热的气候维持得比往年要久，夏、秋之际，雨水也特别多。每逢大雨，早朝虽免，但别的事情也做不成，皇帝常常望着雨水发呆。客氏这时到来，比别的时候来更让他高兴。

"这等天气，也就是客嬷还想着来看朕。"他说。

"随时得叩拜皇上，是民女的福分。"客氏说着，问候道，"皇上这两日龙体大安吧？"

"前几日朕身子有些不舒服，有个大臣进个方子，叫什么仙方灵露饮。朕吃两次，倒还见效。"皇帝说。

"是那个叫霍维华的侍郎进的方子吗？"客氏问。

"对，是他。"皇帝边应边问，"客嬷也用过他的方子？"

"听说他的方子只对男子有用，民女怎会吃他的药！"客氏说。

"你这么一说，朕倒是想起来：前些日子，朕碰不得妃嫔，只要一碰，就头脑昏沉；用过他的药后，竟连着好几天都着皇后来侍寝。你说他的方子只对男子有用，看来不假。"皇帝道。

"这两日都是皇后娘娘侍寝？"客氏问。

"是啊，"皇帝应道，"昨晚朕宣召皇后进殿，适逢大雨，直到这会儿她还没回坤宁宫呢。"

"皇上龙体大安，不该偏劳皇后娘娘一人。"客氏说。

皇帝听出她话里有话，问："客嬷此言何意？"

"民女的意思，雨露之恩，合该均布。"客氏道。

皇帝听出来，客氏是在劝他不要专宠皇后一人。他知道，客氏和皇后间关系紧张，但凡有一点儿机会，也要说一说对方的坏话。他已经习以为常，心情好时，为之开解；心情不好时，就装作没听进去。也许这两天被皇后的小心侍奉所感动，这次他想多说几句。

"皇后与妃嫔终归是不一样的。"皇帝说,"朕记得,自孝宗皇帝正宫诞下武宗皇帝后,其他皇祖皆非皇后所出,朕频召皇后,无非是想回归我太祖、成祖皇帝,及孝宗皇帝太子自中宫所出的正途。"

"但愿皇上圣者之心,能感动天地。"客氏说。她知道皇后已不能生育,却不能说出来,憋在心里,好不难受。

皇帝想说的话说出来,心里快活。他问:"客嬷今日冒雨来看朕,是不是又想替厂臣讨要些新的名号?"

"民女就是想来看望皇上;皇上这么说,是冤枉民女。"客氏说。

"就是想来看望朕吗?"皇帝笑着问。

"若有其他,也是向皇上讨教,并非讨要。"客氏说。

"讨教何事?"皇帝问。

"民女这两日总听人说生祠、生祠的,听得耳朵都要出茧子,却不懂其意,想请皇上讲解讲解。"客氏说。

"祠者,祭奠祖先之所也;生祠者,祭奠生者之所也,这有什么不好懂的!"皇帝道。

"生者也可以祭奠吗?"客氏问。

"一般是不可以的,但对于有大功德的人,士民感戴,也有生而祭之者。祭就祭吧。"皇帝说。

"民女又不明白。所谓大功德,没有胜于皇上的,士民怎么不提倡为皇上普建生祠?"客氏提个大胆的问题,换成别人是绝不敢提的。

而皇帝只把这看作她的率真,极有耐心地给她解释:"你想让朕降一道旨意,让天下之人为朕建生祠?那可不成!自古以来,有为官员立生祠的,有为士人立生祠的,甚至有为三教九流立生祠的,就是没为天子立生祠的。为什么?每日大臣们上朝,山呼万岁,恭祝天子万寿无疆,圣旨无论降于何处,天下士民无不山呼万岁,恭祝天子万寿无疆,没有哪一个人的生祠,能有这般气象吧?两下比较,何者为尊,何者为卑?朕为何要舍其尊而就其卑呢!"说到这里,他诡秘地笑笑,"朕这么一解说,客嬷大可放心吧?"

"民女不过讨教,事不关己,有什么放心不放心的!"客氏不承认。

"当真事不关己?"皇帝揭穿她,"近日,士民请建厂臣生祠,客嬷是不是担心有否僭越,才来向朕讨教的?"

"皇上要这么说,民女还不如讨要呢。"客氏说。

"朕早料到，你讨教是虚，讨要才是实。"皇帝说着，命道，"你说！"

"昨日晚饭时，厂臣对民女说，浙江巡抚上疏奏请，于杭州为他建生祠，不知该取个什么名字。民女一时冲动，拍着胸脯说，这个名字，我去向皇上讨要。皇上料得对，民女今日来，确实是要向皇上讨要的；但皇上一问，民女又难以启齿。"客氏说。

"所以，你就叫屈！"皇帝道。

"民女欺瞒皇上，望皇上恕罪！"客氏说。

"朕倒希望你事关讨要，有时瞒一瞒朕；不然，朕对厂臣的恩典就要用尽。"皇帝说着，口气一转，"不过，一是为厂臣建祠，二是浙江巡抚奏乞，三是你客嬷讨要，此事朕是不能回绝的。客嬷，朕也瞒你一件事。其实，昨日王大伴给朕读浙抚的奏本时，朕就在想，用个什么名字好；方才朕看着雨水发呆，也是在想，用个什么名字好？可不知怎的，朕就是想不出个好名字来。"皇帝说的时候，忽而看看外面的雨，忽而看看客氏。见外面雨水渐小，他忽然产生一个新奇又好玩的想法，不由大为兴奋。

"有了！"皇帝道，"皇后读书多，学问好，客嬷，你与朕去见他，向她讨要个名字。"

客氏两眼瞪得大大的，呆住。

"客嬷，快走，去晚了，皇后要回坤宁宫。"皇帝催道。

"皇上，皇后对民女和厂臣有成见，民女不去吧。"客氏说。

"朕不是一直想改变皇后的成见嘛！"皇帝道，"士民为厂臣建生祠，巡抚为其请额，这个机会有多好！客嬷休得迟疑，速去，速去！"

客氏争拗不过，只得随皇帝去另一殿见皇后。

皇后还没离去的意思，多半是读书读得太专注，没发现雨水已小。

皇帝叫声"皇后"，然后示意客氏向皇后行礼。

客氏极不情愿地行礼，口称："民女客氏见过皇后娘娘，恭祝皇后娘娘千岁千岁千千岁！"

"客嬷来得好，我正要回去，你陪着皇上说话吧。"皇后冷淡地说。

"一起说说话，皇后别急着走。"皇帝道。

皇帝不让走，皇后不好硬要走。不过，她不但和客氏没什么话说，皇帝既提到一起说话，她对皇帝也没什么话说，干脆一头埋到书里。

"皇后在读什么书？"皇帝问。

"太史公的《史记》。"皇后答道。

"哪一卷？"皇帝问。

"《赵高传》。"皇后答道。

皇帝不知她真的在读《赵高传》，还是临时想起来说的，反正为魏忠贤建生祠及为生祠之事，是没法说出口。客氏不知皇帝为什么方才说得好好的，要请皇后题额，怎么到皇后面前却不说。是皇帝自己也觉得请皇后题额，太不合情理；还是皇帝让自己向皇后开口讨要？她正想开口问个究竟，皇帝对她使个眼色。

"皇后读书，朕不打扰。"皇帝说着，起身往外走。

客氏跟在后面。到皇后听不到的地方，她问："皇上为何变卦？"

"朕忽然想起一个好名字来。"皇帝支吾道。

他为杭州的魏忠贤生祠取名普德。

## 第七十七章

府军后卫官校都是闲职。副千户张体乾,世代军籍,祖先在永乐年间就升至副千户。他袭军职后,曾守备平房城;但回到府军后卫,仍是副千户。他不甘寂寞,每日在京城各门走走逛逛,希望遇到点儿什么事情,可以作为进身之阶。八月初的一天,还真被他遇到。

彰义门里,逻卒头目孙守贵左手揪住一名男子,右手也揪住一名男子,二人挣扎,弄得他手忙脚乱。

张体乾和孙守贵很熟,问道:"守贵,是细作吗?"

孙守贵见是他,答道:"回张爷话,不是细作,是两个骗子。"

"放手,放手!骗子而已,何至于这等紧张!"张体乾喝道。

孙守贵把二人放开,是因为有张体乾在,不怕他们跑掉。但他并不以为自己紧张,有什么不对。

"张爷有所不知,这两个骗子,一个姓刘,一个姓赵。"他说。

"姓刘姓赵又怎的?"张体乾没觉出特别之处。

"就是谷总爷日前所言的藏银诈银的两个人呀!"孙守贵说着,指着其中的一个说,"他叫刘福。"又指着另一人说,"他叫赵三。"

"赵三?没个大号吗?"张体乾问。

"赵三就是大号,在南城提起,多有人知。"孙守贵代为回答。

谷总爷是把总谷应选,负责巡守南城。张体乾对他的话,比对孙守贵的话,要重视得多。问过赵三,他开始琢磨刘福这个名字。

"刘福?很熟啊!是不是叫刘福的太多?"他问。

"张爷别的刘福不记得,也该记得这个刘福:他就是那个被人诈去一笔钱财的刘福呀!"孙守贵说。

"不错,有这档子事。"张体乾点点头,又问,"是前两日吧?"

"是。"孙守贵应道。

"就在这门吧?"张体乾问。

"是。"孙守贵又应。

"这个姓刘的是不是被人诈去一百两银子?"张体乾问。

"一百五十两。"孙守贵纠正。

"事发后,他不曾报官,还是他的一个亲戚报的官吧?"张体乾问。

"不是他的亲戚,是他主人的亲戚。"孙守贵又纠正。

"一百五十两,不是个小数目。被人诈去,却不报官,这事是有点儿怪。"张体乾终于琢磨出头绪。

"所以小人说他也是个骗子。"孙守贵道,"报官者说,他当时怀里一共揣有二百五十两银子,被诈去一百五十两,还有一百两。反正是骗来的,落下一两也是个彩头,所以他不报官。"

"刘福,你的银子是在哪里诈的呀?"张体乾盘问起来。

"将爷,银子是主人交与草民的,不是草民诈来的。"刘福说。

"那你为何不报官?"张体乾问。

"草民常听主人讲,钱财乃身外之物,不妨看得淡些。"刘福说。

"看得淡些,也能看成无有吗?你拿主人二百五十两银子,一下被诈去一百五十两,主人知道,会怎么说你?"张体乾问。

"主人一定说,权当破财免灾吧。"刘福说。

回答的内容,特别是回答的语气,都让张体乾对刘福主人的兴趣超过对刘福本人的兴趣。他问:"你主人叫什么?"

"草民主人的名讳是个铎字。"刘福说。

"刘铎?是这个铎吧?"张体乾作摇铃状,见刘福点头,他说,"这可是个读书人的名字呀!"

"草民的主人是个读书人,书读得还不错呢。"刘福道。

"刘铎像个官人的名字。"张体乾又说。

"草民的主人是个老爷,官还不小呢。"刘福道。

"在何处为官?"张体乾问。

"扬州。"刘福答道。

"是刘知府?"张体乾彻底想起来。扬州知府刘铎因妖诗案被逮下狱,又因魏大公子斡旋,不但被释,而且,连锦衣卫官员向他勒索的三千两银子也被讨回。他在锦衣卫颇有几个要好的兄弟,说起此事,没有不怨气冲天的。有的还说,他们都眼睛瞪得大大的，在盯着刘铎呢。奇怪的是，刘铎使家人揣着银子进京，他们却没发现。

"老孙呀，这案子咱问不得。"张体乾说。

"是小人问不得，还是张爷问不得？"孙守贵问。

"都问不得。且将他等送去锦衣卫，那里有人要问。"张体乾说。

刑部尚书薛贞没想到，还朝不久的监察御史倪文焕会把他拦在路上。

"德纯先生，恭喜呀！"倪文焕揖手道。

薛贞本年七月升任刑部尚书，算起来还不足一月。

"我有何喜，值得一贺？"他问。

"德纯先生掌刑部，还不当贺！"倪文焕道。

那还不如你掌道值得一贺呢，薛贞心里想。倪文焕被派外差，巡按畿辅，适值都察院河南道缺掌印官，都察院呈报数人，都被驳回；而倪文焕一回朝，即有掌道之命。谁都知道，掌河南道的差事是特意留给他的。这和刑部前尚书徐兆魁被罢，廷推薛贞接掌，不能同日而语。

想到这里，薛贞说："刑部无人掌印，连我也想不明白，怎么把我推出来；倒是倪君一回院就掌道，可喜可贺呀！"

"咿，我为德纯先生贺，非仅为吾公掌刑部。"倪文焕说。

"不仅为此事，还为何事？"薛贞问。

"德纯先生也知道，而今大臣的位置，得之不难，难的是能保住。德公恰好有个可以保住位置的机会，这总值得一贺吧！"倪文焕道。

"机会人人皆有，只是你说的机会，我听不大明白。"薛贞说。

"机会人人皆有，但看你抓得住抓不住，德纯先生把话说得透彻。徐大司寇也不是没机会，但他生生把机会放过去。下官为德纯先生计，千万不要也把机会放过去。"倪文焕说。

"道理不必多说，倪君且说其事吧。"薛贞道。

"是。"倪文焕应一声，脸上露出很诡秘的神情，他问，"刘以我又下狱，他的案子，德纯先生问过没有？"

"尚未。"薛贞回答。

"德纯先生为何不问？"倪文焕问。

"他的案子较为特别。"薛贞说。

"正因特别，才要尽早过问。"倪文焕道，"刘以我所题妖诗，针对上公，这是确凿无疑的。早一天过问,德纯先生的位置可早一天坐稳。"

"我说的特别,不是这一层意思;刘以我恶咒厂公,本是难逃一死,却因大公子干预而获释。这才显得此事与他事不同。"薛贞说。

"德纯先生但知其一,不知其二。"倪文焕摇着头说。

"何谓其二?"薛贞问。

"大公子干预刘以我狱案,上公虽未显责,却对人说过,大公子不该滥充好人,这事,德纯先生知道吗?"倪文焕问。

"这却不知。"薛贞说。

"刘我以复下狱数日,大公子这次为何不再干预?"倪文焕问。

"是啊,我这两日也在等大公子来干预。"薛贞道,或是觉得一味地等,未免太消极,他又说,"该案问总是要问的。大公子不干预,问起来,可少几分顾虑。"

"大公子这次绝不会干预,德纯先生知是为何?"倪文焕问。

"我亦觉得大公子不会干预,为何却不知。"薛贞说。

"刘以我上次入狱,为的一个和尚,一首妖诗;这次入狱,为的一个术士,一笔银子。"倪文焕说。

把刘铎狱案归纳为一个和尚,一首妖诗,人人皆知;归纳为一个术士,一笔银子,薛贞还没听人说过。

"倪君,是怎么回事?"他问。

倪文焕把刘福携银进京被人敲诈而不报官的过程讲述一遍后,道:"德纯先生,你说此事怪也不怪?"

"确是很怪。"薛贞同意。

"其实,说怪也不怪。"倪文焕道,"京师有个术士,叫方景阳,刘福携该笔银项进京,是送与他的。"

"为何银子送与术士,被人诈去,就不敢报官?"薛贞仍然不懂。

"据称,方景阳善于蛊人致死。"倪文焕说。

"蛊人致死?莫非——"薛贞不敢说下去。

"不错。"倪文焕点头,"刘以我欲不利于上公,不惜工本。银子被人诈去,他敢声张吗?大公子与刘以我交情再深,在他心目中,上公与刘以我孰重孰轻,总不至于混淆吧?"

"此案是须尽早过问。"薛贞自语道,这一点,他已确信无疑;但还有一点,他仍感困惑,"欲蛊厂公,可定为大逆。不尽早过问,乃是旷职,罪过大矣;尽早过问,不过尽职而已。凡不利于厂公者，多下狱治罪。若网罗逆党者有功，自魏阁老始，许督帅、崔侍郎等都可谓功高盖世，但魏阁老仓惶去官，崔侍郎亦未显擢，论死刘以我一人，怎就可以保住我在刑部的位置？"

"虽魏阁老欲持议两端，但上公并没想加罪他；是他自家汗颜，在内阁混不下去。崔侍郎与上公父子相待，还需要其他显擢吗？倒是杀刘以我有何特别之处，我得与德纯先生说道说道。"倪文焕说着，问道，"去岁死去几个要紧的人，德纯先生还记得吧？"

"杨、左、周、魏、顾、袁六人。"薛贞道。

"德纯先生一定以为，此六人中，任何一人之死，都比刘以我之死，更令上公开心吧？"倪文焕问。

"难道有人以为，厂公之仇刘以我，比仇杨、左、周、魏、顾、袁六人更甚？"薛贞觉得不用正面回答。

倪文焕不与他计较，继续问道："今年死去几个要紧的人，德纯先生数得出来吗？"

"浙江织造李公公疏劾高、周起元、周顺昌、缪、黄、李、周宗建等七人，下诏狱。除周起元尚在，其他六人均已毙命。"薛贞回答之后，一手在胸前比画着，表示还有话说，"听说李公公送来的是空白文笺，人名是由朝中之人填写。倪君，此事确否？"

"只看其人死与不死，即知其事确与不确。"倪文焕觉得此事也不用正面回答。

"说的是。"薛贞不再追问，猜到倪文焕接下来要问什么，他主动说，"我可断定，此七人中，不，还是说此六人中吧，任何一人之死，都比刘以我之死，令厂公开心。"

"亦即，无人以为，上公之仇刘以我，比仇六人更甚。"倪文焕也用他的话续上，然后诘问，"但果真如此吗？"

"倪君有何高见？"薛贞问。

"前者死六人，后者死六人，共是一十二人，除一人畏罪自裁，德纯先生想想，其他十一人中可有一人是法司论死？"倪文焕道。

虽才掌刑部不久，但朝廷的大案，薛贞心里还是有数的。他说："别说法司论死，法司连讯问都不曾讯问过。"

"那是没有机会。"倪文焕道。

"今刘以我仍在东厂狱，法司也没有机会。"薛贞说。

"我说错，法司不是没有机会，是没找机会。"倪文焕改口。

"你是说，我该主动找机会？"薛贞问。

"这是德纯先生自家的事。德纯先生不主动找机会，难道会有人把机会送上门来不成！"倪文焕道。

"可机会如何找呢？"薛贞一时转不过弯来。

"看来，德纯先生年高，没个人帮忙参谋不成。"倪文焕笑道。

"有人送上门来，不帮忙参谋恐怕也不成吧。"薛贞亦笑。

"德纯先生，附耳上来。"倪文焕虚张声势地说，薛贞也装模作样地把耳朵贴过去，"刘以我未移法司，是上公对法司有疑虑，德纯先生若主动议其死罪，上公还不就势把刘以我交给法司论罪！"

薛贞在心里权衡着。有几点是肯定的：第一，魏忠贤确实憎恶刘铎，否则，一定会顾及魏良卿的面子。第二，死于法与死于刑，二者的差别很大。魏忠贤痛恨的人死不少，如倪文焕所说，都是死于刑讯之下，很少由法司论死。法司论死刘铎，会给魏忠贤留下深刻的印象，自己的前程可有保障。第三，即使法司不干预这桩案子，刘铎也难以活着从东厂狱或诏狱出来。有了这三条，虽然论死刘铎一事，难免有损名誉，难免招致骂名，也用不着顾忌。

八月下旬，刘铎论死。

## 第七十八章

皇帝上朝前，歇于便殿。偶一歪头，见殿下站立两三个人，与平日里见到的侍卫不同。平日里见到的侍卫都是两臂放松，垂手而立；他们却两臂紧夹着身体，双手搭在腹上，欲握未握。

皇帝手指他们问近侍："看他等眼熟吗？"

近侍说声"眼熟"，又说声"似不眼熟"。

"到底眼熟还是不眼熟？"皇帝问。

"看他等穿戴，与平日所见，无甚差别；看他等脸面，模模糊糊，又似与平日所见不同。"近侍说。

"去看看。"皇帝命道，近侍应一声，才要去，皇帝又嘱咐，"多带几个人去，朕看他等有些邪门。"

近侍去时不紧不慢地走着，回来时却是紧跑慢跑。他喘着粗气，脸色煞白，说起话来结结巴巴："爷料事如、如神，他等果、果是邪门。"

"别急，慢慢说。"皇帝道。

"那几个人胆大至极，怀里都揣着家伙！"近侍边说边指指皇帝刚才指过的方向，其实，那里早就没人。

"什么家伙？"皇帝问。

近侍忽想到，皇帝不习惯听市井俚语，于是改个词："他等怀里都揣着凶器呢。"

听到"凶器"二字，皇帝的脸色骤变。他问："是何凶器？"

"短匕。"近侍答道。

无论内臣中的侍卫，还是禁军侍卫，进入大内，一概不得携带兵器。他等怎么能怀揣短匕进宫呢？皇帝记得，先帝为储君时，有人欲持棒行凶，至今人们还喋喋不休地议论。那只是棍棒呀！今日有人携短匕进宫，岂不成更大的事件！

先得弄清这几个人的身份。想到这里，皇帝问道："他等是内宦，还是禁军？"

"一个内宦，两个禁军。"近侍说。

"内宦寄名于哪一大伴?"皇帝问。

"奴才不知。"近侍道。

"怎么,他不肯说?"皇帝发怒。

"他说倒是肯说;但赵钱孙李地说个名字,并无其人。"近侍道。

"那两个禁军呢?"皇帝问。

"那二人却不吭一声。"近侍说。

"朕看,这事你问不出,朕也问不出,还是交与东厂问吧。"皇帝道。

王体乾匆匆赶到东厂,魏忠贤正准备上轿离开。

"厂公是要回宫面驾吗?"王体乾问。

"是啊,爷交代,他在宫里坐等鞫讯的结果。"魏忠贤说。

"魏哥,走几步如何?"王体乾道。

他好久不称呼魏哥,这时叫一声,魏忠贤听出一定是大事。他把准备登轿的腿收回来,向外走去;并挥手向亲信长随们示意,在后面跟着,别离得太近。王体乾跟上去。

"王哥,宫里出事?"魏忠贤问。

"宫里没出什么事,厂公刚一离开,我就听永贞在值房里说,刺客一定出自太康伯府。我问何以得知,他说是料想如此。故我赶将过来,问个究竟。"王体乾说。

"怎么,我来问案,王哥也不放心?"魏忠贤冷笑。太康伯即张国纪,张皇后之父。李永贞称太康伯,而不径称国丈,显然是还有顾忌。他有顾忌,魏忠贤却没有,"王哥不是想知道究竟吗?我已问实,那个自称国丈的恶贼乃是元凶。"

"厂公亲自问案,爷放一百个心,我有什么不放心的!我只担心,厂公太急,一问出是太康伯指使,马上就去禀奏。"王体乾说。

"爷在坐等,主谋也问出来,不该即刻禀奏吗?"魏忠贤诘问。

"既问出太康伯指使,还真不能即刻禀奏。"王体乾说。

"这是为何?"魏忠贤问。

"就因他是太康伯呀!"王体乾道。

"哼,这叫什么浑话!"魏忠贤脸沉下来,"大逆之事,别说涉及国丈,即便涉及皇后,谁敢隐瞒!"

"问过太康伯,已涉及皇后,干吗还即便涉及皇后?但我得问一句:太康伯遣刺客进宫,总得有缘由吧?"王体乾道。

"这我问过,遣刺客进宫,当然要加害于爷。"魏忠贤说。

"我正要问:加害于爷,总得有缘由吧?"王体乾道。

"这我也问过,加害于爷,欲拥立信王。"魏忠贤说。

信王是皇弟朱由检,天启元年九月封,仍留居宫中。

"魏哥,此言大谬!"王体乾道,"太康伯是爷的国丈,非信王国丈。他欲加害于爷,而拥立信王,说出去,有谁会信?"

"爷也不会信吗?"魏忠贤问。

"我怕的就是爷也不会信。"王体乾说。

"可你才说爷对我一百个放心!"魏忠贤道。

"那是因为没涉及皇后。"王体乾说,"魏哥,我等侍奉爷多年,还不知爷的性子吗?爷什么事都可以听别人的,唯独对夫妻之情看得很重;不然,奉圣夫人不是没打过皇后的主意,皇后怎么还岿然不动呢?爷还对兄弟之情看得很重;不然,信王册封好几年,不是没人说过信王该就藩,信王怎么还留在宫里呢?你这一问,问出太康伯使刺客潜入宫里,把皇后娘娘牵连出来;又问出太康伯欲拥立信王,把信王殿下牵连出来。爷轻易会信吗?爷不信,必使人复审,魏哥,这个把柄被人抓住,事情可就闹得忒大。"

魏忠贤放慢脚步,低头走一会儿。王体乾也放慢脚步,好和他走齐。他却忽然又加快脚步,等王体乾赶上来,他说:"王哥这话,不是没有道理,只是说得太轻松,好像心里不憎恨太康伯似的;好像皇后把我比作赵高,和你没关系似的!她在爷面前挑唆,难道只想整治我一个人?难道整治我,你等的日子还会好过?"

"厂公息怒!"王体乾连连向他揖手,"厂公若不在,我等哪个会有好日子过;厂公憎恨太康伯,我等哪个不憎恨!不过,憎恨归憎恨,却不可操之过急,更不可轻举妄动。"

"你的意思,此事就此了结?"魏忠贤问。听王体乾方才一席话,他已经动心;抱怨两句,不过为的是发泄发泄。

"我的意思,不能就此了结。"王体乾却说。

"老王,这是何意?我怎听不懂你?"魏忠贤不悦。

"魏哥想呀,出现刺客,司礼监传开,宫里也想必传开,总得给爷一个交代吧?"王体乾道。

"你是说,他等刺客的身份须得坐实?"魏忠贤揣摩着他的意思。

"留他等活口,终是祸害。"王体乾进一步说。

当晚，怀揣短匕混入宫禁的三人在东厂狱中被杀，魏忠贤以歹徒畏罪身亡奏上。皇帝隐隐闻得此事似与太康伯有连，没再追究。

刘志选不善于钻营，不然，以叶向高同年进士的资历、七旬已过的年纪，不至于仍在正四品的顺天府府丞任上。一般人做官做到这种地步，早就心灰意冷；他却不，不但恋栈，还想着升秩晋级。

他最信任的人，是他从老家浙江慈溪带出来的家仆刘无才。别人问他，怎么给家仆起这么个怪名字，他说：女子无才便是德；奴字从女，也是无才的好。虽然整天无才无才地叫着，碰到事，还靠他拿主意。

"无才，有事吗？"刘志选问。

"老爷有事吗？"刘无才反问。

"你上次说，上公欲借宫变加罪太康伯，对吧？"刘志选问。

"岂止加罪太康伯，还要借此除去皇后娘娘！新的皇后娘娘都选好，是魏府的一位千金。"刘无才说。

"大公子之女？"刘志选问。

"听说是的。"刘无才道。

"怎的至今仍无声无息？可见日前传闻不确。"刘志选说。

"魏府里有头有脸的人物透露出来的，怎会不确！小的想，此事偃旗息鼓，不是上公爷爷改变主意，就是上公爷爷按照自己的盘算行事，却被万岁爷爷驳回。"刘无才说。

"你看，是上公的主意改变，还是皇上驳回？"刘志选问。

"小的看，是上公爷爷的主意改变。"刘无才说。

"你是说，上公不再想加罪太康伯，不再想改册皇后？"刘志选问。

"老爷想到哪儿去！小的是说，上公爷爷或以为，以宫变加罪太康伯，改册皇后娘娘，有所不妥。"刘无才说。

"也就是说，上公要找别的机会。"刘志选引申道。

"也就是说，老爷还有机会。"刘无才进一步引申。

"无才呀，你总说还有机会，我怎就看不到？"刘志选有几分气馁。

"老爷打起精神，就看到，"刘无才说，"譬如，老爷昨日讲，太康伯看中一个姓韦的宫婢，想把她骗出宫去，纳为小妾。小的不学无术，但久跟老爷，也知这件事大违礼法，可参上一本。"

"言之有理。上公欲加罪太康伯，这是个机会。"刘志选说。

"老爷欲巴结上公爷爷，这更是个机会。"刘无才道。

"我以此参太康伯，真能讨得上公欢心吗？"刘志选不很自信。

"老爷的毛病就在这里。不试一试，怎知能不能呢！"刘无才道。

"我不是不想试，是怕偷鸡不成，反蚀把米。"刘志选说。

"这一层，老爷倒不必担心。"刘无才道。

"为何不必担心？"刘志选问。

"老爷想想，自个儿多大岁数，上公爷爷才多大岁数？"刘无才道。

刘志选想想不错。自己七十岁已过，魏忠贤才六十上下，自己一定死在魏忠贤前面。那么，巴结魏忠贤之事，有什么不敢做的！

"你说得对，不试一试，怎知道能不能呢。"刘志选决心试一试，他脑海里立即浮现出参本的第一层意思：外家缉睦，则国母之壸德弥光；戚畹诪张，即圣主之优容亦过。念过这两句，他忽然产生一个新的想法，"无才，咱把皇后一起参上，你看如何？"

"老爷打算怎样参皇后？"刘无才问。

"不说韦氏是被太康伯骗出宫的，而说她是被皇后送入太康伯府的，此事亦大违礼法。"刘志选道。

"小的看不妥。"刘无才不赞成，"人家说投鼠忌器，老爷投的是鼠，何必自家非要把那'器'也捎上？"

"既如此，只参太康伯吧。"刘志选说着，把后面的句子也想好：区区习礼省愆，未弥宫方之谤，而塞道路之口。甚至訾及于丹山之穴、蓝田之种者，此又臣之所不敢深言也。

丹山在四川，蓝田在陕西。他用这两句暗喻皇后不是张国纪亲女，既言张国纪并非名正言顺的国丈，又言皇后出处不正，可谓一箭双雕。

皇上传谕，着张国纪洗心涤虑，毋自取罪。言辞虽然严厉，却绝无牵连皇后的意思。

## 第七十九章

时值腊月,辽东官军的冬衣还没完全解决,袁崇焕又开始为明年的军饷发愁。他是三月以右佥都御史巡抚辽东的,升职的原因当然是因为春季守卫宁远、挫退建虏的大战。经历那么一场大战,他觉得军心尚可用,关键是粮饷一定要供应得上。

"赵帅,你知今年总计亏我辽东粮饷若干?"他问赵率教。

赵率教原镇守山海关,在年初后金军攻打宁远时,率军来援。宁远镇将满桂嫌他赴援来迟,在战后不准他分功,二人生隙。袁崇焕知道,他二人皆为良将之才,对他们同等倚重;以为他们的争执不过是意气用事,也没太放在心上。谁知,满桂居功自傲,后来连他也不放在眼里。他在气愤之下,奏请朝廷,将满桂召回,而使赵率教移镇宁远。事后,袁崇焕觉得像满桂这样的良将闲置于京实在可惜,又奏请朝廷使镇山海关。满、赵二人就是在这一番摩擦之下更换镇所的。

"没仔细计算过,但想来总有三五万吧。"赵率教说。

"七万石有余,你不曾想到吧!"袁崇焕说着,又问,"赵帅可知,这七万亏饷是朝廷该拨未拨,还是既拨仍缺?"

"既曰亏饷,自是该拨而未拨,或虽拨而未至。"赵率教道。

"不错,是该拨而未拨。"袁崇焕说着,憧憬起最好的结果,"若是七万亏饷讨来,今冬的日子会好过些。"

"不必七万亏饷都讨来,能讨来半数,今冬的日子就好过得多;不仅今冬的日子好过,连明年的日子都会好过。"赵率教说。

听他的口气,必深知讨回亏饷不是件容易的事。

"金通判若在,筹粮之事,我大可不必操心。"袁崇焕说着,连连摇头,"可惜呀,真是可惜!"

年初守城时,金启宗在城上点燃火炮,发生意外,炮弹在炮膛内爆炸,他当场被炸死。袁崇焕一直引以为憾事。

二人正说着,程维瑛闯进来。他说:"元素先生,出大事了!元素先生,出大事了！"见赵率教也在，他点点头，唤了声"赵帅"。赵率教以为他会稍稍寒暄，谁知他说的也是"赵帅，出大事了"。

袁崇焕、赵率教相互看一眼，心里都在想：此人性格一向稳重，今天这是怎么了？

"来人，给程大人送杯茶来。"袁崇焕吩咐衙役。

"不用，不用！禀过此事，我还得去问下文。"程维瑛道。

袁崇焕不过引他开口，他既开口，袁崇焕一挥手，让衙役等退下。

"如此甚好，此事不宜流传出去。"程维瑛先称赞一句袁崇焕考虑得周到，才具体说事，"元素先生，虏酋亡矣！"

"哪个虏酋？"袁崇焕当然要问。

"大酋。"程维瑛答道。

袁崇焕知道，建州女真分为八旗，各旗的最高长官称都统；用他们自己的语言来说，即固山额真。努尔哈赤在万历四十四年还称英明汗。建立后金国，既有国，当有伪朝廷、伪大臣。据袁崇焕想来，八旗的都统，伪朝中类似于我朝内阁大学士、六部尚书及大都督等官职者，皆可称之为大酋。

"是哪一旗的都统，还是伪朝中哪个大员？"他问。

"是大酋。"程维瑛只是重复。

"大酋？"虽然他没有具体说出人来，但这一次重复更能表明此人是谁。袁崇焕猛然醒悟，道，"莫非是他？"

"元素先生所料不差，就是他！"程维瑛道。

赵率教也听出，他们说到的"他"，是努尔哈赤本人。他比袁崇焕、程维瑛二人显得更兴奋，"此酋既死，真乃天佑我大明！"又问，"程大人，这个消息确切吗？"

"逻卒扣下三人，有二人自沈阳来，我问过他等，都道沈阳全城举丧。除他，建房中谁还能享此荣耀！"程维瑛道。

"那么，他是死于疾病，抑或死于内乱？"赵率教问。

"所谓沈阳大乱，从未得过探报。"袁崇焕说着，求证道，"凡沈阳那边来的人，程大人都不会放过，可曾有闻？"

"不曾。"程维瑛道。

"故大酋定是死于疾病。"袁崇焕断言。

"元素先生所料不差，大酋是死于疾病，且是郁闷之疾。而大酋死于郁闷之疾，"程维瑛说到这里，向袁崇焕一揖，"乃拜元素先生所赐。"

"拜我所赐？怎讲？"袁崇焕问。

"大酋自诩善于用兵，与我朝交战以来，未尝败绩。但今年之初，建虏大举攻我宁远，结果如何？相持三日夜，虏攻城不下，死伤颇众；退兵，又为我邀击。自辽事起，官军从未有过这等大捷！"程维楧提及年初的战事，仍然充满激情，"据闻，大酋返回沈阳后，深以此败为耻，竟致一病不起。大酋之死，则在八月。"

袁崇焕、赵率教相视颔首。战事他们都亲身经历过，程维楧又说得头头是道，他们不能不相信实情如此。

"赵帅，正应你一句话。"袁崇焕说。

"不但今冬的日子好过，连明年的日子都好过。"赵率教知道他指的是自己哪一句话。

"不过可惜，赵帅和我，对，"袁崇焕指了指程维楧，说，"还包括同知大人，都不是过好日子的命呀。"

"元素先生此言何意？"赵率教问。

"我在想，何不借此机会，让建虏见识我之——"袁崇焕欲言且止。

"元素先生欲东讨沈阳？"赵率教问。

"赵帅以为我要让建虏领教我之威风；但我要说的，恰恰不是这两个字。"袁崇焕道。

"不是威风二字，却是哪两个字？"赵率教问。

"礼仪。"袁崇焕道。

"礼仪？"赵率教听到这两个字，像听天书，他问程维楧，"老程，你知道元素先生在打什么算盘吗？"

"下官想，元素先生看准沈阳，这不假；不过，不是为东讨，而是为吊唁。"程维楧说。

"吊唁大酋？元素先生果有此意？"赵率教吓一跳，"敌国之间，彼首领亡故，差人吊唁尚可。然建虏并非敌国，而是叛众。"

袁崇焕笑笑，没有马上回答他的质疑，而是先问程维楧："程大人既猜到我的心思，且说说此事行得行不得。"

程维楧稍稍一想，说："赵帅要让建虏见识我之威风，元素先生要让建虏见识我之礼仪；实则礼仪亦是威风。要不，怎么总有人说威仪呢？"

"喂！"袁崇焕止住他，"我与赵帅所言之异同，你不用弥合；只说说差人往沈阳吊唁，此事行得否。"

"敌国可吊唁，叛众不可吊唁，赵帅说得精辟。"程维瑛道。

"那么，不可行？"袁崇焕问。

"那又不然，"程维瑛道，"元素先生若遣官前往吊唁，譬如，遣下官前往吊唁，在下官，定要问一句：朝廷有旨否？在元素先生，定是回答：无旨。在下官，定要推辞：无旨，必不敢往。在元素先生——"

"在元素先生，必问：怎还未言及不然？"袁崇焕笑道。

"这就要说到，"程维瑛亦笑，"在元素先生，若不肯放弃，必寻虽知无旨亦敢前往吊唁之人。"

"何必费事，同知大人不肯去，不如我自家去。"袁崇焕说。

"这却万万不可。"程维瑛伸臂欲拦，好像袁崇焕说去就要去，"不但我要阻拦，我想，赵帅也要阻拦。"

"赵帅，会阻拦吗？"袁崇焕问。

"我不阻拦；元素先生要去，我随去。"赵率教说。

"同知大人才说，无旨，必不敢往，赵帅没听见？"袁崇焕道。

"无旨，必不可往，元素先生不知？"赵率教道。

二人不由得大笑。笑罢，袁崇焕问程维瑛："你让我去寻虽知无旨亦敢前往吊唁之人，必是想到可用之人吧？"

"想是想到，但不知合不合元素先生心意。"程维瑛说。

"正好我也想到一等人，不知和你想的一样不一样。"袁崇焕招招手，道，"来，来！程同知对着赵帅的左耳说，我对着赵帅的右耳说，一样不一样，立见分晓。"

二人分别对着赵率教的一只耳朵，低声说几个字。赵率教又惊又喜，指指袁崇焕，道："元素先生说的是——"又指指程维瑛，道，"老程说的是——"他忽然童心大起，指着自己的右耳说，"元素先生说的那人，自我右耳进去，本该从我左耳出来。"指着自己的左耳说，"老程说的那人，自我左耳进去，本该从我右耳出来。"然后说，"然二人走到半道相遇，故不知从我左耳出的人，是自右耳进去、径直走出左耳者，或是自左耳进去、走到半道又返回左耳者；从我右耳出的人，是自左耳进去、径直走出右耳者，或是自右耳进去、走到半道又返回右耳者。"

袁崇焕差遣一名云游至宁远的喇嘛僧前往沈阳，以他的名义，表示吊唁。后金国一向尊奉喇嘛教，差喇嘛僧为使，一则可以减少官方的色彩，一则易于被后金首领们接受。他们同意的话，该喇嘛僧还可以在努尔哈赤灵前念一念超度经文。

他没想到的是，继承后金国主位的四贝勒皇太极竟然做出回应，差九名使者至宁远，向袁崇焕致谢。

## 第八十章

　　刘荣年纪越大，办事越不利索。他只在名义上还为魏忠贤掌家，而魏府的实际掌家已换成王朝。掌家是大太监的第一个心腹，凡有求于大太监时，必要通过掌家，哪怕是大太监之间也不例外。李永贞为化解魏忠贤对他的不满，也不得不求到王朝。他把一块上好的宝石塞到王朝手里，道："听说小王哥已有意中人，此物正可配佳人。"

　　王朝瞥一眼，看出它的价值，心中大喜。但客气话不能不说两句："李叔的宝物，我怎敢要！九千岁知道，还不得把我的这只手剁掉！"

　　"不会，不会，他老人家眼下最想的，是撕烂我这张嘴，不是剁掉小王哥的手。"李永贞说。

　　"李叔不提自个儿那张嘴，我也不敢妄言；李叔既然提到自个儿那张嘴，我也不得不说上几句：李叔哪一样事不好管，却偏要在修建信王府一事上说三道四！"王朝责备道。

　　"莫非当真惹恼千岁？"李永贞问得多余，若不是知道魏忠贤真的气恼，他何至于如此惶惶不安！

　　"三日没去驾前答应，李叔说是不是当真惹恼千岁！"王朝道。

　　"无论千岁怎样处置，我是咎由自取；但千岁爷气坏身子，却不值得。小王哥呀，你得想个法子。"李永贞说。

　　"这么说，李叔找我，仅是怕九千岁气坏身子？"王朝问。

　　"还有，千岁爷气恼，小王哥的日子不是也不好过吗！"李永贞说。

　　"多谢李叔提醒，魏府里的事情，我还拿捏得住。"王朝说着，看看手里的宝石，"今日又得李叔赠宝，又得李叔提醒，我可受之有愧呀！"

　　"不必愧，不必愧！"李永贞揖道，在晚辈面前，这是少有的礼数，"我请小王哥化解千岁爷气恼，首要者，是为保住自个儿这张嘴。"

　　"好说！"王朝心里不愧，傲气马上显现，"李叔的事，我还能不管吗！不过，究竟怎么一回事，李叔得给我交个底吧？"

"嘴不好，无非是多句话。"李永贞道，"信王殿下婚礼在即，须移新府，爷亲自督促修建。原内官监合办物什，皆由内府支给。不知怎的，一日忽传须由本监搜括奏处。我不合问一句：为何不全数应付，而推诿一半于内官监？谁知便惹下大祸。"

"李叔难道不知，此乃九千岁虑时用匮乏而定？"王朝问。

"无人告我，我怎会知！若知是千岁拿的主意，我再糊涂，也不会多嘴。"李永贞自怨自艾，并把火气撒到工部尚书薛凤翔头上，"老薛既知由来，为何不和我说一声，却径上一奏本，透露于外！倒好像我公然与千岁爷做对。我真想把他那张嘴撕烂！"

"他是上疏，李叔要撕，也该把他那双手撕烂。不过，九千岁挺看重他的，一时恐怕还不能撕。"王朝说着，问道，"李叔只知是气恼，怕是还不知他老人家说的气话吧？"

"他怎说的？"李永贞忙问。

"他说：原来天下人的吹捧都是虚的，私下里都不把我放在眼里！"王朝学舌道。

"天地良心，我真是一时失言，怎敢有丝毫怠慢！"李永贞叫苦。

王朝在李永贞面前重复魏忠贤不知在什么场合说的话，是想告诉他，魏忠贤的气恼比他所想的还要严重；同时也告诉他，用一块宝石渡过难关，确实物有所值。

"李叔这两日且闭门思过，过两日再来给九千岁请安，我担保，九千岁以前见李叔是什么脸色，到时还是什么脸色。"王朝说。

天启七年正月里，朱由检认真地上一道奏本，请辞原景王府田庄归拨到自己名下的田租六千余金。做完这件事，他浑身觉得轻松许多。

光宗皇帝有七子，五子或夭或殇，除皇帝外，硕果仅存的只有天启元年九月被册封的信王。这就难怪皇帝对他表现出来的手足之情，远远超过列祖列宗。而皇帝越是对他仁爱，他越要深敛。一方面，他微服在京城走动时，颇知民间疾苦，也深知国家用度捉襟见肘，辞田租，权作回报吧；另一方面，从魏忠贤对修建新的信王府时的裁抑可以看出，他对自己颇为不满，颇为戒备，既如此，不如自己主动裁抑。

朱由检怀揣几块碎银子，带着两名王府的承奉，都穿民间的衣物，从后门出信王府。为避免引起魏忠贤的猜忌，他宁愿从前门外出，除非有特别的原因。今天他就有特别的原因，因为他要去见一个特别的人。他和这个人相见，一定不能让魏忠贤知道，一定不能让东厂的番子和锦衣卫的官校知道，否则，他们正在做的那件事很可能做不成。

其实，他也叫不出要见之人的名字；只知道他原来是宫中的侍者，多年前，曾在宫里照料过皇帝，照料过他，还照料过皇八妹。而皇八妹册封遂平公主、下嫁齐赞元后，他又在驸马府当差。

皮裤胡同和锡蜡胡同紧挨着，离王府说远不远，说近不近。朱由检在两个胡同口间找棵大树，指指地下，一名承奉把一个垫子放好。他坐下后，捧着一本书读。读书人从灯市口的书肆买书，就近找个地方歇脚，是很寻常的事。

他等的人从锡蜡胡同口走到皮裤胡同口，又从皮裤胡同口走到锡蜡胡同口，见没有什么形迹可疑的人，这才走近朱由检。

"奴才给殿下叩安！"在驸马府当差的侍者低声说。

"以后在外面，把称谓省了吧。"朱由检昐咐，话音也很低。

"是。"侍者虽应一声，但觉得不能坏上下名分，他使个眼色，说，"以后在外面见到殿下，我使这么个眼色，就当我在称呼殿下。"

"就这样吧。"朱由检马上转入正题，否则还不知道他要称多少次殿下，"你是何时去的西山？"

"腊月初五日。"侍者回答，"一则，腊月初十之后，奴才忙府里的事，只怕没空去西山；二则，快过年，怎么也不能辜负小爷对贤妃娘娘的孝心。故奴才禀明公主，去趟西山。"

他说的是光宗皇帝贤妃刘氏，朱由检生母。刘氏死于万历后期，名分是太子淑人，贤妃的名号是光宗登极后追封的。这个侍者以前服侍过刘氏，所以知道刘氏的坟茔在何处。

"难得你为我母子二人着想。"朱由检说句感激的话，又问，"申懿王的坟茔拾掇得还洁净吧？"

侍者把刘氏的坟茔称作刘娘娘坟，朱由检不称刘娘娘坟，而称别坟，是担心被别人偷听去。申懿王是宪宗皇帝第十四子，未就藩而病故，葬于西山。朱由检没去过西山；但听侍者说过，刘娘娘坟茔与申懿王坟茔相邻而立，故以申懿王坟茔代替刘娘娘坟茔。

"很是洁净，小爷放心。"侍者道，"奴才在附近找两户人家，各给些银子，让他们轮值打扫那座坟茔。他们问奴才，要打扫到什么程度，奴才给他们留下了四个字：一尘不染。"

"此事你办得很好！"朱由检说着，掏出怀里的银子，交给侍者，"隔些日子，你买些香烛祭品，代我去祭一祭，便如我亲祭一般。"

"小爷放心。下月，公主总还要命我出城，我代殿下在老娘娘坟茔前磕几个响头。"侍者说。

离开侍者后，朱由检悬着的心松弛下来，他不想径回王府，于是沿着御河一直往南走，不知不觉，走到太庙前。真是鬼使神差，才想着要在母亲坟前烧一炷香，却一下来到太庙，他想。

"此处认得千岁爷的人多，咱回去吧。"一承奉低声对他说。

"好。"朱由检点头答应。但就在他转身要走时，有人闹起来。

闹事的是两个小宦者。他们各提一个食盒，并肩从宫里出来，不知要送往哪里去。其中一人调皮，走着走着，腿不往前迈，而是向侧面一伸。另一人被绊，打了个趔趄，仆倒在地。绊人的宦者哈哈大笑。

被绊的宦者脾气暴躁，爬起来，不忙着收拾食盒，却上前一把揪住绊他的宦者，抡起拳头就打。

绊人的宦者把食盒一扔，一边躲闪，一边叫道："爷，浑不讲理的小六子又要打人！""浑不讲理"多半是皇帝对那个小宦者的评语。

"你叫爷有用吗！在此处使坏，你把爷的祖宗都得罪；我不打你，回去和爷说起事由，爷也要打你。"被绊的宦者说。

"我得罪哪一位祖宗，你倒说说看。"绊人的宦者道。

"你以为我说不出来吗！"被绊的宦者像撒泼的妇人一样号叫起来，"太祖高皇帝爷显灵，来惩治无法无天的小六子吧！成祖文皇帝爷显灵，来惩治无恶不作的小六子吧！仁宗昭皇帝爷显灵，来惩治怙恶不悛的小六子吧！宣宗章皇帝爷显灵，来惩治恶贯满盈的小六子吧！"

他依次呼叫着祖宗祷告，每呼叫一次，就给绊人的宦者加上一个恶名，要不是被打断，他会一直呼叫下去。

"打住吧，别麻烦祖宗们；既认准爷要打我，何不回宫后试一试！"绊人的宦者道。

被绊的宦者愣了愣神，说："我认准爷要打你；但也说不定，爷被你巧言所惑，手下留情，我这一跤岂不是白摔？"

"爷都不打我，你敢打我，难道你比爷还了得？"绊人的宦者道。

听他这么一说，被绊的宦者拳头举在空中，不敢落下去。

这两个人一定闹惯，来来往往的宦者只管看热闹，谁也不上去劝解。有人还在一旁说着风凉话："这拳头若是举起来，还能收回去，以后在谁面前都别再举起来。"

"人家有九千岁的庇护，你了得，你打他个试试。"另有人说。

朱由检看不下去，听不下去。他快步上前，把两个倒地的食盒扶起。见有人出来干涉，周围看热闹的宦者都不出声；无人捧场，打闹的两个小宦者也安静下来。

"有人提到'此处'，我倒要问一句，此处为何处呀？"朱由检道。

"你管得着吗！"被绊的小宦者看也不看他一眼，果然是浑不讲理。

一名信王府承奉也认得该宦者，喝道："小六子！"

被绊的宦者被喝断声所惊，才要和信王府承奉打招呼，忽然发现朱由检看上去很眼熟，竟没有招呼出来。

绊人的宦者也认出朱由检，他比被绊的宦者乖巧，不和承奉招呼，而直接和朱由检招呼："信王殿下怎的到此？"

看热闹的人有认得朱由检的，有不认得朱由检的；但不论认得的，还是不认得的，都知道他和宫里大小太监打交道时，轻易不发一言。今日倒要看看，他如何处置此事。

"他说你在此处使坏，却说不出此处为何处，你想必知道吧？"朱由检问绊人的宦者。

"千岁爷理他呢！在爷面前，他也常出大言唬人，我等都习以为常，连爷也习以为常。他说句话，我们大家都以为是放个屁，千岁爷也以为是放个屁吧。"绊人的宦者嬉笑着说。

"今日他的话，我却不以为是放个屁。"朱由检不苟言笑地说，"此处为何处，容得尔辈恣肆！"

绊人的宦者碰壁，立即恢复无赖本色。他说："千岁爷说奴才辈恣肆，就算奴才辈恣肆，千岁爷不妨恣肆着给奴才辈安个罪名。"

"你以为尔辈无罪吗？"朱由检手向他一指，道，"此处乃太庙，是天子祭奠列祖列宗之所。我皇兄到此，尚且收敛其气，恭敬其心；尔辈则敢乱掷器物，出言不逊，擅称圣号，惊动列祖！尔辈罪还小吗！别说我奏明皇上，他饶不过尔等；就是我告与厂臣知道，他能饶过尔等吗？"

他几句话，不怒而威，不严而肃，绊人的宦者拉被绊的宦者一把，二人并排跪下，叩头请罪："奴才们犯错，千岁爷宽恕则个，千万别奏明万岁爷，千万别告与厂公爷爷知道！"

其他宦者也纷纷跪下叩头，道："他二人浑闹，奴才等不曾拦阻，罪过也不小，望千岁殿下宽恕。"

他们没听到回应。胆大的宦者抬起头看，朱由检早已不在。

# 第八十一章

顺天巡抚刘诏传檄他所辖制的各官速来喜峰口。各官不知为的何事，接檄后无不紧赶慢赶。遵化兵备副使耿如杞离得较远，比其他人晚到一天。他很奇怪，喜峰口虽设顺天巡抚行署，但顺天巡抚本驻遵化，刘诏有什么事不能在遵化对他说，偏要把他叫到喜峰口来？因此，他逢人就问召他等的事由。没人能告诉他；或是有人能告诉他，却不愿说。

或因同驻遵化，刘诏对他格外关照，他一到，就差人把他请去。

见过礼后，耿如杞急问："老大人，喜峰口出何事？"

他称刘诏老大人，多少有点儿讽刺的味道。他是万历四十四年进士，而刘诏是万历四十七年进士，比他还晚一科。当然，他对刘诏不满，不光因为其资浅而官高，万历四十七年进士中，官至巡抚都御史的不止刘诏一人，袁崇焕也是。耿如杞对袁崇焕不像对刘诏一样反感，主要是因为同驻一城，他对刘诏的所作所为看得清清楚楚。

"有件天大的事，故将众官召来；众官都到，只等楚材吾兄。"刘诏对耿如杞反而很亲热。耿如杞字楚材，是山东馆陶人。刘诏则是河南杞县人。他问，"楚材兄以前到过喜峰口吗？"

"到过。"耿如杞回答。

"喜峰口内有座景忠山，楚材兄可知？"刘诏问。

"略有所闻。"耿如杞道。

"各官都去瞻仰过，我陪楚材兄同去。"刘诏说。

"瞻仰？"耿如杞觉得这两个字用得很怪，他问，"景忠山供着哪一方神圣，还是老大人欲在该处排兵布阵？"

"一到便知，一到便知。"刘诏含糊其词地说。

二人出衙，骑马而行，后面跟着几名行署的亲随。

"各官去景忠山，都是行署差人陪同；楚材兄去景忠山，我却要亲自陪同。"刘诏说着，问道，"楚材兄知是什么缘故吗？"

"老大人的心思，下官怎猜得透？"耿如杞仍然话带讥刺。

"楚材兄，你我大有缘分呀！"刘诏道。

"大有缘分？"耿如杞怎么也没想到，会是这样一个答案，"老大人是指同城为官吗？那不过是个巧合，说不上缘分。况且，老大人久在喜峰口，遵化城里的巡抚衙门已成虚设。"

"其他人同城为官，或是巧合，未必是缘分；我与楚材兄同城为官，却一定是缘分。"刘诏说。

"老大人这话怎讲？"耿如杞问。

"楚材兄的名讳中有个杞字，我的乡贯中也有个杞字，楚材兄的名讳中，杞字之上为如字，我二人同城为官，还不是缘分吗？"刘诏道。

"这么说，我名字里的杞，是随老大人乡贯里的杞？"耿如杞问。

"也说不定，我乡贯中的杞，是随楚材兄名讳中的杞。"刘诏很大度。

"那倒要辨析辨析。"耿如杞道，"家父曾告诉下官，为我取名如杞，是因为古有杞人忧天，要我不忘忧世。老大人乡贯里的那个杞，正是杞人忧天的杞，但不知老大人可有忧世之心？"

刘诏原本想，以自己的身份，和耿如杞套近乎，耿如杞应该感激才是；不料却碰一鼻子灰。他有些尴尬，支吾着说："你我恰逢盛世，我不忧世，楚材兄也不必忧世。"

"看来，同是一个杞，未必有缘。"耿如杞说着，口气一转，"老大人不让我忧世，那就不忧世吧。不为世忧，改为人忧，如何？"

"楚材兄要为何人忧？"刘诏问。

"与老大人同行，自是为老大人忧。"耿如杞道。

"为我忧？所忧何事？"刘诏问。

"忧字用的或不恰当，我是为老大人抱不平。"耿如杞说。

在刘诏想来，耿如杞对自己只有羡慕的份儿；或者，也会嫉妒；而为自己抱打不平，是绝不会有的事。他不高兴地说："朝廷待我恩重，厂公待我不薄，楚材兄若在我的位置，尚有不足乎！"

"我欲论的，正是薄与不薄。"耿如杞说。

"薄即薄，不薄即不薄，还有什么可说的吗？"刘诏问。

"有啊！"耿如杞道，"厂公待人，有看上去薄的，其实亦不厚；有看上去薄的，其实倒爱之深。"

"有这事？"刘诏每日里都在琢磨怎样讨魏忠贤欢心，却没琢磨过魏忠贤待人厚薄；谁知看上去从未琢磨怎样讨魏忠贤欢心的耿如杞，倒琢磨上。他揖道，"楚材兄，你举个例子。"

"下官闻得，厂公最亲信的文职有五，人视为五虎，老大人亦有所闻乎？"耿如杞问。

"岂止有所闻，亦皆与我交好。"刘诏说。

"但不知老大人所闻五虎与下官所闻五虎，是否相同？"耿如杞道。

"我所知者，乃工部尚书兼左都御史崔公呈秀、工部尚书吴公淳夫、兵部尚书田公吉、太常寺卿倪公文焕、副都御史李公夔龙。"刘诏说。

"与下官所闻，无一不同。"耿如杞说着，抛出一句意味深长的伤人的话，"下官甚感怪异者，老大人的名字却未列入其中！"

刘诏顿时气沮，好在骑马，不易被人看出。他遮掩道："并不怪异，所谓五虎者，皆在朝任职。"

"原来有这么个讲究。"耿如杞也不争辩，"下官闻得，除五虎外，厂公亲信还有五彪，此事可有？"

"也是有的。"刘诏应道。

"似乎亦未将老大人列入。"耿如杞道。

"五彪者，皆非文臣。"刘诏说。

"是吗？"耿如杞似信非信。

"左都督田公尔耕、锦衣卫都指挥佥事许显纯、锦衣卫指挥崔应元、东厂理刑官孙云鹤、东厂理刑官杨寰，哪一个是文职？"刘诏急切地说出五个人，好像其中要是有一个文官，他就很丢面子。

耿如杞笑笑，说："原来是此五人，却无人对下官仔细言及。"

"楚材兄先问五虎，续问五彪，究竟何意？"刘诏问。

"老大人少安毋躁，还有呢。"耿如杞道，"五虎皆在朝文职，五彪又非文职，且不去说它。尚有十狗、十孩儿等名目，虽不甚雅，却无一不为厂公所宠。"说罢，问道，"老大人，是吧？"

"是又怎样？"刘诏不仅气沮，还有些生气。

耿如杞不慌不忙，接着说："据下官所知，十狗者，如吏部尚书周应秋、工部主事曹钦程等；十孩儿者，如兵科给事中李鲁生、御史石三畏等。御史、给谏，特别是主事，早就不是老大人所求；即便如周大人，贵为大冢宰，却排不到五虎中，排不到五彪中，而只能排到十狗中，老大人也是耻与为伍的，对吧？"

刘诏觉得这是个台阶，欲乘势而下："楚材兄既知我的心思，为何还要为我抱打不平！"

"厂公待老大人说薄不薄，说厚不厚，总是令人尴尬；况且，信用不信用，也不能只看是不是在朝，是文臣或不是文臣。"耿如杞说。

"依楚材兄，当看何事？"刘诏问。

"忠忱。"耿如杞道，"下官以为，论忠忱，无论五虎，还是五彪，都不能与老大人媲美。下官只举一事：百官为厂公贺寿，崔大人称曰九千岁，以为登峰造极；而老大人于肃宁拜谒厂公生祠，径呼九千九百岁，所胜岂止一筹！"

"我的苦心，只有楚材兄知道呀！"刘诏叹道，他指指前方，说，"待见景忠山景象，楚材兄应知，我胜于他等者不止一事。"

景忠山头，立起一座魏忠贤生祠。因为要奏请皇帝题写匾额，匾没有挂上去。但祠中的魏忠贤塑像和供案等，均成规模。耿如杞见过几处魏忠贤的生祠，在遵化城里也有不止一座，这一处不同的是，塑像头顶加冕，冕前后垂旒。九千九百岁和万岁之间的最后一点差别，在这座生祠里，也被修建者弥合。

"今次唤各官来，一是庙祠新建，大家都该来参谒；二是想约各官一起上疏，请皇上赐额。总督阎大人已答应与我共署此疏，我拟将楚材兄的名字列在第三位。"刘诏说。

阎大人即阎鸣泰。王之臣为蓟、辽总督时，阎鸣泰为顺天巡抚，今年初，王之臣回朝任兵部尚书，阎鸣泰升任蓟、辽总督，而刘诏代为巡抚。说起来，阎鸣泰正好是刘诏的前任。

"此事还须从长计议。"耿如杞说。

"楚材兄不欲署名？"刘诏问。

"不是不欲，而是不宜。"耿如杞说，"老大人想想，建祠乃老大人与督臣倡议、督建，今使各官署名，岂不是分去两位大人的功绩？"

刘诏本来盘算得好好的，却被耿如杞一个简单的理由堵回去。他不无愤懑地说："但参谒之礼总是该行的吧？"

"那是，老大人先请。"耿如杞让道。

刘诏先进祠中，跪在魏忠贤像前，行五拜三叩头礼，称道："孩儿恭祝老爹九千九百岁！"无论进京拜谒魏忠贤时，还是致函魏忠贤，他都以孩儿自居。这一层关系，本不足为其他官员道。但耿如杞一路上的话语，让刘诏觉得，他对此会很羡慕。

　　他希望在自己的祷祝之后，能听到耿如杞也呼九千九百岁，由他首倡的这个称呼如果得到广泛响应，一定会让魏忠贤另眼相看。等一会儿，没听到。他想，耿如杞不愿呼九千九百岁，能在他之后呼一声九千岁也是好的；又想，能在他之后呼一声上公、元臣、厂公之类，也是好的。但他一次又一次地失望。他起身，上香，然后回头看去。这才发现，耿如杞根本不在。

　　"耿大人呢？"他问行署的亲随。

　　"耿大人已上马而去。"亲随说。

　　"他，他竟未行礼？"刘诏问。

　　"虽行礼，却与大人行礼不同。"亲随说。

　　"他是如何行礼的？"刘诏问。

　　"他半揖之后，即转身去。"亲随说。

　　半揖是揖到什么程度，只有自己体会。刘诏倒吸口凉气。他猛然间觉察，耿如杞一路上说的那些话，不过是在取笑他、戏弄他而已。他想把耿如杞收作心腹，对他推心置腹，实在是愚蠢透顶。

　　既不为同道，就不能同存，他想。

　　他上疏弹劾耿如杞举动乖张，同时密报魏忠贤，耿如杞入生祠不拜。耿如杞被逮下诏狱，坐赃六千三百金，论死。

# 第八十二章

　　工部主事吕下问到徽州，最先松一口气的，是署理徽州府事的同知石万程。按说，论品秩，同知高过主事；但一来，主事是朝廷差遣，二来，吕下问资深，是万历四十一年进士，而石万程才是天启二年进士，因此，石万程一直抱以谦恭的态度。

　　"钦差既到，但愿事情有所转机。"他把决定权推给吕下问。

　　"石太守有何事，竟说到转机？"吕下问不冷不热地问道。

　　"吴氏父子瘐死狱中，若不尽快决案，恐有他虞。"石万程说。

　　"石太守言之差矣，我奉旨来勘查山林，并非勘查命案。"吕下问说。

　　吴氏父子，即歙县大族吴养春及其子，因家人出首，告他父子隐占黄山山林，下狱勘问。事情重大，石万程不敢轻易断案，于是上奏朝廷。山林之事该工部管，朝廷差吕下问前来查实。

　　"说到勘查山林，隐占之说似另有隐情。"石万程道。

　　"隐占山林，是石太守奏闻，怎的又有隐情？"吕下问不满地问。

　　"吴氏父子隐占山林，初时确有人首告；但吴氏既死，首告者惊恐，承认是受人唆使。"石万程说。

　　"首告者不是吴养春家奴吗？"吕下问问道。

　　"是。"石万程应道。

　　"既是家奴，怎会受人唆使？是许以好处吗？"吕下问问道。

　　"一是许以好处，二是唆使之人与吴养春家奴间亦密切。"石万程说。

　　"还能比主仆间更密切？"吕下问质疑。

　　"至少是相差不远吧。"石万程道，"唆使家奴首告主人者，乃翰林编修吴孔嘉，他与吴养春同族同宗。"

　　"同宗而有仇？"吕下问就他的话推测。

　　"想必是的。"石万程说。

　　"石太守或是问出隐情，可惜，已晚。"吕下问道。

"吕大人的意思，此案不可更改？"石万程问。

"绝不可更改！"吕下问斩钉截铁地说。

"是因为吴养春死无对证吗？"石万程问。

"是因为——"吕下问不直接回答，而是反问一句，"石太守可知，我出京时，是谁向我交代的案情吗？"

"不会是大司空薛老大人，或崔老大人吧？"石万程道。

"若是本衙两位堂官交代，没什么不可更改的；是上公将我唤到府里，亲自交代的。"吕下问说，"石太守想，这案子还能更改吗？"

魏忠贤过问，石万程有天大的胆子，也不敢再提更改。他只是感到困惑："吴翰林不过是天启五年的进士，却能径直向上公进言？"

说到资历深浅，正触到吕下问痛处，他酸溜溜地说："那有什么，上公乐于拔擢人才呀！"

"那么，上公之意是——"石万程试探着问。

"将吴养春父子，及其他豪室所隐占的山林，一并勘察清楚，归于官府。"吕下问说着，揖了揖，"石太守，还望鼎力相助。"

石万程还一揖，道："职责所在，岂敢推托！"

徽州有好酒好茶。吕下问每天早晨一杯茶，喝足后到山里去转上一天，半是问事，半是游览。事问得差不多，景游得差不多，回到下榻的馆驿，命烫上一壶酒，炒上两碟小菜，自饮自娱。他不再主动找石万程，因为他是钦差，应该也完全可以独自勘问；石万程也不主动找他，因为对这桩隐占山林案，作为父母官，越来越插不上手。

这天晚上，吕下问和其他日子一样，饮过一壶酒，吃过几口饭后，倦意涌头，很快就进入梦乡。忽然，一阵猛烈的敲门声把他惊醒。

"吕大人，吕大人！"伴着敲门声，外面有人不停地叫着。

"谁呀？"吕下问闷声闷气地问。

"吕大人，是卑职。"外面的人答道。

吕下问听出是驿丞，不耐烦地问："何事？"

"石大人来看望吕大人。"驿丞说。

石万程不来是不来，一来却选择深更半夜，这使得吕下问的睡意一下被驱除一大半。无论从二人的关系来说，还是出于礼貌，不是有特别急的事，他是不会来馆驿的。吕下问忙起床更衣，打开房门。

石万程焦虑地走来走去，步子迈得很大很急，和一动不动地站在门前的驿丞形成鲜明对照。

吕下问更加相信自己的判断。他问："石太守，出了何事？"

石万程点点头，道："吕大人已换衣服，甚好，你我边走边说。"

吕下问才要随他走，又觉得应该问清楚："石太守要领我去何处？"

"恐怕得出城。"石万程边说，边往外让吕下问。

听说出城，吕下问先是一愣，随即索性返回房间。

"徽州虽在石太守治下，但也是王土；石太守怎的想逐我出境就逐我出境！"他说。

石万程不得不随他进屋，边进边说："吕大人误会，不是在下欲逐吕大人出境；而是大乱即发，吕大人留在城内，恐生意外。"

"大乱？"吕下问停下，与石万程面对面地站定，"石太守所言大乱，是什么意思呀？"

"大人勘察山林，牵连甚众，四乡之民，今夜齐集，欲闯进城来，与大人理论。我得知此事，顾不上应付，先来劝大人移驾。"石万程说。

"四乡之民，能有几多？"吕下问问道。

"数千上万。"石万城说。

"勘察才开始，就能聚这么多人？他等是在恐吓吧！"吕下问不信。

"我初时也以为是恐吓，但报信者接二连三。石大人，宁可信其有，不可信其无呀！"石万程道。

"依你之见，我只能狼狈逃命，不顾差事？"吕下问还在犹豫。

"先避过风头，再议其他吧。"石万程说。

好像在回应他的话，方才只是隐隐听到的声息忽然变得清晰。不难判断，人们正从四面八方向馆驿聚集过来，应该很快就到大门外。无数的火炬在空中泛着红光，似乎要把整个馆驿吞没。

"吕大人，再不速去，恐怕无法走脱。"石万程催促道。

"卑职以为，已经无法走脱。"驿丞却说。

石万程一想，可不是！现在出去，正好和四乡乱民撞上，那才是自投罗网呢。他的想法很简单，只要吕下问离开险地，别的都好说。既然吕下问无法安全离开，他不得不考虑用其他办法来保全吕下问。

吕下问却等不及他的主意,道:"石大人,一定要离开此地呀!"

石万程看他一眼,没有接话,心想:这会儿你愿狼狈逃命?

"大人,或可从后面离开。"驿丞提议。

"馆驿有后门?"石万程问。

"没有,但后墙不高。"驿丞说。

石万程和驿丞费好大的气力,才帮着吕下问爬上后院院墙,翻到馆驿外;至于他如何逃命,他们实在顾不上了。

差不多同时,四乡之民用刀斧等器具,把大门砍开,冲将进来。

四月,大理寺评事许志吉复往徽州。吕下问奏闻徽州民乱,朝廷责他办事不利,有损国威,命他回朝听勘,而以许志吉代之。

石万程没被处分,实属万幸,与许志吉相见时,心情忐忑。

"黄山之事出此乱子,不能再出乱子。"许志吉对他说。

这像是在重复朝中某个重要人物的话,石万程感到,朝廷处置隐占黄山山林一事,立场,或至少是方法,有所改变。

"大人说的是。急则易乱,处置此事不可太急。"他说。

"此言差矣。上公的意思,处置此事不可太宽。"许志吉纠正道,并指出,"前者处置过宽,石太守是有责任的;今次定要引以为戒。"

"是,是。"石万程胡乱应着,头脑里一片空白。吕下问勘查时,凡有举告者,一定要追查到底;而且,似有似无时,一定从有。如果这还不算严查,怎样才算严查?既想不出头绪,他只能问,"勘查隐占,许大人准备如何着手?"

"先从石太守这里着手。"许志吉说。

"从在下着手?"石万程好在没做什么亏心事,不然肯定要被吓个半死,"在下是在舍下等候勘问,还是在衙里等候勘问?"

"在此处即可。"许志吉说着,手往下一指。他不但确定勘问的地点,而且确定马上就开始勘问。

"好,大人问吧,在下若伙同当地豪室侵占山林,一定供认不讳。"石万程被逼到这种程度,没什么好再怕的。

"不,不,石太守没听明白我的话。"许志吉却说,"我是要问问石太守,黄山山林是怎样计算的,并无疑及石太守监守自盗。"

"这个嘛,府志上有几种记载。"石万程说。

"石太守可曾丈过？"许志吉问。

"在下到徽州府任上后，大约丈过。"石万程说。

"史志上的记载，我自可查得；石太守只说说自家丈得的数字是多少。"许志吉道。

"据在下所丈，黄山周边约三百六十里，计有三十六峰，峰间生长林木之处，约有二千四百亩。"石万程说。

"各种树木若干？"这是许志吉最关心的。

"约十二万株。"石万程说。

"十二万株，石太守是数出来的吗？"许志吉问。

"数？"石万程苦笑，他不知许志吉是真迂，还是装腔作势，"别的事情都不做，也得数上十年！"

"那是估出来的？"许志吉仍问得一本正经。

"是。"石万程应道。

"石太守是如何估的？"许志吉刨根问底。

"以每亩约五十株计。"石万程说。

"每亩五十株，所据者何？"许志吉问。

"在下倒是一亩一亩数过几处。"石万程说。

"都是每亩五十株吗？"许志吉问。

"五十株有之，二三十株有之，二百余株亦有之。在下取其中，以每亩五十株计之，"石万程说。

"我看，石太守不是取其中，而是取其下。"许志吉摇头道。

"怎么？"石万程问。

"石太守看啊！"许志吉为他算账，"若一处五十株，一处百株，一处无树，三处取其中，为五十株。今者一处五十株，一处二三十株，一处二百余株，取其中的话，怎会是五十株呢？即便把二百余株的余舍去，取其中，也该是九十株呀！"

石万程不得不承认，他的话有道理。当初并不是很认真估的，现在只得认真再估一次。他算道："以每亩九十株计，共该二十一万六千株。"

"不如估作二十五万五千五百。"许志吉说。

"怎有这多！"石万程惊道。

"一则，我不想将二百余株的余舍去；二则，石太守不觉得，二十五万五千五百，这个数字很好吗？"许志吉说着，做出决定。"石太守，你我就按照这个数字，悉数追缴吧。"

石万程终于看出他的心思。自己对林木的估算，或是取其下；而他是要取其上，而且是极上。按照取其下追缴，会是什么样的结果，石万程无法想象；而按照取其上、取其极上追缴，无疑会造成更大的动乱。即使一时不追缴，这个沉重的负担也会永久地加在歙民身上，加在他们子孙后代的身上。

石万程没有能力造福一方，但也实在不愿为某人的一句话遗祸一方。当晚，他挂印削发，找一座寺院出家。

# 第八十三章

国子监虽定有监规，天黑后仍常有监生三五相约，出外饮酒。

五月的一天晚上，一个姓王的监生过生日，和几个要好的监生找个酒馆小酌。被约的监生都在想，说说诗文，起个酒令，对个对联，反正能让正主高兴就好。谁知，正主一开口，就高兴不起来。

"锦州被困，诸兄可有所闻？"姓王的监生问。

"兵者，凶器也。王兄的吉日，莫谈不吉之事。"一个姓顾的监生说。

"国家兴亡，匹夫有责，东虏已打到国门口，还有什么好忌讳的！"姓王的监生道。

他既然铁了心要谈论此事，其他监生不便再阻拦；况且，辽东的战事，也是人人都关心的。

"王兄忧国忧民，足见高义。不过，在小弟看来，东虏虽围锦州，尚不足深忧。"一个姓李的监生说。

"怎么？"不但姓王的监生把头凑过去，其他监生也多把头凑过去。

"赵帅守锦州，固若金汤；东虏来势虽猛，却没得着便宜。"姓李的监生说。

"李兄可知其详？"一个姓林的监生问。

姓李的监生摆出说书的架势，述道："话说本年正月，东虏发兵朝鲜，三月，赵帅移镇锦州，五月，东虏来围锦州。赵帅及副帅左辅、朱梅等据城固守。城中有大炮，赵帅立于其侧，只见宝剑向城下一指，炮发，杀敌甚众。东虏围城多日，无奈我何。此等景象，东虏围沈阳时未曾见过，围辽阳时未曾见过，围广宁时未曾见过，而见于今日。"

"李兄一席话，说是故事，太过粗略；说是奏表，太过啰唆。总之一句话，乏善可言。"一个姓刘的监生评论道。

"粗略，啰唆，尚在其次。"姓顾的监生说。

"在顾兄看来，要在何事？"姓林的监生问。

"不得要领。"姓顾的监生道,"譬如,三月,赵帅移镇锦州,交代得不清不楚。东房发兵朝鲜,赵帅为何要移镇锦州呢?"

"我说不出来,顾兄说得出来吗?"姓李的监生问。

"弟还真能说出一二,"姓顾的监生道,"东房发兵朝鲜,辽抚元素先生先遣赵帅督兵往三岔河牵制,复奏请修筑锦州、大凌河、中左所三城,作恢复辽东计,而命赵帅移师锦州以护各地工程。故东房进犯锦州时,被赵帅候个正着。"

"顾兄是说,论守锦州功,元素先生应列首位吧?"姓林的监生问。

"这还有什么疑义吗?"姓顾的监生反问。

"元素先生功列首位,并无疑义;但我以为,元素先生之功,又不仅在于锦州得以固守。"姓林的监生道,"近年以来,于辽东修筑城池之议,少之又少;而修筑城池非为圄守,乃图恢复,更是绝无仅有。就凭元素先生恢复之志,自辽事以来,可以独拔头筹。"

"林兄说得好!"姓李的监生借称赞姓林的监生的机会,反击姓顾的监生,"有人道我的一席话不得要领;殊不知,他那一席话,亦距要领甚远。"

"林兄一席话,好固然好,不过,据弟看来,尚不能将首功贸然加于元素先生。"姓刘的监生想在两名同窗之间和稀泥;或者说,想提出和他们二人都不尽相同的见解。

"刘兄这话是何意呀?"姓顾、姓林的监生齐问。

"二兄皆不知兵,我不与二兄理论。"姓刘的监生说着,转向姓王的监生,"王兄常习兵书,在王兄看来,东房久围锦州不下,该当如何?"

"东房不善久围,不必太久,将撤围而去。"姓王的监生说。

"回河东吗?"姓刘的监生问。

"那却未必,据弟看来,或会转攻宁远。"姓王的监生说。

"英雄所见略同。"姓刘的监生说着,以嘲弄的语气招呼另两名监生,"顾兄,林兄,可想到这一层?"

"就算刘兄见识不凡,连虏酋所向都预见得到,那又如何?虏酋转攻宁远,与将首功加于元素先生,这两件事有关系吗?"姓林的监生道。

不等姓刘的监生开口,姓顾的监生抢着说:"林兄,有关系。"

"有何关系?"姓林的监生想不到他也会这么说。

"虏酋不转攻宁远则罢,若转攻宁远,得看元素先生守得住守不住,才好定其功过。"姓顾的监生说。

这是个再浅显不过的道理,姓林的监生无法再辩驳,又不愿认输。他说:"东房在锦州没得着便宜，在宁远就能得着便宜？我不信！"

姓王的监生是主人，发现其他人不管有的放矢，还是无的放矢，都在侃侃而谈，只有一个人从头到尾没说一个字。如果只是不开口，而在认真听取众人的谈论，还好说；这个人并不是，从头到尾，不管别人在说什么，他只是在哂笑，或冷笑。

"陆兄有何高见？"姓王的监生问。

"王兄忧东虏围锦州，又断定其攻锦州不下，将转攻宁远，这是抓住要领吗？"姓陆的监生问。

"弟不敢妄言抓住要领。"姓王的监生说。

"李兄道赵帅守锦州固若金汤，又以为元素先生是否列为首功，须看他能否守得住宁远，这是抓住要领吗？"姓陆的监生问。

"弟不敢妄言抓住要领。"姓李的监生说。

"顾兄道元素先生请筑锦州、大凌河、中左所三城，才有守锦州之功，这是抓住要领吗？"姓陆的监生问。

"林兄已指出，修筑三城，为图恢复。"姓顾的监生说。

"林兄以为，元素先生修筑三城，以图恢复，乃辽事以来绝无仅有，这是抓住要领吗？"姓陆的监生问。

"刘兄已指出，尚不能将首功加于元素先生。"姓林的监生说。

"刘兄有见于此，这是抓住要领吗？"姓陆的监生问。不等姓刘的监生回答，他又用手指环绕众人指点一圈儿，问道："将诸兄所言合而计之，是抓住要领吗？"

问的是众人，谁也不好代为回答。姓李的监生气不过，道："我等都抓不住要领，陆兄倒是说说，何为要领！"

"诸兄皆不知政事，我不与诸兄理论。王兄，"姓陆的监生也问姓王的监生，"元素先生得抚辽东，算不算是异数？"

姓王的监生以为他是指资历，说："算是异数。"

"王兄是说以元素先生入仕之年限吧？我指的不全是此事。"姓陆的监生说着，又问，"去岁，朝廷遣内臣刘公公应坤、纪公公用等出镇辽东，王兄知此事否？"

"略有所闻。"姓王的监生说。

"遣内臣出镇，由谁人决断，王兄不会不知吧？"姓陆的监生道。

"不唯我知，在座诸兄，恐无一人不知。"姓王的监生说。

"那么，王兄可知，元素先生曾上疏，言此事非计。"姓陆的监生问。

"这却不知。"姓王的监生道。

被视为颇知政事的王生都不知道，其他监生更不用说。姓陆的监生自鸣得意地说："元素先生上疏，确有其事；然他非但不曾被谴，反被委以重任。王兄于此，全无感触吗？"

姓王的监生还来不及说他的感想，姓顾的监生抢着说："朝廷英明，用人不疑，这也用不着陆兄特别提醒。"

姓王的监生忙点头，表示这正是他的心里话。

"搬出朝廷来，未免太空泛。元素先生去留荣辱，决于何人一言，王兄不会不知吧？"姓陆的监生道。

"不唯我知，在座诸兄，恐无一人不知。"姓王的监生说。

"那么，固守锦州、挫败东虏之首功，当归于赵帅，当归于元素先生，抑或当归于他人，王兄怎么说？诸兄怎么说？"姓陆的监生话里多了份盛气逼人的味道。

"陆兄说的是。"姓王的监生实在不愿说下去，但又不得不应一声。

姓林的监生不肯就此打住，偏要给姓陆的监生出个难题。

"功归于上公，我等皆有此意；但天下荣贵皆集于上公一身，实不知该怎样为他老人家请功。陆兄可知？"他问。

"事在人为，只要有心，没有想不出来的。"姓陆的监生说。

"看来陆兄是用过心的。可否点拨点拨我等，免得我等重复用心。"姓李的监生听明白姓林的监生的意思，附和道。

"是啊，上公有人称过，陆兄难道再称上上公不成？元臣有人称过，陆兄难道再称元元臣不成？九千九百岁有人称过，陆兄难道再称九千九百九十岁不成？"姓顾的监生又附和。

"什么九千岁，九千九百岁，实乃小儿媚态！"姓陆的监生哂道。

"媚态难道还有小儿媚态与丈夫媚态之分？"姓顾的监生问。

"怎的没有！"姓陆的监生道。

"在陆兄看来，何为丈夫媚态？"姓顾的监生问。

"譬如，修建生祠之议。"姓陆的监生说。

"可惜，此一媚态已有无数人做过。陆兄再做，难免被人视为东施效颦；而且，恐怕连个像样的匾额也请不到。"姓李的监生讥道。

"在匾额上做文章，又是小儿媚态。"姓陆的监生说。

"陆兄的丈夫媚态又在哪一事上做呢？"姓李的监生问。

"择地。"姓陆的监生说。

"择地？"姓林的监生问，"陆兄不会想把生祠建在宅中吧？"

"把元臣请来护宅，亏林兄想得出来！"姓陆的监生冷笑，他环扫众监生，从姓李的监生开始，最后落在姓王的监生脸上，"我选中一处绝妙场所，别人是绝想不到的，王兄要不要听听？"

"择地建祠也关乎政事吗，陆兄只对王兄一人说？"姓林的监生道。

"诸兄只会拣些无用的话问，我不耐烦对牛弹琴。"姓陆的监生说。

"陆兄对我说，肯定不是对牛弹琴，却是对一头笨牛弹琴。"姓王的监生苦笑着说。

众监生哄笑。笑声中，姓李的监生说："陆兄上知天文，下知地理，中知人物，不但善择佳地，还善择笨牛，好生了得呀！"

"他既选中王兄弹琴，是愚笨之牛也罢，是聪慧之牛也罢，且听他怎么个弹法。"姓林的监生说。

"王兄若是笨牛，我等哪个不是！大家该一起听听。"姓林的监生说。

"诸兄欲听，亦无不可；但有一条，当闻于此，止于此，切莫宣泄于外。"姓陆的监生很郑重地叮嘱。

"这又是为何？"姓顾的监生问。

"那还用问，此丈夫媚态只能由陆兄来做，岂容他人抢功！"姓林的监生道。

姓陆的监生未反驳，可见是认可。

"陆兄放心，我等装不成聋，却作得成哑。"姓李的监生说。

姓陆的监生点点头，说："其实，我所择之地，诸兄再熟悉不过；我欲吁请，于监舍建一座上公生祠。"

众监生闻言，无不瞠目。他们都知道，修建魏忠贤生祠之风，在朝则无衙无之，在外则无省无之。他们之中或也有人想过，建祠之事临到自己头上时，该如何应对；但绝无人想到，生祠可建在国子监。

"陆兄欲修建于监舍之西或监舍之东？"姓王的监生问。

"其西。"姓陆的监生说。

"那不是与文庙相对称！"姓王的监生道。

国子监的格局，左庙右学，没有一个监生不知道。姓陆的监生说："若无文庙衬托，于监舍修建生祠有什么好议的！"

姓陆的监生叫陆万龄。关于与孔庙对称建祠，他不是当作闲话说的，而是很快就上疏奏请。在奏疏里，他写道：孔子作《春秋》，元臣作《要典》；孔子诛少正卯，元臣诛东林。

朝廷当然不会不准。

# 第八十四章

袁崇焕与镇守太监刘应坤、纪用,兵备副使毕自肃,在巡抚衙门议事。探马来报,后金军已离锦州,往宁远而来。

"是全部吗?"袁崇焕问。

"不是全部,是大部,有一支军伍游弋于锦州城外。"探马道。

探马退下后,刘应坤问:"元素先生,会不会有诈?"

"是诈我往援,还是诈我止援?"袁崇焕反问。

刘应坤摸摸脑袋,找不到答案。东虏若是为把辽东各镇官军吸引到锦州,以图一决,应该加紧攻城才是;若是为阻止官军援锦,仍欲攻打锦州,应该以小部佯袭宁远才是。除此之外,还有什么好诈呢?

"元素先生怎看?"他问。

"我看不是诈,他攻不下锦州,故改攻宁远。"袁崇焕说。

"果如元素先生所言,宁远堪忧。"纪用说。

"纪公公所忧何事?"袁崇焕问。

"以宁远全军,守宁远一城,不见得够用;元素先生还选精锐一师,差祖将军、尤将军两员骁将率领,去援锦州,宁远不堪忧吗?"纪用道。

"纪公公埋怨得好!"袁崇焕笑着说,"东虏围攻锦州二十余日,我这里没有一点儿动作,朝廷怪罪下来,纪公公若肯为我在厂公面前解说,我就一兵一卒也不放出城。"说着伸出一指,"此其一也。"

"魏叔交代,我二人是来听元素先生差遣的;须得解说,也轮不到我二人。元素先生还是说其二吧。"刘应坤道。

"纪公公道我选锐援锦,可知我选多少人马?"袁崇焕问。

"四千。"纪用道。

"我宁远共有多少人马?"袁崇焕又问。

"四万。"纪用道。

"以宁远全军,守宁远一城,未必够用,纪公公这话说得不错。但往援锦州者,于宁远全军不过是十分里的一分。以宁远全军,守宁远一城,若尚足用,去此一成,仍足用;若本不足用,也不少此一成。"袁崇焕说着,伸出二指,"此其二也。"

"元素先生言之有理。"刘应坤附和道,"常言说得好,债多不愁。本是个穷家,家什少点儿,还是个穷家。"

"达人知命,刘公公堪称达人。"袁崇焕说句笑话。

"元素先生还有其三吗?"纪用问。

"有。"袁崇焕道,"其三,赵帅守锦州,我料他守得住,遣尤、祖二帅往援,不过是做做样子而已。"

"样子做给谁人看?"纪用问。

"自是做给虏酋看。"袁崇焕说。

"把东虏从锦州吓跑吗?"纪用问。

"也让他等看看,宁远半是空城。"袁崇焕说。

"以诱东虏来攻?"纪用学袁崇焕的样子,先伸三指,再伸四指,"其三,东虏已遵元素先生调度来袭宁远;其四,元素先生也该差人往尤、祖二将军营中传檄,着他二人回城。"

"为何着他二人回城?"袁崇焕问。

"他二人样子做足,该回城派些用场。"纪用说。

袁崇焕摇摇头,看上去大不以为然。

"元素先生是不是觉得他二人回城,派不上用场?"纪用问。

"二帅回城,不是可以派些用场,而是可以大派用场;不过,二帅留在城外,可以派上更大用场。故其四,差人往尤、祖营中,着二帅屯驻城外,伺机攻敌。"袁崇焕说。

"守军不足,不取回精锐之师,而令其在城外攻敌,而且还是伺机攻敌。"纪用说着,转向刘应坤,"刘哥,我总是不放心,"

"且听元素先生怎么说。"刘应坤看来也不放心。

"纪公公不放心,我倒有个法子。"袁崇焕说。

"什么法子?"纪用问。

"往尤、祖二帅营中督战。"袁崇焕说。

"元素先生把我看成累赘吗?"纪用脸色大变。

"哪里的话!"袁崇焕道,"请纪公公往城外督战,完全是借重之意,岂有他哉！纪公公想想，城里多三四千人，能阻止东虏攻城吗？不能。而城外有三四千人牵制，却能使东虏两面分心，无心恋战。故城外监军，不但责任重大，而且易于立功。"

"这么说，元素先生不是要撵我出城，是要我去立功的？这番好意，不可辜负！"纪用的脸色又缓和下来。

夜深了，袁崇焕带着兵备副使毕自肃，登上城墙，环城巡视。虽然月色朦胧，毕自肃仍能感觉出来，袁崇焕的眉宇间，挂着忧虑。有刘应坤、纪用在，他一言不发；没有二太监，他的话多起来。

"元素先生担心此战不胜？"他问。

"赵帅守锦州二十余日；东虏攻宁远，我守两个月是有把握的。"袁崇焕说。

"那么。元素先生是担心两个月后，敌仍不退？"毕自肃问。

"东虏耐不住暑热，不用二旬，必退。"袁崇焕说。

"元素先生自度宁远能守二月，又料东虏不用二旬即会退兵，莫非所虑并非战事？"毕自肃问。

"辽东之事，难道还有重于战守者？"袁崇焕道。

毕自肃总猜不出他的心思，只好不猜。

在城上默默走一会儿，袁崇焕忽问："景颜先生尚记孙阁部乎？"

毕自肃字景颜，山东滋川人，万历四十四年进士。

"下官到宁远时，阁部大人已辞官而去。"他解释自己不是忘记孙承宗，而是没机会在其麾下办事。解释后，他问，"元素先生怎想起他？"

"孙阁部一直想将各镇前移，想不到今日得以实现。"袁崇焕说。

"元素先生的意思是——"毕自肃问。

"你看啊，"袁崇焕看着远处，说，"镇守山海关总兵官应驻关上，满帅已移镇前屯。"

"这是朝廷的旨意，他尚未移镇。"毕自肃想提醒他。

"满帅是不会抗旨的；再者，蓟镇总兵官应驻三屯，孙帅奉旨移镇关上，满帅愿与他并守一城吗？"

他说的孙帅，是蓟镇总兵孙祖寿。毕自肃明白，袁崇焕指的是近日朝廷的一系列调动：除满桂移镇前屯、孙祖寿移镇山海关外，蓟、辽总督阎鸣泰也移驻关上，而宣府总兵黑云龙移镇一片石。同时，朝廷还发昌平、天津、保定等处官军赴关听用，命山西、河南、山东官军整兵听调。而袁崇焕为什么对这些调动感到忧虑，他隐隐觉得有些理解，但又不很理解。他按照自己的理解说："即便到关上，要伸手取掌宁远的大印，亦是太远。"

"我巴不得他来掌印呢，可人家肯吗！"袁崇焕不屑地说。

"既如此，元素先生还有什么好担心的！"毕自肃道。

"没有什么好担心的吗？"袁崇焕四下里环顾，问道，"各镇前移，景颜先生看，会不会成决战之势？"

毕自肃心一动，好像终于猜到袁崇焕的心思。他说，"成决战之势，不正是元素先生所期盼的吗？关外三镇，朝廷根据元素先生所议而布置，不就是为与东虏决战吗！今大凌河城虽被东虏抢先一步占据，但锦州、宁远，已成关外重镇；关内各镇前移，朝廷是根据元素先生所议而调动，那不就是为与东虏决战吗？今关内各镇军马虽未到位，但均有所动作。眼看成决战之势，元素先生怎的不欣喜，反而愁起来？"

"修建关外三镇，调动关内各镇，景颜先生以为这样就可以决战，未免把辽事看得过于简单。"袁崇焕说。

"元素先生这话有些怪。"毕自肃道，"修建三镇，以图恢复，不是元素先生自家在奏章里写的吗？"

"修建三镇，是朝廷在辽东立足的根基，是恢复河西的根基，但与东虏决战，还须下工夫经营。"袁焕崇说。

"即使关内各镇前移，仍不足恃？"毕自肃问。

"对，仍不足恃！"袁崇焕点点头，分析道，"朝廷调动关内各镇，为的是助阵。一则，已动之师未必再往前移；二则，未动之师未必会动。以眼下辽东官军而言，守城，尚可；决战，差得远呢！"

"元素先生道，辽东尚须下工夫经营。如何经营，元素先生成竹在胸，我不再问；我只想知道，下工夫经营，须得多久？"毕自肃问。

"三五年吧。"袁崇焕先伸出三指，然后又把手掌全部伸出。

"三五年之后，官军可与东虏决战？"毕自肃追问一句。

"是。"袁崇焕点点头，又指指自己，"不过，得由我来经营。"

"好啊，元素先生身为巡抚辽东都御史，就来经营吧，这又有什么好愁的呢！"毕自肃道。

"木秀于林，风必摧之。景颜先生问一问景曾公，就知我在愁什么。"袁崇焕叹道。

毕自肃的长兄毕自严，字景曾，万历二十年进士，官至南京户部尚书。魏忠贤不知听从谁的建议，决定卖南太仆寺牧马草，以助殿工，毕自严反对，被迫于去年致仕。

毕自肃心想：你道辽东之事无重于战守者，无论如何，各人去留总是个人的前程吧？又一想：袁崇焕若不巡抚辽东了，还有第二个人敢夸下海口，称经营辽东三五年，可与东虏决战吗？因此，看起来是个人前程的事，与辽东战守还真是分不开的。他知道，袁崇焕因对朝廷往宁远差遣镇守内臣一事持异议，魏忠贤对他心怀不满，让他留在辽东巡抚任上，已是异数；对袁崇焕能否留任，毕自肃不由得也满腹心思。

走到南面的城楼时，袁崇焕完全摆脱杂乱的想法。他指着城外空旷的土地说："我愿与景颜先生一赌，东虏一定主攻这一面。"

"不用赌。我也料到，东虏会从南面主攻。"毕自肃道。

"那么，景颜先生有无胆魄守南门？"袁崇焕激道。

"那要看元素先生有无胆魄让我守南门。"毕自肃笑道。

"好，就这么说定！"袁崇焕做出决定，"景颜先生守南门，城中共有十门大炮，八门置于南门；另两门置于东门，由刘公公守之。"

"西、北二门呢？"毕自肃问。

"由我来守。"袁崇焕说。

"恐不妥当，西门也是东虏必攻的要冲。"毕自肃说。

"景颜先生放心，没有大炮，我还有别的器物。"袁崇焕道。

"何等器物，可用于守城？"毕自肃问。

"金通判曾设计一火器，于泥桶中安置空心泥团，于空心泥团中安放火药、硝黄、毒物、弹丸等物，火线由泥团中引出。遇敌攻城，可点燃引线，将泥桶扔下，泥桶炸开，威力无比。我当时戏以'万人敌'名之，正可试用于今日。"袁崇焕说。

后金军攻宁远，袁崇焕等使用以火炮和"万人敌"，杀伤甚众。时满桂率部来援，和尤世禄、祖大寿等与后金军在城外苦战，双方互有伤亡。六月初，后金军撤兵。

袁崇焕等以捷奏闻，朝廷上下，以"宁、锦大捷"称之。

# 第八十五章

六月下旬，得知皇帝染病，客氏进宫探视，还没觉出什么。皇帝登极这几年来，一不舒服，就会把她召进宫来。看皇帝吃药，听皇帝诉苦，她已经习以为常。到八月上旬，又报皇帝染病，客氏再次进宫探视，发觉气氛和一个多月前不同：服侍在皇帝身边的近侍们，一直小心翼翼，这会儿更连一丁点儿声音也不敢发出来；御医们彼此相望，谁也不说话，太医院使提起笔，却迟迟不肯落下。再看皇帝，精神委顿，也是以前没见过的。

"我的爷，这是怎了？"客氏又是心惊又是心疼地问。

皇帝艰难地朝她笑笑，让她更加辛酸。

"客嬷看朕怎了？"皇帝反问道。

"也没怎的，只觉得皇上疲惫，想是歇得不好。"客氏欲掩饰。

"岂止歇得不好，朕已几个夜晚不能入眠。"皇帝说。

"想是焦虑国事。皇上把心放宽，就能入睡。"客氏说。

"国事有厂臣管着，朕早就不把精力用在那上面。倒是你客嬷，有时让朕觉得不安。"皇帝说。

"民女有什么可让皇上不安的？"客氏问。

"朕对你恋眷太深太过，施恩太频太重，嫉恨你的人不少。一旦朕不在，谁知你还能不能见容于他人。"皇帝道。

"皇上别这么说。皇上不在，民女还留在这世上做什么！民女早晚是要随皇上去的，"客氏说。她觉得喉咙哽咽，恨不得哭出声来。

"好，朕也不是说去就会去的。"反而成皇帝在安慰她，"朕只想，你和厂臣，朕得做个交代。过几日，你与厂臣一起来看朕吧。"

"民女领旨。"客氏应道。

皇帝想起把魏忠贤和客氏一起召进宫里，是在半个月之后。当时，客氏在宫外宅中,魏忠贤在东厂值房,因此,两个人分别来到乾清门。

客氏先到,冲着守宫门的近侍一点头,边问"皇上见好吧",边要往宫里走。近侍拦住她,道:"夫人,请稍候。"

客氏从没被人拦过,不高兴地说:"皇上召我进宫,你居然不知!"

"奴才知道。不过,奉圣谕,等人到齐,一起进去。"近侍说。

听这话,客氏不再生气。在她想来,人到齐,就是她和魏忠贤都来。皇帝精神不好,两个人分别进去,一番话得说两遍,不如两个人一起进去,说一遍即可。

让她感到意外的是,魏忠贤到时,近侍还是那句话:"魏叔,奉圣谕,等人到齐,一起进去。"

魏忠贤也感到意外,狠狠瞪近侍一眼,看他会不会改口。近侍没改口,魏忠贤问:"爷除宣召奉圣夫人和我,还宣召别人?"

"是。"近侍应道。

"宣召的是谁?"魏忠贤问。

"信王殿下。"近侍说。

魏忠贤纵然心里有气,也不好发作。称他千岁也罢,三千岁也罢,九千岁也罢,都是没有诰敕可查的,而信王的千岁,却载于玉牒。

近侍对朱由检的态度比对客氏、对魏忠贤更恭敬,进宫门时,请朱由检走在前面,而请客氏、魏忠贤跟在后面。客氏、魏忠贤心里只埋怨皇帝不该同时召入他们三人;对朱由检走在他们前面,却没什么可抱怨的。按照规矩,理当如此。

进入寝殿,近侍把朱由检引至御榻边沿,而请客氏、魏忠贤站在比较远的地方。客氏、魏忠贤又在心里只埋怨皇帝不该同时召入他们三人;对朱由检站得比他们近,却没什么可抱怨的。按照规矩,理当如此。

但听到皇帝和朱由检的对话,他们再不能埋怨皇帝。

"弟弟是有福气的人,不像朕,年纪轻轻就卧床不起。"皇帝说。

"陛下康泰,臣弟才有福气。愿陛下早日康复,布泽于臣弟,布泽于天下。太医院不乏神医,臣弟想,陛下安心将养,安心服药,一定会早日康复。"朱由检的几句回话很是得体。

"等弟弟坐到朕的位置,才会知道御医们有没有神技。"皇帝道。

"臣弟愿走遍天下,为陛下寻访神医。"朱由检说。

"若在两三个月之前,我可能会辛苦弟弟一趟;今日却是不可能的。"皇帝道,长叹一口气,他又说,"皇考遗脉,只有弟弟与朕。朕又无子,朕有个三长两短,天下要传给弟弟,弟弟岂可外出!"

"陛下!"朱由检闻得此言,大恸,拜倒在地。

"无用的话,不必多说。"皇帝知道他要说什么,先行止住他,"朕记得,皇考垂危之际,把朕和大臣们召进宫来,叮嘱大臣们辅导朕成尧、舜之君。朕今日欲效仿皇考,竟找不出一个可以把弟弟托付给他的大臣来。这是朕有愧于弟弟的。好在弟弟有仁心,有睿智,自会为尧、舜之君。朕没把天下治理好,弟弟一定可以治理好。"

"陛下!"朱由检想不出话来应对,只能叩头。

"弟弟,你起来。"皇帝命道,朱由检起身后,皇帝往客氏、魏忠贤那边指指,说,"朕找不出可以把弟弟托付给他的大臣,却找出这两个人来。弟弟听好,朕并非要把弟弟托付给他二人,而是想让弟弟关照他二人。厂臣掌东厂以来,宫中安宁,京师安宁,朕看他是个可以委用的人。至于客嬷,朕是吃她的奶水长大的。滴水之恩,当涌泉相报,况乳汁乎!朕不能照料她一生,弟弟替朕照料她吧。"

"陛下谕旨,臣弟字字记在心里。"朱由检道。

"你二人还不来谢过信王。"皇帝招呼客氏、魏忠贤。

二人上前,客氏称"民女",魏忠贤称"奴才",齐道:"叩谢千岁!"

魏忠贤把一干亲信大臣召到私宅,主要是内阁大臣黄立极、施凤来等,此外还有吏部尚书周应秋、礼部尚书来宗道、工部尚书崔呈秀。

"要不要找霍大人来?"王朝请示。

魏忠贤皱起眉头,显然是怪他多话。但最后还是说:"让他也来吧。"

王朝惊出一身冷汗。按说,霍维华不仅算得上亲信,也算得上大臣,因为他已升任兵部尚书。但魏忠贤忽然对他由信任到不信任,从喜爱到不喜爱,其来龙去脉,王朝都知道。魏忠贤责怪霍维华,无非两件事:一是皇帝长期照霍维华的方子服药,出现不良反应,特别是腿肿得很厉害。有的御医甚至说,皇帝今次病重,究其根源,就是因为霍维华的方子有问题。虽然皇帝没有归咎于霍维华,因为有魏忠贤在,朝中也没有闹出红丸案那么大的动静,但魏忠贤有些怪霍维华真把他的药方看成仙方,不知见好就收。二是宁、锦大捷,满朝大臣皆有恩赏,霍维华忽然提出,把赏与自己的荫官让给袁崇焕。而魏忠贤因为袁崇焕奏报宁、锦大捷时没有特别归功于自己,大为恼怒,已使科、道弹劾袁崇焕。有人推测,霍维华是因为前一件事,担心魏忠贤把自己当作替罪羊,故而离心离德,彰显分歧。上月,袁崇焕请辞获准,让功一事不了了之，魏忠贤与霍维华也没有公然翻脸。

要不是得霍维华极大的好处，王朝才不会多这句嘴呢。

亲信大臣们到齐，魏忠贤开门见山地说："皇上已危在旦夕。"

亲信大臣们从不同渠道已经得知，没有人表现得惊慌失措。

"皇上传谕，传位与信王；其实，皇上没有遗旨，皇位也是要传与信王的。"魏忠贤又说。

亲信大臣们纷纷表示赞同，有的还表示对魏忠贤的崇敬之情，因为他们知道，魏忠贤对朱由检一直敬而远之，并不喜欢，而此刻却能顾全大局。

"信王登极，你等以辅弼之臣，以拥戴之功，皆有升赏，对吧？"魏忠贤忽然问。

亲信大臣们不知他问这句话是什么意思，不敢贸然作答。还是霍维华脑子转得快，另外，他也想借机改善一下和魏忠贤的关系，于是说："若论辅弼之臣，拥戴之功，当以上公为首。"

"你是说，首席辅弼当属我，首份升赏当给我？"魏忠贤问。

霍维华说是也不对，说不是也不对，好不窘迫。

"辅弼之臣居首，拥戴之功居首，升赏自然也当居首，这有什么不对！"魏忠贤却说，他问诸大臣，"诸位熟知典故，说说看，信王登极，该给我个什么名衔？"

他开口要名衔，亲信大臣们都用心琢磨起来。

"元臣是皇上认可的，这个名分可保存。"黄立极说。

"黄先生是真糊涂呀，还是假糊涂？元臣至多是个称谓，几时又变成名衔！"魏忠贤不高兴地说。

黄立极心想：名衔和称谓，又有多少区别呢？但他不敢分辩。魏忠贤说他糊涂，他干脆就做出糊涂的模样。

"元臣者，臣之首也，算不得名衔；上公者，公之上也，却算得名衔。厂公当以上公立于新朝。"来宗道说。

魏忠贤听后沉思，觉得这个说法有点儿道理。朝中最高的爵位是公，上公，岂不是位在所有人之上！但他想要的名衔，好像又不是这个。不是也有人称他千岁，乃至九千岁吗？千岁又明显高过公爵。新天子登极，可以册封他上公，为何就不可以册封他为王呢？

他在动这个脑筋，别人也在动这个脑筋。

"以厂公之丰功伟业，封公不足以酬之，宜封王。"周应秋说。

"天官此议欠妥，本朝不曾封过异姓王。"黄立极立即反驳。

"谁说不曾封过异姓王？国初不是曾封六王吗？"周应秋道。

他指的是徐达、常遇春、李文忠、邓愈、汤和、沐英六位开国元勋。黄立极想不到他会如此不学无术；或者说，为在魏忠贤面前献媚，会如此无耻。当然，不能把他的不学无术或无耻挂在嘴边，黄立极轻描淡写地说："那是追赠，并非实封。"

一听是追赠，魏忠贤感觉不好：和六个死人一起做异姓王，有什么趣味！他哼一声，道："二位不必争执，千岁就那么稀罕吗！"

封王一事不争，其他名衔再想不起来，眼看就走投无路。崔呈秀开口说："下官以为，厂公宜以居摄为名衔。"

疏于学者不知所云，博于学者心为之一动。

"哪两个字？"魏忠贤问。

"居舍之居，兼摄之摄。"崔呈秀道。

"二字何意？"魏忠贤问。

"皇帝年幼，由大臣代居其位，兼摄其政。"崔呈秀道。

"可有故事？"魏忠贤问。

"有。"崔呈秀应道，"曹子建诗云：成王即位，年尚幼稚；周公居摄，四海慕利。"为强调这两个字的分量，他又说，"周公居摄，千古而一，唯厂公可步其后尘。"

有代天子行政的实际好处，又有圣人周公的事例，真是好得不能再好的名衔。魏忠贤挨个儿向大臣们看去；不过，不是从黄立极开始，而是从崔呈秀开始。每看一个人，他就点点头，示意他可以接受居摄这个名衔；被他看的人也向他点点头，示意自己完全赞成，并向他恭贺。

看到次辅施凤来时，魏忠贤也冲他点点头；出人意料的是，施凤来却向他摇摇头。

"施先生有话要说？"他问。

"厂公，使不得。"施凤来道。

"你是说，居摄的名衔不可用？"魏忠贤问。

"实不可用。"施凤来道。

"却是为何？"魏忠贤问。

"崔大人也道，周公居摄，千古而一。其实，居摄一事，相隔久远，唯见于后人诗文，难以考据。以难以考据之事，行于今日，学生以为不妥。与其用居摄名衔，不如——"施凤来留个尾巴不说。

"不如干脆用垂帘的名衔？"魏忠贤问。

"是。"施凤来应道。

"可我大明朝连皇太后垂帘亦禁。"魏忠贤说。

"是。"施凤来应道。

黄立极反对封异姓王，先泼魏忠贤一瓢冷水；施凤来反对使用居摄的名目，又泼魏忠贤一瓢冷水。这两个人一为首辅，一为次辅，而且都是魏忠贤起用的，他肚里有火，也撒不出来。他挥挥手，倦怠地说："今日且议到此。各位回去想一想，改日再议。"

八月二十二日，皇帝崩于大内懋德殿。

皇帝谥达天阐道敦孝笃友章文襄武靖穆庄勋悊皇帝，庙号熹宗，葬于德陵。

天启凡七年，以公元纪年，为1621—1627。

# 人名索引[1]

**B**

毕自肃　414

毕自严　418

**C**

陈大道　187

陈仕瑛　211

陈文瑞　344

程维瑛　338

程　注　207

崔呈秀　272

崔儒秀　067

崔应元　238

**D**

戴君恩　194

邓　渼　268

董汉儒　207

**F**

樊　龙　093

方从哲　017

方有度　201

方震孺　101

冯从吾　172

傅继教　248

傅　櫆　249

**G**

高　第　323

高攀龙　187

高永寿　308

顾秉谦　169

顾大章　135

**H**

韩　爌　022

何廷魁　066

何宗彦　022

洪敷教　104

侯震旸　112

黄克缵　086

黄立极　333

黄守魁　092

黄尊素　174

霍维华　089

---

[1] 人名后页码为该人物首次出现时所在的页码；书中有的人名用字保留繁体。

## J

纪　用　414
贾继春　043
江秉谦　115
金富廉　194
金启宗　338

## K

客　氏　048

## L

来宗道　421
李朝钦　147
李承恩　286
李国柱　346
李进忠　013
李精白　119
李可灼　022
李汝华　020
李　氏（选侍）　047
李永贞　147
林汝翥　265
刘　朝　013
刘　铎　329
刘可训　191
刘　荣　076
刘思源　308
刘一燝　022
刘应坤　414

刘　诏　241
刘志选　386
卢　受　051
陆万龄　413
吕下问　403

## M

马　杰　343
马鸣起　109
马世龙　220
毛士龙　087
毛一鹭　345
毛羽健　193
满　桂　223
缪昌期　136

## N

南居益　211
倪文焕　331
牛维曜　064

## P

潘汝桢　357

## Q

秦良玉　192

## S

沈　扬　342

| | | | |
|---|---|---|---|
| 石万程 | 403 | 魏　朝（王国臣） | 050 |
| 史继偕 | 022 | 魏大中 | 089 |
| 孙承宗 | 157 | 魏广微 | 230 |
| 孙　杰 | 120 | 魏良卿 | 206 |
| 孙如游 | 001 | 魏允贞 | 277 |
| 孙守贵 | 377 | 魏忠贤（李进忠） | 072 |
| | | 文震孟 | 176 |
| **T** | | 文之炳 | 346 |
| 唐登儁 | 357 | 武长春 | 350 |
| 田尔耕 | 320 | | |
| 涂文辅 | 147 | **X** | |
| | | 熊廷弼 | 007 |
| **W** | | 徐大化 | 117 |
| 万　燝 | 265 | 徐　吉 | 345 |
| 汪泗论 | 207 | 徐可求 | 092 |
| 汪文言 | 089 | 徐如珂 | 191 |
| 王　朝 | 392 | 许显纯 | 291 |
| 王好贤 | 142 | 许志吉 | 406 |
| 王化贞 | 077 | 薛国用 | 077 |
| 王　纪 | 020 | 薛　贞 | 379 |
| 王　节 | 345 | | |
| 王绍徽 | 294 | **Y** | |
| 王体乾 | 040 | 颜佩韦 | 342 |
| 王象乾 | 081 | 杨　涟 | 010 |
| 王心一 | 109 | 杨念如 | 342 |
| 王永光 | 351 | 杨愈懋 | 191 |
| 王在晋 | 157 | 叶向高 | 022 |
| 王志道 | 187 | 于弘志 | 144 |
| 魏良卿 | 206 | 袁崇焕 | 159 |

## Z

| | | | |
|---|---|---|---|
| 张鹤鸣 | 107 | 周文元 | 342 |
| 张　铨 | 066 | 周应秋 | 400 |
| 张世佩 | 141 | 周宗建 | 148 |
| 张体乾 | 377 | 朱国桢（朱国祯） | 230 |
| 张　彤 | 093 | 朱国祚 | 022 |
| 张问达 | 027 | 朱　梅 | 338 |
| 赵南星 | 184 | 朱燮元 | 191 |
| 郑氏（神宗贵妃） | 001 | 邹维琏 | 252 |
| 钟羽正 | 198 | 邹　义 | 051 |
| 周朝瑞 | 007 | 邹元标 | 171 |
| 周道登 | 169 | 左　辅 | 322 |
| 周嘉谟 | 027 | 左光斗 | 034 |